KNAUR

Von Hanna Caspian sind bereits folgende Titel erschienen:
Gut Greifenau – Abendglanz
Gut Greifenau – Nachtfeuer

Über die Autorin:
Hanna Caspian ist das Pseudonym einer erfolgreichen deutschen Autorin. Mit ihren gefühlvollen und spannungsgeladenen Familiensagas beleuchtet sie bevorzugt fast vergessene Themen deutscher Geschichte.
Hanna Caspian studierte Literaturwissenschaften, Sprachen und Politikwissenschaft in Aachen und arbeitete danach lange Jahre im PR- und Marketingbereich. Zuletzt war sie Anzeigenleiterin und Projektmanagerin in einem Fachverlag. Mit ihrem Mann lebt sie heute als freie Autorin in Köln, wenn sie nicht gerade durch die Weltgeschichte reist.

Hanna Caspian

Gut Greifenau

Morgenröte

Roman

Besuchen Sie uns im Internet:
www.knaur.de

Vollständige Taschenbuchausgabe März 2019
Knaur Taschenbuch

Ein Imprint der Verlagsgruppe
Droemer Knaur GmbH & Co. KG, München

Redaktion: Dr. Clarissa Czöppan
Covergestaltung: ZERO Werbeagentur, München
Coverabbildung: @ Lee Avison/Trevillion Images; FinePic/shutterstock.com
Karten/Pläne: Computerkartographie Carrle
Satz: Adobe InDesign im Verlag
Druck und Bindung: CPI books GmbH, Leck
ISBN 978-3-426-52152-6

2 4 5 3 1

Für alle Menschen, in deren Herzen
die Fackel für Demokratie und Gerechtigkeit lodert.

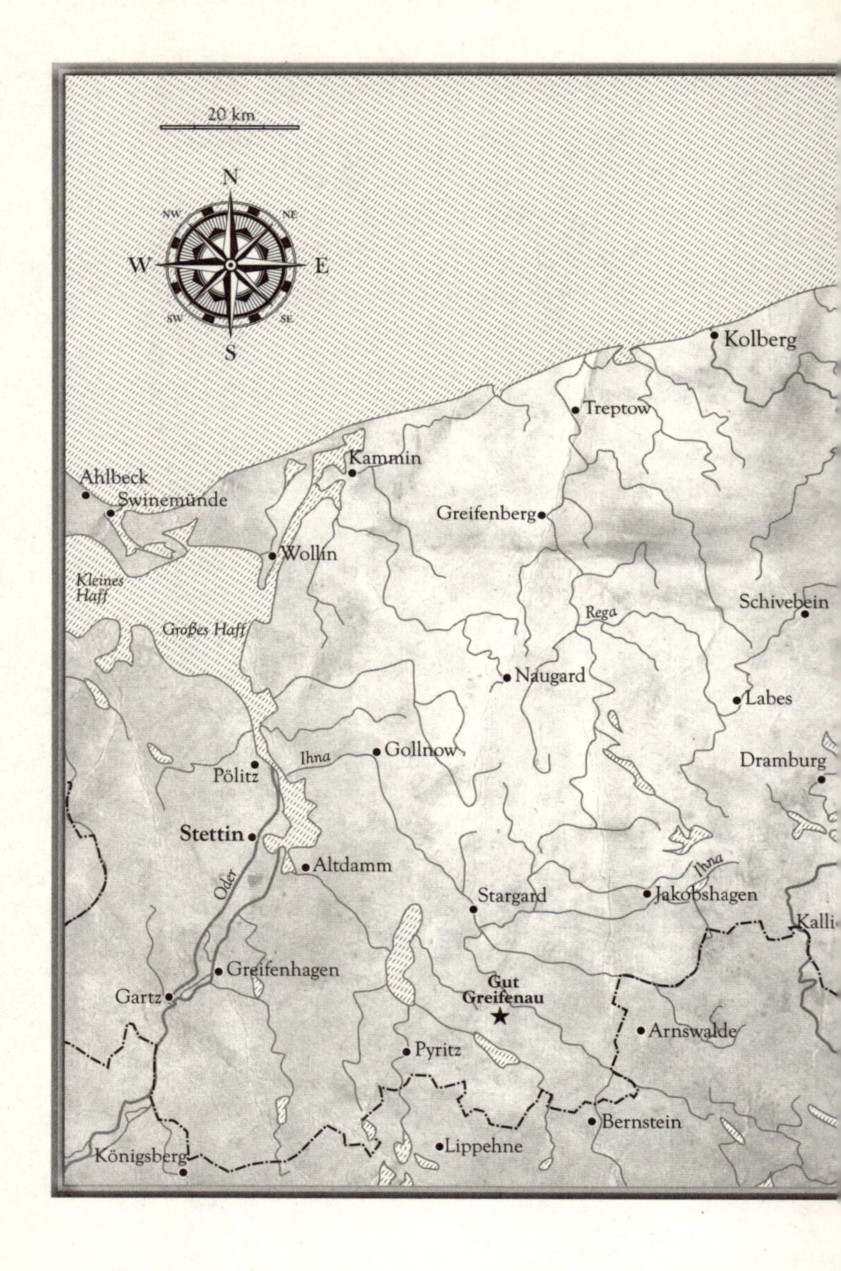
20 km
N
NW
NE
W
E
SW
SE
S
Kolberg
Treptow
Kammin
Ahlbeck
Swinemünde
Greifenberg
Wollin
Kleines Haff
Großes Haff
Rega
Schivebein
Naugard
Labes
Gollnow
Ihna
Dramburg
Pölitz
Stettin
Altdamm
Oder
Stargard
Ihna
Jakobshagen
Greifenhagen
Gartz
Gut Greifenau
Arnswalde
Pyritz
Bernstein
Lippehne
Königsberg

Stolp
Wipper
Rügenwalde
Schlawe
Stolpe
Zanow
Bütow
Wipper
Pollnow
POMMERN
Bublitz
Leitznitz
Baldenburg
Polzin
Bärwalde
Neustettin
Hammerstein
Konitz
Schlochau
Tempelburg
Batzebuhr
WESTPREUSSEN
Pilow
Vandsburg
Flatow
Deutsch Krone
Lobsens
Schneidemühl
Wirsitz
Nakel
POSEN

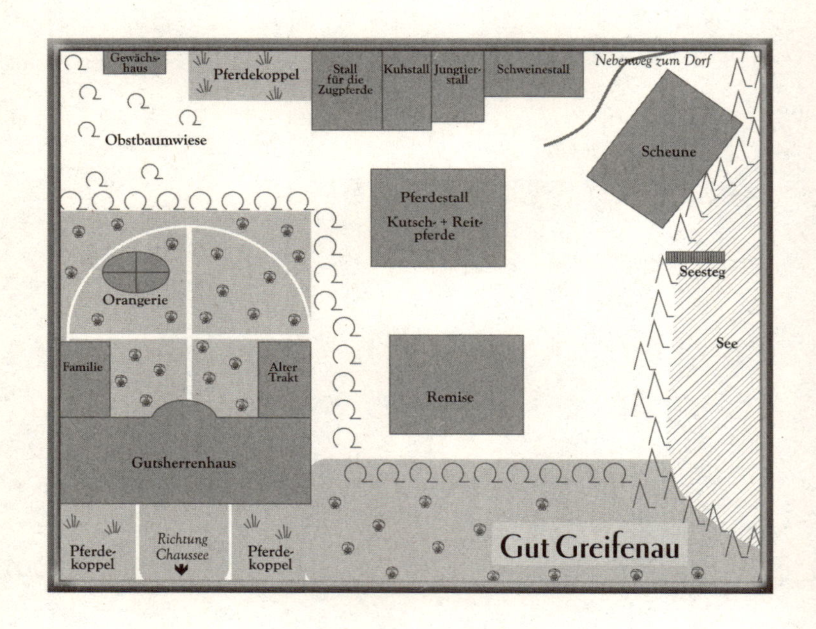
Gewächs-haus
Pferdekoppel
Stall für die Zugpferde
Kuhstall
Jungtier-stall
Schweinestall
Nebenweg zum Dorf
Obstbaumwiese
Scheune
Pferdestall
Kutsch- + Reit-pferde
Orangerie
Seesteg
See
Familie
Alter Trakt
Remise
Gutsherrenhaus
Pferde-koppel
Richtung Chaussee
Pferde-koppel
Gut Greifenau

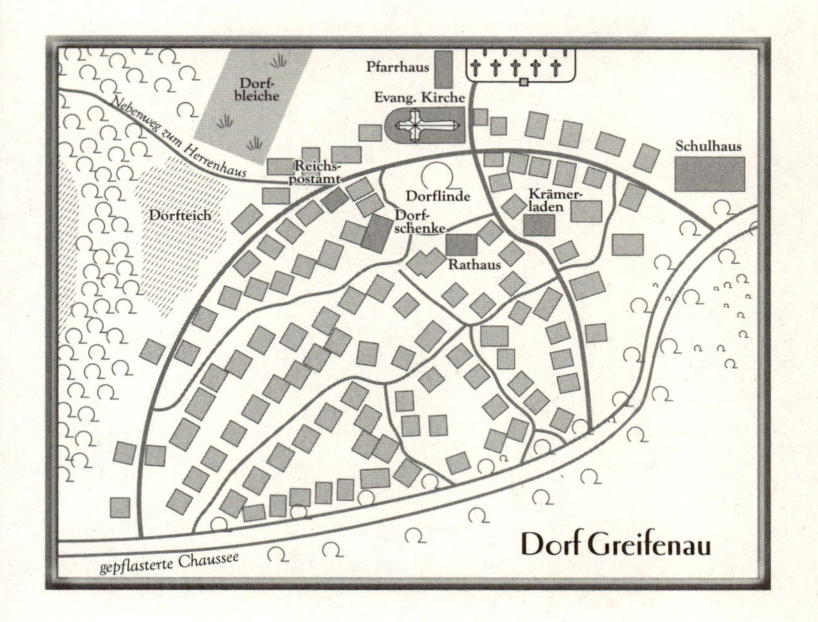
Pfarrhaus
Dorf-
bleiche
Evang. Kirche
Nebenweg zum Herrenhaus
Schulhaus
Reichs-
postamt
Dorflinde
Krämer-
laden
Dorfteich
Dorf-
schenke
Rathaus
Dorf Greifenau
gepflasterte Chaussee

Personenübersicht

Herrschaft

Adolphis von Auwitz-Aarhayn Gutsherr von Gut Greifenau
Feodora, geb. Gregorius Gutsherrin
Konstantin ältester Sohn
Anastasia älteste Tochter, verheiratete
Gräfin von Sawatzki
Nikolaus mittlerer Sohn
Alexander jüngster Sohn
Katharina jüngste Tochter

Bedienstete

Albert Sonntag Chauffeur und Kutscher
Theodor Caspers oberster Hausdiener und Butler
Ottilie Schott Mamsell und Kammerzofe
Irmgard Hindemith Köchin
Bertha Polzin Küchenmagd
Wiebke Plümecke Stubenmädchen
Ida Plümecke Stubenmädchen
Paul Plümecke Wiebkes Bruder, Schmied
Eugen Lignau Stallknecht
Kilian Hübner Hausbursche
Johann Waldner Stallmeister / Vorknecht
Karl Matthis Hauslehrer

Sonstige

Egidius Wittekind evangelisch-lutherischer Pastor
Rebecca Kurscheidt Dorflehrerin
Therese Hindemith Irmgard Hindemiths Schwester
Julius Urban Sohn eines reichen Industriellen
Eleonora Urban Julius' Mutter
Cornelius Urban Julius' Vater
Ludwig von Preußen Neffe von Kaiser Wilhelm
Amalie Sieglinde von Preußen Schwägerin des Kaisers
Raimund Thalmann Gutsverwalter
Annabella Kassini Prostituierte
Cläre Bromberg Flickschneiderin
Doktor Malchow Arzt in Berlin-Wedding
Isolde, Adalbert, Kunibert und Rosalinde Kinder von Doktor Malchow
Haug von Baselt Waffenkamerad von Nikolaus

Kapitel 1

28. Dezember 1917 – Hinterpommern, Greifenau, Dorfschule

Andächtig ließ Rebecca ihre Hand auf dem Lenker liegen. Noch nie hatte ihr jemand etwas so Wertvolles geschenkt. Nur Graf Konstantin von Auwitz-Aarhayn konnte es sich leisten, jetzt noch solch teure Geschenke zu machen. Ihr altes Rad war schon vor über zwei Jahren gestohlen worden. Dieses hier würde sie nicht mehr draußen stehen lassen. Aber wo sollte es in ihrer Wohnung Platz finden? Wenigstens bis nach den Weihnachtsferien konnte sie es im Klassenraum unterbringen. Sie ließ es los und wollte sich gerade ein dickes Wolltuch überwerfen, als es eigenartig schwach klopfte.

Konstantin war vor vielleicht zwanzig Minuten gegangen. War er zurückgekommen? Er gab einfach nicht auf. Was sie beeindruckte. Andererseits: Was versprach er sich davon? Sie würde ihn nie heiraten. Er hatte bei ihr alle Chancen verspielt. Vermutlich war jemand wie er es einfach nicht gewohnt, eine Abfuhr zu bekommen. Sie öffnete die Tür.

Er war auf den Knien. Für eine Sekunde schoss ihr durch den Kopf, dass er vielleicht seinen Heiratsantrag wiederholen wollte. Doch Konstantin lehnte merkwürdig zusammengesunken am Türrahmen. Seine Hände … blutbeschmiert. Sofort war sie neben ihm auf den Knien. Sie stieß seinen Namen in die eiskalte Luft. »Konstantin!«

»Keine … Polizei. Kein Arzt. Nur … mein Vater … er weiß … wieso.« Dann sackte er in ihre Arme.

Sie erstarrte vor Angst. War er tot? War er gerade gestorben? In ihren Armen und nicht etwa an der Front, weit weg in der Fremde, wo seit Jahren Millionen junger Männer starben? Schwer wog sein Oberkörper.

Ihr Verstand gewann wieder die Oberhand. Sie war die Tochter eines Arztes. Sie musste tun, was immer notwendig war. Was also war passiert? Sie ahnte Schlimmes. Das hier wirkte nicht wie ein Unfall.

Sie schleifte ihn in die Wohnung. Zügig schloss sie die Tür und knöpfte Mantel und Lodenjacke auf. Mit flattrigen Händen zog sie Wolljacke, Hemd und Unterhemd aus der Hose. Die Haut war blutverschmiert. Noch entdeckte sie keine Verletzung. Mühsam schaffte sie es, ihm den linken Ärmel des Mantels sowie der Lodenjacke auszuziehen. Er stöhnte. So viel Blut. War er dem Tode nahe?

Eilig breitete sie eine Decke auf dem Boden aus und legte Konstantin vorsichtig auf dem Bauch ab. Zitternd schob sie den Stoff der blutgetränkten Kleidung hoch. Seine linke Rückseite war blutrot. Jetzt entdeckte sie zwei Stichwunden, dicht nebeneinander, eine Handbreit schräg unterhalb der Achselhöhle. Frisches Blut sickerte nach.

Jemand hatte ihn angegriffen. Jemand hatte versucht, ihn zu töten! War der Angreifer noch in der Nähe? Würde er wiederkommen? Warum war Konstantin Opfer eines Messerangriffes geworden? Wieso wollte er nicht, dass sie einen Arzt holte? Tausend Fragen schwirrten ihr durch den Kopf. Vorsichtshalber zog sie die dicken Vorhänge über die Gardinen und verriegelte die Tür.

Sie hatte schon viele Kranke und Verletzte gesehen. Verletzte durch Unfälle mit den monströsen Maschinen der Berliner Fabriken. Zimmermänner, die sich ihre Finger abgesägt hatten. Metzger, denen das Hackbeil ins Bein gerauscht war. Männer mit Stichwunden aus Kneipentumulten. Für einen kurzen Moment hielt Rebecca inne und rief sich ins Gedächtnis, was ihr Vater ihr beigebracht hatte. Das Wichtigste war zu klären, welche inneren Verletzungen er hatte. Welche Organe saßen dort, wo das Messer ihn erwischt hatte? Das Herz, die Lunge – waren sie getroffen?

Konstantin war der Kälte angemessen dick angezogen. Er trug einen Mantel, darunter die dicke Lodenjacke und noch eine warme Wolljacke über Hemd und Unterhemd. Jeder Millimeter zwischen der Messerspitze und einem inneren Organ zählte.

Das schlimmste Szenarium war: Der Täter hatte sein Herz getroffen. Wenn das der Fall war, konnte sie nichts für ihn tun, außer ihn in den Armen zu halten, bis alles Blut in seinen Körper hineingesickert war. Zweite Möglichkeit: Der Attentäter hatte die Lunge erwischt. Dann würde Konstantins Atem flach gehen, eventuell wären Pfeifgeräusche zu hören und er würde bald Blut spucken. Je nach Verletzungsgrad könnte der getroffene Lungenflügel in sich zusammenfallen. Oder aber die eingeatmete Luft würde in den Brustkorb entweichen, statt ausgeatmet zu werden. Beides war äußerst qualvoll und konnte zum Tod führen.

Rebecca horchte. Konstantin atmete sehr flach, doch an seinem Mund zeigten sich keine roten Bläschen. Verdammt. Wieso nur durfte sie keinen Arzt holen? Sollte sie sich über seinen Wunsch hinwegsetzen? Andererseits – zu Doktor Reichenbach bräuchte sie bei den eisglatten Wegen sicher fünf Minuten hin und weitere fünf Minuten zurück. Was, wenn Konstantin in dieser Zeit starb, mutterseelenalleine auf dem kalten Boden liegend? Nein, das brachte sie nicht übers Herz.

Ihre Hände flatterten. Sie hatte das Gefühl, gleich hysterisch zu werden. Verdammt – reiß dich zusammen. Tu, was notwendig ist! Also, solange sie nicht wusste, ob die Stiche ein Organ getroffen hatten, war es das Wichtigste, die Blutung zu stillen. Sie trat vorsichtig vor die Haustür und griff sich blütenweißen Schnee. Die eiskalte Masse platzierte sie auf den Stichen. Sie schob Konstantin ein Kissen unter den Kopf. Wieder stöhnte er leise. Ansonsten bewegte er sich nicht.

»Konstantin, hörst du mich?«

Keine Reaktion.

Sie musste in Erfahrung bringen, was passiert war.

»Konstantin?«

Nichts. Von ihm würde sie nicht erfahren, was vorgefallen war. Sie nahm den Schnee von der Haut. Es sickerte kaum frisches Blut nach. Blasse weiße Haut, auf der die beiden Stichwunden deutlich zu erkennen waren. Die Wundränder waren glatt. Das Messer war scharf gewesen. Mit ein bisschen Glück hatte ein Rippenbogen die Stiche von den Organen abgelenkt. Vielleicht war sein Herz getroffen, vielleicht aber auch nur ein Blutgefäß. Immerhin bekam Konstantin genug Luft, um zu stöhnen. Aber auch eine kleine Lungenperforation konnte ausreichen, um ihm schließlich nach langen, qualvollen Stunden den Garaus zu machen.

Vorsichtig zog sie ihm den Mantel und die Lodenjacke ganz aus. Nach der Bewegung lief frisches Blut aus den Wunden. Gründlich untersuchte sie den Rest des Körpers. Anscheinend waren die beiden Stiche die einzigen Verwundungen, die er davongetragen hatte. Jemand hatte zweimal zugestochen und war dann verschwunden.

Seine Taschenuhr steckte noch in seiner Westentasche. Heutzutage wurde man schon für weniger überfallen. So unruhig die Zeiten auch waren – dass man einen Mann einfach abstach, ohne ihn ausrauben zu wollen, davon hatte sie noch nicht gehört. Nicht hier in der Gegend.

Keinen Arzt und keine Polizei, hatte Konstantin gesagt. Warum wollte er das nicht? Konstantin hatte sehr eindringlich geklungen. Er würde gute Gründe dafür haben.

Sie spähte hinter der Gardine aus dem Fenster. Sollte sie es wagen? Sie musste! Eilig lief sie rüber ins Klassenzimmer. In ihrem Lehrerpult war ein kleines Kästchen mit medizinischen Utensilien. Eine Binde für größere Wunden, Pflaster und ein Fläschchen mit Jodtinktur.

Konstantin hatte sich noch immer nicht bewegt. Als sie ihm nun eine Hand auf den Rücken legte, spürte sie, wie er atmete. Natürlich hatte sie kein Stethoskop wie ihr Vater, deshalb konnte sie nur ihr Ohr an seinen Rücken legen. Sein Herz klopfte regelmäßig. War er bei Bewusstsein? Sollte sie jetzt wirklich einfach die Wunden desinfizieren und verbinden?

»Konstantin?«

Ein Stöhnen entwich seinem Mund. Ganz leise.

»Kannst du mich hören?«

Wieder ein leises Stöhnen.

»Ich hole Doktor Reichenbach. Er muss dich untersuchen.«

»Nein!«, kam es erstaunlich überzeugend aus seinem Mund. Doch dann war die Energie aufgebraucht. »Niemand … darf erfahren.« Fast nur noch ein Flüstern.

»Nur … mein Vater … großes … Geheimnis.«

Ein großes Geheimnis. Was immer das auch bedeutete. Nun, sie würde Konstantins Wunsch respektieren. Auch wenn es vielleicht sein letzter war. Dann musste sie sich darauf konzentrieren, was sie selbst tun konnte. Der Schnee auf Konstantins Rücken war kaum geschmolzen. Es war furchtbar kalt hier drin. Sie legte zwei Holzscheite nach und stochte den Kanonenofen.

Mit einem Tuch säuberte sie die Haut rund um die Verletzungen. Der Schnee hatte die Blutzirkulation verlangsamt. Das war gut. Rund um die Einstiche und in einem Bogen die Rippen herunterlaufend bildeten sich langsam Hämatome. Dunkelrote Flecken, die immer größer wurden. Blut, das sich im Körper verteilte. Verblutete er innerlich? War all das, was sie hier machte, nur ein Herumdoktern an den falschen Symptomen? Verzweifelt dachte sie daran, wie wenig sie tatsächlich tun konnte.

Rebecca nahm die Jodflasche, benetzte ein Stück Leinen und rieb damit großflächig über die Haut. Sie tränkte ein Stück Wundauflage mit Jod und legte es über die beiden Stichwunden. Dann griff sie zu einer Bandage und wickelte sie ab.

Mein Gott, war er schwer. Sie versuchte, Konstantins Oberkörper anzuheben. Das klappte nicht. Mit Mühe schob sie ihren Arm mit der Bandage unter seinem Oberkörper hindurch, mehrere Male, bis sie einen straff sitzenden Verband hinbekam.

Sie stopfte Schnee in ihre Bettpfanne aus Zink und legte sie auf den Verband. Das Teil war schwer und drückte auf die Wunde. Der Druck und die Kälte würden die Blutung weiter stillen. Mehr konnte sie im Moment nicht machen.

Sie würde ihm einen Tee aus Weidenrinden und Mädesüß kochen, der gegen die Schmerzen und eine mögliche Entzündung helfen würde. Und sie konnte ihm das Sofa bereiten. Für den Fall, dass es ihm besser ging und er es bis in die andere Ecke des Raumes schaffte. Er war zu schwer, um ihn dorthin zu tragen. Erst recht nicht würde sie ihn die Treppe zu ihrem Schlafzimmer hoch bringen.

Erst jetzt, da sie alles getan hatte, was sie tun konnte, kam die Verzweiflung. Was, wenn er tatsächlich starb? Sie hatte ihn geliebt, ihn gehasst, ihn verflucht. Aber niemals hatte sie ihm den Tod gewünscht. Sie ging zu Boden, legte sich neben ihn. Vorsichtig nahm sie ihn in den Arm.

»Bitte, stirb nicht. Bitte. Wir werden uns auch wieder vertragen. Ja? Bitte.« Sie küsste seine Schläfe.

* * *

»Rebecca?« Seine Stimme war ganz leise.

»Ja.« Sie saß neben ihm. Nur eine Kerze erleuchtete den Raum. Als es am Nachmittag dunkel geworden war, hatte sie die Holzläden vor den Fenstern geschlossen. Der Ofen verbreitete wohlige Wärme, aber auf dem Boden blieb es eisig. Da nutzten auch die Decken nicht viel, die Rebecca unter ihm ausgebreitet hatte. Mit ihrem Oberbett hatte sie ihn und sich zugedeckt.

»Wie geht es dir?« Mit der Handfläche prüfte sie seine Stirn. Sie war kalt. Kein Fieber, vermutlich keine Entzündung. Das war gut. »Hast du Durst?«

»Ja.«

Sie griff neben seinen Kopf, wo eine Tasse Tee stand. Mittlerweile war sie kalt. Den ganzen Tag über hatte Rebecca es immer wieder geschafft, ihm löffelweise den Tee einzuflößen.

Als er jetzt selbst den Kopf hochnahm, um zu trinken, stieß er einen Schmerzenslaut aus.

»Warte, ich mach das schon.« Mit einem großen Suppenlöffel hielt sie ihm die Flüssigkeit vor den Mund. Er trank.

»Wie lange … liege …?«

»Seit heute Morgen. Seit deinem Besuch. Du hast mir ein Fahrrad gebracht, erinnerst du dich?« Das Rad hatte sie am Nachmittag rüber ins Klassenzimmer gestellt, als sie Holznachschub für den Ofen geholt hatte.

»Fahrrad? … Ich weiß nicht …«

Hatte er den Mordanschlag verdrängt? Oder war es dem Blutverlust geschuldet, dass er sich nicht erinnern konnte?

»Weißt du noch, was passiert ist?«

Er stöhnte wieder, als wäre das Nachdenken furchtbar anstrengend.

»Du warst bei mir und hast mir das Fahrrad geschenkt. Dann bist du gegangen. Zwanzig Minuten später hast du wieder geklopft. Jemand hat dich überfallen. Du hast zwei Stichwunden am Rücken.«

»Überfallen?!«

»Ich denke ja.«

Er blieb stumm. Dachte er nach? Oder war er vielleicht wieder eingeschlafen?

»Stichwunden?« Seine Stimme war sehr schwach.

»Zwei. Jemand hat von hinten auf dich eingestochen.«

»Wie … schlimm?« Jedes einzelne Wort kostete ihn Kraft.

»Ich kann es nicht genau sagen, aber ich vermute, er hat weder dein Herz noch deine Lunge erwischt. Sonst wärst du vermutlich scho… Du hältst dich tapfer.«

Als wenn sie nicht genau wüsste, dass er noch lange nicht über den Berg war. Alle paar Minuten prüfte sie, ob sie seinen Herzschlag oder seinen Atem noch spürte. Nichts war entschieden. Aber die Tatsache, dass er einigermaßen klar denken konnte, schenkte ihr Zuversicht.

Trotzdem, sie hatte das schon erlebt, bei Vaters Patienten: Eine letzte Kraftanstrengung. Menschen, die nur deswegen noch mal kurz zu Bewusstsein kamen, um sich zu verabschieden.

Selbst wenn er die nächsten Stunden überlebte: Solange eine Wunde offen war, konnte sie sich immer entzünden. Und mit zwei Wundkanälen direkt ins Zentrum von Konstantins Körper mochte sie sich gar nicht vorstellen, was das alles anrichten konnte.

Er lag noch immer auf dem Bauch. Auf dem Verband war nur ein kleiner Blutfleck aufgetaucht, der im Laufe des Tages auch nicht größer geworden war. Rebecca hatte das Eis in der Bettpfanne beinahe stündlich gewechselt. Den Rest von Konstantins Körper hatte sie so gut es ging warm gehalten.

»Hast du … Weiß … jemand Bescheid?«

»Bevor du ohnmächtig geworden bist, hast du gesagt, keine Polizei und kein Arzt. Ich sollte deinem Vater Bescheid geben. Aber ich wollte dich noch nicht verlassen. Ich werde morgen früh direkt gehen.«

Er gab einen Laut von sich, als wäre er mit dem Vorgehen nicht einverstanden. »Vater … sofort … Bescheid geben … Nur ihm … Sonst suchen sie …« Dann trat wieder Stille ein.

Sie legte ihre Hand auf seine Schulter. »Na gut. Wie du willst. Ich werde sofort gehen.«

* * *

»Erklären Sie mir das bitte genauer!«

»Bitte, kommen Sie einfach zu mir, ohne dass jemand Sie sieht. Und sagen Sie auch niemandem etwas.« Rebecca hatte einen kurzen Brief geschrieben, den sie vorne am Portal dem Hausdiener in die Hände gedrückt hatte. Sie hatte nur wenige Minuten warten müssen, da war der Graf selbst erschienen. Er sah elegant aus.

»Ich dachte, Konstantin wäre auf den weiter entfernten Feldern der Grafschaft unterwegs.«

Rebecca warf einen Blick hinter ihn, über seine Schulter. Der Hausdiener war nicht zu sehen. Trotzdem senkte sie ihre Stimme. »Ich flehe Sie an. Ihr Sohn hat mir genaueste Instruktionen gegeben. Und bringen Sie bitte mit, was auf meiner Liste steht. Bitte.«

»Dann geht es ihm gut?« Zweifel klang durch. Die Frage, wofür die Dorflehrerin Schmerzmittel und Leibbinden benötigte, lag in seiner Stimme.

Was sollte Rebecca darauf antworten? »Er lebt.«

»Er …« Der Graf schnappte nach Luft. Das war offensichtlich nicht die Antwort, die er erwartet hatte.

»Kommen Sie heimlich und bringen Sie die Sachen mit. Es darf wirklich niemand Bescheid wissen. Auch nicht Ihre Frau. Den Rest erklärt er Ihnen besser selber.«

Graf Adolphis von Auwitz-Aarhayn steckte ihren Zettel in seine Hosentasche. »Ich muss mir eine Ausrede einfallen lassen, dann komme ich sofort. Wir haben gerade unser Abendessen beendet.«

Rebecca verabschiedete sich, drehte sich um und stieg vorsichtig die verschneite Treppe hinab.

Tatsächlich war sie noch keine halbe Stunde wieder zu Hause, als jemand klopfte. Aufgeregt sprang sie vom Boden auf. Sie hatte Brot in warme Milch getunkt und gab Konstantin zu essen. Er hatte es noch immer nicht geschafft, sich zu bewegen. Er lag praktisch mitten im Raum. Rebecca öffnete die Tür nur einen winzigen Spaltbreit. Als sie sah, dass der Graf vor ihrer Tür stand, öffnete sie.

»Kommen Sie herein.«

Als der ältere Mann seinen Sohn sah, drückte er ihr die lederne Reisetasche in die Hand, die er mitgebracht hatte. »Konstantin! Was ist mit dir?« Sofort war er auf den Knien.

»Papa.« Konstantin war kaum zu hören, so schwach war seine Stimme.

Der Graf schob die blutverschmierte Wolljacke hoch. Der Verband, das Blut. Er schaute Rebecca fragend an.

»Jemand hat versucht, ihn zu ermorden. Hier ganz in der Nähe. Ihr Sohn hat es allein bis zu meiner Tür geschafft. Er hat zwei Stichwunden am Rücken.«

Die Augen des Grafen wurden immer größer. »Wieso um Gottes willen haben Sie uns nicht früher Bescheid gesagt? Und wo ist Doktor Reichenbach?«

»Papa … nein!«

Rebecca stand hilflos daneben, aber als Konstantins Vater nun versuchte, seinem Sohn aufzuhelfen, sprang sie hinzu. »Nein … vorsichtig. Seine Verletzungen sind nah am Herzen und der Lunge. Ich hätte ihn doch nicht auf dem Boden liegen lassen, wenn es nicht nötig gewesen wäre.«

»Woher wollen denn Sie das wissen?«

»Mein Vater ist Arzt. In Charlottenburg. Ich habe ihm oft geholfen.«

»Als wenn eine Frau …«

»Darum geht es nicht. Ihr Sohn will Ihnen etwas sagen.«

Graf von Auwitz-Aarhayn starrte sie böse an, dann fiel sein Blick auf den Teller vor Konstantins Nase, in dem das eingeweichte Brot in der Milch schwamm. Die Zinkpfanne stand ein Stück weiter weg. Endlich beugte er sich zu seinem Sohn hinunter.

»Konstantin, was willst du mir sagen?«

Der musste sich offensichtlich erst einmal sammeln. Er versuchte, den Kopf zu heben, aber es tat zu sehr weh. »Der Angreifer … er hat Russisch … gesprochen. Du weißt, was das bedeutet … Mein Besuch … in Sankt Petersburg.«

Jetzt war es an Rebecca, fragend zu schauen. Konstantins Vater warf ihr einen skeptischen Blick zu, dann beugte er sich wieder runter zu seinem Sohn.

»Du meinst, es war ein Bolschewiki?«

»Nein … die Ochrana.«

Die Ochrana! Dieses Wort sagte selbst Rebecca etwas. Die Ochrana, das war die Geheimpolizei des Zaren. Ein Schauer durchlief ihren Körper. Aber wieso sollten die Konstantin töten wollen?

»Dann hat dich jemand in Sankt Petersburg gesehen?«

»Und … erkannt.« Konstantins Stimme wurde schon wieder schwächer.

Das musste sein Vater wohl erst einmal verdauen.

»Sag … es … ihr. Wieso ich …«

Der Graf schaute Rebecca an. »Wissen Sie Bescheid?«

Sie zuckte mit den Achseln. »Worüber?«

Mühsam stand der Graf auf. »Mein Sohn … Er war im Sommer in Sankt Petersburg. Er hat die Revolution unterstützt.«

Ein ungläubiges Lachen entfuhr ihr. »Er hat *was?*«

Das konnte doch nicht sein. Ausgerechnet Konstantin sollte die Bolschewisten unterstützt haben? Das konnte sie nicht glauben.

»Dafür gibt es eine gute Erklärung, aber dazu später. Offensichtlich reicht der Arm des Zaren immer noch sehr weit. Seit die Bolschewiki die Macht übernommen haben, steht der Zar nicht mehr unter Hausarrest, sondern ist offiziell ein Gefangener. Vorher war er nur einfach ein Monarch, der abgedankt hat. Aber wenn die Bolschewiki ihm jetzt den Prozess machen wollen, dann Gnade ihm Gott. Vielleicht ist das ein Fingerzeig der Zarentreuen, die alle umbringen, die an der Abdankung beteiligt waren.«

»Konstantin war an der Abdankung des Zaren beteiligt?« Ihre Stimme kippte.

»Nein, das nicht gerade. Aber er hat die Bolschewiki vor der Übernahme der Macht unterstützt.«

Das konnte doch wohl kaum möglich sein. Konstantin, ihr Konstantin?! Im besten Fall war er ein Sozialromantiker! Was war in den zweieinhalb Jahren passiert, in denen sie nicht mehr miteinander gesprochen hatten?

»Sie …« Er murmelte etwas, aber so leise, dass weder der Graf noch Rebecca es verstanden. Beide knieten sich hin.

»Wenn ich nicht … tot bin, kommen sie … wieder.«

Der Graf fuhr mit seinem Kopf zurück, als hätte ihn jemand geschlagen. Auch Rebecca war entsetzt. Natürlich – Konstantin hatte recht.

Stumm schauten die beiden Knieenden sich an. Rebecca war dem Grafen noch nie so nahe gewesen. Von weitem sah er gut aus, und viel jünger als all die Pächter, die in seinem Alter waren. Aber hier nun, im dämmrigen Licht, sah sie die Falten, die grauen Haare und die tiefen Ringe unter seinen Augen. Seine Haut war fahl. Er schwitzte und wirkte krank.

»Wir müssen uns etwas einfallen lassen. Eine Ausrede.« Sie stand auf. Innere Unruhe trieb sie an. Sie wollte etwas tun.

»Ja … Er könnte … einfach verschwunden sein. Wir … könnten seine Jacke oder den Mantel oder seine Mütze gefunden haben. Mit Blutspuren. Etwas, was auf das Attentat hindeutet. Und wenn er nicht zurückkommt, dann wird man glauben, jemand habe ihn entführt.«

»Aber der Attentäter wird davon ausgehen, dass man Konstantin findet, früher oder später«, gab Rebecca zu bedenken.

»Wir müssen es so aussehen lassen, als wäre Konstantin …«

»Ein Tier könnte ihn verschleppt haben. Wölfe zum Beispiel.«

Der Graf schüttelte unwirsch den Kopf. »Am besten sagen wir möglichst wenig. Überhaupt, niemand darf Bescheid wissen. Er … kommt einfach nicht zurück. Niemand weiß, wohin er wollte … Es wird ein Fundstück geben, das ihm zugeordnet werden kann. Möglichst blutig. Im Wald. Die einen werden denken, er hätte einen Unfall gehabt. Die anderen werden glauben, dass es ein Überfall war. Der Attentäter soll denken, dass Konstantin sich verletzt im Wald verirrt hat.«

Rebecca nickte. Es war eine gute Idee, unbestimmt zu bleiben, und doch den Verdacht zu nähren, dass der Grafensohn vermutlich tot war.

»Es kann nicht allzu weit von hier entfernt passiert sein.«

»Was hat er nur dort gesucht? Vielleicht hat er sich sogar mit seinem Attentäter getroffen. Aber warum gerade hier, am Rand des Dorfes?«

Sollte sie dem Herrn Grafen nun die Wahrheit sagen? Das war sicher keine gute Idee.

Konstantin drehte seinen Kopf. »Ich … hab … sie besucht.«

Der Graf beugte sich wieder zu ihm hinunter. »Was hast du gesagt?«

»Sie … besucht. Ich liebe sie.«

Rebecca erstarrte. Er hatte es seinem Vater gesagt. Konstantin hatte seinem Vater gesagt, dass er sie liebte. Als wäre es das

Selbstverständlichste der Welt. Was es nicht war, wie alle drei wussten. Der Graf schaute sie ausnehmend irritiert an.

»Mein Sohn liebt Sie?«

Himmel, was sollte sie darauf antworten? »Ich ... Wir ...«

»Dann kennen Sie meinen Sohn näher?«

Sie nickte unbestimmt.

»Wie nahe?« Der Graf kniete noch immer unter ihr und schaute gekränkt zu ihr hoch.

Heute war kein Tag der guten Nachrichten, für keinen der Anwesenden.

»Wir haben ... schon vor langer Zeit gebrochen.«

Adolphis von Auwitz-Aarhayn wusste wohl nicht, was er darauf sagen sollte.

Konstantin rührte sich. »Ich ... kann nicht ... Hause.«

Endlich, sicheres Terrain. »Das stimmt. Ihr Sohn kann sich nicht bewegen.«

Doch Konstantin sagte etwas ganz anderes. »Mama ... auch Nikolaus ... Anastasia.«

Was sollte das bedeuten? Was hatte seine Familie damit zu tun, dass er nicht nach Hause konnte? Aber sein Vater schien ihn zu verstehen.

Offensichtlich wusste sie sehr vieles nicht über Konstantin – den Mann, von dem sie einstmals geglaubt hatte, dass sie niemanden besser kennen würde als ihn.

»Wieso kann er nicht nach Hause?«

»Meine Frau ... verurteilt seine Mithilfe.«

Jeder hier im Dorf wusste, dass die Gräfin russischer Abstammung war. Und nicht nur das. Um ein paar Ecken war sie angeblich auch mit den Zaren verwandt. Sofort wurde Rebecca klar, was der Graf damit meinte, wenn er sagte, die Gräfin verurteile Konstantins Mithilfe.

»Und seine Geschwister?«

Der Graf zögerte. Ächzend stand er auf und griff nach der Reisetasche. Doch er öffnete sie nicht. Nachdenklich starrte er auf die Haustür. »Er hat recht. Wir können uns nicht sicher sein. Nikolaus, er könnte …« Er beendete seinen Satz nicht, sondern schob noch einen Halbsatz nach: »Und Anastasias Mann …«

Rebecca wusste nicht, was er damit meinte, aber wenn Konstantin im Herrenhaus möglicherweise in Gefahr war, musste sie handeln. »Er kann hier bleiben. Niemand wüsste, dass er noch lebt. Geschweige denn, wo er ist. Ich kann ihn verstecken, bis er wieder genesen ist. Ohnehin sollte er sich in den nächsten Tagen so wenig wie möglich bewegen.«

Der Graf nickte zustimmend. Erst jetzt öffnete er die Reisetasche und holte einige Dinge hervor. Bandagen und Leinenstreifen.

»Ich werde schauen, was wir noch haben. Ich wusste ja nicht, dass es so kritisch ist.« Sein Blick wurde traurig, als er seinen Sohn ansah. Dann schaute er sich im Zimmer um. »Was brauchen Sie sonst noch? Essen, und auch Brennholz?«

Rebecca nickte. Das alles würde ihr sehr gelegen kommen. »Noch ein paar dicke Decken wären gut.«

»Und Sie wissen wirklich, was Sie tun?« Ein äußerst skeptischer Blick traf sie.

»Ich habe meinem Vater geholfen, seit ich zwölf war. In seiner Praxis, aber auch im Krankenhaus mit den schweren Fällen.«

»Mir wäre wohler, wenn Doktor Reichenbach käme.«

Ihr doch eigentlich auch. »Sie vertrauen Ihren Kindern und Ihrer eigenen Frau nicht, aber dem Arzt?«

Der Graf schien ihren Einwand zu bedenken.

»Hören Sie, ich habe Ihren Sohn untersucht. Außer den zwei Stichwunden ist nichts zu finden. Er war sehr dick angezogen. Ich vermute, dass das Messer nicht besonders tief eingedrungen ist, sonst wäre Konstantin … Ihr Sohn schon tot. Ich vermute, die Klinge wurde von einer Rippe abgelenkt.«

»Sind Sie sich sicher, dass Sie das beurteilen können? Ich lege hier schließlich das Leben meines Sohnes in Ihre Hände!«

Rebecca senkte ihre Stimme, damit Konstantin sie nicht hören konnte. »Wenn das Messer die Organe erreicht hätte, dann würden wir es jetzt schon wissen. Er ist nun fast zehn Stunden hier. Es scheint kein Organ und auch keine große Arterie getroffen zu sein. Sonst hätte ich die Blutung gar nicht stoppen können. Meinem Eindruck nach hat die Klinge einige kleinere Blutgefäße und Muskeln erwischt. Vielleicht würde Doktor Reichenbach die Wunde zunähen, aber das ist nicht entscheidend. Aseptische Verbände, mehr kann man jetzt nicht tun. Ihr Sohn braucht jetzt vor allem Ruhe und gute Pflege.«

»Ruhe und gute Pflege«, sagte der Graf mehr zu sich selbst als zu ihr. Dann schien er einen Entschluss gefasst zu haben.

»Ich komme nachher noch mal. Heute Nacht, vermutlich sehr spät. Ich schaue, was ich alles mitbringen kann. Aber falls sich sein Zustand verschlechtert, möchte ich, dass Sie mich umgehend rufen. Haben Sie das verstanden?«

»Sehr wohl.«

Er kniete sich wieder zu seinem Sohn. »Konstantin, hörst du mich? Ich komme wieder. Und ich werde niemandem etwas sagen, vorerst nicht. Wir überlegen uns etwas. Das hat noch Zeit bis morgen. Ich sag den anderen … irgendwas. Dass ich dich getroffen habe und du spät nach Hause kommst. Oder in Stargard übernachtest. So etwas in der Art.«

Der Graf stand auf und griff ihre Hand. »Ich danke Ihnen für das, was Sie für meinen Sohn getan haben. Dass Sie beide …« Sein Blick war prüfend, unsicher und dennoch wohlwollend. »Ich weiß noch nicht, was ich davon halten soll … Wir werden sehen.«

Er ging. Rebecca schloss die Tür hinter ihm. Ein Gefühl der Erleichterung durchströmte sie. Es würde alles gut werden. Sie nahm ein Kissen und setzte sich neben Konstantin auf den Boden. Sie wusste, dass sie recht hatte. Was er wirklich brauchte, waren Ruhe und eine gute Pflege. Schlaf war die beste Medizin, das wusste sie von ihrem Vater. Doch als sie ihm nun über die Haare streichelte, fasste seine rechte Hand nach ihrer. Und ließ sie nicht mehr los.

29. Dezember 1917

»Was ist das?« Ida Plümecke schaute Albert überrascht an.

»Ein Geschenk. Es war doch Weihnachten.«

Plötzlich schien sie sehr verunsichert. »Bedeutet das, dass alle Dienstboten den anderen Geschenke machen? Wieso hat Wiebke mir das nicht gesagt?«

Albert lächelte leise. »Weil das nicht der Fall ist. Ich habe nur für Sie etwas.«

Das Paket in Ida Plümeckes Händen zitterte leicht. Es schien sie nervös zu machen, was hier gerade vor sich ging. Sie streckte es Albert entgegen. »Ich … Dann möchte ich es nicht.«

»Aber wieso nicht? Es ist nur ein kleines Geschenk.«

»Es geht nicht. Ich kann es Ihnen nicht erklären, aber es geht nicht.«

»Wieso geht es nicht?«

Obwohl er freundlich blieb, reagierte sie unwirsch. Sie drückte ihm das Päckchen in die Hände. »Weil es so ist.«

Dann stürmte sie an ihm vorbei den Flur entlang und lief die Hintertreppe hoch. Als würde sie flüchten.

Albert wurde aus ihr nicht schlau. Sie war so fleißig wie Wiebke, und auch genauso hilfsbereit. Sie war nett und unkompliziert und hatte sich sehr schnell in der Dienstbotenetage beliebt gemacht. Sogar die Gräfin hatte schon bemerkt, wie fleißig sie war.

Zugegeben, man musste schon blind sein, nicht mitzukriegen, dass Albert sie mehr als nett fand. Aber egal was er tat, sie reagierte jedes Mal anders. Mal lachte sie ausgelassen mit ihm, mal war sie verschlossen, als wäre er ein Fremder. Schlimmer noch: als wollte er ihr Böses. Dann wieder war sie neutral. Er hatte versucht herauszubekommen, was da los war. Anderen gegenüber war sie immer gleich: freundlich und leicht distanziert. Also lag es an ihm.

Er war doch nicht dumm. Er hatte gemerkt, wie sie ihn gelegentlich anschaute. Einmal hatte er es in den spiegelnden Fensterscheiben unten in der Küche gesehen. Es war nach einem Abendessen gewesen und schon spät. Er hatte sich mit Eugen unterhalten. Obwohl er mit dem Rücken zu Ida gestanden hatte, hatte er ihren Blick bemerkt. Danach hatte er versucht, ihr ganz allmählich näher zu kommen. Am Anfang war sie sehr freundlich gewesen, aber dann irgendwann schien ihr klar geworden zu sein, worauf das hinauslief. Ab diesem Punkt war sie plötzlich wieder sehr distanziert. Meistens wenigstens. So lange, dass er irgendwann dachte, er habe sich geirrt.

Allerdings hatte es sich jetzt zu Weihnachten wiederholt. Sie hatten oben im Vestibül gestanden, die Familie und alle Dienstboten, und Weihnachtslieder gesungen. Dort hatte er sie im großen Spiegel gesehen. Sie warf einen langen, sehnsuchtsvollen Blick auf ihn. Als sich ihre Blicke dann im Spiegel begegneten, schaute sie erschrocken weg. Ihr Gesicht war hochrot. In den nächsten drei Tagen ging sie ihm aus dem Weg, wann immer es ihr möglich war.

Das hatte seine Hoffnung genährt. Auch sie war an ihm interessiert. Ganz bestimmt. Deswegen war er nach den Feiertagen in den Dorfladen gegangen und hatte Ausschau danach gehalten, was er ihr schenken konnte. Er hatte sich schließlich für eine Haarbürste aus Buchenholz entschieden. Sie war nicht ganz billig gewesen, aber war ein passendes Geschenk für eine Frau mit so wunderschönen kupferroten Haaren.

Dennoch, nun stand er mit dem braunen Papierpaket dumm im Flur herum. Wovor hatte sie Angst? Nun, sie war bald zwanzig Jahre alt und vielleicht war sie ja bereits gebunden. Andererseits schien sie so froh zu sein, endlich aus Deutsch Krone und von ihrem alten Gut weggekommen zu sein. Das hatte sie mehrmals betont in ihren ersten Wochen hier. Man war doch nicht so erleichtert und gelöst, wenn man seinen Liebsten zurückließ. Er wurde nicht schlau aus Ida Plümecke.

Nicht nur ihm ging es so. Eugen, der Stallbursche, hatte sich Albert anvertraut. Er war an Wiebke interessiert, Idas Schwester, aber wusste nicht recht, wie er es anfangen sollte. Erste zaghafte Versuche waren alle gescheitert. Eugen vermutete, dass Wiebke sich absichtlich nichtsahnend stellte, weil sie ihn nicht vor den Kopf stoßen wollte. Sein Arm, der zu nichts mehr zu gebrauchen war, und die Tatsache, dass er wegen dem Scheunenbrand noch für weitere anderthalb Jahre keinen Lohn beziehen würde, trug ebenfalls nicht gerade dazu bei, attraktiver für die Frauen zu werden.

Doch Albert glaubte nicht, dass es das war, was Wiebke zurückhielt. Das Stubenmädchen war einfach äußerst schüchtern. In seinem Waisenhaus hätten die Schwestern am liebsten alle Mädchen zu Novizinnen gemacht.

Albert kannte das. Seine ganze Kindheit und Jugend über hatte man ihm und den anderen eingebläut, wie schändlich und sündhaft der Kontakt zum anderen Geschlecht sei. Und hätte er nicht bereits Anlass gehabt, den Barmherzigen Schwestern ihre Lügen nicht mehr abzukaufen, dann hätte er ihnen vermutlich sogar geglaubt. Das jahrelange Eintrichtern, jegliche menschliche Nähe sei lasterhaft, konnte tiefe Ebenen erreichen.

Vielleicht waren die Plümecke-Schwestern einfach schwierig. Nein, so stimmte das nicht. Es waren beide wirklich gute Menschen und fleißige Arbeiterinnen. Nur hatte das Leben ihnen beigebracht, anderen Menschen gegenüber vorsichtig zu sein. Albert wäre der Letzte, der diesen Charakterzug von sich weisen könnte. Und obwohl er das wusste und bedachte, war er enttäuscht. Was ihn wirklich überraschte. Er hätte nicht gedacht, dass Idas Zurückweisung seine Gefühle derart kränken könnte. Das war er nicht gewohnt. Nun, andererseits befand er sich in einem Umbruch. In den letzten Monaten hatte er Bekanntschaft gemacht mit vielerlei Gefühlen, die er bisher nicht gekannt hatte. Mutterliebe zum Beispiel.

Er hatte sich den heutigen Nachmittag freigenommen, um seine Mutter zu besuchen. Es hatte in den letzten Tagen nicht mehr sehr geschneit, worüber er froh war. Er wollte den Grafen nicht darum bitten, eins der Pferde nehmen zu dürfen. Schließlich sollte der Graf nicht wissen, wen er besuchte.

Eilig lief er die Hintertreppe hoch in sein Zimmer, legte das eine Geschenk weg, nur um das andere an sich zu nehmen. Dann zog er sich dick an. Im Moment schien die Sonne und es ging kein Wind. Aber er würde erst zurückkehren, wenn es dunkel war.

* * *

»Du sollst dein hart verdientes Geld nicht für mich ausgeben«, schalt er sie. Albert traten beinahe die Tränen in die Augen. »Ich bekomme wirklich genug zu essen auf dem Gut.«

Seine Mutter nahm ihn in die Arme, was komisch wirkte. Sie war so viel kleiner als er und bekam ihre Arme kaum um ihn gelegt.

»Ich möchte es tun. So viele Jahre habe ich davon geträumt, für meinen Sohn Kuchen backen zu können.« Sie ließ von ihm ab.

»Du weißt doch, dass es verboten ist.«

»Und wenn schon. Du wirst mich sicher nicht verraten. Außerdem ist er ohne Zucker.«

Es gab einen Kirschstreusel. Als er gekommen war, hatte seine Mutter gerade Sahne geschlagen. Albert zog seinen Mantel und den Schal aus und hängte beides über einen Stuhl.

Er überlegte, wann er das letzte Mal Kuchen mit Sahne gegessen hatte. Es musste bei Paula Ackermann gewesen und bestimmt schon anderthalb oder zwei Jahre her sein. Er war ein Leckermäulchen, durch und durch. Schon als Kind hatte er davon geträumt, nicht nur von Kuchen mit Sahne, sondern auch in einem richtigen Zuhause an einem Tisch zu sitzen und von seiner Mutter verwöhnt zu werden. Wie jedes Waisenkind sich irgendwann seine Eltern erträumte.

»Ich hab dir auch etwas mitgebracht.« Er griff in seine Manteltasche und holte ein Päckchen heraus, und noch einen kleinen Papierbeutel.

»Das hier ist für jetzt, zum Kaffeetrinken. Aber das hier ist für …« Für den Rest deines Lebens, hätte er sagen können. Doch er wollte nicht zu pathetisch klingen. »… nur für dich.«

»Auch du sollst dein Geld nicht verschleudern, nicht für mich. Ich habe alles, was ich brauche. Jetzt, wo ich dich habe.« Therese Hindemith nahm die beiden Geschenke an sich und öffnete zuerst die Papiertüte.

»Echter Bohnenkaffee?!«

Albert nickte. Noch nie hatte er sich so sehr darüber gefreut, jemand anderem eine Freude zu machen. Und seine Mutter war immer so glücklich, ihn zu sehen. Dazu zog der Duft von frisch gebackenem Kuchen und gerösteten Kaffeebohnen durch den Raum. Und wenn er morgen sterben würde – dieser eine Moment purer Glückseligkeit war sein Leben wert gewesen.

Therese legte beides zur Seite und nahm das zweite Paket.

»Ich war extra dafür in Stargard.« Tatsächlich hatte er sogar nach einem freien Tag gefragt, damit niemand auch nur eine dumme Frage stellen konnte.

Neugierig packte seine Mutter das Geschenk aus. Sofort standen ihr die Tränen in den Augen. »Oh mein Gott.«

Albert war zu einem Fotografen gegangen und hatte ein Bild von sich anfertigen lassen. Er hatte kaum Fotografien von sich, und überhaupt keine einzige aus seiner Kindheit. Auf zwei oder drei Fotografien, die man in Elbingen auf dem Trakehner-Gestüt gemacht hatte, war er zu sehen. Aber er besaß keine Abzüge davon. Tatsächlich hatte er kein einziges richtiges Bild nur von sich. Vor zwei Tagen hatte er sich direkt zwei Abzüge machen lassen. Das war nicht nur sein Geschenk für seine Mutter, sondern auch sein Weihnachtsgeschenk, das er sich selbst schenkte.

»Ich bin sprachlos. Was für eine schöne Idee. Darauf wäre ich nie gekommen.«

Albert setzte sich. »Weißt du, ich hatte die Idee, vielleicht irgendwann im nächsten Sommer, wenn wir beide mal Zeit haben, könnten wir zusammen nach Stargard fahren und eine Fotografie von uns beiden machen lassen. Ich hätte gerne ein Foto von dir, und von uns.«

Er hätte ihr kaum ein größeres Geschenk machen können, als diesen Wunsch zu äußern. Sie legte ihre raue Hand auf seine Wange. »Das wäre wirklich wunderbar. Wir müssen nur aufpassen, dass … Vielleicht fahren wir besser nach Pyritz. Ich möchte nicht riskieren, dass uns jemand zusammen sieht. Du doch auch nicht, oder?«

Er legte seine Hand auf ihre. Tja, wie wäre seine Antwort darauf? Wann würde er sich endlich seinem Vater offenbaren? Jetzt, da er wusste, wer seine Mutter war. Jetzt, da er wusste, dass sein Vater Adolphis von Auwitz-Aarhayn bis vor Kurzem nichts von seiner Existenz gewusst hatte. Jetzt, da er sich ungefähr zusammenreimen konnte, was Donatus von Auwitz-Aarhayn und Pastor Wittekind damals in die Wege geleitet hatten, um Vater, Mutter und Kind voneinander zu trennen. Er wusste, seine Antwort würde seiner Mutter nicht gefallen.

»Wann hast du eigentlich Geburtstag?«

»Wieso?« Sie griff nach der Kaffeemühle, die oben auf einem Holzregal stand. Tatsächlich sah Albert eine dünne Schicht Staub darauf. Echter Bohnenkaffee, wie lange hatte sie den wohl nicht mehr getrunken? Schnell putzte sie mit einem Lappen das Holz sauber und zählte dann die Kaffeebohnen in die Öffnung.

»Nur so. Ich muss mir doch rechtzeitig freinehmen.« Schelmisch grinste er sie an. Er wusste schon, was er ihr schenken würde: Über eine gute Handcreme würde sie sich sicher freuen.

»Ich habe meinen Geburtstag noch nie gefeiert. Aber natürlich, wenn du mich besuchen kommst, würde ich mich sehr darüber freuen. Ich bin im Juni geboren, am 19. Juni.«

»Lass mich das machen.« Albert griff nach der Kaffeemühle, klemmte sie sich zwischen seine Oberschenkel und fing an, Kaffee zu malen.

Währenddessen leerte Therese Hindemith ihre Porzellankanne, in die sie anscheinend schon Pulver von gerösteten und gemahlenen Bucheckern gegeben hatte. Vorsichtig schüttete sie das Pulver zurück in eine Dose. Dann goss sie heißes Wasser in die Kanne, um sie vorzuwärmen, bevor sie den guten Kaffee aufsetzte.

»Du hast mir nicht auf meine Frage geantwortet.«

»Hm?«, gab er ausweichend von sich. Wollte er sich mit seiner Mutter sehen lassen? Als wüsste er nicht, was sie meinte. »Ich habe mit deiner Schwester gesprochen. Mit meiner Tante. Tante Irmgard.« Unwillkürlich musste er lächeln, als er das sagte. »Du kannst dir jetzt sicher sein, dass ich auf keinen Fall verhungere. Sie gibt mir immer das größte Stück Fleisch aus dem Suppentopf.«

Seine Mutter schaute ihn neugierig an. »Wie … Wie hat sie darauf reagiert? Ich meine, ich habe ihr ja erst vor Kurzem davon erzählt, dass ich ein Kind, einen Sohn, bekommen habe, damals. Und ruck, zuck hat sie schon einen Neffen bei sich am Tisch sitzen.«

»Ich habe den Eindruck, sie ist ganz glücklich darüber. Natürlich nenne ich sie nicht Tante, oder nur, wenn ich mir absolut sicher bin, dass sonst niemand in der Nähe ist. Aber, na ja … Es ist für uns ja noch ganz ungewohnt. Alles so neu.«

»Sei bloß vorsichtig.« Sie setzte sich. Ihre Finger spielten nervös mit der bestickten Tischdecke. »Weißt du, ich war so lange heimatlos. Tatsächlich wusste ich nicht, ob ich meine Heimat jemals wiedersehen würde. So lange ist mein Geheimnis verborgen geblieben. Ich möchte nicht …«

Albert stellte die Kaffeemühle beiseite und nahm ihre Hände in seine. »Dir muss doch klar sein, dass der Graf weiß, wo du wohnst, oder? Sonst hätte er mich nicht damit beauftragt, dir das Geld zu überbringen. Offensichtlich hat er ein schlechtes Gewissen. Er will dir nichts Böses.«

Sie druckste herum. »Aber vielleicht … Wenn andere das mitbekommen! Ich könnte es nicht ertragen, wenn die Leute auf einmal schlecht von mir denken würden. Dann müsste ich gehen. Und ich will hier nicht weg. Ich kann auch nicht weg, nicht jetzt. Ich hab dich endlich wiedergefunden. Und jetzt, wo Krieg ist …«

»Ich verspreche dir, dass ich darauf achten werde, dass niemand hinter unser Geheimnis kommt. Aber wenn ich dich nun ab und an besuche, werden die Leute dann nicht anfangen zu reden?«

»Nein. Vielleicht. Ich muss mir was ausdenken, was ich dann sage.«

»Schließlich kennen mich hier bestimmt auch einige. Ob nun als Kutscher und Chauffeur des Grafen oder als Landarbeiter auf Gut Greifenau.«

»Ich könnte sagen, dass du … der Sohn einer verstorbenen Freundin bist. Oder ein entfernter Verwandter von uns …«

Albert seufzte auf. Er wollte es nicht, aber er konnte sie auch verstehen. Er wusste genau, wie es war, sich heimatlos zu fühlen. »Sag mir nur rechtzeitig Bescheid, damit ich mich nicht verplappere.«

Der Wasserkessel pfiff. Sie macht ihre Hände frei und stand schnell auf. »Weißt du, nicht nur ich könnte Schwierigkeiten kriegen. Du auch. Hast du jemals überlegt, wie *er* darauf reagieren würde, dass du sein Sohn bist?«

Als würde er nicht tagtäglich daran denken! Als würde ihm nicht stündlich durch den Kopf gehen, dass seine Mutter seine Herkunft bezeugen konnte. Das war ihm nun das Wichtigste: die Anerkennung durch seinen Vater. »Natürlich.«

Aber als hätte er ihr gar keine Antwort gegeben, sprach sie einfach weiter. »Er könnte dich vom Hof jagen. Ohne Geld, ohne Zeugnis. Und jetzt ist Krieg. Ich wundere mich überhaupt, dass du noch nicht eingezogen worden bist. Aber solltest du keine Anstellung mehr haben, keine kriegswichtige Anstellung mehr in der Landwirtschaft, dann müsstest du sofort an die Front.«

Sie stand mit dem Rücken zu ihm, und er sah, wie sie stumm aufschluchzte und ihr Leid herunterschluckte. »Stell dir vor, du würdest jetzt umkommen. Jetzt, wo ich dich endlich gefunden habe. Das würde ich nicht überleben.«

Daran hatte er tatsächlich nicht gedacht. Also nicht, dass er nicht vielleicht an die Front musste. Aber jetzt, da sie es sagte, wurde ihm mit einem Schlag bewusst, wie wichtig ihm sein eigenes Leben geworden war. Er hatte endlich so etwas wie Familie. Endlich Heimat und zum ersten Mal auch das Gefühl, er könnte selber eine Familie gründen. Seine Mutter hatte recht: Er durfte das nicht leichtfertig riskieren.

»Na gut. Dann verspreche ich dir jetzt, dass ich mich meinem Vater nicht offenbaren werde, bevor der Krieg zu Ende ist.«

Sie drehte sich um. Sie hatte geweint und die Tränen schnell fortgewischt. Aber jetzt lächelte sie wieder, wie vorhin, als er zur Tür hereingekommen war.

»Ich danke dir.«

31. Dezember 1917

Sie würde noch verrückt werden. Papa hatte sich in den letzten Tagen gar nicht sehen lassen. Mama steckte vier Mal am Tag den Kopf zur Tür hinein, um zu kontrollieren, ob sie auch tatsächlich auf ihrem Zimmer war. Als käme sie hier heraus. Ansonsten gab es keinen Kontakt zur Außenwelt. Das Essen wurde ihr von Mamsell Schott aufs Zimmer gebracht. Die blieb merkwürdig wortkarg, antwortete nur das Nötigste und erzählte rein gar nichts.

Vor vier Tagen hatte Papa sie aus dem Eisenbahnwaggon gezerrt. Vor ihren Augen hatte sich der Zug in Bewegung gesetzt, Julius' Gesicht an dem geöffneten Fenster, nach ihr schreiend und händeringend. Sein letzter Blick hatte sich ihr ins Gedächtnis gebrannt – seine Lippen, die ihren Namen formten. Es hätte ihr Zug in die Freiheit sein sollen.

Stattdessen hatte Papa sie in die Kutsche gesperrt, ohne Mantel und frierend. Sie war geschockt, verwirrt und erzürnt gewesen. Zum ersten Mal in ihrem Leben hatte ihr Vater sie geschlagen. Die ganze Rückfahrt über hatte Papa abwechselnd auf sie eingeredet oder sie angeschrien oder hatte stumm vor sich hingebrütet.

Interessanterweise hatte Alexander die Kutsche gefahren. Vermutlich wollten ihre Eltern verhindern, dass es unter der Dienerschaft und vermutlich dann auch bald im Dorf Getratsche gab. Oder steckte Alexander selber hinter dem Verrat? Das konnte sie sich eigentlich nicht vorstellen. Andererseits, falls Mama oder Papa versprochen hatten, ihm einen Herzenswunsch zu erfüllen, traute sie ihm das doch zu.

Papa hatte sich erst kurz vor Greifenau wieder beruhigt. Bei ihrer Rückkehr bekam sie keinen einzigen Dienstboten zu Gesicht. Vor dem Herrenhaus griff Papa sie fest am Arm, so fest, dass es wehtat. Er stieß sie in ihr Zimmer und ging. Mama prügelte sie windelweich. Wie eine Verrückte schlug sie auf Katharina ein, bis sie am Boden liegen blieb. Danach schloss man sie ein.

Im Spiegel prüfte Katharina die Verletzungen. Jede Menge blauer Flecken, im Gesicht, aber auch am Körper. Ihre Lippe war aufgeplatzt und blutete. Als sie nach der Mamsell klingelte, kam niemand.

Am nächsten Vormittag riss ihre Mutter die Tür auf und schaffte samt und sonders alle Bücher und Magazine heraus. Während sie die Sachen einfach auf den Flur warf, hielt sie ihr eine Moralpredigt. Mama hatte das Tablett mit Milch und einer Schnitte Brot genommen, das die Mamsell gebracht hatte, und es auf Katharinas Sekretär geknallt. Seitdem hatte praktisch niemand mehr ein Wort mit ihr gewechselt.

Wie öde ihre Welt geworden war. Mama hatte schon während ihrer Abwesenheit jede Kommodenschublade und jedes Fach in ihrem Zimmer durchstöbert. Glücklicherweise hatte sie nicht das Geheimfach gefunden, in dem sie alle Briefe von Julius versteckte. Eine kleine Holzplatte im Inneren ihres Kleiderkastens war locker. Dahinter gab es einen Hohlraum. Als sie ihn vor Jahren entdeckt hatte, war dort nichts drin gewesen.

Die Briefe waren die einzige Lektüre, die ihr geblieben war. Aber sie wagte es nicht, sie hervorzuholen. Sie hatte nur einmal kurz überprüft, ob sie noch da waren. Im Moment war es das Einzige, was sie noch mit Julius verband. Wenn Mama sie überraschte, wenn sie seine Liebesschwüre gerade las, würde sie noch wütender werden, obwohl das kaum vorstellbar war. Andererseits, was konnte noch schlimmer sein als das, was hier gerade passierte?

Noch eine Frage trieb sie um: Was war aus Julius geworden? Katharina hegte große Sorge, dass ihre Eltern Julius angeschwärzt hatten. Ein Brief, vielleicht an das Bezirks-Kommando in Potsdam oder Ähnliches. Julius könnte umgehend nachgemustert und eingezogen werden.

Keinesfalls aber würden ihre Eltern es wagen, Ludwig von Preußen von dem Vorfall zu berichten. Sollte er auch nur den Hauch einer Ahnung bekommen, dass seine Verlobte über Nacht alleine mit einem fremden Mann gewesen war, er würde sich sofort aus seinem Heiratsversprechen winden. Nein, das würden Mama und Papa nicht riskieren.

Die Kutschfahrt mit Julius, ihr gemeinsames Frühstück in Stargard, ja, ihre ganze gemeinsame Flucht erschien ihr nun wie eine Fata Morgana. Ihr Leben hatte plötzlich pulsiert, ihre Träume getanzt. Doch von einer Sekunde auf die andere war alles abgestorben. Und nun wurde sie behandelt wie eine Aussätzige. Das Schlimmste war, dass sie einfach nichts mehr mitbekam. Niemand sagte ihr etwas. Niemand redete mit ihr.

Und seit zwei Tagen war noch etwas. Die Stimmung war umgeschlagen. Irgendetwas ging in diesem Haus vor sich, und sie hatte keinen Schimmer, was es war. Mama war gestern Mittag ganz verheult ins Zimmer gekommen. Statt sie mit ihren funkelnden Augen anzugiften, wie sonst immer, hatte sie sich mit einem bloßen Blick auf ihre Tochter zufriedengegeben. Das war das erste Anzeichen gewesen. Das zweite war, dass Mama sich gestern gar nicht mehr hatte blicken lassen. Und heute Morgen hatte Mamsell Schott ihr mit bleichem Gesicht das Frühstück serviert.

Katharina hatte sie gefragt, und die Hausdame schien auch eine Antwort im Sinn gehabt zu haben. Es war offensichtlich, dass sie angehalten war, nichts zu erzählen.

Die Schatten des Abends legten sich über die Landschaft. Der Blick nach draußen war ihre einzige Abwechslung, abgesehen vom Essen. Sie hatte nicht einmal ein anderes Kleid bekommen, sondern trug noch immer das schlichte Kleid, das sie für ihre Flucht angezogen hatte.

Jetzt fuhr ein Schlüssel ins Türschloss. Jemand klopfte leise und die Tür ging auf. Mamsell Schott trat ein, ein dunkles Kleid auf den Armen.

»Ihre Frau Mutter möchte, dass Sie sich umziehen. Sie werden heute Abend unten speisen.«

Katharina sagte nichts. Sie war heilfroh, endlich einmal aus dem Zimmer herauszukommen. Sie hatte schon befürchtet, sogar am Silvesterabend hier alleine sitzen zu müssen. Doch anscheinend hatten ihre Eltern ein Nachsehen mit ihr. »Haben Sie noch frisches Wasser, um sich zu waschen?«

»Ja, danke. Ich werde mich beeilen. Wie spät ist es jetzt? Wann wird es Essen geben?«

Die Mamsell schaute sie nicht einmal an. »Ihre Mutter wird Sie holen.«

Natürlich, wenn sie schon ihr Zimmer verlassen durfte, würde Mama über sie wachen.

Mamsell Schott griff nach dem Toilettentopf, nahm ihn schweigend mit hinaus und schloss wieder ab. Den Schlüssel nahm sie mit.

Katharina zog sich aus und legte das Kleid beiseite. Das dunkle Kleid war erst vor Kurzem weiter gemacht worden. Es war schon älter und schlicht. Je nach Lichteinfall konnte man nicht immer sagen, ob es dunkelblau oder schwarz war. Sie wusch sich und zog sich wieder an. Dann setzte sie sich auf die Bettkante und wartete. Ihre Ungeduld würde auch nicht dazu führen, dass Mama schneller käme.

Heute, am letzten Tag des Jahres, wurde traditionell später gegessen. In den letzten Tagen hatte sie keinen Appetit gehabt. Aber jetzt war Katharina richtig hungrig. Es dauerte Stunden, bis die Tür aufging. Mama trat nicht einmal herein. Katharina stand auf und ging auf den Flur. Ihre Mutter schaute sie nicht an, sondern lief ihr voraus. Sie folgte Mama in den Salon, wo schon Papa saß und Zeitung las.

»Wo ist Alexander?«

Papa ließ die Zeitung sinken. »Ich habe keine Ahnung.«

Doch genau in diesem Moment ging die Tür auf und Alexander humpelte herein. Er schaute Katharina nicht an, ganz so, als wäre sie nicht da. Sie fragte sich, was das wohl bedeutete.

»Dann lasst uns rübergehen.«

Mama hatte sich gar nicht gesetzt, sondern lief sofort hinüber in den Speisesalon. Es war nur für vier gedeckt. Katharina wusste nicht, wo Nikolaus im Moment stationiert war. Aber da – zumindest nach ihren letzten Informationen – an der Ostfront Waffenruhe herrschte, würde er das neue Jahr ebenfalls friedlich begehen können.

Ihre Schwester Anastasia war zurück in Ostpreußen. Wie sie in ihrem Brief geschrieben hatte, der kurz vor Weihnachten angekommen war, würde sie zumindest die Festtage mit ihrem Mann begehen können. Außerdem war sie erneut in guter Hoffnung. Vor allem in großer Hoffnung darauf, dass es dieses Mal ein Stammhalter werden würde.

»Isst Konstantin nicht mit uns?«

»Nein. Wir speisen im kleinsten Kreise.«

Kleinster Kreis, das bedeutete, nur die Familie. Nicht mal Pastor Wittekind schien eingeladen zu sein.

Alexander warf ihr einen Blick zu. Aber dieser Blick war merkwürdig, eindringlich gespannt und doch verstört. Alexander blickte abwechselnd von Mama zu Papa und wieder zurück zu ihr. »Ihr habt es ihr nicht gesagt?«

»Alexander! Dazu gibt es nichts zu sagen.« Mama schien äußerst düsterer Stimmung zu sein.

Papa blieb stumm. Sein Gesicht war fahl und glänzte verschwitzt. Erst jetzt wurde ihr bewusst, dass ihr das in letzter Zeit schon mehrere Male aufgefallen war. Er sah irgendwie krank aus. Aber vor ihrer Flucht hatte sie sich mit so vielen verschiedenen Gedanken getragen, die allesamt die Welt jenseits von Gut Greifenau betrafen. Jetzt plötzlich war ihre Welt winzig klein geworden, was aber auch zur Folge hatte, dass sie jede Kleinigkeit in sich aufsog.

»Was? Was habt ihr mir nicht gesagt?«

Katharina blickte ihre Eltern an. Ihr Vater legte mit äußerster Genauigkeit die Serviette auf seinen Schoß. Mama starrte einfach nur auf ihren Teller.

»Was ist mit Konstantin? Musste er zurück an die Front?«, fragte Katharina nachdrücklich.

Alexander schien tatsächlich empört darüber zu sein, dass ihre Eltern sie im Unklaren über das Schicksal ihres Bruders lassen wollten. Aber ihre Mutter ging sofort dazwischen, als er nur den Mund aufmachte.

»Keinen Ton. Ich sag es dir. Oder ich sperre dich genauso ein wie deine Schwester.« Das war keine leere Drohung.

Alexander sog scharf die Luft ein und starrte nun auch vor sich auf den Teller.

Vater fixierte irgendeinen Punkt auf der Tapete, bis Caspers, der oberste Hausdiener, mit der Suppenterrine eintrat. Die Stimmung war düsterer als auf einem Begräbnis. Sie aßen schweigend ihre Suppe. Und auch während der weiteren Gänge wurde kaum ein Wort gewechselt.

Caspers erkundigte sich nach jedem Gang, ob es gemundet habe und er abtragen dürfe. Papa bejahte dies. Das wiederholte sich so oft, bis zum Schluss das Sorbet hereingetragen wurde. Katharina hatte am Nachmittag durchs Fenster gesehen, wie Frau Hindemith das Eis dafür aus dem Eishaus geholte hatte. Es gab köstliches Pflaumensorbet. Mama rührte es kaum an.

Als alle fertig waren, stand Mama ohne einen Ton einfach auf und ging hinüber in den Salon. Alexander saß noch immer am Tisch und brütete vor sich hin. Und selbst Papa schien diese merkwürdige Szene gar nicht mitzubekommen. Mein Gott, was war geschehen? Je länger sie sie in Unwissenheit ließen, umso schlimmere Dinge malte Katharina sich aus.

Als sie schließlich in den kleinen Salon trat, saß Mama schon auf dem Sofa, ein Magazin in ihrer Hand, und starrte ins Leere. Papa goss sich äußerst üppig einen Obstbrand ein. Unaufgefordert stellte er Mama einen Kirschlikör hin, den sie aber nicht anrührte.

Alexander goss sich etwas Portwein ein. Und dann, weil ja doch niemand von ihm Notiz zu nehmen schien, ein zweites Glas, das er Katharina in die Hand drückte.

Sie suchte fragend Blickkontakt. Alexander schüttelte nur leicht den Kopf. Im Moment war es nicht möglich, mit ihm zu reden.

Als sie selbst nach einem Modemagazin griff, schien sogar ihre Mutter für eine kurze Sekunde zu bemerken, dass sie mit im Raum war. Sie schaute kurz hoch, prüfte, was Katharina sich da genommen hatte, und starrte dann weiter vor sich hin. Nur das Ticken der Standuhr war zu hören. Ein Klacken für jeden Moment ihres Lebens, der in der Zeit ertrank. So vergingen die nächsten zwei Stunden, bis es kurz vor Mitternacht war. Papa stand schwankend auf. Es war gruselig. Katharina kam sich vor, als wäre sie in einem Roman von Mary Shelley oder Edgar Allan Poe gelandet.

»Wir werden heute nicht schießen.« Papa schien seine Worte an niemanden gerichtet zu haben. Er sagte es einfach so ins Zimmer hinein.

Als sie ins Vestibül traten, hatten sich die Dienstboten bereits alle versammelt. Mamsell Schott und Herr Caspers standen mit dem Champagner bereit. Wiebke und ihre Schwester hatten sich untergehakt. Alle waren dick angezogen. Albert Sonntag unterhielt sich mit der Köchin, verstummte aber sofort, als die Herrschaften aus dem Salon traten.

Schweigend gingen sie alle hinaus. Als wäre es etwas Ungehöriges, fragte Caspers ihren Vater, ob er nun den Champagner ausschenken solle. Papa nickte und schaute auf seine Taschenuhr. Von drinnen hörte man leise die Standuhr schlagen. Selbst die Kirchenglocken schienen traurig zu sein, zumindest hatte Katharina den Eindruck. Sie schlugen pünktlich zwölf Mal zur Mitternacht. Wo in den anderen Jahren immer ein lautes, vergnügtes Glockenspiel gefolgt war, dröhnte nun Stille übers Land. Ob es an dem geheimnisvollen Vorkommnis lag oder ob die Dörfler die Lust am Schießen verloren hatten, niemand feuerte auch nur einen einzigen Schuss ab. Nur der Wind pfiff über die Schneelandschaft.

Als Papa sich endlich Mama zuwandte und sie tröstend in den Arm nahm, prosteten sich endlich auch alle anderen zu. Die Dienstboten wünschten sich untereinander ein gutes, friedvolles und glückliches neues Jahr.

Kurz darauf schien Alexander den gleichen Gedanken zu haben wie sie. Sie trafen sich hinter den Dienstboten.

»Was ist hier eigentlich los?«, zischelte Katharina leise. »Und wer hat mich verraten?« Besonders diese eine Frage brannte ihr seit Tagen auf der Seele.

»Nicht ich, falls du das glaubst. Die haben mich fast gelyncht, weil sie dachten, ich wüsste etwas über deine Flucht. Oder ich hätte dir gar geholfen. Es hat mich einiges an Kraft gekostet, sie vom Gegenteil zu überzeugen.«

»Du hast mich nicht verraten?« Katharina war sich nicht sicher, ob sie Alexander glauben sollte.

»Nein!«, gab er entrüstet von sich. »Denk mal nach: Jetzt, wo sich dein Liebestraum mit Julius in Schall und Rauch auflöst, löst sich auch meiner auf. Papa hat schon angekündigt, dass er mir kein Musikstudium finanzieren will. Ich habe nichts damit zu tun, dass sie dich aufgestöbert haben. Sie haben wohl gemerkt, dass du fort warst. Da war naheliegend, dass du zum Bahnhof nach Stargard bist. Papa hat mich gezwungen, die Kutsche zu fahren, weil er keinen der Dienstboten mit reinziehen wollte. Mehr kann ich dir dazu nicht sagen.«

»Was ist mit Julius?«

»Keine Ahnung. Ich weiß überhaupt nichts. Aber du weißt etwas viel Wichtigeres noch nicht: Konstantin ist vermutlich tot.«

Ihr stockte das Herz. »Tot?«

Alexander nickte. »Seit Samstag gibt es kein Lebenszeichen mehr von ihm. Papa hatte ihn tagsüber noch im Dorf getroffen, sagt er. Konstantin wollte wohl nach Pyritz, irgendwas kaufen. In der Nacht haben wir uns noch nicht besonders viel Sorgen gemacht. Vater glaubte, dass Konstantin dort in einem Hotel übernachtet hatte. Doch als er am nächsten Abend immer noch nicht zurückkam, hat er den Kutscher nach Pyritz geschickt. Konstantin war nicht im Hotel. In keinem Hotel. Niemand weiß, ob er überhaupt in Pyritz angekommen ist. Papa hat Suchtrupps losgeschickt, überall, auf die Felder, draußen in den Wald. Und dann hat Vater selbst, hinten in der Nähe vom Dunkelhain, nur wenige Meter vom Waldrand entfernt, eine Stelle gefunden: niedergetrampelter Schnee, als wenn ein Kampf stattgefunden hätte. Viel Blut und eine breite Schleifspur, die sich im Wald verliert. Dort hat man auch Konstantins Mütze gefunden.«

Katharina starrte ihn mit offenem Mund an. Ihr großer Bruder – tot? »Er könnte doch aber noch leben!«

»Papa hat den ganzen Wald absuchen lassen. Es ist nichts weiter gefunden worden. Konstantin ist einfach wie vom Erdboden verschluckt. Verschollen. Ich hab gehört, wie Papa zur Dienerschaft gesprochen hat. Er hat gesagt, dass wir uns alle nicht zu viel Hoffnung machen dürfen. Wenn man ihn jetzt noch finden würde, nach den Nächten dort draußen, dann vermutlich nur noch tot.«

Aus Katharinas Augen quollen die Tränen hervor.

»Reiß dich zusammen. Da kommt Mama.« Alexander drehte sich um und ging zum nächstbesten Dienstboten, um ihm ein gutes neues Jahr zu wünschen.

Mama trat an sie heran. Katharina dachte schon, sie wollte ihr auch ein gutes neues Jahr wünschen, doch sie sagte nur: »Komm jetzt. Es ist genug.«

Ohne zu murren folgte Katharina ihr in ihre Gefängniszelle zurück. Als Mama den Schlüssel zweimal im Schloss herumdrehte, war ihr, als würde eine feste Hand sie würgen. Erst jetzt gestattete sie sich endlich, über ihren Bruder zu weinen. Konstantin, einsam und alleine im Wald, erfroren oder getötet. Vermutlich. Vielleicht auch nicht. Anscheinend hatte Mama noch Hoffnung, während Papa keine mehr hatte. Diese Ungewissheit war quälend. Was war wirklich mit Konstantin passiert? Sie hatte zu wenige Informationen. Und die, die sie hatte, heizten ihre Fantasie mehr an, als dass sie etwas erklärten. Sie saß auf der Bettkante, bis ihre Tränen versiegten.

Irgendjemand, vermutlich die Mamsell, hatte ihr schon die Nachtkleidung herausgelegt. Im Kamin glühte es warm. Sie legte noch ein Holzscheit nach, zog sich um und schlug die Bettdecke auf.

Jetzt endlich, am Ende des Abends, stahl sich doch noch ein kleines Lächeln auf ihr Gesicht. Alexander hatte es ausgenutzt, dass das Zimmer während ihrer Abwesenheit nicht abgeschlossen worden war. Versteckt unter ihrem Kissen lag ein Roman. *Der Graf von Monte Christo*. Daneben eine Notiz: *Versteck es gut!*

Alexanders Schrift. Katharina entging nicht die leise Ironie seiner Lektüreauswahl. Abbé Faria und seine Bibliothek würden nun auch sie davon abhalten, den Verstand zu verlieren.

Überhaupt, sie musste es endlich schaffen, ihr Leben selbst in die Hand zu nehmen. Die Einsamkeit in den letzten Tagen hatte eine Erkenntnis in ihr hervorgebracht. Sie war immer alles viel zu naiv angegangen. Und sie hat sich immer auf andere verlassen. Das würde ihr nun nicht mehr passieren. Ab sofort würde sie ihre Flucht ganz allein planen und alle Möglichkeiten genaustens abwägen. Und für alle Eventualitäten würde sie sich Lösungen überlegen. Sie sollte nicht darauf setzen, dass Alexander ihr dabei half. Ab sofort war sie auf sich allein gestellt.

1918 – was würde ihr dieses neue Jahr bringen? Nicht ihre Hochzeit mit Ludwig von Preußen – so viel stand für sie fest. Dann dachte sie wieder an den Grafen von Monte Christo, der auch unschuldig gefangen genommen worden war. Und sie dachte an seine Pläne, und an seine Flucht.

8. Januar 1918

»Eugen, ich habe vorhin etwas Beunruhigendes mitbekommen. Die armen Pferde.«

»Wieso? Was ist denn los?« Eugen war müde. Gerade streifte er sich die Hosenträger ab und wollte sich ausziehen. Wieder war ein arbeitsreicher Tag zu Ende. Er hatte zu Abend gegessen und noch mal im Jungtierstall nach dem Rechten gesehen. Letzte Woche hatte eine der letzten Kühe, die ihnen noch geblieben waren, ein Kälbchen geboren.

»Die Männer, die Russen – sie behandeln die Pferde nicht gut.« Paul stellte seinen leeren Teller auf das Tablett zurück.

Wiebke oder Ida hatten ihrem Bruder das Essen hochgebracht. Noch immer aß Paul alleine oben auf dem Zimmer, da hin und wieder Boten oder Lieferanten in die Dienstbotenetage kamen. Niemand sollte ihn unten in der Leutestube entdecken und unangenehme Fragen stellen. Natürlich konnte auch jederzeit einer der Herrschaften hinunterkommen, obwohl das nur äußerst selten geschah. Im Grunde waren nur noch das Grafenpaar und die zwei jüngsten Kinder im Haus. Außerdem war die Komtess seit Tagen in ihrem Zimmer eingesperrt. Niemand wusste, wieso und weshalb. Vor zehn Tagen war sie mit ihrem Vater und ihrem Bruder von einer Kutschfahrt nach Hause gekommen. Seitdem hatte niemand außer Mamsell Schott sie zu Gesicht bekommen. Und die ließ sich nicht darüber aus.

Eugen schaute Paul an. Der junge Mann sah nun endlich nicht mehr aus wie kurz vor dem Verhungern. Er hatte etwas zugenommen, war aber immer noch sehr sehnig. Mit seinem schlanken Körperbau und den roten Haaren sah er seinen Schwestern wirklich verblüffend ähnlich. Paul durfte sich nicht sehen lassen, arbeitete aber trotzdem sehr fleißig mit. Er erledigte häufig nachts Aufgaben, und da er tagsüber nur heimlich herumschlich oder sich versteckte, hatten ihn wohl auch die Kriegsgefangenen nicht bemerkt.

»Ich habe etwas in die Remise gebracht. Da hab ich sie gehört, im Pferdestall. Es waren zwei von ihnen, Pjotr und noch ein anderer. Ich habe nicht verstanden, was sie gesagt haben, aber sie haben Mohrrüben gestohlen, die für die Pferde bestimmt waren. Und einer hat unter ihre Decken Kastanien gelegt. Also diese stacheligen Schalen.«

»Was?«, fragte Eugen entsetzt. Schon war er vom Bett aufgesprungen.

»Ich habe gewartet, bis sie weg waren. Dann bin ich zu den Pferden rein und hab sie rausgeholt.« Paul zeigte ihm zwei aufgebrochene stachelige Kastanienschalen.

Eugen sah sichtlich erleichtert aus.

»Es war ja nur Zufall, dass ich sie gesehen habe. Ich wette, sie holen sich öfter die Äpfel und Möhren. Oder was auch immer. Sie haben die Tiere auch scheu gemacht. Der andere, nicht Pjotr, hat sie mit der Peitsche geschlagen.«

Entrüstet lief Eugen im Zimmer herum. »Was für eine Schweinerei. Wieso machen die das?«

»Na ja, wenn du mich fragst, erklärt sich das mit den Möhren und Äpfeln sehr schnell.«

»Aber wieso misshandeln sie die Tiere?«

Paul zuckte mit den Schultern.

»Ich hab schon öfter mitgekriegt, dass die Russen die Maschinen sabotieren. Der Graf hat sich mehrere Male darüber aufgeregt. Er weiß nicht genau, wie er sie wieder reparieren kann. Wenn nur Graf Konstantin noch lebte! Der konnte ganz gut mit den Russen umgehen. Mit den Russen, den Polen und den Belgiern«, ergänzte Eugen.

»Ich hab ihn ja leider nie kennengelernt, Graf Konstantin. Aber ich glaube, er scheint von allen Söhnen der Netteste gewesen zu sein, oder?«

Eugen streifte die Schuhe ab und streckte sich lang auf dem Bett aus. »Allerdings. Ich glaube, wenn erst Graf Nikolaus das Gut leitet, suche ich mir eine andere Stelle. Bis dahin dauert es hoffentlich noch einige Jahre.«

Paul zog sich eine dicke Wollmütze über seine roten Haare. »Ich geh dann mal.«

Wie jeden Tag arbeitete Paul noch stundenlang nach Einbruch der Dunkelheit. Dafür schlief er lang. Morgens war die geschäftigste Zeit im Haus. Da bestand die größte Gefahr, dass er jemandem in die Arme lief, der ihn nicht sehen sollte.

Alle hatten sich schnell an den stillen und fleißigen Arbeiter gewöhnt. Es war eine unausgesprochene Übereinkunft. Selbst

Caspers hatte nicht lange gebraucht, um Paul Plümeckes Talente zu erkennen. Er erledigte so viele Dinge, die früher von Kilian erledigt worden waren. Tagsüber schlich er sich in die Stiefelstube und putzte die Schuhe. Oder besserte etwas an den Reisekoffern aus. Oder reinigte die Gewehre des Grafen. Beim Nähen stellte er sich nicht besonders geschickt an, deswegen hatte er es schnell wieder gelassen. Aber er bürstete die Kleidung von allen Herrschaften auf. Wenn es dunkel wurde, holte er Kohle und Holznachschub ins Haus. Manchmal, zu den seltenen Zeiten, wenn die Herrschaften außer Haus waren, saß er bei Frau Hindemith in der Küche, schälte Kartoffeln und putzte Gemüse.

Paul war ein angenehmer Zimmergenosse. Eugen musste sein Bett nicht machen, und Paul hielt das Zimmer sauber. Von ihm aus konnte dieses Arrangement noch ewig so weitergehen. Aber beiden war klar: Es war keine Lösung auf ewig. Wie alle fieberten sie einem hoffentlich glücklichen Ende des Krieges entgegen. Was Paul von der Front erzählt hatte, hatte ihm nicht gefallen. Überhaupt nicht.

Er hatte erzählt, wie sie tagelang in Belgien Gräben verschalt hatten, in strömendem Regen. Ohne angemessene Kleidung. Der Matsch hatte ihnen bis zu den Knien gestanden. Währenddessen nahmen sich die Offiziere und Postbeamten die Essensrationen der einfachen Soldaten. Bei ihnen kam kaum noch etwas an. Sie hatten Hunger, froren und selten genug konnten sie ausruhen. Nach zwei Wochen ununterbrochenem Dienst gerieten sie dann in ein Sperrfeuer. Plötzlich saß ihr Trupp in einer Falle. Sie konnten nicht zurück und nicht vor. Drei ganze Nächte mussten sie dort aushaaren, mit nichts weiter als dem Regenwasser. Bei einem Kameraden bildete sich aus einer kleinen Wunde ein Abszess. Er fieberte und jammerte die ganze Zeit über. Über ihnen ein Feuerwerk aus Granaten, und unter ihnen nichts als kalter Schlamm. Fast die Hälfte seines Trupps waren irgendwann aus dem Graben herausgesprungen. Sie wollten sich ergeben und wurden vor seinen Augen erschossen. Irgendwann hatte er nur noch geweint, wie ein kleines Kind. Das hatte er schamvoll erzählt.

* * *

Eugen starrte Wiebke an. Albert hatte ihm ein ums andere Mal Tipps gegeben, wie er sich bei dem Hausmädchen einschmeicheln sollte. Und wie das mit dem Turteln ging. Aber entweder wollte Wiebke ihn nicht verstehen, oder er stellte sich zu dämlich an. Tatsächlich vermutete er, dass es das Letztere war. Immer, wenn er besonders galant sein wollte, wirkte es besonders ungeschickt. Außerdem hatte er das Gefühl, dass ihn alle beobachteten. Als stände er auf einer Bühne. Dann gab er seine Annäherungsversuche wieder für Wochen auf. Doch immer wieder gewann das Gefühl die Oberhand, dass es sich lohnen würde. Wiebke war die Eine, die eine Frau, von der er glaubte, mit ihr glücklich werden zu können. Sie war nett und aufrichtig, fleißig und beharrlich. Ein bisschen bewunderte Eugen sie dafür, wie sie es geschafft hatte, einen Teil ihrer Familie wieder um sich zu scharen. Es war ihr größter Wunsch gewesen.

»Möchtest du noch eine Schnitte Brot?« Wiebke schob ihm den Brotkorb rüber, bevor Bertha ihn abräumen konnte. Der Frühstückstisch war schon halb leer gefegt.

»Nein … Nein danke.« Er schenkte ihr ein Lächeln, und sie lächelte tatsächlich zurück. Ach verdammt, wenn er die Zeichen nur lesen könnte. War sie nun höflich, oder war sie interessiert?

Seufzend stand er auf. Ida übernahm es heute Morgen, ihrem Bruder das Frühstück hochzubringen. Wiebke ging den Flur entlang in die Wäschekammer. Eugen sah ihr hinterher.

»So wird das nie was!«, raunte Albert ihm zu. Eugen presste seine Lippen zusammen und schaute zu ihm hoch.

»Ich kann es eben nicht.«

»Natürlich kannst du. Du musst doch kein großes Brimborium machen.« Albert sprach mit gesenkter Stimme. Er würde ihn nicht vor allen anderen vorführen. »Ich sag dir was: Du lädst sie an ihrem nächsten freien Nachmittag zu Kaffee und Kuchen ein.«

»Kaffee und Kuchen? Ich kann mir keinen richtigen Bohnenkaffee leisten. Und Kuchen ist doch verboten!«

»Ich leih dir etwas Geld. Dann lad sie zu einem Muckefuck und trockenem Gebäck ein. Siehst du: Schon klingt es nicht mehr so verführerisch.«

»Mmmh«, gab Eugen wenig überzeugt von sich. »Ich weiß nicht einmal, ob sie mich nett findet.«

Albert legte ihm eine Hand auf die Schulter. »Da bin ich mir allerdings sicher. Ich finde dich nett. Alle hier finden dich nett.«

»Ich mein ja nicht so nett. Anders nett.«

Albert grinste ihn an. »Ich weiß doch, was du meinst. Und ich glaube, Wiebke ist einfach nur eine furchtbar schüchterne junge Frau. Du kennst sie doch nun schon etwas länger. Was glaubst du, was sie machen würde, wenn sie einen jungen Mann nett fände?«

Eugen überlegt für einen Moment. »Ich glaube, sie würde sich dafür schämen.«

»Genau. Und deswegen muss die Initiative von dir ausgehen. Aber du darfst es nicht vor den anderen zeigen. Dann wird sie sich zurückziehen, weil sie Angst bekommt.«

Eugen nickte. Albert hatte ihm Mut gemacht. Er würde es genauso machen wie Wiebke. Er würde einfach beharrlich sein. Sie waren ohnehin beide noch viel zu jung zum Heiraten. Er hatte

Zeit, und Wiebke lief ihm ja nicht davon. Nun würde er sein Tagwerk erledigen. Irgendwann käme schon noch die richtige Gelegenheit für Muckefuck und trockenes Gebäck.

Als er über den Hof ging, sah er drei der Russen. Sie gingen in die Scheune. Vermutlich mussten sie das letzte bisschen Korn dreschen. Eugen folgte ihnen. In der neuen Scheune war es düster. Er blieb vorne stehen und beobachtete die Männer. Sie schienen es nicht besonders eilig zu haben, mit der Arbeit anzufangen. Doch dann bemerkte einer Eugen und rief den anderen beiden etwas zu. Er trat näher und holte die Kastanienschalen aus seiner Jackentasche heraus. Auf der ausgestreckten Hand hielt er sie den Männern entgegen.

»Erklärt mir das. Wieso macht ihr das?«

Die Männer schauten sich an. Schuldbewusst, wenn Eugen den Gesichtsausdruck erraten sollte. Niemand sagte etwas.

»Wieso?«

Einer der Männer vollführte mit dem einen Ende des Dreschflegels kleine Pirouetten in der Luft. Der andere schaute einfach nur auf seine alten Stiefel. Doch der dritte, Pjotr, sah Eugen direkt ins Gesicht.

»Wie kannst du mit Tier Mitleid haben, aber nicht mit uns?«, fragte er in gebrochenem Deutsch.

»Aber die Pferde haben euch nichts getan.«

»Ich dir auch nix getan. Ich hungere. Ich friere. Ihr behandelt mich wie Hund. Schlechter wie Hund.«

Was sollte Eugen dazu sagen? Er hatte ja recht. Obwohl es kalt war, wurde das Arbeiterhaus kaum geheizt. Sie bekamen wenig zu essen, soweit Eugen das beurteilen konnte. Kein Fleisch und fast jeden Tag den gleichen Rübeneintopf. Ihre Kleidung war zerschlissen und viel zu dünn für diese Temperaturen.

»Ich … ich werde versuchen, mit dem Gutsverwalter zu sprechen. Aber bitte quält die Tiere nicht.«

Einer der anderen lachte böse auf und sagte etwas auf Russisch, das Eugen nicht verstand. Es klang nicht nett.

Pjotr entgegnete ihm: »Menschen sollen nicht schlechter leben als die Tiere.«

War das für die Männer ausgleichende Gerechtigkeit? Fühlten sie sich dann besser, wenn sie die Tiere quälten? Weil es den Tieren dann noch schlechter ging als ihnen? War das für sie so eine Art Wiederherstellung der göttlichen Hierarchie?

»Das stimmt. Trotzdem. Wenn ich so was noch einmal mitkriege, dann sag ich es dem Grafen.«

»Und dann?« Sein Grinsen war bösartig. »Noch weniger als nix Essen kriegen? Und? Dann sterbe ich hier. Hier, nicht in Heimat.« Er zuckte mit den Schultern, als wäre das auch egal. Als könnte es kaum noch schlimmer kommen.

»Ich habe euch gewarnt. Das hätte ich nicht gemusst. Ich hätte euch auch direkt verpetzen können.« Eugen drehte sich um und ging. Das wenigstens hatte er nach über drei Jahren Krieg doch gelernt: dass es immer noch schlimmer kommen konnte.

Stunden später kam er verfroren zum Dienstboteneingang hinein. Es hatte leicht geschneit, und seine Kleidung war durchnässt. Vorne zog er seine dreckigen Arbeitsstiefel aus und die leichten Schuhe an, die hier im Haus getragen wurden. Er wusch sich die Hände und ging durch in die Leutestube. Sofort lief er durch zum großen Kaminofen und hielt seine rot verfrorenen Hände über die Hitze.

Plötzlich bemerkte er, wie Bertha und Frau Hindemith, die mit den Tellern und dem Besteck für das Mittagessen am Tisch standen, ihn beklommen anschauten. Wiebke drückte sich hastig an den beiden vorbei und kam angeflogen.

»Ach, Eugen.« Schon lag sie um seinen Hals und drückte ihn fest. Fast hätte er sich gefreut, wenn er nicht den besorgten Ausdruck im Gesicht der Köchin gesehen hätte. Beinahe wirkte es, als hätte sie Tränen in den Augen. Auf dem Flur räusperte sich jemand. Bertha und Frau Hindemith traten zur Seite. Herr Caspers kam herein. Wiebke ließ ihn sofort los und wich zurück. Erst jetzt sah Eugen, dass Caspers ihm einen Briefumschlag hinhielt. Er war vom Militär.

Mit zitternden Fingern nahm er ihn an. Als er ihn öffnete, trat Irmgard Hindemith vor. »Es ist bestimmt nur ein Brief von einer anderen Stelle. So einfach können die dich nicht einziehen.«

Vier Mal war Eugen jetzt schon gemustert worden, das letzte Mal vor einer Woche. Drei Mal war der Brief vom Militärarzt gekommen, dass man ihn zurückstellte. Nicht tauglich. Doch dieser Brief war nicht vom Arzt. Dieser Brief sah aus, wie auch die Briefe von Karl Matthis und Kilian ausgesehen hatten.

Jetzt drängelte sich auch Bertha vor. »Und wenn du hin musst, kommst du bestimmt nicht an die Front. Das können die nicht machen. Du kannst doch noch nicht mal richtig ein Gewehr bedienen.« Ihre Worte sollten nett gemeint sein.

Er nickte. Was würden sie mit jemandem wie ihm machen? Steckte man ihn in die Feldküche, zum Kartoffelschälen? Tatsächlich behinderte sein rechter Arm ihn immer noch sehr, obwohl er in den letzten Jahren gelernt hatte, das meiste mit links zu machen.

Eugen las die wenigen Zeilen. Es kam ihm vor wie sein Todesurteil. In zehn Tagen sollte er sich melden.

Hinter den Frauen tauchte Albert auf. Der merkte sofort, dass etwas nicht stimmte. Dann sah er den Brief. »Wenn sie jetzt schon Krüppel einziehen, kann der Krieg nicht mehr lange dauern«, entfuhr es dem großen Mann bitter. »Ich … Entschuldige bitte.«

Eugen kannte Albert. Er wollte ihn ganz sicher nicht verletzen. Alle waren entsetzt darüber, dass der Stallbursche jetzt auch in die Schlacht ziehen sollte.

»Ich spreche mit dem Herrn Grafen. Bestimmt kann er da etwas machen. Sie können ihm schließlich nicht alle Arbeiter nehmen.« Selbst Caspers' Stimme zitterte.

Albert hatte recht gehabt. Alle mochten ihn. Und Wiebke, Wiebke hatte sogar so große Angst um ihn, dass sie ihn umarmt hatte. Wer hätte das jemals gedacht? Als er sie nun anschaute, standen ihr Tränen in den Augen. Jetzt hatte er sowieso nicht mehr viel zu verlieren, außer seinem Leben. Mutig griff er nach ihrer Hand und drückte sie. Und sie zog ihre Hand nicht weg.

Mitte Januar 1918

Adolphis stieg die Hintertreppe hinunter. In den letzten Tagen hatte er sich immer wieder kleinere Rationen Lebensmittel aus der Speisekammer geholt. Er hatte zwei Stunden suchen müssen, bis er den richtigen Schlüssel gefunden hatte. Natürlich besaß er als Hausherr alle Schlüssel zu allen Räumen des Herrenhauses. Aber bisher hatte er diesen Schlüssel nie gebraucht. Jetzt hatte er sich drei Mal schon einzelne Würste, Einmachgläser mit Obst und auch ein frisch gebackenes Brot mitgenommen. Doch wenn er nicht wollte, dass irgendeiner der Dienstboten verdächtigt wurde zu stehlen, dann musste er die Mitbringsel für Konstantin anders organisieren. Er trat vor das Arbeitszimmer von Caspers, klopfte kurz und trat ein.

Caspers saß über dem Einkaufsbuch und trug die Summen der letzten Rechnungen ein. Als er Adolphis sah, sprang er auf.

»Gnädiger Herr, haben Sie geläutet? Ich habe nichts gehört. Entschuldigen Sie bitte.«

Adolphis schüttelte seinen Kopf. »Nein, nein. Alles ist gut. Ich habe nicht geläutet. Herr Caspers, ich muss mit Ihnen etwas besprechen. Ich benötige Lebensmittel. Lebensmittel, für einige meiner Pächter, denen es nicht so gut geht. Ich möchte, dass Sie mir zweimal pro Woche einen Korb packen lassen.«

»Sehr wohl. Soll ich unsere Köchin dazu holen? Frau Hindemith?«

Frau Hindemith. Wenn es sich irgendwie umgehen ließ, wollte er mit dieser Familie nichts zu tun haben. Außer zu offiziellen Anlässen wie Ostern, Weihnachten und Silvester, wo sich alle Bediensteten oben versammelten und man für einen kurzen Moment zusammen feierte, hatte er mit der Köchin noch nie Kontakt gehabt. Die Menüfolge besprach Feodora in der Regel mit Mamsell Schott, die sich dann mit der Köchin abstimmte. Es kam wirklich nur alle Jubeljahre vor, dass sich die Köchin nach oben in die Räume der Herrschaft verirrte. Und so sollte es besser auch bleiben.

»Dazu besteht kein Anlass. Sagen Sie ihr nur, ich brauche heute Nachmittag einen Korb. Nur schlichte Sachen. Kartoffeln, Mohrrüben. Vielleicht ein Brot und etwas Speck. Eier haben wir ja auch genug. Eine Flasche Milch. So was in der Art. Nichts Besonderes. Ich muss meinen Pächtern nun nicht ausgerechnet gefüllte Täubchen mitbringen. Auch wenn Sie Frau Hindemith mein Kompliment überbringen können. Es schmeckt immer alles vorzüglich.«

»Sehr wohl.«

»Ich habe mir vorgenommen, das in den nächsten Wochen regelmäßig zu machen. Ich will ...« Adolphis sah den obersten Hausdiener an. Eigentlich musste er sich nicht erklären. Andererseits wollte er nicht, dass irgendjemand anfing, über seine Gründe zu spekulieren. »Ich muss mich mit den Pächtern gutstellen. Sie wissen ja, die Streikwelle im Land. Ich möchte, dass wir ein gutes Verhältnis haben zu unseren Leuten.«

»Natürlich.«

Mehr sagte Caspers nicht. Er wusste immer genau, wo sein Platz war. Tatsächlich glaubte Adolphis nicht, dass es ihn interessierte, dass er den Pächtern etwas zu essen gab. Oder dass es seine Meinung über seinen Dienstherrn maßgeblich beeinflusste. Ihm fiel auf, dass er überhaupt nicht wusste, was Theodor Caspers von ihm hielt. Merkwürdig, welche Gedanken ihm plötzlich kamen. Früher hätte er nicht eine Sekunde darüber nachgedacht, wie seine Bediensteten zu ihm standen. Doch je länger der Krieg dauerte, desto mehr wurden die Grenzen zwischen den Ständen verwischt. Und plötzlich stand er hier und dachte darüber nach, was sein Butler von ihm hielt.

Er schüttelte leicht den Kopf, als wollte er diese Gedanken vertreiben. Je schneller dieser Krieg vorbei war, desto besser für alle. Er sehnte sich nach den alten Zeiten zurück. Bestimmt würde innerhalb weniger Monate alles wieder seinen gewohnten Gang gehen.

»Gnädiger Herr?«

Caspers hatte sein Kopfschütteln nicht deuten können. Das war auch gut so. »Nichts. Geben Sie es einfach weiter. Bringen Sie mir den Korb dann bitte heute Nachmittag in die Remise.«

»Sie werden ihn persönlich vorbeibringen?« Davon schien Caspers tatsächlich überrascht. »Ich könnte Sonntag schicken.«

»Nein. Ich möchte ihn selbst überbringen.« Adolphis drehte sich weg. Natürlich durfte niemand erfahren, wer der wirkliche Empfänger war. Er musste sich noch überlegen, wie er die Lebensmittel ungesehen zur Wohnung der Dorflehrerin bringen konnte. Wenn er nun zweimal wöchentlich dorthin ginge, würde es auffallen. Er sollte besser mit ihr einen Treffpunkt außerhalb des Dorfes vereinbaren.

Vor drei Tagen war er zuletzt dort gewesen und hatte ihr ein paar Äpfel und etliche Holzscheite gebracht. Wie ein Dieb hatte er sie im Salon in einen Sack gepackt.

Aber Konstantin hatte recht. Er konnte nicht aufs Gut zurückkehren. Die ersten zwei Wochen war sein Zustand kritisch gewesen. Erst am zweiten Tag hatte Adolphis es gemeinsam mit Rebecca Kurscheidt geschafft, ihn auf das Sofa unten im Wohnzimmer zu hieven. Und erst nach zwei Wochen hatten sie ihn die Treppe zum Schlafzimmer hoch geschafft. Das war für alle eine Erleichterung gewesen. Jederzeit konnte es an der Türe klopfen und irgendjemand hätte Konstantin entdecken können. Dort oben würde ihn niemand finden. Dort oben kam nur Rebecca Kurscheidt hin, und jetzt auch er.

Konstantin hatte darauf bestanden, dass er niemandem Bescheid geben durfte, auch nicht Doktor Reichenbach. Rebecca Kurscheidt hatte allerdings ihrem Vater telegrafiert und ihm mitgeteilt, was sie wusste. Er hatte ihr umgehend einen ausführlichen Brief zurückgeschickt, der sie alle beruhigt hatte. Fakt war, dass das Messer anscheinend wie durch ein Wunder kein lebenswichtiges Organ getroffen hatte. Sonst wäre er nämlich bereits tot, wie Dr. Kurscheidt schrieb. Doch anscheinend hatte das Messer neben einigen Muskelsträngen auch mehrere kleine Blutgefäße verletzt, denn Konstantins Oberkörper war mittlerweile von einem riesigen Hämatom überzogen, das nun anfing, in allen Farben zu schillern.

Man konnte nicht viel mehr tun, als die Wunde sauber zu halten und regelmäßig die Verbände zu wechseln. Die Lehrerin desinfizierte die Wunden täglich. Solange sich keine negative Veränderung zeigte, war Konstantin bei ihr bestens aufgehoben. Doch um wieder zu Kräften zu kommen, brauchte sie ausreichend Verpflegung.

»Schön, schön. Dann machen Sie weiter.«

Er trat in den Flur. Im gleichen Moment sah er links von sich eine Figur in die Stiefelstube huschen. Rote Haare, groß, schlaksig. Sah so das neue Stubenmädchen von hinten aus? Sie würde wohl kaum in Hosen herumlaufen. Vermutlich war es ein Lieferant, aber wieso bewegte der sich hier unten so frei? Adolphis wollte dem auf den Grund gehen.

Doch schon stand Caspers hinter ihm und wirkte irgendwie nervös. »Gnädiger Herr, kann ich noch etwas für Sie tun? Soll ich Ihnen einen Kaffee hinaufbringen?«

Kaffee? »Nein danke. Ich habe doch gerade erst gefrühstückt.«

Caspers wollte sich an ihm vorbeidrängen, doch Adolphis stand so ungünstig, dass er es nicht schaffte, ohne unhöflich zu werden.

»Nein … Ich …« Plötzlich erschien am Ende des Flures Ida. Die Rothaarige schaute nervös zu den beiden Männern hin.

Adolphis stutzte. Irgendetwas war hier doch im Busch! Er drehte sich um, ging schnurstracks auf die Stiefelstube zu und riss die Tür auf. Mittig auf dem Tisch standen etliche Schuhe, Stiefel und Ledergamaschen, frisch gewienert. Er trat in den Raum und erschrak. Hinter der Tür versteckte sich jemand. Ein Fremder.

»Caspers!« Automatisch war Adolphis einen Schritt zurückgetreten. »Schnell, die Flinte.«

Doch der Hausdiener trat durch die Tür, mit hängenden Schultern, und sah sich den Einbrecher in Ruhe an.

Zur gleichen Zeit schoss das Stubenmädchen in den Raum. »Ich kann es erklären. Ich kann alles erklären.«

Adolphis schaute sie konsterniert an. Von der Hintertreppe kam lautes Getuschel, und plötzlich stand auch Wiebke im Türrahmen. Ihre Augen waren aufgerissen und sie zitterte am ganzen Leib.

»Was ist hier los?«

Caspers machte den Mund auf, aber Ida Plümecke war schneller. »Das ist mein Bruder. Paul Plümecke. Er hilft hier mit. Er hat nichts Böses verbrochen.«

Auch Wiebke trat ein und ergriff die Hand des jungen Mannes, der noch keinen Ton herausgebracht hatte.

»Bitte, gnädiger Herr. Haben Sie Erbarmen. Er arbeitet hart für sein Essen.«

Adolphis wusste nicht, mit welcher Frage er anfangen sollte. »Er *arbeitet* für sein Essen? Haben wir ihn etwa angestellt, und ich weiß nichts davon?«

Theodor Caspers räusperte sich. »Nein, er ist nicht bei uns angestellt. Er arbeitet für Kost und Logis.«

»Wieso hat mir niemand etwas davon gesagt?«

Wieder ein lautes Räuspern. »Weil … Paul Plümecke …«

»Er ist fahnenflüchtig, gnädiger Herr«, stieß Ida Plümecke aus. »Bitte verraten Sie ihn nicht.«

»Fahnenflüchtig? … Unter meinem Dach?« Adolphis fixierte Caspers. »Ja, sind Sie denn alle wahnsinnig?!«

Caspers schaute betreten auf seine Schuhe und ließ seine Fingerknöchel knacken. Es war das einzige Geräusch, was zu hören war. Alle schienen den Atem anzuhalten.

»Herr Caspers, was hatten wir besprochen? Nach der Geschichte mit dem … Sie wissen schon, das schwarze Büchlein von Mamsell Schott … Sie dürfen sich keinen einzigen Fehler mehr erlauben!«

Der Hausdiener riss die Augen auf und schluckte hektisch. Er bekam kaum ein vernünftiges Wort heraus. »Ja, ich …«

Nun erschien auch noch Mamsell Schott auf dem Flur. »Was ist denn hier los?« Sie drängte sich an Wiebke vorbei, entdeckte Adolphis und im gleichen Moment Paul Plümecke.

»Ach herrjemine!«

»Sie sagen es. Können Sie mir vielleicht erklären, was es mit dem jungen Mann auf sich hat?« Adolphis' Ton war harsch.

Mamsell Schott entdeckte Caspers, der zusammengesunken schuldbewusst vor den anderen stand. Sie verschränkte ihre Hände, hob ihren Kopf und drückte ihren Rücken durch.

»Gnädiger Herr, Paul ist aus den Schützengräben Flanderns zu uns geflohen. Er war völlig mit den Nerven am Ende.« Sie überlegte einen kleinen Moment, wie sie ihre nächsten Worte formulieren wollte. »Wir hatten die große Befürchtung, er würde sich etwas antun. Wir wollten ihn nicht auch aus dem Wasser fischen müssen, genau wie damals unsere arme Hedwig. Auch wenn es natürlich ein bedauerlicher Unfall war ... Deswegen haben wir ihn hier versteckt.« Ottilie Schott schaute ihm geradewegs in die Augen. »Wir haben eben alle unsere kleinen Geheimnisse, aber aus wohlgemeinten Gründen.«

Verdammt. Hedwig Hauser. Natürlich sagte die Schott nichts weiter. Natürlich erpresste sie ihn nicht öffentlich. Sie wusste genau, dass sie dabei den Kürzeren ziehen würde. Es war vielmehr eine Art, darauf hinzuweisen, dass es Geheimnisse gab, die man besser ruhen ließ.

»Und wenn ich es sagen darf, gnädiger Herr, er ist außerordentlich fleißig. Genau wie alle Plümeckes. Seit Kilian fort ist, kommen wir kaum noch zurecht. Und gestern ist nun auch Eugen fort. Paul ist uns eine große Hilfe. Die Wahrheit ist: Wir kämen ohne ihn nicht aus. Außerdem sind wir sehr vorsichtig, dass niemand Außenstehender ihn entdeckt.«

Caspers' Augen wanderten über die Schuhe und Stiefel, die dort aufgereiht standen. »Er ist wirklich sehr begabt und außerordentlich tüchtig. Er holt spätabends das Holz herein und verteilt es auf die Etagen. Ich trage es dann nur noch in die Räume. Genauso machen wir es mit Frisch- und Brauchwasser und anderen Dingen.«

Adolphis schaute sich den jungen Mann von oben bis unten an. »Und? Paul Plümecke? Können Sie auch selbst reden?«

Der junge Mann nickte beflissentlich. »Ich arbeite über vierzehn Stunden am Tag. Ich nehme keine Almosen. Ich arbeite für Essen und Unterkunft. Mehr will ich nicht. Ich möchte nur nicht zurück an die Front müssen.«

»Wie alt sind Sie?«

»Gerade dreiundzwanzig Jahre.«

»Und was haben Sie gelernt?«

»Ich habe eine abgeschlossene Lehre als Metallschmied. In meinem ersten Jahr beim Militär habe ich noch hinter der Front in der Schmiede gearbeitet. Doch dann wurde ich nach vorne verlegt. Aber es war …« Er schluckte hart. Sein Gesichtsausdruck zeugte von den Gräueln, die er erlebt haben musste.

»Ein Schmied also.« Der junge Warmbier war vor zwei Monaten eingezogen worden. Und nachdem der alte Warmbier im letzten Winter gestorben war, hatten sie nun keinen Schmied mehr direkt in Greifenau. Die nächste Metallschmiede war drei Dörfer weiter weg.

Der junge Mann sah kräftig aus. Groß und schlaksig, aber von Nahem wirkte er eher sehnig als hager. Adolphis dachte für einen Moment nach. Was konnte ihm denn Besseres passieren als ein fleißiger Arbeiter, der keinen Lohn bekam? Zudem jemand, der Pflugscharen und andere wichtige Dinge schmieden oder reparieren konnte. Und wenn der junge Warmbier aus dem Krieg zurückkam, wenn er denn zurückkam, konnte er gewiss Unterstützung brauchen.

»Wer weiß noch Bescheid?«

Caspers sah sich genötigt, etwas zu sagen. »Hier unten alle. Eugen und Sonntag, Frau Hindemith und Bertha Polzin.«

»Und wie lange geht das schon?«

»Seit letztem November.«

»November?« Adolphis pfiff leise durch die Zähne. »Meine Güte, Sie sind diskret.«

Alle Augen starrten ihn neugierig an. Sie warteten gespannt auf seine Entscheidung. Im Grunde genommen fiel sie ihm nicht schwer.

»Er kann bleiben. Aber Sie müssen ihn weiterhin verstecken. Und wenn ihn jemand erwischt, habe ich von nichts gewusst.«

Der Rothaarige trat vor. »Wenn mich jemand erwischt, dann werde ich so tun, als wäre ich gerade hineingeschlichen. Niemand hier soll durch mich zu Schaden kommen.«

Adolphis nickte. »Ein Glück, dass wir im Moment ohnehin so wenig Besuch bekommen. Trotzdem bitte ich Sie, auch allen anderen Familienmitgliedern gegenüber äußerst diskret zu bleiben.« Er schaute einen nach dem anderen an. »Das alles gilt natürlich unter Vorbehalt. Niemand von uns weiß, wie es nach dem Krieg weitergehen wird. Vielleicht kommt ja der eine oder andere Dienstbote unversehrt aus dem Krieg zurück.«

»Selbstverständlich. Das wünschen wir uns doch alle. Wenn Kilian und Eugen wiederkommen, wären wir alle mehr als froh darüber«, sagte Mamsell Schott im Brustton der Überzeugung.

»Na dann!« Adolphis ging hinaus. Doch auf dem Flur drehte er sich noch einmal um. Natürlich, das Wesentliche fiel ihm erst wieder zum Schluss ein. Aber jetzt konnte er schlecht noch einen Rückzieher machen. Nicht, ohne sein Gesicht zu verlieren. Aber gerade darum ging es.

»Und noch etwas. Das sollten Sie sich alle gut einprägen: Nur weil ich es einmal durchgehen lasse, heißt es nicht, dass Sie nicht alle einen großen Fehler gemacht hätten. Das ist das letzte Mal, dass hier etwas im Haus passiert, von dem ich nichts weiß. Sie alle haben mein Vertrauen in Sie erschüttert. Sollte so etwas in der Art noch einmal vorkommen, können Sie sich samt und sonders eine neue Stelle suchen. Ich hoffe, ich habe mich deutlich genug ausgedrückt.«

Adolphis warf noch einen letzten scharfen Blick in die Runde und ging. Er musste wirklich besser darauf achten, dass seine Autorität nicht untergraben wurde.

Mitte Februar 1918

Feodora ruckte vom Sofa hoch, als hätte sie geschlafen. Aber sie hatte nicht geschlafen. Sie schlief viel zu wenig, war ständig übermüdet, fühlte sich zerschlagen und gerädert. Die Zeitung in ihren Händen war zerknittert. Sie musste wohl eine halbe Stunde auf das Foto mit dem erstarrten Rheinfall von Schaffhausen gestarrt haben. Seit Wochen schon war es furchtbar kalt. Es fühlte sich an wie ein russischer Winter.

Wäre Anastasia nicht wieder schwanger, hätte ihre älteste Tochter sie unterstützen und aufmuntern können. Doch sie erwartete ihr drittes Kind in weniger als zwei Monaten. Ohnehin war das Wetter nicht zum Reisen geeignet, als Hochschwangere schon mal gar nicht. Hauptsache, sie bekäme endlich einen Sohn. Vielleicht würde dann auch Graf von Sawatzki mehr zu Hause bleiben.

Konstantin – er war tot. Seit sieben Wochen war er nun fort. Einfach verschwunden. Morgens aus dem Haus gegangen und einfach nicht wiedergekommen. Adolphis schien es viel weniger auszumachen als ihr. Was sie wirklich verwunderte. Er wirkte so abgeklärt, als müsste man eben damit klarkommen. Wo er seinen Ältesten doch so geliebt hatte. In den Tagen nach Konstantins Verschwinden hatte er etliche Dinge veranlasst, aber dabei hatte er so kaltblütig gewirkt, als wollte er es nicht wahrhaben. Nun, vielleicht war es ja so. Vielleicht war die Gewissheit vom Tod seines Sohnes noch nicht wirklich zu ihm durchgedrungen. Vielleicht klammerte er sich an eine sinnlose Hoffnung, dass Konstantin wie durch ein Wunder eines Tages wieder auftauchen würde. Er sprach immer wieder von dieser Möglichkeit. Und bisher hatte man keine Leiche gefunden. Es war also nicht unmöglich.

Feodora glaubte das nicht. Ihr Herz zerriss. Sie hatte sich mit ihm zerstritten, hatte ihn als Sohn verstoßen, und nun war er tot.

Wie sehr wünschte sie sich, sich wenigstens mit ihm versöhnt zu haben.

Andererseits hatte sie ihm einfach nicht verzeihen können. Sein Beitrag zum Sturz des Zaren – sie hatte keine Ahnung, aber irgendwie schien er daran beteiligt gewesen zu sein. Adolphis wusste Bescheid, hüllte sich aber in Schweigen. Stieß jeden Versuch, darüber zu reden, zurück und sagte ihr, sie habe da etwas falsch verstanden. Doch sie hatte sehr wohl verstanden. Ihr eigener Sohn war mit dafür verantwortlich, dass jetzt Abschaum in ihrem geliebten Heimatland regierte. Und sie durfte nichts von ihren Gefühlen ausleben, weil ihr eigenes Volk zum Feind geworden war. Manchmal fühlte sie sich, als würde reines Essigwasser durch ihre Adern zirkulieren. Jede Stelle ihres Körpers und ihres Geistes fühlte sich wund und verätzt an.

Und wofür? Nun gut, die Kämpfe an der Ostfront lagen auf Eis, im wahrsten Sinne des Wortes. Doch anscheinend stockten die Waffenstillstandsverhandlungen. Und mit jedem weiteren Tag, an dem die Bolschewiki an der Macht waren, entfernte sich das große Zarenreich mehr von dem, was es einmal gewesen war. Mit jedem weiteren Tag wurde es unwahrscheinlicher, dass eintreten würde, was Adolphis ihr versprochen hatte: dass der deutsche Kaiser den Zaren wieder einsetzen würde, wenn der Krieg gegen Russland beendet wäre. Stattdessen schwappte die Macht des Pöbels nun schon ins Kaiserreich.

Dieser Lenin hatte zur Weltrevolution aufgerufen, und die Menschen folgten seinem Ruf. Im Januar waren Tausende und Abertausende auf die Straße gegangen, hier im Deutschen Reich. Über eine Million Arbeiter hatten sich beteiligt. Der Kaiser hatte sogar einige Berliner Großbetriebe unter Militäraufsicht stellen lassen, um die Massenstreiks zu beenden.

Genau solche Leute, die Bolschewiki, hatte Konstantin an die Macht gebracht. Ihr eigener Sohn … der nun tot war. War das die gerechte Strafe? Tat sie Adolphis unrecht, und er trauerte nicht um seinen Sohn, weil er seinen Tod als gerechte Strafe ansah? Dafür, dass er die Besten aus ihrer alten Heimat zu Flüchtlingen gemacht hatte?

Das einstmals herrschaftliche russische Reich blutete seine Adeligen aus. Ein Aderlass ohnegleichen. Und die, die es nicht ins Exil schafften, oder nicht schaffen wollten, wurden bei lebendigem Leib von der neuen Gesinnung verspeist. Die ganze Welt war darüber in Aufruhr. Dutzende Monarchen befürchteten, dieses Vorbild könnte in ihrem eigenen Land Schule machen.

Noch immer war das Gut Greifenau eine willkommene Anlaufstelle für die russische Oberschicht. Viele kamen, zu viele. Seit Konstantin verschwunden war, hatte sie etliche fortgeschickt, oder wenigstens darauf gedrängt, dass sie bald weiterzogen. Jedes Mal, wenn es unangekündigt klingelte, hoffte Feodora, dass es ihre Brüder waren. Sie hatte nichts mehr von ihnen gehört.

Adolphis versuchte immer wieder, sie zu beruhigen. Es herrschten Tumult, Chaos und in vielen Gegenden Russlands reine Willkür. Die Post wurde säckeweise in die Gräben geworfen. Es könnte sein, dass die Brüder ihr geschrieben hatten und die Briefe nie angekommen waren. Sie gab die Hoffnung nicht auf, dass sich alles noch zum Guten wenden würde. Auch, wenn sie nicht wusste, woher sie noch die Kraft und den Glauben dafür nahm.

Und ihr eigenes Gut? Es schien ihr, als würde all das Glück vergangener Tage ihr durch die Finger rinnen, und sie konnte nichts dagegen tun. Adolphis ließ sich nicht über die Schulden aus, aber dass sie nicht gerade gering waren, war auch ihr bewusst. Alexander schien mit seinen Gedanken in einem Luftschloss zu leben. Er interessierte sich nicht für das Schicksal des Gutes. Ausgerechnet jetzt, wo er in der Erbfolge eine Stelle nach oben gerückt war. Und Nikolaus war so begierig, im Krieg Heldentaten zu vollbringen, dass Feodora jederzeit mit seinem Tod, oder zumindest mit einer schwerwiegenden Verletzung rechnete. Was, wenn das Gut schlussendlich in Alexanders Hände fallen würde? Was für eine katastrophale Vorstellung.

Zudem schien es Adolphis gesundheitlich nicht besonders gut zu gehen. Wie er eben war, wischte er jeden Einwand vom Tisch. Aber sie merkte es doch. Das Schwitzen, die Übelkeit, Kopfschmerzen und anderes. Zwar ging er auf ihr Geheiß immer wieder zu Doktor Reichenbach, doch der wusste auch nichts mit ihm anzufangen. Und Katharina – jeder Tag, den sie eher verheiratet war, würde Feodora eine große Erleichterung verschaffen.

Erst jetzt wurde ihr bewusst: Konstantin war derjenige, der immer über das Schicksal des Gutes gewacht hatte. Und nun war er tot, ausgerechnet in diesen schweren Zeiten.

Es klopfte, die Tür ging auf und Caspers erschien. Obwohl sie ihn nicht lieber mochte als früher, hatte es mittlerweile etwas Tröstliches, dass er noch immer da war. Er war zu alt, um zum Militär eingezogen zu werden.

»Gnädige Frau, die Nachmittagspost.«

Sie seufzte. Hoffentlich war etwas Erfreuliches dabei. Eine aufmunternde Nachricht konnte sie heute wirklich gebrauchen. Caspers hielt ihr das Silbertablett hin und sie nahm vier Briefe entgegen.

»Sagen Sie bitte Mamsell Schott Bescheid, dass ich später mit ihr die Menüs der nächsten Woche planen möchte.«

»Sehr wohl.« Der grauschattige Hausdiener zog sich leise wieder zurück.

Post von Frederike, einer Freundin aus Berlin. In ihrem letzten Brief hatte sie Feodora überschwänglich zur Verlobung von Ludwig von Preußen mit Katharina gratuliert. Natürlich wusste sie nicht, was seitdem passiert war. Glücklicherweise wusste das niemand, außer den Beteiligten. Nicht einmal die Dienerschaft wusste, warum die Tochter des Hauses in ihrem Zimmer eingeschlossen wurde. Sie hatten wirklich Glück gehabt. Adolphis hatte umsichtig reagiert. Feodora wollte sich gar nicht vorstellen, was gewesen wäre, wenn er den Zug nicht mehr rechtzeitig erreicht hätte. Sie wären Schimpf und Schande ausgesetzt gewesen.

Ein anderer Brief war von Mathilde, der Tochter einer entfernten Cousine von Adolphis. Jetzt krochen sie alle raus aus ihren Löchern. Katharina war noch nicht verheiratet, da gab es schon Freundschaftsbekundungen und Einladungen und Geschenke alle Art. Jeder wollte sich ins Gedächtnis bringen, wollte plötzlich mit der baldigen deutschen Prinzessin befreundet sein. Vielleicht ergatterte man sogar einen Platz auf der Liste der Hochzeitsgäste.

Ihre Tochter hatte ihr die Freude vergällt. Jetzt würde Feodora tausend Kreuze schlagen, wenn alles vorbei war. Wenn Katharina endlich Ludwigs Frau war. Dann war sie sein Problem. Und sie musste sich nicht mehr um die Flausen ihrer Tochter kümmern.

Sie würde Mathildes Brief später lesen. Diese Art Briefe mit ihren stürmischen Beglückwünschungen war die einzige Korrespondenz, die Katharina noch zu sehen bekam. Aber trotzdem wurde zuvor nun jede Zeile kontrolliert. Ein Brief war von Anastasia. Der würde hoffentlich etwas Erfreuliches für sie bereithalten. Sie wollte ihn gerade schon öffnen, als sie sah, von wem der vierte Brief war – Ludwig von Preußen.

Der Brief war sehr kurz und nüchtern gehalten. Er bestand mehr aus Floskeln denn aus wohlüberlegten Worten. Ludwig kündigte sein Kommen an für die Osterwoche. Der Brief war sowohl an Katharina wie auch an ihre Eltern gerichtet. Feodora hatte seinen Eltern bisher drei Mal geschrieben. Deren Antworten waren immer äußerst einsilbig ausgefallen. Es war nicht zu übersehen, dass sie die Hochzeit ihres Sohnes mit einer Grafentochter nicht wirklich guthießen. Trotzdem ging Feodora davon aus, dass sie sich an das Versprechen gebunden fühlten. Und das war alles, was zählte. Alle Schwierigkeiten von vor der Hochzeit wären vergessen und nichtig, sobald Katharina verheiratet war. Nur darauf kam es an.

Nun gut. Ludwig würde kommen, und sie würden ihn ein paar Tage hier beherbergen. Vermutlich würde er mit seiner Mutter anreisen, wie er schrieb. Dann würden sie endlich alle Details der Hochzeit klären können.

Feodora las nun doch noch Mathildes Brief, in dem sie überschwänglich ihre tiefe Zuneigung für Katharina bezeugte. Und in dem sie davon schwärmte, was Katharina doch für ein Glück hatte. Das war genau der richtige Brief, ihrer Tochter vor Augen zu führen, wie glücklich sie sich schätzen durfte.

Sie nahm die beiden Briefe und stieg die Treppe hoch. Als sie den Flur entlangging, traf sie auf Alexander. Er humpelte in Richtung seines Zimmers.

»Was tust du?«

»Ich gehe in mein Zimmer.«

»Na, das sehe ich selbst. Ich wollte wissen, womit du dich gerade beschäftigst.«

Er schaute sie überrascht an. Als würde sie sich sonst nie nach seinem Befinden erkundigen.

»Nichts. Was sollte ich hier schon tun?«

»Du könntest deinen Vater unterstützen. Ich bin mir sicher, dass er deine Hilfe gebrauchen kann.« Sie blieb vor Katharinas Zimmer stehen.

Alexander bedachte sie mit einem äußerst skeptischen Blick. So, als wenn er ihr nicht ein Wort glauben würde. Sie beide wussten doch sehr wohl, dass Papa kein bisschen auf seine Hilfe zählte.

Feodora nestelte an ihrem Halsausschnitt und zog eine Kette mit einem Schlüssel hervor. Der Schlüssel zu Katharinas Räumen.

Alexander verzog spöttisch seinen Mund.

»Was ist? Wieso grinst du so komisch?«

»Ach nichts. Ich musste nur gerade daran denken, dass es im Falle eines Feuers bestimmt sehr hilfreich sein dürfte für Katharina, dass niemand die Tür aufmachen kann.«

Für einen Moment stutzte Feodora. Daran hatte sie noch gar nicht gedacht. Es änderte trotzdem nichts. »In der Sekunde, in der sie mit diesem Bürgerlichen fliehen wollte, hat sie sich selbst der Gefahr ausgesetzt. Hätte sie ihren Plan in die Tat umgesetzt, dann wäre sie jetzt verbrannt. Verbrannt für uns.«

»Wie du meinst.« Alexander drehte sich um und humpelte in Richtung seiner Räume weiter.

Feodora sah ihrem Sohn hinterher. Wie konnte man nur so wenig Elan für irgendwas aufbringen. Sie verstand ihn nicht. Sie hatte keine Ahnung, was er sich vom Leben erhoffte. Adolphis hatte letztens erzählt, dass Alexander von einem Musikstudium fabuliert hatte. Das war vollkommen absurd. Natürlich, er hatte wirklich eine außerordentliche Begabung. Aber um Himmels willen, sollte der Schwager eines kaiserlichen Prinzen etwa Pianist werden, der in öffentlichen Hallen für Geld auftrat?

Manchmal fragte sie sich, was sie falsch gemacht hatte. Konstantin hätte sie sich kaisertreuer gewünscht. Und Katharina und Alexander waren geradezu missraten. Aber nein, sie hatte nichts falsch gemacht. Schließlich konnte sie an Nikolaus und Anastasia sehen, welche Früchte ihre Arbeit trug.

Energisch schloss sie die Zimmertür auf und trat ein. Katharina saß auf der Fensterbank.

»Komm da sofort herunter. Du bist doch nicht irgendeine Schulgöre!«

Katharina drehte langsam den Kopf zu ihr und sah sie nur an. Sie bewegte sich nicht, und sie sagte nichts.

Feodora packte sie am Arm und zerrte sie herunter. Ihre Tochter wehrte sich kaum. Sie machte ein paar große Schritte und ließ sich dann auf ihr Bett sinken.

Vielleicht war es endlich soweit. Vielleicht gab Katharina endlich ihren Widerstand auf. Feodora schöpfte neue Hoffnung. Sie hielt ihr einen Brief unter die Nase. »Schau, was Mathilde schreibt. Sie freut sich so sehr für dich.«

Doch Katharina bewegte sich kein Stück. Sie drehte nicht einmal den Kopf, geschweige denn griff sie nach dem Brief. Ungeduldig wedelte Feodora vor ihr mit dem Papier herum. Nichts.

»Es ist auch ein Brief von Ludwig gekommen. Dein Verlobter fragt, wie es dir geht. Und er kündigt seinen Besuch an. Sie werden vor Ostern kommen und mit uns gemeinsam die Feiertage begehen.« Sie wartete auf eine Reaktion.

Katharina faltete ihre Hände im Schoß, das war's.

»Hast du mich gehört?«

Jetzt war sie doch irritiert. Katharina starrte ins Nichts.

»Was ist mit dir? Wieso antwortest du nicht?«

Ihre Tochter drehte ihren Kopf und schaute zum Fenster hinaus.

»Jetzt rede gefälligst mit mir!« Feodora wurde nun wirklich wütend. »Ich befehle dir, mir zu antworten.«

Katharina schaute einfach weiter aus dem Fenster, als gäbe es dort etwas ganz besonders Interessantes.

Jetzt reichte es Feodora. Sie holte aus und schlug ihr heftig auf die Wange. Ihr Kopf schnellte zur Seite, und für einen Moment zeigte sie eine Reaktion, als wollte sie ihre Wange schützen. Doch dann setzte sie sich genauso wieder hin wie vorher.

In Feodora brodelte es. Was sollte sie mit ihr machen?

»Na gut, wie du willst. Du wirst heute kein Mittagessen bekommen und auch kein Abendessen. Ich werde Mamsell Schott

Bescheid sagen, dass sie dir eine Karaffe Wasser hochbringt. Mehr bekommst du heute nicht mehr.«

Für einen Moment hatte sie das Gefühl, dass sich Katharinas Mund tatsächlich verzog. Aber was sie dort zu erkennen glaubte, war Belustigung.

Feodora seufzte auf. Sie würde schon noch ihre Meinung ändern, sobald sie Hunger bekam. Heute Abend, oder spätestens morgen früh würde sie wieder nach ihr sehen.

»Ganz wie du meinst. Es wird sich ja zeigen, wer am Ende die Oberhand behält.« Feodora trat an den kleinen Sekretär heran und legte dort die beiden Briefe ab. Sollte sie sie doch lesen, wenn sie nicht dabei war. Doch als sie sich nun umdrehte, sah sie neben dem Bett das Frühstückstablett stehen.

Feodora trat näher heran. Katharina hatte etwas Kaffee getrunken, denn die Tasse war benutzt. Aber der Teller war unberührt und das Brot sah trocken aus.

»Wieso hast du nichts gegessen? Ist dir nicht gut?«

Wieder sagte ihre Tochter kein Wort. Und wieder spielte ein winziges belustigtes Lächeln um ihren Mund.

»Na schön.« Sie drückte auf die Klingel an der Wand und wartete.

Zwei endlos lange Minuten später klopfte es und die Mamsell trat ein. »Sie wünschen, gnädige Frau?«

»Bitte bringen Sie das Frühstückstablett herunter.«

Die Mamsell nickte und griff nach dem Tablett. »Ich wollte es vorhin schon holen, aber die Komtess hat keinen Bissen angerührt. Deswegen habe ich es stehen lassen. In den letzten Tagen hat sie immer weniger gegessen. Und gestern gar nichts.«

»Was soll das heißen? Sie hat gestern auch schon nichts gegessen?«

Die Mamsell senkte ihren Blick. »Deswegen habe ich das Frühstück noch nicht abgeräumt. Sie muss doch irgendwann Hunger bekommen.«

Beide schauten auf Katharina, die nun ihren Kopf hob. Sie drückte ihren Rücken durch und sah ihrer Mutter angriffslustig in die Augen.

»Ich trete in den Hungerstreik. So lange, bis ich aus diesem Gefängnis entlassen werde. Ich möchte lesen und ich möchte mich frei im Haus bewegen können.«

Eine heiße Welle durchflutete Feodora. Dieses Miststück. Sie brachte sie vor den Dienstboten in eine völlig unmögliche Situation. Lesen und sich im Haus frei bewegen, das könnte ihr so passen. Nein, sie würde ihre Tochter weichkochen. Dann sollte sie eben ein paar Tage nichts zu essen bekommen. Sie würde das nicht durchhalten. Aber die Tatsache, dass Katharina den gerade ausgesprochenen Sanktionen auf diesem Weg einen Strich durch die Rechnung machte, machte Feodora wirklich wütend.

»Und du glaubst, du kommst damit durch?« Sie bedeutete Mamsell Schott, das Zimmer zu verlassen. »Wir werden ja sehen, wie lange du's durchhältst. Du bist keine von diesen harten englischen Suffragetten. Du bist verwöhnt und weich. Ich gebe dir keine drei Tage, da kommst du auf Knien angekrochen für ein Stück Brot.«

Sie schlug die Tür hinter sich zu und drehte den Schlüssel so laut herum, wie es eben ging.

Keine drei Tage!

Kapitel 2

Ende Februar 1918

Konstantin erwachte, wie immer mit starken Schmerzen. Er spürte Rebeccas Hand auf seiner Haut. Schon die kleinste Anstrengung schickte eine Welle des Schmerzes durch seinen Körper. Trotzdem merkte er, wie es von Woche zu Woche ein winziges Stück besser ging.

Er lag in Rebeccas Bett. Sie hatte sich aus Decken, die Papa mitgebracht hatte, neben dem Bett eine eigene Lagerstatt errichtet. Tagsüber räumte sie alles beiseite, um ihn besser pflegen zu können. Sie stand schon sehr früh morgens auf und prüfte die Wunden. Dann machte sie ihm etwas zu essen und half ihm dabei. Danach war sie über Stunden nebenan im Klassenraum.

Er schlief viel und fühlte sich trotzdem immerzu erschöpft. Wann immer er aufwachte, konnte er durch die Wand Stimmen aus dem Klassenzimmer hören. In den Pausen riefen die Kinder auf dem kleinen Schulhof durcheinander. Er konnte keine Worte verstehen, außer alle Kinder sangen zusammen ein Lied. Es war äußerst merkwürdig und zugleich heimelig, hier zu liegen. Er fühlte sich getröstet und umhegt. Als wäre er im Leben eines anderen gefangen. Einem Leben mit schlichten Mahlzeiten und viel Kinderlachen. Es gefiel ihm.

Wenn ihm die Zeit zu lang wurde, las er. Rebecca hatte viele Klassiker, aber auch moderne Romane. Am meisten erstaunte ihn, dass sie Romane von Eugenie Marlitt las. Sie handelten allesamt von Liebenden aus unterschiedlichen Klassen. Zu ihrem

Vergnügen könnte sie sich das also sehr wohl vorstellen, was sie ihnen beiden nicht zutraute.

In den Nachmittagsstunden war Rebecca fast die ganze Zeit über bei ihm. Es gab nichts Schöneres, als aufzuwachen und ihre Hand auf seiner Stirn zu fühlen. Sie befürchtete, die Wunde könnte sich entzünden. Immer wieder war seine Temperatur hochgegangen und wieder gesunken. Jetzt rüttelte sie ganz sanft an ihm.

»Konstantin. Bist du wach?«

Er blinzelte. »Ja.«

»Ich hab warmes Wasser gemacht. Ich muss dich waschen.«

Einmal die Woche wusch sie seinen ganzen Körper von oben bis unten. Auf der einen Seite kam sich Konstantin vor wie ein hilfloser kleiner Junge, fast wie ein Baby. Auf der anderen Seite genoss er es, wie sie ihn fast streichelnd säuberte. Sie wäre die perfekte Krankenschwester. Sie wäre auch die perfekte Mutter. Sie wäre seine perfekte Ehefrau.

Vorsorglich hatte sie das Zimmer geheizt, denn nun zog sie ihm die Bettdecke vom Oberkörper und knöpfte seine Pyjamajacke auf. Das Aus- und Anziehen gehörte zum schmerzhaften Teil.

Was immer die Messerstiche auch sonst noch erwischt hatten – sie hatten auf jeden Fall seine Rücken- und Schultermuskeln verletzt. Er konnte den linken Arm kaum bewegen. Konstantin musste mehrere Male innehalten, weil der Schmerz ihn fast betäubte. Rebecca hatte viel Geduld mit ihm.

Sie tauchte einen Waschlappen in das warme Seifenwasser und fing an, ihn zu waschen. Manchmal verursachten die kleinsten Bewegungen unglaubliche Schmerzen. Überhaupt, wann immer er eine Bewegung mit dem Oberkörper machte, brach ihm der Schweiß aus. Er war froh, nach einer Woche aus der Kleidung herauszukommen und den alten Schweiß loszuwerden. Auf seiner rechten Seite waren die vielen kleinen Narben zu sehen, die ihm winzige Granatsplitter und umherfliegende Steine im Schützengraben beigebracht hatten. Rebecca strich mit den Fingern darüber. Es war eine unglaublich zärtliche Geste. Als wollte sie die Erinnerung an jede einzelne Wunde damit tilgen.

Doch Konstantins Gedanken gingen noch weiter in der Zeit zurück. Er erinnerte sich an ihre schönsten Stunden, in der Pension an der Ostsee, wo Rebecca ihm ebenso zärtlich verschworene Geheimzeichen auf seine nackte Brust gemalt hatte. Er genoss ihre Berührung. Als hätte sie ihm bei diesen ungehörigen Gedanken ertappt, zog sie plötzlich ihre Hand zurück. Als wäre sie über sich selbst erschrocken.

»Komm, ich muss dich umdrehen.« Doch als er sich nun auf die Seite drehen wollte, stieß der Schmerz wieder zu. Er sog zischend den Atem ein.

»Warte. Ich helfe dir.« Sie nahm das Laken über die ganze Breite und zog es nach vorne. Er rollte auf die Seite und atmete stöhnend aus. Es tat so weh.

»Schon vorbei, siehst du?«

Sie hatte ihm ein dickes Kissen vor den Oberkörper gelegt, sodass er seinen rechten Arm darauf abstützen konnte. Nun fing sie an, seinen Rücken zu waschen.

»Erinnerst du dich noch an unseren Ausflug an die Ostsee? Der letzte friedliche Monat unseres Kontinents.«

»Natürlich. Sommer 1914. Ganz Europa ist damals jubilierend zu den Fahnen gesprungen. Ich habe das Gefühl, dass heute außer einigen obersten Militärs keiner mehr verstehen kann, wie das passieren konnte. Die Welt war wie hypnotisiert.«

»Ich wünschte, wir könnten die letzten dreieinhalb Jahre einfach aus unser aller Leben schneiden. Aus unserem Leben, aus der deutschen Geschichte, aus dem europäischen Gedächtnis. So viel Leid, so viel Qual und so viele Tote. Du hattest mit allem recht, was du prophezeit hast.«

Konstantin überlegt, ob er Rebecca einweihen sollte, auch weil er sie unbedingt zurückgewinnen wollte. Er hätte damit sicher Boden bei ihr gutgemacht. Aber lieber sprach er weiter von ihren Tagen an der Ostsee.

»Weißt du noch, das kleine Fischrestaurant am Rand von Ahlbeck?«

Rebecca antwortete nicht. Sie wusch seine Beine und trocknete sie ab. Mittlerweile wich sie ihm aus, wenn ihr die Gesprächsthemen nicht gefielen. Sie wollte ihm keine Hoffnungen machen, das hatte sie ihm mehrfach gesagt.

Doch heute hatte sie selbst eine Frage. Eine Frage, die ihr schon sehr lange auf den Lippen zu liegen schien. Eine Frage, die sie wohl bisher, seinem Zustand geschuldet, noch nicht gestellt hatte.

»Konstantin, was meinte dein Vater mit der Frage, ob der Attentäter ein Bolschewiki gewesen sei? Du bist in Sankt Petersburg gewesen. Was hast du dort gemacht? Und wieso glaubst du, dass dich dort jemand erkannt hat? Wieso sollte jemand von der Ochrana nach deinem Leben trachten?«

Sie kniete vor ihm und sah ihm direkt in die Augen. Es war ja nicht so, als wäre er auf diese Frage nicht vorbereitet gewesen. Er konnte sich zwar kaum an das Gespräch mit seinem Vater erinnern. Aber dass diese Frage nach seinem Attentäter früher oder später kommen würde, war klar gewesen.

»Du musst mir versprechen, dass du das Geheimnis für dich behältst.«

Rebecca sah ihn prüfend an. Wenn sie es versprach, würde sie sich daran halten. Die Frage war, ob sie das wirklich wollte. Schließlich siegte ihre Neugierde. »Ja, ich verspreche es.«

Konstantin holte tief Luft, was ihn kurz aufstöhnen ließ. »Die Revolution der Bolschewisten … Sie wurde mit viel deutschem Geld unterstützt.«

»Dann ist Lenin doch ein deutscher Agent?« Einige Zeitungen hatten Gerüchte aus Russland aufgegriffen und spekulierten nun selbst darüber.

»Das glaube ich kaum. Er hat sich nur bestimmte Ereignisse zunutze gemacht, um an die Macht zu kommen. Dazu war ihm jedes Mittel recht. Selbst das Geld des deutschen Kaisers.«

»Was ist mit der Ochrana? Wieso glaubst du, dass die es waren? Die Bolschewisten haben den Zaren schließlich nicht gestürzt. Das ist ein halbes Jahr vor ihrer Machtübernahme passiert.«

»Das stimmt, aber bis zu dem Tag, an dem Lenin die Regierung übernommen hat, waren alle Entwicklungen noch umkehrbar. Der Zar hätte zurückkehren und die Duma auflösen können. Natürlich hätte er dafür viele zarentreue Soldaten benötigt. Aber mittlerweile war auch vielen Adeligen und Bürgerlichen und selbst den Arbeitern aufgegangen, dass sie von der neuen Regierung nicht viel zu erwarten hatten. Die provisorische Regierung hat zwar viele Verbesserungsvorschläge gemacht, aber sie hat nichts Grundlegendes geändert. Vor allem wurde die Versorgungslage für die Menschen nicht besser als unter dem Zaren.«

Rebecca nickte. So weit war sie wohl einverstanden mit seiner Analyse. Er sprach weiter.

»Ich war im letzten Sommer in Sankt Petersburg. Petrograd. Ich habe jemanden über die Grenze gebracht, von Stargard aus.«

»Lenin?«

»Nein, der war schon aus dem Exil zurück. Beziehungsweise, als ich dorthin gefahren bin, war er gerade für einige Wochen nach Finnland geflohen. Die Regierung unter Kerenski wollte ihn als deutschen Agenten anklagen. Meine Aufgabe war es zu schauen, ob der Geldfluss aus dem Kaiserreich auch ohne Lenin bei den richtigen Leuten ankam. Ich war nur ein paar Tage in der Stadt. Aber es war sehr aufschlussreich. Anschließend habe ich einen Bericht geschrieben. Das ist alles, was ich getan habe.«

»Nur einen Bericht geschrieben? Was kann daran so schlimm gewesen sein, dass man dich ermorden wollte?«

»Es ist weiterhin Geld geflossen. Noch mehr Geld. Millionen.«

»Dein Bericht hat dazu geführt, dass die deutsche Regierung die Bolschewiki mit Millionen Reichsmark unterstützt hat?« Rebeccas Stimme klang ungläubig.

»Es könnte natürlich sein, dass auch andere Berichte geschrieben haben.«

»Aber was stand denn im deinem Bericht so Wichtiges?«

Konstantin musste nach Luft schnappen. Er hatte noch immer Atemnot, wenn er länger redete. »Alle Parteien haben den Arbeitern und Bauern bessere Arbeitsbedingungen versprochen. Mehr Lohn. Mehr Gerechtigkeit. Schulen für ihre Kinder. Politische Parolen für die Zukunft verkündet. Aber sie alle haben verkannt, dass einem verhungernden Arbeiter das Morgen egal ist. Dass einem hungernden Kind ein besseres Schulangebot egal ist. Wenn man hungert, kann man eh nicht klar denken.« Er atmete tief durch. Noch jetzt brach seine Wut über das Elend heraus, das die Zarenherrschaft gezüchtet hatte.

»Das stand in meinem Bericht. Das Geld ging von den Bolschewiki direkt an die Notleidenden. Sie haben Brot verteilt, und Gemüse. Sie haben Feuerholz verschenkt, als es kalt wurde. Kleidung für die Arbeiterinnen und Schuhe für die Kinder im Winter. Sie haben Geld ausgezahlt für notwendige Medizin. Sie haben Ärzte in die letzten Kellerlöcher geschickt, um dort die Patienten aufzusuchen. So …« Konstantin musste kurz husten. »So kamen sie an die Macht in den Städten. Und als sie diese erlangt hatten, hat Lenin sofort am ersten Tag den Nagel in den Sarg des Zaren eingeschlagen. Per Dekret hat er den russischen Bauern die Umverteilung des Landes versprochen. Über achtzig Prozent der Bevölkerung sind bettelarme Bauern. Das Versprechen, dass das bewirtschaftete Land demnächst ihr eigenes sein wird – es bedeutete für sie das Paradies auf Erden. Genau ab diesem Zeitpunkt war die Entwicklung nicht mehr umkehrbar. Indem wir geholfen haben, die Bolschewisten an die Macht zu bringen, haben wir verhindert, dass der Zar jemals zurückkommen kann.«

»Dann hast du mit deinem Rat, den Bolschewiki Geld für Brot, Schuhe und Medizin zu senden, den Umbruch herbeigeführt?«

»Das hört sich ja fast so an, als hätte ich es alleine zu verantworten.« Konstantin lächelte leicht gequält.

Doch darum ging es Rebecca im Grunde gar nicht. »Und dabei hat dich irgendwer erkannt. Jemand, oder mehrere, die es dir nun übel nehmen.«

»Ich denke. Aber ich bin mir nicht völlig sicher. Es gibt noch andere Kräfte, die infrage kommen. Natürlich steht die zarentreue Ochrana ganz oben auf der Liste derer, die alle Unterstützer der Bolschewisten tot sehen wollen.«

»Wer noch?«

»Alles andere ist reine Vermutung.«

»Wieso verheimlicht dein Vater deiner Mutter und deinen Geschwistern, dass du lebst?«

Konstantin druckste herum. »Nikolaus, mein zweitältester Bruder, hat so seine eigenen Ansichten darüber, was mit der Monarchie passieren sollte. Ich bin mir nicht sicher, was für ihn wichtiger ist: die Monarchie oder der Sieg unseres Landes. Und Anastasia ist mit einem Diplomaten verheiratet. Ihr Mann, Graf von Sawatzki, untersteht dem Auswärtigen Amt. Von dort fließt das Geld nach Russland. Aber von ihm selbst weiß ich, dass einzelne Abteilungen häufig ganz eigenständig agieren. Die meisten Geheimoperationen sind nur wenigen Beamten bekannt. Nur sehr wenige Menschen im Auswärtigen Amt wissen über alles

Bescheid. Und so soll es wohl auch bleiben. Und meine Mutter, nun, wenn sie es wüsste, wüsste es auch ganz schnell Anastasia. Und wenn die es wüsste, dann würde sie sofort ihren Mann informieren.«

»Das ist ja wirklich bedauerlich.«

»Es ist eher eine reine Vorsichtsmaßnahme. Tatsächlich glaube ich nicht, dass der Attentäter aus einer dieser Richtungen kommt. Ich vermute eher, dass es ein Mitglied der Ochrana war. Aber es könnte genauso gut ein radikaler deutscher Monarchist gewesen sein. Nicht allen schmeckt es, dass der Zar gestürzt wurde. Sie sehen darin eine grundsätzliche Gefahr für die Monarchie. Denn wenn so was in Russland mit dem Zaren möglich ist, dann ist es überall möglich. Und damit haben sie noch nicht einmal unrecht.«

Er schloss die Augen und erinnerte sich an seine Tage in Sankt Petersburg. Dort waren Kräfte entfesselt worden, die vollkommen außer Kontrolle geraten waren. Ihm schauderte es, wenn er daran dachte, dass Deutschland ein ähnliches Schicksal bevorstehen könnte.

»Andererseits könnte auch die neu gegründete Tscheka dahinterstecken, die Geheimpolizei der Bolschewisten. Vielleicht wollen sie alle Leute töten, die beweisen könnten, dass Lenin durch die deutsche Regierung finanziert wurde. Denn das wäre wohl der einzige Beweis, mit dem Lenin und seine Bolschewisten jetzt noch gestürzt werden könnten.«

Rebecca sah ihm tief in die Augen. Sie schien zu überlegen, was sie davon hielt. »Wieso hat man ausgerechnet dich geschickt?«

Natürlich. Sie war so schlau. Sie bedachte immer alle wichtigen Aspekte. »Darauf gibt es nur eine einzige Antwort: Ich wollte und will, dass der Krieg so schnell wie möglich beendet wird. Jeder einzelne Mann, der noch an der Front stirbt, egal ob Deutscher oder Russe, Brite oder Franzose, ist ein Mann zu viel. Es ging mir auch nicht darum, dass Deutschland über Russland obsiegt. Aber durch einen Separatfrieden mit Russland wird eine Entscheidung an der Westfront zunehmend wahrscheinlicher. Und wer am Ende dann als Sieger hervorgeht …« Konstantin schüttelte den Kopf. Als wäre das nicht weiter wichtig.

»Wir alle beten jeden Tag für Frieden. Ich glaube, den meisten ist es mittlerweile egal, wer gewinnt. Hauptsache, die Männer kehren endlich wieder nach Hause zurück. Und Hauptsache, die Jugend hat endlich wieder eine Zukunft.« Ihr Kopf näherte sich seinem. »Du warst wirklich sehr mutig. Ich möchte dir danken. Du hast dabei geholfen, unzählige Menschenleben zu retten.«

Und dann passierte, worauf Konstantin so lange gehofft und gewartet hatte. Sie küsste ihn zärtlich. Aber ihr Kuss traf doch nur seine Stirn und nicht seinen Mund.

Anfang März 1918

Adolphis ritt den Hügel hinauf. Es war niemand zu sehen. Langsam beschlich ihn ein seltsames Gefühl. Hatte er Thalmann gestern falsch verstanden? Müssten hier nicht überall Männer auf den Feldern arbeiten? Noch sah die Scholle genauso aus, wie sie nach dem Auftauen des Schnees ausgesehen hatte. Im Herbst waren die Felder umgepflügt worden und der Frost hatte die dicken, breiten Schollen in krümelige Erde gebrochen.

Es war kalt, aber nicht ungewöhnlich kalt für diese Jahreszeit. Sie mussten jetzt die Felder vorbereiten, um dann mit der Frühaussaat zu beginnen, sobald die Nachtfröste aufhörten. Wie erwartet hatten sie bedauerlich wenige Zwangsarbeiter zugeteilt bekommen. Dennoch hatte Adolphis gedacht, er würde hier einigen begegnen. Er musste Thalmann missverstanden haben.

Dieses Jahr ging es wieder bergauf. Das hatte er im Gefühl. Rebecca Kurscheidt hatte ihm Mitte Januar gesagt, dass sie relativ sicher war, dass Konstantin überleben würde. Niemand stellte irgendwelche dummen Fragen. Viele verschiedene Gerüchte über Konstantins Verbleib zirkulierten in der Umgebung. Die Dorflehrerin teilte ihm immer den neusten Klatsch und Tratsch mit.

Konstantin sei von einem Rudel Wölfe in den Wald gezerrt worden, hieß es. Wahlweise war es auch ein einzelner Bär. Einer der Waldarbeiter wollte den Bären, der sich hier schon vor einigen Jahren herumgetrieben hatte, sogar gesehen und wiedererkannt haben. Dann gab es Gerüchte über einen Raubüberfall. In einem entfernteren Nachbardorf erzählte man sich, ein russischer Zwangsgefangener auf der Flucht sei dem Grafensohn in die Arme gelaufen. Es sei zu einem Kampf gekommen, den der Grafensohn leider verloren habe. Der ganze Unsinn war Adolphis allerdings sehr recht. Bezeugte doch die Vielfalt der Gerüchte, dass niemand auch nur annähernd die Wahrheit kannte.

Und das war nicht das einzig Positive, das seine letzten Wochen erhellt hatte. Vergangene Woche war endlich der Friedensvertrag in Brest-Litowsk unterzeichnet worden. In den vorherigen Waffenstillstandsverhandlungen hatten die Deutschen ziemlich hohe Forderungen gestellt. So hoch, dass Russland im Februar tatsächlich wieder die Kämpfe aufgenommen hatte. Doch Ludendorffs Operation Faustschlag hatte Lenin, Trotzki und die Ihren schnell zurück an den Verhandlungstisch gezwungen.

Es hatte sich gelohnt, noch mal mit der großen Keule zu drohen. Das einstmals riesige Zarenreich hatte über ein Viertel seiner bewirtschafteten Bodenfläche und damit auch große Teile seiner Bevölkerung an Deutschland abtreten müssen. Außerdem musste es die Unabhängigkeit von Finnland, den Ostseeanrainerstaaten und anderen baltischen Ländern anerkennen. Russland war geschwächt, und sicherlich auch ein gutes Stück gedemütigt. Und Fakt war, dass es keine Bauern mehr gab, die das Reich noch verteidigen wollten. Alles strömten heim, um rechtzeitig zu Hause zu sein, wenn es mit der großen Bodenumverteilung anfing.

Und endlich begann auch die deutsche Regierung, die bolschewistischen Strömungen zurückzudrängen. In der besetzten Ukraine, die sich genau wie Finnland von Russland losgesagt hatte, bildeten deutsche Truppen eine antibolschewistische Regierung in Kiew. Nun hatten sie also einen Brotfrieden mit der Ukraine, den Siegfrieden mit Russland und einen Vorfrieden mit Rumänien. Konstantin hatte also recht behalten. Wenn es erst einmal Frieden an der Ostfront gab, würde ein Gesamtfrieden schnell in greifbare Nähe rücken. Es würde endlich alles gut werden.

Als er mit seinem Pferd die kleine Anhöhe erreichte, blickte er sich um. Weit und breit war niemand zu sehen. Er schüttelte den Kopf. Wie konnte das nur sein? Er gab seinem Pferd die Sporen und ritt Richtung Herrenhaus zurück. Er würde bei Thalmann vorbeischauen. Der Gutsverwalter würde wissen, auf welchen Feldern gearbeitet wurde.

Er erreichte die kleine Bauernkate, die etwas abseits vom kurzen Weg zwischen dem Dorf Greifenau und dem Herrenhaus lag. Das Haus schien verlassen. Er klopfte, aber niemand machte die Tür auf. Vermutlich war Frau Thalmann in der Meierei zugange. Verflixt noch eins, wo würde er Thalmann finden?

Adolphis saß wieder auf und ritt in Richtung Greifenau. Zwei Bäuerinnen standen in ihren kleinen Gärten, die sich an die Dorfbehausungen anschlossen. Vermutlich bereiteten sie ihre kleinen Felder für die Aussaat vor. Kartoffeln bekamen sie als Deputat vom Gut. Aber eigentlich war es immer so gewesen, dass erst die Felder des Gutes bewirtschaftet wurden und danach der eigene Garten.

Ende des Monats mussten die vorgekeimten Frühkartoffeln in den Boden. Bis dahin gab es noch viel Arbeit auf den Feldern. Was also taten sie hier? Und wo waren ihre Männer? Die, die nicht in den Krieg gezogen waren.

Adolphis ritt weiter Richtung Dorfmitte. Vor der Dorfschänke sah er drei Männer stehen und rauchen. Einer von ihnen entdeckte Adolphis, stupste die anderen an, und dann verschwanden sie alle in der Tür. Adolphis saß ab und führte sein Pferd die letzten paar Meter bis vor die Schänke. Er band es an. Mit einem mulmigen Gefühl im Magen trat er in die Gaststube. Der Wirt lehnte abwartend hinter der Theke. Weder am Tresen noch in der Gaststube war jemand zu sehen. Aber hinter der breiten Tür, die zum Versammlungs- und Festsaal ging, hörte er Geräusche.

Energisch schritt er aus und riss die Tür auf. Hier waren sie also alle – die älteren Männer, die Versehrten und die, die schon vor dem Krieg Krüppel gewesen waren. Und auch die ganz jungen Burschen waren da. Alle Arbeitsfähigen, die nicht an der Front waren. Adolphis entdeckte sogar mehrere Frauen. Frauen, deren Männer im Krieg waren und die nun alleine die Höfe weiterführten.

»Was ist denn hier los?« Er konnte keinen Anführer ausmachen. Alle saßen mehr oder weniger durcheinander in einem ungeordneten Kreis.

Adolphis bahnte sich einen Weg nach vorne, wo es ein kleines Podium für Musikkapellen oder Festredner gab. Er stellte sich darauf, stemmte die Arme in die Taille und schaute einen nach dem anderen an.

»Noch einmal: Ich möchte wissen, was hier los ist!«

Niemand antwortete ihm. Einige Männer lugten verschämt auf den Boden oder auf ihre schmutzigen Stiefel, andere tuschelten leise. Nur einige wenige schauten in die Richtung des Grafen.

»Verflucht noch mal. Warum seid ihr nicht auf den Feldern? Du, Güstrow, was ist mit dir? Hast du nichts Besseres zu tun, als hier rumzusitzen und zu quatschen?«

Jetzt, wo eine bestimmte Person angesprochen worden war, blickten alle auf ihn. Güstrow, sein Leben lang schon Pächter der Grafenfamilie, genau wie vor ihm sein Vater und vor ihm dessen Vater, stellte sich aufrecht hin. Er musste nun antworten.

»Wir haben besprochen, wie es hier weitergeht.«

»Was soll das heißen? Die Aussaat steht an. Da muss man doch nichts großartig besprechen.«

Im Hintergrund war unruhiges Murren zu hören.

Das gefiel Adolphis gar nicht. Zeit, den Leuten zu zeigen, wer hier das Sagen hatte. »Hat Thalmann euch nicht allen eine Aufgabe gegeben? Ist das Saatgut schon an euch verteilt worden?«

Wieder antwortete niemand.

»Du, Schäfer, antworte gefälligst. Hast du schon das Saatgut bekommen?«

Schäfer, ein wettergegerbter Mann um die fünfzig, nickte nur. Adolphis wollte nicht allzu hart mit ihm ins Gericht gehen, denn er wusste, dass die zwei ältesten Söhne des Pächters bereits gefallen waren, und im Winter hatte man seinen Jüngsten eingezogen. Wenn der auch noch fiele, bliebe dem Mann nur noch eine unverheiratete Tochter.

»Und du hast doch auch einen Russen zugeteilt bekommen, oder?«

Schäfer nickte wieder, aber sein Blick ging suchend in die Runde.

Wer würde es wagen? Wer würde dem Grafen die Stirn bieten? Und endlich trat jemand aus einem Pulk Männer hervor. Es war eine Frau.

Adolphis schaute sie überrascht an. Ihr dunkles Haar war von weißen Strähnen durchzogen und zu einem Dutt hochgesteckt. Ihm fiel gerade nicht der Name ein, aber er wusste, sie hatte einen weiten Weg zurückgelegt, um bei dieser Versammlung dabei sein zu können. Ihr Mann war gefallen oder vermisst. Wie sollte er sich das merken?

»So kann es nicht weitergehen. Wir hungern alle. Dabei arbeiten wir mehr als jemals zuvor.«

»Ihr habt doch euer Deputat bekommen. Was wollt ihr noch?«

»Es war nicht genug.« – »Viel zu wenig.« – »Jedes Jahr wird es weniger.« Die Stimmen riefen durcheinander.

Adolphis hob beschwichtigend die Hände. Innerlich aber wallte sein Zorn auf. Er musste sich zusammenreißen, dass er nicht ausfallend wurde. »Ihr alle wisst doch genauso gut wie ich, was das für Zeiten sind. Ihr könnt doch froh sein, dass ihr nicht in der Stadt lebt.«

»Wir hungern.« – »Und frieren.« – »Wir haben kaum noch ordentliche Kleidung.« – »Unsere Kinder hungern.« Die Zwischenrufe kamen von irgendwo.

»Jetzt ist aber gut. Niemand ist hier bisher verhungert. Auch ich und meine Familie müssen den Gürtel enger schnallen.«

Im hinteren Bereich des Saales schwoll ein ungutes Gemurmel an. Es klang bedrohlich und aggressiv. Adolphis bekam langsam Fracksausen. Doch er durfte sich keine Schwäche leisten.

»Auch ich habe einen Sohn an der Front. Und der andere ist gefallen.«

»Der ist doch gar nicht gefallen.«

»Vermutlich hat er sich besoffen den Kopf angestoßen«, kam es aus der hinteren Reihe.

Nun platzte ihm aber wirklich der Kragen. Er schrie: »Schluss damit! Das hör ich mir nicht weiter an. Solche Unverschämtheiten hat es früher nicht gegeben. Nur weil jetzt Krieg ist, glaubt nicht, dass ihr euch alles erlauben könnt.«

Nun schauten ihn die Männer und die Frauen und sogar die Jungs an. Plötzlich standen sie wie eine Front vor ihm. Niemand hatte mehr Angst. Zumindest sahen sie so aus. Aber es sagte auch niemand etwas.

»Du da, Güstrow. Du gehst jetzt sofort auf deine Felder und fängst an mit der Arbeit. Wenn du das nicht tust, dann jag ich dich vom Hof.«

Der alte Güstrow stand unsicher zwischen den Männern, dann legte sich plötzlich von hinten eine große Pranke auf seine Schulter.

»Wir stehen alle zusammen. Entweder wir gehen alle oder keiner.« Strelitz, der Braumeister. Ein kräftiger Kerl mit einem Oberkörper wie ein Fass und Händen wie Schaufeln. Er hatte sich offensichtlich auf die Seite der Pächter geschlagen. Tatsächlich bestellte er selber nur wenige Felder. Er hatte gut verdient als Braumeister, früher.

Adolphis merkte, dass er so nicht weiterkam. »Also, was wollt ihr von mir?«

»Mehr Weizen.« – »Mehr Kartoffeln.« – »Mehr Deputat.« – »Ich brauch Kohle, zum Heizen.« – »Ja, und mehr Holz.«

»Soll ich mir das etwa aus den Rippen schneiden? Was glaubt ihr denn, warum es immer weniger gibt? Das Reichsernährungsamt, die Kriegsgetreidegesellschaft, das Kriegsversorgungsamt, das Kriegswucheramt … die holen sich doch alles. Ja glaubt ihr denn, mir macht das Spaß? Ich leide doch genau wie ihr.«

Für einen Moment war es still, dann fing jemand an zu pfeifen. Ihn auszupfeifen. Eine weitere Stimme gesellte sich dazu. Buhte ihn aus. Das Murren wurde wieder lauter. Die Leute redeten sich in Rage. Riefen ihm Boshaftigkeiten zu. Die Meute näherte sich langsam, und für einen Moment dachte Adolphis, sie würden ihn gleich von der Bühne zerren.

Gerdes, ein Tagelöhner, der hier eigentlich nichts zu suchen hatte, aber schon immer aufmüpfig war und überall zu finden, wo man eine dicke Lippe riskieren konnte, riss seinen Arm hoch und zeigte mit dem spitzen Finger auf ihn. Keine zwanzig Zentimeter mehr von ihm entfernt.

»Die fressen sich alle dick und rund. Diese Kriegsgewinnler. Seht ihn euch doch an. Er hat kein Gramm verloren im Krieg. Und wir? Die meisten von uns können sich nicht einmal mehr ein Bier leisten.«

Das Murren wurde noch lauter. Der Mob kam näher und schon standen die ersten Männer mit einem Bein auf dem Podium.

Adolphis wich zurück. Mittlerweile war sein Weg zur Tür versperrt. In mehreren Reihen standen die Männer und die wenigen Frauen hintereinander. Das konnte doch alles nicht wahr sein. Niemals, aber wirklich niemals in seinem ganzen Leben hätte er gedacht, in eine solche Situation geraten zu können. Russische Verhältnisse. Er hatte schon davon gehört, dass die deutschen Sozialisten Agitatoren übers Land schickten. Die wiegelten die Pächter auf. Bisher hatte er das alles für Hirngespinste gehalten. Doch jetzt war er sich nicht mehr so sicher.

»Leute, kommt schon. Meine Familie und eure Familien haben über Jahrhunderte zusammengestanden.«

»... mit dem Ochsenziemer zusammengeschlagen.« – »... wurde vom Hof gejagt, als die Ernte nicht genug Ertrag brachte.« – »... ausgepeitscht, wegen einem geklauten Apfel.« – »Zuchthaus, nur weil er seinen Hut nicht vor dem Herrn gelüftet hat.«

Anscheinend kannte jede Familie eine Geschichte über längst vergangene Ungerechtigkeiten, die sie jetzt vorbringen konnte.

Er musste etwas unternehmen, nur was? »Damit hab ich doch nichts zu tun. Ich hab euch doch immer gerecht behandelt.«

»Was heißt denn gerecht? Wir schuften zwölf bis vierzehn Stunden am Tag auf den Feldern, und der werte Herr Graf sitzt in seinem Salon und trinkt den feinsten Wein. Am Ende des Tages haben wir weniger als er. Obwohl wir hart gearbeitet haben. Das ist nicht gerecht. Das ist kein Stück gerecht.«

Natürlich, Gerdes. Er hatte ja auch nichts zu verlieren. Um den würde er sich noch kümmern, aber nicht jetzt. Nicht hier. Am besten machte er, dass er verschwand. Aber nicht, ohne vorher allen Bescheid zu stoßen, wie es hier weiterging.

»Ich hab genug. Ich werde mir das nicht weiter anhören. Wer heute Nachmittag nicht auf den Feldern steht, verliert den Hof. Ein für alle Mal. Das ist mein letztes Wort.« Er wollte vom Podium runtersteigen, aber niemand machte ihm Platz.

Adolphis spürte, wie ihm der Schweiß ausbrach. Die Atmosphäre war schneidend wie ein gewetzter Dolch. Er fragte sich, wer ihn zuerst angreifen würde. Wer würde es wagen, den ersten Schritt zu machen? Was würden sie mit ihm tun?

Am Ende, schoss ihm durch den Kopf, am Ende war es keiner von der Ochrana gewesen, der Konstantin ein Messer in den Rücken gerammt hatte. Vielleicht war es jemand aus genau dieser Runde gewesen. In den Rücken stechen, genauso schätzte er diese Leute ein. Feiglinge. Wer war denn der Erste gewesen, der den Mund aufgemacht hatte? Eine Frau. Plötzlich hatte er nur noch Verachtung für sie übrig. Er spürte Verachtung, aber auch Todesangst.

»Macht Platz! Sofort!« Er wollte nur noch raus.

Niemand bewegte sich. Im Gegenteil. Von hinten drängte die Masse immer mehr nach.

In dem Moment riss jemand die Tür auf und schrie: »Sie sind weg. Alle Gefangenen sind weg.«

Thalmann stand in der Tür. Alle glotzen ihn an. Er sah auf die Meute, sah darüber den Kopf von Adolphis, schien verunsichert. Doch es gab gerade Wichtigeres.

»Ich hab sie heute Morgen noch gesehen, wenigstens einige von ihnen. Aber ich kann niemanden mehr finden. Ceynowa ist fort, Pjotr, auch alle anderen. Alle Russen und Polen. Die Ukrainer. Es sind nur noch acht Belgier im Arbeiterhaus.«

»Verdammter Mist. Jetzt seht ihr, was ihr angerichtet habt.«

Thalmann stellte sich breitbeinig vor die Tür. »Wieso habt ihr hier eine Versammlung, von der ich nichts weiß? Und wer war abgestellt, um die Leute zu beaufsichtigen?«

Mit einem Schlag hatte sich die Atmosphäre gedreht. Plötzlich hatten alle Angst, dass sie die Arbeit ganz alleine machen mussten.

Adolphis klatschte in die Hände, damit es ruhig wurde. »Wir müssen uns in Gruppen aufteilen. Jeder nimmt alles an Pferden, Kutschen und wer hat, Fahrrädern, um schnell voranzukommen.«

Thalmann nickte. »Ich weiß nicht, wie lange sie schon weg sind. Aber auf jeden Fall haben sie einen Vorsprung.«

»Na los! Worauf wartet ihr noch?«, brüllte Adolphis in den Raum. »Das sind eure Arbeiter. Wer soll euch die Felder bestellen? Alleine schafft ihr das niemals!«

Und wie von Zauberhand löste sich die Gemeinschaft auf. Einige Männer rannten hinaus, andere gingen langsamer. Zwei, die sich noch ein Bier leisten konnten, tranken es schnell aus. Alle setzten ihre Mützen und Hüte auf und verließen den Raum. Niemand sagte noch etwas.

Adolphis sah Gerdes nach. Den würde er sich als Erstes vorknöpfen. Und vielleicht noch einen der Pächter. Damit klar war, was hier Sache war. Jeder musste Angst haben, seinen Hof zu verlieren. So etwas würde er nicht noch einmal dulden.

Thalmann schaute erwartungsvoll zu ihm hoch aufs Podest.

»Finden Sie die Gefangenen und bringen Sie sie zurück. Ich will keine Ausflüchte hören. Kommen Sie erst zu mir zurück, wenn Sie alle haben. Jeden einzelnen.«

Und bis dahin hatte Adolphis alle Zeit der Welt, sich zu überlegen, welchen der Pächter er vom Hof jagen würde. Es sollte jemand sein, der nicht allzu beliebt bei den anderen war. Und er würde das zu bestellende Land auf die anderen verteilen. Genauso würde er es machen.

Und Gerdes, den würde er vom Wachtmeister ins Zuchthaus stecken lassen. Wegen Aufwiegelung, Anstiftung zur Revolution oder Landstreicherei. Und wenn das nicht reichte, vielleicht auch wegen Landesverrats.

Anfang März 1918

Katharina lag auf dem Bett. Sie fühlte sich einigermaßen schlapp. Seit über zwei Wochen verweigerte sie alle Nahrung. Sie war dünn geworden. Am Tag nach ihrer Verkündung war Mama mit einem Tablett in ihr Zimmer gekommen. Frisch gebackenes Brot und Butter mit Marmelade. Ihr war das Wasser im Mund zusammengelaufen. Es hatte so verführerisch geduftet. Mama stand mit dem Tablett vor ihr – siegesgewiss. Katharina drehte sich weg.

Ihre Mutter wollte sich keine Blöße geben, stellte das Tablett auf dem Sekretär ab und erschien zwei Stunden später wieder. Katharina hatte nichts angerührt. Was sie echte Überwindung gekostet hatte. Das war die kritischste Zeit gewesen. Katharina hatte mit sich ringen müssen. Sie hatte sich die Nase zugehalten, damit der Duft sie nicht verführte. Aber sie war standhaft geblieben. Als Mama spätabends ins Zimmer schaute und das Brot immer noch unberührt dort stand, drohte sie ihr. Sie werde diese Spielchen nicht lange mitmachen. Sie werde ihr das Essen reinzwingen.

Katharina hatte ihre Mutter angesehen und gelacht. Was sie nur noch wütender gemacht hatte. Am nächsten Morgen und dem Morgen drauf bekam sie wieder frisches Brot mit Butter und anderer Marmelade. Drei Tage stand Katharina Höllenqualen aus. Heißhunger, Magengrummeln. Dann war das Schlimmste vorbei.

Natürlich träumte sie davon zu essen. Berge in sich hineinzuschaufeln. Lernte zum ersten Mal in ihrem Leben das Gefühl kennen zu hungern. Wenn sich der Magen ins eigene Fleisch beißt, auf der Suche nach Nahrung. Ihr war klar, dass es etwas anderes war, wenn man nicht essen wollte, statt nichts zu essen zu haben. Aber immerhin – körperlich wurde ihr vorgeführt, was andere Menschen zu ihrem Alltag zählten.

Nach diesen ersten drei Tagen kam ihre Mutter ins Zimmer und wollte sie zwingen. Am vierten Tag hatte die Mamsell wohl Anweisungen, ihr nichts mehr zu trinken zu bringen. Auf jeden Fall kam niemand auf ihr Klingeln hin. Und Mutter tauchte abends mit einer Karaffe Wasser auf, die sie erst bekommen sollte, wenn sie etwas aß. Durst war schlimmer als Hunger. So viel schlimmer. Am zweiten Tag ohne Wasser hielt Katharina sich kaum noch auf den Beinen. Mama bekam Angst und ließ ihr das Wasser da.

Mit jedem Tag, den dieses Machtspiel dauerte, verlor Mama mehr ihr Gesicht. Sie hatte Katharina geschlagen und sie an den Haaren gezogen. Es hatte nichts genutzt. Katharina zog sich immer mehr in sich zurück. Mama drohte mit der psychiatrischen Anstalt, aber jetzt merkte Katharina, dass es nichts weiter als leere Drohungen waren. Sie konnten sie nicht dort einweisen lassen und gleichzeitig darauf bauen, sie wenige Monate später mit einem Prinzen zu verheiraten.

Mama hoffte immer noch, jeden Tag, wenn sie hineinkam, dass Katharina endlich Vernunft annehmen würde. Doch sie hatte zu ihrer Stärke gefunden. Mama hatte ihr alles genommen. Jetzt kontrollierte sie das Einzige, was sie noch kontrollieren konnte: sich selbst.

Mittlerweile war sie richtiggehend abgemagert. Ihre Kleider schlotterten ihr am Körper. Die Strümpfe rutschten von ihren Beinen. Sie fror schnell, aber sie fühlte sich erstaunlich klar. Doch allmählich wurde ihr bewusst, dass es nicht ewig so weitergehen konnte. Wie lange konnte sie das noch durchhalten, bevor sie sich ernsthafte körperliche Schäden zuzog?

Katharina lag auf dem Bett. Das machte sie nun schon seit zehn Wochen fast den ganzen Tag, seit Papa sie erst aus dem Zug und dann in dieses Zimmer gezerrt hatte.

Hier gab es nichts zu tun. Sie konnte sich die Haare bürsten, aber sie konnte sich nicht einmal mehr Bänder in die Haare flechten. Katharina hatte mit immer neuen Frisuren die Zeit totgeschlagen. Doch als Mama sie überrascht hatte, hatte sie ihr alle Bänder weggenommen. Damit sie endlich einsichtig werde, hatte sie gesagt. Aber Katharina hatte geahnt, dass Mamas Angst, sie könnte sich mit diesen Bändern etwas antun, dahinterstand. Und am nächsten Tag war sie mit Herrn Caspers aufgetaucht, der ihre Fenster mit je zwei Latten vernagelt hatte. Mama hatte tatsächlich Angst, sie würde aus dem Fenster springen.

Vor der Tür war etwas zu hören. Der Schlüssel wurde ins Schloss gesteckt und Katharina fasste sich innerlich. Mama hatte ständig neue Ideen, mit denen sie ihre Tochter weichkochen wollte. Mal schauen, was es heute war.

Die Tür ging auf, und ihre Mutter trat in den Raum. Sie schaute Katharina zornig an. In ihren Händen hielt sie mehrere Zeitschriften und Magazine. Mit einem bitteren Gesichtsausdruck schmiss sie die Blätter auf die Bettdecke.

»Du darfst dich wieder im Haus frei bewegen. Aber wage es nicht, einen einzigen Schritt nach draußen zu setzen, verstanden? Weder Ställe noch Park. Das ist alles tabu für dich.« Dann rauschte sie wieder hinaus. Die Tür blieb offen stehen.

Freude über Freude. Katharina strahlte über das ganze Gesicht. Sie hatte es geschafft. Sie hatte Mama besiegt. Sie war stark geblieben, und Mama hatte nachgeben müssen.

In ihrem zu weiten Tageskleid rutschte sie über die Bettkante und stand auf. Sie ging hinaus auf den Flur. Meine Güte, seit

Silvester hatte sie keinen Fuß mehr über die Schwelle gesetzt. Am Ende des Flures sah sie, wie Mamsell Schott sich näherte. Sie trug ein Tablett.

»Sie sind so dünn geworden! Ich bitte Sie inständig, wieder zu essen.« Die Dienerin klang ehrlich bestürzt. Sie setzte das Tablett ab. Ein Teller mit Kraftbrühe und ein Stück Brot. »Ich komme später wieder, aber wenn Sie sofort mehr haben wollen, dann klingeln Sie bitte, Komtess.« Sie wisperte leise, ganz als dürfte sie nicht mit Katharina reden.

Sie durfte wieder lesen. Die Tür blieb offen und die Dienstboten durften ihr auch wieder antworten. Natürlich wusste sie, wieso Mama ihre Meinung geändert hatte. Ende des Monats war das Osterfest. Und Ludwig von Preußen würde anreisen, mit seiner Mutter. Dann durfte Katharina nicht aussehen wie ein verhungertes Stadtkind.

Also hatte sie ihre Mutter tatsächlich in die Enge getrieben. Schnell ging sie zum Sekretär und setzte sich. Hm, wie das duftete. Ehrfürchtig nahm sie den Löffel und schlürfte ganz langsam. Wie köstlich. Noch nie in ihrem Leben hatte sie eine so leckere Brühe gegessen. Sie nahm noch einen Löffel. Sie roch an dem Brot. Oh, wie appetitlich es duftete. Sie knabberte an der Kante, ein wenig mehr. Noch mehr. Es dauerte keine fünf Minuten, dann hatte sie alles aufgegessen.

Ja, sie hätte jetzt klingeln können, und jemand wäre hochgekommen, um nach ihren Wünschen zu fragen. Doch sie hatte das dringende Bedürfnis, das Zimmer zu verlassen. Sie nahm das Tablett und ging damit zur Hintertreppe. Sie hatte keine Lust, ihrer Mutter Rede und Antwort stehen zu müssen. Etwas wackelig trug sie den Teller hinunter. Unten im Dienstbotentrakt angekommen, ging sie direkt durch in die Küche.

Bertha stand am Tisch und schnitt Zwiebeln, Tränen in den Augen. Und Frau Hindemith rührte irgendetwas in einer Schüssel. Erschrocken ließ sie den Holzlöffel fallen und kam sofort zu ihr. Sie riss ihr das Tablett fast aus der Hand.

»Wieso haben Sie nicht geklingelt?« Ihr Worte wurden immer leiser. Sie sah an ihr auf und ab, als würde ein Geist vor ihr stehen. »Aber was ist denn mit Ihnen …«

Wusste sie es etwa nicht? Hatte Mama Mamsell Schott Schweigen geloben lassen? Wusste überhaupt jemand außer Mama und Alexander von ihrem Hungerstreik? Papa wenigstens doch, oder?

»Frau Hindemith, ich muss Ihnen einfach mal persönlich sagen, wie außerordentlich gut Sie kochen können.« Katharina strahlte sie an.

Die Köchin blieb vor ihr stehen, mit offenem Mund. Bertha wischte sich die Tränen von den Wangen. Auch sie hatte die Sprache verloren. Die Zwiebeln rochen so stark, noch nie zuvor hatte Katharina etwas so intensiv gerochen. Und auf dem Herd kochte etwas ganz Köstliches.

»Was gibt es denn zu Mittag?«

Frau Hindemith schnappte nach Luft wie ein Fisch auf dem Trockenen. »Es gibt … französische Zwiebelsuppe und Gänsebraten und …« Sie sah Katharina wirklich besorgt an. »Möchten Sie noch etwas Kraftbrühe? Oder noch ein Brötchen. Es sind noch frisch gebackene Brötchen von heute Morgen über.«

»Ja, gerne. Noch etwas Brühe. Und ein Brötchen.«

»Ich sag es Mamsell Schott, dass sie es hochbringen soll.«

»Nein! Nein, ich esse gleich hier.«

»Hier?« Frau Hindemiths Stimme klang leicht hysterisch.

»Ja, hier.«

Katharina sah sich um. Es gab einen Tisch neben dem Spülbecken. Zwei, drei gebrauchte Küchenutensilien standen dort schon. Sie zog sich einen Schemel heran und setzte sich. »Sie brauchen kein gutes Geschirr holen. Nehmen Sie einfach das, das Sie sonst benutzen.«

Bertha schob die Zwiebeln, die sie bisher geschnitten hatte, eilig vom Holzbrett in eine Schüssel. Sofort stürzte sie zur Spüle, wusch sich die Hände.

»Komtess, darf ich kurz?« Sogleich nahm sie das gebrauchte Geschirr weg und putzte den Tisch, während die Köchin einen Teller Suppe aufschöpfte. Katharina lächelte dankbar.

»Butter? Möchten Sie auch Butter zum Brötchen?«

»Ja, gerne.«

Die Köchin warf dem Küchenmädchen einen Blick zu. Sie verschwand und tauchte kurz darauf mit einem großen Teller wieder auf. Mit einem Messer teilte sie ein Stück Butter ab und gab es auf ein Tellerchen.

Plötzlich stand jemand in der Tür. »Hey, Blaustrumpf!«

»Alex!« Katharina sprang auf und umarmte ihren Bruder stürmisch.

»Mama hat dich entlassen, hab ich gerade gehört. Ich hab dich oben schon überall gesucht. Eigentlich logisch, dass dich der Hunger zur Futterquelle treibt.«

Hinter ihm tauchte plötzlich Herr Caspers auf. Er machte ein äußerst überraschtes Gesicht. Seine Augenbrauen hüpften fragend auf und ab. Irmgard Hindemith gestikulierte hilflos.

»Die Komtess wollte noch einen Teller Kraftbrühe. Und sie wollte ihn sofort.« Sie sah genauso überfragt aus wie Bertha Polzin.

»Ich denke, Komtess, ich denke, es wäre besser, wenn ich Ihnen das Essen hochbringen dürfte.« Herr Caspers sah sie so flehend an, dass sie nachgab. »Sonst wird Frau Hindemith nicht rechtzeitig fertig mit dem Mittagessen.«

»Aber natürlich. Das hatte ich nicht bedacht. Bitte in das Zimmer meines Bruders.«

Sie packte Alexander am Arm und zog ihn mit sich. Sie kicherten wie früher, als sie noch Kinder gewesen waren. In seinem

Zimmer angelangt, schaute sie als Erstes aus dem Fenster nach unten in den Park. Seit dem letzten Herbst war noch nichts verändert worden. Noch immer war er ein leeres Gemüsebeet.

Hinter ihr erschien sofort Herr Caspers, der das Tablett mit dem Essen hereinbrachte und auf Alexanders Schreibtisch abstellte. Wortlos nickend ging er wieder hinaus.

Katharina fing sofort an zu essen. »Ich hab es in meinem Zimmer nicht mehr ausgehalten.«

»Wie eine echte englische Suffragette. Ich muss sagen, kleines Schwesterchen, ich bin sehr stolz auf dich. Ich hätte nicht gedacht, dass du das durchhältst.«

»Ich musste etwas unternehmen. Ich wäre sonst verrückt geworden, wenn ich bis Ende des Jahres einfach nur in dem Zimmer eingesperrt gewesen wäre.« Sie löffelte schnell den Teller leer. »Was ist in der Zwischenzeit alles passiert?«

»Die Ballsaison hat wohl ohne dich stattgefunden.«

»Das ist mir vollkommen egal.«

Ihr Bruder lächelte sie an. Er setzte sich aufs Bett.

»Wie geht es dir? Wie geht es deinem Knöchel?«

»Ich war letzte Woche endlich zur Röntgenuntersuchung. Bei dem … Unfall ist anscheinend ein Stückchen Knochen abgesplittert. Der wandert und macht Probleme. Nächste Woche werde ich operiert, in Stettin.«

Katharina sah ihn mitleidig an. »Wie lange musst du im Krankenhaus bleiben?«

»Vermutlich nur ein paar Tage.«

»Danach wird es bestimmt besser.«

»Ich hoffe es. Ich hoffe es sehr. Seit dem Unfall habe ich permanent Schmerzen. Immerzu. Es hat überhaupt nicht aufgehört.«

Katharina machte ein neugieriges Gesicht. »Irgendetwas Neues von Konstantin?«

»Nein. Am Anfang habe ich noch gehofft, dass er zurückkommt. Aber mittlerweile glaube ich es nicht mehr. Du weißt doch: Ich will Musik studieren. Konstantin ist tot, und wenn Nikolaus auch noch an der Front fällt, kann ich mir das von der Backe putzen. Sogar Mama verfällt nun auf die irrwitzige Idee, ich müsse mich mehr für das Gut engagieren.«

»Wirklich? Mama?«

Alexander nickte. »Leider bekomme ich keine Apanage. Das Gut ist zu hoch verschuldet. Konstantin hat auch auf seine verzichtet, genau wie Nikolaus. Aber ehrlich gesagt, wenn der Krieg einmal aus ist und Nikolaus das Gut übernimmt, möchte ich hier nicht einen Tag länger ausharren müssen als unbedingt notwendig. Und Nikki wird mir bestimmt kein Musikstudium finanzieren. Also …«

Er ging zur Tür, die noch einen Spalt offen stand. Kurz schaute er hinaus, ob die Luft rein war, dann schloss er sie und ging vor seinem Bett auf die Knie. Im inneren Holzrahmen hatte er etwas versteckt. Ein Brief kam zum Vorschein.

»Julius hat mir eine Postanweisung geschickt. Ich werde das Geld abholen, wenn ich aus dem Krankenhaus komme. Da ist noch ein Brief für dich, aber mir hat er auch geschrieben. Er wartet auf dich. Sobald du eine Gelegenheit zur Flucht hast, werde ich ihm telegrafieren.«

Katharina fiel Alexander um den Hals. »Ach, Alex, du bist der Beste.«

»Ich muss dich allerdings an dein Versprechen erinnern. Du musst mir mein Studium finanzieren. Und ich möchte, dass Julius mir dieses Versprechen ebenfalls gibt. Schreib ihm das. Ich werde den Brief dann sofort aufgeben.«

Katharina nickte. »Ich esse erst noch die Suppe. Dann schreibe ich ihm sofort.«

27. März 1918

Thalmann stand vor ihm. Die Nachrichten, die er zu überbringen hatte, waren nicht besonders gut. Was Adolphis nicht wunderte. Anscheinend waren alle guten Nachrichten dieser Welt aufgebraucht.

»Von den dreizehn Flüchtigen haben wir neun geschnappt.«

»Und die anderen?«

»Sind uns entwischt.«

»Sanktionieren Sie die neun. Sie müssen mehr arbeiten, bekommen schwerere Arbeit. Schlechteres Essen und so weiter. Wir wollen den Belgiern gleich mal klarmachen, dass es sich nicht lohnt zu flüchten. Und die anderen müssen bestraft werden.«

Thalmann nickte.

»Was ist mit den Flüchtigen?«

Der Gutsverwalter zuckte mit den Schultern. »Ich hab es schon dem Kriegsamt gemeldet. Wenn sie es bis nach Hause schaffen, haben sie Glück. Wenn sie unterwegs aufgegriffen werden, hören wir nur von ihnen, wenn sie angeben, dass sie von unserem Gut entlaufen sind. Könnte aber gut sein, dass wir das nie erfahren, selbst wenn sie gefasst werden. Vielleicht werden sie hingerichtet, oder jemand anders steckt sie in seine Fabriken oder auf seine Felder.«

Natürlich. Genauso würde Adolphis es auch machen.

»Und Gerdes?«

»Der hat sich verdünnisiert. Als ich bei seiner Hütte ankam, stand sie schon leer. Soweit ich herausbekommen konnte, ist er ziemlich schnell nach dem missglückten Aufstand weggezogen. Ich vermute nach Stargard, Stettin oder Pyritz. Irgendwo, wo man noch Männer für die Fabriken sucht.«

Auch das schien logisch. Sowohl, dass der aufwieglerische Tagelöhner sich mit seinen sechs Bälgern fortgeschlichen hatte, als auch, dass er sich eine Stelle in einer Fabrik suchte. Es war eh die Frage, warum er sich dort nicht schon längst hatte anstellen lassen. Sie zahlten besser. Aber auch das konnte Adolphis beantworten. Weil er ein fauler Hund war. Deswegen.

Thalmann druckste herum. »Also, was machen wir jetzt wegen der Versammlung?«

Adolphis presste die Lippen aufeinander. Sie hatten lange überlegt, welchen Pächter er vom Hof jagen sollte. Dann hatte er überlegt, ob er das überhaupt tun sollte. Er hatte ohnehin viel zu wenig Männer, um die Felder zu bestellen. Eigentlich brauchte er jeden Mann. Jeden Mann, jede Frau und jedes Kind über zehn Jahren. Wenn er einen Pächter vom Hof jagte, schnitt er sich nur ins eigene Fleisch.

»Sie bekommen weniger Deputat. Alle.«

»Aber wollten Sie nicht …«

»Wir können keinen Mann entbehren.«

»Aber das war nur der Anfang. Wir können ihnen das nicht durchgehen lassen.«

»Thalmann, Sie waren doch gar nicht dabei. Unsere … Diskussion war hitzig. Aber mehr auch nicht.«

»Aber …«

»Das war es, Thalmann. Mehr haben wir nicht zu bereden.«

Der Gutsverwalter starrte ihn überrascht an. Er schien ganz und gar nicht einverstanden mit dem Vorgehen des Grafen zu sein. Dann nickte er, setzte seinen Hut auf und verließ das Zimmer. Wutschnaubend.

Adolphis goss sich einen Obstbrand ein und trank einen Schluck. Mittlerweile war er zu seinem Lebenselixier geworden. Er wischte sich über die Stirn. Als hätte er nicht ganz andere Probleme!

Doktor Reichenbach hatte gesagt, dass alles wieder in Ordnung komme, aber das war es nicht. Anscheinend vertrug er das

Arsen in dem Medikament nicht. Es schien ihn zu vergiften. Nach den Injektionen, die äußerst schmerzhaft waren, wurde ihm immer übel. Gelegentlich musste er erbrechen. Was dazu führte, dass er sich das Neosalvarsan nicht regelmäßig spritzen ließ. Das hatte wiederum zur Folge, dass die Erreger der Syphilis nicht ganz verschwunden waren und sich immer wieder vermehrten. Nächste Woche hatte er einen Termin bei Doktor Reichenbach. Er wollte gar nicht an ein erneutes schlechtes Ergebnis denken. Seine Welt war schon genug auf den Kopf gestellt.

Alles änderte sich in einem rasanten Tempo. Alles, was er geglaubt hatte, wurde plötzlich infrage gestellt. Der Zusammenbruch des Zarenreiches war für viele ein Augenöffner. Plötzlich schien das Unmögliche möglich. Und das ängstigte ihn enorm. Er hoffte inständig, dass das Feuer der Revolution nicht auf das Kaiserreich überspringen würde. Nicht auszudenken, wenn hier ähnliche Dinge passieren würden.

Im Februar hatte die bolschewistische Regierung die Enteignung der russischen Handelsflotte angeordnet. Die Privatbanken wurden verstaatlicht, genau wie die Großindustrie. Alle vom Zaren getätigten Staatsanleihen wurden für ungültig erklärt. Das schmerzte vor allem die Franzmänner und Briten, die größten Kreditgeber Russlands. Was Adolphis wiederum freute. Trotzdem konnte er das Vorgehen nicht gutheißen. Die Maßnahmen trafen die Vermögenden, die Schrittmacher der Wirtschaft. Solche Leute wie ihn.

Auch in Deutschland gab es Großdemonstrationen und Massenstreiks. Natürlich fanden die vor allem in Berlin und anderen großen Städten statt. Aber der Zusammenstoß mit seinen Pächtern hatte ihn bis ins Mark getroffen. Nie zuvor hätte er geglaubt, dass so etwas möglich wäre. Sie steckten bereits mittendrin im Klassenkampf. Selbst wenn er jetzt nichts weiter unternahm, sobald er sich einen Vorteil davon erhoffen konnte, würde er Köpfe rollen lassen. Auch darin hatte Konstantin recht gehabt: Je mehr Land sie selbst bestellten und je weniger Pächter von ihnen abhängig waren, desto unabhängiger war die Gutsfamilie. Nach dem Krieg würde sich hier einiges ändern. Konstantins Investition in die Maschinen war goldrichtig gewesen.

Andererseits, nicht nur die unteren Stände machten ihm Sorgen. Nein, der Umbruch war bereits in seiner Familie angekommen. Alexander, der sich mit der lächerlichen Vorstellung eines bürgerlichen Lebens trug. Konstantin, der eine Affäre mit der Dorflehrerin gehabt hatte und, wie es schien, diese jetzt wieder aufleben ließ. Er würde doch nicht mit einer wie ihr vor den Traualtar treten? Hätte Adolphis eine annehmbare Alternative gesehen, hätte er Konstantin liebend gerne woandershin geschafft.

Und dann war da noch Katharina, die sich gleichzeitig hysterisch wie kindisch benahm. Das ging weit über einen aufsässigen Backfisch hinaus. Immerhin zeigte sie in den letzten Tagen einen guten Appetit. Wenn Ludwig morgen käme, er würde kaum einen Unterschied zu vorher bemerken. Sie hatte ihren Gewichtsverlust fast komplett wieder ausgeglichen.

Ungeduldig lief Adolphis im großen Salon auf und ab. Er erwartete Nikolaus jeden Moment. Albert Sonntag war nach Stargard gefahren, um ihn abzuholen. Jetzt, nachdem Anfang März der Friedensvertrag von Brest-Litowsk mit den Russen unterzeichnet worden war, wurden die Männer endlich auf Fronturlaub nach Hause geschickt, bevor sie weiter zur Westfront ziehen würden. Vier Monate hatte er seinen Sohn nicht mehr gesehen. In zwei Tage war Karfreitag. Er freute sich auf das Osterfest.

Als unten die Kutsche vorfuhr, sprang Nikolaus in vollem Ornat heraus. Adolphis lief ins Vestibül und war als Erster an der Tür.

»Mein Sohn.« Er umarmte Nikolaus stürmisch und hielt ihn dann mit beiden Armen von sich, um ihn zu begutachten. Er schien nicht verletzt zu sein. Doch noch eine gute Nachricht. »Leutnant? Du bist wieder befördert worden?«

»Ja.« Nikolaus strich stolz über seine neuen Schulterstücke. »Im Feld befördert. Es sind ja so viele Unterführer gefallen.«

»Hauptsache du lebst. Ich konnte es kaum erwarten. Was gibt es Neues von der Ostfront? Und natürlich die wichtigste Frage: Wie lange kannst du bleiben, bevor sie dich an die Westfront schicken?«

Nikolaus lachte. »Papa, lass mich erst mal ankommen.« Er übergab seine Mütze und seinen Mantel an Caspers, der im Hintergrund aufgetaucht war. Gemeinsam gingen sie in den Salon, und Adolphis goss seinem Sohn direkt einen Obstbrand ein. Mit dem Glas in der Hand stellte Nikolaus sich vor den Kamin, als Feodora hereinrauschte und ihm in die Arme fiel.

»Nikki!« Sie drückte ihn ganz ungewöhnlich herzlich. »Nikki! Mein allerliebster Nikki. Du lebst.«

Natürlich. Feodora glaubte, dass Nikolaus nun der älteste Sohn und damit Erbe des Gutes war. Genau wie er selbst wollte Feodora sich nicht vorstellen, was passieren würde, wenn er an der Front fallen würde.

»Mama!« Leicht verschämt machte er sich frei von ihr. Aber er lachte gelöst.

»Wie geht es dir? Wie lange hast du Urlaub? Kannst du jetzt nicht ganz hierbleiben?«

Nikolaus trank einen Schluck. »Ein paar Tage habe ich. Ich werde hier auf weitere Order warten. Vielleicht muss ich gar nicht an die Westfront.«

Er machte eine beschwichtigende Geste, denn Feodora stieß direkt einen Freudenschrei aus.

»Vielleicht, meine liebste Mama, muss ich zurück Richtung Russland, wenn die roten Horden weiter so wüten. Die Bolschewiki kämpfen zwar nicht mehr gegen uns Deutsche. Trotzdem wollen sie nicht einfach alle Landverluste hinnehmen. Finnland und die Ukraine und andere Teile des Zarenreiches erklären sich für unabhängig. Das nehmen die Bolschewisten nicht einfach hin. Sie wollen sie weiter unter ihrer Fuchtel haben, damit sie auch dort bolschewistische Regierungen einsetzen können. Aber das wollen diese Ländern genauso wenig wie die Deutschen oder die Briten oder die Franzosen. So unterstützen unsere Kriegsgegner die Unabhängigkeitsbestrebungen dieser Länder genauso wie wir.«

Feodora gab ein Murren von sich. Nikolaus' Worte passten ihr wohl nicht recht. »Oder aber, wenn du einen guten Eindruck auf Ludwig oder Ludwigs Vater machst, können sie dir einen Posten in Berlin verschaffen. Das wäre doch das Beste.«

»Nun, dagegen würde ich mich nicht sträuben. Wann erwartet ihr sie?«

»Sie kommen morgen. Bisher ist immer noch nicht klar, ob Ludwigs Vater mitkommen wird. Aber seine Mutter begleitet ihn auf jeden Fall.«

Das Herrenhaus wurde seit zwei Wochen gewienert und gebohnert. Alles, was unter diesen Umständen möglich war, wurde aufgefahren. Schon vor drei Wochen hatte Feodora mit Mamsell Schott und Frau Hindemith geplant, was aufgetischt werden würde. Und er selbst hatte sich gemeinsam mit Caspers angeschaut, welche guten Weine noch im Lager schlummerten. Gott sei Dank hatte er noch einiges in Stettin nachordern können. Schließlich wollten sie keinen ärmlichen Eindruck machen. Und die Hohenzollern blieben ja nur fünf Tage. Morgen Vormittag würden sie von Stettin aus anreisen. Und über Karfreitag und die Osterfeiertage hätte man alle Zeit der Welt, die Hochzeit endlich ausgiebig zu planen.

»Was bringst du für Neuigkeiten aus Russland? Hoffentlich gute. Ich habe seit Monaten nichts mehr von meinen Brüdern gehört.«

»Ich auch nicht, Mama. Es tut mir leid. Aber vielleicht beruhigen sich ja jetzt die Dinge in Sankt Petersburg, nachdem Lenin die Hauptstadt nach Moskau verlegt hat.«

»Ja. Alles ändert sich so schnell. Und jetzt haben sie auch noch ihren Kalender angepasst. Ich mag all diese vielen Änderungen ja eigentlich nicht. Aber den gregorianischen Kalender anzunehmen, finde ich ausnahmsweise mal sinnvoll. Hoffentlich hast du recht. Vielleicht beruhigt sich in Sankt Petersburg nun alles.«

»Ich hörte, an der Westfront gibt es eine Offensive.« Adolphis sehnte sich nach erfreulichen Nachrichten.

»Ja, die Kaiserschlacht. Wir machen den Franzosen, Engländern und den Amerikanern richtig Dampf unterm Hintern. Unsere neuen Geschütze schießen über hundertzwanzig Kilometer weit. Von unseren Stellungen aus können wir sogar bis nach Paris schießen. Nun kann es wirklich nicht mehr lange dauern. Mit etwas Glück haben wir im Sommer schon Frieden.«

Feodora stand auf und schüttete sich ebenfalls etwas Obstbrand ein. Ihre Augen glitzerten feucht, als sie ihr Glas hob. »Auf den Frieden.«

»Auf den deutschen Sieg! Denn der steht bevor«, gab Nikolaus zu bedenken.

Adolphis hob sein Glas »Auf den deutschen Sieg und auf einen baldigen Frieden.«

Die Tür öffnete sich, und Alexander und Katharina kamen herein. Alex trug einen Verband um seinen linken Knöchel und er hinkte noch immer. Doch Adolphis wusste, dass es ihm besser ging. Der Knochensplitter war entfernt worden und die ständige Reizung war weg. Er hoffte, dass Alexander bald wieder ohne Stock würde gehen können.

»Katharina, ich bin ganz gespannt, deinen Verlobten endlich persönlich kennenzulernen.«

Etwas ungelenk umarmte Nikolaus seine Schwester. Die verzog ihren Mund zu einer schmalen Linie. Nikolaus wusste ja nicht, was vorgefallen war.

Adolphis war immer noch ganz erleichtert über die Verlobung. Seinen dringend benötigten Kredit hatte man ihm sofort zu sehr günstigen Konditionen gewährt. Er fühlte sich wieder obenauf. Katharinas Fluchtversuch war vereitelt worden und ihre Flausen danach hatten ihn nicht besonders gestört. Konstantin hatte einen Mordversuch überlebt und auch Nikolaus war wohlauf. Mehr Glück konnte man in Zeiten wie diesen wohl nicht erwarten.

Caspers trat mit einem Silbertablett ein. »Ein Telegramm, Herr Graf.« Er überreichte es Adolphis.

»Von wem ist das? Anastasia? Wir haben schon lange nichts mehr von ihr gehört.« Feodora schaute interessiert zu ihm herüber.

Adolphis faltete das Papier auseinander und las. Dann runzelte er die Stirn. Das war allerdings allerhand. In äußerst knappen Worten teilte Ludwig von Preußen ihm mit, er müsse seinen Besuch verschieben. Es ließ das Papier sinken.

»Ludwig und seine Mutter kommen nicht.«

»Was?!« Feodora sprang panisch auf.

»Er schreibt, dass die Oberste Heeresleitung ihr Hauptquartier von Kreuznach nach Spa verlegt.«

»Aber das ist doch schon Anfang des Monats passiert!«, entgegnete Nikolaus empört.

»Er schreibt, er sei deswegen gerade unabkömmlich. Aber der Besuch sei nur verschoben.« Adolphis schnaubte laut auf. »Als würde der kaiserliche Neffe persönlich mit anpacken.«

»Und da sagt er uns einen einzigen Tag vorher ab? Als hätte er das nicht früher gewusst!«

Adolphis drehte sich von den anderen weg. Er vermutete, dass Ludwig und seine Eltern ihr Osterfest lieber in Potsdam oder auf

Schloss Wilhelmshöhe in Kassel verbringen würden, im Kreis ihrer Familie. In den letzten Monaten beschlich ihn immer öfter das Gefühl, dass zumindest Ludwigs Eltern die Hochzeit torpedierten. Noch war rein gar nichts geklärt. Weder die Gästeliste noch wie groß gefeiert werden sollte oder der Ort der Festivitäten waren geklärt. Und so höfliche und nette Briefe Feodora auch schrieb, es kam keine gescheite Antwort zurück. Und nun würde Ludwig also nicht zum Osterfest kommen.

Die Hochzeit sollte am 9. November stattfinden, an Katharinas achtzehntem Geburtstag. Nun gut, bis dahin waren es noch sieben Monate. Sie mussten nichts übers Knie brechen. Aber jetzt beschlich ihn wieder eine unerträgliche Ahnung, dass Katharina doch recht behalten könnte. Möglicherweise spielte Ludwig mit ihnen. Nichts war sicher, bevor Katharina nicht mit Ludwig von Preußen ihre Hochzeitsnacht verbracht hatte. Rein gar nichts.

27. März 1918

Albert hatte die Pferde zurück in den Stall gebracht. Gerade war er in Stargard gewesen, um den Sohn des Grafen abzuholen, der nun Erbe von Gut Greifenau war. Er kannte diesen Nikolaus kaum. Bevor er nun wieder aufs Feld ging, musste er sich noch umziehen.

Als er zum Hintereingang hineinkam, sah er noch, wie Wiebke in die Leutestube ging, ein Kleid der Komtess über dem Arm. Vermutlich musste sie es ändern. Alles sollte perfekt sein, wenn der hohe Besuch kam.

Er lief schnell in seine Kammer und zog sich die gute Kutscheruniform aus. Wann würde er endlich wieder nur Kutscher und Chauffeur sein dürfen? Nun denn, er durfte sich nicht beschweren. Bisher hatte man ihn nicht eingezogen. Das war die harte

Feldarbeit wert. In seiner Arbeitskleidung schritt er die Hintertreppe hinab, als er die Stimme von Herrn Caspers hörte.

»… sind leider verhindert. Sie werden also nicht kommen.«

»Sie werden nicht kommen? Gar nicht oder nur später?«

»Wer kommt nicht?«, fragte Albert in die Runde.

Ida Plümecke drehte sich zu ihm um. »Der Prinz. Und ich war schon so neugierig.«

»Was bedeutet das jetzt für uns?« Mamsell Schott machte ein Gesicht, aus dem er nicht ganz schlau wurde. Freute sie sich, oder bedauerte sie, dass der Besuch nicht kam?

»Ihr Besuch ist nur verschoben.«

»Also bedeutet das, dass wir irgendwann das ganze Haus noch einmal putzen müssen.« Ottilie Schott seufzte.

»Und was ist mit dem Essen? Ich habe für Karfreitag drei Karpfen geplant.« Irmgard Hindemith hielt die Absage offenbar schon fast für einen Anschlag auf ihre Gesundheit.

»Sind die denn schon tot?«, fragte Caspers.

»Nein, wo denken Sie hin? Natürlich sind sie noch nicht tot.«

»Dann müssen sie eben noch ein paar Wochen länger in der Tonne rumschwimmen. Ich kann es doch auch nicht ändern.«

»Na, aber die Osterlämmer sind natürlich schon geschlachtet.«

»So sei es. Dann werde ich mit der gnädigen Frau besprechen, ob wir zwei Tage hintereinander Lamm auf den Tisch bringen können. Das Fleisch wird schon unter die Leute kommen«, gab die Mamsell lakonisch von sich.

»Soll ich die Besucherbetten wieder abziehen?«

»Ja, mach das, Wiebke. Und das Kleid der Komtess hat dann auch keine Eile mehr.«

Es war, als hätte man den Deckel von einem Topf mit kochendem Wasser genommen. Plötzlich fiel die große Hektik von allen ab.

»Was ist mit den Tischdecken?«, fragte Ida Plümecke.

»Falten Sie die Decken bitte zusammen. Wir brauchen erst mal nur zwei gebügelte.« Mamsell Schott drehte sich um und stieg die Treppe hoch.

Ida und Wiebke gingen in die Wäschekammer. »Wie außerordentlich schade! Ein echter Prinz! Ich hatte mich schon so auf ihn gefreut.«

Albert hörte ihre Worte. Wiebke antwortete etwas und kam dann schon wieder mit einem Packen weißer Leinentischdecken heraus. Doch Albert stellte sich in die Tür der Wäschekammer.

»So ein netter Kerl ist er nun auch wieder nicht. Halten Sie sich lieber von ihm fern. Je weniger Sie mit ihm zu tun haben, desto besser.« Alberts Stimme klang nachdrücklich.

Ida sah ihn an. »Aber ich habe noch nie einen echten Prinzen persönlich getroffen.« Sie wirkte fast ein wenig verträumt.

»Und ich sage es Ihnen. Er ist ein echtes Scheusal. Wenn unsere Komtess ihn heiraten muss, dann ist sie nicht zu beneiden. Sie wissen nicht, zu was der Mann fähig ist.« Er musste sich wohl wirklich harsch angehört haben, denn Ida schaute ihn erschrocken an. Für einen Moment stand sie starr da, dann fing sie an zu zittern.

»Oje, was ist denn?« Albert war sofort im Raum und verschloss die Türe hinter sich. »Was habe ich denn gesagt?«

»Nichts.« Doch Ida Plümecke drehte sich um und wischte sich verstohlen eine Träne von der Wange. Ihr Atem ging hektisch.

»Ich kann gut zuhören, wissen Sie.« Er sah, wie sich ihr ganzer Körper versteifte. Die Hand, in der sie das Plätteisen gehalten hatte, war ganz weiß, so fest hielt sie den Holzgriff.

»Na, na, na.« Er nahm ihr das Gerät aus der Hand und stellte es auf den kleinen Bollerofen. Dann nahm er sie sacht bei den Schultern und zog sie zu sich.

Als hätte sie nur darauf gewartet, schluchzte Ida auf. »Bitte … Nein.« Doch sie konnte nicht aufhören zu weinen.

Albert überlegte, was er gesagt hatte. Was hatte sie so derartig verstört?

Er ist ein echtes Scheusal. Wenn unsere Komtess ihn heiraten muss, dann ist sie nicht zu beneiden. Sie wissen nicht, zu was der Mann fähig ist.

Das waren seine Worte gewesen. Es war ein Schuss ins Blaue. »Dann kennen Sie sich also mit Scheusalen aus?«

Ida schluchzte erneut laut auf.

Albert biss sich auf die Lippen. Volltreffer. Ein herrischer Graf. Ein sadistischer Grafensohn. Ein Offizier auf Besuch, der glaubte, sich alles herausnehmen zu können. Es war doch immer das Gleiche. Die niedrigen Stände konnten sich so etwas kaum erlauben. Sie landeten sofort im Zuchthaus, wenn so etwas herauskam.

»Wer war es?«

Sie schüttelte sich, als wenn sie jede Antwort verweigern wollte.

Auf dem Gut, auf dem sie vorher gearbeitet hatte, hatten fünf Söhne gelebt. Mittlerweile waren sie zwar alle tot, aber offensichtlich waren sie in einem fronttauglichen Alter gewesen. Junge Männer, vermutlich unverheiratet. Das hatte Wiebke schon erzählt, als Ida noch gar nicht hier gelebt hatte.

»Einer der Grafensöhne?«

Wieder schüttelte sie den Kopf, dieses Mal nicht mehr so vehement. Doch ihr Schluchzen hörte nicht auf.

»Ein echtes Scheusal. Aber jetzt sind Sie ihn doch los.«

Sie brauchte etwas Zeit, bevor sie ihre nächsten Worte herausbrachte. »Nein … Jetzt ist das Scheusal … mein Mann.«

Für einen Moment stockte auch Albert der Atem. *Ihr Mann.* Sie war verheiratet. Wie passte das alles zusammen? Sie hatte das Gut in der Nähe von Deutsch Krone doch verlassen.

Als wollte sie seine Fragen beantworten, fing sie an zu sprechen. »Der oberste Hausdiener. Er hat mich … mir … Dinge angetan … Mehrere Male.« Sie atmete schwer. »Dann ist er einfach zur gnädigen Frau gegangen und hat gesagt, dass wir heiraten werden. Ich wollte nicht … Aber ich konnte mich nicht wehren. Alle anderen haben mich dazu gedrängt.«

»Sind Sie vom Gut weggelaufen? Ich meine … Sie …«

»Nein. Ich bin nicht weggelaufen. Ich bin ordentlich entlassen worden.«

Jetzt verstand Albert gar nichts mehr. »Und wo ist … Ihr Mann jetzt?«

Ida Plümecke holte ein Taschentuch aus ihrer Schürzentasche hervor und schniefte hinein. »Wir haben geheiratet. Er war so brutal. Auch noch, als ich schon längst seine Frau war. Oder vielleicht, weil er jetzt tun konnte, was er wollte.«

Albert schaute zu ihr hinunter. Er wollte sie nicht drängen. Sie würde schon von alleine weiterreden.

»Ich wurde … schwanger.«

Herrjemine, wo war das Kind? Ihm lief ein Schauer über den Rücken. Hoffentlich hatte sie es nicht in ein Heim gesteckt.

»Jetzt ist er an der Westfront. Er ist schon vor über einem Jahr eingezogen worden. Da war es gerade zu sehen, dass ich schwanger war. Er war kaum weg, da hatte ich eine Fehlgeburt. Für mich war es wie … Er wird mir das nie glauben. Er wird glauben, dass ich sein Kind habe wegmachen lassen. Ich wünsche niemandem etwas Böses, aber es fallen so viele gute Menschen im Krieg. Wenn er doch … Wenn er doch einfach …« Sie schniefte wieder.

»Weiß er, dass Sie die Arbeitsstelle gewechselt haben?«

Sie schüttelte vehement ihren Kopf. »Nein. Der Gräfin und meiner alten Mamsell habe ich gesagt, er sei gefallen. Dann, ein paar Wochen später, hab ich behauptet, mir sei eine Stelle in

Königsberg angeboten worden. Ich habe ihnen eine falsche Adresse angegeben. Ich wollte nicht, dass er erfährt, wo ich bin. Vielleicht … wenn er den Krieg überlebt, findet er mich nicht.«

»Und wenn doch?«

Ein Zittern lief durch ihren schmalen Körper. »Dann Gnade mir Gott.«

Albert presste seine Lippen aufeinander und zog Ida wieder an sich. Er würde jetzt einfach den nächsten Schritt wagen. »Weißt du, ich würde für dich kämpfen. Wenn du es willst, würde ich für dich kämpfen und dich beschützen.«

Sie schnäuzte wieder in das Taschentuch und lachte leise auf. »Das wäre … zu gefährlich.«

»Die Frage ist doch nicht, ob es gefährlich ist oder nicht. Die Frage ist, ob du möchtest, dass ich dich beschütze.« Er streckte sie nun eine Armlänge von sich. Sie schauten sich in die Augen. »Möchtest du das? Möchtest du etwas zwischen uns, was sich zu beschützen lohnt?«

Sie schaute ihn mit rot geränderten Augen an. Dann stahl sich ein winziges Lächeln auf ihr Gesicht. »Ja. Ja, ich würde es wirklich gerne. Aber das geht nicht. Ich kann das nicht zulassen … Er ist wirklich brutal, und unberechenbar.«

»Das lass meine Sorge sein. Ich habe bisher immer gut auf mich aufgepasst. Und ab heute passe ich auch auf dich auf.«

Dann küsste er sie auf den Scheitel. Er wusste, mehr würde sie verschrecken. Aber jetzt hatten sie einen Pakt. Alles Weitere würde die Zeit bringen.

Er ließ sie los und nickte ihr zu. Leise schloss er die Tür zur Kleiderkammer. Doch bevor er zum Hinterausgang hinausgehen konnte, fing ihn seine Tante ab.

In einem verschwörerisch Ton flüsterte sie ihm zu: »Albert, bei uns unten gibt es trotzdem am Karfreitag gebackenen Spickaal. Den magst du doch so gerne.«

»Ja, stimmt.« Er versuchte seine Tante anzulächeln, aber so ganz gelang es ihm nicht. Er war mit seinen Gedanken woanders.

Ida mochte ihn. Sie mochte ihn auf die gleiche Weise, wie er sie mochte. Wenn sie nicht verheiratet wäre, dann ... Es wäre alles so einfach. Sein Glück so greifbar nahe. Grimmig dachte er daran, dass er nun wieder etwas hatte, um das er kämpfen musste.

Sie hörten, wie die Hintertür ging. Bertha kam. Sie hatte einige Kleinigkeiten im Dorfladen geholt. Völlig außer Atem stürzte sie auf die beiden zu. Albert dachte erst, es wäre etwas Schlimmes passiert.

»Kilian. Er kommt zurück. Er ist verletzt, aber er lebt. Ich hab es gerade gehört. Die Russen entlassen ihn aus der Kriegsgefangenschaft.« Sie war völlig außer sich, auf ihrem Gesicht erschien ein breites Lächeln.

* * *

Theodor Caspers war weiß wie die Wand. Er war gerade zur Hintertreppe heruntergestiegen. Bertha hatte nicht mitbekommen, wie sie angekommen waren. Gemeinsam mit Herrn Caspers hatte Albert Sonntag Kilian bei seinen Eltern zu Hause abgeholt. Drei ganze Wochen waren seit der Nachricht, dass Kilian nach Hause kommen würde, vergangen. Bertha war so unendlich froh. Die Russen entließen nur kampfunfähige Männer aus der Gefangenschaft. Das hieß, Kilian war zwar verletzt, aber er lebte. Das war schließlich alles, was zählte. Alle wollten, dass Kilian wieder in Arbeit kam. Eugen war nun schon drei Monate fort, und die Arbeit stapelte sich an allen Ecken und Enden.

Jetzt räusperte Theodor Caspers sich. Er wartete am oberen Ende des Tisches in der Leutestube. Als sich alle versammelt hatten, hob er seine Stimme. »Kilian ist gerade oben beim Grafen. Sie besprechen noch, inwieweit er hier wieder arbeiten kann.«

»Was soll das heißen?«, polterte Bertha mit ihrer Frage heraus. »Was ist mit ihm? Hat er noch seine Hände?«

Caspers holte tief Luft. Seine Lippen waren zu einem dünnen Strich gepresst. Was er zu sagen hatte, kam ihm nur schwer über die Lippen. Er wagte es nicht einmal, jemanden anzuschauen. Hinter seinem Rücken knackte er mit den Fingern. Ein äußerst schlechtes Zeichen.

»Kilian … Er ist … entstellt.«

Mamsell Schott und die Köchin sogen laut die Luft ein.

»Was soll das heißen? Was ist mit ihm?«

Albert und Ida Plümecke wechselten besorgt einen Blick. Bertha entging das nicht. Aber was da bei den beiden vor sich ging, interessierte sie gerade nicht. Sie hatte sich so sehr auf Kilian gefreut.

»Ich bitte darum …« Caspers räusperte sich. »Wenn Kilian gleich runterkommt, dann soll sich niemand erschrecken. Ich möchte nicht, dass eine der Frauen aufschreit oder sich die Hände vors Gesicht schlägt. Wir alle haben schon Kriegsversehrte gesehen. Es besteht kein Bedarf an Theatralik.«

Meine Güte. Ein eisiges Schauern lief ihr über den Rücken. Bertha konnte es kaum noch aushalten. Was war denn bloß passiert? Im Dorf hatte sie nur davon gehört, dass Kilian aus der Gefangenschaft entlassen wurde, weil er ohnehin nicht mehr zurück an die Front geschickt werden konnte. Für die Russen bedeutete das einen Esser weniger. Egal was er hatte, Hauptsache er kam nach Hause. Zurück zu ihnen. Doch mit jedem einzelnen Wort des Hausdieners zog sich ein eiserner Ring um ihr Herz zusammen. Ihr Atem ging schneller.

Oben auf der Treppe hörte man Schritte. Jemand kam herunter. Caspers machte eine Geste, dass alle innehalten sollten. Er selbst trat in den Flur und wartete auf den früheren Hausburschen.

Das Erste, was Bertha sah, war eine hagere Hand, die sich fest um den hölzernen Handlauf schloss, als würde derjenige, dem sie gehörte, sich seines Weges nicht sicher sein. Der dunkle Anzug schlotterte um seinen Körper. Nun gut, dass Kilian in der Gefangenschaft abgenommen haben dürfte, war ja klar.

Jetzt trat Caspers mit einem warnenden Ausdruck auf dem Gesicht in den Raum und hinter ihm erschien Kilian. Er hinkte in die Leutestube, zog sein linkes Bein merkwürdig nach.

Bertha schnappte nach Luft. Kilian sah arg mitgenommen aus. Dünn, strohiges Haar. An der rechten Hand fehlten drei Finger. Aber das Schlimmste war, dass er keine Nase mehr hatte. Es schaute nur noch ein hässlich vernarbter Rest heraus. Auch die Haut über seiner rechten Wange war rot vernarbt. Sein Auge hatte ebenfalls etwas abbekommen.

Er sah einen nach dem anderen an. Offensichtlich war er schon gewohnt, angestarrt zu werden. Als er den Mund öffnete, zitterte seine Stimme dennoch. »Die Ärzte haben gesagt, ich hätte noch Glück gehabt. Zwei Zentimeter höher und mein Auge wäre ganz weg gewesen. Ich kann noch etwas sehen. Es soll auch besser werden … mit der Zeit.« Er hob seine rechte Hand, an der drei Finger fehlten. »Und meine eine Kniescheibe ist zertrümmert.«

Theodor Caspers räusperte sich wieder. »Der werte Herr Graf hat beschlossen, Kilian wieder in seine Dienste zu nehmen. Wir werden sehen, was alles zu machen ist. Kilian übernimmt nach und nach das an Aufgaben, was er schafft.«

Niemand sagte etwas.

Bertha wusste wirklich nicht, was sie denken sollte. Er sah aus wie Kilian, aber dann wieder doch nicht. Entstellt zu einer Fratze. Schnell sah sie zu Boden. Sie wollte nicht, dass Kilian das in ihrem Gesicht las. Sie musste an etwas Positives denken. Irgendetwas. Irgendetwas, das sie von seinem entstellten Äußeren ablenkte. Genau, das Gute war doch, dass Kilian sich selbst nicht aufgab.

»Du bekommst alle Unterstützung, die du brauchst«, sagte Mamsell Schott mitfühlend.

»Ich muss mich noch daran gewöhnt, alles mit links zu machen«, erklärte Kilian. »Und wegen dem Auge ecke ich noch oft an. Aber die Ärzte haben gesagt, dass es besser wird.«

Wieder sagte niemand etwas. Alle schauten betreten in die verschiedensten Richtungen. Es war Albert Sonntag, der es schaffte, diese merkwürdige Situation aufzulockern. Er setzte sich an den Tisch, als wäre es schon Mittagszeit. Dann schob er den Stuhl, auf dem Kilian früher gesessen hatte, in seine Richtung. »Und, erzähl. Hast du auch etwas Russisch gelernt?«

Erleichtert, nicht mehr nur angestarrt zu werden, setzte Kilian sich. »Allerdings.«

Mamsell Schott klatschte in die Hände. »Die beiden können dort sitzen bleiben. Ihr anderen habt sicher noch alle etwas zu tun. Mittag gibt es erst in einer Stunde.«

Die Versammlung löste sich auf. Alle schienen erleichtert zu sein. Draußen auf dem Flur hörte Bertha, wie Wiebke mit Ida leise wisperte.

»Was wird denn jetzt aus Paul?«

»Ich glaube nicht, dass sich für Paul etwas ändern wird. Sieh ihn dir doch nur an. Er bekommt hier doch nur noch sein Gnadenbrot.«

»Haltet ihr beiden bloß den Mund«, schoss es giftig aus Berthas Mund. »Der Graf hätte ihn wohl kaum genommen, wenn er nicht gut arbeiten könnte.«

Wiebke schlug die Augen nieder. »Ida meint es nicht so. Wir bemitleiden ihn wirklich. Ich hab mir so sehr gewünscht, dass er gesund wieder nach Hause kommt.«

Ida trat neben Wiebke. »Wir alle haben uns das gewünscht. Und ich glaube kaum, dass wir uns um Paul Sorgen machen müssen. So oder so sind wir viel zu wenig Leute.«

Bertha fixierte sie mit einem bissigen Blick. »Dann ist ja alles gut.« Ihr Ton sagte das Gegenteil. Sie drehte sich um und rauschte in die Küche. Sie würde jetzt das tun, was sie ohnehin vorgehabt hatte. Sie würde Kilian eine leckere Kliebensuppe machen. Eine gewürzte Milchsuppe mit Mehlklößen, dazu gab es Schwarzbrot. Das war Kilians Leibspeise. Er sollte sich hier wie zu Hause fühlen.

12. Mai 1918

Alexander konnte es kaum glauben. Seinem Knöchel ging so viel besser. Heute war Sonntag, und nach dem Mittagessen hatte er einen ausgiebigen Spaziergang gewagt. Er war extra querfeldein gelaufen, um zu testen, wie sein Knöchel und auch die alte Muskelverletzung darauf reagieren würden. Jetzt tat ihm der Knöchel ein wenig weh. Auch die Muskeln am Unterschenkel waren hart. Das konnte aber genauso gut daran liegen, dass er schon seit ewigen Zeiten keine ausgiebige Wanderung mehr gemacht hatte. Er war zufrieden mit sich. Zumindest was diese Geschichte anging. Er würde wieder ganz normal Klavier spielen können. Und vielleicht würde man in einigen Jahren nicht einmal mehr sehen, dass er jemals gehinkt hatte.

Bei allen anderen Dingen hing er in der Luft. Was sollte aus ihm werden? Welche Zukunft würde ihm das Schicksal bescheren? Jetzt, wo er wieder einigermaßen laufen konnte, würde man ihn vermutlich bei der nächsten Musterung doch noch einziehen. Er hatte sich schließlich schlecht dagegen wehren können, dass sein Knöchel operiert wurde. Vater und auch Doktor Reichenbach hätten sich zu Recht gefragt, warum er das nicht wollte. Er hatte die Operation schon so weit als möglich hinausgezögert. Meine Güte, und der Krieg war immer noch nicht zu Ende. Wer hätte das gedacht?

In Stettin im Krankenhaus, weitab von seinem Zuhause, hatte er sich in ein Buch vertieft, das Mama bei Katharina ausgeräumt hatte. Es war sogar von einer Frau geschrieben: *Die Frau als Hausärztin*. Es gab einen Abschnitt über Homosexualität. Es war aufschlussreich gewesen, wusste er doch jetzt, wieso er diese Neigung hatte. Die Ärztin, die dieses Buch geschrieben hatte, verwies darauf, dass es wohl häufiger bei Nachkommen von Genussmenschen, die dem Alkohol zugetan waren, zu homosexuellen Neigungen kam. Also war Vater dafür verantwortlich. Das beruhigte ihn schon mal. Nicht beruhigend fand er allerdings, dass die Ärztin seine Neigung als eine Art Gehirndefekt diagnostizierte. Denn nun musste er Mama recht geben. Sie hatte ihn ja immer für ein bisschen verrückt gehalten. Ob er das alles überhaupt glauben sollte, wusste er nicht. Ein Arzt hatte ihn erwischt, als er gerade in dem Buch gelesen hatte. Alexander hatte sich damit herausgeredet, dass er wissen wollte, wie er seinen Fuß zu Hause pflegen sollte. Doch der Arzt hatte über das Buch gespottet. Er solle dann doch lieber echte medizinische Lektüre heranziehen statt solchem Weibergewäsch.

Alles in allem verunsicherten ihn die neuen Erkenntnisse nur noch mehr. Doch jetzt, nachdem er das alles gelesen hatte, wusste er wieder nicht, wie er seine Zuneigung zu César Chantelois einschätzen sollte. Es war nach wie vor klar, dass sein weiteres Leben kompliziert verlaufen würde – egal für was er sich entschied: Sollte er pro forma eine Frau heiraten und ein paar Kinder bekommen? Damit wäre der Gesellschaft Genüge getan. Doch eigentlich wollte er das nicht. Er wollte nichts mit einer Frau anfangen müssen. Er würde es schon so schwer genug haben, mit dieser Krankheit fertigzuwerden.

Andererseits konnte er sich nicht vorstellen, seinem Vater oder gar seiner Mutter den wahren Grund zu erklären, warum er nicht heiratete. Er wollte es sich selbst nicht einmal eingestehen. Wie konnte er es dann seinen Eltern sagen? Seine Eltern würden nichts davon wissen wollen. Und nichts mehr von ihm. Er würde mit Schimpf und Schande vom Hof gejagt. Aber sein wahres Leben würde er ohnehin nur sehr weit weg von allen, die ihn kannten, leben können.

Noch immer wollte er weit weg, wenigstens nach Berlin, aber am liebsten nach Paris. César hatte ihm zum Tod von Debussy geschrieben. Und Alexander hatte schon zweimal zurückgeschrieben. Da direkter Postverkehr nach Frankreich nicht mehr möglich war, hatten sie ihre Korrespondenz über eine Schweizer Adresse laufen lassen, was aber umständlich war und furchtbar lange dauerte. Außerdem wusste Alexander auch nicht, wer möglicherweise die Briefe öffnete. Er konnte in diesem Brief nichts von dem schreiben, was er fühlte. Sein ganzes Leben stand wegen dem blöden Krieg Kopf. Und falls Nikolaus jetzt auch noch sterben sollte, wäre das ein Desaster. Mama und Papa würden nicht weniger erwarten, als dass er das Gut leitete. Nicht auszudenken, wenn er sein ganzes Leben in dieser Einöde verbringen müsste, mit einer Tätigkeit, der er nichts abgewinnen konnte.

Also, was blieb ihm? Erst einmal musste dieser Krieg enden, und er – und möglichst auch Nikolaus – ihn überleben. All diese neuen Gedanken schwirrten haltlos durch seinen Kopf. Er brauchte Zeit, mehr Zeit.

Als er um die Ecke der Remise kam, sah er Albert Sonntag und das Stubenmädchen zusammenstehen. Sie sprachen miteinander und sahen sehr vertraut aus. Doch dann entdeckte ihn die rothaarige Dienstbotin. Sie sagte schnell etwas und reichte dem Kutscher ein kleines Geschenk. Einige Worte wurden noch gewechselt, dann ging sie schnell in Richtung Haus zurück.

Albert Sonntag schaute ihr nach. Er hatte noch gar nicht bemerkt, dass Alexander quasi genau in seine Richtung kam. Interessiert öffnete er das eingepackte Geschenk. Er holte ein paar gestrickte Socken hervor.

Alexander ging langsam auf ihn zu. Hier in der Nähe des Hauses versuchte er möglichst deutlich zu humpeln. Man wusste nie, wofür es noch gut sein konnte.

»Haben Sie Geburtstag?«

Albert Sonntag drehte sich überrascht zu ihm herum. »Ja, so ist es.«

»Herzlichen Glückwunsch. Wie alt werden Sie?«

»Neunundzwanzig.«

»Dann sind Sie fast genau ein Jahr älter, als Konstantin war.« Bei dem Gedanken an seinen Bruder wurde er traurig. Es war wirklich schmerzlich, dass sie seinen neunundzwanzigsten Geburtstag niemals feiern würden.

Der Kutscher bedachte ihn mit einem merkwürdigen Blick. »Ja, es ist wirklich sehr bedauerlich, was Ihrem Bruder passiert ist. Was auch vorgefallen ist.«

Noch immer war Konstantins Schicksal ungeklärt. Papa dachte nicht daran, ihn für tot erklären zu lassen. Aus irgendeinem Grund hielt er an der unwahrscheinlichen Möglichkeit fest, dass Konstantin nur verschwunden war. Aber eigentlich wunderte es Alexander nicht allzu sehr: Papa war jemand, der unangenehmen Wahrheiten nicht gerne ins Gesicht sah.

»Wir hoffen alle darauf, dass Konstantin eines Tages einfach wieder auftaucht.« Tot oder lebendig, aber das sagte er nicht. Offiziell sollte die ganze Familie nach außen hin so tun, als wären sie davon überzeugt, dass Konstantin noch lebte. Darauf hatte Papa bestanden. Das Beste wäre, wenn man endlich seinen Leichnam finden würde. Damit Papa mit diesem Thema abschließen und es auch ein offizielles Begräbnis geben konnte.

»Dann wünsche ich Ihnen noch einen schönen Tag.«

»Ich danke Ihnen. Und ich wünsche Ihnen auch einen schönen Tag.«

Alexander humpelte weiter. Der kürzeste Weg wäre zum Dienstboteneingang hinein, aber er wollte niemanden aufschrecken. Deswegen ging er um die Ecke und die Freitreppe hoch. Er klopfte. Es war die Mamsell, die ihm aufmachte. Herr Caspers hatte wohl einen seiner seltenen freien Nachmittage.

»Graf Alexander.«

Sie öffnete weit die Tür, und er hinkte an ihr vorbei. Er war schon die ersten zwei Stufen hoch, als es ihm plötzlich wie Schuppen von den Augen fiel. *Fast ein Jahr älter als Konstantin.* Da war doch was gewesen. Was hatte in Großmutters Tagebuch gestanden?

Ein Bastard, den Adolphis vorher in die Welt gesetzt hatte. Der Junge, es war ein Knabe, sollte ein knappes Jahr älter als Konstantin sein. Und er war im Mai geboren. Tatsächlich sollte er in Katharinas Geburtsjahr elf Jahre alt geworden sein. Alexander überschlug kurz die Zahlen. Das konnte doch nicht wirklich wahr sein, oder …?

Einen Versuch war es wert. Er drehte sich zur Mamsell herum, die beinahe schon an der Hintertreppe war.

»Ich habe Sonntag gerade getroffen. Er hat heute Geburtstag, nicht wahr?«

Sie blieb stehen und schaute zu ihm hinauf. »Ja, so ist es.«

»Lebt seine Familie noch? Ich meine, hat er Glückwunschbriefe von seinen Eltern oder Geschwistern bekommen?«

Die Mamsell machte ein verwundertes Gesicht. Aber natürlich antwortete sie ihm. Er war der Grafensohn. »Soweit ich weiß, hat er keine Familie. Er ist in einem Waisenhaus aufgewachsen.«

Also doch.

»Wieso interessiert Sie das?«

Papa hatte recht. Er hatte letzte Woche darüber geschimpft, dass sich die Dienstboten und die Pächter immer mehr herausnahmen. Dinge, die früher niemals passiert wären. Vor dem Krieg hätte die Mamsell niemals nachgefragt. Es interessierte ihn, und sie hatte es hinzunehmen.

»Nur so. Es ist nicht weiter wichtig.« Er drehte sich um und humpelte eine Stufe nach der anderen die Treppe hoch.

Natürlich konnte er sich nicht sicher sein. Tausende Kinder, Tausende Jungs waren in Waisenhäusern aufgewachsen. Und eine Anstellung auf einem Gutshof war wirklich nichts Ungewöhnliches. Wenn er richtig informiert war, gab es hier noch einige andere Dienstboten, die in einem Waisenhaus aufgewachsen waren.

Mit dem Geburtstag kam er der Sache schon näher. Im Mai geboren, und auch das Alter passte. Wie würde er mehr herausfinden können?

Kurz bevor er nach Stettin aufs Lyzeum gegangen war, hatte er Großmamas Tagebuch gefunden. Er hatte es behalten und gut versteckt. Vielleicht sollte er es noch mal nach anderen Hinweisen durchforsten.

Albert Sonntag – was, wenn er wirklich Papas Erstgeborener war? Er würde diese brisante Vermutung sorgsam hüten und weiter im Nebel stochern, bis er mehr herausfand. Bestimmt kam der Tag, an dem er etwas gegen seinen Vater in der Hand haben musste. Falls ihn die Syphilis bis dahin nicht hinweggerafft hatte. Aber ein solches Geheimnis ließ sich in Gold aufwiegen. In Gold, oder in Freiheit.

Kapitel 3

Anfang Juni 1918

Wir kommen wirklich ganz wunderbar voran.« Mama machte gute Miene zum bösen Spiel. Ein eisiges Lächeln war auf ihrem Gesicht festgefroren.

Ihr gegenüber am Tisch saß Amalie Sieglinde von Preußen. Ihr Mann, der Bruder des Kaisers, sei kurzfristig verhindert, so hieß es. Ludwig und seine Mutter waren gestern angekommen, nachdem ihr Besuch zu Ostern noch ein weiteres Mal verschoben worden war. Und sie blieben auch nicht lange. Morgen Abend würden sie schon wieder abreisen.

Mama hatte Katharina vorher eine lange Liste mit Fragen gezeigt, die sie alle mit Ludwigs Mutter abklären musste. Das Wichtigste allerdings war die Gästeliste. Davon hing fast alles Weitere ab. Sie hatte gestern Abend noch mitbekommen, wie Mama sich bei Papa beschwert hatte. Wer alles sollte bei den Feierlichkeiten dabei sein dürfen, wer nicht?

Es schien für Amalie Sieglinde von Preußen nur zwei Möglichkeiten zu geben: Entweder die Feier wurde in einem möglichst kleinen familiären Rahmen begangen – und das bedeutete fünfzehn bis zwanzig Personen – oder aber es wurde wirklich in größerem Rahmen gefeiert, dann war man schnell beim Zehnfachen oder mehr. Ständig hieß es, wenn man diese Verwandte einlade, dann müsse man auch diese Partie einladen. Es schien kein Ende zu nehmen. Diese Zahlen machten Mama ganz schwindelig, und Papa auch. Das merkte Katharina an ihren Reaktionen.

Ludwigs Mutter hatte vorgeschlagen, die Hochzeit in Berlin auszurichten. Dort habe man mehr Möglichkeiten. Sowohl Räumlichkeiten für das Fest als auch die Unterbringung der Dutzenden Familienmitglieder sei dort gewährleistet. Jeder habe dafür Verständnis, dass die Hochzeit eines Prinzen mit einer einfachen Komtess nicht wie gewöhnlich auf dem Familiensitz der Braut ausgerichtet werden könne.

Papa war mit Sicherheit ganz anders geworden bei der Vorstellung, ein Fest für zwei- bis dreihundert Menschen, die über mehrere Tage frühstückten, zu Mittag und zu Abend aßen, finanzieren zu müssen. Alleine die Kosten für den Wein, der mittlerweile zum Luxusgut geworden war, würden sie arm machen.

Erst heute Nachmittag war Amalie Sieglinde mit der Nachricht herausgerückt. Bedauerlicherweise werde ihr Schwager, Kaiser Wilhelm, selbst wohl kaum dazukommen können. Man könne der leidenden Bevölkerung im Moment nicht einen fröhlich feiernden Kaiser zumuten. Das war der Punkt gewesen, an dem Mama plötzlich eine kleine Hochzeit im Familienkreis auf Gut Greifenau ganz entzückend gefunden hatte.

Katharinas Taufpatin, Papas Schwester Leopoldine, würde mit ihrer Familie anreisen. Und Anastasia natürlich, hoffentlich mit ihrem Mann, Graf von Sawatzki. Obwohl, im April war Victoria zur Welt gekommen. Ihr dritte Tochter! Mama hatte den von Preußens wohlweislich nichts davon erzählt. Wenn schon die eine Tochter nur Mädchen gebar, würde sofort ein Zweifel auf die andere Tochter fallen. Schließlich heiratete man ja nicht zum Vergnügen.

Das war es auch schon mit ihrem Anteil der Familie. Vielleicht, wenn Mama bis dahin endlich wieder Kontakt mit ihren Brüdern aufgenommen hätte, sollten sie auch mitfeiern. Doch Mamas Vorschlag, die russische Verwandtschaft einzuladen, hatte nicht die Zustimmung der Schwägerin des Kaisers gefunden.

Man solle doch abwarten bis kurz vorher und ausloten, wie die diplomatischen Verhältnisse dann seien.

Anfangs hatte Katharina den Verdacht gehegt, dass Ludwigs Mutter alle Möglichkeiten austestete, um ihre Heirat zu verhindern. Vielleicht spekulierte sie darauf, dass die Hochzeit Papas finanzielle Möglichkeiten übersteigen würde und er die Verlobung zurückzog. Sie wurde aus der Frau nicht schlau.

Aber nun, nachdem man eine Hochzeit in kleinerem Kreise beschlossen hatte, war auch diese Option vom Tisch. Katharina machte sich ohnehin keine Hoffnung, dass die Hochzeit am Geld scheitern würde. So sehr das Fest auch Papas Kasse leeren würde – wenn sie erst einmal mit dem Neffen des Kaisers verheiratet wäre, würde sich das investierte Geld über die Jahre mehr als amortisieren. Katharina war eine echte Kapitalanlage. Das wurde ihr hier mehr als deutlich vorgeführt.

Sie selbst saß dabei und beschränkte sich auf gleichsam höfliche wie nichtssagende Antworten. Ludwigs Mutter war irritiert von ihrer Haltung. Und selbst Ludwig schien zuweilen verärgert, dass es keine verbalen Ausfälle gab. Mama dagegen war sichtlich froh, dass ihre Tochter nicht ungezogen wurde oder Widerworte gab.

Katharina schlug sich passabel, wie sie fand. Trotzdem würde sie drei Kreuze schlagen, wenn sich die beiden von Preußens morgen Nachmittag wieder auf den Weg nach Stettin begaben. Sie wollten übermorgen den Morgenzug nach Berlin nehmen.

»Wir werden dann wohl mit neun Familienmitgliedern anreisen. Selbstverständlich komme ich mit meinem Mann und meinem Sohn einige Tage früher.« Amalie Sieglinde spießte ein Stück Gänsebraten auf ihre Gabel. »Die anderen brauchen ja wirklich erst zur Trauung zu kommen.«

Katharina war fast versucht zu grinsen. Natürlich wollte man die Mitglieder einer alten dynastischen Familie nicht länger als notwendig der Gegenwart einer schnöden Landgrafenfamilie aussetzen. Wahrscheinlich hatte sie das damit gemeint. Die Prinzessin war wirklich sehr geschickt. Wie immer sie sich ausdrückte, schien es vordergründig äußerst höflich und freundlich. Doch direkt dahinter lag eine bissige Verachtung.

Würde Katharina tatsächlich in diese Familie einheiraten, wäre ihr Leben die Hölle. Und das nicht nur wegen des Scheusals. Nein, auch die übrigen Familienmitglieder würden ihr ein Leben lang nicht verzeihen, von welch niedrigem Stand sie war. Vermutlich war auch das ein wohlüberlegter Schachzug von Ludwig. Ganz offensichtlich quälte er gerne andere Menschen. Und wenn er weit unter seinem Stand heiratete, quälte er damit auch seine Eltern.

Er selbst schien fröhlich und gut gelaunt. Glücklicherweise lenkten Papa und Alexander ihn tagsüber ab. Sie waren mit ihm über die Felder geritten und hatten darauf bestanden, ihm den gräflichen Beritt zu zeigen. Alexander versuchte sein Möglichstes, sie nicht eine Sekunde alleine mit Ludwig zu lassen. Und auch Mama wich nicht von ihrer Seite. Vermutlich aber eher, um sicherzustellen, dass Katharina keine Dummheiten machte.

»Graf Auwitz, wie ich hörte, haben die Unternehmerverbände erklärt, dass sie nach dem Krieg die Frauen entlassen werden, damit die Männer ihre Stellen wieder einnehmen können. Wie werden Sie das hier handhaben?« Ludwig hatte Vater angesprochen, schaute aber in Richtung Katharina.

»Nun, bei uns stellt sich diese Frage kaum. Wir sind natürlich froh, wenn möglichst viele Männer, ob nun verheiratet oder unverheiratet, aus dem Krieg zurückkehren. Uns fehlen die Arbeiter. Denn die Frauen haben schon immer auf dem Feld mitgearbeitet.«

»Ich finde es widernatürlich, wenn eine Frau berufstätig ist. Was meinen Sie dazu, werte Komtess?«

Katharina fühlte eine innere Genugtuung. Nun war es an ihr, mit Ludwig zu spielen. Es war nicht sein erster Versuch, eine unerhörte Erwiderung zu provozieren. Doch sie würde ihm nicht diese Genugtuung liefern.

»Ich glaube, dass es Frauen wie Männern gleichermaßen egal ist, was sie nach dem Krieg tun, wenn er nur erst einmal gewonnen ist.« Hoffentlich war das diplomatisch genug.

Ludwig gab einen grummelnden Ton von sich, ganz als wäre er verstimmt darüber, dass sie nicht die Fahne der Frauenrechte hisste.

Alexander sprang ein. »Welche guten Nachrichten bringen Sie denn von der Kriegsfront mit? Jetzt, wo an der Westfront eine Offensive nach der anderen gestartet wird. Wann rechnen Sie mit dem endgültigen Sieg?«

Ihr Bruder fragte das nicht ganz ohne Hintergedanken. Vor zwei Tagen erst hatte er einen Brief für eine Nachmusterung erhalten. In zwölf Tagen schon würde er sich wieder in Stargard vorstellen müssen.

Ludwig schaute hoch. In seinen Blick lag ein merkwürdiger Ausdruck. Etwas, das Katharina Angst machte. Aber dieses Mal war es nicht das übliche Vergnügen daran, andere zu quälen. Nein, er sah so aus, als wüsste er etwas höchst Unerfreuliches, etwas Unsagbares. Er wechselte einen sonderbaren Blick mit seiner Mutter. Für einen Moment sagte niemand am Tisch etwas. Eine gespannte Stille, die, je länger sie dauerte, umso bedrohlicher wurde.

»Entschuldigen Sie bitte diese Unverfrorenheit. Alexander, wenn du Internes aus dem Militärgeschehen wissen willst, dann wirst du bald Gelegenheit dazu bekommen. Ansonsten ist es ungehörig, nach militärischen Geheimnissen zu fragen.« Papa wollte retten, was zu retten war.

Ludwigs Blick streifte Katharina. Für einen winzigen Moment flackerte dort unverhohlene Furcht auf. Ein kurzer Blick hinter seine Fassade. Der glänzende Schein war für einen Wimperschlag lang verweht.

Unangenehm getroffen, als hätte sie ihn nackt gesehen, wandte er seinen Blick ab. Er drehte sich zu Caspers um. »Das Blaukraut ist wirklich vorzüglich.«

Sofort eilte der Hausdiener herbei und reichte ihm die Porzellanschüssel mit dem Gemüse.

Ihr fröstelte. Zum ersten Mal beschlich Katharina das Gefühl, dieser Krieg könne verlorengehen.

* * *

Sie hatte nicht geschlafen, wohlweislich. Ein schwaches Licht drang unter der Türschwelle hervor. Katharina rührte sich nicht, sondern schaute gespannt auf das Gesicht, das sich nun zeigte. Sie hatte es geahnt: dieser Unmensch.

Er schlich sich hinein, hob kurz die schwache Gaslampe, um sich im Raum zu orientieren, und stellte sie dann auf dem Sekretär ab.

Ganz langsam fuhr Katharinas Hand unter das Kissen. Er hatte doch wohl nicht geglaubt, er würde sie überrumpeln können? Sie fasste den Holzgriff unter der Bettdecke, so fest sie konnte. Dann setzte sie sich auf. »Keinen Schritt weiter.«

Doch Ludwig war schnell. Er stürzte auf sie zu und presste ihr die Hand auf den Mund. »Du kleine Dirne. Du glaubst, du könntest mit mir spielen. Aber ich werde dir jetzt zeigen, wessen ich fähig bin.« Seine Worte waren gewispert. »Du kleines Biest. Ich weiß doch genau, dass du so viel wilder und widerspenstiger bist. Also tut mir den Gefallen und wehr dich.«

Katharina blieb ganz still und starr.

»Los, mach schon.« Mit der einen Hand presste er ihren Mund zu, mit der anderen nestelte er an seiner Hose. »Ich werde doch wohl vorher mein Eigentum testen können, bevor ich mich auf ewig mit dir verbinde.«

In dem Moment, in dem er nach ihrer Bettdecke griff, packte sie blitzschnell mit der linken Hand seine Haare, und mit der rechten drückte sie ihm die Schneide des Tranchiermessers, das sie nach dem opulenten Abendessen stibitzt hatte, an die Kehle.

Heiser schrie er auf. Damit hatte er nicht gerechnet. Er zuckte zurück, aber sie hielt seinen Kopf fest. Sie presste das Messer noch fester auf die Haut.

Ein gurgelnder Ton war zu hören.

»Ich könnte dich jetzt umbringen. Und ich schwöre dir, du wirst nicht eine einzige Nacht mit mir verheiratet sein, in der du nicht genau das befürchten musst. Wann immer du deine Augen zum Schlafen schließt, soll deine Angst dich begleiten.«

Ihre Worte und ihre Tat machten ihn starr.

»Na, was denn? War das nicht genau das, was du wolltest? Dass ich mich wehre?«

»Du … schneidest mich …«

Tatsächlich. Katharina fühlte etwas Feuchtes an ihrer Hand. Blut. »Du verlässt sofort dieses Zimmer. Und du wirst die Verlobung von deiner Seite aus lösen.«

Er sagte nichts.

»Versprich es, oder ich schneide dir die Kehle durch.«

Es dauerte einen Moment, dann kam: »Ich verspreche es.«

Katharina ließ seine Haare los. Er sprang sofort vom Bett und noch einen Meter zurück. Der schwache Schein seiner Gaslampe lag auf ihm. Dunkle Flecken zeigten sich am Kragen seines Nachthemdes. Er hielt sich den Hals.

Für einen Moment befürchtete Katharina, dass er zurückkommen würde. Dass er sich ihrer bemächtigen würde. Sie rutschte auf der anderen Seite des Bettes heraus. Es war ihr völlig egal, dass er sie im Nachthemd sah. Mit rechts hielt sie das Messer vor sich und mit links drückte sie mehrere Male auf den Klingelknopf.

Die Dienstboten schliefen, und es würde etwas dauern, bis irgendjemand erschien. Aber jetzt würde er es nicht mehr wagen, ihr Gewalt anzutun. Trotzdem schien er unsicher, ob er gehen sollte. Er griff nach der Gaslampe.

»Hast du wirklich geglaubt, du könntest mich abschrecken? Ich werde die Verlobung jetzt auf keinen Fall mehr lösen. Aber ich werde mir die süßesten Qualen für dich ausdenken.«

»Als wenn du dir das nicht schon längst überlegt hättest. Du machst mir keine Angst mehr.«

»Aufsässiges Biest. Beinahe hättest du mich getäuscht. Oh, ich werde dich heiraten. Und du wirst nichts dagegen unternehmen können. Dann werde ich mit dir tun können, was immer ich will. Und das schwöre ich dir: Ich werde es tun! Wieder und wieder.«

Mit dem letzten Wort verschwand er hinter der angelehnten Tür. Katharina stieß mit einen lauten Keuchen den Atem aus. Erst jetzt spürte sie, wie weich ihre Knie waren.

Sie hatte es geahnt. Sie hatte sich nicht getraut, Mama nach dem Schlüssel zu fragen. Mama schloss sie noch immer jeden Abend ein und jeden Morgen öffnete sie ihre Tür. Doch seit der Lockerung ihrer Gefangenschaft vor ein paar Wochen ließ sie den Schlüssel meistens draußen an der Tür stecken.

Katharina nahm den Schlüssel an sich. Auf dem Gang waren Schritte zu hören. Sie stürzte zur Waschschüssel. Das Messer sank auf den Boden der Schüssel. Eilig wusch sie sich das Blut von den Händen. Sie trocknete sich gerade ab, als die Mamsell mit einer Haube und mit einem Morgenrock bekleidet in der Tür auftauchte.

»Komtess? Ist etwas passiert?«

»Es tut mir so leid. Ich glaube, ich hatte einen Albtraum. Ich muss im Zimmer herumgewandert sein und dabei die Klingel erwischt haben. Es ist nichts. Sie können sich wieder hinlegen. Es tut mir sehr leid.«

Sie konnte nicht sehen, ob die Mamsell darüber froh war oder nicht. »Sehr wohl.«

Als Katharina hörte, wie sich die Schritte entfernten, holte sie das Messer aus der Schüssel und trocknete es ab. Dann griff sie nach ihrem Morgenmantel. Ohne ein Licht mitzunehmen, huschte sie über den Flur.

Alexander schlief. Er schnarchte leise. Sie würde ihn nicht aufwecken. Mit angezogenen Beinen setzte sie sich in seinen Sessel und deckte sich mit ihrem Morgenmantel zu. Hier würde sie bleiben, bis der Tag anbrach.

7. Juli 1918

Konstantin schaute durch die Gardine. Gestern hatte es geregnet, und es war ein wenig zu kühl für Juli. Er war furchtbar gespannt, wie sich die Felder entwickelten. Ein halbes Jahr lang hatte er sich nun bei Rebecca versteckt. Länger, als es unbedingt notwendig gewesen wäre. Aber was hieß schon notwendig?

Obwohl es ihm schon längst besser ging, täuschte er immer wieder Schmerzen vor. Er wollte bei ihr bleiben. Er genoss die Zeit mit Rebecca, obwohl ihm die Decke auf den Kopf fiel.

Seit April ging es ihm so gut, dass er nachts herumstreifen konnte. Wenn der Mond hell am Nachthimmel stand, spazierte er über die Felder. Eigentlich hatte er schon längst den Entschluss gefasst, wieder im Herrenhaus aufzutauchen. Doch Papa hatte ihn gebeten, noch zu warten. Er hatte Angst, dass der Angreifer vollenden wollen würde, was er angefangen hatte. Allerdings hielt das Konstantin nur einige Wochen zurück. Er konnte sich schließlich nicht für den Rest seines Lebens verstecken.

Sie hatten sich längst darauf geeinigt, welche Geschichte sie erzählen würden. Konstantin würde schlicht darauf bestehen, dass er in einer Geheimmission für den Kaiser unterwegs gewesen sei. Alle weiteren Informationen seien streng vertraulich. Mama würde es unbesehen glauben, genau wie Alexander und Katharina. Neugierige Fragen würden hinter der Freude, ihn lebendig zu sehen, zurücktreten.

Bei Nikolaus war er da nicht so sicher. Er würde sicherlich nachbohren und wissen wollen, was genau er getan hatte. Aber wenn Konstantin sich auf geheime Befehle berief, würde er irgendwann aufgeben. Und Anastasia, nun, sie kannte sich bestens aus mit geheimen Exkursionen. Schließlich war ihr Mann oft wochenlang fort, und sie wusste nicht einmal, wohin er reiste.

Trotzdem er die Zeit mit Rebecca genoss – es drängte Konstantin, wieder nach Hause zu kommen. Und es drängte ihn, endlich wieder ein normales Leben zu führen. Die Zeichen der Zeit sprachen für ihn.

Alles, was sich an Zarentreuen und Anti-Bolschewisten in Russland zusammenfand, versammelte sich zurzeit in der Weißen Garde. Die Weißgardisten bekämpften die Rote Armee der Bolschewisten, wo sie sie nur fanden. Jeder, der bei der Ochrana gewesen war, kämpfte vermutlich gerade mit wehenden Fahnen an vorderster Front dafür, dass der Zar wieder eingesetzt wurde.

Der einstige russische Herrscher, zumindest hört man es gerüchteweise, war im April in den Ural, nach Jekaterinburg gebracht worden. Die Bolschewisten wollten um jeden Preis verhindern, dass er und seine Familie von den Weißgardisten befreit wurden. Wie auch immer – die Mitglieder der ehemaligen Ochrana hatten im Moment anderes zu tun, als einen harmlosen Grafensohn um die Ecke zu bringen. Vor allem, weil dieser ab sofort sehr viel aufmerksamer sein würde.

Er hatte mit Papa diesen Abend festgesetzt. Es war derzeit noch bis spät in den Abend hell. Deswegen würde er erst nach der Dämmerung gehen. Sein bisschen Kleidung und was sich sonst noch bei Rebecca angesammelt hatte, war schon zusammengepackt. Papa hatte gesagt, er solle so aussehen, als käme er von einer langen Reise zurück. Rebecca hatte ihm in den letzten Wochen nicht mehr die Haare geschnitten, und er hatte sich seit längerem auch nicht mehr rasiert. Tatsächlich freute er sich auf ein ausgiebiges Bad. Er würde einfach so tun, als hätte er eine geheimnisvolle Mission glücklich beendet. Mehr brauchte niemand zu wissen. Die Kunde von seiner Rückkehr würde sich über die Dienstboten schnell von alleine verbreiten. Deswegen konnte er sich in ein paar Tagen auch wieder ganz normal im Dorf und auf den Feldern sehen lassen. Jede Frage würde er einfach nebulös beantworten. *Gott wacht über die Seinen* und *Gebt dem Kaiser, was des Kaisers ist*. Solche Sätze würden ausreichen, damit die Leute sich eigene Gedanken machen konnten.

Rebecca hatte heute eine Veranstaltung im Nachbardorf. Es waren zwar Ferien, aber zwei Dutzend Kinder aus dem Ruhrgebiet waren auf drei Dörfer verteilt worden. Per Kinderlandverschickung kamen Hunderte Kinder nach Pommern. Es hieß zur Erholung und um hungernde Stadtkinder aufzupäppeln. Aber natürlich waren sie auch billige Arbeitskräfte. Da sie an Werktagen auf die Felder geschickt wurden, um Unkraut zu jäten, gab es nur den Sonntag, um etwas mit ihnen zu spielen.

Er erwartete Rebecca jeden Moment zurück. Wie würde es jetzt wohl werden? Natürlich konnte er sie besuchen. Aber wenn er es häufiger tat, würde es Gerüchte geben. Am liebsten hätte er sie sofort geheiratet. Doch auch, wenn es manchmal schon fast so vertraulich wie früher mit ihnen beiden gewesen war: Rebecca hatte nie zugelassen, dass er eine bestimmte Schwelle überschritt. Keine Zärtlichkeiten und nichts, was auf eine Beziehung hingedeutet hätte. Sie hatte ihn gepflegt und sie hatte ihn versteckt. Fast schien es ihm, als wäre sie froh, wenn er endlich wieder zurück ins Herrenhaus zog.

Dennoch musste er sich eingestehen, dass er aufgeregt war. Endlich wieder nach Hause. Papa hatte sich schon überlegt, wie er reagieren sollte. Überschwänglich natürlich, wie es von ihm zu erwarten wäre. Aber es war fraglich, wie seine Rückkehr auf Mama wirken würde. Seit über einem halben Jahr dachte sie, dass Konstantin tot war. Alle glaubten das, alle, außer seinem Vater und Rebecca. Konstantin war genauso froh, wie er angespannt war.

Da kam sie ja. Rebecca, auf ihrem Fahrrad. Auch sie schien aufgeregt zu sein. Sie lehnte das Fahrrad hastig an die Wand und stürmte herein, eine Zeitung in den Händen.

Sie sah Konstantin und warf sich ganz überraschend in seine Arme. »Oh Gott, du bist noch da. Ich habe so gebetet, dass du noch da bist.«

»Aber du wusstest doch, dass ich erst im Dunkeln gehen wollte.«

»Ja, trotzdem. Ich hatte solche Angst.«

»Aber was ist denn?«

Sie ließ ihn los und hielt ihm die Zeitung vors Gesicht. »Du kannst nicht gehen. Es ist noch nicht zu Ende. Gestern ist wieder jemand ermordet worden. Graf Mirbach. Du hast mir von ihm erzählt.«

Konstantin griff nach der Zeitung. Tatsächlich. Er wusste nicht, woher Rebecca die *Vossische Zeitung* hatte, aber auf der Titelseite der heutigen Ausgabe stand es in großen Lettern: *Der deutsche Botschafter in Moskau ermordet.*

Darunter: *Die Ermordung des Grafen Mirbach.*

Er las. Gestern war in der deutschen Botschaft in Moskau der Botschafter Wilhelm Graf von Mirbach-Harff erschossen worden. Zwei Männer waren in die deutsche Gesandtschaft eingedrungen. Konstantins Augen flogen über die Zeilen: *Revolver …*

Handgranate … Täter flüchteten unerkannt … Die bisherige Untersuchung lässt die Vermutung zu, dass es sich um im Dienst der Entente stehende Agenten handelt … Politischer Mord.

Er kannte Mirbach dem Namen nach. Morschütz hatte ihn mal erwähnt. Mirbach hatte wohl auch seinen Bericht gelesen, seinen Bericht aus Sankt Petersburg, im letzten August. Er war langjähriger Diplomat für das Auswärtige Amt.

Im Dezember dann hatte Mirbach die Leitung der deutschen Gesandtschaft in Sankt Petersburg übernommen, die nach dem Waffenstillstand die Vertragsbedingungen für einen Frieden zwischen Russland und dem Deutschen Reich verhandelte. Die meisten Russen waren mit den Separatfrieden zwischen dem Kaiserreich und Russland nicht einverstanden. Deutschland hatte ihnen zu viel abgetrotzt – zu viel Land, zu viele Menschen und auch ihre Ehre. Sie empfanden den Vertrag als beleidigend, räuberisch und fühlten sich unterjocht. Deshalb bezweifelte Konstantin auch sofort, dass die beiden Attentäter britische oder französische Agenten waren.

Aber was viel wichtiger war: Was bedeutete dieser Mord für ihn? Brachte man jetzt alle Deutschen um, die sich am Sturz des Zaren schuldig gemacht hatten? Möglicherweise hatte Mirbach ja eine ähnliche Rolle gespielt wie Konstantin. Oder brachte man alle um, die Lenin gefährlich werden konnten? Immerhin war Mirbach ein Vertreter der deutschen Regierung, die bei beiden Dingen mitgemischt hatte. War er selbst weiterhin oder wieder in Gefahr? Oder war das nur ein einzelner Mord unter Millionen von Morden, die gerade in Europa geschahen?

Doch dann sah er Rebecca an. Sie hatte beide Hände in seinen linken Arm gekrallt, als wollte sie ihn mit aller Macht dabehalten. Ihre Augen schwammen in Tränen. Sie hatte Angst um ihn. Jetzt plötzlich wollte sie ihn nicht mehr gehen lassen.

Es war gar keine Frage. »Ich gehe nicht. Zumindest heute noch nicht. Ich brauche einfach mehr Informationen.«

Rebecca fiel ihm um den Hals und drückte ihm einen Kuss auf die Wange. Als hätte sie erst jetzt gemerkt, was sie da tat, sprang sie erschrocken zurück.

»Ja, das ist gut. Wir müssen noch mehr zu den Hintergründen in Erfahrung bringen.« Der Ausdruck auf ihrem Gesicht war selig.

14. Juli 1918

Egidius Wittekind schaute in die bis auf den letzten Platz besetzte Kirche. Unter ihm saßen seine Schäflein. Die Grafenfamilie natürlich nicht, sie saß leicht erhöht in ihrer Patronatsloge. Aber der Rest von Greifenau saß dicht gedrängt auf den Holzbänken. Es war nicht besonders warm, aber trotzdem stickig. Etliche Besucher hatten sich eine Sommergrippe eingefangen. Allenthalben hustete jemand.

Das ungewöhnlich kalte Wetter im Juni war einem bescheidenen Juliwetter gewichen. Anfang Juni war in Ostpreußen die Temperatur bis auf null Grad gefallen. Es hatte sogar stellenweise geschneit. Große Teile der Roggenernte waren zerstört. Nicht nur hier gab es Wetterauffälligkeiten. In Argentinien war seit Menschengedenken das erste Mal Schnee gefallen. Handelte es sich um ungute Vorzeichen?

»Gott zürnt den Menschen. Er zürnt ihnen in ihrer falschen Moral und ihrer Habgier. Findet zurück auf den richtigen Weg. Findet zurück, und Gott wird euch belohnen. Aber findet ihr nicht zurück, dann wird Gott euch bestrafen!«

Er ließ seinen Blick über die Köpfe gleiten und hielt bei Albert Sonntag an. Der war leicht auszumachen, denn er war größer als alle anderen. Zusammen mit vier anderen Dienstboten aus dem Herrenhaus saß er in der Nähe der Grafenfamilie. Wittekinds

Blick verharrte einen Moment auf ihm. Der Mann erwiderte seinen Blick geradewegs. Egidius hätte schwören können, dass seine Miene vor Feindseligkeit triefte. Und auch er legte so viel Abscheu und Hass in seinen Blick, dass sie sich quasi duellierten.

Ja, sie wussten beide Bescheid. Albert Sonntag – der Bastard von Graf Adolphis! Es konnte gar nicht anders sein. Nach dem Gespräch mit Bertha Polzin hatte er seine Enkelin zur Rede gestellt. Wie er von Paula hatte erfahren müssen, hatte Albert Sonntag sie mehrere Male besucht. Und bei einem dieser Besuche musste er seine Tat begangen haben. Dieser Kerl hatte den Umschlag mit den Unterlagen vom Waisenhaus Kolberg entwendet. Es gab nur einen einzigen Menschen, dem an diesem Umschlag etwas lag. Der Bastard des Grafen. Nach diesem Raub der delikaten Informationen hatte Albert Sonntag ihm Graf Adolphis wegen Unterschlagung von Geld auf den Hals gehetzt. Egidius wusste nicht, wie, aber er hatte es sehr geschickt angestellt. Der Graf hatte nur von dem Waisenhaus in Kolberg gesprochen, das ihm geschrieben habe.

Wusste Adolphis von Auwitz-Aarhayn Bescheid? Wusste er, dass sein Bastard unter seinem Dach lebte, von seinen Tellern aß? Er glaubte das nicht. In seinem Streit mit dem Grafen hatte der nichts dergleichen verlauten lassen. Dem ging es nur ums Geld. Das hatte er nun mittlerweile zurückgezahlt. Sein ganzes Erspartes war dahingegangen. Was ihn wirklich schmerzte, mehr noch als der Gesichtsverlust, der damit einherging.

Er hatte gute Lust, diesen Schurken zu bestrafen. Wonach trachtete der Kerl? Nach Geld an erster Stelle, was sonst? Eventuell auch nach Genugtuung für verpasstes Lebensglück. Und ganz bestimmt wollte er die Bestätigung seines Vaters. Die Anerkennung als Erstgeborener. Bei Donatus von Auwitz-Aarhayn war Egidius sich gewiss, wie dieser reagiert hätte. Bei dem neuen Patron war er sich da nicht so sicher.

»Gott wird euch bestrafen, zum Beispiel mit der Spanischen Krankheit. Die Gerechten und die, die auf dem rechten Pfad wandeln, aber wird Gott verschonen.«

Für die kommende Woche hatte er seiner Gemeinde gehörig eingeheizt. Das sollte reichen. Er beendete seine Predigt, und bald darauf strömten die Massen aus der Kirche.

Egidius blieb vorne am Eingang stehen und sprach noch mit dem einen oder anderen. Die Grafenfamilie kam heraus. Sie begrüßten sich kurz. Die Gräfin verschwand für gewöhnlich immer sehr schnell in der Kutsche. Heute war ihre jüngste Tochter mit dabei sowie auch der jüngste Grafenspross.

Als der Graf ihm die Hand schüttelte, fragte Egidius: »Wenn Sie vielleicht einen Moment für mich hätten?«

»Aber sicher doch.«

Sie gingen etwas zur Seite, um frei sprechen zu können.

»Es ist mir etwas unangenehm, aber ich muss auf einen Umstand hinweisen, der mir zur Kenntnis gebracht wurde.«

Adolphis von Auwitz-Aarhayn hob seine Augenbrauen. Was würde jetzt kommen, fragte sein Blick. Als Egidius noch nicht weitersprach, sagte er: »Nur zu, nur zu.«

»Es ist so, dass einer Ihrer Dienstboten, Ihr Kutscher … Nun, er handelt mit Brot. Schwarz. Also, ich meine auf dem Schwarzmarkt.«

Der Graf blickte ihn weiter an, als müsste noch etwas kommen. Nun gut, wegen einem oder zwei schwarz gehandelten Broten würde heutzutage niemand etwas sagen.

»In größerem Stil.«

»Was verstehen Sie darunter?«

»Nun, da ich mich nicht auf dem Schwarzmarkt bewege, kann ich schlechterdings dabei gewesen sein. Deswegen kann ich es nur aus zweiter Hand weitergeben. Es soll sich wohl um Brot in beträchtlichem Umfang handeln.« Er trat noch ein kleines Stück näher an den Grafen heran. »Sehen Sie, ich kann ihm nichts nachweisen. Er soll wohl auch sehr geschickt vorgehen. Aber ich dachte, Sie sollten es trotzdem wissen. Nur für den Fall, dass bei Ihnen gewisse … Dinge fehlen.«

»Hm … Danke. Ich werde der Sache nachgehen.« Von Auwitz-Aarhayn wollte gehen, drehte sich aber noch einmal um. »Falls Sie noch etwas hören, sagen Sie mir Bescheid.« Dann lief er los Richtung Kutsche, änderte jedoch seine Meinung und ging hinüber zu der Dorflehrerin.

Rebecca Kurscheidt stand am Rand einer Menschentraube, die sich noch eifrig unterhielten. Als hätte sie auf den Herrn Graf gewartet. Sie sprachen ganz kurz miteinander. Was an sich nicht merkwürdig war. Merkwürdig war, wie sie miteinander sprachen. Es machte den Anschein, als hätten sie etwas zu verbergen. Doch es dauerte nicht lang, und der Graf wandte sich ab. Dabei kam ihm Bertha Polzin in die Quere. Sie hätte ihn beinahe über den Haufen gerannt, so unachtsam wie sie war.

Er sagte etwas, und ganz offensichtlich entschuldigte sie sich mehrere Male. Er sagte wieder etwas, ja, es schien, als befragte er sie. Das war augenscheinlich. Sie antwortete. Daraufhin warf der Graf Egidius einen skeptischen Blick zu.

Besser, er ging hin, damit er nichts Wichtiges verpasste. Gerade, als er neben den beiden stand, sagte Bertha Polzin: »Das kann ich mir wirklich nicht denken. Bei uns ist weder Mehl noch Brot weggekommen. Außerdem, wo sollte denn jemand unbemerkt Brot backen?«

»Da haben Sie natürlich recht. Und wie gesagt: Es bleibt unter uns.«

Bertha Polzin lächelte, und für einen Moment sah man ihre schiefen Zähne. Sie ging einen Schritt zurück, drehte sich um und folgte eilig den anderen Dienstboten.

Egidius durfte das nicht einfach so stehen lassen. »Wenn ich mir noch ein letztes Wort erlauben darf: Bertha Polzin ist das größte Klatschweib im Dorf. Ihr würde ich nichts glauben.«

Adolphis von Auwitz-Aarhayn sah ihn scharf an. »Sie scheinen ja gegen jeden meiner Dienstboten etwas vorzubringen zu haben. Wenn Sie nichts beweisen können, dann halten Sie besser den Mund.«

Der Graf drehte sich um und stieg in die Kutsche. Egidius Wittekind schaute ihm nach. Natürlich, er hätte Mehl sagen sollen, oder Weizen. Was auch immer. Daran hatte er nicht gedacht. Wo auch sollte der Kutscher unbemerkt Brot backen? Wie dumm von ihm. Trotzdem, was er beabsichtigt hatte, würde er erreichen. Er wollte, dass beim Grafen Zweifel gesät wurde. Früher oder später würde diese Saat aufgehen.

Plötzlich stand der jüngste Sohn des Grafen neben ihm. Genau wie Egidius schaute er zur Kutsche. Oben auf dem Kutschbock saß Albert Sonntag, und darin sein Vater.

»Tja, mein lieber Wittekind. Ich muss mich von Ihnen verabschieden. In zwei Tagen werde ich in der Kaserne in Stolp erwartet. Dann heißt es auch für mich: Kriegsdienst.«

»Sie wurden als tauglich gemustert?«

Alexander nickte. »Ich hoffe, Sie sprechen einen Segen für mich, damit ich auch heil wiederkomme.«

»Aber selbstverständlich. Selbstverständlich werde ich das tun.«

»Stellen Sie sich mal vor, Nikolaus und ich würden beide fallen. Dann hätte mein Vater gar keinen Sohn mehr.« Alexander schaute ihm merkwürdig prüfend ins Gesicht. »Oder?« Und dann wanderte sein Blick rüber zu Albert Sonntag.

Egidius stockte der Atem. Wusste er etwas? Wusste er Bescheid? Er wollte antworten, aber verschluckte sich an seinen eigenen Worten. Wenn er etwas wusste, dann doch sicher von seinem Vater. Hatte er gerade einen sehr großen Fehler begangen, als er Albert Sonntag in Misskredit hatte bringen wollen? Hielt der Graf eine schützende Hand über seinen Bastard?

Alexander von Auwitz-Aarhayn grinste ihn unverschämt an, als erwartete er eigentlich gar keine richtige Antwort von ihm. Oder als wäre seine Reaktion genug Antwort gewesen. Er stieg in die Kutsche zu den anderen und schloss die Klapptür. Albert Sonntag ließ die Zügel knallen.

21. Juli 1918

»Aber so kommt doch herein.« Feodora führte ein älteres Ehepaar in den großen Salon. Ihre Kleidung war elegant und teuer, aber man sah, dass sie sie schon lange trugen. Der Stoff war völlig verknittert und etwas schmutzig. Außerdem konnten die beiden ein Bad vertragen.

Seit fünf Monaten ließ die Flut an russischen Flüchtlingen nach. Vielleicht hatte es sich herumgesprochen, dass Feodora einen Todesfall in ihrer Familie zu beklagen hatte. Vielleicht aber waren auch die, die ihre Heimat verlassen wollten, in den ersten drei Monaten nach der Machtübernahme der Bolschewisten geflohen. Und die anderen konnten nicht mehr fliehen oder hatten noch Hoffnung, dass sich diese Katastrophe früher oder später zurückdrehen ließ.

Feodora kannten die beiden persönlich – Anna und Sergej, ein Ehepaar im Alter ihrer Eltern. Die waren glücklicherweise schon verstorben. So mussten sie nicht miterleben, was dem herrlichen Zarenreich an Gewalt angetan wurde. Sie hatte Anna und Sergej länger nicht mehr gesehen. Zuletzt vor einigen Jahren war sie ihnen in Sankt Petersburg begegnet, auf der Silvesterfeier von ihrem jüngeren Bruder Pavel.

»Habt ihr etwas von ihm gehört? Lebt er noch? Was ist mit seiner Frau? Und den beiden Kleinen?« Pavel war noch gar nicht so lange verheiratet. Seine Frau Raissa hatte zwei Söhne bekommen, Leonid und Andrej. Sie waren gottlob noch nicht alt genug für den Krieg.

Die vier Söhne ihres älteren Bruders Stanislaus waren alle im Krieg gefallen. Von Stanis und seiner Frau Oksana hatte Feodora ebenfalls seit Ewigkeiten nichts mehr gehört. Nichts mehr seit der ersten Revolution im Februar letzten Jahres.

»Ihn habe ich noch ein paar Mal gesehen, diesen März. Raissa nicht mehr. Frauen und Kinder gingen ja nicht mehr auf die Straße, nicht, wenn es nicht unbedingt notwendig war. Pavel sagte mir, dass sie fortgehen wollten. Bald. Ein paar Tage später habe ich gemerkt, dass sein Haus verwaist war. Wann sie weg sind? Ich weiß es nicht.«

»Und wohin? Wohin wollten sie?«

»Vielleicht hierher? Vielleicht auch nach London oder New York, wie so viele andere. Ich glaube, sie wollten erst einmal Richtung Krim.«

»Sie könnten noch unterwegs sein. Vielleicht haben sie mir auch geschrieben, aber der Brief wird nicht durchgelassen. Adolphis sagte mir, dass Briefe aus Amerika nur noch durchgelassen werden, wenn sie von deutschen Kriegsgefangenen kommen.«

Sergej hatte bisher kaum etwas gesagt. »Die schlimmsten Tage haben sie ja überlebt. Die schlimmsten Tage waren die ersten Tage nach der Machtübernahme der Bolschewiki.«

Anna nickte. »Die Tage des Terrors. Überall sah man, wie der Mob die Statuen des Zaren stürzte. Alle Insignien der Zarenmacht wurden zertrümmert. Ich fuhr an einer Textilfabrik vorbei. Vor der Fabrik standen die Arbeiterinnen und zerrissen Bilder von Zar Nikolaus. Sie trampelten auf ihnen herum. Hätten sie das drei Tage vorher gemacht, man hätte sie in die Peter-und-

Paul-Festung gebracht und den Schlüssel ihrer Zelle weggeworfen. Sie hätten nie wieder Tageslicht gesehen.«

Feodora war wirklich erschrocken. »Ich frage mich, woher dieser Hass und die Wut kommen.«

»Plünderungen waren an der Tagesordnung. Wenn es klopfte, dann kam die Miliz und verschaffte sich Zutritt. Sie nahm mit, was sie wollte. Und man war froh, wenn sie wieder ging. Einige Häuser blieben einfach besetzt. In anderen mussten sich die Bewohner auf zwei Zimmer beschränken, während die selbst ernannten Soldaten betrunken in ihren Betten schliefen.«

»Diese Bolschewisten. Man sollte sie zusammentreiben und über den Haufen schießen, bis keiner mehr von ihnen übrig ist. Wenn ich nur endlich etwas von meinen Brüdern hören würde.«

Anna legte ihre Hand auf Feodoras. »Es besteht immer noch Hoffnung.«

»Ja, es besteht noch Hoffnung.«

Die Tür ging auf und Adolphis trat herein. Er sah leichenblass aus. Hinter ihm betrat Katharina den Raum. Die beiden begrüßten die Neuankömmlinge und ihre Tochter setzte sich. Adolphis aber blieb stehen. Erst jetzt bemerkte Feodora eine Zeitung, die er in seiner linken Hand hielt.

»Feodora, meine Liebste. Und auch ihr … Wir müssen nun alle stark sein.«

Feodora griff sich an den Hals. Wenn Adolphis schon so anfing. War Nikolaus gefallen? War Alexander etwas zugestoßen? Ihr Jüngster war noch nicht an der Front, das wusste sie. Er war überhaupt erst seit fünf Tagen weg. Zunächst musste er eine Grundausbildung absolvieren, bevor er an die Front geschickt wurde. Hatte er einen Unfall gehabt? Das wäre so typisch für ihn. Oder war etwas mit Anastasia? Ihr Herz stolperte. Und je länger Adolphis darauf herumkaute, welche Worte er wählen sollte, umso schlimmer wurde es.

Endlich sagte er es: »Der Zar wurde ermordet.«

Sie stieß einen spitzen Schrei aus. In ihrem Kopf drehte sich alles, als wenn sie ohnmächtig werden würde. Das durfte nicht sein. Wie schrecklich endgültig. Sie konnte es nicht glauben. Wollte es nicht glauben. Sie durfte es nicht glauben, denn dann war alles aus. Dann war ihre Heimat verloren, für immer.

Sie hörte sich selbst laut atmen. Viel zu schnell. Hektisch rang sie nach Luft. Tränen liefen ihr übers Gesicht. Sie musste sich beruhigen. Vielleicht, vielleicht war es nur ein Gerücht. Es gab so viele Gerüchte. Feindespropaganda! Es war nicht das erste Mal, dass man nichts Genaues über den Verbleib des Zaren wusste.

Sergej, der ihr gegenübersaß, war ebenso fahl im Gesicht wie Adolphis. Selbst Katharina verknotete hektisch ihre Hände im Schoß. Die Knöchel traten weiß hervor.

»Adolphis. Wie kannst du dir sicher sein?«

Nun griff er die Zeitschrift mit beiden Händen, glättete sie ein wenig und drehte sie um. »Thalmann war heute früh in Stargard, den Abtransport der ersten Ernte beaufsichtigen. Das hat er mitgebracht.«

Es war die *Vossische Zeitung* vom heutigen Tag. Obenauf prangte in großer Schrift: *Der Zar in Jekaterinburg hingerichtet.*

Daran gab es nichts zu deuteln. Wenn es nicht sicher wäre, dann hätten sie es anders ausgedrückt.

Urteil des Ural Sowjets

Der Exzar ist laut Urteil des Ural Sowjets in Jekaterinburg am 16. Juli erschossen worden. … Ein Dekret vom 19. Juli erklärt das gesamte Eigentum des Exzaren sowie der Exzarinnen Alexandra und Maria und sämtlicher Mitglieder des ehemaligen Kaiserhauses als Besitz der russischen Republik. Einbegriffen in die Konfiskation sind sämtliche Einlagen der Ex-Zaren-Familie in russischen und ausländischen Banken.

Feodora ließ die Zeitschrift fallen, als hätte sie sich an ihr verbrannt. Mehr wollte sie gar nicht wissen. Der Zar war tot. Was mit der Zarin war, war unerheblich, denn niemals im Leben würden die Russen die Deutsche auf den Thron setzen. Und der Zarewitsch war noch zu jung, und außerdem … Sie musste an etwas ganz Bestimmtes denken. Ihre Stimme war ganz leise, als sie sprach.

»Die Freundin von Ewgenia, einer Cousine von mir, war Hofdame bei der Zarin. Ich weiß nicht, was aus ihr geworden ist, aber schon lange vor dem Krieg erzählte sie Ewgenia von einer Weissagung. Einer Weissagung, die Rasputin selbst prophezeit haben soll. Die Zarenfamilie werde seinen eigenen Tod keine zwei Jahre lang überleben.«

»Feodora, Liebling. Wir wissen nicht, was mit der Zarin und den Kindern ist.«

Sie herrschte Adolphis äußerst ungehalten an. »Du glaubst, diese Bestien erschießen den Zaren und lassen den Zarewitsch leben?«

Ihr Mann glaubte das wohl selbst nicht, denn er sagte nichts mehr dazu.

»Nur die wenigsten wissen, warum die Zarin so an Rasputin festgehalten hat. All diese bösartigen Gerüchte, Zarin Alexandra sei Rasputin zu Willen. Alles gelogen. Es ging immer nur um den Zarewitsch. Ihr einziger Sohn, er ist Bluter. Oder war es zumindest.« Sie zuckte mit den Schultern. Wer wusste jetzt schon noch etwas mit Gewissheit. »Rasputin hat ihn durch seine Gebete viele Male vor dem sicheren Tod bewahrt.«

»Bluter?« Anna sah sie verstört an. Auch Sergej warf ihr einen zweifelnden Blick zu.

»Ich dürfte es nicht erzählen. Aber jetzt ist es doch egal. Natürlich konnten sie das nicht öffentlich zugeben. Ein Thronfolger, der an der Bluterkrankheit leidet. Nicht auszudenken. Von

Gott mit der Macht über das größte Reich der Welt ausgestattet und gleichzeitig mit einer solch tückischen Krankheit geschlagen.«

Nein, natürlich durfte das Volk das nicht erfahren. Einen solchen Schwächling hätten die Russen niemals geduldet. Krankheiten, zumal schlimme und vererbte Krankheiten, galten noch immer als Gottes Fluch. Wenn die Macht des Zaren von Gott gewollt war, dann war die Bluterkrankheit Gottes Strafe, für was auch immer. Wenn Gott also die Zarenfamilie bestrafte, hatten sie das Wohlwollen Gottes verloren. Dann wären sie ihrer Herrschaft nicht mehr würdig gewesen. Nein, niemals hätte die Öffentlichkeit davon erfahren dürfen. Deswegen hatte die Zarin an diesem herrschsüchtigen Mönch Rasputin festgehalten. An ihm und seinen Wundergebeten.

Plötzlich musste sie an Konstantin denken. Ihr Sohn, der mit Schuld daran trug, dass man nun den Zaren ermordet hatte. Auch sie trug die Erbsünde in sich. Sie würde Buße tun müssen. Buße und Reue.

»Lasst uns beten.« Sie rutschte auf ihre Knie und faltete ihre Hände.

»Was denn?« Anna und Sergej blieben auf dem Sofa sitzen, hatten aber sofort ihre Hände gefaltet.

»Paulus an die Römer.« Leise fing Feodora an zu beten: »Jeder Mensch soll sich den übergeordneten Gewalten unterordnen. Denn es gibt keine Gewalt außer von Gott; die bestehenden aber sind von Gott eingesetzt. Wer sich der Gewalt widersetzt, leistet Widerstand gegen die Anordnung Gottes; die aber Widerstand leisten, werden sich … werden sich selbst das Gerichtsurteil zuziehen. Denn die Herrschenden sind nicht Schrecken dem guten Werk, sondern dem schlechten. Wenn du aber das Böse tust, fürchte dich! Die Gewalt trägt nämlich das Schwert nicht umsonst.«

Ja, sie würden bluten, die Russen, für ihre Schmach. Sie hatten sich gegen den Zaren gestellt, also hatten sie sich gegen Gott gestellt.

Mitte August 1918

Unter ihm floss träge die Düna. Der breite Fluss hatte es nicht mehr weit bis zur Ostsee. Noch ein paar Minuten, und Nikolaus würde am Bahnhof von Riga ankommen. Es war eine lange Rückfahrt gewesen, auf unbequemen, harten Holzbänken. Zwei Nächte schon hatte er nicht mehr richtig geschlafen, weil der Zug unter ihm ruckelte oder Kameraden lautstark die Waggons durchqueren wollten.

Doch jetzt ließ die Sonne die baltische Stadt im schönsten Schein erstrahlen. Seit Riga im letzten September erobert worden war, zog wieder mehr deutsches Leben in die Stadt ein. Noch vor fünfzig Jahren war ein Drittel der Bevölkerung Rigas deutschbaltisch gewesen, jedoch hatte das stetig abgenommen. Jetzt war die Stadt unter deutscher Besatzung. Wenn der Plan der Obersten Heeresleitung gelänge, würden die Gouvernements Estland, Livland und Kurland zu einem gesamtbaltischen Staat zusammengeführt. Dem Vereinigten Baltischen Herzogtum würde natürlich ein kaisertreuer Herzog vorstehen und es wäre eng an das Kaiserreich gebunden. Und natürlich würde das Land bevorzugt mit deutschen Kämpfern besiedelt werden. Man musste die russischen Vorbesitzer ja nicht einmal mehr aus ihren Gutshäusern vertreiben. Viele Anwesen waren bereits verwaist, von ihren russischen Bewohnern in hektischer Flucht sich selbst überlassen.

Nikolaus freute sich schon darauf. Hier, auf dem sagenumwobenen Boden, den einst deutsche Ordensritter urbar gemacht hatten, wollte er sich ansiedeln. In Kurland hatte er sich bereits ein schönes Fleckchen Erde ausgesucht, um dort Fuß zu fassen. Dort irgendwo wollte er seinen eigenen Gutshof übernehmen. Natürlich musste er jetzt, nach Konstantins Tod, eigentlich den Gutshof in Greifenau führen. Aber er hatte sich schon alles überlegt: Alexander sollte Greifenau verwalten.

Aber bevor er sich hier niederlassen konnte, musste zuvor noch der Krieg gewonnen werden. Mama hatte darauf gedrängt, er solle seinen Dienst quittieren. Als neuer Erbe des Gutes solle er sein Möglichstes tun, um endlich entlassen zu werden. Was für eine naive Vorstellung sie hatte. *Entlassen zu werden!* Ob man aus dem Militärdienst entlassen wurde, bestimmte man schließlich nicht selbst. Aus dem Kriegsdienst ausscheiden konnte man nur, wenn man furchtbar verkrüppelt oder dem Tode nah war. Andererseits konnte er Mamas Besorgnis verstehen: Seit Konstantins Tod hatte sie Angst, dass nun auch er an der Front sterben würde. Er hatte sie beruhigen können, denn tatsächlich war er ja seit mehreren Monaten in keine Kampfhandlung mehr verwickelt gewesen. Doch jetzt war er glücklich, endlich wieder zurück an die Front zu kommen.

Nun, Front konnte man hier im Osten wirklich nicht mehr sagen. Offiziell gab es keine Kämpfe mehr. Vielmehr waren die Soldaten allenthalben damit beschäftigt, in den besetzten Gebieten, in denen die Bewohner alle ihre Unabhängigkeit proklamieren wollten, für Ruhe und Ordnung zu sorgen. Bei den Letten und Esten gab es starke Unabhängigkeitsbestrebungen. Genau wie die Finnen wollten sie ihren eigenen kleinen Staat gründen. Aber man wollte die neuen Länder nicht den roten Horden überlassen. Stattdessen versuchte man, dort deutschfreundliche Regierungen zu stabilisieren.

Nach dem Waffenstillstand mit den Russen im letzten Dezember hatte Nikolaus mit einem zeitigeren Ende des Krieges gerechnet. Doch Anfang diesen Monats war das Deutsche Reich in das fünfte Kriegsjahr eingetreten. Es gab jubilierende Rückblicke, siegesgewisse Reden und Durchhalteparolen. Nikolaus jedoch wusste es besser. Die chaotische und unabsehbare Lage in Russland und seinen Anrainerstaaten, die nun alle auf ihre Unabhängigkeit drängten, verhinderte den ursprünglichen Plan, einfach alle Soldaten und Gerätschaften abzuziehen und an die Westfront zu verlegen. Zudem landeten amerikanische, britische und japanische Einheiten an den Außengrenzen Russlands an, um die Bolschewisten zu bekämpfen. Mancherorts vereinigten sie sich mit den zarentreuen Weißen Garden. Nun, seit der Ermordung des Zaren war nicht klar, wer im Falle ihres Sieges an die Macht kommen sollte. Nur, dass es nicht Lenin und seine Bolschewiki sein sollten, daran lag den Entente-Mächten genauso wie den Konterrevolutionären.

Und was zu allem Übel noch dazukam: Die russische Revolution war bei den einfachen deutschen Soldaten nicht ohne Wirkung geblieben. Unerlaubtes Entfernen von der Truppe und Befehlsverweigerung hatten in den letzten Monaten deutlich zugenommen. Die Zahl der fahnenflüchtigen Soldaten stieg beständig.

Viel beunruhigender allerdings waren die Nachrichten von der Westfront. Rückzug an der Marne. Rückzug bei Amiens. Rückzug in die Siegfriedstellung. Überall Rückzug, Rückzug, Rückzug. Was man hörte, war übel. Die Offiziere der Westfront waren angeblich vollkommen demoralisiert. Natürlich las man in der heimischen Presse etwas anderes. Der Vormarsch an der Westfront sei zum Stillstand gekommen. Nur in den Reihen der Militärs redete man offen von einem tiefschwarzen Tag für das Deutsche Reich in der ersten Augustwoche.

In erster Linie hatte das mit der grassierenden Grippewelle zu tun. Die Krankheitslage wurde von Woche zu Woche schlimmer. Immer mehr Männer fielen aus. Da half es auch nicht, dass die

Grippe Soldaten aller Länder befiel. Viele Männer waren kampfunfähig, ein bedeutender Teil war sogar gestorben. Sie hatten also nicht nur halb Europa, die Amerikaner, Kanadier, Australier und sogar Schwarzafrikaner gegen sich – sondern auch noch die Natur.

Was, wenn sich dieser Krieg nicht zum Guten wenden würde? Wie konnte er solche Gedanken zulassen? Er durfte das nicht denken, geschweige denn laut aussprechen. Nein, die Deutschen würden gewinnen. Oder man würde sich sonst wie einigen. Selbst wenn das Deutsche Reich an der Westfront nicht den erhofften Sieg errang – hier in Russland hatten sie bereits ihren Gebietsgewinn eingeheimst. Sein Landgut in Kurland würde ihm sicher sein.

Nach den letzten Metern Brücke wanderte sein Blick hoch zu den Kirchturmspitzen. Der Dom, die Petrikirche, die Johanneskirche. Die Ritter des Deutschen Ordens hatten sich hier verewigt, in dieser Stadt. Hier lagen Ruhm und Sieg in der Luft. Riga hatte über all die Jahrhunderte seinen Festungscharakter nicht verloren. Nur noch wenige Minuten, und sie würden in den Bahnhof einfahren. Das Rathaus und das Schwarzhäupterhaus warteten auf dem Marktplatz auf ihn. Das Schloss, einst Festung des Schwertbrüder, thronte über allem. Wie sehr hatte er sich hierher gewünscht. Das war geweihte Erde, getränkt und getauft mit dem Blut von Kämpfern aus vielen Jahrhunderten. Und wenn seins hier vergossen werden würde – welche Ehre. Aber lieber war ihm natürlich, er käme ungeschoren davon.

Der Zug fuhr pfeifend und schnaufend in den Bahnhof ein. Nikolaus packte seinen Ranzen und stand auf. Welch ein herrlicher Tag. Heute Abend würde er im Offizierskasino ordentlich auf den Putz hauen.

Mitte September 1918

Rebecca ging die Treppe hinauf und schaute Konstantin skeptisch an. Seit er von dem Mordanschlag genesen war, saß er tagsüber immer oben im Schlafzimmer und las. Rebecca hatte Nachschub bekommen aus der Bibliothek des Herrenhauses. Konstantins Vater ließ ihr regelmäßig Bücher zukommen. Etwas anders konnte er ja kaum tun. Draußen lauerte noch immer die unbekannte Gefahr. Erst war Graf Mirbach ermordet worden, dann der Zar selbst. Wochen später erst hatte man erfahren, dass mit dem Zaren auch seine ganze Familie erschossen worden war.

Dennoch verging kein Tag, an dem sie nicht darüber sprachen, wann Konstantin ins Herrenhaus zurückkehren sollte. Erst gestern Abend hatten sie sich deswegen gestritten. Bis zum Sommer hatte Rebecca das Gefühl gehabt, der Grafensohn würde seine Zeit bei ihr ungebührlich ausdehnen. Er genoss es, bei ihr zu sein. Er genoss, wie sie lebte. Sie selbst spürte, wie sehr ihm dieses so viel einfachere Leben gefiel.

Damals, als Konstantin ihr gesagt hatte, er würde sie sofort heiraten, waren ihr nur Vorstellungen von einem Leben im Herrenhaus in den Sinn gekommen. Wie sehr sie es hassen würde. Wie sehr sie ihre Umgebung ablehnen würde und mit ihr die Herrschaften, die ihr dann Familie wären. Als wäre sie in einem falschen Leben. Niemals hatte sie daran gedacht, dass Konstantin ja auch ihr Leben teilen könnte. Ganz offensichtlich machte es sie beide sehr viel glücklicher.

Und jetzt war sie es, die ihn zurückhielt. Vielleicht hatte sie einfach ein paar Wochen gebraucht, um die Dimensionen seines Handelns wirklich zu verstehen. Wenn er tatsächlich daran beteiligt gewesen war, den Bolschewisten die Macht zu sichern, dann würde er in die Geschichte eingehen. Abgesehen von der Französischen Revolution fiel ihr kein anderes Ereignis ein, das so tiefgreifende gesellschaftliche Veränderungen mit sich gebracht hatte wie die beiden Russischen Revolutionen im vergangenen Jahr.

Macht und Geld und Herrschaft. Dafür fielen nicht nur Millionen von Soldaten in ganz Europa. Dafür wurden auch ganz unbemerkt von der Weltöffentlichkeit einzelne Personen einfach umgebracht. Erstochen, erschossen, erschlagen, in Flüsse geworfen. Sie hatte Angst um Konstantin. Mit jedem weiteren Monat wurde klar, dass in Russland ein ausgewachsener Bürgerkrieg tobte. Den Armen war immer noch nicht geholfen. Dafür hatten so viele so vieles verloren. Der Rachedurst der Bauern war noch lange nicht gesättigt.

Doch Konstantin wollte sich nicht mehr verstecken müssen. Er würde bald verrückt werden, wenn er nicht ins Herrenhaus zurückkehren durfte. Im Moment konnte er nur nachts rausgehen, dabei sehnte er sich danach, bei der Ernte zu helfen.

Heute Nacht war er wieder über die Felder gelaufen. Es war überhaupt ein Wunder, dass ihn noch niemand entdeckt hatte. Aber ihr hatte er ja auch ein Jahr lang eine Charade vorgespielt. Offensichtlich besaß er ein gewisses Talent dafür.

Rebecca hatte gerade das Klassenzimmer abgeschlossen. Unterricht konnte man das schon lange nicht mehr nennen. Nach den Sommerferien waren kaum Schüler gekommen. Selbst die Achtjährigen halfen jetzt auf den Feldern. Und die wenigen, die sich sporadisch sehen ließen, mit denen musste Rebecca die diversen anberaumten Sammelaktionen ausführen. Löwenzahn im Frühjahr, Pilze und Beeren im Spätsommer und Bucheckern im Herbst. Sie war die Königin der Sammler. Alle Lehrerinnen und Lehrer waren das jetzt.

Als sie nun vor dem Sessel stand, den sie zusammen hier hinaufgeschafft hatten, fand sie es doch merkwürdig, dass Konstantin noch schlief. Er kam immer kurz vor Sonnenaufgang zurück und legte sich dann hin. Bis zur Mittagszeit, wenn sie wiederkam, war er wach und angezogen. Doch nun lag das Buch, das er gerade las, neben dem Sessel auf den Boden. Einige Seiten waren beim Herunterfallen geknickt worden. Rebecca nahm es auf und glättete das Papier. Sie legte das Buch beiseite und schüttelte den Schlafenden an den Schultern.

»Konstantin?«

Er rührte sich ein klein wenig. Zusammengekauert saß er da auf dem Sessel, fast vollkommen in eine Wolldecke eingehüllt. So kalt war es doch noch gar nicht.

»Konstantin? Ist irgendwas?«

Er streckte seine Beine aus und schob mit den Armen die Decke runter. Doch sofort zog er sie wieder hoch. Seine Haare waren verschwitzt, wie Rebecca jetzt erst bemerkte. Sein Gesicht gerötet. Als er nun seinen Kopf hob, war ihr klar, dass es ihn erwischt hatte. Jetzt schüttelte sich sein Körper, und er kauerte sich wieder komplett unter die Decke.

»Ich … Mir geht es nicht gut. Ich glaube, ich habe mich erkältet.«

Eine Hitzewelle stieg in Rebecca auf. Das war ihre schlimmste Befürchtung. Sie war so froh, die Grippewelle im Frühling ohne Erkrankung überstanden zu haben. Es hatte viele getroffen, aber damals war es wirklich nur eine normale Grippe gewesen. Dann war der Sommer gekommen und mit dem Sommer das warme Wetter. Und frisches Gemüse und Obst. Die Grippeepidemie schien überstanden gewesen zu sein.

Doch jetzt, zu Anfang des Herbstes, kam sie mit voller Wucht zurück. Und was sie darüber gehört hatte, war gar nicht gut.

»Konstantin, schau mich an.«

Er war kaum in der Lage, den Kopf zu heben.

»Ich hab so einen Durst.«

Rebecca rannte die Treppe hinunter und nahm die Kanne mit dem Wasser und ein Glas. Oben angekommen, riss Konstantin ihr fast das Glas aus der Hand. Er trank es ganz aus. Doch dann musste er husten. Furchtbar husten. Erst dachte Rebecca, er hätte sich verschluckt. Aber dem war nicht so.

»Ich huste schon den ganzen Vormittag.« Und als er jetzt endlich sein Gesicht zu ihr erhob, sah sie einen kleinen Blutfleck an seiner Lippe.

»Verdammter Mist«, fluchte sie inbrünstig. Es zeigte ihre tiefe Verzweiflung, dass das Schicksal offensichtlich nicht die Absicht hatte, ihr auch nur eine einzige mögliche Komplikation zu ersparen. Wann würde das endlich aufhören? Wann würde sie endlich wieder ihr normales kleines Leben führen können, mit ihren kleinen Problemen und den leichten Lösungen? Mehr wollte sie nicht. Sie wollte endlich wieder in Frieden unterrichten können. Resigniert holte sie mehrere Taschentücher aus ihrer Kommode und reichte ihm eins.

Die zweite Welle der Spanischen Grippe, die sich gerade durch das Deutsche Reich wälzte, war bösartig. So viele starben. Die meisten an einer Lungenentzündung. Diese Lungenentzündung wurde immer von Blutungen begleitet. Sie atmete tief ein und stieß den Atem wieder aus. Also, das jetzt auch noch.

* * *

»Wie geht es ihm?«

Rebecca saß an Konstantins Bett und tupfte ihm mit einem feuchten Tuch die Stirn ab. »Ich habe ihm heute schon vier Mal Wadenwickel gemacht. Die Temperatur will einfach nicht runtergehen.«

Konstantins Vater war gekommen. Sie hatte ihn in der Nähe des Herrenhauses abgepasst. Sie brauchte Medizin, Fleisch für Kraftbrühe und außerdem musste der Graf wissen, wie es um seinen Sohn stand. Und ob er ihn nun unter diesen Umständen zurück ins Herrenhaus bringen wollte.

»Wir könnten Doktor Reichenbach holen. Aber es wäre gut, wenn Sie dabei wären. Ich möchte ihm Konstantins plötzliches Auftauchen nicht selbst erklären müssen.«

Der Graf schüttelte leicht den Kopf. »Was ich höre, ist auch er machtlos gegen diese Krankheit. Ich habe heute in der Zeitung darüber gelesen. Es wird immer mehr und mehr. Man soll Menschenansammlungen meiden.«

Rebecca lachte bitter auf. »Ist das der Rat, den man den Soldaten gibt?«

Als hätte er ihren Sarkasmus nicht bemerkt, antwortete Graf von Auwitz-Aarhayn: »Das gilt vor allem für Zivilisten. Man soll sich schützen, wenn man mit Zügen fährt. Und es werden wohl die ersten Überlegungen angestellt, Opern, Theater und Kinos zu schließen.«

»Opern, Theater und Kinos!« Wer um Himmels willen konnte sich das noch leisten?

»Sie haben doch auch die Schule geschlossen.« In seinen Worten lag tiefes Unverständnis.

»Aber doch nur, weil ich nicht will, dass sich einer von meinen Schülern bei mir ansteckt.« Rebecca hatte gestern sofort einen Zettel an die Schultüre gehängt.

Der Graf trat noch einen Schritt zurück. »Wo kann er sich denn nur angesteckt haben?«

Sie zuckte mit den Schultern. »An einem Stück Obst. An einer Zeitung. Einem Buch? Was weiß ich. Die Grippe ist schneller als Gerüchte. Vielleicht habe ich mich bei einem Schüler angesteckt.«

Rebecca sah, wie der Mann überlegte. Schließlich schien er zu einem Entschluss gekommen zu sein. »Ich wäre wirklich dafür, Konstantin hier zu lassen. Offensichtlich sind Sie eine sehr gute Krankenschwester. Eine Arzttochter, rund um die Uhr bei meinem Sohn, ist doch viel besser als ein Arzt, der einmal am Tag kurz vorbeischaut. Sie haben einmal verhindert, dass er gestorben ist. Das sollte doch ein gutes Omen sein.«

Überrascht schaute sie ihn an. Wollte er denn nicht das Allerbeste für seinen Sohn? Sicher hatte er auch Angst, dass er sich anstecken würde. Das konnte sie ihm nicht einmal verdenken.

Er schien ihren skeptischen Blick richtig zu deuten.

»Sehen Sie, es ist doch auch, weil … Sollte Konstantin nun doch … sterben, wäre es doch das Beste, wenn meine Frau und seine Geschwister … Es wäre, als würde er zweimal sterben. Da kommt er nach Hause und alle freuen sich und schöpfen neue Hoffnung. Und dann … stirbt er vielleicht zwei Tage später. Das kann ich meiner Familie nicht antun.«

Sie sagte nichts. Natürlich. Er hatte so recht. Wie würde es ihr ergehen, wenn sie ihn verloren hätte? Und dann gleich zweimal. Sie wischte ihm ein letztes Mal die Stirn ab und stand auf.

Der Graf wich noch einen Schritt zurück und stieß mit dem Rücken an die Wand.

Rebecca bewegte sich nicht, schaute auf den reglosen Körper. »Seine Haut wird immer dunkler. Das ist die fehlende Sauerstoffsättigung. Seine Lunge ist sehr angegriffen.«

»Kann ich irgendetwas tun? Brauchen Sie etwas?«

»Ich bräuchte Milch. Ich mache ihm warme Milch mit gehackten Knoblauchzehen. Und ein paar Rinderknochen zum Auskochen für eine Brühe wären gut. Mehr bekomme ich nicht in ihn hinein.«

»Milch, Knoblauch, Rinderknochen«, wiederholte der Graf, als könnte er sich das so besonders gut merken.

»Ich habe Hustensaft aus Zwiebeln und Honig gemacht. Zwiebeln habe ich noch, aber kaum noch Honig. Ingwer wäre auch gut. Er löst den Schleim aus der Lunge. Aber ich glaube kaum, dass man den zurzeit bekommt.«

»Honig. Ich werde mich nach dem Ingwer erkundigen. Wenn es irgendwo etwas geben sollte, bekommen Sie ihn.« Graf von Auwitz-Aarhayn schien nervös. Er wollte gehen.

Rebecca hatte gesagt, was sie sagen musste. »Sie sollten vorsichtig sein. Nicht, dass Sie sich noch anstecken.«

Erleichtert nickte er. »Ich danke Ihnen. Meine Familie ist Ihnen sehr zu Dank verpflichtet. Außerordentlich. Wenn der Krieg einmal vorbei ist, dann … Wir werden etwas finden, mit dem wir uns bei Ihnen bedanken können.«

Rebecca verzog ihren Mund zu einem schiefen Lächeln. »Ja, wenn er erst einmal vorbei ist.« Es schien so normal zu sein, im Krieg zu stehen, dass ihr das Leben vor dem Sommer 1914 wie ein Märchen vorkam. Eine Geschichte von einem sorgenlosen Leben, in einer fernen Welt.

Der Graf verabschiedetet sich und ging die Treppe hinunter. Sie folgte ihm, tauschte das Wasser in der Schüssel aus, goss etwas Essig dazu und ging wieder hoch. Sie frischte die Wadenwickel auf. Konstantins Körper war fiebrig. Sie musste ihn nicht einmal berühren, um seine Hitze zu spüren. Aber am meisten Sorge machte ihr die leicht bläuliche Färbung seiner Haut. Er atmete nicht mehr tief genug. Sie würde gleich noch einen Bockshornkleetee aufsetzen. Der wirkte schleimlösend und senkte zudem das Fieber. Ihr Vater hatte ihn immer verschrieben bei Infektionen der Lunge.

»Rebecca.« Seine Stimme war leise und ganz rau. Das kam von dem stundenlangen Husten.

Es war ein gutes Zeichen, dass er sprach. Die letzten Tage hatte er kaum mehr hinausgebracht als Stöhnen und qualvolles Ächzen. Sie nahm ein mit Essig getränktes Taschentuch und hielt es sich vor den Mund, bevor sie sich zu ihm hinunterbeugte. »Ja, was ist denn?«

»Selbst mein Vater … glaubt … ich sterbe.«

»Nein. Du stirbst nicht. Nicht solange du bei mir bist. Das verspreche ich dir.« Meine Güte, die Angst quoll aus jeder einzelnen Silbe. Wer würde ihr glauben? Konstantin sicher nicht. Er war viel zu intelligent dafür. Und er kannte sie zu gut.

»Versprechen …«

»Ja, das verspreche ich dir.«

»Nein, versprich mir … Mein letzter Wunsch.«

»Du brauchst nicht …«

»Gewähre … einem Sterbenden … einen letzten Wunsch. Ja? Das … das hab ich doch verdient.«

Sie strich ihm eine verschwitzte Strähne von der Stirn. »Ja, das hast du dir verdient. Welchen Wunsch soll ich dir erfüllen?«

Seine blau angelaufenen Lippen verzogen sich zu einem Grinsen. »Heirate mich … Wenn ich nicht sterbe, heiratest du mich!«

Rebecca schaute ihn an. So lange hatte sie mit sich gerungen. Jede Nacht, bevor sie in den Schlaf fiel, spürte sie seine Anwesenheit auf eine unerträglich körperliche Art. Seine Nähe verursachte ein Ziehen in ihrer Magengegend, das nur mit einer Vereinigung zu befrieden wäre. Sie wollte ihn. Sie liebte ihn. Und sie wollte sich nicht mehr gegen seine Liebe wehren. Konstantin hatte recht gehabt … sie hatte ihn immer geliebt. Ja, auch gehasst, und gleichzeitig auch immer geliebt. Ihre Antwort war kein leeres Versprechen, weil sie dachte, dann würde sein Lebenswille gestärkt. Es war ihr tiefster und innigster Wunsch.

»Graf Konstantin von Auwitz-Aarhayn, ich verspreche, wenn du das hier überlebst, dann heirate ich dich.«

Kapitel 4

Ende Oktober 1918

Das hatte sie wirklich überzeugend hinbekommen. Katharinas Bett war völlig zerwühlt. Es war feucht, genauso wie ihr Nachthemd und ihre Haare. Als hätte sie die ganze Nacht furchtbar geschwitzt. Tatsächlich sprang sie wie eine Verrückte auf und ab, seit bestimmt zwanzig Minuten. Noch immer wurde ihr Zimmer abends abgeschlossen. Tagsüber stand sie unter engmaschiger Beobachtung. Aber in der Nacht wollte ihre Mutter ruhig schlafen. Als sie den Schlüssel im Schloss ihrer Zimmertür hörte, hüpfte sie ins Bett. Mit hochrotem Kopf keuchte sie verausgabt.

Als die Mamsell sie ansprach, warf sie ihren Kopf von links nach rechts. Sie gab jammernde Geräusche von sich. Nichts sollte darauf hindeuten, dass sie die Anwesenheit der Dienstboten wahrnahm. Das zeigte den gewünschten Erfolg.

Mama und Papa kamen fast gleichzeitig ins Zimmer gestürmt. Katharina wälzte sich im Bett. Dabei hustete sie so inständig, dass ihr gespielter Husten in einen richtigen Husten überging. Mama blieb verängstigt in einer Ecke des Zimmers stehen, aber Papa fasste an ihre Stirn. Sie war glühend heiß. Katharina wusste noch nicht, wie sie das mit der hohen Körpertemperatur noch einmal schaffen sollte, wenn sie den Doktor rufen würden.

Als Papa sie berührte, gab sie ein lautes Ächzen von sich. Er griff nach ihrer Hand, was sie wiederum mit einem Schrei quittierte. Starkes und schnell einsetzendes Fieber, Schüttelfrost und heftige Schmerzen an Kopf und Gliedern waren die üblichen Beschwerden. Ein gereizter Rachen mit Hustenanfällen genauso.

Bei manchen Erkrankten blutete die Nase. Und natürlich die Lungenentzündung, die bei vielen folgte – das alles waren die typischen Symptome der Spanischen Grippe.

Anfang des Monats hatte sie in der Tageszeitung den Artikel entdeckt. Diese lebensbedrohliche Variante der Influenza grassierte weltweit. Mitte September war eine zweite Welle ins Kaiserreich geschwappt, und dieses Mal waren die Krankheitssymptome sehr viel heftiger. Heftiger und aggressiver. Vielfach endete die Erkrankung tödlich. Katharina hatte alle Zeitungen nach Artikeln darüber durchsucht. Merkwürdigerweise waren es nicht die Kinder und Alten und Kranken, die befallen wurden. Einigen Ärzten war aufgefallen, dass es gerade die Wohlgenährten und die jungen Erwachsenen waren, die die Grippe bekamen. Sie passte perfekt in diese Gruppe.

Innerhalb von Minuten war ihr Plan gereift. Erstens würde ihre Erkrankung die Hochzeit mindestens verschieben. Und zweitens hoffte sie darauf, wenn sie nur krank und abgeschlagen genug wirkte, dass ihre Zimmertür nicht mehr abgeschlossen wurde. Sie musste die ersten Anzeichen zeigen, kurz bevor mit der Anreise von Ludwig und seinen Eltern zu rechnen war.

Die Mamsell brachte Mama und Papa je ein mit Kölnisch Wasser getränktes Taschentuch, das sie sich vor ihre Münder und Nasen hielten. Nur wenig später trat Doktor Reichenbach ins Zimmer. Er befühlte ihre Stirn, ihren Hals, ihre Arme. Dann steckte er sein kaltes Stethoskop durch den Ausschnitt ihres Nachthemdes und horchte sie ab. Durch die halb geschlossenen Augen beobachtete Katharina, wie er sie begutachtete. Sehr schnell kam er zu seinem Schluss. Er drehte sich zu ihren Eltern um. Aber sie konnte sehr gut hören, was er sagte.

»Es tut mir wirklich aufrichtig leid, aber ich kann Ihnen keine andere Mitteilung machen. Es ist die Spanische Grippe. Über Nacht gekommen, wie angeflogen. Diese Unruhe. Die Hitze.

Noch scheint die Lunge nicht befallen zu sein, was ich äußerst glücklich bewerte. Solange Ihre Tochter keine Lungenentzündung entwickelt, wird sie vermutlich überleben.«

Mama stieß einen gellenden Schrei aus.

»Aber was können wir denn jetzt tun?«, fragte Papa mit brüchiger Stimme.

»Ehrlich gesagt können Sie nicht viel tun. Sie können beten, und Sie können hoffen.« Reichenbach räusperte sich. »Man kann kaum mehr tun, als es dem Kranken mit einigen Mitteln zu erleichtern. Wir können nur abwarten. Die Influenza kommt sehr schnell und ist sehr heftig. In ein paar Tagen wissen wir hoffentlich mehr.«

»Hoffentlich?« Mamas Stimme klang spitz.

»Ich lasse Ihnen etwas fiebersenkende Medizin da. Aber es ist nun mal so: Es gibt noch kein Mittel gegen die Spanische Grippe.«

»Es ist Gottes Fluch.«

»Feodora!«, schimpfte Papa. »Du darfst nicht alles glauben, was man in der Zeitung liest.«

»Krieg, Bolschewismus und jetzt die Grippe. Oh doch. Es ist Gottes Gericht über die Menschheit.«

Papa schüttelte hilflos den Kopf. Gegen Mamas Glauben, der mit jedem Schicksalsschlag größer wurde, war nicht anzukommen.

»Es ist eine Pandemie«, erklärte der Arzt nachsichtig. »Die halbe Welt ist schon betroffen, und der anderen Hälfte steht es noch bevor.« Der Arzt klang bedrückt. Es musste schlimm sein, so hilflos zu sein.

»Wie ansteckend ist die Krankheit?«

»Graf Auwitz-Aarhayn, leider muss man zurzeit noch davon ausgehen, dass sie außerordentlich ansteckend ist. Deshalb sollten Sie beide sich sofort entfernen.«

Mama schluchzte tatsächlich auf. Katharina fragte sich einen Moment lang, ob es die Sorge um ihre Tochter war oder die Sorge um ihre eigene Gesundheit. Vermutlich aber war es lediglich Mamas Angst entsprungen, was aus ihnen werden würde, wenn Katharina starb, bevor sie den Neffen des Kaisers geheiratet hatte.

»Ich kenne eine Frau aus dem Nachbardorf, die gelernte Krankenschwester ist. Ihr letzter Patient mit Spanischer Grippe ist vor fünfzehn Tagen … gestorben. Es besteht jetzt keine Ansteckungsgefahr mehr. Ich werde sie Ihnen schicken, damit sie Ihre Tochter pflegt. Sie kennt sich aus mit allen Maßnahmen der Hygiene und Quarantäne. Sie wird die Köchin unterrichten über bestimmte Mittel zur Erleichterung. Damit wäre wenigstens sichergestellt, dass Sie oder Ihr Personal sich nicht auch noch anstecken.«

Katharina konnte durch ihre hektisch flatternden Augenlider wenig erkennen. Papa sagte nichts. Doktor Reichenbach stand genau zwischen ihnen. Doch dann sah sie, wie Papa gebeugten Schrittes zu ihrem Sessel ging und sich darauf fallen ließ.

»Wie kann sie sich nur angesteckt haben? Sie hat das Haus doch gar nicht verlassen.«

Doktor Reichenbach schüttelte den Kopf. »Wir wissen es auch noch nicht genau. Hatten Sie in letzter Zeit Kontakt mit einem Erkrankten?«

»Nein!«, gab Mama im Brustton der Überzeugung von sich.

»Und Sie?«

Papas Kopf ruckte hoch. Er schaute Doktor Reichenbach bleich an. Dann schüttelte er fast mechanisch den Kopf. Sein Blick fiel auf seine Tochter. Katharina fing sofort an, sich wieder stöhnend im Bett zu wälzen.

»Wie schnell wird sie wieder gesund?«, fragte Mama panisch.

Der Arzt wartete einen Moment, bevor er antwortete. Er überlegte wohl, wie er die Nachricht am besten verpackte. »Die Aussichten, dass Ihre Tochter überlebt, sind auf jeden Fall größer als die Möglichkeit, dass sie stirbt. Trotzdem ist es so, dass bisher wenig Konkretes über die Ursache und den genauen Verlauf der Spanischen Grippe bekannt ist. Es ist nun schon die zweite Welle, die im Deutschen Reich grassiert. Und man muss sagen, sie ist … aggressiver.«

»Was bedeutet das: aggressiver?«

»Die Krankheitssymptome sind schwerer und …« Wieder machte der Arzt eine Pause. Er sprach mit gesenkter Stimme weiter. »… und die Sterberate ist höher. Diesmal besonders hoch bei jungen Erwachsenen. Normalerweise sterben eher die Kinder und die Alten. Aber hier …«

»Aber wenn … Meine Tochter heiratet am 9. November.« Mamas Stimme hatte etwas Anklagendes. Als wollte sie den Arzt verantwortlich machen.

»Das wäre schon in gut zwei Wochen. Ehrlich gesagt möchte ich Ihnen keine große Hoffnung machen. Wenn sie die Grippe übersteht, wird sie immer noch äußerst schwach sein.«

Mama schluchzte auf. »Aber wenn wir sie in ein Kleid stecken und …«

»Feodora!«, herrschte Papa Mama an. »Es sollte wohl kein großes Problem sein, die Hochzeit um ein oder zwei Woche zu verschieben. Wir dürfen schließlich auch unsere Gäste nicht der Ansteckungsgefahr aussetzen!«

»So ist es. Um auf der sicheren Seite zu sein, sollten Sie nach dem letzten Anzeichen eine vierzehntägige Quarantäne gewährleisten. Wenn man alle anderen Hygienevorschriften berücksichtigt, sollte es danach zu keiner weiteren Ansteckung kommen können. Deshalb sollten Sie auch jetzt wirklich den Raum verlassen. Ich würde gerne ein Fenster öffnen, damit frische Luft hineinkommt.« Er schaute irritiert auf die verbretterten Fenster.

»Herr Caspers wird die Bretter umgehend entfernen.« Papa wandte sich an seine Frau. »Komm, Feodora.« Er stand auf. »Ich lasse Sonntag rufen. Er wird sofort die Krankenschwester holen«, sagte er noch im Hinausgehen.

»Ja. Das ist eine gute Idee.«

Die Tür schloss sich leise hinter den beiden.

Doktor Reichenbach warf ein Holzscheit ins Kaminfeuer. Er trat wieder an ihr Bett. Katharina atmete tief und laut ein und aus. Mit spitzen Fingern zog er ihr Betttuch bis zum Hals hoch und ließ seine Hand über die Bettdecke gleiten. Es war schon fast eine Abschiedsgeste.

Jemand trat ins Zimmer. Der Arzt drehte sich zu der Person um.

»Bitte bleiben Sie draußen. Es wird eine Krankenschwester kommen. Bitte sagen Sie auch allen anderen Dienstboten Bescheid. Niemand betritt dieses Zimmer, nachdem die Bretter entfernt wurden. Die Tabletts mit dem Essen, den Getränken und der Medizin werden durch die Tür gereicht. Auch die Krankenschwester bekommt ihr Essen aufs Zimmer gebracht. Geschirr, was aus diesem Zimmer zurückgeht, muss getrennt von anderem gespült werden. Es muss als Erstes gründlich mit kochendem Wasser übergossen werden. Die Krankenschwester wird Ihnen dann genaueste Instruktionen erteilen, die penibel befolgt werden müssen.«

Die Person, Katharina vermutete, es war Mamsell Schott, verließ sofort das Zimmer und schloss die Tür. Doktor Reichenbach holte ein kleines Fläschchen aus seiner Arzttasche und träufelte etwas Flüssigkeit auf ein Tuch. Damit reinigte er erst seine Hände und dann das Stethoskop. Als alles erledigt war, warf er das Tuch in die Flammen. Er setzte sich in den Sessel und sah zu, wie das kleine Stückchen Stoff sich in einer blauen Flamme selber verschlang.

* * *

Die Krankenschwester, Agathe Kühne, war eine ältere Frau, mehr Weiß als Braun in den zu einem Dutt hochgesteckten Haaren und mit tiefen Falten im Gesicht. Doch unter diesen Falten zeigte sich ein gütiges Lächeln. Sie war wirklich sehr aufopfernd. Sie kleidete Katharina aus, wusch sie und zog ihr ein trockenes Nachthemd an. Sie flößte ihr mit einer Schnabeltasse Tee ein und fütterte Katharina mit Kraftbrühe. Katharina schmiss sich weiter von einer Seite zur anderen und stöhnte bei jeder Berührung schmerzhaft auf. Sie tat, als wäre sie ohne jegliches Bewusstsein. Aber wann immer Schwester Agathe den Raum verließ, benetzte sie ihre Haare, ihre Haut und ihre Kleidung.

»Kalter Schweiß«, nannte es die Krankenschwester. Sie war verwundert darüber, dass Katharina schwitzte, ohne erhöhte Temperatur zu haben.

Aber nach mehreren Tagen dieser schauspielerischen Höchstleistung war Katharina tatsächlich am Ende ihrer Kräfte. Immer öfter legte sie Schlafpausen ein.

Papa erkundigte sich mehrere Male am Tag nach seiner Tochter. Mama ließ sich nicht blicken. Der Arzt sah täglich einmal nach ihr. Nach vier Tagen hörte Katharina mit dem Spuk auf. Sie gab sich noch unansprechbar, aber die Krankenschwester bemerkte, dass sie nicht mehr so stark schwitzte. Auch schienen ihre Schmerzen nachzulassen. Sie schlief mehr, aber immer noch sehr unruhig. Nach sieben Tagen erst setzte Katharina sich das erste Mal auf. Ihre Antworten waren einsilbig. Wiederholt gab sie vor, die Schwester, den Arzt oder Papa nicht zu erkennen.

Das Schauspiel wirkte. Sie machte den Eindruck, als würde sie keinen einzigen Schritt alleine gehen können. Das Zimmer war nicht mehr abgeschlossen gewesen, seit sie mit ihrer Schauspielerei angefangen hatte. Wann immer Schwester Agathe das Zimmer verließ, stand sie auf und lief herum, um ihren Kreislauf wieder anzukurbeln.

Schwester Agathe hatte nun über zehn Tage beinahe ununterbrochen in ihrem Zimmer gewacht. Sie hatte im Sessel geschlafen und war jedes Mal aufgeschossen, wenn Katharina gestöhnt hatte. Sie war völlig übermüdet. Tiefe, dunkle Ränder unter ihren Augen zeugten vom Schlafentzug. Katharina war sich sicher, sie würde nicht aufwachen, wenn sie sich aus dem Zimmer schlich. Und wenn doch, würde sie vorgeben, in einem schlafwandlerischen Zustand durch das Haus geirrt zu sein. In der ersten Nacht holte sie sich einige Kaiseräpfel von der Porzellanetagere, die im Speisesalon stand. In der zweiten Nacht stahl sie unten in der Küche Brot und einige Mohrrüben. Sie musste wieder zu Kräften kommen. Gott sei Dank ließ Mama sich so selten sehen, dass sie nicht mitbekam, dass Katharina schnell wieder einen guten Appetit entwickelte. Sie aß alles auf, was die Schwester ihr brachte. Doch nachdem sie gegessen hatte, verfiel sie wieder in einen lethargischen Zustand. Niemand wusste die Symptome dieser neuartigen Grippe zu deuten. Deshalb fiel es nicht weiter auf.

Sie hörte, wie Schwester Agathe mit Papa tuschelte, das Schlimmste sei überstanden. Und sie könne seine Tochter nun bald alleine lassen. Doch Papa war dagegen. Mittlerweile war bekannt, dass nach der Grippe mehrere Wochen starker Müdigkeit und Kraftlosigkeit folgten. Die Kranken fühlten sich abgeschlagen und häufig auch depressiv. Damit Katharina schnellstmöglich wieder gesund wurde, sollte Schwester Agathe sie weiter pflegen und umhegen. Er wollte kein Risiko eingehen. Möglicherweise wollte er Mama kein falsches Zeichen geben, dass sie nicht auf die Idee kam, vorschnell mit den Planungen der Hochzeit weiterzumachen. Die Schwester sollte noch wenigstens eine Woche bleiben.

Katharina wusste, das war ihre letzte Chance. Mehr Zeit blieb ihr nicht. Ihre Zimmertür würde wieder verschlossen, sobald Schwester Agathe nicht mehr an ihrem Bett wachte.

Ende Oktober 1918

Albert betrat die Leutestube. Bertha hatte den Tisch gedeckt, holte aber gerade noch Butter aus der Kühlkammer. Seine Tante entdeckte ihn und kam mit verschwörerischer Miene herüber.

»Willst du echten Bohnenkaffee? Es ist heute Morgen etwas übrig geblieben von den Herrschaften. Ich kann ihn dir schnell warm machen.«

»Gerne.« Albert folgte ihr in die Küche. Sie verwöhnte ihn, wo sie nur konnte. Mal gab es ein Stück Wurst, mal einen Apfel oder ein paar Pflaumen extra, oder einen Löffel Honig.

Irmgard Hindemith setzte einen kleinen Blechtopf auf den Ofen und schüttete aus einer Kanne die dunkle Flüssigkeit hinein.

»Und? Wann besuchst du sie das nächste Mal?«

Sie. Seine Mutter. Keiner von beiden sprach namentlich von ihr. Es war eine stille Übereinkunft. Sie alle drei wussten, dass es ein Geheimnis gab, das die anderen nichts anging.

»Ich weiß noch nicht. Im Moment ist so viel zu tun. Immerhin ist die Ernte nun so gut wie eingefahren. Ich denke, ich bekomme sicher Anfang November mal wieder einen freien Tag.«

»Gut. Erinnere mich. Ich geb dir etwas für sie mit.« Tante Irmgard steckte nicht nur ihrem Neffen etwas zu, sie machte auch kleine Pakete für ihre Schwester.

Man hörte auf der Hintertreppe jemanden kommen. Albert erkannte Idas Schritte. Seine Tante lächelte warmherzig. Sie wusste genau, was er von Ida hielt. Aber natürlich würde sie nichts verraten. Sie goss den Kaffee in eine Tasse und gab rahmige Milch dazu. Ganz gelegentlich, wenn er sich absolut sicher war, dass niemand in der Nähe war, gab er ihr einen Kuss auf die Wange. Sie mochte das. Sie mochte ihn, und sie liebte es, Tante zu sein.

Albert dachte oft an die Zeit, als er hier angefangen hatte. Herr Caspers' Regime war streng gewesen, und auch die Mamsell hatte sehr auf die Mädchen geachtet. Clara hatte immer mit Wiebke Streit gesucht, Eugen war von Johann malträtiert worden und Bertha und Kilian waren eine eingeschworene Gemeinschaft gewesen.

Mittlerweile waren sie fast nur noch halb so viele Angestellte, aber das Verhältnis aller war herzlicher und wohlwollender. Trotzdem schmerzte es ihn, daran zu denken, was mit denen passiert war, die nicht mehr hier waren. Hedwig und Clara, Johann und Eugen, sogar Karl Matthis' Schicksal tat ihm leid. Für sie alle war nur Ida gekommen. Und Paul. Und über beide freute Albert sich sehr.

Kilian kam zum Dienstboteneingang hinein. Er zog sich die dreckigen Stiefel aus und wusch sich die Hände. In den ersten Wochen hatte er sich sehr schwergetan. Auch wenn seine Sehkraft auf dem rechten Auge überraschend besser wurde, griff er doch häufig daneben oder warf etwas um. Zudem musste er sich von seiner rechten Hand auf die linke Hand umstellen, was ihm viel schwerer fiel als Eugen damals. Eugen hatte nicht mehr die Kraft im rechten Arm, aber er konnte seine Finger noch bewegen wie früher. Das bedeutete, er konnte noch schreiben und präzise Dinge tun. Doch für Kilian war es noch bis vor wenigen Wochen sehr mühsam gewesen, mit Messer und Gabel zu essen.

Bertha, die sich aufopfernd um ihn kümmerte, hatte heimlich mit ihm geübt. Ihr schien es völlig egal, wie er aussah. Sie ließ ihn nicht hängen. Und Paul versuchte all die schwere Arbeit zu übernehmen, die Kilian nicht schaffte. Dessen Kniescheibe behinderte ihn nach wie vor. Vielleicht, wenn irgendwann der Krieg zu Ende war, würde man einen Arzt finden, der ihn operieren konnte. Bis dahin musste er wohl hinken.

Ida und Wiebke kamen die Hintertreppe hinunter. Sie schwatzten leise miteinander und kicherten dann. Alle setzten sich in die Leutestube. Es roch schon verführerisch. Es gab Bratkartoffeln mit frischer Buttermilch. Albert trank schnell den Bohnenkaffee aus und ging rüber. Er nahm schon gar nicht mehr wahr, dass Kilians Nase fehlte. Mittlerweile hatten sich alle an seinen Anblick gewöhnt, auch wenn es ein wenig so aussah wie bei einem Totenschädel. Aber er war ja nun beileibe nicht der einzige Soldat, der so schwerwiegende Verletzungen davongetragen hatte.

Nach langen Jahren auf Gut Greifenau erkannte Albert die Schritte von Herrn Caspers. Er ging in sein Arbeitszimmer und kam sofort wieder heraus.

»Die Post von heute Vormittag.«

Wie immer zog ein kleines Kribbeln über seinen Schädel, wenn Caspers diese Worte sagte. Er wartete praktisch jeden Tag darauf, dass er eingezogen wurde. Natürlich hatten der Graf und Thalmann ihn als landwirtschaftlichen Arbeiter eingetragen. Landgüter wie dieses waren kriegswichtig. Eigentlich sollte er schon deswegen nicht eingezogen werden dürfen. Aber seit sogar Eugen eingezogen worden war, war nichts mehr sicher. Zumindest war das sein Gefühl.

Vielleicht war das ausgleichende Gerechtigkeit: Er hatte sich seine ganze Kindheit und Jugend im Krieg befunden, im Krieg mit seinem Herzen und seinen Gefühlen. Ein täglicher Kampf, in dieser gottlosen Umgebung mit den unbarmherzigen Schwestern den Lebensmut nicht zu verlieren.

Heute gab es nur zwei Briefe. Der eine war von Eugen. »Wiebke, ich hoffe, Eugen schreibt nicht nur dir. Ich hoffe, es gibt auch ein paar Zeilen, die du uns vorlesen willst.«

»Bestimmt.« Wiebke grinste glücklich.

Es war nicht gerade so, als wären sie nun offiziell ein Paar, aber sie schrieben sich regelmäßig, und niemand zweifelte daran, was aus den beiden werden würde, wenn Eugen nur lebendig wieder nach Hause käme. Immerhin schickte man ihn nicht an die vorderste Front. Ein cleverer Offizier hatte direkt begriffen, was für ein Juwel er dort zugeteilt bekommen hatte. Eugen war für die Pflege der Transport- und Zugpferde zuständig. Sie waren an einem Fluss namens Maas stationiert. Zuletzt waren sie wohl in Richtung Verdun gezogen, hatte Wiebke erzählt.

Der andere Brief schien Caspers zu irritieren. »Fräulein Plümecke, könnte es sein, dass dieser Brief für Sie ist?«

Ida lief rot an, als Caspers es fragte. Als würde sie ahnen, was kommen würde. Als hätte sie immer schon darauf gewartet, nicht gehofft, es eher befürchtet. Sie nahm den Brief an sich. Als sie den Namen erblickte, versuchte sie, ein Keuchen zu unterdrücken. Alles Blut wich aus ihrem Gesicht. Ihre Hände zitterten, als sie den Brief schnell in ihrer Schürzentasche verschwinden ließ. Jeder bemerkte, dass etwas mit dem Brief nicht in Ordnung war.

»Danke. Er ist für mich.« Sie sagte das so leise, dass sie kaum zu verstehen war.

»Aha!«, sagte Caspers vernehmlich und schaute die Mamsell an, die das Schauspiel auch mitbekommen hatte. Deren Blick wechselte auch etwas irritiert zwischen dem Hausdiener und dem Hausmädchen hin und her.

»Möchten Sie mir das erklären?«

»Ja … Später, wenn es möglich ist.« Ihre Stimme war so dünn, kaum noch ein Hauchen. Mit ihrem Blick flehte sie Caspers an, sich nicht in der großen Runde erklären zu müssen.

»Na gut. Kommen Sie nach dem Essen in mein Zimmer.«

Alle setzten sich. Da alle anwesend waren, brauchte Mamsell Schott heute nicht den Gong zu schlagen.

Selbst Wiebke schien nicht eingeweiht zu sein, denn immer wieder warf sie ihrer Schwester neugierige Blicke zu. Ida schaute nicht vom Teller auf. Anscheinend war ihr der Appetit vergangen. Albert liebte dieses Gericht und ließ sich noch einmal nachgeben. Er beobachtete Ida heimlich, um sie nicht noch mehr in Verlegenheit zu bringen.

Als alle fertig waren mit essen, stand sie so abrupt auf, dass fast der Stuhl umfiel. Sie sagte nichts und ging hinaus. Albert konnte sich fast denken, von wem der Brief war – von ihrem Mann. Er musste herausgefunden haben, wo sie arbeitete.

Die nächsten Stunden waren schwer. Für ihn vermutlich nicht so schwer wie für Ida. Doch als Albert zum Abendessen zurück ins Haus kam, suchte er nach ihr. Er konnte sich denken, wo sie war. Sie stand in der Wäschekammer und plättete Bettwäsche.

Sie schaute nur kurz auf, als er die Tür hinter sich schloss. Noch immer war ihr Gesicht so fahl wie heute Mittag. Spuren ihrer Tränen waren zu sehen, die Augen rotgeheult.

»Was hat Caspers gesagt?«

»Caspers … er war …«, sie schniefte und lachte gleichzeitig auf. »… erstaunlich verständnisvoll. Natürlich hat er mit mir geschimpft. Ich hätte ihm sagen müssen, dass ich verheiratet war … bin. Mamsell Schott, sie …«

»Sie war dabei?«

Ida nickte. »Sie hat gesagt, dass sie eigentlich keine verheirateten Frauen anstellt. Zumindest war es vor dem Krieg so.«

»Und jetzt?«

»Jetzt ringen doch alle nach Arbeitskräften. Das hat sie selbst gesagt, dass ich Glück habe, dass sie nun niemanden entbehren können.«

»Hast du ihnen gesagt, wieso du es verschwiegen hast?«

Sie schüttelte ihren Kopf. »Nein … Ich habe behauptet, der Brief sei von meinem Schwager. Dem Bruder meines *verstorbenen* Mannes.«

Er nickte. Eine Witwe würde natürlich immer noch den Namen ihres Mannes tragen. Eine gute Ausrede, solange ihr Mann nicht plötzlich leibhaftig hier auftauchte. »Was schreibt er?«

»Er ist furchtbar wütend. Furchtbar. Ich will nicht wissen, was er mir antut, wenn er erst vor mir steht. Er schlägt mich bestimmt tot.«

»Das werde ich zu verhindern wissen.«

Erst jetzt stellte sie das Plätteisen beiseite, an das sie sich die ganze Zeit über geklammert hatte. »Albert, ich weiß, dass du glaubst, du müsstest das tun. Doch es ist nun mal so: Ich bin mit ihm verheiratet.«

»Und da hat er das Recht, dich totzuschlagen?«

»Nein«, sie schnaufte laut auf. »Aber ich hätte nicht wegrennen dürfen.«

Es schaute sie an. »Du kannst dich von ihm scheiden lassen.«

»Ja? Kann ich das?«

»Natürlich. Du kannst das machen. Er … Wir finden Leute, die bezeugen, wie brutal er ist.«

Sie gab einen ungläubigen Ton von sich. »Du kennst ihn nicht. Fritz, er … Es wird schrecklich werden, wenn er mich holen kommt.«

»Wie – holen kommt?«

»Ja, nach dem Krieg. Er hat geschrieben, dass er mich hier abholen wird, und dann gehen wir zurück auf unser altes Gut in Deutsch Krone.«

Wie viel Angst sie vor ihm hatte, konnte Albert daran merken, dass ihr ganzer Körper zitterte.

»Wie hat er dich überhaupt gefunden?«

Ida schüttelte unwillig ihren Kopf. »Genau weiß ich es nicht. Auf Gut Marienhof habe ich allen gegenüber behauptet, Fritz sei gestorben. Und dass ich eine neue Stelle in Königsberg antrete. Ich habe ihnen eine falsche Adresse gegeben.« Sie lachte bitter auf. »Ich hab einfach eine Adresse abgeschrieben von einem Lieferzettel, der in der Küche herumlag. Nun, vermutlich ist die Lüge mittlerweile aufgeflogen. Da wird sich meine alte Mamsell ihren Teil gedacht haben. Ihr wird nicht entgangen sein, dass ich mir viel mit Wiebke geschrieben habe. Anscheinend war es doch zu naheliegend, dass ich auf Gut Greifenau angefangen haben könnte.« Sie lächelte verzagt. »Ich nehme an, er hat an meine alte Mamsell geschrieben, nachdem er länger nichts mehr von mir gehört hat. Sie wird ihm bestimmt die falsche Adresse in Königsberg mitgeteilt haben. Er wird noch einmal ein paar Wochen gebraucht haben, um zu merken, dass ich dort ebenfalls nicht anzutreffen bin. Dann muss ihm klar geworden sein, dass ich alle auf eine falsche Fährte geführt habe. Den Rest hat er sich vermutlich zusammengereimt. Und Gut Greifenau …. Nun, es liegt ja nahe, dass ich zu meiner Schwester gegangen bin. Fritz hat schon vor Jahren mitbekommen, wie sehr ich mich über ihre Briefe gefreut habe. Ich hätte es nicht tun sollen. Ich hätte wirklich einfach ins Süddeutsche oder sonst wohin gehen sollen.«

Albert versuchte, sie mit seinem zuversichtlichen Blick aufzumuntern. »Er heißt also Fritz?«

»Ja, Fritz, also Friedrich Nachtweih.«

»Wir sollten sofort alles in die Wege leiten. Für die Scheidung.«

Ida schlug sich die Hände vors Gesicht. »Scheidung oder nicht Scheidung – so oder so werde ich nicht überleben.«

Er küsste ihren Scheitel. »Darum musst du dich nicht kümmern. Das wird meine Aufgabe werden.«

Ida schüttelte vehement ihren Kopf. »Albert … wirklich, du verstehst es nicht.« Jetzt fing sie wieder an zu weinen. Sie schluchzte herzerweichend. »Er hat nach dem Kind gefragt. Wenn er erfährt, dass es keins gibt … Er wird glauben, dass ich sein Kind umgebracht habe. Dass ich es habe wegmachen lassen, direkt nachdem er fort war.«

Sie entglitt Alberts Griff. Er fasste sie fester, denn jetzt konnte sie sich kaum noch auf den Beinen halten.

Ihre Stimme versagte ihr fast. »Du hast keine Ahnung, zu was dieser Mensch fähig ist.«

»Komm mit. Wir besorgen dir die nötigen Papiere. Du kannst es dir doch leisten!«

Alexander packte eine der Kisten und schleppte sie zu einer alten Scheune, in der die Feldküche improvisiert worden war. Er schaute seinen Kameraden an. Erich aus Travemünde, Rainer aus Flensburg und er – zusammen bildeten sie seit ein paar Wochen eine Gemeinschaft. Der Fischerjunge, der Kontorbote und der Grafensohn – als wäre es selbstverständlich, befreundet zu sein. Aber hier draußen, in dem Wahnsinn des Krieges, wurden sogar Naturgesetze wie Standesunterschiede außer Kraft gesetzt.

Mit vielen anderen hatten sie gemeinsam die Grundausbildung durchlaufen. Danach hatte man sie hierher an die Westfront verfrachtet. Erich hatte einen Klumpfuß und Rainer ein völlig verbogenes Rückgrat. Der eine konnte nicht gut laufen, genau wie Alexander selbst, der andere konnte nicht schwer tragen. Alle drei waren nur eingeschränkt tauglich. Deshalb waren sie hinter der Front zur Versorgung der kämpfenden Truppen eingesetzt worden. Etappenschweine wurden sie von den kämpfenden Männern genannt. Drückeberger. Trotz allem konnte es sie jederzeit auch hier, weit hinter der Kampflinie erwischen. Man wusste nie, wann die Entente mal wieder eine Offensive startete. Vorsichtshalber hatten Erich und Rainer sich gestern falsche Marschbefehle gekauft.

Seit die letzte Großoffensive an der Marne gescheitert war und sich das deutsche Heer von Woche zu Woche mehr zurückzog, war auch dem letzten Soldaten klar geworden, dass der Sieg in weite Ferne rückte. Desertierende Soldaten und gefälschte Passierscheine waren an der Tagesordnung. Jeden Morgen wurde durchgezählt, um festzustellen, wie viele Soldaten sich in der Nacht davongemacht hatten. Und viele junge Männer traten ihren Dienst erst gar nicht an. Sie versteckten sich in der Heimat, damit sie erst gar nicht zum Kriegsdienst einberufen wurden. Der Glaube, noch einen ehrenhaften Sieg erringen zu können, hatte sich wie Nebel an einem sonnigen Tag aufgelöst.

Doch während Erichs und Rainers Familien vermutlich froh gewesen wären, wenn ihre Söhne unversehrt nach Hause kämen, wusste Alexander nicht, wie er sich erklären sollte.

»Wirklich, ich hab nur sechs Mark gelöhnt. Wir beide haben uns den Marschbefehl nach Kiel gekauft. Bis Hannover könntest du mit uns kommen.«

»Wenn ich meinen Eltern sage, dass ich desertiert bin, schmeißen die mich raus.«

»Sag ihnen einfach, dass du Fronturlaub hast.«

»Die sind doch nicht doof. Fronturlaub ist gestrichen. Das wissen alle. Außerdem ist mein Bruder Unteroffizier. Er würde mich vermutlich erschießen, wenn er rauskriegen würde, dass ich mich unerlaubt von der Truppe entfernt habe.«

Erich stellte die Kiste ab, die er geschleppt hatte. »Dann komm mit zu mir.«

»Was soll ich denn da? Sobald mein Sold aufgebraucht ist, liege ich euch nur auf der Tasche.« Nach Hause konnte er nicht. Aber was sollte er woanders? Am liebsten wäre er direkt nach Berlin aufgebrochen. Vielleicht käme er dort sogar in einer Bar unter, als Klavierspieler. Er könnte den Versuch wagen – aber ohne Entlassungspapiere käme er nicht weit.

Sie schlenderten zurück zum Militärwagen, auf dem der Nachschub geliefert worden war. Erich schulterte einen schweren Sack, in dem vermutlich Bohnen oder Erbsen waren. »Du kannst es dir ja noch überlegen. Dieser Krieg ist so sicher verloren wie das Amen in der Kirche.«

»Das weiß ich auch. Aber solange ich hier bin, in der Etappe, passiert mir nichts.« Alexander klang nicht einmal überzeugt.

Erich warf den Sack auf den Boden in der Hütte und schob ihn an die Wand. »Sei doch nicht blöd. Heute, in zwei Tagen oder auch in zwei Wochen werden sie uns überrennen. Wer auch immer: die Franzmänner oder die Tommys oder die Yankees.«

»Ich kann nicht nach Hause gehen. Du verstehst das nicht. Ich wäre ein Verräter.«

»Lieber ein Verräter als tot. Außerdem sorgt die Oberste Heeresleitung ja selbst gerade dafür, dass die Sozis als Verräter gelten. Da sind wir alle doch fein raus.«

Neben dem bevorstehenden bitteren Kriegsende und der Frage, wie man am besten unversehrt nach Hause kam, gab es seit ein paar Wochen ein anderes großes Thema. Anscheinend von Ludendorff selbst initiiert, hörte man nun an jeder Ecke, dass es die Sozialdemokraten und die Sozialisten waren, die mit ihrer Regierungspolitik, ihren Anti-Kriegsdemonstrationen und Streiks den Soldaten an der Front in den Rücken fielen. Sie seien es, die das verlustreiche Ende des Krieges zu verantworten hätten.

Alexander hatte keine Ahnung, wie man auf eine derartig schwachsinnige Idee verfallen konnte, zumal, wenn man selbst an der Front gewesen war. Die Moral der Soldaten war auf den tiefsten Punkt gefallen. Immer öfter wurden Befehle einfach missachtet. Alexander selber hatte von keiner einzigen Schlacht gehört, die in diesem Jahr gewonnen worden wäre. Aber wenn der Krieg verloren ginge, dann sollten die Bürgerlichen, die seit Kurzem im Reichstag mitbestimmten, daran schuld sein? Was für eine perfide und heuchlerische Idee.

Rainer kam angerannt. Er war zum Küchendienst eingeteilt, was bedeutete, dass er den lieben langen Tag über Stunden hinweg Kartoffeln und Rüben schälte. Ab und zu erledigte er Botengänge. Gerade jetzt sah er äußerst gehetzt aus.

Er drückte die beiden wieder zurück in die Hütte und schloss die klapprige Tür. »Wisst ihr es schon? Es geht gerade rum.«

»Was denn?« Alexander war neugierig. »Gibt es endlich den Waffenstillstand?«

»Schön wär's ja.«

Tatsächlich war Anfang des Monats ein anderer Reichskanzler eingesetzt worden: Prinz Max von Baden. Noch am gleichen Tag hatte er ein Waffenstillstandsangebot an Präsident Wilson gerichtet. Grundlage des Angebotes war Wilsons 14-Punkte-Plan, den der amerikanische Präsident im Januar veröffentlicht hatte. Seit diesem Tag warteten die Soldaten wie elektrisiert auf jede neue Nachricht. Praktisch stündlich konnte es mit dem Krieg vorbei sein.

Doch so einfach, wie die Oberste Heeresleitung sich das vorgestellt hatte, würde es wohl nicht werden. Das deutsche Volk fragte sich, wieso die OHL überhaupt Waffenstillstandsverhandlungen eingehen wollte. Schallte es nicht noch immer aus allen Mündern, dass der Krieg so gut wie gewonnen war? Das kleinste Scharmützel wurde als großer Sieg gefeiert. Zwar hatte man sich zurückgezogen, aber bisher waren die deutschen Truppen im Feld ungeschlagen. Noch stand man auf französischem Boden und kein fremder Soldatenstiefel hatte deutschen Boden betreten. Wieso also sollte man mit dem Gegner überhaupt verhandeln?

Nach einer wirkungsvolle Pause ließ Rainer die Bombe platzen. »Ludendorff ist zurückgetreten.«

»Nein!«, kam es aus beiden Mündern gleichzeitig.

»Es kommt noch schlimmer: Der österreichische Kaiser hat unser Bündnis aufgelöst.«

»Dieser feige Hund.« Das war für Alexander nun keine wirkliche Überraschung. Karl von Österreich hat sich doch schon letzten Monat mit seinem Friedensappell Präsident Wilson vor die Füße geworfen.

Trotzdem war er erbost. Ließen sie denn alle im Stich? Nicht, dass er sich nicht sehnlichst wünschte, nach Hause zurückzukehren. Genau wie die meisten seiner Kameraden hatte Alexander sich bisher nicht wirklich eingestehen wollen, dass es tatsächlich so kommen könnte. Und offiziell hatte bisher niemand dieses Wort in den Mund genommen – Niederlage. Ihm wie allen anderen war klar, was ihnen dann drohen würde. Dieser Krieg konnte nicht verloren gehen, weil er nicht verloren gehen durfte. Es wäre eine Katastrophe, wenn sie wirklich verlieren würden. Wieso sonst beteten sie seit Monaten ihre Durchhalteparolen hinunter?

»Feiger Hund hin oder her. Wir verschwinden heute Abend. Sobald es dunkel wird, sind wir unterwegs. Hast du es dir überlegt?«

»Komm schon, Herr Graf. Bis der Krieg aus ist, kannst du bei meinem Vater auf dem Fischkutter mitfahren.« Erich schlug ihm aufmunternd auf die Schulter.

»Na gut.«

Die beiden jungen Männer strahlten ihn an, als würde das ein großer Spaß. Sie würden gemeinsam flüchten.

»Rainer, gehst du mit ihm die Papiere besorgen? Dann lade ich den Wagen alleine ab.«

»Klar. Hast du Geld dabei?«

Alexander nickte. Das Wichtigste trug er immer in den Hosentaschen. Alles, was gerne geklaut wurde, hatte man besser immer am Mann.

Rainer ging vor und sie liefen durch ein schmales Waldstück. Auf der anderen Seite ging es ab in den Schützengraben. Darin war es matschig, auch wenn es heute nicht geregnet hatte. Seit Wochen stand das Wasser in den Gräben. Aber es gab keine Alternative. Sie mussten hier durch, wo sie vor den Gewehrkugeln der Franzosen geschützt waren.

Alexanders Stiefel waren schon bis auf die Socken durchnässt, als Rainer endlich den Mann gefunden hatte, nach dem er an jeder zweiten Ecke gefragt hatte. Der Soldat wusste sofort, worum es ging. Mit einem Kopfnicken wies er Alexander an, ihm in den Unterstand zu folgen.

»Ich muss zurück. Bis später.« Rainer verschwand in die Richtung, aus der sie gekommen waren.

»In welche Heimat treibt es dich?« Er holte etwas Schreibzeug und ein paar Stempel aus einer Kiste. Er machte es so offen und geübt, als würde er ihm eine Tasse Muckefuck einschenken.

»Nach Berlin«, sagte Alexander nach einigem Zögern.

Der Soldat blickte ihn skeptisch an, sagte aber nichts. Er schrieb etwas auf einen Vordruck und stempelte diesen ab. Während er die Tinte trocken blies, schaute er in Alexanders Augen. »Neun Mark.«

Alexander wusste, er brauchte nicht zu feilschen. Man merkte ihm den Grafensohn immer noch an, selbst in dieser dreckigen Uniform. Neun Mark war nun wirklich nicht zu teuer, um sein Leben zu erkaufen. Er zählte dem Mann das Geld in die Hand.

Der Soldat nahm es und steckte es in die Hosentasche. »Gute Reise, Soldat.« Er drehte sich weg und packte den Kram wieder in eine Blechkiste, die er unter ein Feldbett schob.

Alexander steckte den Zettel gut in seine Brusttasche – seine Fahrkarte aus diesem Drecksloch. Beinahe gut gelaunt lief er zurück. Berlin, Klavierspielen, Bier trinken, vielleicht sogar Champagner. Und endlich sein Leben leben können, von dem er bisher nicht gewusst hatte, dass es ihm so lieb war.

Nach ein paar Hundert Metern kamen ihm plötzlich Soldaten entgegen. Einer rannte vorbei, dann der zweite.

»Weg hier.«

»Ein Tirailleur. Lauf!«

Tirailleurs – das waren die Schwarzafrikaner aus dem Senegal und anderen französischen Kolonien. Niemand wollte ihnen begegnen. Sie waren berüchtigt für den grausamen Einsatz ihrer Buschmesser.

Die Soldaten waren unbewaffnet. Der Kämpfer musste sie überrascht haben, beim Essen, oder beim Kartenspielen. Alexander war ebenso wenig bewaffnet wie Rainer.

Rainer! Er war nur wenige Minuten vor ihm hier langgelaufen. Alexander zögerte einen Moment. Schon kam noch ein Mann gerannt, diesmal schneller. Er hetzte an ihm vorbei, rempelte ihn in dem schmalen Gang heftig an. Alexander verlor das Gleichgewicht und fiel in eine gelbbraune Lehmpfütze. Genau über ihm wurde ein Mann zurückgerissen. Ein schwarzes Gesicht erschien dahinter. Ein Soldat in einer Uniform, die Alexander bisher noch nie gesehen hatte. Das Messer tanzte über die Kehle. Ein blutroter Strich … es regnete Blut. Der Soldat sank genau auf ihn und verdeckte seine Sicht.

Alexander war starr vor Angst. Hatte der Afrikaner ihn entdeckt? Würde er den Mann, den er gerade umgebracht hatte, wegreißen und als Nächstes auf ihn einstechen? Dann doch lieber hier im Dreckswasser versumpfen.

Wie oft hatte er Soldaten erzählen hören, wie sie tagelang in den Schützengräben neben den Leichen ihrer Kameraden ausgeharrt hatten. Manche berichteten von überfluteten Schützengräben, in denen halb verweste Leichen auf der Wasseroberfläche trieben. Gräben, die mit Leichen gepflastert waren. Schichten aus Lehm wurden über die Toten getrampelt. Ging man über nachgiebigen Boden, konnte man sich nicht sicher sein, ob es vom Regen erweichte Erde war oder ob darunter eine Leiche lag. All das kam ihm in den Sinn. Trotzdem blieb er liegen und rührte sich nicht. Es konnten weitere afrikanische Soldaten kommen. Oder der eine würde zurückkommen, wenn er seine Menschenjagd beendet hatte.

Die Kälte kroch ihm in den Kragen. Eisig lief es ihm den Körper runter. Er wollte weg. Wollte ins Warme, an einen Ofen, sich trocknen, von der Friedrichstraße träumen. Stattdessen wurde der Körper über ihm kälter und schwerer. Blut klebte auf seiner Haut, zähflüssig und vermischt mit Matsch. Wie lange sollte er warten? Wenn er auf seinem Posten vermisst wurde, hatte er ein Problem. Er würde erklären müssen, was er hier draußen gesucht hatte. Wenn er aber diesem Mohren in die Arme lief, hatte er gar kein Problem mehr. Dann wäre er tot. Er trug keine Waffe bei sich, wieso auch? Verdammter Mist.

Das eisige Wasser sickerte in jede Hautpore und ließ sein Blut erkalten. Berlin würde nur ein Traum für ihn bleiben.

8. November 1918

Julius Urban stieg aus der Elektrischen aus. Es war noch keine fünf Uhr morgens. Er hatte also einen guten Vorsprung. Noch schlief die Stadt, aber schon jetzt spürte er die fiebrige Unruhe, die in den Straßen schlummerte. Diese Unruhe verursachte ihm ein nervöses Magengrummeln. Er hätte noch früher losfahren sollen. In den letzten zwei Wochen war die Situation im Reich immer heikler geworden. Das ganze Land war in Aufruhr. Die Leute hatten die Nase gestrichen voll – vom Kaiser, vom Krieg und vom Sterben ihrer Söhne. Die haltlosen Versprechungen, die verlogene Propaganda und der jahrelange Verzicht der Menschen auf das Lebensnotwendigste flammte in vielen kleinen Feuern auf und wuchs zu einem Flächenbrand, den niemand zu löschen vermochte.

Die Menschen warteten minütlich darauf, dass das Ende des Krieges verkündet wurde. Dreimal am Tag wurden Zeitungen gedruckt. Jede Ausgabe wurde den Verkäufern aus den Händen gerissen. Aber das Volk spürte: Es war zu spät für einen glücklichen Ausgang.

Julius befürchtete, es könne für ihn auch zu spät sein. Schon viel zu lange hatte er gezögert. Morgen sollte die Hochzeit von

Katharina mit diesem Prinzen sein. Heute Nacht musste er sie holen. Noch länger konnte er nicht darauf warten, dass sich die Situation wieder beruhigen würde. Eigentlich wollte er schon längst in Hinterpommern sein. Als hätte sein Vater etwas von seinem Vorhaben geahnt, fesselte er Julius seit einer geschlagenen Woche ununterbrochen an seine Seite. Die letzten vier Tage waren sie überhaupt nicht aus ihrer Berliner Fabrik herausgekommen. Sie hatten alles versucht, aber heute würde der Streik nicht mehr aufzuhalten sein. Gestern, am späten Abend dann, war Papa mit ihm nach Hause gefahren. Vermutlich wurde Papa die ganze Geschichte allmählich zu brisant. Man hatte schon von körperlichen Übergriffen gehört. Deswegen wollte sein Vater heute alleine in die Fabrik. Mittlerweile war die Lage kritisch geworden. Alle fürchteten, dass es zu gewalttätigen Ausschreiten kommen würde. Nicht einmal die Gewerkschaftsvertreter waren sich sicher, ob sie die Wut der Arbeiter noch kontrollieren konnten. Nicht nach den jüngsten Ereignissen.

Innerhalb weniger Tage hatte sich eine Meuterei von Kieler Seeleuten zu einer Militärrevolte ausgewachsen. Es gab bereits Waffenstillstandsverhandlungen, und sie hatten trotzdem noch auf eine Todesfahrt gegen einen übermächtigen Gegner gehen sollen. Sie weigerten sich. Ein Arbeiter- und Soldatenrat übernahm die Macht. Einen Tag später riefen in Hamburg Soldaten und Arbeiter gemeinsam zum Generalstreik auf. Bremen war infiziert, und der Virus des Aufbegehrens sprang von einer Stadt zur nächsten über. Gestern hatte die Revolution das Ruhrgebiet, Sachsen und sogar Süddeutschland erreicht. Und hier auf der Straße sah man außergewöhnlich viele Matrosen, fahnenschwenkend, mit roten Armbinden. War nun Berlin an der Reihe?

Doch all das interessierte Julius nicht. Er musste nach Greifenau. Er musste zu Katharina. Er wurde ganz aufgeregt bei dem Gedanken daran, sie wiederzusehen. Sie endlich wieder zu berühren, sie zu küssen. Julius hatte sie nicht mehr gesehen, seit Graf von Auwitz-Aarhayn sie im letzten Dezember in Stargard aus dem Zug gezerrt hatte.

Alexander hatte ihm in knappen Zeilen geschildert, dass sie wie eine Gefangene gehalten wurde. Zwischen März und Juni hatte Katharina ihm persönlich geschrieben. Doch danach war plötzlich jeder Briefverkehr ausgeblieben. Vermutlich war das eingetreten, was Katharina in ihrem letzten Brief angekündigt hatte: dass Alexander eingezogen worden war.

Sie hatten abgemacht, dass Katharina flüchten würde, wenn sich eine Gelegenheit dazu ergäbe. Sollte er vorher nichts von ihr hören, würde er sie allerspätestens in den ersten Novembertagen holen kommen. Aber das hatten sie sich im Juni geschrieben. Seitdem war viel Zeit vergangen. Wartete sie immer noch auf ihn?

Ende letzten Monats hatte er Katharinas Bruder trotz aller Vorsicht wieder einen Brief geschrieben, natürlich ohne Absender. Seine Mitteilung war kryptisch genug gewesen, damit die Eltern sich nichts dabei denken konnten, falls sie ihn geöffnet hätten. Dennoch, er hatte keine Antwort erhalten. Julius hatte allerdings auch nicht unbedingt eine erwartet. Sehr wahrscheinlich war Alexander gar nicht vor Ort, um die Information an seine Schwester weiterzuleiten. Der Brief war nur ein verzweifelter Versuch gewesen.

Mitten in der Nacht hatte er sich aus der Potsdamer Villa geschlichen. Mit einer Droschke war er bis nach Berlin hineingefahren und beim Hohenzollerndamm in die erste Ringbahn eingestiegen, die früh morgens fuhr. Bei der Station Gesundbrunnen stieg er aus und lief die letzte Strecke. Nun stand er vor dem Stettiner Bahnhof. Wenn er den frühen Zug nach Stettin erwischte, war er mittags in der Pommerschen Landeshauptstadt und am Nachmittag in Greifenau. Vor dem Krieg hatte man mit einem schnellen Zug in zwei Stunden in Stettin sein können, aber daran war jetzt kaum zu denken. Der Zugverkehr war im Krieg stark eingeschränkt worden. Die wenigen Züge hielten dafür an jedem Kuhstall.

Vor dem Bahnhof standen bewaffnete Posten. Einer der Männer trat an ihn heran und versperrte ihm mit einem Gewehr den Einlass.

»Was wollen Sie?«

»Ich will mir eine Fahrkarte kaufen.«

»Haben Sie Waffen dabei?«

Julius schaute den jungen Soldaten irritiert an. »Natürlich nicht.« Auch wenn ihm einfiel, dass es vermutlich nicht die schlechteste Idee gewesen wäre.

Ein anderer Mann erschien neben ihnen. Er wollte ebenfalls ins Bahnhofsgebäude. Aber im Gegensatz zu Julius wusste er, was die Kontrolle zu bedeuten hatte.

»Heute ist der Jahrestag der Russischen Revolution. Sie kontrollieren alle, damit hier nicht auch so etwas passiert.«

Der Soldat tastete Julius ab und dann den Mann daneben. Julius durfte in den Bahnhof hinein. Es war noch relativ leer. Nur einige Soldaten patrouillierten durch die Halle. Er trat an einen Schalter. Ein müder Beamter saß in einem Kabuff.

»Eine Fahrkarte Erster Klasse nach Stettin.«

Der Beamte rührte sich nicht. Er schaute Julius gleichgültig an. »Heute fahren keine Züge nach Stettin.«

»Wie bitte?!«, brach es empört aus Julius heraus.

»Es gehen keine Züge raus aus Berlin und keine kommen an. Es gibt auch keinen Fernsprechverkehr und es dürfen keine Telegramme geschickt werden.«

»Wieso das denn?«

»Berlin wurde abgeriegelt. Anweisung von ganz oben.«

Julius murmelte einen Abschied und drehte sich um. Er konnte sich denken, warum die Regierung diesen Schritt eingeleitet hatte. Man befürchtete den Ausbruch der Revolution. Und das war wirklich nicht von der Hand zu weisen. Er trat wieder hinaus auf den Vorplatz.

Eine Maronenverkäuferin baute ihren herbeigekarrten Ofen auf. Ein Mann in abgerissener Kleidung trat auf sie zu, gab ihr ein Flugblatt und ging weiter. Er entdeckte Julius, bemerkte seine elegante Kleidung und machte ein abschätziges Gesicht. Dann drehte er sich weg und ging zu einem der Wachposten.

Die ältere Frau schaute kurz auf den Zettel und warf ihn dann fort. Der wehte Julius genau vor die Füße. Ein Flugblatt vom Spartakusbund, der dort seine Forderungen aufgelistet hatte: die Abschaffung der Monarchie und die Übernahme der Macht durch gewählte Räte.

Ein Zeitungsjunge tauchte an einem Ende des Vorplatzes auf. Schon strömten die Menschen zu ihm, als wäre er ein Heilsverkünder. Auch Julius kaufte sich eine Zeitung und überflog die Schlagzeilen.

In München hatte ein Kurt Eisner von der USPD gestern die Volksrepublik Bayern ausgerufen, nachdem der bayerische König Ludwig III. außer Landes geflüchtet war. Die Herrschaft der Wittelsbacher war beendet. Hannover, Köln und Braunschweig waren in den Händen der Revolutionäre. Berlin abzuriegeln erschien ihm plötzlich nicht mehr als abwegige Idee.

Der landesweite Sturz der Monarchie nährte Julius' Hoffnung, dass Ludwig von Preußen in diesem Tumult darauf verzichtet hatte, nach Greifenau zu reisen. Als persönlicher Adjutant seines Onkels musste er ihn doch wohl nach Belgien ins Hauptquartier begleitet haben, oder?

Doch er selbst musste unbedingt nach Greifenau. Nur wie? Er konnte nicht mit einer Droschke nach Hinterpommern fahren. Dafür war es zu weit. Nach Hause konnte er aber auch nicht. Sein Vater würde ihn sofort einsperren. Er könnte zum Lehrter

Bahnhof in Berlin-Moabit fahren. Vielleicht ging von dort noch ein Zug. Oder er fuhr mit dem Schiff über den Hohenzollernkanal über Havel und Oder bis nach Stettin. Eine andere Möglichkeit war, irgendwie nach Frankfurt zu kommen. Und von dort dann ebenso mit einem Schiff die Oder hinauf bis Stettin. Hauptsache, er schaffte es aus Berlin hinaus. Er hatte wahrlich genug Geld dabei. Fragte sich nur, ob er rechtzeitig in Greifenau ankommen würde.

9. November 1918

Konstantin legte seine Hände an Rebeccas Wangen und küsste sie. Sie schaute ihn glücklich an. Als sie ihre Hände an seine Wange legt, fiel ihr Blick auf die neuen Ringe. Sie grinsten sich verschwörerisch an.

Konstantin war genesen. Noch immer war er etwas schwach auf den Beinen. Vermutlich würde er noch Monate brauchen, bis er zu seiner alten Stärke zurückfand. Aber er würde leben, und er würde mit Rebecca zusammenleben.

Der Pastor, der sie gerade getraut hatte, hatte es anscheinend eilig gehabt. Etwas unhöflich hatte er die beiden vor die Tür komplementiert. Erst hier draußen, vor dem Pfarramt, wurde es ihnen bewusst: Sie waren Mann und Frau. Für den Rest ihres Lebens. In guten wie in schlechten Zeiten.

Die letzten Tage hatten sie wie in einem Fieber verbracht. Sie waren so aufgeregt gewesen, nachdem sie das Aufgebot bestellt hatten. Schnell waren sie sich einig gewesen, dass sie nicht in Greifenau heiraten konnten. Erstens sollte Katharina genau an diesem Tag heiraten. Vor zwei Wochen allerdings war die Hochzeit verschoben worden, weil Katharina ebenfalls an der Spanischen Grippe erkrankt war.

Konstantin wollte unbedingt zurück aufs Gut, aber Papa hatte es ihm verboten. Es sollten nicht noch mehr aus der Familie angesteckt werden. Seit seinem ersten Besuch bei Konstantin, nachdem die Grippe ihn niedergestreckt hatte, war er nicht mehr in Rebeccas Wohnung eingetreten. Spät in der Nacht hatte er Dinge vorbeigebracht, oder sogar nur vor die Tür gelegt. Mehrmals hatten Zettel dabeigelegen. Aber dass Katharinas Hochzeit verschoben worden war, hatte bald ohnehin jeder im Dorf gewusst. Konstantin vermutete zudem, dass sein Vater auf der Hochzeit seiner Tochter nicht in Erklärungsnot vor seinem Schwiegersohn kommen wollte. Schließlich war Konstantin nun elf Monate fort gewesen. Alle glaubten, er sei tot.

Der andere Grund, warum sie nicht auf Greifenau heiraten wollten, war, dass Rebecca Konstantins Eltern keine Chance geben wollte, ihnen dazwischenzufunken. Vor allem seine Mutter hätte mit allen Mitteln versucht, sie auseinanderzutreiben. Das war auch Konstantin klar. Und auch, wenn er sich sicher war, dass er sich nicht von seinen Hochzeitsplänen hätte abbringen lassen, hatte er nachgegeben. Rebecca sollte Gut Greifenau als seine Frau betreten, als Gräfin von Auwitz-Aarhayn.

Zum Dritten hatte Rebecca es rundum abgelehnt, sich von Wittekind trauen zu lassen. Was er ihr nicht verübeln konnte. Sie wollte sich ihre glückliche Stunde nicht von diesem Miesepeter verderben lassen.

Überraschenderweise hatte sie aber plötzlich gar nichts mehr dagegen, mit ihm auf dem Gut zu leben. Konstantin hatte gedacht, sie würde sich weigern. Rebecca hatte nur gelacht. Sie habe es sich anders überlegt. Als seine Frau, als künftige Gräfin von Gut Greifenau, könne sie Dinge machen, die sie als einfache Lehrerin nicht durchsetzen könne. Konstantin ahnte, es würde nicht einfach werden. Aber seine Liebe zu ihr und auch zum Gut waren größer, als jeder Streit mit seinen Eltern es werden konnte.

Und so hatten sie in aller Stille in Stargard geheiratet. Sie freuten sich darauf, sich ab sofort nicht mehr verstecken zu müssen. Vor allem Konstantin – sobald er wieder von den Toten auferstanden wäre. Und wenn Mama auch unglücklich über seine Vermählung mit der Dorflehrerin sein würde, so würde das doch hoffentlich von ihrer Freude, ihren Ältesten lebendig in ihre Arme schließen zu dürfen, überdeckt werden.

Sie waren schon gestern Abend nach Stargard gefahren. Rebecca hatte die Schule kurzerhand für einige Tage geschlossen. In Zeiten wie diesen war es eh egal. Im Moment waren alle so angespannt, dass die Pächter ihre Kinder lieber zu Hause ließen. Heute Vormittag waren sie den kurzen Weg von der Pension zum Pastor gelaufen. Doch als sie nun in Richtung der Marienkirche gingen, bemerkten sie eine gewisse Unruhe. Noch immer auf einer Wolke der Glückseligkeit schwebend, schlenderten sie an der Ihna entlang. Doch je mehr Leute um sie herum in den Laufschritt verfielen, desto neugieriger wurden sie.

Als sie im Schatten der großen Kirche standen, bemerkten sie, dass sich die Leute auf dem Marktplatz dahinter sammelten.

»Lass uns schauen, was los ist.« Rebecca wollte eigentlich in die schöne gotische Marienkirche, aber ihre Neugierde siegte. Konstantin wusste auch, wieso. Das Schicksal des Landes änderte sich von Tag zu Tag.

Präsident Wilson hatte erklärt, nur mit einer demokratisch gewählten Regierung Friedensverhandlungen führen zu wollen. Was die Amerikaner forderten, war nichts anderes als der Sturz der Monarchie – einen kolossalen Systemwechsel. Außerdem forderte der amerikanische Präsident, dass Kaiser Wilhelm ausgeliefert und wegen Kriegsverbrechen angeklagt werden sollte. Am 28. Oktober war es zu einer überraschenden Verfassungsänderung gekommen. Das Deutsche Kaiserreich war plötzlich eine parlamentarische Monarchie. Kurz darauf hatte die neue Reichsregierung sogar demokratische Wahlen angekündigt. Ein Paukenschlag – es sollte direkte, freie und allgemeine Wahlen geben! Wahlen, für alle. Gut, niemand sagte etwas davon, dass Frauen ebenfalls wählen durften. Außerdem, wann würden diese Wahlen stattfinden? Wie schnell wäre die demokratisch gewählte Regierung im Amt? Bis dahin konnten noch Monate vergehen. Immerhin nahm heute die deutsche Kommission in Compiègne die Friedensverhandlungen auf.

Eigentlich hätte die Bevölkerung jetzt das Ende des Krieges in Ruhe abwarten können. Doch obwohl, oder vielleicht auch gerade weil dieser Krieg verloren schien, zerriss es das Reich aus dem Inneren heraus. Allerorten kam es zu Arbeitsniederlegungen, Großdemonstrationen, Meutereien und Generalstreiks. Als würde das Volk die Abdankung des Kaisers mit aller Gewalt herbeiführen wollen. Doch der wies jeden Gedanken daran empört von sich und war ins Große Hauptquartier nach Spa gefahren. In den Augen vieler kam das einer Flucht gleich. Feige und unmännlich.

Konstantin kaufte einem Versehrten eine Zeitung ab. Sie suchten sich ein ruhiges Plätzchen am Rande des Marktplatzes und überflogen die Schlagzeilen der Frühausgabe. Wie befürchtet: Es gab Revolution in vielen Städten, Räterepubliken wurden ausgerufen. Ein Kribbeln zog ihm über den Schädel. Nicht, dass es hier so wurde wie in Sankt Petersburg.

»Da, schau.« Rebecca zeigte freudig aufgeregt auf einen Artikel. »Die regierenden Fürsten von Sachsen, Franken und Hessen verzichten auf ihren Thron. Der bayerische König hat abgedankt!«

Konstantin las. König Ludwig III. hatte München überstürzt verlassen. Die Wittelsbacher Monarchie war entthront und der Freistaat Bayern ausgerufen worden. Am gleichen Tag hatte die SPD dem Reichskanzler Prinz Max von Baden ein Ultimatum gestellt. Sie drohten mit Austritt aus der Regierung, falls Kaiser Wilhelm nicht bis heute abdankte.

Die Monarchie – sie bröckelte nicht, sie stürzte wie eine Lawine ins Tal. Nichts konnte ihren Fall noch aufhalten, so schien es wenigstens. Und vom Kaiser? Nichts! Er blieb stumm.

Ein paar Meter weiter schwang sich ein Redner auf einen Leiterwagen. Sie konnten nicht genau hören, was er sagte. Die Menschen drängten sich vor ihm zusammen. Einige jubelten ihm zu. Andere schimpften lauthals. Die Stimmung kochte hoch. Eigentlich hatten sie sich vorgenommen, sich diesen Tag, ihren Hochzeitstag, nicht kaputtmachen zu lassen. Sie wollten ihn ganz für sich alleine haben.

»Lass uns in die Kirche gehen.«

Konstantin nickte Rebecca zu. Ein paar Minuten andächtiges Schweigen würden seine sich überstürzenden Gedanken zur Ruhe bringen.

Sie gingen hinein. Sofort umarmte eine andächtige Stille die beiden. Ruhig schritten sie den Mittelgang hoch und setzten sich auf eine der Holzbänke. Konstantins Blick lief durch die Kapelle empor zu den Glasfenstern, die oberhalb der Sakristei das Sonnenlicht einfingen. Rebecca saß ganz still neben ihm. Sie war nicht ausgesprochen gläubig, und er … Wer diesen Krieg an der Front überlebt hatte, war entweder zutiefst gläubig geworden oder hatte jeden Glauben verloren. Doch hier zu sitzen, mit seiner Frau, die Ruhe gemeinsam zu genießen und daran zu denken, dass der Krieg bald vorbei sein würde und er endlich wieder anfangen konnte zu leben – es war, als wären alle seine Gebete erhört worden.

Auch Rebecca verharrte in Stille. Er hätte schwören können, dass sie Ähnliches dachte wie er.

Langsam wurde ihnen kalt. Sie tauschten einen einvernehmlichen Blick, als die Glocken anfingen zu läuten. Die Marienkirche war eine der wenigen Kirchen, deren Glocken nicht für Kriegsgüter eingeschmolzen worden waren.

Draußen herrschte noch immer ein echter Tumult. Etliche Leute liefen auf den Marktplatz. Nur eine ältere Bauersfrau schlurfte gebückt in die andere Richtung an ihnen vorbei.

»Der Kaiser ist tot.«

»Tot?« Vor Konstantins innerem Auge zogen Bilder von Lynchjustiz auf. Mehr sagte die Alte nicht. Sie machte nur eine wegwerfende Handbewegung und schlich weiter.

Anscheinend gab es frisch gedruckte Zeitungen. Wie Trauben vor der Weinlese hingen die Menschen zu Dutzenden um ein Blatt und lasen. Rebecca und er drängten sich an eine solche Versammlung. Konstantin versuchte, über die Köpfe der anderen hinweg etwas zu sehen, aber vergeblich.

»Nun lest doch laut vor, Himmel noch mal!«, schimpfte ein Mann im Frack, der auch zu weit weg stand, um etwas erkennen zu können.

»Hier, also … Der Kaiser hat abgedankt.«

»Ist er tot?«

»Nö, von tot steht hier nichts. Aber die Monarchie ist tot. Anscheinend hat die SPD in Berlin die Republik ausgerufen.«

Rebeccas Hände krallten sich in seinen Arm. »Republik?«, klang es erst ungläubig. »Republik!«

Sie klang so überrascht, als müsste sie sich erst davon überzeugen, dass sie sich nicht verhört hatte. Die Menschen demonstrierten für das Kriegsende, für gleiches Wahlrecht und für bessere Arbeitsbedingungen. Nur wenige Kräfte forderten tatsächlich das Ende der Monarchie. Den Kaiser zu verlieren erschien undenkbar. Und niemand wollte russische Verhältnisse. Es war schließlich der amerikanische Präsident gewesen, der diese Idee ins Land hineingetragen hatte. Aber für die Menschen hier war es kaum vorstellbar – eine echte Republik, eine vom Volk gewählte Regierung. Und jetzt sollte es plötzlich so weit sein?

»Konstantin. Demokratie!« Sie freute sich so überschwänglich, dass es ihm fast leid tat, dass er da nicht mithalten konnte. Voller Freude umarmte sie ihn und küsste ihn sogar auf offener Straße.

»Konstantin, so sag doch was. Freust du dich denn gar nicht?«

»Doch … schon.« Überzeugend klang das nicht gerade. »Was, wenn es gar keine demokratische Republik ist?«

»Aber es soll doch freie und gleiche Wahlen geben.« Trotzdem wurde Rebeccas Begeisterung gebremst.

Auch Konstantin blieb skeptisch. »Außerdem sollte ich dich warnen. Meine Rückkehr aufs Gut wird angesichts dieser Neuigkeiten vielleicht nicht ganz so gut ankommen, wie du es dir vorstellst.« Kein Zweifel, wenn Rebecca mit seiner Familie auf die Demokratie anstoßen wollte, war der erste große Streit vorprogrammiert.

»Dann warten wir einfach noch ein paar Tage. Jetzt ist es auch egal, ob wir morgen oder in drei Tagen zu deinen Eltern gehen.« Sie hängte sich bei ihm unter. »Komm, lass uns nach Hause fahren. Wir feiern bei mir. Unsere Hochzeit. Deine Rückkehr auf das Gut. Die Republik! Schau doch nur, wir haben uns an genau dem Tag verbunden, an dem der Adel und der nichtadelige Stand sich zu einem Volk verbünden. Das muss doch etwas Gutes bedeuten!«

9. November 1918

Das Frühstück war karg. Muckefuck und zwei Schnitten gräuliches Brot, immerhin mit echter Butter. Julius steckte der Pensionswirtin noch etwas Geld zu. Dafür bekam er einen Becher warme, aber dünne Milch und zwei Schrippen. Echten Kaffee gab es nicht, aber sie machte noch ein Glas Marmelade ausfindig. Er aß reichlich und ließ sich die dick mit Butter beschmierten Brötchen in Papier einpacken. So verließ er am Vormittag die Pension. Der Tag begrüßte ihn mit leichtem Regen. Die Sonne war längst aufgegangen. Trotzdem war es grau und dunkel.

Eigentlich hatte er sehr früh aufstehen wollen, aber die Nacht davor hatte er kaum geschlafen und gestern war er den ganzen Tag in der Stadt herumgelaufen. Müde war er abends ins Bett gefallen. Aber statt wirklich zu schlafen, hatten ihn die schlimmsten Vorstellungen gequält. All seine Ideen, aus Berlin hinauszukommen, waren ins Leere gelaufen. Es hatte keinen Weg aus der Stadt gegeben, es sei denn, man hatte ein eigenes Gefährt. Am Lehrter Bahnhof war es das gleiche Bild gewesen wie am Stettiner Bahnhof. Bis auf einige Güterzüge kamen keine Züge von außerhalb an und es fuhren auch keine aus der Stadt. Unruhig wanderte Julius durch die Straßen, immer auf der Suche nach einer Mitfahrmöglichkeit. Er wollte sogar einen Droschkenfahrer bezahlen, dass er ihn bis nach Küstrin fuhr, aber der lehnte ab. Der Mann hatte Angst, dass er, einmal aus der Stadt raus, nicht mehr hineingelassen wurde. Außerdem sah sein Pferd ziemlich klapprig aus. Spätabends hatte Julius sich eine Pension gesucht. Vielleicht würde sich die Situation über Nacht beruhigen.

Der Gedanke, dass Katharina heute heiratete, machte ihn schier verrückt. Doch noch war nichts verloren. Wenn er sie nur rechtzeitig vor der Hochzeitsnacht rausholen konnte, ließe sich die Ehe immer noch annullieren. Vielleicht aber weigerte sie sich auch einfach strikt, Ja zu sagen. Sie hatte ihm geschrieben, dass sie sich nicht zwingen lassen wolle. Und so, wie er Katharina kennengelernt hatte, glaubte er ihr das.

Trotzdem – solange er nicht wusste, dass sie in Sicherheit war, stand er unter Strom. Die Situation auf den Straßen Berlins trug leider nicht zu seiner Beruhigung bei. Die komplette Stadt schien dem Aufruf zum Generalstreik gefolgt zu sein. Diese brodelnde

Atmosphäre kam ihm vor wie ein Milchtopf, unter dem das Feuer geschürt wurde. Jeder wusste, er würde bald überkochen. Und jeder wusste, es würde schnell gehen. Alle warteten angespannt auf den einen Moment.

Gestern waren zusätzliche Truppen in die Kasernen eingezogen. Jedem Bewohner von Berlin war klar, wieso. Sollte sich die Revolution den Weg brechen, käme es zu einem Blutbad. Niemand konnte sicher sein, dass es nicht genauso werden würde wie in den russischen Städten – Unruhen und Tote, Plünderungen und Gewaltexzesse. Vielleicht aber liefen die Soldaten auch zur Revolution über. In diesen Tagen schien alles möglich. Nichts war zu verrückt, um es sich vorzustellen. Rumänien hatte gestern noch schnell dem Deutschen Reich den Krieg erklärt. Man hätte lachen wollen, wenn es nicht alles so zum Weinen gewesen wäre.

Am Stettiner Bahnhof hieß es, es sollten heute wieder Züge fahren. Aber wann, wusste niemand zu beantworten. Also lief Julius über die Invalidenstraße Richtung Lehrter Bahnhof. Mit jeder Minute schien sich die Menschenmenge auf der Straße zu verdoppeln. Irgendetwas ging vor sich. Dann hörte Julius es:

»Der Kaiser verzichtet auf den Thron!«

Die Rufe hallten laut über die Straßen. Drei Frauen neben ihm debattierten lautstark. Wer würde Wilhelm II. nachfolgen? Würden die Spartakisten nun die Regierung übernehmen? In den letzten Tagen war vielfach über das Einsetzen der Arbeiter- und Soldatenräte spekuliert worden.

Am Lehrter Bahnhof hatte Julius genauso wenig Glück wie danach am Schlesischen und dann am Küstriner Bahnhof. Es gab immer noch kein Hinauskommen aus der Stadt. Wieder lief er in Richtung Stettiner Bahnhof. Wieder wurde er von der Menge praktisch mitgerissen. Wie an einer Schnur gezogen strömte alles zum Reichstagsgebäude. Ganz Berlin war auf der Straße. Sogar Soldaten hatten sich der Menge angeschlossen. Außergewöhnlich viele Matrosen liefen mit, aber auch bewaffnete Zivilisten, Revolutionäre vermutlich. Vereinzelt sah man rote Armbinden. Die Anhänger des alten Regimes, die fein gekleideten Monarchisten in ihren prunkvollen Kutschen, sah man nicht.

Es war schon kurz nach vierzehn Uhr, als Julius den Platz vor dem Reichstag erreichte. Abertausende Menschen hatten sich dort versammelt. Sie standen dicht an dicht und hörten dem Redner zu, der dort auf einem Balkon stand. Philipp Scheidemann, SPD-Politiker, seit Kurzem auch Staatssekretär, und Mitglied der Regierung, erklärte: »Die Hohenzollern haben abgedankt. Sorgt dafür, dass dieser stolze Tag durch nichts beschmutzt werde. Er sei ein Ehrentag für immer in der Geschichte Deutschlands. Es lebe die deutsche Republik.«

Vereinzelte brachen in frenetischen Jubel aus. »Es lebe die Demokratie.« – »Nieder mit der Monarchie.« – »Weg mit dem Kaiser.«

Und über allem tönten die Friedensrufe. Unaufhörlich. Doch insgesamt wirkten die Massen überwiegend misstrauisch, oder nachdenklich, oder auch zweifelnd. Ein Raunen lief durch die Menge. Es war höchstens Erleichterung zu spüren, aber niemand schien wirklich glücklich zu sein. Vielleicht fehlte ihnen auch einfach nur die Kraft nach diesen entbehrungsreichen Jahren.

Julius selbst wurde ergriffen von großer Freude. Die neue Regierung würde diesen Krieg beenden, und endlich könnte er mit seinen Zukunftsplänen durchstarten. Er würde studieren und in wenigen Jahren bei seinem Vater mitarbeiten. Die Unruhe in den Fabriken würde sich legen, und alles würde wieder seinen normalen Gang gehen. Fehlte ihm zu seinem Glück nur noch seine Liebe – Katharina!

Als die Menge sich am frühen Nachmittag endlich in den umliegenden Straßen verteilte, verspürte Julius Hunger. Er ging in ein kleines Café nahe dem Gendarmenmarkt. Vom alten Glanz des Cafés waren nur die polierten Möbelstücke übrig geblieben.

Man servierte ihm einen grässlichen Muckefuck und ein dünn bestrichenes Schmalzbrot. Immerhin war das Café geheizt und er konnte sich aufwärmen.

Zurück auf der Straße waren schon wieder neue Gerüchte zu hören. Scheidemann habe seine Rede nur gehalten, damit ihm die Spartakisten nicht zuvorkämen. Die wollten die Räterepublik ausrufen.

Die Menge wurde wieder dichter. Alles drängte Richtung Schloss. Julius ließ sich mittreiben. Er musste ohnehin dort vorbei, weil er sein Glück erneut am Stettiner Bahnhof versuchen wollte. Jetzt, am Nachmittag, könnten vielleicht die ersten Züge wieder fahren.

Das Berliner Schloss sei erstürmt worden, hieß es schon hundert Meter vor dem Lustgarten. Und als Julius dort ankam, sah er es mit eigenen Augen. Auf dem Balkon, auf dem Kaiser Wilhelm II. so gerne stand und sich von seinem Volk huldigen ließ, stand ein Kommunist. Ein Kommunist! Im kaiserlichen Schloss. Man stelle sich das vor!

Karl Liebknecht persönlich hielt eine schmetternde Rede. Er war wohl durch die jüngste Amnestie des Kaisers für alle politischen Gefangenen aus dem Gefängnis befreit worden. Seine Stimme tönte über die Köpfe der Menschenmenge: »Die Herrschaft der Hohenzollern, die in diesem Schloss jahrhundertelang gewohnt haben, ist vorüber. In dieser Stunde proklamieren wir die freie sozialistische Republik Deutschland.«

Um Himmels willen, was denn jetzt? Demokratie oder Sozialismus? Eine bürgerliche Regierung oder Arbeiter- und Soldatenräte? Das eine schien so greifbar zu sein wie das andere. Heute Morgen noch war er in einer Monarchie aufgewacht. Jetzt lebte er in einer Demokratie, oder vielleicht auch im Sozialismus. Nichts war auszuschließen in diesem Chaos, nicht einmal die Anarchie.

Julius drängelte sich durch die Massen hindurch, überquerte die Spree und lief weiter nordwärts. Er hatte genug gesehen. Er wollte endlich raus aus Berlin. Es brodelte immer heftiger. Alle schienen froh, dass die Monarchie am Ende war. Aber sofort entbrannte der Streit darüber, wie man weitermachen sollte. Die verhaltene Freude über das greifbar nahe Ende des Krieges wich einer allgemeinen Verunsicherung. Die angestaute Wut vermischte sich mit der Nervosität der Massen. Er wäre besser, nicht in der Nähe zu sein, wenn dieses Pulverfass hochging.

Julius erreichte die Chausseestraße. Nun hatte er es nicht mehr weit. Er würde sich auf eine der Wartebänke in der Bahnhofshalle setzen und warten, bis endlich ein Zug fuhr. Es sah keinen Sinn mehr darin, von einem Bahnhof zum anderen zu pendeln. Vielleicht kam er aus der Stadt heraus, aber was nutzte es ihm, wenn er nicht auf direktem Wege Richtung Stettin fahren konnte?

Ein Lastwagen sauste die Straßen hinunter. Ein Dutzend Männer und einige wenige Frauen standen hinten auf der Pritsche oder hingen an den Seiten. Sie jubelten, schwenkten rote Fahnen und schrien: »Es lebe die Republik!« Männer sprangen beiseite und machten ihnen Platz.

Julius wollte gerade in die Invalidenstraße einbiegen, als er vor sich eine Unruhe bemerkte. Die Menschen wichen auseinander, aber nicht schnell genug. Andere liefen an ihm vorbei – ein Trupp Männer mit roten Armbinden. Einige von ihnen waren bewaffnet.

»Sie schießen.« – »Maikäferkaserne.« – »… haben das Tor aufgebrochen.« – »Drei Tote«, schallte es über die Straße.

Die Leute auf dem Bürgersteig gerieten in Panik. Ein großer Mann rannte den Flüchtenden hinterher. Er wich noch gerade einer Frau mit einem Kind aus, dann erwischte er Julius frontal.

Julius wurde zurückgeworfen. Sein Kopf schlug heftig gegen eine Mauer. Der Schmerz war unvorstellbar. Benommen schlitterte Julius an der Mauer entlang, versuchte noch, sich an den Backsteinen festzukrallen. Vergebens. Mit voller Wucht knallte sein Kopf auf das Pflaster. Seine Sinne verschwommen. Die Frau mit dem Kind beugte sich über ihn.

»Meine Eltern … Potsdam …« Er dachte, sie wolle ihm helfen. Stattdessen rissen eifrige Hände ihm den Mantel auf, wühlten durch die Innentaschen. Er wollte die Hände wegdrücken, wollte protestieren, aber seine Welt dämmerte in einen Nebel hinein. Schwärze kam über ihn. Dann war da nichts mehr.

Kapitel 5

11. November 1918

So leise wie irgend möglich stieg Katharina aus dem Bett. Schwester Agathe lehnte schief im Sessel und schnarchte. Sie hatte die arme Krankenschwester in den letzten paar Tagen – und vor allem in den Nächten – ordentlich auf Trab gehalten. Wann immer Agathe Kühne eingeschlafen war, hatte Katharina laut gestöhnt. Zweimal hatte sie sogar aufgeschrien, als wäre sie gerade aus einem Albtraum erwacht, weil die Krankenschwester anders einfach nicht mehr wach zu kriegen war. Die arme Frau war völlig übermüdet. Wenn Katharina es schaffte, kein verräterisches Geräusch zu machen, würde die Krankenpflegerin vermutlich selig bis morgen früh schlafen.

Vorgestern war Katharinas achtzehnter Geburtstag gewesen. Und wenn alles seinen geplanten Gang gegangen wäre, dann wäre sie seit zwei Tagen verheiratet. Doch die Hochzeit war um acht Tage verschoben worden. Mama und auch Papa waren vorgestern kurz bei ihr im Zimmer gewesen und hatten ihr gratuliert. Katharina hatte so getan, als wäre sie kurz vor dem Einschlafen. Müde und schwach, noch recht kränklich. Sie hatten sie nicht weiter belästigt. Heute sollte wieder Doktor Reichenbach nach ihr schauen. Ihre Eltern wollten wissen, ob sie die Hochzeit um eine weitere Woche verschieben mussten.

Doch noch schlummerten Mama und Papa selig. Papa schien seit einiger Zeit selbst krank zu sein. Katharina hatte allerdings den Eindruck, dass sein Leiden nervöser Natur war. Und Mama hatte sich in den letzten Wochen verausgabt. Es war Krieg, und vieles war nicht mehr zu bekommen. Dennoch ließ sie nichts unversucht, die Hochzeit, obwohl nur in kleinem Rahmen, doch so prächtig wie nur möglich zu gestalten.

Als wäre das nicht schon genug Arbeit, hatte sie das Fest verschieben müssen. Die Blumen mussten neu geordert werden, was zu dieser Jahreszeit nicht leicht war. Die Unterstützung aus dem Dorf für die Hausmädchen wie auch für die Küche wurde für die Woche danach reserviert. Der Pastor und alle Besucher mussten unterrichtet werden. Die Kirche war zwar noch nicht geschmückt gewesen, aber alle auf Abruf zu halten, beanspruchte viel Zeit. Mama hatte gestern äußerst ermattet gewirkt. Sicher schlief sie genau so tief und fest wie Schwester Agathe.

Katharina hatte sich in den letzten Tagen ein kleines Bündel zurechtgelegt, das sie in ihrer Kommode versteckt hatte. Gestern Abend, als die Schwester ihre Abendtoilette verrichtet hatte, hatte sie das Bündel im Bett versteckt. Einige Utensilien, ihren Schmuck sowie etwas Unterwäsche und zwei Kleider hatte sie zu einem kleinen festen Knäuel zusammengeknotet. Das Foto von Julius hatte sie sorgsam in ein dünnes Büchlein gelegt. Jetzt zog sie nur ihre Pantoffeln an und schlich im Nachthemd, das Bündel an ihre Brust gedrückt, rüber in Alexanders Zimmer.

Es war kalt dort drin und es sah sehr aufgeräumt aus. Sie hatte Alexander nicht mehr gesehen, seit er im Juli zum Militär eingezogen worden war. Er hatte schon zweimal geschrieben, das letzte Mal von der Westfront. Zwischen den Zeilen war deutlich eine unglaubliche Verzweiflung zu spüren, die er natürlich nicht offen in Worte fassen durfte. Wenn sie nicht an ihre Flucht dachte, dann hoffte sie, dass es Alexander gut ging. Und dass sie sich eines Tages wieder in den Armen liegen würden. Er war ihr einziger Verbündeter.

Sie legte das Bündel in seinen Sessel und kniete sich vors Bett. Im Dunkeln tastete sie nach der Stelle, die Alexander ihr gewiesen hatte. Papiere und ein kleiner, schwerer Beutel. Neugierig zog sie beides hervor. Der Beutel war tatsächlich schwer, offensichtlich enthielt er Münzen. Es war das Geld von Julius, so hatte Alexander es ihr gesagt. Weise vorausschauend hatte ihr Bruder viele verschiedene kleinere Münzen mit hineingesteckt, damit sie nicht auffiel, weil sie mit einem großen Schein bezahlen musste. Der Mond schien nicht besonders hell durchs Fenster, aber ihre Augen hatten sich in den letzten Stunden an die Dunkelheit gewöhnt. Es waren die Briefe, die Julius Alexander geschrieben hatte.

Sie legte sie zu dem Bündel auf dem Sessel. Dann huschte sie rüber ins Ankleidezimmer. Sie nahm einen dicken Pullover und eine Strickjacke aus dem Schrank und zog beides direkt über das Nachthemd. Unten herum kam eine lange Unterhose. Dann griff sie nach einer von Alexanders Hosen. Die Taille war nur etwas zu breit, und mit einem Gürtel und dem in die Hose gesteckten Pullover war es kein Problem. Was allerdings ein Problem war, war die Länge. Sie war nicht klein, aber Alexander war doch deutlich größer. Hastig zog sie die Hose wieder aus und ging hinüber zu Alexanders Kommode. Direkt vorne in der obersten Schublade lag sein Klappmesser. Es war ihr egal, wie es wirken würde. Vermutlich war es gar nicht so dumm, ärmlich und abgerissen auszusehen. Sie schnitt die Hose einfach ab. Das Klappmesser legte sie mit zu ihrem Bündel. Auch das war vermutlich eine gute Idee: sich zu bewaffnen. Sie zog sich noch ein Paar dicke Wollsocken an.

Als sie nun die Schublade wieder zuschob, bemerkte sie ungeöffnete Briefe, die auf der Kommode lagen. Schnell sah sie sich die Absender an. Zwei Briefe von Schulkollegen aus Stettin, die Alexander einmal erwähnt hatte. Ein anderer Brief kam von jemandem, dessen Name ihr nicht bekannt vorkam. Sie kniff ihre Augen zusammen, um den Poststempel besser lesen zu können.

Der Brief war in Potsdam aufgegeben worden. Julius! Der Brief war keine Woche alt. Sie legte ihn zu dem Bündel.

Alexanders Bett war frisch bezogen, obwohl er in der nächsten Zeit nicht zu Hause erwartet wurde. Eilig zog sie den Kopfkissenbezug ab und stopfte das Bündel und alle anderen Sachen in den Bezug. Als Letztes legte Katharina sich das halbe Medaillon um. Sie hatte es über drei Jahre lang versteckt. Jetzt konnte sie die Stunden zählen, bis beide Teile wieder vereint sein würden.

Langsam zog sie Alexanders Zimmertür zu und schlich über die Hintertreppe runter in den Keller. In der Stiefelstube waren alle Schuhe der Herrschaften, die Reisetaschen und Koffer. Sie schaltete das Deckenlicht ein und suchte ihre Reitstiefel. Alle anderen Schuhe waren viel zu fein und zu dünn für dieses Wetter. In einer Ecke fand sie eine lederne Reisetasche, nicht so groß wie ein Koffer, aber neben ihren zusammengepackten Sachen würde noch etwas Essen hineinpassen.

Nebenan in der Kleiderkammer wurden die Mäntel, Mützen, Handschuhe und andere Dinge aufbewahrt, die aktuell nicht angezogen wurden. Sie suchte bei den älteren Sachen. Da war er ja, Mamas alter Wollmantel. Es war praktisch der einzige Wintermantel, der dick war und keinen edlen Pelzbesatz hatte. Ihr eigener Wintermantel war im Zug zurückgeblieben, als Vater sie aus dem Abteil gezerrt hatte. Was Julius wohl damit gemacht hatte? Sie griff sich noch ein Paar Handschuhe, eine Wollmütze und einen Schal. Alles wirkte zusammengewürfelt. Es war sicher besser, nicht allzu fein oder vermögend auszusehen, solange sie alleine unterwegs war. Im Waffenraum lagen die Utensilien für die Jagd. Sie holte sich einen Lederbeutel, in dem die Männer bei der Jagd Trinkwasser mitnahmen.

Ihr letzter Gang ging in die Küche. Natürlich achtete Frau Hindemith darauf, dass abends das Essen weggeräumt wurde. Nur der Kasten mit dem Fliegergitter, in dem das Brot lag, wurde nicht verschlossen. Frech nahm Katharina sich einfach einen ganzen Brotlaib heraus. In der Mitte des Tisches, auf dem die Speisen zubereitet wurden, lagen drei saftige pommersche Kaiseräpfel. Auch die wanderten in die Reisetasche. Sie griff nach der Kanne mit dem Hagebuttentee, der immer frisch gekocht wurde, und füllte ihren Lederbeutel damit. Dann nahm sie sich einen Becher und schüttete etwas hinein. Als sie die Tasse zum Mund führte, fiel ihr Blick auf den Packen mit alten Zeitschriften, der neben dem Ofen lag.

Eilig überflog sie die Schlagzeilen. Matrosenaufstände, landesweite Aufstände, Streiks und Demonstrationen. In Berlin und in anderen größeren Städten war der Teufel los. Und genau dorthin wollte sie jetzt. Trotzdem – sie musste endlich hier verschwinden. Allen Unruhen zum Trotz sollte sie sich nun lieber sputen.

Penibel räumte sie die Zeitungen zurück. Den Blechbecher steckte sie in ihre Reisetasche. Ihre Eltern standen später auf. Vermutlich würde man erst merken, dass Katharina fort war, wenn Schwester Agathe wach wurde. Aber die Dienstboten waren zeitig auf. Hoffentlich würde es niemandem auffallen, dass der Brotkasten so leer war. Ansonsten hinterließ sie hier unten keine Anzeichen ihrer Flucht.

Es würde sicher noch vier oder fünf Stunden dauern, bis es hell wurde. Bis dahin musste sie eine gute Strecke zu Fuß zurückgelegt haben. Natürlich würden ihre Eltern denken, dass sie zum Bahnhof nach Stargard wollte. Und tatsächlich wäre ihr nichts lieber gewesen als das. Doch sie würde ihren Fehler nicht wiederholen. Sie musste zu Fuß nach Stettin. Dort würde sie sich verstecken, bis sie einen Zug fand, der nach Berlin fuhr.

Ludwig und seine Familie sollten in vier Tagen anreisen. Drei Tage später sollte dann der neue Hochzeitstermin sein. Mit unverhohlenem Grimm dachte Katharina daran, dass Mama reichlich Zeit bleiben würde, dem hohen Besuch abzusagen.

Sie ging in den Flur. Mist, der Dienstboteneingang war abgeschlossen. Das hatte sie schon vermutet. Aber sie hatte gehofft, dass der Schlüssel stecken würde. Dem war nicht so.

Katharina lief zurück in den Raum, wo die Schuhe und Koffer aufbewahrt wurden, und schob einen Stuhl unter das hoch gelegene Fenster. Sie öffnete es, hievte ihre Ledertasche hinaus und kletterte dann umständlich, sich an einem Regal abstützend, durch das schmale Fenster.

Noch schneite es nicht. Das Wetter war ihr wohlgesonnen. Es war sehr kalt, aber nicht nass. Sie würde keine Spuren auf den Wegen hinterlassen, sobald sie den Kies des Herrenhauses hinter sich gelassen hatte.

11. November 1918

Vorsichtig räumte Wiebke das Porzellan auf das Tablett und stellte es in den Speiseaufzug. Immerhin hatten sie nur zu zweit gefrühstückt, der Graf und die Gräfin. Trotzdem, wie es nun weitergehen sollte, war niemandem klar.

Als die Komtess krank geworden war, hatte man große Vorsichtsmaßnahmen ergriffen. Niemand durfte mit der Krankenschwester direkten Kontakt haben. Die Tabletts mit ihrem Essen und auch mit dem Essen für die Komtess wurden auf einem Beistelltisch oben neben die Eingangstür abgestellt. Bertha selbst sollte die Tabletts nach oben bringen und wieder abholen, damit das Geschirr erst gar nicht durch mehrere Hände ging. Das versetzte Bertha in große Aufregung. Sie ging praktisch nie in die Herrschaftsräume. Und jetzt musste sie mehrere Male am Tag den Flur durchqueren.

Schwester Agathe hatte strikte Anweisung gegeben: Bertha musste Handschuhe tragen. Das gebrauchte Geschirr wurde gesondert von dem Geschirr der anderen gereinigt. Zuerst wurde es mit kochendem Wasser übergossen, dann mit viel Seife abgewaschen und wieder sehr heiß überbrüht. Es wurde eigens ein Fach freigeräumt, in dem das Geschirr separat aufbewahrt wurde.

Doch all das hatte nichts genutzt. Herr Caspers lag seit zwei Tagen im Bett, und gestern hatte es die Mamsell erwischt. Beide hatten die Spanische Grippe. Heute Morgen dann hatten Ida und Paul sich krankgemeldet. Wiebke wurde sofort ausquartiert in ein anderes Zimmer. Das war die letzte klare Anweisung von der Mamsell gewesen.

Wiebke war überrascht, dass es Ida erwischt hatte, aber sie selbst nicht. Bisher zumindest nicht. Mehr konnte man ja nicht sagen. Wiebke hatte schon einige Erkältungs- und Grippewellen hinter sich, aber so etwas hatte sie noch nie erlebt. Bei Herrn Caspers hatte man praktisch dabei zusehen können, wie er innerhalb von Stunden von unpässlich nahezu todkrank geworden war. Wie sollte man sich da nicht anstecken? Jetzt waren nicht mehr viele übrig, die noch arbeiten konnten.

Albert Sonntag hatte dieses Jahr fast nahezu komplett auf den Feldern verbracht. Jetzt war die Ernte eingefahren. Er reparierte nun all die Dinge im Stall und in der Remise, die in den arbeitsreichen Wochen des Sommers liegen geblieben waren. Er hielt sich nur zu den Mahlzeiten im Haus auf. Nur noch sehr selten musste er seine Kutscheruniform anziehen, um den Grafen oder die Gräfin auszufahren.

Vor dem Krieg war es in der Dienstbotenetage zugegangen wie in einem vor Fleiß summenden Bienenstock. In den letzten Jahren war es ruhiger geworden. Die Zahl der Dienstboten hatte merklich abgenommen. Doch heute herrschte hier unten fast Grabesstille.

Wiebke brachte gerade das schwere Tablett in die Küche, als es an der Hintertür klopfte. Sie öffnete. Der Postbote, der normalerweise die Briefe brachte, war ebenfalls letzte Woche schon erkrankt. Vor ihr stand eine Frau aus einem der Nachbardörfer. Mit ausgestreckten Armen reichte sie Wiebke einige Briefe und die Zeitung.

Als hätte sie sich verbrannt, zog sie eilig ihre Hand zurück und trat nach hinten. »Schönen Tag noch.« Anscheinend war jeder von der Ansteckungsfurcht infiziert. Immerhin wusste man ja, dass es auf Gut Greifenau mindestens einen Krankheitsfall gab.

»Danke.« Schnell schloss Wiebke wieder die Tür. Sie sortierte die Briefumschläge nach Herrschaften und Dienstboten. Meist musste sie gar nicht auf den Empfänger schauen. Man sah es an den Umschlägen, ob sie elegant oder billig waren.

Vielleicht hatte sie ja heute Glück, und ein Brief von Otto wäre dabei. Früher hatte sie sich so sehr über die Briefe von Ida gefreut. Nun lebten Ida und Paul bei ihr, und sie hoffte sehr, dass sie nach dem Krieg auch Otto wieder begegnen würde. Er hatte schon länger nicht mehr geschrieben, genau wie Eugen.

Von Eugen hoffte sie ebenfalls sehnlichst auf einen Brief. Nun waren es schon vierzehn Tage, dass sie keine Nachricht mehr von ihm bekommen hatte. Es war wirklich merkwürdig, wie sehr sie Eugen vermisste. Das wäre ihr früher nie eingefallen, dass sie ihn vermissen könnte. Doch schon bevor er weggegangen war, war ihr klar gewesen, dass er ihr sehr ans Herz gewachsen war. Und nachdem die erste Feldpost von ihm gekommen war, hatte Wiebke ihm zurückgeschrieben. Erst im Namen aller, aber dann immer öfter sehr persönliche Briefe. Auch das hatte sie vermisst, das Briefeschreiben. Jetzt schrieben sie sich mindestens einmal in der Woche. Und das, obwohl Wiebke so gut wie keine Zeit hatte. Aber für ein Dutzend Zeilen, die Eugen den Tag verschönerten und ihm ins Gedächtnis riefen, dass hier Menschen waren, die auf sein Wohlergehen hofften, dafür reichte es immer. Sie hatte ihm nun schon dreimal geschrieben, ohne Antwort zu bekommen. Ein ungutes Gefühl beschlich sie.

»Und, ist ein Brief von Eugen dabei?« Bertha ging an ihr vorbei, schleppte dabei einen Kessel mit Wasser.

Wiebke schien schon alle mit ihrer Sorge um den ehemaligen Stallknecht angesteckt zu haben.

»Nein. Wenn ihm nun was passiert ist? Was, wenn er ausgerechnet in den letzten Kriegstagen gefallen ist?«

Irmgard Hindemith trug zwei schwere Körbe mit Gemüse, als sie die Küche betrat. »Mach dich nicht verrückt. So, wie die Zeiten gerade sind, sind doch Tausende andere Erklärungen möglich.«

»Vielleicht ist er ja in Gefangenschaft geraten. Dann haben die Männer erst einmal anderes zu tun, als Briefe zu schreiben«, sagte Kilian, der nun auch hinzutrat.

Wiebke stieß einen jammernden Ton aus.

»Keine Angst, es gibt viel Schlimmeres an der Front, als in Gefangenschaft zu geraten. Zumal er kein Gefangener der Russen wäre.«

Mittlerweile hatten sich alle an Kilians merkwürdiges Aussehen gewöhnt. Die Nase fehlte nun mal, dafür wurde die rote Narbe auf der Wange allmählich etwas blasser. Sein linkes Bein schleifte er noch immer nach, aber sein Augenlicht wurde besser.

Irmgard Hindemith kam aus der Küche. »Mach dich nicht verrückt. Am wahrscheinlichsten ist doch, dass er bereits auf dem Rückweg ist. Ich habe gehört, dass die ersten Bataillone aufgelöst wurden. Was immer auch sonst in der Welt gerade schiefläuft: Der Krieg ist zu Ende. So, und jetzt lasst uns endlich gehen.« Eilig zog sie sich die Schürze ab.

Sie hatten nur auf Wiebke gewartet – Bertha, Kilian und Frau Hindemith. Sie würden bei der Gräfin vorstellig werden. Es gab einiges umzuorganisieren. Wiebke musste sich nun alleine um die Herrschaften kümmern. Aber wer sollte die Kranken pflegen?

»Ich weiß nicht, ob ich wirklich mitkommen soll«, gab Kilian zu bedenken, als er den anderen die Hintertreppe hoch folgte.

»Natürlich.«

»Ich mein ja nur, wegen dem Gesicht.«

»Aber die Gräfin weiß doch, wie du aussiehst.«

»Immer, wenn sie mich sieht, zum Beispiel wenn ich Holz im Salon nachlege, schaut sie schnell weg oder verlässt den Raum. Ich glaube, ich mache ihr Angst.«

»Nicht du machst ihr Angst. Die Vorstellung, dass so etwas ihren Söhnen widerfahren könnte, macht ihr Angst«, beruhigte Frau Hindemith ihn.

Sie traten ins Vestibül. Im Gänsemarsch gingen sie zur Tür, die zum großen Salon führte.

»Keine Zeit vertrödeln. Wenn hier heute noch irgendwer Essen haben will, müssen wir es kurz machen.« Frau Hindemith strich sich noch mal ihre Bluse glatt.

Aus dem Salon klangen Stimmen nach außen. Die Köchin wollte schon klopfen, als es merklich lauter wurde.

»… nicht aufgepasst. Wie konnte das nur passieren?« Die Stimme des Grafen.

»Aber sie … krank … mir das nicht erklären. Sie konnte kaum das Bett verlassen.« Schwester Agathe schien völlig aufgelöst zu sein.

»… Katharina … mal wieder … an der Nase … so typisch … raffiniertes Biest …« Die Stimme der Gräfin war leiser und schwerer zu verstehen.

Dann wurde es still. Zumindest hörte man nichts mehr. Sollten sie nun rein? Alle schauten sich an. Es drangen keine Stimmen mehr nach draußen. Hier standen sie und vertrödelten wertvolle Zeit. Irmgard Hindemith zuckte mit den Schultern, klopfte und öffnete die Tür.

Der Graf, die Gräfin und Schwester Agathe standen am anderen Ende des Salons. Vorwurfsvoll schwiegen sie sich an.

»Gnädige Frau?«, sagte Frau Hindemith zaghaft.

Gräfin von Auwitz-Aarhayn wandte erschrocken ihren Kopf. Sie entdeckte die kleine Gruppe.

»Kommen Sie rein. Aber bleiben Sie hinten in der Ecke.«

Ihre Stimme klang hysterisch. Zudem schien die Gräfin äußerst verärgert. Anscheinend war etwas Schreckliches passiert, denn alle sahen aus, als wäre ihnen einen Geist begegnet. Bleich und fahl schauten Gräfin und Graf im Zimmer umher. Als müssten sie sich erst fassen, bevor sie mit den Dienstboten sprachen. Die Krankenschwester stand zusammengesunken neben einem schweren Lehnsessel und krallte sich am Leder fest.

Ob etwas mit der Komtess war? Nicht, dass sie in der Nacht gestorben war. Aber hatte Bertha nicht gestern erzählt, dass Fräulein Katharina in den letzten paar Tagen so gesunden Appetit entwickelt hatte? Schwester Agathe schluchzte leise.

Irgendetwas war da doch im Busch. Wiebke konnte sich keinen Reim darauf machen. Oder hatten ihre Herrschaften so große Angst, weil so viele Dienstboten von der Grippe befallen waren? Mit der Influenza war nicht zu spaßen.

»Nun gut, ich denke, wir haben soweit alles besprochen. Bitte gehen Sie jetzt … zurück ins Zimmer der Komtess. Ich komme gleich nach.«

Ein leises »Sehr wohl« folgte der Anweisung der Gräfin. Die Krankenschwester schlich wie ein geprügelter Hund an ihnen vorbei.

Die Komtess, sie war tot! Davon war Wiebke plötzlich felsenfest überzeugt.

Graf und Gräfin sahen sich merkwürdig an. Der Graf strich sich mehrmals mit dem Taschentuch über die Stirn. Die Gräfin schüttete sich selbst einen Port ein und kippte ihn in einem Rutsch herunter.

»Adolphis, du kümmerst dich jetzt besser sofort um die … diese Angelegenheit. Ich mach das hier.«

»Du hast recht, meine Liebe.« Der Graf verließ den Salon durch die Tür in Richtung Bibliothek.

Was immer diese Angelegenheit war, würden sie vermutlich jede Sekunde erfahren. Die Gräfin kam ein paar Meter näher, blieb aber in gebührendem Abstand stehen. Als wären die vier durchsichtig, so starrte sie durch sie hindurch.

»Vermutlich sind so viele krank geworden durch das ganze Rein und Raus für die Hochzeit. All die Lieferanten. All die Pakete aus Stettin und sonst woher. Es war dumm von mir, die Hochzeit nicht noch weiter nach hinten zu verschieben. So dumm. Ich hätte sie direkt in den Dezember schieben sollen.« Die Gräfin sprach, als würde sie mit sich selber reden. »Ich … Wir müssen uns alle einschränken, dann kriegen wir das schon hin.«

Wiebke schaute Irmgard Hindemith an. Die war die Älteste und damit die Wortführerin. Aber auch sie wusste nicht so recht, was sie sagen sollte.

»Gnädige Frau, wenn ich mir erlauben darf. Wir haben uns schon überlegt, wie wir mit der Situation umgehen könnten.«

Jetzt schaute die Gräfin auf. Sie war bleich und ihre Augen flackerten unruhig. »Ja bitte, ich höre.«

»Alle Arbeit, die nicht absolut notwendig ist, lassen wir liegen. Kilian kümmert sich um die Kamine und das Wasser. Fräulein Polzin und ich werden weiter kochen und abwaschen. Aber ich würde darum bitten, dass ich Ihre Menüs einfacher gestalten kann als normalerweise. Ich muss schon für die Kranken eine besondere Schonkost kochen.«

Überraschenderweise nickte die Gräfin dazu, so als hätte sie rein gar nichts dagegen.

»Wiebke wird versuchen, all das zu erledigen, was normalerweise von Herrn Caspers und der Mamsell erledigt wird. Türen öffnen, die Post annehmen, Botendienste und hier in den Räumlichkeiten aufräumen. Und natürlich das, was sie sonst noch von ihren Pflichten erledigen kann. Aber eben reduziert auf die Dinge, die unbedingt erledigt werden müssen. Alles andere muss eben warten, bis alle wieder gesund sind.«

»Das klingt vernünftig.« Der Blick der Gräfin wanderte über die Tapete, als gäbe es dort etwas ganz besonders Interessantes.

»Wir sind … Wir wissen aber nicht, wie wir nun mit den Kranken umgehen sollen.«

Jetzt ruckte der Kopf der Gräfin hoch und sie schien zum ersten Mal interessiert. »Das kann Schwester Agathe übernehmen. Sie hat … Der Komtess geht es besser. Schwester Agathe hat nun Zeit, sich um die Dienstboten zu kümmern. Ich schicke sie nachher nach unten. Dann wird sie mit Ihnen besprechen, wie mit den kranken Dienstboten umgegangen wird. Halten Sie sich bitte alle strikt von ihnen fern.«

Es entstand eine merkwürdige Stille. Niemand sagte mehr etwas. Dann nahm Wiebke allen Mut zusammen.

»Es ist wunderbar, dass es der Komtess besser geht.«

Die Gräfin nickte schwach.

»Und bedeutet das, dass die Hochzeit nächste Woche stattfinden wird, so wie geplant? Also … ich meine, so wie geplant nach der Verschiebung.«

Der Blick der Gräfin ging zu Wiebke, ohne dass sie etwas sagte. Sie schien zu überlegen. Und plötzlich, als hätte Wiebke etwas sehr Unangebrachtes gesagt, polterte sie los.

»Natürlich nicht. Ich kann doch keine Gäste in mein Haus laden, wenn alle meine Dienstboten an der Spanischen Grippe erkrankt sind. Was für eine dumme Gans du doch bist.«

Wiebke murmelte eingeschüchtert eine Entschuldigung. Alle waren angespannt, auch die Gräfin. Kein Wunder, dass bei ihr die Nerven blank lagen. Wichtig war doch nur, dass die Komtess auf dem Weg der Besserung war.

»Und nun gehen Sie. Ich werde Schwester Agathe gleich hinunterschicken. Und achten Sie darauf, so wenig wie möglich Kontakt mit den Leuten aus dem Dorf zu haben. Bis auf Weiteres sind alle freien Tage gestrichen. Niemand geht aus, wenn ich oder der Graf es nicht befehlen. Und sollte es an der Türe klingeln, dann nehmen Sie eins dieser Essigtücher, die auch Schwester Agathe benutzt. Niemand wird hineingelassen. Ich kann das gar nicht ausdrücklich genug betonen. Niemand!«

Ihre Stimme war harsch, ja, fast schon bösartig. Ihr schien das selbst aufzufallen, denn in einem etwas milderen Ton schob sie nach: »Diese erneute Grippewelle ist sehr heftig. Es ist nicht nur so, dass ungewöhnlich viele Menschen erkranken. Es ist auch so, dass ungewöhnlich viele daran sterben. Ich habe es vor zwei Tagen erst wieder in der Zeitung gelesen. Ich habe nur unser aller Wohl im Blick. Je weniger Kontakt nach draußen wir haben, umso besser.«

Alle blieben stehen, bis der Gräfin auffiel, dass sie sie entlassen musste. »Sie können jetzt gehen.«

Kilian, der sich die ganze Zeit hinter Bertha versteckt hatte, drehte sich schnell um und ging als Erster hinaus. Alle anderen folgten ihm. Wiebke hörte kaum zu, was Kilian und Bertha tuschelten. Vielmehr beschäftigte sie die Frage, wie es der Komtess wirklich ging. So nett es auch war, fand sie es befremdlich, dass Schwester Agathe sich nun um die Dienstboten kümmern sollte. Gräfin Feodora war niemand, dem man besonders viel Mitleid oder Nachsicht nachsagen konnte. Warum setzte sie ihre Tochter einer erneuten Ansteckung aus? Das schien ihr überhaupt nicht plausibel zu sein.

11. November 1918

Kurz bevor es hell wurde, hatte Katharina den Madüsee erreicht. Sie lief in Sichtweite der Wasserfläche in Richtung Norden. Sobald sie das Ende des Sees erreicht hatte, musste sie Richtung Westen ziehen. Aber ab da war es kein Kunststück mehr, den Weg nach Stettin zu finden. Eher früher als später würde sie auf eine der größeren Straßen treffen, die in die Landeshauptstadt Pommerns führte.

Ihre Füße taten ihr weh. Die letzten drei Wochen hatte sie mehr oder weniger ausschließlich im Bett verbracht. Sie war müde. Natürlich auch, weil sie die ganze Nacht nicht geschlafen hatte. Doch sie hatte Angst, Rast zu machen. Sie durfte nicht riskieren einzuschlafen.

Das Morgengrauen zeigte sich von seiner schönsten Seite. Es wurde hell, und als die Sonne endlich aufging, strahlte sie an einem fast wolkenlosen Horizont. Ihr Atem zauberte Wölkchen in die Luft. Frostbenetzte Spinnenweben bildeten diamantene Wegweiser. Endlich führte der kleine Feldweg um eine Kurve, und vor ihr lag eine breite Landstraße. Wenige hundert Meter weiter sah sie eine kleine Gruppe von Menschen. Weiter vorne lief ein einsamer Soldat.

Sie zwang sich weiterzugehen. Je länger sie lief, desto mehr Leute sah sie. So langsam machte es den Eindruck, als wären die kleinen Menschengruppen Flüchtlinge. Von wo kamen sie? Wohin wollten sie? Sie musste unbedingt herausbekommen, was in den letzten Wochen passiert war. Schwester Agathe hatte sich zwar einige Magazine von Mama mit aufs Zimmer genommen, die Katharina immer mal wieder überflogen hatte, wenn die Krankenschwester rausging. Aber aktuelle Tageszeitungen waren nicht dabei gewesen.

Nach etwa drei Kilometern kam sie in ein kleines Dorf. Unter der Dorflinde, direkt bei den um den Stamm herum aufgestellten

Bänken, saß eine bunt zusammengewürfelte Gruppe Menschen. Eine ältere Bauersfrau hockte müde auf der Bank, mit ihr ein Mädchen, vermutlich ihre Enkelin. Die Kleine war auf ihrem Schoß eingeschlafen. Auch die Alte schien völlig übermüdet. Sie schaute geradeaus, und ihr Kopf ruckte immer wieder hoch.

Eine Familie, Vater, Mutter und zwei Kinder, saß auf der Bank daneben. Sie sahen abgerissen aus und abgekämpft, aber vor allen Dingen waren alle spindeldürr. Direkt nebendran stand ein hoch beladener Karren. Mehrere Koffer, eine kleine Kommode und das Bettzeug der Familie türmte sich darauf. Auf dem Bettzeug schlief ein Kleinkind. Vermutlich arme Stadtbewohner, die ihr Glück auf dem Lande suchten. Auf einer anderen Bank lag ein Soldat, ausgestreckt, die schmutzigen Stiefel hingen über die Bank. Er schien zu schlafen.

Niemand nahm von ihr oder ihrer merkwürdigen Kleidung – dem eleganten Mantel mit den abgeschnittenen Hosen darunter – Notiz. Katharina setzte sich auf die letzte freie Bank. Verstohlen holte sie das Taschenmesser hervor und schnitt sich ein Stück Brot ab, ohne es aus der Reisetasche zu holen. Verhuscht knabberte sie daran.

Doch ihr Genuss blieb nicht unbemerkt. Die beiden Kinder starrten sie mit großen Augen an, und auch ihre Eltern konnten den Blick nicht vom Brot wenden. Jetzt schien selbst die Alte das zu bemerken und wandte sich zu ihr um. Die Kleine auf ihrem Schoß wurde wach und fing an zu wimmern. Sie war vielleicht drei Jahre alt. Als sie Katharina mit dem Brot sah, streckte sie ihre Arme aus. Sie weinte. Ihre Tränen schienen die Enttäuschung schon vorwegzunehmen. Vermutlich kannte sie es nicht anders. Sie war im Krieg geboren.

Katharina schluckte. Plötzlich schmeckte das Brot fad. Sie hatte zwar Hunger, aber noch gestern Abend hatte sie gut gegessen. Überreichlich sogar. Sie sah in die großen Augen der Kinder. Was hatte sie schon zu verlieren? Julius hatte sie mit reichlich Geld versorgt. Sie würde ohne Probleme bis nach Potsdam kommen. Überhaupt, spätestens heute Abend wäre sie in Stettin. Sie musste sich ein Zugbillett nach Berlin kaufen. Ein paar Stunden im Zug nach Berlin und noch eine Stunde mit der Bahn, dann wäre sie in Potsdam. Dann wären ihr warme Kleidung und bestes Essen sicher.

Sie stand auf und gab der Kleinen das Brot. Die Schnitte war größer als ihre eigene Hand. Die Kleine hörte sofort auf zu heulen. Ein strahlendes Lächeln glitt über ihr Gesicht. Sofort drängelten sich die beiden anderen Halbwüchsigen näher, blieben aber stumm. Es bedurfte auch keiner Worte. Alle wussten genau, was los war. Katharina griff in ihre Reisetasche und schnitt zwei Stück Brot ab. Die beiden rissen es ihr aus der Hand. Den Rest des Brotes teilte sie. Das größere Stück gab sie der Mutter der beiden Kinder, das andere der Alten.

»Gott vergelt's. Gott vergelt's«, dankte die Alte wieder und wieder. Sie segnete Katharina mit allen Gottesgaben.

Auch die Eltern kamen gar nicht aus ihren Danksagungen heraus. Sie bissen zweimal ins Brot, und dann versteckten sie es unter dem Bettzeug. Niemand konnten es fassen, dass ihnen ein so kostbares Geschenk gemacht wurde. Katharina war beschämt. Es war doch nur Brot. Ein bisschen Brot.

Der Soldat wurde wach und stützte sich auf. Er starrte sehnsüchtig auf die Schnitten der Kinder, die sie noch in den Händen hielten. Doch er sagte nichts. Er schaute Katharina an und wusste, es war zu spät. Enttäuscht stand er auf, richtete seinen Mantel und griff seinen schweren Tornister. Humpelnd ging er davon. Katharina blickte ihm hinterher. Er erinnerte sie an Alexander. Hoffentlich ging es ihrem Bruder gut.

Sie wandte sich an den Vater der beiden Kinder. »Woher kommen Sie?«

»Hohensalza, Posen.«

»Und wo wollen Sie hin?« Sie nickte Richtung Karrenwagen. Hatte sie wieder etwas verpasst? Es waren so viele Leute auf der Straße, ungewöhnlich viele.

»Nach Rostock. Dort wohnt der Bruder meiner Frau.«

»Fliehen Sie etwa?«

Ein mürrisches Mundzucken verriet seinen Unmut. »Noch kann man nicht davon reden, dass die Leute fliehen. Aber die Polen machen sich schon verdammt breit in der Stadt. Und riskieren eine dicke Lippe. Jetzt, da man ihnen ihr eigenes Königreich versprochen hat. Ich geh lieber, bevor sie mich rausschmeißen. Meine Arbeit in einer Sägemühle hab ich schon letztes Jahr verloren. Jetzt hoffe ich, in Rostock was zu finden. Mein Schwager hat gute Kontakte. Aber was macht ein Fräulein wie Sie so ganz alleine auf der Straße?«

Was sollte sie antworten? Am besten blieb sie bei dem, was sie kannte. »Ich … ich suche auch nach Arbeit. Meine Gutsherren sind … gestorben.« Schnell das Thema wechseln. »Ich habe in den letzten Wochen nicht viel mitbekommen. Was ist los im Land?«

Er schaute sie mit einem merkwürdigen Blick an. »Ich hab ja schon davon gehört, dass man hier in Hinterpommern immer etwas später dran ist mit den Neuigkeiten, aber dass der Krieg aus ist, das wissen Sie doch wohl.«

Sie schaute ihn mit großen Augen an, sagte aber nichts.

»Der Kaiser hat vorgestern abgedankt.«

Katharina schnappte nach Luft. »Abgedankt?«

»Abgedankt. Und es gibt Waffenstillstandsverhandlungen.«

»Aha«, Katharina traute sich kaum, ihre nächsten Worte auszusprechen, aber sie musste es wissen: »Haben wir wenigstens gewonnen?«

Er schaute sie mitleidig an und presste seine Lippen aufeinander.

»Also verloren, was?« Und Ludwigs Onkel hatte abgedankt. Jetzt musste sie doch leise grinsen. Kaum auszudenken – wenn sie sich nicht krank gestellt hätte, wäre sie nun mit einem Prinzen verheiratet, der keiner mehr war. Das hatte sie fein hingekriegt.

11. November 1918

»Und? Bist du aufgeregt?« Konstantin drückte Rebeccas Hand ganz fest, als hätte er Angst, sie würde weglaufen.

»Da fragst du noch? Ich glaube, in meinem ganzen Leben hat mein Herz noch nie so schnell geschlagen.«

»Ich habe selbst ein wenig Angst, wenn ich mir vorstelle, was gleich passieren könnte. Meine Mutter wird vermutlich geschockt sein. Ich weiß nur noch nicht genau, weshalb sie mehr geschockt sein wird: wegen dir oder weil ich noch lebe.«

Ihr Blick lief die Auffahrt hoch bis zum Herrenhaus. Eine Droschke hatte sie vom Stargarder Bahnhof hergebracht und hier abgesetzt. Es war früher Nachmittag.

»Vermutlich sitzen sie gerade beim Tee.«

»Tee und Gebäck und ein auferstandener Sohn.« Rebecca wollte sich selbst Mut machen. Ihr war klar, was nun auf sie zukommen würde. Zumindest dachte sie das. Ob ihr wirklich die Dimension bewusst war, was es bedeutete, als Frau Gräfin hier einzuziehen, würden erst die nächsten Monate zeigen. Zwar war sie schon seit zwei Tagen Gräfin von Auwitz-Aarhayn, aber niemand wusste es. Auf der Straße sah man ihr den Titel nicht an.

»Komm.« Es würde nicht leichter werden, wenn sie draußen stehen blieben. Konstantin schwieg, als sie den Kiesweg hochliefen. Bedächtig stieg er die Stufen der Freitreppe hoch. Schon zweimal hatte er gedacht, dass er möglicherweise nie wieder hier hochgehen würde. Das erste Mal, als er im Trommelfeuer gelegen hatte. Und das zweite Mal nach dem Mordversuch. Er drückte auf die Klingel. Nervös räusperte er sich und versuchte ein aufmunterndes Lächeln in Richtung Rebecca.

Die Tür ging auf. Aber es war nicht Herr Caspers, der öffnete. Es war Wiebke, eines der Stubenmädchen. Die rothaarige Frau schaute ihn an, erkannte ihn und riss ihre Augen auf. Sie sah aus wie vom Blitz getroffen. Ihr Mund klappte auf und zu. Dann fing sie an zu hecheln, sodass Konstantin Angst bekam, sie würde jeden Augenblick umfallen. »Graf Konstantin. Graf … Herr Graf … Sie leben ja!«

»Wir gehen am besten einfach rein«, ermunterte er Wiebke.

»Gnädiger Herr … Gnädiger Herr«, stammelte sie. »Ich sag Bescheid … gleich Bescheid … Ihr Vater … Ihre Frau Mama.« Sie bekam kaum noch Luft, so sehr japste sie.

»Wir warten so lange im Salon«, sagte er mit einer beruhigenden Stimme. Das Hausmädchen lief davon.

Grinsend drehte er sich zu Rebecca. »Nun weißt du, was uns erwartet.«

Er führte seine frischgebackene Ehefrau in den Salon. Hier hatte sich nichts verändert. Es sah aus wie immer. Er stellte die zwei Reisetaschen beiseite, mit denen sie unterwegs waren. Aber weder er noch Rebecca wollten sich setzen. Sie waren viel zu aufgeregt. Konstantin ging auf und ab, während Rebecca sich umdrehte und alles in sich aufsog. Sie schaute sich ihr neues Zuhause an.

»Doch kein Tee und Gebäck«, sagte Rebecca nervös.

Schon flog die Tür auf. Mama stürzte herein, blieb kurz stehen, um zu schauen, ob es wirklich wahr war, was sie da sah. Dann stürzte sie ihm in die Arme.

»Konstantin, mein Junge.« Sie klammerte sich fest, drückte ihn heftig, hielt ihn dann von sich weg, konnte kaum glauben, was sie sah. Wieder riss sie ihn in die Arme.

»Du lebst … Mein Junge … Mein Sohn.« So ging es weiter. Sie konnte es einfach nicht glauben. Sie schluchzte herzerweichend. »Mein geliebter Sohn.«

Papa kam herein. Er wirkte etwas derangiert. Natürlich wusste er, dass Konstantin noch lebte. Aber vor seiner Frau musste er wenigstens ein kleines Theater aufführen.

»Konstantin, mein Sohn. Ich habe nie geglaubt, dass du tot bist. Ich habe nie die Hoffnung aufgegeben.« Er lallte.

Mama gab Konstantin frei, und Papa umarmte ihn jovial. Er hatte eine Fahne. Sein Schweiß roch scharf.

»Konstantin, wo warst du nur?«, fragte seine Mutter.

»Mama, Papa. Ich darf leider nichts erzählen. Ich war im Auftrag des Kaisers unterwegs, in einer Geheimmission.«

»Im Auftrag des Kaisers?« Mama schaute ihn mit großen Augen an. Sobald Papa ihn aus seinen Armen entließ, drückte sie ihn wieder an sich. »Ach, Konstantin. Hättest du uns nicht wenigstens einen geheimen Brief schicken können? Ich bin umgekommen vor Trauer.«

Konstantin fühlte sein Herz erwärmen. Seine Mutter hatte anscheinend sehr um ihn getrauert. Bisher war sie ihm nicht durch große Herzensgüte aufgefallen. Offenbar hatte er sich geirrt.

»Mama, es war unerlässlich, dass ich in größter Geheimhaltung reise. Es tut mir wirklich sehr leid, dass ich nichts sagen durfte.«

»Aber wo warst du denn?«

»Nicht einmal das darf ich verraten.«

»Warst du wieder in Sankt Petersburg?«

»Nein, ich war die ganze Zeit über im Kaiserreich, aber mehr Details kommen mir nicht über die Lippen.«

Mama schüttelte ihren Kopf, nahm Konstantins Gesicht in beide Hände und küsste ihn stürmisch auf die Wangen. Erst jetzt fiel ihr Blick hinter ihn. Sie hatte Rebecca entdeckt.

»Frau Kurscheidt?!« Ihre Stimme klang fragend. Sie ließ sein Gesicht los und trat zurück.

»Mama«, er ergriff ihre Hände. »Es gibt noch mehr Neuigkeiten.« Sie schaute ihn neugierig an.

»Ich habe geheiratet.«

Mama verzog das Gesicht, versuchte ein Lächeln, scheiterte. Ihr Blick wanderte zu Rebecca, zu ihm, zurück zu Rebecca. Ihr Geist versuchte zu verstehen, was ihre Augen sahen.

»Wen hast du geheiratet?« Ihre Stimme zeigte deutlich, dass sie nicht gewillt war, das zu glauben, was so offensichtlich war.

Konstantin ließ ihre Hände los und nahm eine Hand von Rebecca. Die trat einen Schritt vor und stand genau vor der Gräfin.

Mama schnappte gefährlich nach Luft. Doch sie sagte nichts.

»Gräfin von Auwitz-Aarhayn. Ich weiß, ich bin nicht die Schwiegertochter, die Sie sich gewünscht haben. Aber wir beide, Konstantin und ich, wir lieben uns schon lange. Und ich werde Ihrem Sohn eine gute Frau sein, das verspreche ich.«

Seine Mutter fixierte Rebecca. Sie war so konsterniert, dass ihr die Worte fehlten. Ihr Oberkörper bewegte sich heftig unter ihren Atemzügen. Es war die einzige Regung, die sie zeigte.

»Mama?« Seine Mutter blieb immer noch stumm. Konstantin schaute zu seinem Vater. Natürlich war es für ihn keine Überraschung. Weder dass sein Sohn lebte, noch dass er mit der Dorflehrerin zusammen war. Trotzdem starrte auch er seinen Sohn an.

»Ihr habt also geheiratet?« Aus Vaters Worten sprach die Missbilligung. Er wusste, dass eine Verbindung zwischen den beiden nahegelegen hatte. Aber er hatte wohl immer gehofft, dass es letztendlich nicht dazu kommen würde. Und schon mal gar nicht so unangekündigt.

Papa drehte sich weg und ging zu dem Globus, in dem die Glasflaschen standen. Es waren weniger als vor dem Krieg. Ohne darauf zu achten, wonach er griff, nahm er die erstbeste Flasche heraus und goss sich ein volles Glas ein. Dunkelrot, wie geronnenes Ochsenblut, vermutlich Port. Er trank es fast wie Wasser.

Dann wankte er zur Klingel und rief nach einem Dienstboten. »Dann sollten wir das …« Doch als hätte er es sich anders überlegt, ließ er sich wenig elegant in einen Ledersessel fallen.

Konstantin kam es vor, als wäre die Zeit stehengeblieben. Mama sagte immer noch nichts, setzte sich aber jetzt. Sie starrte vor sich hin, immer noch heftig atmend. Ihr war anzusehen, was ihr alles gerade durch den Kopf ging.

»Ist Katharina nicht da? Wo ist sie?« Konstantin wollte unbedingt die Atmosphäre etwas auflockern.

»Deine Schwester … sie ist …« Papa sprach nicht weiter.

Irgendetwas war passiert, was sie beide nicht über die Lippen brachten.

»Tot. Verbrannt!«, sagte Mama trocken wie verdorrtes Gras.

»Für uns ist sie gestorben«, erklärte Papa. »Sie ist nicht tot, sie ist … weggelaufen.«

»Weggelaufen?«

»Vor ihrer Hochzeit.«

»Weg? Wohin?«

Mama starrte noch immer auf den Boden vor sich. Anscheinend weigerte sie sich, diese Worte auszusprechen.

»Heute Nacht. Niemand weiß davon. Fast niemand. Ihr dürft es niemandem erzählen!«

»Aber Ludwig von Preußen. Was ist mit ihm? Er wird es doch erfahren müssen.«

Mama schluchzte laut auf.

Papa trank den Rest des Ports in einem Zug aus und fuchtelte mit dem leeren Glas durch die Luft. »Er wird es schon noch erfahren. Früh genug. Vermutlich früher, als es uns lieb ist.«

Konstantin wartete auf eine Erklärung. Aber da kam nichts mehr. Papa wischte sich mit einer Hand übers Gesicht. Sie blieb über seinen Augen liegen. Mama schmiss sich in die andere Ecke des Sofas und schluchzte ins Kissen.

Wiebke, das rothaarige Stubenmädchen, trat ein. Niemand sagte etwas. »Sie haben geläutet?«

Papa drehte sich zu ihr, sah sie und wandte sich unwirsch ab. »Es ist … nichts. Gehen Sie wieder.«

Sie ging zwei Schritte rückwärts und schloss schnell die Tür. Eine unangenehme Stille, durchbrochen durch leise Schluchzer, legte sich über den Raum. Rebecca knabberte unsicher an ihrer Unterlippe. Für einen Moment wusste Konstantin nicht, was er sagen sollte. Er musste das Gespräch zurück auf sicheres Terrain bringen.

»Wo ist Herr Caspers? Und wo Mamsell Schott?«

»Krank. Sie sind beide krank. Die halbe Dienerschaft ist krank.« Mama schluchzte bitter lachend auf. »Und ich hab erst gedacht, sie hätten sich alle bei Katharina angesteckt. Dabei hat sie nur gelogen. Sie hat uns alle belogen.«

Dann fiel ihr Blick auf ihren Sohn. »Genau wie du. Du hast mich auch belogen.« Ihr Blick wanderte weiter zu Rebecca. »Belogen, und enttäuscht.«

»Mama!« Sein Ton war warnend.

Doch seine Mutter wischte seinen Einwand weg. »Ihr beide, ihr habt mich beide verraten. Katharina genau wie du. Heiratest diese …« Mit ihrem Kinn deutete sie auf Rebecca.

»Mama!« Konstantin würde ihr das nicht durchgehen lassen. »Bedenke, Rebecca ist jetzt meine Frau. Mit allen Ehren und Titeln, die dazugehören.«

»Ehre und Titel«, sprang Papa seiner Frau bei. »Als würde dir das etwas bedeuten. Der Adel, unser Stand, er geht nieder. Du bist einer von denen, die dafür gesorgt haben, dass es so kommt.«

Mama nickte zustimmend. »Wäre das nicht in Russland passiert, was passiert ist. Wäre nicht der Zar auf so schmähliche Art davongejagt worden, ich könnte mir nicht denken, dass die Entwicklung im Kaiserreich die gleiche wäre wie jetzt.«

»Papa, du weißt genau, was ich Rebecca verdanke«, zischte Konstantin leise.

»Was du ihr verdankst? Was du ihr verdankst?« Er wurde immer lauter.

Mama schaute Papa überrascht an. »Was meint er damit? Was verdankt mein Sohn der Dorflehrerin?«

Rebecca trat vor. »Ihr Sohn ist schon länger wieder in der Gegend. Aber er war krank. Deshalb habe ich ihn gepflegt. Er hatte die Spanische Grippe. Er wäre fast gestorben.«

Mama sprang fast zurück. »Die Spanische Grippe? Aber wieso bist du nicht zum Gut gekommen?«

Niemand sagte etwas.

Fahrig strich sich Mama die Haare aus dem Gesicht. »Ich verstehe nicht ganz. Sie haben ihn gepflegt? Wo denn?«

»In der Wohnung des Schulgebäudes.«

»Bei Ihnen, in der kleinen Kammer? Wieso? Wieso ist er nicht hierhergekommen? Hier hätte er es doch viel bequemer gehabt.« Mama schaute indigniert vom einen zum anderen. »Und niemand wollte mir sagen, dass mein Sohn noch lebt?« Sie war sehr erbost. »Adolphis, wusstest du davon?«

Papa ging zu den Flaschen und goss sich nach. »Feodora … Liebes. Wir wollten nicht, dass du dich aufregst.«

Anscheinend wurden Mamas Knie weich, denn sie musste sich setzen. »Monatelang habe ich mit mir gehadert, habe gedacht, du seist verschollen, würdest verletzt im Wald liegen, alleine in der Kälte.«

Mamas Hände krallten sich in die Polster. Sie schaute ihn stumm an. So als würde sie angestrengt über etwas nachdenken. Sie blickte zu ihm, zu Rebecca, wieder zu ihrem Sohn. Sie verschränkte ihre Finger ineinander, als wäre das der letzte Halt.

»So froh ich auch bin, dass du immer noch lebst: Ich merke gerade, dass ich dir nicht vergeben kann. Wenn du wenigstens jetzt den richtigen Weg eingeschlagen hättest. Aber jede deiner Taten macht es nur noch schlimmer.« Ein kurzer Blick ging zu Rebecca. »Vermutlich hatte deine Geheimmission auch zur Folge, dass der Kaiser abdanken musste. Du bist so wenig mein Sohn, dass ich mir gar nicht mehr vorstellen kann, wie du in diesem Hause groß geworden sein sollst. Es scheint nicht einen Wert zu geben, den wir teilen. Nicht einen einzigen. Und all dein Handeln scheint nur darauf angelegt zu sein, mich zu demütigen oder zu verletzen.«

»Mama … nicht!« Konstantins Stimme klang flehentlich.

»Ich möchte nichts mehr mit dir zu tun haben. Für mich bist du ebenso tot und verbrannt wie Katharina.«

Seine Mutter drehte sich um, und ohne ihn noch einmal anzusehen, ging sie einfach hinaus.

Rebecca knetete nervös ihre Hände. Dass es so schlimm werden würde, damit hatten sie beide nicht gerechnet. Papa schaute ihn mit glasigen Augen an. Er lallte, aber seine Gedanken waren erstaunlich klar.

»Bist du so dumm, dass du dir nicht vorstellen kannst, wie sehr du deine Mutter damit getroffen hast? Ausgerechnet jetzt, wo Katharina ihr schon das Messer ins Herz gebohrt hat.«

»Aber ich wusste doch nicht …«

»Völlig egal«, wischte Papa seinen Einwand weg. Er stand auf und wankte hinüber zum Globus. Wieder goss er sich ein Glas randvoll. Er drehte Konstantin den Rücken zu und schaute aus dem Fenster.

Rebecca fasste ihn am Arm. Sie wisperte etwas, fast lautlos. Konstantin verstand nicht, was sie ihm sagen wollte. Anscheinend war sie genauso ratlos wie er. Aber es waren seine Eltern. Er musste etwas unternehmen.

»Papa!«

»Lass mich. Lass mich in Ruhe. Geh. Geht wieder dahin, woher ihr hergekommen seid.«

»Vater?«

Der Graf drehte sich zu ihm um. »Mit der Hochzeit hast du genau das getan, was wir eigentlich vermeiden wollten. Mama hat ihren ältesten Sohn wiedergefunden und ihn sofort wieder verloren. Jetzt muss sie doch zweimal um dich trauern.«

»Sie wird sich schon wieder beruhigen.«

»Sie wird sich schon wieder beruhigen? Sie wird sich schon wieder beruhigen! Du Narr«, schrie er nun. »Das ist doch keine Lappalie! Du bist der älteste Sohn des Gutes. Und ausgerechnet du heiratest eine Bürgerliche! Hast du mir nicht in die Hand geschworen, alles zu tun, was für das Gut förderlich ist?«

Rebecca trat vor und wollte etwas sagen. Aber Papa fuhr ihr über den Mund.

»Sie halten gefälligst den Mund. Sie glauben vielleicht, Sie wären jetzt Gräfin von Auwitz-Aarhayn. Aber Sie sind es nicht. Und Sie werden es auch nie werden.« Er drehte sich wieder zu Konstantin: »Wenn ich nur gewusst hätte, dass du so naiv bist. Dass du nicht weißt, wohin du gehörst.«

»Ich gehöre zu Rebecca.«

»Nein, das tust du nicht. Du gehörst hierher. Und sie gehört nicht hierher. Was ist daran so schwer zu verstehen?« Wütend schmiss er das volle Glas gegen die Tapete. »Die Pächter haben sich gegen mich erhoben. Wusstest du das? Nein, das wusstest du natürlich nicht. Und wenn, würde es dich wahrscheinlich nicht interessieren. Vermutlich findest du das sogar gut.«

Er goss sich einfach ein neues Glas ein.

»Dir und deiner Schwester, euch ist überhaupt nicht klar, was es bedeutet, dieses Gut aufrechtzuerhalten. Soll ich dir was sagen – wir sind bis über beide Ohren verschuldet. Was überhaupt kein Problem gewesen wäre, wenn Katharina Ludwig geheiratet hätte. Aber sie hat sich davongestohlen, mitten in der Nacht. Und du bist nicht besser. Ihr beide habt uns verraten. Ihr beide habt unseren Stand verraten. Und unser gesamtes Gut damit. Eure anderen Geschwister, die Dienstboten, die Menschen, die auf uns angewiesen sind. Alle. Du hast alle verraten. Und vor allen Dingen hast du mich und deine Mutter verraten.«

Konstantin wollte etwas sagen, aber Rebecca legte ihm eine Hand auf den Arm.

»Ja, stehen Sie ihm nur ruhig zur Seite. Denn Sie sind die Einzige, die ihm noch bleibt.« Mit dem spitzen Zeigefinger deutete er auf Konstantin, als wollte er ihn erdolchen.

»Ich verweigere dir hiermit die Übernahme des Hofes. Der Hof soll an Nikolaus gehen. Oder von mir aus auch an Alexander. Es ist mir egal, aber du hast ihn nicht verdient. Du hast ihn verraten. Erst hast du den Zaren verraten und jetzt uns. Raus mit dir. Ich will dich nicht mehr sehen.« Sein Gesicht war rot angelaufen, seine Augen sprangen fast heraus. Konstantin hatte seinen Vater noch nie so wütend gesehen.

Er war wie erstarrt. Er spürte Rebeccas Hand, die ihm über den Rücken streichelte. Sein Adamsapfel hüpfte hoch und runter. Sein Vater schmiss ihn raus. Sein Vater verwehrte ihm sein Erbe. Seinen Lebenssinn. Es gab keine Zeit, keinen Tag und keine Stunde, in der er je daran gezweifelt hatte, dieses Gut einmal zu übernehmen. Aber ein Leben ohne dieses Ziel war ohne jeden Sinn. Er verstand es nicht. Er konnte es nicht verstehen. Wie sollte er weiterleben?

»Konstantin!« Rebeccas Stimme drang langsam an sein Ohr. »Lass uns gehen.«

»Nein. Ich kann nicht gehen. Das hier ist mein Zuhause. Das hier ist mein Leben.«

Papa drehte sich zu ihm. »Verräter. Als hätte ich Oberst Redl zum Sohn. Du hättest mich kaum mehr schmähen können.«

»Ich werde nicht gehen.«

»Raus mit euch«, schrie sein Vater plötzlich. »Raus!« Mit voller Wuchte schmiss er sein Glas in Konstantins Richtung. Er verfehlte ihn nur um Haaresbreite.

Rebecca griff nach den beiden Reisetaschen. »Konstantin, komm!«

»Geh mit deiner Frau, der Sozialdemokratin. Da gehörst du jetzt hin, Herr Graf von und zu Verräter.«

Papas verächtliche Stimme hallte noch in seinen Ohren, als sie die Freitreppe schon längst hinter sich gelassen hatten.

11. November 1918

Endlich konnte sie Stettin sehen. Vor ihr lag das Marschland zwischen der Westoder und der Ostoder. Bisher war sie immer mit dem Zug nach Stettin gefahren. Jetzt würde sie zum ersten Mal das breite Flusstal mit seinen zahlreichen Flussinseln zu Fuß überqueren.

Katharina war unglaublich müde. Ihre Füße taten weh, und sie hatte sich eine Blase gelaufen. Seit mehr als fünfzehn Stunden war sie nun unterwegs und die Dämmerung würde bald einsetzen. In der Dorfschenke hatte sie eine warme Milch getrunken und an der Dorfpumpe ihren Wasserbeutel aufgefüllt. Erst als sie aus dem Dorf hinaus war, holte sie einen Apfel hervor. Sie hatte noch etliche weitere Dörfer durchquert, die beiden anderen Äpfel gegessen und mehrmals ihren Wasserbeutel nachgefüllt. Jetzt war sie erschöpft. Am Bahnhof konnte sie sich sicherlich etwas zu essen kaufen. Dann würde sie auf einen Zug warten. Das Schlimmste war geschafft. Bald würde sie in Julius' Armen liegen.

Je näher sie an die Stadt herankam, desto mehr Leute waren auf den Straßen unterwegs. Viele waren Bauersleute, die zum

Markt wollten oder in der Stadt etwas einkaufen mussten. Soldatentrupps, die sich nach Hause schleppten. Nicht so fröhlich, wie Katharina am Kriegsende erwartet hätte. Aber die Hälfte von ihnen schien verwundet, und die anderen halfen den Kameraden. Katharina fiel nicht auf zwischen all den anderen Menschen mit ihren dicken Bündeln oder bepackten Karren.

Der kleine Fels am Wegesrand kam ihr gerade recht. Sie stellte die Reisetasche ab und setzte sich. Gierig trank sie die letzten drei Schlucke Wasser. Nur noch wenige Kilometer, und sie hätte es geschafft. Abgekämpft und müde fühlte sie trotzdem einen großen Stolz. Sie war aus ihrem Gefängnis und einer schrecklichen Zukunft entflohen. Vor ihr lag ein Leben mit Julius, der ihr alle Träume erfüllen würde. Was waren dagegen müde Beine und eine kleine Blase am Fuß? Der Eingang ins Paradies war nur noch wenige Stunden entfernt.

Gerade, als sie den Trinkbeutel zurück in ihre Reisetasche tat, sah sie ihn. Katharina kniff die Augen zusammen. Doch ja, sie hatte sich nicht getäuscht. Die Gestalt auf dem Pferd – das war Thalmann, der Gutsverwalter von Greifenau. Er ritt an drei Frauen vorbei, denen er ins Gesicht schaute. Offensichtlich war keine der drei die Grafentochter. Sofort gab er seinem Pferd die Sporen.

Verdammter Mist. Sie fluchte leise und stand schnell auf. Gerade eben war eine Frau mit drei Kindern an ihr vorübergezogen. Das älteste Kind, ein etwa siebenjähriges Mädchen, zog angestrengt einen kleinen Karren. Die Mutter hatte einen Säugling auf dem Arm, das mittlere Kind ging neben ihr.

»Soll ich Ihnen helfen? Ich kann es eine Weile tragen.«

Die Frau schaute überrascht hoch. Ein Hilfsangebot – nichts, mit dem sie gerechnet hatte. Sie blickte auf ihr Baby, dann auf Katharina und ihre Reisetasche. Sie schnaufte einmal tief durch, dann sagte sie ohne große Emotionen: »Legen Sie Ihre Tasche auf den Karren.«

Sie übergab Katharina den Säugling und griff selbst nach dem Karren. Die Siebenjährige war froh, den Karren nicht mehr ziehen zu müssen. Katharina nahm das Baby behutsam auf den Arm. Dann ging sie dicht neben der Frau weiter.

Thalmann beachtete die kleine Gruppe überhaupt nicht. Zwei vor Gram gebeugte Frauen, drei Kinder und ein voller Karren. Nichts, was er mit der Komtess in Verbindung brachte. Er ritt zügig an ihnen vorbei.

»Warum tun Sie das? Warum helfen Sie mir?«

»Wir haben den Krieg verloren. Wenn wir uns nun nicht gegenseitig helfen, dann sind wir alle verloren.«

Die Frau schien immer noch nicht überzeugt von Katharinas Selbstlosigkeit. »Ich hab nichts zu essen, das ich Ihnen geben kann.«

»Ich komm schon zurecht.« Und genau das entsprach ihrer tiefen Überzeugung.

Thalmann ritt weiter, bis er schließlich zu einem kleinen Punkt am Horizont wurde. Natürlich würde ihn sein Weg zum Bahnhof führen. Ob er dort auf sie wartete? Mit dem Pferd kam er nicht auf den Bahnsteig. Und es wäre mehr als dumm, das Pferd unbeaufsichtigt draußen anzubinden. Würde er einen Stall finden, es dort lassen und auf dem Bahnsteig auf sie lauern? Vermutlich. Aber nun war sie gewarnt.

Zwei Stunden später stand sie vor dem Bahnhof. Sie sah kein Pferd und sie sah keinen Thalmann. Trotzdem hatte sie von der Frau eine alte Wolldecke abgekauft, die sie um Kopf und Schultern schlang. Ihr Gesicht war kaum zu erkennen.

Ihre Glückssträhne hielt an. Sie erfuhr, dass der Reiseverkehr stark eingeschränkt war und es im Moment täglich nur noch eine Verbindung nach Berlin gab. Eigentlich sollte der Zug schon längst weg sein. Aber man wartete noch auf Kohlenachschub, damit die Lok es überhaupt bis Berlin schaffte. Katharina kaufte sich ein Ticket der Dritten Klasse. Sie war überhaupt noch nie Dritter Klasse gefahren. Aber so, wie sie aussah, würde man sie vermutlich in die Erste Klasse gar nicht reinlassen. Bei einem fliegenden Händler erstand sie zwei gebackene Kartoffeln. Sie füllte noch einmal ihren Wasserschlauch auf. Das musste bis morgen früh reichen.

Vorsichtig näherte sie sich dem Gleis, auf dem der Zug nach Berlin abfahren sollte. Thalmann wartete dort und sah sich neugierig um. Aus sicherer Entfernung beobachtet sie ihn einige Minuten. Er schaute sich genau an, wer auf diesen Bahnsteig ging. Sie musste sich etwas anderes einfallen lassen. Auf diesem Wege würde sie nicht ungesehen einsteigen können.

Allmählich wurde sie unruhig. Der Schalterbeamte hatte ihr vorhin gesagt, dass die Kohlen gerade geladen wurden. Die Abfahrt konnte nicht mehr lange dauern. Jetzt stand sie hier schon zwanzig Minuten. Mittlerweile war es dunkel geworden. Aber lieber würde sie sich noch eine weitere Nacht irgendwo verstecken, als von Thalmann nach Hause verschleppt zu werden.

Auf dem Nachbargleis fuhr ein Zug ein. Er war kürzer als der, der nach Berlin fahren sollte. Vielleicht fuhr er weiter nach Saßnitz.

Katharina kam eine Idee. Sie nahm ihre Reisetasche dicht vor die Brust und ging mit gesenktem Kopf auf das Gleis des anderen Zuges. Doch statt einzusteigen, lief sie an ihm vorbei, bis sie sein Ende erreicht hatte. Vorne stiegen immer noch Leute ein und aus und der Schaffner besprach sich mit einem Kollegen. Hier hinten war niemand zu sehen. Eilig sprang sie in das Gleisbett und rannte geduckt ans Ende ihres Zuges. Ein paar Meter weiter waren schmale Sprossen, über die sie auf den Bahnsteig kletterte. Vorsichtig drückte sie sich zwischen einigen Wartenden durch.

Die rissen einem Zeitungsjungen die frisch gedruckte Abendausgabe aus der Hand. Am Rande bekam Katharina mit, dass heute der Waffenstillstand in Compiègne unterzeichnet worden war. Wo das war, wusste Katharina nicht. Irgendwo in Frankreich, vermutete sie. Jeder wollte es schwarz auf weiß lesen, dass der Krieg zu Ende war. Doch es war keine Jubel zu hören oder zu sehen. Niemand feierte. Noch litten alle unter dem Krieg. Es würde mehr als ein paar Stunden Waffenstillstand brauchen, um wieder ein Lächeln auf die Gesichter der Menschen zu zaubern.

Katharina stieg in den letzten Waggon ein und ging weiter nach vorne. Die Abteile waren alle überfüllt, und schließlich blieb ihr nur noch ein Stehplatz auf dem Gang. Es gab schon lange keine separaten Frauenabteile mehr. Das war ihr egal. Mit etwas Glück würden unterwegs Leute aus den Abteilen aussteigen, und sie könnte sich setzen. Auf dem Gang zog es kalt, aber sicherlich würde es wärmer werden, sobald die Türen geschlossen wären.

Während der Zug noch weitere Mitreisende aufnahm, beobachtete sie genau, was auf dem Bahnsteig los war. Würde Thalmann noch einmal an den Fenstern kontrollieren? Oder verließ er sich darauf, dass ihm die Komtess schon vorne in die Arme laufen würde?

Als der Zug sich schließlich ruckelnd in Bewegung setzte, stieß Katharina einen erleichterten Seufzer aus. Endlich. Sie hatte es geschafft. Elf Monate hatte sie auf Gut Greifenau quasi wie eine Gefangene gelebt. Gelegentliche Besuche in der Kirche waren das Höchste der Gefühle gewesen. Sie hatte es vermisst, unter Leute zu kommen. Und seit Alexander im Sommer zum Militär gegangen war, war sie auf die Unterhaltung durch ihre Eltern beschränkt gewesen. Das war nun vorbei. Sie fühlte sich frei und selbstständig. Und ganz bald würde sie in Julius' Armen liegen.

Müde ans Fenster gelehnt betrachtete sie das abendliche Stettin. Weniger Lichter als vor dem Krieg. Irgendwie wirkte alles etwas heruntergekommen: die Stadt, die Menschen, die Stimmung. Erst als der Zug die letzten Häuser hinter sich ließ, setzte sie sich auf den kalten Boden. Seit September wurden die Züge nicht mehr geheizt. Sehr schnell kehrte Ruhe ein. Sie war nicht die Einzige, die völlig übermüdet war. Rechts neben ihr standen zwei junge Frauen, nur wenige Jahre älter als sie. Sie sahen aus wie Schwestern und machten einen verängstigten Eindruck. Nach einigen Kilometern setzten auch sie sich, lehnten sich aneinander und schliefen bald ein. Links von ihr war noch drei Meter Platz, bevor dort ein älteres Ehepaar stand. Obwohl auch sie völlig übermüdet wirkten, blieben sie stehen.

Katharina ließ die Kartoffeln in der Reisetasche und schnitt sich unbemerkt eine Scheibe nach der anderen ab. Sie hatte sich in Richtung der schlafenden Schwestern gedreht. Dahinter waren noch weitere Reisende, aber die zwei Frauen verdeckten sie. Wann immer niemand guckte, steckte Katharina sich ein Stück Kartoffel in den Mund. Unterwegs hatte sie es bedauert, dass sie gar nichts von dem Brot behalten hatte. Drei Äpfel für einen ganzen Tag konnten nicht den Hunger stillen. Die Kartoffel war noch lauwarm. Noch nie hatte ihr eine Kartoffel so gut geschmeckt. Sie war versucht, auch die zweite Kartoffel zu essen. Aber man wusste nie, was einen unterwegs noch erwartete.

Bis Berlin konnte sie schlafen. Von Berlin musste sie nur noch die kurze Strecke raus nach Potsdam fahren. Allerdings wäre es dann vermutlich schon mitten in der Nacht. Trotzdem, wenn sie durch das geschwungene schmiedeeiserne Tor – so stellte Katharina sich den Eingang zu der Villa der Urbans vor – durchschritt, dann wäre das ihr Eintritt in den Garten Eden. Überhaupt, morgen um diese Zeit würde sie schon in einem sauberen und warmen Federbett schlummern. Sie würde gegessen und bestimmt auch gebadet haben.

Erst jetzt erlaubte sie sich den Luxus, sich Zeit zu nehmen für Julius' Brief. Es hatte ihr unter den Nägeln gebrannt, seine Zeilen zu lesen. Aber nachdem ihre Flucht einmal so unglücklich geendet hatte, hatte sie sich geschworen, dieses Mal übervorsichtig zu sein. Sie hatte nicht die Muße gehabt, den Brief zu lesen. Jetzt holte sie ihn hervor.

Bester Alexander,
ich hoffe, es passt bei dir zeitlich, wenn ich noch vor eurer großen Feier vorbeikomme und das Paket abhole. Ich werde in den ersten Novembertagen den Zug nach Stettin nehmen. Kurz vor der Ankunft werde ich dir noch ein Telegramm schicken. Ich habe nicht viel Zeit, daher wäre es das Beste, mein Paket würde zur Abholung bereitstehen. Ich freue mich, dich wiederzusehen. Sei dir versichert, du bist mir jederzeit willkommen.
Meine besten Grüße
dein Potsdamer Freund

Julius hatte sie rechtzeitig vor der Hochzeit abholen wollen. Sein Paket! In den ersten Novembertagen. War er gekommen? Hatte er eventuell am Herrenhaus gestanden und auf sie gewartet? Ganz sicher käme er nicht einfach an die Vordertür, nicht nachdem Papa sie im letzten Dezember aus seinen Fängen gerissen hatte. Hatten sie sich einfach unglücklich verpasst? Am Ende hatte er noch in einer der Kutschen gesessen, die Katharina entgegengekommen waren. Das wäre zu dumm.

Katharina dachte nach. Vielleicht war er noch immer in der Nähe von Greifenau. Oder er kehrte unverrichteter Dinge nach Potsdam zurück. Papa hatte Thalmann eingeweiht. Wer wusste noch von ihrer Flucht? Immerhin reichten die Vorbereitungen für die kleine Hochzeitsfeier bis ins Dorf. Allen voran Wittekind würde Bescheid wissen, wenn die Hochzeit wieder verschoben wurde. Andererseits konnte Mama natürlich einfach behaupten, dass Katharina immer noch erkrankt sei.

Keinen halben Tag mehr, und sie wäre in Potsdam. Dann würde sie ja erfahren, ob Julius noch immer in Greifenau war. Früher oder später würde er sicher seine Eltern anrufen. Schließlich besaßen sie einen Fernsprechapparat.

Wie auch immer, sie war nun auf dem Weg nach Berlin. Julius' Mutter kannte sie. Ihr konnte sie es erklären. Ganz sicher würde sie bei ihnen unterkommen dürfen, bis Julius selbst zurückkehrte. Vermutlich aber war er schon längst wieder zurück in Potsdam. Außerdem konnte sie ohnehin nichts tun, als zu schlafen und sich morgen früh erholt frische Gedanken zu machen. Sie schob sich die Reisetasche in den Rücken und lehnte sich zurück. Hoffentlich schlief sie nicht so tief, dass sie beklaut wurde.

* * *

Es war mitten in der Nacht, als sie plötzlich geweckt wurde. Jemand stieg über sie hinweg. Erschrocken setzte sie sich auf. Ihre Reisetasche war noch immer hinter ihrem Rücken. Sofort kontrollierte sie, ob noch alles darin war. Ihre Bündel mit dem Geld und dem Schmuck, die Kartoffel, Julius' Brief.

Draußen auf dem Bahnhof sah sie ein Ortsschild. Eberswalde. Das bedeutete, sie hatten schon mehr als die Hälfte der Strecke hinter sich. Die Schwestern waren auch aufgewacht und drängten sich ängstlich aneinander. Katharina wollte gerade die Reisetasche wieder hinter ihren Rücken schieben, als sie bemerkte, dass genau in dem Abteil vor ihr mehrere Plätze frei geworden waren. Hastig stand sie auf. Es gab sechs Plätze in dem Abteil, von denen zwei noch besetzt waren. Auf der einen Seite am Fenster schlief ein Soldat, der sich mit dem Mantel zugedeckt hatte. Ihm gegenüber saß ein älterer Herr. Auch er schlief. Schnell setzte Katharina sich auf einen der freien Plätze am Gang. Sie überlegte noch, ob sie ihre Reisetasche in die Gepäckablage über sich legen sollte, da wurde die Tür schon aufgeschoben. Drei Soldaten kamen herein.

Es war ihr unangenehm. Wären doch die beiden Schwestern oder das ältere Ehepaar mit hereingekommen. Aber nun war es zu spät. Sie drückte sich an die Seite der Abteilwand, die lederne Reisetasche gegen ihren Körper gepresst. Eine ganze Zeit lang passierte nichts, außer dass die Soldaten leise miteinander tuschelten. Offensichtlich fehlte es erneut an Kohle. Deswegen blieb der Zug wieder stehen. Völlig übermüdet fielen ihr die Augen zu und sie dämmerte weg.

Katharina schreckte hoch. Sie wusste nicht, wie lange sie geschlafen hatte, aber zwei der drei Soldaten waren an sie herangerückt. Der ihr gegenübersaß, hatte die Reisetasche an den Seiten gepackt und zog daran. Und der Mann neben ihr ließ seine Hand unter die alte Wolldecke gleiten.

»Nein! ... Nicht! Weg mit ...«

Eine schmutzige Hand legte sich über ihren Mund. Die Männer lachten still. Katharina wollte sich an ihre Tasche klammern, aber es gelang ihr nicht. Nun krallte sie sich in die Hände an ihrem Mund. Dabei schmiss sie ihren Kopf von links nach rechts, aber der Kerl drückte sie nur noch fester an die Abteilwand. Die eine Hand noch auf dem Mund, suchte die andere Hand sich schon den Weg unter den Mantel.

Jetzt rächte es sich bitterböse, dass sie in der letzten Zeit so viel gelegen hatte. Sie hatte kaum noch Muskeln. Sie strampelte und wand sich, aber es gelang ihr nicht, sich zu befreien. Der dritte Soldat zog die Wolldecke weg und zerrte an ihrem Mantel. Sie hatte drei Männer gegen sich. Sie würde es alleine nicht schaffen. Geistesgegenwärtig konzentrierte sie sich darauf, die eine Hand von ihrem Mund wegzuziehen. Endlich konnte sie schreien.

»Hilfe ... Feuer !«

Sie merkte, wie ein Handgemenge hinter dem dritten Soldaten losging.

»Kamerad! Lass uns doch unser Vergnügen.«

»Wir wären fast krepiert.«

»Du weißt es doch auch, wie es an der Front war.«

Schon hatte sich die Hand wieder über ihren Mund gelegt, aber dieses Mal biss sie in den Finger, bis es blutete.

»Hiiiiilfeeee!«, rief sie inständig.

Jetzt wurden zwei Soldaten zurückgerissen und der dritte, der sich schon der Reisetasche bemächtigt hatte, bekam einen Kinnhaken.

»Wehe, ihr packt sie an!«, drohte der Mann. Er hatte ein Messer gezogen.

»Es war doch nur Spaß«, sagte der Mann neben Katharina.

»Ja, für euch vielleicht. Für sie nicht.«

»Nun mach nicht so einen Wind.«

Katharina griff nach ihrer Reisetasche, und als ihr Gegenüber nicht losließ, richtete der andere das Messer auf ihn. Endlich bekam Katharina ihre Tasche zu fassen und zog sie zurück auf ihren Schoß. Sie krallte sich auch die alte Decke und presste beides an sich.

Die drei Soldaten schauten den vierten überrascht an, aber sie merkten wohl, dass er es ernst meinte.

»Und jetzt raus mit euch. Ihr solltet euch was schämen.«

Sie waren so perplex, dass niemand sich rührte.

»Raus jetzt«, schrie der vierte und fuchtelte mit dem Messer gefährlich nah vor ihren Nasen herum.

Plötzlich hatten die drei es eilig, aus dem Abteil zu verschwinden. Der alte Mann in der anderen Ecke schaute verängstigt die Soldaten an. Erst als sie das Abteil verlassen hatten, lehnte er seinen Kopf wieder gegen das Fenster und schlief weiter.

»Danke! Ich danke Ihnen wirklich sehr.«

»Aber nicht doch.«

»Doch, doch. Allerherzlichsten Dank. Ich weiß nicht, was sonst …« Ihr Blick ging zu dem alten Mann in der Ecke. »Nicht jeder hätte so reagiert.«

Der Soldat zuckte mit den Schultern. »Ich hab eine kleine Schwester. Wenn die … nun. Sie wissen, was ich meine.«

Katharina lächelte erleichtert. Die Angst saß ihr in den Gliedern, ließ noch immer ihre Hände zittern. Fahrig ordnete sie ihre Haare.

Er schaute durchdringend nach draußen, als würde er dort etwas sehen, was Katharina verborgen blieb. »Ich kann es nicht verstehen. Nach all dem, was wir in den Schützengräben mitgemacht haben … Wie kann man da noch an Gewalt denken?«

Sie nickte. Natürlich wusste sie, dass sie ihm nicht annähernd nachfühlen konnte, was er in den Schützengräben hatte erleben müssen. »Ich hab auch einen größeren Bruder. Ich hoffe, er ist gesund und auch auf dem Weg nach Hause.«

»Ja, wir wollen alle nur noch nach Hause.«

Eine feierliche Stille legte sich über das Abteil. Katharina dachte darüber nach, wie sehr er sich wohl danach sehnte, nach Hause zu kommen. Und sie hatte sich so sehr danach gesehnt, von zu Hause fortzukommen. Ein merkwürdiges Geräusch unterbrach die Stille. Sein Magen rebellierte lautstark.

»Haben Sie heute schon etwas gegessen?«

Der Soldat schüttelte den Kopf.

Sie öffnete ihre Reisetasche, schnitt die Kartoffel durch und gab ihm eine Hälfte. Er nahm die halbe Kartoffel ganz in den Mund und kaute genüsslich darauf herum. Jetzt grinste er sogar. Und sie musste mit ihm grinsen. Sie wusste, die restliche Fahrt würde ohne Probleme verlaufen. Und sie hatte es im Gefühl: Heute fing ein glückliches Leben für sie an.

Kapitel 6

12. November 1918

Katharina verabschiedete sich in der Bahnhofshalle von dem jungen Soldaten. Als sie vor den Stettiner Bahnhof mitten in Berlin trat, dämmerte gerade der Morgen. Die Hauptstadt des Kaiserreiches erwachte. Ihre Gefühle überwältigten sie. Mit Wucht wehte ihr der Wind der Freiheit um die Nase. Frei. Sie war frei. Zum ersten Mal in ihrem Leben. Endlich hatte sie die elterlichen Ketten abgeschüttelt. Zum ersten Mal in ihrem Leben gab es niemanden, der ihr sagte, was sie zu tun hatte. Oder wie sie sich zu verhalten hatte. Oder wie sie sitzen sollte. Ab jetzt würde sie alle Entscheidungen für sich alleine treffen.

Erst in dieser Minute war sie sich absolut sicher, dass sie Ludwig von Preußen nicht heiraten würde. Andererseits war sie nun für ihre Familie gestorben. Verbannt aus ihrer Mitte. Nicht nur frei, sondern vogelfrei. Niemand würde sie zu Familienfesten einladen, niemand zu einer Hochzeit oder zu einer Beerdigung. Vermutlich würde sie Greifenau nie wieder betreten dürfen.

Andererseits, in spätestens drei Stunden wäre sie in Potsdam, bei Julius. Mit ihm zusammen wollte sie ihre neue Freiheit genießen.

Hunderte von Leuten strömten in den Bahnhof hinein, kamen heraus, rannten von links nach rechts. Auf der Straße waren noch immer wenige Autos zu sehen, aber Omnibusse fuhren. Nicht ganz so viele Kutschen wie früher waren unterwegs, aber immerhin doch einige. Obwohl es kalt war, war die Luft nicht wie sonst geschwängert mit den dunklen Rauchschwaden der vielen Tausend Kohleöfen. Das lag aber daran, dass die Menschen es sich nicht mehr leisten konnten zu heizen.

Natürlich war sie edle Hotels und Prachtboulevards in Berlin gewohnt. Der Vorplatz des Bahnhofs war nicht gerade der Pariser Platz. Die Menschen, die hier bemüht und gebückt an ihr vorbeiliefen, sahen viel ärmlicher und abgerissener aus als die Passanten, die über die Friedrichstraße flanierten. Es war nicht nur die Gegend, die anders war. Das war ihr schon in Stettin aufgefallen: die Trauer und die Niedergedrücktheit der Leute um sie herum. Der Krieg war verloren. Die Niedergeschlagenheit der Menschen spiegelte sich in ihren Gesichtern.

Anscheinend lebten sie jetzt in einer Republik, wenn Katharina es richtig verstanden hatte. Heute musste sie sich erst einmal selbst retten. Ab morgen konnte sie sich dann darum kümmern, was eigentlich im Land los war.

Ein vertrauter Geruch stieg ihr in die Nase. Ein paar Meter weiter stand eine ältere Frau. Wohlgenährter als die übrigen Passanten, grauhaarig und in mehrere Schichten Kleidung eingemummelt. Neben einem Handkarren stand ein kleiner Kanonenofen, darauf ein völlig verrußter Blechtopf. Katharina roch sofort, was sie anbot. Aber sie schrie es auch mit Leibeskräften hinaus.

»Heiße Maronen. Leckere heiße Maronen. Fünf Stück zwei Mark.«

Das war allerdings ein äußerst stolzer Preis. Für fünf Maronen zwei Mark! Aber das konnte ihr doch egal sein. Sie musste jetzt nur noch nach Potsdam kommen. Dafür würde das Geld allemal reichen. Und es war sicher nicht besonders schicklich, direkt als Erstes in der vornehmen Villa nach etwas zu essen zu fragen. Sie stellte sich ein Stück abseits, kramte zwei Münzen aus dem Beutel und verschloss die Reisetasche wieder gut. Erst jetzt trat sie an die Frau heran.

»Bekomme ich auch sieben Maronen für zwei Mark?«

»Siebene? Nee, Frollein. Ick muss doch ooch von wat leben.«

Katharina schaute sie an. Sie fühlte die zwei Münzen in der Manteltasche. Sie hatte wirklich Hunger.

»Na jut, sagen wa sechse.«

Katharina nickte. Die Frau öffnete den Deckel und zählte mit einer Zange Katharina sechs heiße Maronen auf die Handschuhe. Dann kassierte sie das Geld.

»Können Sie mir vielleicht noch sagen, wie ich am schnellsten nach Potsdam komme?«

»Na, Frollein. Da fahrense met de Elektrischen zum Lehrter Bahnhof. Und dann metm Zug weiter. Det ist der schnellste Wech.« Dabei deutete sie in eine Richtung, wo Katharina schon die Hochbahn entdeckte.

Sie bedankte sich und ging los. Sie war so sehr darauf konzentriert, die Hochbahn nicht aus den Augen zu verlieren, dass sie plötzlich jemanden anrempelte. Vielleicht war er ihr auch in den Weg gelaufen. Der Mann drehte sich nach ihr um, und Katharina schreckte zurück. Die Reisetasche fiel ihr aus den Händen, genau wie die Maronen. Sie war völlig erstarrt.

Der Mann hatte einen halben Kiefer verloren. Dort, wo normalerweise das Kinn war, klaffte eine große Lücke, die sich über die ganze Wange zog. Das linke Auge war blind, die Haut völlig vernarbt. Das Schlimmste aber war, dass der Teil des Mundes, der übrig geblieben war, wie eine riesige Wunde offenstand. Die restlichen Zähne stachen aus dem halben Kiefer heraus. Ein Anblick, schlimmer als in einem Gruselkabinett.

Sie musste nach Luft schnappen, so sehr hatte sie sich erschrocken. Der Mann schaute sie mit dem einen Auge, das ihm geblieben war, an. Wortlos drehte er sich weg und schlurfte weiter. Seine Soldatenstiefel waren völlig runtergelatscht.

Wie eingefroren stand Katharina auf dem großen Platz. Erst als zwei Gassenjungen angerannt kamen und anfingen, die Maronen aufzusammeln, fasste sie sich wieder.

»Geht weg … Das sind meine!« Sie riss die Reisetasche an sich und klaubte schnell noch zwei der sechs Maronen auf. Eine dritte hatte sie fast erreicht, als einer der Jungs sie beiseite schubste und danach griff. Die beiden liefen in ihren abgerissenen Hosen auf und davon. Sie blickte ihnen hinterher, sah, wie andere Passanten das mitbekommen hatten. Niemand störte sich daran. Niemand bot ihr Hilfe an. Keine Höflichkeiten mehr, kein Mitleid, keine Erbarmen. Nicht nur der Mann hatte sein Antlitz verloren, auch Berlins Antlitz war verändert. Die Fratze des Krieges hatte sich über die Stadt gelegt.

Sie fragte eine Frau in Uniform nach der richtigen Linie. Keine fünf Minuten später kam schon die Bahn. Vorne in der Fahrerkabine saß eine Frau. Katharina staunte. Als sie saß, kam eine Schaffnerin zu ihr. Sie kaufte sich ein Ticket. Als sie um die erste Ecke fuhren, entdeckte sie eine Briefträgerin. Auf dem Weg zur Haltestelle hatte sie eine Straßenkehrerin gesehen.

Frauen, überall sah sie Frauen in Berufen, die vorher Männer erledigt hatten. Vermutlich würde dieser Umstand nicht lange anhalten. Die Soldaten, die nun zu Tausenden in ihre Heimat zurückströmten, würden wieder das Geld verdienen wollen. Aber ganz so einfach konnte man die Uhr nicht zurückdrehen. Außerdem waren Millionen Männer gefallen oder schwer verwundet worden. Deren Stellen waren mit Frauen besetzt worden. Und einige von ihnen würden vermutlich weiter Hosen bei der Arbeit tragen.

* * *

Da war sie – die Villa der Familie Urban. Tatsächlich gab es ein schmiedeeisernes Tor, so ähnlich, wie Katharina es sich vorgestellt hatte. Tränen traten ihr in die Augen. Von Greifenau hierher war es wirklich ein mühsamer Weg gewesen. Sie hatte es geschafft.

Mit der Bahn war sie rausgefahren nach Potsdam. Zwischendurch waren sie auf freier Strecke stehen geblieben. Eine halbe

Stunde lang passierte gar nichts. Dann kam die Schaffnerin durch den Zug und sagte an, dass es eine Demonstration gebe. Dass man nicht weiterfahren könne, so lange die Straßen nicht frei seien. Irgendwann war es dann weitergegangen. Nun brauchte sie nur noch ein paar Meter zu laufen und sie wäre am Ziel ihrer Träume angelangt. Und vielleicht, mit etwas Glück, war ja sogar Julius schon wieder zurückgekehrt.

Sie trat durch das Tor und lief ganz andächtig über die Kiesfläche. Die Villa war nicht halb so groß wie das Herrenhaus ihrer Familie. Aber sie war viel moderner und prächtiger. Die Fassade schien frisch gestrichen, weißer Stuck mit einem freundlichen Gelb. Als wollte das vornehme Gebäude sie einladen.

Katharina lief die Stufen der geschwungenen Treppe hoch. Ein breites Lächeln legte sich über ihr Gesicht. Sie war da. Sie hatte es geschafft! Voller Vorfreude klingelte sie. Keine Frage, hier war schon alles elektrifiziert – die Klingel genau wie vermutlich jeder einzelne Raum. Die Urbans hatten einen Fernsprechapparat und Julius besaß sogar ein Grammophon. Vor ihr lag ihr schönes neues Leben. Aufgeregt biss sie sich auf die Lippen, als die Tür geöffnet wurde.

Eine junge Frau in typischer Dienstmädchenuniform sah sie verstimmt an. »Det is nur für Herrschaften. Haben Se det Schild nich jesehn?«

Für einen Moment schaute Katharina das Dienstmädchen an, dann grinste sie verschämt.

»Es tut mir leid. Ich habe nicht bedacht, wie ich aussehen muss. Mein Name ist Katharina von Auwitz-Aarhayn. Ich möchte gerne zu Julius Urban. Er erwartet mich.«

»Katharina aus'm Wedding. Ick könnt mir beöl'n! Hier wird nich jebettelt.« Und schon flog ihr die Tür vor ihrer Nase zu.

Katharinas Mund blieb offen stehen. Sie nahm die Wolldecke von den Schultern. Der Mantel war noch das Eleganteste an ihr.

Natürlich musste das Mädchen denken, jemand in dreckigen Reiterstiefeln und mit abgeschnittener Hose wolle sie verulken. Sie klingelte noch mal.

Das Dienstmädchen wurde sofort richtig böse. »Ick hab dir doch jesacht, hier wird nich jebettelt.«

»Bitte, ich weiß, dass ich merkwürdig aussehen muss. Aber Frau Urban kennt mich. Eleonora Urban? Wir haben miteinander Tee getrunken.«

Eine hintere Tür ging auf. Tatsächlich trat der Herr des Hauses in den Flur. »Was ist denn hier los, Magda?«

»Det Frollein hier behauptet, sie würde Sie kennen.«

Cornelius Urban trat mit energischen Schritten näher. Er hatte tiefe Ränder unter den Augen. »Komtess?« In seiner Stimme lag Ungläubigkeit.

Das Mädchen riss die Augen auf und trat erschrocken von der Tür zurück.

»Herr Urban, was bin ich froh, dass ich endlich hier bin. Ist Julius schon zurück?«

»Wo ist er? Ist er denn nicht bei Ihnen?« Sein Blick lief über den leeren Vorplatz. »Sind Sie allein?«

Katharina wusste nicht, was sie sagen sollte.

Julius' Vater sah Katharina verstört an. »Wir haben nur einen Zettel vorgefunden, dass er nach Greifenau wollte. Das ist fünf Tage her. Wir machen uns große Sorgen.«

»Ich weiß nur, dass er mich holen kommen wollte. Aber ich bin alleine … losgefahren. Anscheinend haben wir uns verpasst. Hat er sich denn noch nicht gemeldet?«

»Julius ist verschwunden. Mitten im größten Trubel. Sie wissen nicht, was in den letzten Tagen auf den Straßen los war. Besonders in Berlin.«

»Er hatte meinem Bruder einen Brief geschrieben, er wolle mich abholen kommen – Anfang November. Aber er war nicht da. Gestern habe ich mich dann selbst auf den Weg gemacht.« Sie schaute ihn auffordernd an. Wollte er sie denn nicht hereinbitten? Noch immer hielt sie ihre schwere Reisetasche in der Hand.

»Dann haben Sie ihn also nicht gesehen?«

»Leider nein … Aber wenn er mich auf Greifenau nicht vorfindet, wird er doch sicher hierherkommen. Oder wenigstens anrufen und Bescheid sagen, wann er zurückkommt.« Ungeduldig trat Katharina von einem Fuß auf den anderen.

»Wissen Sie denn wenigstens, ob er in Greifenau angekommen ist?«

»Nein, das weiß ich nicht … Herr Urban, dürfte ich mich wohl jetzt frisch machen. Die Reise war wirklich anstrengend.«

Der Mann schaute sie mit einem verblüfften Blick an. Als wäre sie völlig von Sinnen. »Frisch machen?«

»Ja, bitte. Ich möchte mich gerne frisch machen und umziehen«, wiederholte sie. Lag das nicht auf der Hand? Sie war müde und abgekämpft. Sie wollte etwas essen, und vor allen Dingen wollte sie sich in ein weiches Bett legen. »Ich bin davon ausgegangen, dass ich hier auf Julius warten kann. Er wird doch sicherlich bald zurück sein.«

»Auf ihn warten?« Nun war es Cornelius Urban, der nicht so recht zu wissen schien, was Katharina damit sagen wollte. Oder vielleicht wusste er es nur zu gut. Er straffte seinen Körper und sah sie streng an.

»Ist Ihnen bewusst, dass der deutsche Kaiser vor drei Tagen abgedankt hat? Dass mittlerweile fast alle deutschen Fürsten abgedankt haben? Ihr so hoch angesehener Stand trudelt. Er trudelt in Richtung Bedeutungslosigkeit.« Seine Stimme spuckte Gift.

»Aber was hat das denn mit mir zu tun? Mit mir und Julius?«

»Sie sind doch eine gebildete junge Dame. Sie können doch nicht wirklich so dumm sein zu glauben, ich würde meinem Sohn jetzt noch erlauben, Sie zu heiraten?«

Katharina schnappte nach Luft. Als hätte er sie mit einer Keule geschlagen, so trafen sie seine Worte. Dieses Gespräch verlief nun wirklich gänzlich anders, als sie es sich vorgestellt hatte.

»Aber …«

»Komtess – und ich bin mir sicher, es wird das letzte Mal sein, dass ich Sie so nenne –, Julius hat mir von den finanziellen Schwierigkeiten Ihres Vaters erzählt.«

Sein undurchdringlicher Blick lag auf ihr. Er schaute sie an, als wäre damit alles gesagt. Doch sie wusste wirklich nicht, worauf er hinauswollte. »Und was hat das …«

»Ich werde Julius keine Mitgiftjägerin heiraten lassen!«, unterbrach er sie.

»Ich …« Wieder ein Schlag ins Gesicht. »*Ich* soll eine Mitgiftjägerin sein?«

»Kaum wird die Monarchie abgeschafft, und Schwups, schon steht die feine Madam vor der Tür.« Sein Ton wurde höhnisch. »Wieso sind Sie nicht im Krieg gekommen?«

Was sollte sie darauf antworten? Weil ihre Eltern sie gefangen gehalten hatten? Das würde lächerlich klingen. »Julius war doch die meiste Zeit über nicht einmal in Deutschland.«

»Sie hätten ihm doch nachreisen können. Das hat er Ihnen ja wohl angeboten.«

»Ich bin erst vor drei Tagen achtzehn geworden.«

»Was sollen denn diese drei Tage ausmachen, Ihrer Meinung nach?«

Das Gespräch driftete in eine ungute Richtung. Katharina nahm all ihren Willen zusammen. »Nun bin ich ja jetzt hier. Und ich werde auf Julius warten.«

»Das können Sie gerne tun. Und sobald er zurück ist, darf er entscheiden, ob er eine weitere Zukunft mit Ihnen plant. Aber Sie werden nicht in meinem Haus auf ihn warten.« Er funkelte sie böse an.

Sie musste tief durchatmen. Das sollte ja wohl ein schlechter Scherz sein. »Herr Urban. Julius hat mich in sein Haus eingeladen. Ich solle kommen, wann immer es mir möglich sei.«

»Sein Haus ist aber mein Haus! Und Julius ist nicht hier.«

Das wurde ja immer schlimmer. Siedend heiß wurde ihr klar, dass sie keinen Ausweichplan hatte. Natürlich war sie davon ausgegangen, dass Julius oder zumindest Julius' Mutter sie mit offenen Armen empfangen würde.

»Ist Ihre Gattin im Hause?«

Cornelius Urban lächelte bissig und verschränkte die Arme vor der Brust. »Meine Frau ist eine gute Seele. Deswegen muss ich sie gelegentlich vor ihren eigenen Entscheidungen retten. Vermutlich würde sie Ihnen helfen, aber ich tue es nicht. Für mich sind Sie nur eine … Jemand, der sich von einem sinkenden Schiff retten will.«

Ratte. Katharina war sich sicher, dass er Ratte hatte sagen wollen. Jetzt war sie mit ihrer Geduld aber am Ende.

»Ausgerechnet Sie werfen mir vor, ich würde Julius nur des Geldes wegen heiraten wollen? Ausgerechnet Sie.«

Sein Kopf ruckte hoch und er sah sie von oben herab an. »Was meinen Sie damit?«

»Ich weiß sehr genau, dass Sie Julius darin bestärkt haben, sich eine Komtess zu suchen. Ihre Frau hat es mir selbst erzählt. Auch ich habe eine Zeit lang gedacht, Ihr Sohn würde mich nur aus Kalkül heiraten wollen. Aber Ihre Frau konnte mich davon überzeugen, dass Julius mich aufrichtig liebt. Und ich liebe ihn. Daran werden auch Sie nichts ändern können.«

»Sie beide sind noch sehr jung. Da glaubt man manchmal Sachen, die sich hinterher als unwahr herausstellen. Als Träumerei.«

»Aus dieser Träumerei heraus, wie Sie es nennen, habe ich unerlaubt mein Elternhaus verlassen. Um bei Julius zu sein. Um nicht einen Mann heiraten zu müssen, den ich überhaupt nicht liebe.«

»Den Neffen des Kaisers.«

Himmel, was hatte Julius ihm denn alles erzählt? »Genau diesen.«

Nun beugte er sich vor und sah ihr tief in die Augen. »Das ist doch genau der Punkt, den ich meine. Kommt es Ihnen denn nicht ein klein wenig merkwürdig vor, dass Sie diesen Entschluss, den Neffen des Kaisers nicht zu heiraten, genau in dem Moment treffen, wo das Kaiserreich untergeht?«

Katharina japste empört. Mit großen Augen erwiderte sie seinen Blick, in dem nichts als Abscheu lag. Er wollte sie nicht in seinem Haus haben. Vielleicht hatte Nikolaus doch recht. Diese neureichen Industriellen hofierten ihren adeligen Stand nur so lange, wie sie sich dieser Menschen bedienen mussten. Sie hatten keinen Respekt vor ihnen. Julius' Vater hatte nur Verachtung für sie übrig. Keines ihrer Worte würde ihn von ihren aufrichtigen Gefühlen zu Julius überzeugen können.

»Wenn Julius Ihnen so viel erzählt hat, dann sicherlich auch, dass ich mich schon vor langer Zeit entschlossen habe, Ludwig von Preußen nicht zu heiraten. Komme, was wolle. Er ist ein Scheusal!«

»Nun, diesen Plan dürfen Sie gerne durchführen. Sie werden Ludwig von Preußen nicht heiraten, aber meinen Sohn auch nicht.« Er trat zurück und signalisierte damit, dass dieses Gespräch zu Ende war.

»Herr Urban!« Wohl oder übel musste sie nun zu Kreuze kriechen. Sie hatte keine andere Wahl.

Seine Augenbrauen gingen neugierig hoch, aber er sagte keinen Ton, sondern hielt nur die Tür schon zum Zuschlagen bereit in der Hand.

»Sie können mich doch jetzt nicht hier stehen lassen! Ich weiß nicht, wo ich unterkommen soll. Und ich kann nicht zurück zu meinen Eltern.«

»Nun, das hätten Sie sich vielleicht vorher überlegen sollen. Ich habe gerade wirklich andere Probleme. Wenn Julius nicht bei Ihnen ist, dann ist er da draußen. In einer Welt, die jeden Tag aufs Neue umgekrempelt wird.«

»Wie wollen Sie Ihrem Sohn erklären, dass Sie seine zukünftige Frau im Stich gelassen lassen – genau in diesen Zeiten?«

»Wir lassen seit Tagen nach ihm suchen. Meine Frau ist den ganzen Tag unterwegs.« Plötzlich schien es ihr, als würden Tränen in seinen Augen stehen. »Wenn mein Sohn zurückkommt, und darauf hoffe ich inständig, dann werde ich ihm liebend gerne alles erklären. Hauptsache, wir finden ihn. Wie es dann mit Ihnen weitergeht, soll er entscheiden. Das ist mir fast egal. Aber eins steht fest: Sie werden dieses Haus nur an seinem Arm betreten. An seinem Arm oder gar nicht.«

Irgendwo hinter ihm schrillte ein Fernsprechapparat. Keine zehn Sekunden später erschien das Dienstmädchen und blieb demütig hinter dem Hausherrn stehen. »Ein Herr Stinnes lässt fragen, wann Sie zur Sitzung zurückkommen. Die Gewerkschaftsvertreter kämen in einer halben Stunde zurück. Er wollte vorher noch etwas mit Ihnen besprechen.«

»Wie Sie hören: Ich habe Wichtigeres zu tun, als mich um die Träumereien einer jungen Adeligen, deren Welt gerade untergeht, zu kümmern.« Mit diesen Worten schlug er die Tür zu.

Völlig entsetzt schaute Katharina auf den alten Türklopfer, der auf der wunderschön geschnitzten Holztür saß. Ihre Welt brach zusammen. Julius war verschwunden. Sein Vater würde ihr nicht helfen, und sie konnte nicht zurück nach Greifenau. Sie hatte kaum noch Geld und nichts zu essen. Sie sehnte sich nach einem Bad und sauberen Kleidern. Fast wie in Trance schritt sie die Stufen hinab. Jeder Energie beraubt, ließ sie sich auf die vorletzte Stufe fallen. Als sie ihren Blick wendete, sah sie das Schild.

Aufgang nur für Herrschaften.
Betteln und Hausieren nicht gestattet.

13. November 1918

Feodora erwachte mit furchtbaren Kopfschmerzen. Wieder einmal. Aber heute war es ganz besonders schlimm. Ihr Schädel hielt es einfach nicht mehr aus, all diese Gedanken, all dieser Verrat, der ganze Umbruch. Als würde ihr das alte Leben unter den Fingern zerbröseln. Vorgestern hatte sie ihren ältesten Sohn wiedergefunden. Er lebte. Und es hatte keine halbe Stunde gedauert, da war er schon wieder gestorben – zumindest für sie. Ihre jüngste Tochter hatte sie ebenfalls verloren. Und mit ihr jede Hoffnung auf eine sorgenfreie Zukunft.

Adolphis schlief schon seit Monaten in seinem eigenen Zimmer. Jeden Tag trank er mehr. Er schnarchte laut und gelegentlich schlug er im Schlaf um sich. Deswegen hatte sie ihn verbannt. Doch nun fühlte sie sich umso mehr alleingelassen.

Sie stieg aus dem Bett und klingelte. Das Zeichen, dass sie aufgestanden war. Es war eisig. Frierend zog sie sich ihren Morgenmantel über und ging rüber in das Ankleidezimmer. Irgendjemand hatte heute Morgen ein Holzscheit auf das Feuer im Kamin nachgelegt. Doch jetzt war er schon wieder weit runtergebrannt. Warum hatte niemand mehr Holz nachgelegt? Erst jetzt fiel ihr wieder ein, dass die Mamsell und weitere Dienstboten erkrankt waren. Sie hatte sich gestern nicht mehr nach ihnen erkundigt. Wie es ihnen wohl ging? Man hätte ihr vermutlich Bescheid gesagt, wenn einer gestorben wäre. Der Rest interessierte sie nicht.

Sie bückte sich und nahm ein Scheit aus einem Korb, der daneben stand. Die Glut stob auf, als sie das Holz hineinwarf. Zu allem Unglück hatte sie sich auch noch einen Holzsplitter eingezogen. Sie schluchzte auf, aber nicht, weil ihr Finger so weh tat. Es war nur so typisch für ihre desolate Situation. Alles ging schief.

Die letzten Tage waren dramatisch gewesen, in jeder Hinsicht. Wann würde das alles ein Ende haben? So oft hatte sie sich das in den vergangenen Monaten gefragt. Würde es denn überhaupt ein Ende haben? Die Pächter begehrten auf, der Kaiser hatte abgedankt und Sozialdemokraten waren an der Regierung. Die Dienstboten sollten mehr Rechte und einen Achtstundentag bekommen.

Acht Stunden! Das war lächerlich. Es würde bedeuten, dass die Haus- und Stubenmädchen, die schon um sechs in der Früh aufstanden, bereits am frühen Nachmittag frei hätten. Und wie sollte eine Köchin das Frühstück und das Mittagessen bereiten und am gleichen Tag noch das Diner kochen? Was für eine lächerliche Vorstellung. Das war alles nicht durchdacht. Das konnte gar nicht funktionieren.

Wiebke erschien im Nebenzimmer.

»Gnädige Frau?«

»Ich bin hier.« Feodora wartete, bis das Stubenmädchen eintrat. Sie sah gehetzt aus. »Holen Sie mir bitte das dunkelgraue Satinkleid. Ich ziehe mich schon selbst an, bis auf die Knöpfe.«

»Sehr wohl.« Die Rothaarige verschwand und tauchte zwei Minuten später wieder mit dem Kleid, einem frischen Unterkleid und Strümpfen auf.

Feodora zog sich an, während die junge Frau nebenan anfing, ihr Bett auszulüften. Anschließend kam sie hinüber, um ihr die Knöpfe am Rücken zu schließen.

»Wie geht es Ihrer Schwester?«

»Ich war seit zwei Tagen nicht mehr bei ihr. Aber Schwester Agathe sagt, dass ihre Lunge nicht betroffen ist. Was wohl immer ein gutes Zeichen ist.«

»Ja. Ein gutes Zeichen.« Katharinas Lunge war anscheinend auch nicht betroffen gewesen. »Und den anderen?«

»Anscheinend hat es Herrn Caspers am schlimmsten erwischt. Und Mamsell Schott … Nun, sie hat Fieber, und sie hustet wohl auch heftig. Aber Schwester Agathe war sich noch nicht sicher, ob ihre Lunge befallen ist. Doktor Reichenbach schaut heute Vormittag vorbei.«

»Das trifft sich gut. Wenn er kommt, dann schicken Sie ihn bitte zu mir.« Vielleicht konnte er ihr etwas gegen die täglich schlimmer werdenden Kopfschmerzen geben.

Feodora frühstückte wenig und setzte sich dann in die Bibliothek, um etwas zu lesen. Doch letztendlich blieb sie einfach ermattet im weichen Polster sitzen. Ihr fehlte jede Kraft, und sei es noch für die leichteste Tätigkeit. Auch schaffte sie es nicht, ihre Gedanken beieinander zu halten. Überhaupt, am liebsten wollte sie schlafen, schlafen, schlafen. Sie wollte sich keine Gedanken mehr machen müssen und keine Probleme wälzen.

Mittags saß sie mit Adolphis an dem langen Tisch. Heute kam es ihr besonders einsam vor. Seit die Kinder groß genug waren, um sich einigermaßen bei Tisch zu benehmen, durften sie mit ihnen gemeinsam essen. Seit über zwanzig Jahren gab es immer lebhafte Gespräche und viel zu erzählen. Bevor ihre Kinder dabeigesessen hatten, hatten ihr Schwiegervater und ihre Schwiegermutter den Alltag und die Themen bei Tisch bestimmt. Oft hatten sie Besuch gehabt, Pastor Wittekind oder gelegentlich benachbarte Grafenfamilien.

Jetzt waren Adolphis' Eltern tot und alle Kinder flügge. Zudem waren gesellschaftliche Zusammenkünfte im Krieg selten geworden, insbesondere hier auf dem Land. Die Männer mussten sich alle sehr viel mehr um die Verwaltung kümmern. Und die Damen mussten, genau wie sie, mit viel weniger Bediensteten auskommen. Was war das doch für eine angenehme Zeit vor dem Krieg gewesen.

Nach dem Mittagessen legte sie sich hin. Adolphis wollte sich mit Thalmann besprechen. Sie dagegen wollte am liebsten niemanden mehr sprechen müssen.

Als sie zwei Stunden später wieder aufstand, hatte es geregnet. Das eisige Wetter passte zu ihrer Stimmung. Draußen pfiff ein scharfer Wind, der den Regen an den Sträuchern zu bizarren Eiszapfen formte. Ein Sturm schien aufzukommen. Sie setzte sich im Salon direkt an den lodernden Kamin und starrte ins Feuer.

Es war schon fast Zeit fürs Abendessen, als plötzlich jemand die Tür aufriss. Es war Wiebke. Das dumme Gör wusste immer noch nicht, wie man sich richtig benahm. Sie würde es ihr hoffentlich erst gar nicht beibringen müssen. Caspers sollte in ein oder zwei Wochen wohl wieder auf dem Damm sein. Doch Wiebke kam herangeschossen und blieb erst kurz vor ihr stehen.

»Gnädige Frau! Besuch … Ich hab es zufällig von oben gesehen.« Sie war außer Atem. Ihr Blick ging panisch zum Fenster. »Er kommt.«

Schon war zu hören, wie eine Kutsche auf dem Kies hielt. Feodora stand schnell auf und ging zum Fenster. Sie erkannte, wer dort in dieser Sekunde aus der Mietdroschke stieg. Panisch schlug sie sich die Hände vor den Mund. Um Gottes willen. Das hatte ihr gerade noch gefehlt. Und sie war ganz alleine!

»Schick Kilian nach meinem Mann. Er soll sofort kommen. Er ist mit Thalmann verabredet. Schnell!« Bis gerade eben noch hatte sie gedacht, der Tag könnte nicht schlimmer werden. Was für ein Irrtum.

Ludwig von Preußen sprang auf die unterste Stufe und rutschte fast aus. Es war spiegelglatt. Vorsichtig stieg er die Stufen hoch. Schon klingelte es ungeduldig. Wiebke war die Hintertreppe hinuntergelaufen. Sonst war niemand da, der ihm aufmachen konnte. Feodora gab sich einen Ruck.

Sie hatten dem Neffen des Kaisers schon vorgestern telegrafiert. Katharina sei noch immer nicht ganz wohlauf. Außerdem seien nun ihre ganzen Dienstboten erkrankt. Man bat die kaiserliche Familie darum, die Hochzeit ein weiteres Mal, am liebsten gleich auf den Dezember zu verschieben.

Ursprünglich war die Hochzeit für den 9. November geplant gewesen. Krankheitsbedingt hatten man sie auf den 17. verschoben. Man hatte daraufhin telegrafisch vereinbart, dass Ludwig am 14. mit seinen Eltern anreisen würde. Hatte er das letzte Telegramm etwa nicht bekommen? Selbst wenn nicht, war er trotzdem einen Tag zu früh angereist.

Der Gedanke daran, wie sie dem Neffen des Kaisers beibringen sollte, dass Katharina verschwunden war, hatte Feodora schon zwei schlaflose Nächte gekostet. Alleine die Hoffnung, dass sie einige Wochen haben würden, um sich zu fangen und das Gespräch vorzubereiten, hatte ihr Zuversicht beschert.

Adolphis hatte sie beruhigt. Der Kaiser sei schon im Oktober nach Belgien ins Hauptquartier gereist. Vermutlich sei Ludwig bei ihm. Und wenn nicht, dann habe das vom Thron gestürzte Haus Hohenzollern sicher gerade andere Probleme, als einer erkrankten Grafentochter nachzujagen. Vermutlich komme ihnen die Verschiebung sogar recht.

Feodora hatte sich leichtgläubig einlullen lassen. Sie hatte Adolphis glauben wollen. Weil ihr die Kraft gefehlt hatte, sich Ludwig von Preußen zu stellen.

Die Türglocke ertönte wieder, dieses Mal ungeduldiger, wie es Feodora vorkam. Sie ging zur Tür und öffnete.

»Gräfin.« Ludwig von Preußen schien verwundert darüber, dass sie selbst aufmachte.

Sie ließ ihn hinein. »Vergeben Sie mir. Die Hälfte der Dienstboten ist erkrankt. Hat mein Mann im Telegramm nicht geschrieben, dass bei uns die Influenza umgeht?«

Ludwig von Preußen schien tatsächlich etwas verunsichert. Was hatte er denn geglaubt? Dass der weitere Aufschub eine reine Ausflucht war?

»Wie geht es Fräulein Katharina? Ist sie wieder genesen? Ich wollte meine Verlobte in dieser schweren Stunde nicht allzu lange alleine lassen.«

Er glaubte ihnen nicht! Er dachte, sie würden aus irgendwelchen vorgeschobenen Gründen die Hochzeit immer weiter hinauszögern. Natürlich wusste er selbst, dass Katharina ihn auf keinen Fall heiraten wollte. Dachte er, dass sie ihre Eltern überzeugt hatte? Als wenn es daran hätte liegen können.

»Kommen Sie doch bitte herein. Sie müssen ja halb erfroren sein.« Sie führte ihn in den Salon.

Er schaute sich neugierig um, als würde er nach Katharina suchen. Feodora drangsalierte die Klingel.

»Ich fürchte, es wird etwas dauern, bis ich Ihnen eine Erfrischung beziehungsweise einen heißen Tee oder Kaffee anbieten kann. Aber natürlich bleiben Sie zum Essen. Ich erwarte meinen Mann jede Minute zurück.«

»Wo ist meine Verlobte?«

Was sollte sie nun machen? Unruhig ging ihr Blick immer wieder zur Tür. Sie erwartete Adolphis sehnlichst. Wo blieb er denn nur? Es war mal wieder so typisch für ihn, dass er sie in dieser schweren Stunde alleinließ.

»Wie gesagt, Katharina war lange krank und sie fühlt sich nicht gut. Sie liegt noch immer im Bett«, gab sie ausweichend von sich. »Wie geht es Ihrer Familie? Und vor allem: Wie geht es Ihrem Onkel?«

»Meinem Onkel?«

»Ja. Ich hörte, er sei in Holland. Ich hätte vermutet, Sie würden ihn begleiten.«

»Da haben Sie recht. Ich habe ihn bis Belgien begleitet. Doch danach bin ich zurückgekehrt. Schließlich gibt es keinen Grund, meine Hochzeit weiter zu verschieben. Oder gibt es einen?«

»Was? Wieso? … Nein, natürlich nicht.« Sie fühlte sich, als würde sie schwanken. »Außer natürlich die Grippe …«

»Ich habe meinen Onkel vor wenigen Tagen verlassen. Meine ganze Familie trifft sich in Holland … bis hier wieder alles … geklärt ist. Ich werde Katharina heiraten und dort mit hin nehmen.«

»Jetzt sofort?«

»Natürlich jetzt sofort. Wenn sie erst einmal eine Hohenzollern ist …«

»Also ich weiß wirklich nicht, ob …«

»Meine Eltern sind bereits Richtung Den Haag abgereist. Sie werden verstehen, wenn ich ihnen möglichst schnell folgen möchte.«

»Natürlich … aber … Dann kommen Ihre Eltern gar nicht?«

»Das sagte ich doch gerade. Ich werde Katharina heiraten, und wir werden umgehend abreisen.«

»Meine Tochter ist wirklich nicht in der Verfassung, um …«

Er spießte sie mit seinem Blick förmlich auf. »Ich möchte sie sehen.«

»Was? Aber nein.«

»Ich will Fräulein Katharina sehen. Sofort.«

»Ich bin mir nicht sicher, ob die Ansteckungsgefahr schon … Wo wollen Sie hin?«

Ludwig hatte den Braten gerochen. Schon war er zur Tür hinaus und lief mit energischen Schritten die Treppe hoch. Offensichtlich wusste er genau, wo Katharinas Zimmer war. Feodora hetzte ihm hinterher.

»Nicht … Es ist besser, wenn Sie sie nicht in ihrem Zustand sehen. Sie ist noch nicht ganz wieder auf dem Damm.«

Kein Einwand half. Ludwig lief weiter, bis er vor der Tür stand. Er klopfte laut.

Feodoras Herz galoppierte. »Mein lieber Prinz. Sie können doch nicht bei einem unverheirateten Fräulein ins Schlafzimmer hereinplatzen. Unangekündigt. Also wirklich. Ich verbitte mir das.«

Ludwig von Preußen schaute sie an, klopfte noch einmal. Dieses Mal war es wirklich sehr laut. Man hörte nichts aus dem Zimmer. Er griff nach der Klinke und öffnete die Tür. Schon war er im Zimmer. Feodora folgte ihm notgedrungen.

Anscheinend hatte irgendjemand Zeit gefunden, das Bett abzuziehen. Der Rest des Zimmers war aufgeräumt. Es lag kein Brief herum, keine Zeitung und kein Buch. Es gab keine frischen Blumen oder sonst irgendetwas, was darauf hindeutete, dass jemand in diesem Zimmer wohnte.

Der Neffe des Kaisers drehte sich zu ihr um. Seine Augen waren gefährlich zusammengekniffen.

»Sie … Katharina ist …«

»Ja?« Hinter seiner Stirn brodelte es sichtbar.

»Sie ist …« Auf dem Flur waren Schritte zu hören. Adolphis. Endlich!

Er trat in das Zimmer. Ihm war sofort klar, in welcher Situation sie sich befanden. »Werter … Mein lieber … Prinz.« Er schaute den Aristokraten an, ging zum Fenster und fuhr sich mit beiden Händen durchs Gesicht. Er starrte hinaus, stier, verkrampft, nachdenkend.

»Graf, ich fordere eine Erklärung.«

Schicksalsergeben ließ Adolphis sich in Katharinas Sessel fallen. »Sie hat uns vorgespielt, sie sei krank. Sie hat sich aus dem Haus geschlichen, vor zwei Tagen. Sie ist fort.«

»Sie ist *fort?*«

Adolphis nickte. Feodora trat an ihn heran und legte eine Hand auf seine Schulter. Sie schaute zum Prinzen. Ihre Tochter war verloren. Verbrannte Erde. Das Einzige, was jetzt noch zu tun war, war zu beweisen, dass sie daran keine Schuld traf. Katharina sollte sie nicht mit in den Abgrund ziehen.

»Mit Argusaugen habe ich sie bewacht. Aber dann bekam sie die Spanische Grippe. Anscheinend. Wir dachten, sie würde sterben. Sie fieberte, über zehn Tage lang! Und die Krankenschwester, nun, sie war Tag und Nacht bei ihr. Tag und Nacht! Aber Katharina hat uns alle an der Nase herumgeführt.«

»Stümper. Sie sind aber auch wirklich zu nichts zu gebrauchen.« Ludwig lief rot an. »Sie können das Gut nicht führen. Sie sind völlig verschuldet. Sie schaffen es nicht einmal, Ihre Dienstboten im Zaum zu halten, geschweige denn Ihre eigenen Kinder.«

Seine Nasenflügel bebten. Feodora dachte in diesem Moment, wie sehr Katharina recht hatte, ihn nicht zu heiraten. Er war wirklich ein hässlicher Mensch. Und trotzdem wäre das egal gewesen. Doch jetzt war es zu spät.

»Wir wollten … Wir hätten Ihnen noch Bescheid gegeben. Aber wir wollten erst überlegen, wie wir es Ihnen erklären.«

Ludwig von Preußen machte ein abfälliges Geräusch. »Es mir erklären? Gelogen haben Sie. Sie haben mir glatt ins Gesicht gelogen. Einem Mitglied der kaiserlichen Familie. Das wird Folgen haben. Gravierende Folgen. Das schwöre ich Ihnen. Und was Ihre Tochter da getan hat, das grenzt schon an Hochverrat.«

Als würde ihr Herz stehenbleiben, so fühlte Feodora sich. Ihr geliebter Zar war tot, und ihre Tochter wurde von der kaiserlichen Familie des Hochverrats bezichtigt.

Adolphis schnappte nach Luft. »Es lag nie in unserer Absicht, Sie zu täuschen. Aber verstehen Sie doch: Wie soll man so etwas erklären? Die eigene Tochter … Von der eigenen Tochter verraten.«

»Wo ist sie hin?« Mit einer barschen Geste wischte er jegliche Erklärung beiseite.

Feodora räusperte sich. »Vermutlich ist sie bei ihrer Patentante Leopoldine«, erklärte sie eilig.

»Vermutlich?«

»Nein … Nein. Ganz bestimmt ist sie dort.« Als wüsste sie nicht ganz genau, wo Katharina wirklich war. Bei ihm natürlich, wo sonst?!

Der Neffe des Kaisers blickte sie ungläubig an. »Sie wissen es nicht einmal?«

Um Gottes willen, wieso hatte sie »vermutlich« gesagt? Sie brachte sich doch nur selbst damit in die Bredouille. »Doch, ganz gewiss. Bei der Schwester meines Mannes. Sie lebte in der Nähe von Oranienburg.«

»Woher wollen Sie das so sicher wissen?«

Feodora schluckte hart. »Leopoldine hat … uns ein Telegramm geschrieben.«

»Ich möchte es sehen!« Sein Ton ließ keinen Raum für eine Gegenrede.

»Ich hab es … verbrannt. Weil ich so in Rage geraten bin …«, versuchte Feodora sich herauszuwinden.

Ludwig von Preußen stieß verächtlich den Atem aus. Er glaubte ihnen nicht. »Wann genau ist sie fort?«

»In der Nacht zum Elften«, antwortete Adolphis schicksalsergeben.

Für einen Moment war es still. Dann trat Ludwig von Preußen an Katharinas Kommode und fegte mit einem wütenden Schlag den Spiegel hinfort. Feodora und auch Adolphis schreckten zusammen, als das Glas an der Wand zerschellte.

Er drohte ihnen mit der Faust. »Die Nacht zum elften November. Denken Sie daran. Für den Rest Ihres jämmerlichen Lebens. Das war der Tag, an dem Ihre Familie zerstört wurde. Ich werde Ihre Tochter vernichten, wenn ich sie finde. Und Ihre Familie werde ich auch vernichten. Es wird nicht lange dauern, dann wird all das hier«, er holte weit mit seinem Arm aus und beschrieb das ganze Haus und alles Drumherum, »all das wird verrotten. Ich werde Sie ruinieren.« Aus seinen Worten tropfte Galle.

Feodora hatte keinen Zweifel daran, dass er es ernst meinte.

Ludwig von Preußen drehte sich auf dem Absatz um und entfernte sich mit lauten Schritten.

»Was sollen wir denn jetzt tun?«

Adolphis schüttelte den Kopf. »Nichts, meine Liebe. Wir können nichts tun. Der Himmel stürzt über uns ein und wir können nichts tun. Rein gar nichts!«

13. November 1918

Wie gut, dass er seinen Wachsmantel hatte. Der Eisregen hatte schon vor einer halben Stunde angefangen, als Albert noch auf einer Weide gegenüber vom Gutshaus gewesen war. Im Sommer grasten dort die Kühe. Im Herbst war das Gatter kaputtgegangen, gerade zur Erntezeit. Niemand hatte Zeit gehabt, es zu reparieren. Man hatte es jeden Abend umständlich zugebunden. Erst jetzt fand er die Zeit, den zerbrochenen Eisenbeschlag auszuwechseln.

Paul Plümecke hatte ihm geholfen, das richtige Eisen zu finden. Der gelernte Schmiedegeselle kannte sich wirklich gut aus. Er hatte etwas improvisiert, da er keine richtige Werkstatt hatte. Das war noch gewesen, bevor er erkrankt war. Jetzt lag er mit seiner Schwester oben in einem Zimmer im Dienstbotentrakt.

Vor drei Tagen hatte Albert Ida das letzte Mal gesehen, am Mittagstisch. Fürs Abendessen hatte sie sich schon entschuldigen lassen, weil es ihr nicht gut gegangen war. Die Mamsell war am gleichen Tag morgens ausgefallen, Herr Caspers einen Tag zuvor. Und Paul hatte es fast zeitgleich mit seiner Schwester erwischt.

Am Wochenende davor hatte er seine Mutter besucht. Inständig hoffte er, dass sie gesund blieb. Mit Idas Krankheit wurde ihm vor Augen geführt, was er verlieren konnte. Er war sich fast sicher, dass es Liebe war, die er für sie empfand. Bei seiner Mutter war er sicher, dass es Liebe war. Er war achtundzwanzig Jahre darüber geworden, sie zu finden. Das Schicksal würde doch wohl hoffentlich nicht so hinterhältig sein, sie ihm jetzt wieder zu entreißen. Und mit Ida ging es ihm genauso. Zum ersten Mal in seinem Leben empfand er tiefe Gefühle für eine Frau, und dann war ausgerechnet sie verheiratet.

Wenigstens ging es seiner Tante gut. Sicher würde sie ihm gleich einen heißen Tee kochen. Die Arme hatte alle Hände voll zu tun, wie alle im Moment. Es herrschte ein wahrer Ausnahmezustand im Herrenhaus. Und im Dorf selbst schien es nicht besser zu sein.

Aus den Städten hörte man, dass zwei von drei Bewohnern erkrankt seien. So schlimm war es hier nicht. Vermutlich, weil die Leute nicht so nah aufeinander hockten. Trotzdem gab es jeden Tag neue Erkrankungen. Allerdings waren sie auch nicht mehr auf dem neuesten Stand, seit das Herrenhaus beinahe hermetisch abgeriegelt wurde.

Albert packte das Werkzeug zusammen. Ihm war kalt bis auf die Knochen. Im Hals fühlte er ein leichtes Kratzen. Hoffentlich wurde er nicht auch noch krank. Er freute sich darauf, in ein paar Minuten am heißen Ofen zu stehen. Als er die Chaussee überquerte, rutschte er auf dem Kopfsteinpflaster fast aus. Es war eisig glatt geworden.

Vorsichtig trippelte er auf die andere Seite zur Auffahrt. Vor der Freitreppe stand eine Droschke. Ob Doktor Reichenbach gekommen war? Ging es jemandem schlechter, schlechter als zuvor? Oder war noch jemand erkrankt? Vielleicht der Graf?

Wenn er an den Grafen dachte, schwang immer etwas Zwiespältiges mit. Er hatte seiner Mutter versprochen, sich ihm nicht vor Ende des Krieges zu offenbaren. Aber nun war der Krieg zu Ende. Gut, noch wusste niemand, wie es weitergehen würde. Aber klar war: Der Tag der Offenbarung rückte näher.

Die Tatsache, dass er sich in Ida verliebt hatte, machte die ganze Sache schwieriger. Vorher hatte er gedacht, dass er eben gehen würde, wenn der Graf ihn rausschmeißen sollte. Es wäre ihm egal. Schließlich war er nicht auf ihn angewiesen. Aber jetzt: Wenn er Gut Greifenau nun verlassen würde, dann würde er Ida verlassen und auch seine Tante. Und vielleicht fände er auch keine neue Stelle in der Nähe seiner Mutter.

Wenn es nur Ida bald besser ginge. Er hatte die Nacht kaum schlafen können. So war es ihm noch nie ergangen mit einer

Frau. Er war sogar des Nachts aufgestanden und hatte in ihr Zimmer geschaut. Man hatte Schwester Agathe einen weichen Polstersessel auf den Flur geschoben. Sie hatte völlig ermattet geschlafen. Die Türen der Kranken waren nur angelehnt, sodass die Krankenschwester sofort hören konnte, wenn etwas war.

Er hatte Ida und Paul atmen hören. Ins Zimmer selbst hatte er sich nicht getraut. Aber heute Morgen hatte Schwester Agathe zu Wiebke gesagt, dass es allen vieren ein klein wenig besser gehe.

Albert hatte schon fast die halbe Auffahrt hinter sich, als er bemerkte, dass das Eingangsportal sich öffnete. Jemand kam die Freitreppe herunter. Der Eisregen stach ihm in die Haut, als er das Gesicht hob. Doch für den Moment störte es ihn nicht. Durch die zusammengekniffenen Lider erkannte er den Besucher: Ludwig von Preußen – ausgerechnet! Der Neffe des Kaisers. Der Schänder von Hedwig. Er hasste ihn. Er hasste ihn inbrünstig. Immer, wenn er ihn sah, wünschte er ihm den Tod an den Hals.

Er hatte nicht verstehen können, dass die Komtess auch nur in Erwägung gezogen hatte, diesen Kerl zu heiraten. Doch anscheinend hatte er sie unterschätzt. Obwohl der Graf und die Gräfin es immer noch nicht zugegeben hatten, wussten mittlerweile alle im Haus Bescheid: Die Komtess war geflohen. Zumindest war sie nicht mehr da. Und ihre Eltern schienen völlig überrascht von diesem Umstand. So etwas in der Art hatte Schwester Agathe gegenüber Wiebke fallen lassen. Und nun war also ihr Verlobter gekommen.

Der Kerl stieg ein, und die Kutsche setzte sich in Bewegung. Als sie an ihm vorbeifuhr, konnte Albert für einen kurzen Augenblick den Prinzen sehen. Er sah wütend aus.

»Schneller. Dann bekomme ich den Abendzug vielleicht noch«, schrie er den Kutscher an.

Albert blieb kurz stehen und schaute dem Wagen hinterher. Für den Kutscher wie für die zwei Pferde war es eine Zumutung, bei diesem Wetter fahren zu müssen. Genauso schätzte Albert Ludwig von Preußen ein. Ihm war es egal, wie es anderen erging. Eher bereitete es ihm noch Freude, andere leiden zu sehen.

Der Wagen bog auf die Chaussee ein und kam direkt ins Schlingern. Die Wagenräder rutschten über das eisglatte Pflaster und touchierten die Grasnarbe. Eins der Pferde glitt aus. Das andere scheute. Die Kutsche hinter ihnen brach zur Seite weg.

Albert lief zurück, um besser sehen zu können, was dort passierte. Die Deichsel zwischen den beiden Tieren verkeilte sich. Die Kutsche drückte nach vorn, immer weiter Richtung Gebüsch. Hinter dem Gebüsch stand nur eine lichte Reihe Bäume, dann fing schon das Seeufer an.

Albert war alarmiert. Das sah nicht gut aus. Er ließ das Werkzeug auf den Boden fallen und rannte Richtung Chaussee.

Die Pferde scheuten weiter. Das ganze Gefährt rutschte immer weiter Richtung Gebüsch. Der kleine Abhang war nicht besonders schräg, aber als Albert jetzt die Chaussee erreichte, wurde ihm wieder bewusst, wie eisglatt es war. Schon war er auf seinen Hintern gefallen.

Man hörte das laute Wiehern der beiden Tiere, die ängstlich versuchten, zurück auf die Straße zu kommen. Das eine schlitterte schon fast auf der Hinterflanke, bekam sich noch einmal gefasst, stand wieder auf. Jetzt endlich, das erste Mal, versuchten sie gemeinsam, die Grasnarbe zu erklimmen.

Doch zu spät. Hinter ihnen kippte gerade die Kutsche um, genau in eine Lücke zwischen zwei Bäumen. Ihr eigenes Gewicht drückte den Aufbau immer weiter Richtung Wasser. Sie kippte und zermalmte einen kleinen Busch unter sich. Die Wucht war so groß, dass die Pferde wieder rückwärts Richtung See gezogen wurden.

Die Kabine der Kutsche zerschlug die dünne Eisdecke, die sich in den letzten Tagen auf dem Wasser gebildet hatte. Als würde eine unsichtbare Macht an der Kutsche ziehen, rutschte sie immer tiefer in den See hinein.

Albert erreichte endlich die völlig verängstigten Pferde. Ihre metallbeschlagenen Hufe rutschten auf dem vereisten Grün immer wieder weg. Sie wieherten und schnaubten, rissen die Augen riesig groß auf.

Die Kutsche lag auf der Seite und füllte sich von Sekunde zu Sekunde mehr mit dem eisigen Wasser. Ganz langsam driftete sie in den See. Dünne Eisschollen splitterten. Aus dem Inneren der Kutsche waren Schreie und Hämmern zu hören.

Albert packte eins der Pferde am Zaumzeug und versuchte, es zu beruhigen. Aber da war nichts zu machen. Sie waren panisch. Das eine Tier strangulierte sich beinahe selbst mit dem Geschirr. Das andere schien sich ein Hinterbein verletzt zu haben. Die Stute wieherte laut, bleckte die Zähne. Albert kam nicht an sie heran.

Der Kutscher war vom Bock heruntergeschleudert worden. Er lag mit einer Körperhälfte im Wasser und bewegte sich nicht. Albert ließ sich hinunter. Er erreichte den Kutscher und packte ihn an den Schultern. Der Mann war groß und schwer und nun war seine Kleidung auch noch wassergetränkt. Immer wieder rutschte Albert auf dem matschigen und vereisten Untergrund weg. Endlich bewegte sich der Körper. Er zog und zog, bis er den Mann aus dem Wasser hatte. Selbst auf den Knien, packte er den Mann und drehte ihn auf den Rücken.

Sein Gesicht war voller Matsch. Albert konnte nicht erkennen, wie alt er war. Offensichtlich hatte er sich heftig den Kopf gestoßen. Er rüttelte ihn. Endlich kam ein Stöhnen. Sehr gut. Er war nicht tot.

Albert stellte sich hin. Aus der Kutsche drangen ununterbrochen Schreie. Schreie, dann wieder Klopfen, dann wieder

Schreie. Sie übertönten kaum das ängstliche Gewieher der Pferde. Aber Albert konnte es sehr gut hören.

Ludwig von Preußen.

Ganz langsam sickerte die Kutsche mit dem Prinzen tiefer ins Wasser. Es war eisig. Wenn er nicht ertrinken würde, würde er erfrieren.

Und trotzdem, Albert stand dort und konnte sich nicht dazu aufraffen, ihm zu helfen. Sollte er sein eigenes Leben für so einen wie den riskieren? Wenn er in den See fiel, wer würde ihn herausholen? Albert konnte schwimmen, doch er wusste, das half ihm in diesem eisigen Wasser überhaupt nichts.

Wollte er wirklich den Neffen des Kaisers ertrinken lassen? Nein, das hatte nichts mit Neffen und nichts mit dem Kaiser zu tun. Es hatte etwas mit dem Wissen zu tun, dass dieser Mann Hedwig in den Tod getrieben hatte.

Trotzdem: Wollte er wirklich dabei zusehen, wie ein Mensch ertrank? Er musste etwas tun. Er griff zum Geschirr des Pferdes, das ihm am nächsten war. Seine Finger waren eiskalt und glitschig vom Matsch. Er konnte sie kaum bewegen. Trotzdem schaffte er es irgendwie, die Riemen an der Deichsel und die anderen Leinen zu lösen. Endlich war das erste Tier frei. Die Stute stand sofort auf, und ohne das Gewicht, das sie nach hinten zog, schaffte sie es endlich, nach vorne zu preschen. Sie sprang in einem Satz über das Gebüsch und war in der nächsten Sekunde auf der Chaussee. Doch sofort rutschte das arme Tier weg und krachte laut auf seine Flanke.

Albert griff über die Deichsel hinweg und erlöste auch das andere Pferd aus seinem Geschirr. Ganz offensichtlich hatte es sich wirklich etwas gebrochen, denn im Gegensatz zu der ersten Stute sprang es nicht die Böschung hinauf. Mühevoll ackerte es sich durch den Busch hindurch und blieb auf der anderen Seite schnaubend und am ganzen Körper zitternd stehen.

Als wollte ein Sturm ihn an seinem Vorhaben hindern, kam der Eisregen nun schwallartig herunter. Jetzt, da das Gewicht der Pferde die Kutsche nicht noch tiefer in den See drückte, krabbelte er auf die schief liegende Kabine. Durch das Seitenfenster war kaum etwas zu sehen.

Albert versuchte, auf dem Seitenteil stehen zu können. Er rutschte immer wieder weg. Einmal schlidderte er fast in den See, konnte sich nur im letzten Moment noch an dem Aufbau festkrallen. Die Füße tauchten ins eisige Wasser. Es war ein regelrechter Schock. Albert hechelte, dann hatte er sich gefangen. Er zog sich wieder hoch, bis sein Gesicht genau am Seitenfenster war.

»Holen Sie mich hier raus. Sofort, Mann. Oder es blüht Ihnen was!« Der Prinz, wie er leibte und lebte. Ludwig schlug von innen gegen das Glas. Albert sah sein angsterfülltes Gesicht. Die Kutsche schien schon halb voll Wasser zu sein. Es musste eisig sein.

Endlich schaffte Albert es, sich auf die Wagenspeichen zu stellen, wo er aber kaum festen Halt fand. Dann zog er an der Tür. Sie klemmte. Die Wucht des Aufpralls musste sie verkeilt haben. Sie war nicht aufzukriegen.

Von innen schrie ihn der Kerl an. Versuchte, die Tür selbst aufzudrücken, aber es bewegte sich nichts. Keinen Millimeter.

Oben auf der Chaussee erschien Graf von Auwitz-Aarhayn. Er musste etwas vom Fenster aus mitbekommen haben. Vielleicht hatte er aber auch die Pferde gehört. Auf jeden Fall hatte er sich noch einen Mantel, Schal und Mütze übergeworfen.

»Ich komme. Warten Sie. Ich helfe Ihnen.« Doch er schaffte es nicht einmal, auf zwei Beinen den Abhang hinunterzukommen. Schon kullerte er in einen Busch.

Albert versuchte weiter, die Tür aufzumachen. »Haben Sie da drin etwas zum Aufstemmen?«

Hätte er doch sein Werkzeug nicht vor dem Herrenhaus liegen lassen! Mit seinen klammen Fingern konnte er nichts ausrichten.

»Holen Sie mich hier raus, Sie Schwachkopf.« Die Stimme des Prinzen wurde immer langsamer. Er hatte Schwierigkeiten zu atmen. Das Wasser war nun schon so hoch, dass sein Oberkörper im eisigen Nass war. Wie lange würde sein Herz das mitmachen?

Albert zog weiter an der Tür. Der Graf hatte sich aufgerappelt und stand unschlüssig am Ufer. Jetzt stieg er ins Wasser, sprang aber sofort zurück, als es in seine Schuhe lief.

Noch einmal versuchte er es, packte eine Seitenstrebe und zog sich an der Kutsche hoch. Er näherte sich Albert, konnte sich allerdings kaum halten. Geschweige denn dabei helfen, den Prinzen zu retten. Doch sein zusätzliches Gewicht drückte den Kutschaufbau nur tiefer ins Wasser.

Unter sich spürte Albert, wie ein Ruck durch den Wagen ging. Der Graf ließ sich heruntergleiten und rettete sich aus dem Wasser. Im letzten Moment sprang Albert von dem Aufbau ans Ufer. Die Kutsche rutschte ruckartig tiefer in den See. Das dünne Eis knirschte und brach weg. Einige Schollen wurden mit unter Wasser gerissen. Natürlich war der See nicht besonders tief, in Ufernähe kaum mannshoch. Aber gefangen in einer quer liegenden Kutsche, reichte es zum Ersaufen.

»Oh mein Gott. Oh mein Gott«, schrie der Graf ununterbrochen. »Er ertrinkt.«

Albert kauerte noch halb im Wasser. Er konnte sich nicht mehr bewegen. Steif gefroren bekam er kaum noch Luft. Tausend Nadeln traktierten seinen Körper.

Im See sah man nur noch eine Ecke der Kutsche. Dann stiegen Luftbläschen hoch. Und plötzlich trat Frieden ein. Es wurde ganz still. Die Pferde beruhigten sich. Der Eisregen schwächte sich ab. Und statt eisiger Wassertropfen tanzten auf einmal kleine Schneeflocken aus dem Himmel herab. Die Welt versank in einer winterlichen Idylle.

Albert bewegte sich. Er musste aus dem Wasser raus. Als er es endlich ans Ufer geschafft hatte, starrte er zurück auf die gebrochene Eisdecke. Das war schicksalhafte Gerechtigkeit. Nicht Hedwig war hier durch ein Unglück ertrunken, sondern Ludwig von Preußen, der Neffe des Kaiser. Der Mann, der den Tod des Hausmädchens zu verantworten hatte. Und wer weiß was noch.

Ein Gefühl stieg in ihm auf. Was er fühlte, war so etwas wie Genugtuung. Er hatte versucht, ihn zu retten, aber es hatte nicht sollen sein. Er konnte sich selbst nichts vorwerfen. Für einen Moment dachte er an Eugen, und dass er dem Jungen versprochen hatte, dass für Ludwig von Preußen der Tag des Abrechnung kommen würde. Nun war es so weit. Der Verbrecher hatte seinen Preis gezahlt.

14. November 1918

Wie sie es geschafft hatte, überhaupt wach zu werden, war ihr ein Rätsel. Bertha war so müde wie schon lange nicht mehr. Die letzten Tagen waren beängstigend gewesen. Anders konnte man es wohl nicht nennen. Und gestern Abend … die Katastrophe. Sie wollte nicht darüber nachdenken. Außerdem war sie ohnehin zu müde dazu. Nur ihrer jahrelangen Routine verdankte sie es, dass sie ihre Aufgaben erledigen konnte. Gähnend griff sie nach den alten Zeitungen. Das waren die Ausgaben, die Kilian gestern Abend mit runtergebracht hatte. Die Zeitungen wurden immer gesammelt, da sie fürs Feuermachen und Fensterputzen gebraucht wurden. Morgens wurde immer als Allererstes der Küchenofen angeheizt.

Aber als ihr Blick nun auf die Schlagzeile fiel, traute sie ihren Augen nicht. Ihre Knie wurden ganz weich. Niemand hatte in den letzten Tagen Zeit gehabt, Zeitung zu lesen. Bertha zog einen Schemel heran und setzte sich. Sie las es noch einmal, so, wie kleine Kinder lasen, wenn sie noch nicht so geübt waren. Sie musste sich vergewissern, dass sie keine Fehler machte.

Der Kaiser hat abgedankt!

Das gab es doch gar nicht! Der Himmel war auf die Erde gefallen, und sie hatten nichts davon bemerkt.

Die Ereignisse, genau wie die anstehende Arbeit, überschlugen sich. Bertha hatte so viel zu erledigen, aber das hier war für den Moment wichtiger. Sie musste diesen Artikel einfach lesen. Der Kaiser hatte abgedankt, schon vor über vier Tagen. Auch sein Thronfolger verzichtete auf den Herrschaftsanspruch.

Ganz offensichtlich schienen aber weder die Gräfin noch der Graf es für nötig erachtet zu haben, ihnen von diesem Umstand zu berichten. Nun, ganz verwunderlich war das natürlich nicht. Eine Neuigkeit jagte die nächste. Erst waren die Bediensteten krank geworden. Dann war plötzlich Graf Konstantin von den Toten auferstanden. Plötzlich hatte er vor der Tür gestanden mit seiner frisch angetrauten Ehefrau, der Dorflehrerin. Sie waren wieder gegangen. Bertha wusste nicht, ob freiwillig, denn die Gräfin war danach wie eine Furie durchs Haus gewütet.

Als wäre das nicht schon Aufregung genug, hatte Wiebke vorgestern bemerkt, dass das Bett der Komtess leer war. Sie war fort. Als gestern Prinz Ludwig von Preußen unangekündigt aufgetaucht war, hatte sich die Annahme der Bediensteten lautstark bestätigt: Die Komtess war geflohen! Der Prinz war daraufhin wieder gefahren und nur wenige Meter von hier im See ertrunken. Dieses Ereignis überdeckte alles andere. Das war eine Katastrophe.

Man hätte all die Ereignisse und Unglücke auch gut auf drei Jahre verteilen können. Alles kam Schlag auf Schlag. Bertha wusste nicht mehr, wo ihr der Kopf stand. Wenn hier gleich eine Katze mit zwei Köpfen reinspazieren würde, wäre sie kaum noch erstaunt. Die Welt stand Kopf. Und jetzt das. Der Kaiser hatte abgedankt.

Bertha vertiefte sich in den Artikel. Sie kam aus dem Staunen überhaupt nicht heraus. Das konnte doch alles nicht wahr sein. Was ebenfalls an ihnen vorbeigegangen war: Deutschland sollte nun eine Republik sein. Wobei Bertha noch nicht so ganz klar war, wer dann jetzt die Geschicke des Landes führte.

Alles wankte. Nichts war mehr sicher. Im Artikel stand, dass auch der Friedensvertrag mit den Russen für ungültig erklärt worden war. Was kam denn noch alles auf sie zu? Ihr wurde ganz angst und bange.

Irmgard Hindemith kam herunter. Sie sah Bertha, die dort am Tisch saß und Zeitung las.

»Ist dir etwa die Arbeit ausgegangen?« Die Köchin klang nicht einmal böse. Sie wusste, wie sehr sich hier alle in den letzten Tagen überschlagen hatten, von gestern Abend gar nicht zu reden.

»Der Kaiser hat abgedankt.«

Irmgard Hindemith band sich gerade die Schürze um. Die Stoffbänder glitten ihr aus den Händen. »Was sagst du da?«

»Der Kaiser hat abgedankt. Wir sind jetzt eine Republik.«

»Mädchen, wenn du Scherze machst …« Doch sie schaute Bertha mit einem Blick an, der ihr sagte, dass sie das gar nicht dachte. Große Sorgen standen in ihrem Gesicht. Sie kam heran, weil sie es mit eigenen Augen lesen musste. Als sie die Schlagzeile sah, zog sie die Zeitung zu sich heran.

Bertha stand vom Schemel auf und suchte in dem Stapel alter Zeitungen nach den letzten Ausgaben. Die hier war von gestern, vom 13. November. Sie überflog mehrere Artikel.

Aha, nun wusste sie mehr. Gestern hatte der Rat der Volksbeauftragten, der mit den Arbeiter- und Soldatenräten kooperierte, sein demokratisches und soziales Regierungsprogramm veröffentlicht. Sie also hatten das Regierungsgeschäft übernommen. Und sie machten direkt Nägel mit Köpfen. Der Kriegs- und Belagerungszustand wurde abgeschafft, ebenso wie die Zensur. Bertha konnte sich gar nicht hinsetzen, so aufgeregt war sie, als sie die nächsten Zeilen las.

»Frau Hindemith, hören Sie nur.«

Die Köchin blickte neugierig und gleichzeitig skeptisch auf.

»Das Dreiklassen-Wahlrecht wird abgeschafft. Bald sollen alle wählen dürfen. Alle, die über zwanzig sind, sogar wir Frauen!«

»Ach ja? Und wen soll ich jetzt wählen?«

»Das ist doch egal. Hauptsache, wir dürfen wählen! Ist das nicht fantastisch? Und es geht noch weiter. Der Achtstundentag soll eingeführt werden.« Das war ja noch weniger zu glauben, als dass der Kaiser abgedankt hatte.

»Na, das ist doch mal was Reelles. Damit kann ich wirklich was anfangen. Acht Stunden, das ist ja schon fast wie Urlaub.« Irmgard Hindemith entfuhr ein bitteres Lachen.

Berthas Blick flog weiter über die Zeilen. »Ha! Die revolutionäre Regierung hat beschlossen, dass das gesamte Vermögen des Königshauses beschlagnahmt werden soll.«

Als sie weiterlas, kam sie zu einer Zeile, die sie zweimal lesen musste. Dann klatschte sie zufrieden und mit größter Genugtuung die flache Hand auf den Holztisch. »Die Gesindeordnung wird abgeschafft!«

Das war's. Das war die wichtigste Information. Nun hatte sie die volle Aufmerksamkeit von Irmgard Hindemith. Diese Gesindeordnung, die sie fast wie Sklaven an ihre Herrschaften kettete. Die aus reiner Willkür und Knechtschaft gestrickt war. Wann durfte man freinehmen, wann durfte man eine Verwandte besuchen, wann durfte man die Stelle wechseln? All das war nicht der eigenen Entscheidung überlassen. Dafür musste man aber so lange arbeiten, wie eben Arbeit da war. Wenn die Herrschaften an Personal sparten, dann musste eben ein Dienstmädchen für alles herhalten. Und wenn man die Arbeit nicht gut genug machte, besaßen sie sogar noch das Züchtigungsrecht. Und jetzt war diese Anordnung, die das

Leben und den Arbeitsalltag so vieler Millionen Bediensteter im Reich bestimmte und formte, nur noch ein Haufen altes Papier.

Bertha schaute auf. Sie atmete hörbar durch. Sie schnaufte beinahe. Ihr Blick wanderte über all die Küchenutensilien, die hier herumstanden. Nichts davon gehörte ihr. Sie arbeitete schon so lange hier, aber wenn der Graf oder die Gräfin es wollten, stände sie von jetzt auf gleich auf der Straße. Für die Mehrarbeit, die sie in den letzten Tagen und Wochen geleistet hatte, würde sie nicht einmal ein Wort des Dankes hören, geschweige denn mehr Lohn bekommen.

Kilian kam fast noch schlaftrunken herunter. Er war gestern Abend ins Dorf gegangen, um den Sohn des Grafen zu holen. Graf Konstantin hatte sich um alles gekümmert, während seine Eltern wie gelähmt im Salon kauerten. Er hatte die Männer des Dorfes zum See geschickt. Der Leichnam musste geborgen werden. Er telegrafierte dem Beerdigungsinstitut in Stargard. Und sandte auch noch mitten in der Nacht ein Telegramm nach Berlin. Gestern war es für alle spät geworden. Kilian hatte noch bis in die Nacht hinein auf das Antworttelegramm gewartet. Bertha war ins Bett gegangen, bevor er zurück gewesen war. Er gähnte, als er an der Küche vorbeiging.

»Kilian. Komm her.«

Bertha schob ihm ihre Ausgabe rüber. »Lies das!« Sie tippte auf die Stelle, die sie gerade gelesen hatte. Dann ging sie in den Flur.

An der langen Seite unterhalb der Treppe hingen die Glasrahmen, hinter denen die Gesindeordnung eine stete Warnung war für alle, die sich jeden Tag hier aufhielten. Bertha nahm den ersten Glasrahmen herunter, dann den zweiten, den dritten.

Wiebke kam zur Hintertreppe herunter und sah sie überrascht an. »Was machst du da? Willst du ausgerechnet heute die Rahmen sauber machen?« Völliges Unverständnis klang aus ihrer Stimme.

Bertha schaute sie stumm an und nahm noch die letzten Rahmen herunter. Dann ging sie an dem überrascht blickenden Hausmädchen vorbei in die Küche. Sie öffnete einen Glasrahmen nach dem anderen und holte die angegilbten Seiten hervor. Die anderen beobachteten sie neugierig.

Als sie alle Papiere zusammengesammelt hatte, ging sie zum Küchenofen. Mit der gusseisernen Zange hebelte sie eine Kochplatte heraus.

»Aber was machst du da nur?«, fragte Wiebke aufgebracht.

Bertha sagte nichts. Sie nahm die erste Seite und entzündete mit einem Fidibus die Flamme. Gelb züngelte das Feuer an dem alten Papier.

»Bertha!«

Die ließ das brennende Papier nun in den Küchenofen fallen.

»Lass sie nur.« Irmgard Hindemith schmunzelte. Statt Bertha aufzuhalten, trat sie an sie heran und nahm sich auch eine Seite. Sie tat es Bertha nach.

Dann war Kilian dran. Breit grinsend nahm er sich eine Seite, entfachte das Feuer und ließ das Papier so lange brennen, bis nur noch ein winziges Stückchen übrig war.

»Die Gesindeordnung ist abgeschafft.« Bertha nahm eins der vergilbten Papiere und hielt es Wiebke entgegen.

»Die Gesindeordnung? Hat der Kaiser das gesagt?«

»Der Kaiser hat nichts mehr zu sagen. Er hat abgedankt«, erklärte Kilian.

»Und wir bekommen den Achtstundentag«, schob Irmgard Hindemith nach.

Alle schauten sich tief in die Augen. Eine neue Zeit brach an. Neben all dem Unbill und der Unruhe, die sie mit sich brachte, kam auch ein frischer Wind. Ein Wind, der die eingestaubten Regeln, die nur für eine kleine Oberschicht Vorteile und Vorzüge boten, mit sich hinfortwehte. Jeder spürte dieses erhabene Gefühl. Fast schon ein heiliges Gefühl, dachte Bertha. Fast schon heilig.

14. November 1918

Die Pensionswirtin war so nett gewesen, Katharina die alten Ausgaben vom *Berliner Lokal-Anzeiger* seit dem 8. November rauszusuchen. An diesem Tag war Berlin abgeriegelt worden, weil die Regierung davor Angst gehabt hatte, dass es am Jahrestag der Übernahme der russischen Regierung durch die Bolschewisten zu genau solch einem Versuch auch im Kaiserreich kommen würde. Niemand kam in die Stadt rein, niemand raus. Vermutlich hatte Julius diesen Tag in der Stadt verbracht. Und dann war der 9. November gekommen, der Generalstreik, Massendemonstrationen, die Balkonreden zur Republik, ein besetzter Flughafen und Schießereien an einer Kaserne – ihr wurde ganz angst und bange. Trotzdem war all das kein Grund, warum Julius nicht nach Greifenau gefahren sein sollte.

Dorthin konnte sie selbstverständlich nicht zurück. Jeder kannte sie. Wie sollte sie dort nach Julius' Aufenthalt forschen, ohne dass ihre Eltern sofort davon erfuhren? Nein, außerdem war das Blödsinn. In wenigen Tagen schon käme er ganz sicher zurück zu seinen Eltern. Wäre ihm hier etwas passiert, hätte man schon längst seine Eltern benachrichtigt. Schließlich musste man seine Papiere bei sich tragen. Alle diensttauglichen Männer mussten das in Kriegszeiten, um zu beweisen, dass sie nicht fahnenflüchtig waren.

Zwei Tage war sie nun jeden Tag zum Stettiner Bahnhof in Moabit gegangen und hatte sich erkundigt, wann die Züge aus Stettin ankamen. Bisher hatte sie fünf Züge abpassen können. In keinem hatte Julius gesessen.

Allmählich ging ihr das Geld aus. Sie hatte sich eine passable Pension in Berlin-Moabit gesucht. Die Pensionswirtin war nett und hatte ihr sofort geglaubt, dass sie hier auf ihren verwundeten Bruder wartete, der per Zug von der Westfront kommen sollte.

Sie lebte wie in Trance, so kam es ihr vor. Als wäre sie in einer anderen Welt gefangen. Nichts glich dem, was sie sich von ihrer Zukunft erwartet hatte. Berlin, eine der größten Städte der Welt, in einem solchen Umbruch mitzuerleben, ganz auf sich alleine gestellt, das hatte sie sich in ihren kühnsten Träumen nicht vorgestellt. Die Sorgen von Julius' Vater waren begründet. Was Ende der letzten Woche alles geschehen war, ihr wurde ganz mulmig bei dem Gedanken daran.

Cornelius Urban hatte ebenfalls recht damit, dass ihr Stand verschwand. Jeden Tag aufs Neue las sie von Fürsten, die abdankten. Katharina hatte laut aufgelacht, als sie gelesen hatte, dass man das gesamte Vermögen der kaiserlichen Familie beschlagnahmt hatte.

Sie faltete die aktuelle Morgenausgabe zusammen. Das Frühstück war einfach, aber sättigend. In der Pension wohnten nur Frauen, was ihr sehr recht war. Am liebsten wäre sie geblieben, aber sie hatte ein Problem: Das Geld war ihr ausgegangen. Für eine weitere Nacht reichte es nicht mehr. Sie hatte gegessen, war noch zweimal mit der Bahn nach Potsdam gefahren und hatte die Villa beobachtet. Weder Julius noch seine Mutter waren zu sehen gewesen. Gestern Abend hatte sie sogar angerufen, unter falschem Namen, und nach dem Sohn des Hauses gefragt. Er sei nicht da, genau wie seine Frau Mama. Man wisse auch nicht, wann die beiden zurück erwartet werden, war die Antwort des Dienstmädchens.

Gestern Abend im Bett war ihr klar geworden, dass sie ihren Schmuck versetzen musste. Sie hatte die Kette ihrer Großmutter mit den roten Granaten eingesteckt. Aber zuerst würde sie die Bernsteinkette, die Ludwig ihr geschenkt hatte, verpfänden. Die wollte sie nicht nur versetzen, sondern am besten direkt verkaufen. Sie würde sie ohnehin nie tragen. Um die Kette ihrer Großmutter täte es ihr allerdings leid.

Die Pensionswirtin trat in den kleinen Frühstücksraum ein. Katharina war der letzte Gast, der hier noch saß.

»Fräulein Auwitz, wann erwarten Sie Ihren Bruder? Haben Sie schon Nachricht?«

»Nein, bisher noch nicht.«

»Dann bleiben Sie noch eine weitere Nacht?«

»So ist es.«

Die ältere Frau räumte das Geschirr von ihr zusammen. »Dann kommen Sie gleich einfach vorbei und geben mir das Geld. Ich bin unten in der Küche.«

Katharina zögerte. »Ich müsste vorher noch eine Besorgung machen.«

Sofort horchte die Berlinerin auf. Sie schaute Katharina skeptisch an. Vermutlich war sie nicht die Erste, die ihr Zimmer nicht bezahlen konnte. »Ohne Ihnen nahetreten zu wollen: Haben Sie noch Geld für eine weitere Nacht?«

»Ich … ja. Sobald ich wiederkomme«, gab Katharina zu.

»Also haben Sie es jetzt nicht?« Sie stellte das Geschirr zurück auf den Tisch. »Wie konnten Ihre Eltern Sie ohne ausreichend Geld nur fahren lassen?«

»Ich … Es ist wirklich kein Problem.«

»Es tut mir leid, aber wenn Sie das Zimmer nicht bezahlen können, müssen Sie gehen.«

»Ich komme in zwei Stunden wieder. Dann habe ich Geld.« Katharina hörte sich selbst. Leise Verzweiflung klang durch.

»Sie können gerne wiederkommen, wenn Sie das Geld haben. Vielleicht habe ich das Zimmer dann ja noch nicht vergeben.« Sie nahm das Geschirr und verließ den Raum.

Zwanzig Minuten später stand Katharina auf der Straße, ihre Reisetasche in der Hand. Nun denn. Sie würde sich eine Pfandleihe suchen und dann hierher zurückkehren. Die Bernsteinkette war sicherlich zwei bis drei Wochen Unterkunft wert. Und in einigen Tagen würde Julius ja wohl hoffentlich endlich nach Potsdam zurückgekehrt sein.

Es dauerte nicht lange, da stand sie schon vor einem Schaufenster. *Pfandleihhaus* war in großen gelben Lettern auf die Scheibe geschrieben. Katharina schaute in die Auslage. Broschen mit Juwelen, Perlenketten, Goldringe und Uhren aller Art. Antike Fächer standen neben feinem Porzellan. Und sogar ein Photoapparat war dort ausgestellt.

Katharina trug nun wieder ein Kleid. Die Reitstiefel darunter sah man nicht. Der Mantel war elegant genug, damit der ältere Herr, den sie durch die Scheibe sehen konnte, ihr abnehmen würde, dass es auch wirklich ihr Schmuck war.

»So schöne Stücke, aber sollte Ihnen nicht Ihr Verlobter Schmuck kaufen?« Ein eleganter älterer Herr war neben ihr aufgetaucht und schaute ebenfalls in die Auslage.

»Ich bin nicht verlobt.«

»Na, wie schade. Aber lange kann es sicher nicht mehr dauern, bis Sie es sind. Ich habe selten so ein entzückendes Fräulein auf Berlins Straßen gesehen.« Er war gut gekleidet und machte einen sehr höflichen Eindruck.

»Danke sehr«, antwortete Katharina etwas verlegen.

»Wollen Sie selbst etwas verkaufen? Dann passen Sie auf, dass er Sie nicht übers Ohr haut.«

»Wieso? Ich …«

»Haben Sie schon mal etwas verliehen?«

»Nein«, gab sie zu.

»Sie wissen ja, dass die Pfandleiher Ihnen ohnehin höchstens ein Viertel des Wertes auszahlen.«

»Nur ein Viertel? Das ist aber wenig.«

»Und dazu kommt, dass sie den Wert meistens sehr viel geringer einschätzen, als er es tatsächlich ist. Gerade bei Schmuck und Uhren sollten Sie aufpassen.«

»Wirklich …?« Sie zögerte. Nur ein Viertel, das war in der Tat wenig.

»Ich sag Ihnen was. Zeigen Sie mir die Stücke, und ich sage Ihnen, was Sie dafür mindestens fordern sollten.«

»Das würden Sie machen?« Wie nett. Schon kramte Katharina in ihrer Reisetasche.

»Mein liebes Fräulein, Sie sind ja herzlich naiv. Doch nicht hier auf offener Straße, wo sich das ganze Pack herumtreibt!« Er blickte sich suchend um. »Da vorne, sehen Sie den Hauseingang? In der Toreinfahrt können Sie den Schmuck herausholen, ohne dass es jemand sieht.«

»Das ist eine gute Idee.« Sie überquerten nebeneinander die Straße, und er folgte ihr in den Durchgang zum Hinterhof.

Bevor die Fenster der Hinterhäuser in Sicht kamen, blieb er stehen. »Ich denke, hier kann uns kaum jemand sehen.«

Katharina griff in ihre Tasche und bekam schon das kleine Tüchlein, in das sie den Schmuck eingeschlagen hatte, zu fassen.

»Sehen Sie. Ich möchte erst nur die Bernsteinkette versetzen. Aber vielleicht sagen Sie mir auch, was ich für die Granatkette bekommen würde. Für den Fall, dass ich sie auch noch versetzen muss.« Schließlich lernte sie aus ihren Fehlern. Bisher war nichts so verlaufen, wie sie es sich vorgestellt hatte. Wer wusste, was ihr sonst noch passierte.

»Darf ich?«, fragte der Mann höflich und griff zu. Er hielt die Granatkette ins Tageslicht, ganz, als würde er ihre Qualität prüfen.

»Sehr schön. Wirklich teure Stücke. Und der Bernstein. Als Stein ist er nicht so teuer, aber die Steine sind wirklich außergewöhnlich aufwendig und elegant eingefasst.«

Katharina freute sich. »Dann sind sie also viel Geld wert?«

»Allerdings. Haben Sie noch mehr?«

»Nein, nur die beiden Ketten.« Sie schaute den Herrn an.

Plötzlich verschwand sein freundliches Lächeln aus dem Gesicht.

»Na dann.« Er steckte die Stücke in seine Manteltasche, aus der er ein kleines Messer zutage förderte. Er hielt es ihr drohend vors Gesicht. »Folgend Sie mir besser nicht. Und wenn Sie den Schutzmann rufen, dann finde ich Sie, und dann ersteche ich Sie. Verstanden?«

Katharina drückte sich flach gegen die Wand. Sie war starr vor Angst. Niemand war hier, der sie sah. Sie standen im Verborgenen. Draußen liefen Menschen auf dem Bürgersteig vorbei, aber niemand blickte in die Toreinfahrt.

»Verstanden?«

Er presste sich an sie. Seine Pomade roch billig, sein Atem unangenehm. Er war einen Kopf größer und sie seine leichte Beute. Plötzlich waren ihr die Ketten egal. Sie hatte Angst um ihr Leben. Sie nickte stumm. Der Mann ließ von ihr ab und lief schnell nach vorne. Schon war er um eine Ecke verschwunden.

Katharina fiel in sich zusammen. Tränen rollten ihr über die Wangen, aber sie hörte sofort auf zu schluchzen. Das half ihr rein gar nichts. Tränen waren etwas für dumme Gänse, hatte Mama oft gesagt. Und sie hatte recht. Katharina war eine dumme Gans gewesen. Sie musste endlich damit anfangen, sich wie eine vernünftige Erwachsene zu benehmen. In ihrer Situation konnte sie es sich nicht länger erlauben, so kindsköpfig zu sein.

Der Schreck ließ schnell nach, aber die Einsicht erwischte sie mit voller Wucht. Der Diebstahl war eine Katastrophe! Nichts. Ihr war nichts geblieben. Sie hatte noch das halbe Medaillon von Julius. Es war aus Gold, aber bestimmt nicht viel wert. Sie war gescheitert. Jetzt blieb ihr nur noch zu betteln, wenn Julius nicht zurückkam.

Sie würde noch einmal nach Potsdam fahren müssen. Oder wenigstens laufen, denn das letzte bisschen Kleingeld würde sie für Essen brauchen. Vielleicht war Julius' Mutter schon zurückgekehrt. Eleonora Urban würde sie sicher anhören und verstehen. Sie würde ihr vielleicht Geld geben. Aber was half das? So lange Julius nicht wieder da war, würde sie nicht in der Villa leben dürfen. Nun, etwas Geld würde ihr natürlich sehr wohl weiterhelfen. Ihr kam in den Sinn, wie sehr sie sich schämen würde, von den letzten Tagen erzählen zu müssen.

Tante Leopoldine fiel ihr ein. Sie wohnte in der Nähe von Oranienburg, nicht so weit weg. Sie wäre noch eine Möglichkeit. Aber es wäre die letzte Wahl. So sehr sie Tante Leopoldine auch mochte: Niemals wäre die Schwester ihres Vaters einverstanden mit Katharinas Flucht. Auf Entgegenkommen würde sie nicht hoffen dürfen.

Nein, sie hatte keine Wahl. Ihre Eltern würden sie auf die Straße setzen, wenn sie zurückkäme. Konstantin war tot, Nikolaus und Alexander irgendwo an der Front. Anastasia, ha! Ihre Schwester würde sie nicht ertragen mit ihrem Hohn und Spott. Außerdem war sowieso jedes Ziel viel zu weit weg. Sie schaffte es ja nicht einmal bis Oranienburg, geschweige denn zurück nach Greifenau oder gar nach Ostpreußen. Außerdem wollte sie nicht aufgeben. Sie hatte sich ein Ziel gesetzt. Sie würde Julius heiraten. Und sie würde ihn überzeugen, ihr ein Medizinstudium zu finanzieren. Es gab wirklich keinen Anlass, so schnell aufzugeben.

* * *

Sie ging zum Stettiner Bahnhof. Was sollte sie auch sonst machen? Julius war ihre einzige Hoffnung. Und ihre Sorge um ihn wuchs mit jedem Tag, den er nicht auftauchte. Vielleicht war er ja schon zu Hause. Aber sie musste ihr weniges Geld sparen. Sie würde heute noch einmal nach Potsdam laufen. Aber was, wenn er wirklich verschwunden war? Was, wenn er tot war? Nein, daran durfte sie nicht einmal denken. Sie musste ihn finden.

Am Schalter wartete sie in der Reihe, bis sie dran war. Es war ohnehin nicht viel los. In Zeiten wie diesen blieb man lieber zu Hause in Sicherheit, wenn man nicht einen gewichtigen Reisegrund hatte.

»Ja bitte?« Die Schalterbeamtin schaute sie freundlich an.

Sie hatte allen Grund zur guten Laune, denn sie saß im Warmen und hatte eine Arbeit, für die sie Geld bekam. Meine Güte, so vieles wurde Katharina erst in diesen Tagen klar. Innerhalb von Stunden schien sie plötzlich das Leben der Bürgerlichen zu begreifen. Alles, was Rebecca Kurscheidt ihr erzählt hatte, stimmte. Aber sie hatte es nicht wirklich spüren können, die Ängste, die Sorgen, dieses eingeteilt werden in Reich und Arm. Zum ersten Mal in ihrem Leben begriff sie, wie wenig sie wirklich wusste und dass sie verdammt viel zu lernen hatte.

»Entschuldigen Sie bitte. Ich suche nach meinem Verlobten. Er ist seit ein paar Tagen verschwunden. Er wollte eigentlich mit dem Zug nach Stettin und weiter nach Stargard. Haben Sie ihn zufällig gesehen?« Sie schob Julius' Foto über den Tresen.

Die Frau zog es heran und schaute darauf. »Wann soll das denn gewesen sein?«

»Am 8. oder 9. November.«

»Da hatte ich frei. Ich musste am Sonntag ran. Einen Moment mal.« Sie griff unter den Tresen und schaute auf einen kleinen Block. Dann beugte sie sich rüber zu einem Kollegen. »Hermann, du warst doch die ganze letzte Woche da, oder?«

»Jawohl.«

»Ich hab hier eine Dame, die nach ihrem Verlobten sucht.«

Sie gab Katharina einen Wink, zum Nachbarschalter zu kommen. Zwei Leute standen dort an. Katharina stellte sich in die Reihe und wartetet. Dann war sie dran.

»Sind Sie die Dame mit dem Foto?«

»Ja. Bitte, erinnern Sie sich an ihn?«

Er hielt das Foto vor sich. »Das ist ja merkwürdig.«

»Was denn?«

»Vor fünf Tagen bin ich schon mal gefragt worden. Von einer älteren Dame. Sie war wohl seine Mutter.«

»Oh.« Eleonora Urban. Julius' Vater hatte ihr gesagt, dass seine Mutter seit Tagen auf der Suche nach ihrem Sohn war.

»Haben Sie denn keinen Kontakt zu Ihrer Schwiegermutter in spe?«

»Keinen besonders guten, leider.«

»Verstehe! Also, ihr hab ich auch schon erklärt, dass ich den jungen Mann gesehen habe.«

»Ja?« Katharina riss die Augen auf. Endlich eine Spur.

»Er war am letzten Freitag und auch am Samstag mehrfach hier. Deswegen erinnere ich mich so gut an ihn. Er wollte unbedingt nach Stettin. Er war sogar an den anderen Bahnhöfen, hat er erzählt.«

Freitag und Samstag – das waren der 8. und der 9. November! »Und ist er gefahren?«

Der Mann zuckte mit den Schultern und schob ihr das Foto zurück. »Zumindest hab ich ihm keine Fahrkarte verkauft. Am Freitag nicht, weil da gar keine Züge fuhren. Und am Samstag sollte ein Zug fahren, aber erst am späteren Nachmittag. Ich hatte Frühdienst, von morgens bis um vier. Er war am Vormittag da. Aber vielleicht ist er ja nach meinem Dienst noch mal gekommen. Vielleicht versuchen Sie es bei meinem Kollegen vom Spätdienst. Warten Sie.« Auch er zog einen kleinen Block hervor.

»Grotewohl ist sein Name. Er fängt in einer halben Stunde an. So ein älterer, mit grauen Haaren und Brille.«

»Ich danke Ihnen. Ich danke Ihnen sehr.«

Er schaute sie streng an. »Passen Sie auf sich auf, Fräulein. Nicht, dass Sie auch noch verloren gehen. Hätte ich eine Tochter in Ihrem Alter, sie dürfte zu Zeiten wie diesen nicht alleine auf die Straße.«

»Ich fahr auch gleich wieder nach Hause«, log Katharina und drehte sich weg. Er sollte nicht sehen, dass sie Tränen in den Augen hatte.

Nach Hause, das war nur mehr ein frommer Wunsch. Sie wollte nicht nach Hause, sie hatte auch kein Zuhause mehr. Aber sie wäre gerne irgendwo angekommen. Stumm setzte sie sich auf eine der langen Wartebänke. Sie würde noch auf den anderen Kollegen warten. Wenn Julius doch gefahren war, wie sollte sie ihm ohne Geld hinterherreisen? Und war er überhaupt noch in der Nähe von Greifenau? Früher oder später würde er doch hierher zurückkehren. Warum er nicht längst wenigstens seine Eltern angerufen hatte, blieb ihr schleierhaft.

Sie schaute in Richtung Durchgang. Anscheinend war gerade ein Zug angekommen, denn es strömten Menschen durch die Halle. Die ersten, die es ganz eilig hatten, waren schon durch die Schwingtüren. Andere kamen, Familien mit kleinen Kindern, Geschäftsleute, und dann …

Katharina schnellte hoch. Eleonora Urban! Eilig lief sie auf sie zu.

»Frau Urban! Frau Urban!«

Julius' Mutter schaute müde hoch. Dann tauchte die Überraschung in ihrem Gesicht auf. »Fräulein Katharina, was machen Sie denn hier?«

»Ich suche nach Ihrem Sohn. Bitte, haben Sie ihn gefunden?«

Sie schüttelte ihren Kopf. »Mein Mann hat mir schon am Fernsprecher erzählt, dass Sie bei uns waren. Er …«

»Wissen Sie, wo Julius ist?«

Ihr Blick lief zur Tür. Anscheinend erwartete sie dort jemanden. »Es scheint so, als wäre er nicht gefahren. Vorsichtshalber bin ich nach Stettin, und auch nach Stargard. Ich habe alle Hotels abgeklappert. Er hat dort nirgendwo übernachtet. … Sie gehen jetzt besser. Mein Mann ist furchtbar wütend auf Sie. Da kommt er.«

Katharina drehte sich um. Cornelius Urban betrat gerade die Halle und schaute sich suchend um.

»Frau Urban. Ich bin verzweifelt. Ich dachte, ich würde bei Julius leben können, bei Ihnen. Jetzt hab ich keine Bleibe, und kein Geld mehr. Und nach Hause kann ich auch nicht mehr.«

»Bitte, mein Mann gibt Ihnen die Schuld, dass Julius verschwunden ist. Bitte gehen Sie.«

»Aber wohin denn? Wohin denn nur?«

Eleonora Urban klappte ihre Handtasche auf.

»Lore!« Julius' Vater kam mit energischen Schritte auf sie zu. »Was machen Sie da? Lassen Sie gefälligst mein Frau in Ruhe«, schrie er schon von weitem.

Eleonora Urban drückte ihr schnell zwei Scheine in die Hand. »Mehr kann ich nicht für Sie tun.«

»Aber was ist mit Julius?«

»Anscheinend ist er niemals in Stettin oder Stargard gewesen. Er war in keinem Hotel, in keiner Pension. Kein Droschkenfahrer hat ihn gesehen. Auch im Bahnhof kann sich niemand an ihn erinnern. Ich habe vier Tage lang alles abgeklappert. Ich bin selbst verzweifelt.«

Katharina wurde heftig am Arm gerissen. »Unterstehen Sie sich, meine Frau zu belästigen.«

Julius' Vater schien außer sich. Er baute sich zwischen Katharina und seiner Frau auf.

»Ich warne Sie nur ein Mal. Lassen Sie sich nie wieder bei uns blicken. Sie haben Unglück über uns gebracht. Unser einziger Sohn ist verschwunden, wegen Ihnen!«

Er drehte sich um und griff seine Frau herrisch am Arm. »Komm, wir gehen. Und ich untersage dir, jemals wieder mit dieser Person zu sprechen.«

Schon entfernten sie sich. Eleonora Urban drehte sich ein letztes Mal um. Sie machte ein entschuldigendes Gesicht. Dann schob ihr Mann sie hinaus und folgte ihr. Sie waren fort. Katharina starrte auf die Tür, durch die nun Fremde traten.

Erst jetzt bemerkte Katharina die Scheine, die Julius' Mutter ihr in die Hand gedrückt hatte. Ein Zwanzigmarkschein und ein Zehner. Eilig steckte sie die Scheine weg. Etwas sollte sie doch aus den heutigen Ereignissen gelernt haben.

Es hatte keinen Sinn mehr, auf den Beamten von der Abendschicht zu warten. Julius hatte ziemlich sicher keine Fahrkarte bei ihm gekauft. Er war nie in Stettin oder in Stargard gewesen. Wenigstens in der kleinen Provinzstadt hätte seine Mutter etwas erfahren, wenn Julius dort gewesen wäre. Es gab nicht viele Hotels, und auch die Pensionen konnte man gut an einem Tag abklappern. Wenn Eleonora Urban in Stargard nichts über ihren Sohn herausgefunden hatte, da war Katharina sich sicher, dann war er dort nicht aufgetaucht.

Sie verließ das Gebäude und überquerte den Bahnhofsvorplatz. Sie lief immer weiter, vorbei an der Charité, Richtung Spreeufer. Bei der Kronprinzenbrücke überquerte sie die Spree. Ob die Brücke wohl bald umgetauft wurde, jetzt, da es keinen Kronprinzen mehr gab? Plötzlich erst wurde ihr bewusst, dass sie nicht nur ihre Welt hinter sich gelassen hatte. Ihre Welt war in den letzten Tagen zusammengebrochen. Es gab keinen Kaiser mehr. Dann gab es auch keine Prinzen mehr.

Sie stand just am Königsplatz vor der Siegessäule und hatte den besten Blick auf den Reichstag. Wer saß nun dort drin und bestimmte die Geschicke des Landes? Von links sah sie eine Truppe Leute angelaufen kommen. Sie schienen bewaffnet. Schon vor einige Tagen hatte es eine Schießerei hier vor dem Reichstag gegeben. Eilig drehte sie sich um und lief wieder zurück, vorbei am Lehrter Bahnhof und immer weiter, einfach die Straße lang. Immer wieder hörte sie aus der Ferne Schüsse.

Als die Angst nachließ, kamen ihre Sorgen zurück. Was sollte sie jetzt machen? Sie wollte zurück zu der Pension, in der sie die letzten Nächte geschlafen hatte. Dann würde sie sich eine Arbeit suchen. Kindermädchen, Übersetzerin, egal was. Irgendwas würde sie schon finden. Doch auf den letzten paar Hundert Metern war ihr klar geworden, dass sie sich verlaufen hatte. Sie würde jemanden nach dem Weg fragen müssen.

Sie war in einer dunklen und düsteren Gasse. Das Kopfsteinpflaster war dreckig. Überall lag Müll herum, Pferdeäpfel und anderer Unrat. Am Ende der Gasse wurde es heller. Kutschen und Automobile fuhren vorbei. Dort fand sie bestimmt jemanden, der ihr den Weg nach Moabit weisen konnte, zu ihrer Pension. Den Abend würde sie damit verbringen, sich in den alten Zeitungen eine Stelle herauszusuchen. Und ab morgen würde sie arbeiten. Arbeiten und nach Julius suchen. Denn wenn er die Stadt nicht verlassen hatte, musste er hier irgendwo sein. Gut möglich, dass er einfach nur verletzt worden war in den Tumulten des 9. November. Denn sonst gäbe es keinen Grund, warum er nicht früher oder später zu seinen Eltern zurückkehren würde. Ihr wurde klar: Sie musste in den Hospitälern nach ihm suchen.

Entschlossen ging sie los. Doch als sie schon fast an der Ecke war, bog auf einmal eine ganze Horde Männer in die Gasse ein. Sie rannten, als wenn sie vor etwas wegrennen würden. Das kam ihr nicht geheuer vor.

Schnell drückte sie sich in einen dunklen Hauseingang. Die Stimmen kamen immer näher. Katharina ging noch tiefer hinein und versteckte sich in einer Mauernische. Hier konnte sie niemand sehen.

Jetzt hörte sie Schritte – ganz in der Nähe. Ein Mann strauchelte. Eine andere Stimme, sie stöhnte. Sie hörte, wie jemand zuschlug. Wie Knochen brachen. Ein Wimmern. Sie atmete tief durch, dann lugte sie vorsichtig um die Mauerecke.

Ein Polizist schlug auf einen am Boden liegenden Mann ein. Der wehrte sich nicht mehr. Der Schutzmann stand über ihm, schaute ihn noch ein letztes Mal an und ging zurück zur Gasse. Katharina sah nur seine kaiserblaue Uniform, dann war er weg.

Der Mann auf dem Boden stöhnte erneut auf. Sie wartete noch einen Moment, dann kam sie heraus.

Sie kniete sich zu dem Liegenden. »Was ist passiert? Warum hat er Sie angegriffen?« Sie versuchte, seinen Kopf zu heben, aber ein Schmerzensschrei war die Antwort. Sie ließ ihn los.

Der Mann, ein Matrose, war vor Schmerzen fast bewusstlos. Der Schutzmann hatte ihn am Kopf getroffen. Ein Auge schwoll dick an. Frisches Blut lief ihm den Hals hinunter. Er war ziemlich übel zugerichtet.

»Mutter … Wedding.« Er führte ihre Hand zu einer Erhebung in seiner Brusttasche. »Bringen Sie das meiner Mutter … Fräulein, bitte! Sie sehen so schön aus … So ehrlich … Bitte.« Seine Hand erschlaffte. »Cläre Bromberg … Samoastraße, Haus 17 … Hinterhof … Sagen Sie, ich … sagen Sie ihr …« Dann schwieg er. Der Kopf kippte zur Seite.

Katharina kniete starr neben ihm, hielt eine Hand fest, als würde sie so das Leben festhalten können. Die Kälte kroch ihr in die Knochen. Er war tot. Tot! Das letzte Mal, dass sie einen Toten gesehen hatte, war vor etlichen Jahren ihr Großvater gewesen. Es kam ihr alles unwirklich vor. Ein Mann war in ihren Armen gestorben. Sie sollte seine Mutter aufsuchen. Was sie ihr sagen sollte, konnte Katharina sich denken. Cläre Brombergs Sohn war tot.

Aus der Brusttasche holte sie einen Lederbeutel, Geld und die Militärpapiere. Sie stand auf. Sollte sie den Mann hier liegen lassen? Was konnte sie tun? Sie wog den Lederbeutel in der Hand. Abgegriffenes dunkelbraunes Leder, an einer Stelle mit einem dicken roten Faden geflickt. Er war schwer. Bestimmt war viel Geld darin. Geld, das ihr die Möglichkeit geben würde, noch länger nach Julius zu suchen.

Doch als sie an Julius dachte, bekam sie ein schlechtes Gewissen. War ihm etwas Ähnliches passiert? War jemand mit seinen Papieren und seinem Geld einfach in die Welt hinausspaziert? Wie froh sie doch wäre, wenn sie über sein Schicksal Gewissheit hätte. Diese Gewissheit würde sie der Mutter des Matrosen nicht vorenthalten. Sie wusste, was zu tun war. Sie musste der Mutter Bescheid geben.

Sie fragte sich durch. Eine Stunde später stand sie in einer gepflasterten Straße, Samoastraße. Die Häuser so hoch und eng aneinandergebaut, dass kein Sonnenstrahl je den Weg nach unten fand. Was für ein Hohn, ausgerechnet eine solche Straße nach der deutschen Südseekolonie zu benennen.

Sie fand das Haus Nummer 17 und ging hindurch. Es war laut. Ein Hämmern und Sägen, Geräusche aller Art, Horden von spielenden Kindern. Menschen, die schrien. Sie trat an eine Frau heran, die vor ihrem Fenster auf einer wilden Konstruktion aus Eisen und Leinen Wäsche aufhängte.

»Wissen Sie, wo ich Cläre Bromberg finde?«

Die Frau schaute sie an. Als sie den Mund aufmachte, waren da nur Zahnstummel. »Noch'n Hof weiter. Linke Tür. Da fragense nochma.«

Katharina bedankte sich. Sie ging weiter und trat durch die Tür. Ein mageres Mädchen mit stumpfen Zöpfen und einem gelben, kränkelnden Gesicht kam die Treppe heruntergehüpft. Katharina fragte noch mal. Das Mädchen sah sie stumm an, dann ging sie die Treppe weiter runter und zeigte auf eine Tür im Souterrain. »Da.«

Katharina klopfte. Von drinnen war ein heftiges Husten zu hören. Es dauerte nicht lang, dann machte eine ältere Frau ihr auf. Graue Haare, ein ausgemergeltes Gesicht, ein krummer Rücken. Sie sah nicht freundlich aus.

»Frau Cläre Bromberg?«

Sie nickte skeptisch und putzte sich mit einem dreckigen Taschentuch die Nase.

»Ich komme von Ihrem Sohn.«

Sie guckte weiter skeptisch. Katharina holte den Lederbeutel und die Papiere hervor und hielt sie ihr hin. Erst jetzt reagierte die Frau. Sie riss Katharina die Sachen aus der Hand und schnauzte gleichzeitig das Mädchen an, das neugierig am Treppenabsatz stehen geblieben war. Schnell zog sie Katharina ins Zimmer.

»Wo ist er?« Die Frage wurde begleitet von einem Husten.

»Bitte … setzen Sie sich doch erst.«

Die Frau schaute sie an, als wäre sie irre. Doch dann setzte sie sich tatsächlich. Sie krallte sich an den Lederbeutel, öffnete ihn kurz, um ihren Verdacht zu bestätigen. Der bittere Ausdruck auf ihrem Gesicht verwandelte sich für einen Moment und zeugte von einer glücklichen Überraschung. Eine Fremde hatte ihr ein Vermögen gebracht. Es war Geld, viel Geld. Für eine kleine Ewigkeit verharrte ihr Blick auf dem Geld. Dann zog sie den Lederbeutel fest zu und schaute Katharina an. Vermutlich hatte sie gerade begriffen, dass es das Entlassungs- und Marschgeld ihres Sohnes war.

»Wo ist mein Junge?«

»Er ist … gestorben.«

Die Alte setzte eine steinerne Miene auf. »Wann?«

Katharina erzählte, was sie gesehen hatte. Erst als sie geendet hatte, stand die Frau auf und stellte sich an den Herd. Sie stand dort eine ganze Weile.

Katharina schaute sich um. In dem Raum gab es den Tisch mit drei Stühlen, einen Herd und eine Anrichte. Ein abgewetztes Sofa befand sich in einer Ecke, darüber lagen Kleidungsstücke verschiedener Art auf einem großen Haufen. Unter dem einzigen schmalen Fenster, das bis an die Decke reichte, stand eine Tretnähmaschine. Es sah so aus, als hätte Katharina die Frau gerade bei der Arbeit gestört. Auf der anderen Seite des Raumes führte eine Tür in ein zweites Zimmer. Es war stickig und es roch nach Schweiß und Kohl. Aber auf dem Herd stand nichts. Der Gestank hatte sich in die Wände gefressen.

Erst jetzt bewegte die Frau sich wieder. Sie nahm eine alte Zeitung, ein dünnes Holzscheit und fachte das Feuer im Herd an. »Wieso bringen Sie mir das Geld?«

»Weil Ihr Sohn es so wollte.«

Der Blick der Alten traf sie. Dann wurde ihr bewusst, was die alte Frau wirklich wissen wollte. Sie konnte nicht glauben, dass sich tatsächlich ein Mensch mit dem Geld ihres Sohnes zu ihr auf den Weg gemacht hatte.

»Ich suche auch nach jemandem. Jemand, der verloren gegangen ist in den Unruhen der letzten Tage. Ich wünschte, jemand wie ich hätte seiner Mutter Bescheid gesagt, was mit ihm passiert ist.«

»Ist er auch tot?«

Katharina schüttelte ihren Kopf. »Keine Ahnung. Er ist einfach verschwunden. Es ist mein Verlobter. Und seine Eltern nehmen mich nicht auf.«

»Und Ihre Eltern?«

Was sollte sie sagen. Sie konnte nicht zurück. »Tot. Ich habe kein Zuhause mehr.«

Die Alte ließ die Lederbörse in ihrer Rocktasche verschwinden. »Ich kann Ihnen das Bett von meinem Sohn vermieten. Er kommt ja jetzt nicht mehr zurück.«

Katharina schaute überrascht auf.

»Ich hatte früher mal einen Schlafgänger, der hier tagsüber geschlafen hat. Nachts war er in einer Rüstungsfabrik. Aber der hat nur Ärger gemacht.« Sie ging zu der Tür und öffnete sie.

Katharina sah zwei Betten in dem winzigen Raum. Dazwischen stand ein alter Schrank. Mehr passte nicht hinein. Es stank ranzig.

»Aber ich muss mir eine Arbeit suchen. Ich kann nicht tagsüber schlafen.«

»Sie sind eine Frau. Wir können in einem Raum schlafen. Sie sind doch keine Prostituierte, oder?«

Katharina stieß ein empörtes Schnauben aus.

»Na, so sehen Sie jedenfalls nicht aus. Sie bekommen auch jede Woche frische Bettwäsche … Zwei Mark.«

Katharina war wie vor den Kopf gestoßen. Sie sollte hier schlafen? Um Gottes willen.

»Zwei Mark pro Woche«, setzte die Alte jetzt nach. Als wollte sie Katharina überreden.

Die überschlug im Kopf den Preis. In der Pension zahlte sie doppelt so viel für nur eine Nacht. Sie würde sehr viel länger mit dem Geld von Julius' Mutter auskommen, wenn sie hier übernachtete.

»Was ist mit Essen?«

»Ich bin doch kein Hotel. Um Ihr Essen müssen Sie sich schon selbst kümmern. Aber ich kann Sie mitnehmen … zur Kriegsküche. Mehr als die Schüssel Eintopf am Tag hab ich selbst nicht.«

Als Katharina nicht antwortete, schien sie schon aufzugeben: »Na gut. Aber Sie müssen mir wenigstens zeigen, wo mein Sohn liegt. Ich muss ihn beerdigen lassen.«

Katharina gab sich einen Ruck. »Ich zahl erst für eine Woche. Und später komme ich mit zur Kriegsküche.« Sie stellte ihre Reisetasche auf das leere Bett.

»Wie heißen Sie?«

»Katharina …« Sie wollte doch jetzt nicht wirklich zugeben, dass sie eine Komtess war. »Katharina Auwitz.« Das musste reichen.

Die Frau schloss das Schlafzimmer ab, dann zog sie sich einen schäbigen Mantel an und ging auf den Flur. Mit einem großen rostigen Schlüssel verriegelte sie die Wohnungstür. Als sie oben im Parterre standen, zeigte sie auf eine Tür, die am nächsten Treppenabsatz war.

»Dort ist das Örtchen. Wir teilen uns das hier mit drei anderen Wohnungen. Am besten gehen Sie nachts nicht. Hier laufen allerlei Gestalten herum, denen man nicht begegnen möchte. Ich hab einen Eimer, den ich morgens immer da reinkippe.«

Katharina folgte ihr nach draußen, durch den dunklen Hinterhof, und weiter nach vorne auf die Straße. Der Gestank ließ etwas nach, der Schmutz und Dreck nicht. Sie war besser gekleidet als die meisten, die hier herumliefen, aber trotzdem: Jetzt war sie tatsächlich Katharina ausm Wedding, wie das Dienstmädchen der Urbans sie genannt hatte.

Kapitel 7

16. November 1918

Albert konnte noch immer die Kälte spüren, die sich bis in seine Knochen gefressen hatte. Am See war er reglos gewesen, wie eingefroren. Der Prinz war gestorben und der Graf hatte verzweifelt gejammert. Doch dann hatte er Albert geholfen. Er packte ihn, nahm ihn in den Arm und half ihm die Böschung hoch. Er schleppte ihn zum Herrenhaus und setzte ihn dort im Salon vor den warmen Kamin. Wiebke reichte Decken herein und wartete vor der Tür auf seine nassen Sachen. Der Graf zog ihn aus, bis er nackt vor dem Feuer saß. Als das erledigt war, kippte Adolphis von Auwitz-Aarhayn sich einen Cognac nach dem anderen. Alberts Tante machte sofort Wasser für ein Bad heiß. Und es dauerte nicht lang, bis der Graf ihn noch höchstpersönlich zur Zinnwanne führte. Da war er schon reichlich angetrunken.

An jenem Abend wusste niemand, was zu tun war. Die Gräfin erlitt einen Nervenzusammenbruch. Bisher war sie nicht mehr aus ihrem Schlafzimmer gekommen. Herr Caspers war immer noch viel zu schwach, um Order geben zu können. Mamsell Schott ging es auch nicht wirklich gut. Immerhin schickte sie Kilian ins Dorf. Er solle zur Dorflehrerin gehen und dem Grafensohn Bescheid geben. Konstantin von Auwitz-Aarhayn kümmerte sich dann um alles. Er wies die Dorfbewohner an, die versunkene Kutsche mit den Ochsen aus dem See zu ziehen. Er ließ Kilian ein Telegramm nach Berlin schicken, und er verlangte nach den Leuten vom Beerdigungsinstitut. Doch mitten in der

Nacht war er dann wieder zum Schulhaus zurückgegangen. Das hatte ihm seine Tante erzählt, als sie ihm später Essen ans Bett gebracht hatte.

In der Nacht selbst hatte Albert nicht mehr viel mitbekommen. Mittags fühlte er sich so weit wieder hergestellt, dass er aufstand und mit den anderen aß. Alles war unwirklich. Der Prinz war trotz seines vergeblichen Rettungsversuches gestorben. Der Graf und die Gräfin schienen wie von Sinnen zu sein. Und der Kaiser hatte abgedankt. So fingen seine ersten Tage der Demokratie an.

Aber all das flog wie ein Nebelschleier an Albert vorbei. Woran er seitdem dachte, war der Moment, als sein Vater ihn in den Arm genommen hatte, dort unten am See. Ihm war furchtbar kalt gewesen, und er hatte seinen Körper kaum noch gespürt. Aber den Körper seines Vaters hatte er gefühlt. Die Arme, die sich um ihn gelegt und gepackt hatten. Erstaunlicherweise hatte er ihn geduzt. Als hätte ihre gemeinsame Anstrengung, den Prinzen zu retten, sie zusammengeschweißt.

»Komm, ich bring dich ins Warme«, hatte sein Vater gesagt. Und ihn zum Durchhalten angespornt. Er hatte ihn gehalten, als er gestrauchelt war. Ihm über den Kopf gestreichelt, als er ihn endlich am warmen Kaminfeuer abgesetzt hatte. Ihm sogar einen Cognac eingeflößt, das Glas an Alberts Lippen gehalten, wie bei einem kleinen Kind. Hatte ihn gestützt wie ein Kleinkind, das gerade laufen lernt, als Albert sich erhoben hatte, um zur Badewanne zu gehen.

Er bekam dieses Gefühl der Nähe nicht mehr aus seinem Kopf. Diese Umarmung, dieses Kümmern. Wie ein Vater sich um seinen Sohn kümmert. Er wollte es wieder spüren. Wollte ihm wieder nahe sein. Doch der Graf war nirgendwo zu sehen. Seit Tagen blieb er oben in seinen Privaträumen.

Thalmann war heute Vormittag im Herrenhaus gewesen und hatte ihn dringend sprechen wollen. Der Graf hatte nichts davon wissen wollen. Kilian war unverrichteter Dinge aus dem Schlafzimmer geschickt worden.

Die Welt stand Kopf. Beim Mittagessen wurde nicht etwa über die versprochenen Wahlen geredet, über die neue Regierung oder über den anstehenden Friedensvertrag. Nein, alle fürchteten darum, was aus dem Gut werden würde. Die Gräfin kopflos, der Graf sturzbetrunken und die Bediensteten führungslos.

Immerhin ging es der Mamsell besser. Und auch Ida und Paul schienen über den Berg zu sein. Nur Theodor Caspers hatte es mit einer Lungenentzündung richtig schwer erwischt. Bei ihm würde die Genesung noch dauern. Immerhin hatte Doktor Reichenbach gestern gesagt, dass seine Chancen zu überleben gut standen.

Auch Ida würde leben – was für ein Glück. Doch im Moment konnte Albert an nichts anderes denken, als dass er sich endlich seinem Vater offenbaren wollte. Er hatte seiner Mutter versprochen, bis nach dem Krieg zu warten. Der Krieg aber war nun zu Ende.

Im Moment gab es nicht viel zu tun. Natürlich gab es jede Menge an Dingen, die er reparieren konnte, aber das alles hatte Zeit. Albert half Kilian im Haus. Da das Grafenpaar kaum aus seinen Räumen herausfand und weder Herr Caspers noch Mamsell Schott die Dienstboten zu irgendwelchen Putzaktionen antrieben, war es merkwürdig still.

Albert nahm sich ein Herz. Immer wieder dachte er an den Moment, als sein Vater ihm die Haare aus der Stirn gewischt hatte. Fast zärtlich. Als hätte er ihn beschützen wollen, dort am Kamin. Und als er ihn unter den Armen gepackt und das Glas mit dem Alkohol an seine Lippen gesetzt hatte. Nie würde er diesen Moment vergessen. Er musste ihn sehen.

Vermutlich war der Graf immer noch besoffen. Doch als stände er unter Zwang, nahm er den Holzkorb, legte einige Scheite hinein und ging hoch. An der Schlafzimmertür des Grafen klopfte er an. Er hörte nichts, klopfte noch mal und öffnete dann die Tür.

Adolphis von Auwitz-Aarhayn lag quer über dem Bett. Er trug einen Pyjama, die Füße hingen nackt über die Bettkante. In einer Hand hielt er eine halb volle Flasche. Er war offenbar betrunken, wie Albert vermutet hatte, trotzdem merkte er, dass jemand den Raum betrat. Er hob sein Gesicht, das gerötet und aufgedunsen war.

»Ah, Sonntag. Sie kommen gerade richtig.« Die Endungen seiner Worte verschliffen. »Ich brauch …« Da erst bemerkte er, dass die Flasche noch gut gefüllt war. Umständlich setzte er sich auf und trank einen Schluck.

Er hatte ihn wieder gesiezt. Dann war es doch nur dieser eine Moment gewesen, der sie verbunden hatte.

Albert legte einige Holzscheite neben den Kamin und eins auf die noch glühenden Reste. Die Luft war schlecht und abgestanden. »Soll ich für einen Moment das Fenster aufmachen?«

»Nicht nötig.« Der Graf starrte aus dem Fenster hinaus. Er schien sich kein Stück für Albert zu interessieren.

»Der Leichnam ist vorgestern überführt worden.«

Das aufgedunsene Gesicht drehte sich zu ihm um. »Warum erzählen Sie mir das? Ich weiß davon längst. Sonst würde ich doch wohl kaum hier sitzen.« Die Stimme war unwirsch, ungehalten.

Als müsste Albert von ganz alleine darauf kommen, wieso der Graf seit vier Tagen besoffen war. Natürlich konnte er sich das ganz genau erklären. Die Komtess war geflohen, bevor Ludwig von Preußen gekommen war, um sie zu holen. Vermutlich hatten sie einen großen Streit mit dem Verlobten gehabt. Und als wäre das nicht schon alles schlimm genug, war der Prinz auch noch ertrunken – auf seinem Grund und Boden. Das wog natürlich noch viel schwerer als die geplatzte Hochzeit. Alle im Haus wussten, dass das Landgut hoch verschuldet war. Nur die Hochzeit der Komtess hätte es retten können.

Albert trug Katharina von Auwitz-Aarhayn nichts nach. Er konnte gut verstehen, dass sie dieses Scheusal nicht hatte heiraten wollen. Ganz im Gegenteil, mit ihrer Flucht hatte sie wieder an Hochachtung in seinen Augen gewonnen. Das sah ihr gemeinsamer Vater natürlich ganz anders.

Nur die Tatsache, dass es mit dem hohenzollerschen Herrscherhaus gerade ohnehin den Bach runterging, konnte die Schmach und die Schande, die nun auf dem Hause derer von Auwitz-Aarhayn lag, mildern. Dass weder der Graf noch sonst wer Schuld an dem Unglück hatte, war dabei nebensächlich. Im Gegenteil, Albert hatte doch selbst gesehen, wie der Prinz den Kutscher zur Eile angetrieben hatte. Was bei den herrschenden Witterungsbedingungen mehr als unvorsichtig gewesen war.

Albert erwischte seinen Vater in einer denkbar ungünstigen Stunde. Er würde wieder gehen, unverrichteter Dinge. Sein Herz wurde schwer, hatte er doch die letzten Tage damit verträumt, sich vorzustellen, wie sein Vater ihn noch einmal in den Arm nehmen würde.

»Herr Thalmann war heute Vormittag hier.«

Der hochrote Kopf ruckte ein wenig, so als hätte der Graf Schwierigkeiten, ihn aufrecht zu halten. »Ich will nichts davon hören. Ich will, dass mich alle in Ruhe lassen. Raus.«

Schritte waren zu hören, von mehreren Personen. Dann klopfte es, obwohl die Tür noch einen Spalt offen stand. Und plötzlich trat Thalmann in den Raum. Er war zurückgekommen. Er beachtete Albert kaum, begrüßte ihn nicht, sondern stellte sich breitbeinig vor das Bett.

»Herr Graf, Sie müssen sofort mitkommen!«

Vor der Tür blieb Wiebke händeringend stehen. Natürlich würde sie nicht das Schlafzimmer des Grafen betreten. Ihre Gesten bedeuteten Albert, dass sie versucht hatte, den Gutsverwalter aufzuhalten.

»Raus! Alle raus! Ich will niemanden sehen. Ich will mit niemandem sprechen«, brüllte der Betrunkene Thalmann unwirsch an.

»Sie müssen mitkommen! Die räumen uns die Ställe leer!«

»Wer? Wer sind ›die‹?«

»Der Arbeiter- und Bauernrat. Er hat sich vor ein paar Tagen in Stargard gebildet. Sie ziehen übers Land und wiegeln die Pächter auf. Das Vieh soll verteilt werden, genauso wie das Land. Wir müssen reagieren. Sofort!«

Adolphis von Auwitz-Aarhayn schaute Thalmann an. »Die wollen mein Eigentum beschlagnahmen?«

»Auf anderen Gütern haben sie schon Schweine und Rinder mitgenommen. Sie sagen, sie seien jetzt verantwortlich für die Verteilung der Lebensmittel. Die Versorgung der Bevölkerung soll damit sichergestellt werden. Ich habe eher das Gefühl, dass da etliche Spartakisten mit dabei sind. Die würden nichts lieber tun, als Sie stehenden Fußes sofort zu enteignen.«

Der Graf rutschte ungelenk über das Bett und kam an der Bettkante zum Sitzen. Er stellte die Flasche ab und versuchte aufzustehen. Albert fing ihn im letzten Moment auf. Jetzt endlich war er seinem Vater wieder so nah, wie er es sich gewünscht hatte. Aber dieses Mal war es anders. Dieses Mal war da keine Fürsorge und kein Kümmern. Sein Vater stank nach vier Tagen Saufen. Sein Schweiß roch ranzig.

»Sonntag, bringen Sie mir was zum Anziehen.« Jede Freundschaft war aus der Stimme gewichen. Nichts verband sie jetzt noch.

»Sie behaupten, sie wollen den Schleichhandel unterbinden. Sie würden Wohnungen verteilen an die zurückkehrenden Kriegsteilnehmer. Und sie würden ihnen Arbeit vermitteln. Als würden wir gar nichts mehr zu sagen haben.« Thalmann war völlig außer sich.

»Bringen Sie mir meine Stiefel und meine neue Flinte. Und das Pferd.«

Statt dass er sich mit seinem Vater verbinden konnte, bekam Albert nur barsch Befehle erteilt.

»Los jetzt. Was trödeln Sie noch herum?«

Albert ging rüber in das Zimmer, in dem die Kleidung des Grafen aufbewahrt wurde. Er kannte sich hier zwar nicht aus, weil ausschließlich Herr Caspers den Grafen bediente. Aber irgendwas würde er schon finden. Jetzt war es ihm auch egal. Die unfreundlichen Worte seines Vaters hatten ihn wie das Eiswasser des Sees erwischt. Plötzlich war ihm wieder kalt bis auf die Knochen.

21. November 1918

Frau Marquardt, die Krämersfrau von Greifenau, machte ein merkwürdig zerknirschtes Gesicht. Rebecca hatte Konstantin gebeten mitzukommen. Niemand schien so recht zu wissen, wie man mit der neuen Situation umgehen sollte. Sie hatten gerade gemeinsam den Laden betreten. Rebecca kaufte das ein, was sie normalerweise immer einkaufte, nur etwas mehr davon.

Konstantin wusste nicht so recht, wie er mit dem Rausschmiss durch seine Eltern umgehen sollte. Er hatte mit vielem gerechnet, aber nicht damit. Dass sein Vater, der so lange mit angesehen hatte, wie Rebecca sich aufopferungsvoll um ihn gekümmert hatte, sie zurückweisen würde, hätte er nicht geglaubt. Aber er hatte ja auch nicht Rebecca zurückgewiesen, sondern ihn. Seinen eigenen Sohn. Niemals hätte Konstantin das für möglich gehalten.

Und seine Mutter – für sie war Rebecca und seine Verbindung mit ihr der letzte Tropfen, der das Fass zum Überlaufen gebracht hatte. Er hatte nicht bedacht, und natürlich auch nicht gewusst, dass just an dem Tag, an dem er sich mit Rebecca vermählt hatte, der deutsche Kaiser gestürzt worden war. Es war ein Omen, ganz wie Rebecca gesagt hatte. Nur bedeutete für seine Mutter dieses Omen etwas völlig anderes als für sie.

Für seine Eltern musste diese Hochzeit wie ein Fanal gewirkt haben: ein Fanal, dass Konstantin nicht nur auf irgendeine geheimnisvolle Art und Weise daran beteiligt gewesen war, den russischen Zaren zu stürzen. Nein, er schien auch mit allen Kräften daran beteiligt zu sein, die Klassenunterschiede im deutschen Kaiserreich hinfortzufegen.

»War das alles?« Frau Marquardts Blick wechselte zwischen Rebecca und Konstantin hin und her. Sie konnte sich wohl keinen Reim darauf machen, wieso die Dorflehrerin in Begleitung des Grafensohnes hier hereinspaziert war.

Überhaupt – er lebte. Das wusste die Dorfbevölkerung seit der großen Katastrophe. Konstantin hatte sich um alles gekümmert, was mit dem scheußlichen Unfall des Neffen des Kaisers zu tun gehabt hatte. Im Dorf munkelte man, dass er zusammen mit Ludwig von Preußen angereist war. So viel hatte Rebecca schon herausgefunden. Schließlich war er an dessen Todestag das erste Mal wieder in der Öffentlichkeit erschienen.

»Ja, danke. Das war alles«, antwortete Rebecca leise.

»Das macht dann vier Mark und dreißig Pfennige.«

Sie holte ihre Börse hervor und schob ein paar Münzen über den Tresen. Konstantin griff zu dem Korb, den sie mitgebracht hatten, und packte das Mehl, Eier und einige Konservendosen ein.

Frau Marquardt räusperte sich. »Darf ich fragen, wie es Ihnen geht, gnädiger Herr?«

»Danke. Sehr gut.« Konstantin lächelte sie an. »Ich weiß, ich war länger weg. Eine Geheimmission, im Auftrag der Regierung. Aber nun bin ich wieder da und es geht mir sehr gut. Wie es frisch Verheirateten ja immer ergeht.«

»Oh … Sie sind …« Das war wohl zu viel. Die Krämersfrau schnappte nach Luft.

»Ja, wir haben vor ein paar Tagen in Stargard geheiratet.«

Er hatte lange mit Rebecca darüber diskutiert, wie sie es am besten bekannt machen sollten. Rebecca hatte vorgeschlagen, dass er es im Dorfladen erzählen sollte. Von dort aus würde es sich in Windeseile verbreiten.

»Ich wusste ja nicht …«

»Wie sollten Sie auch. Aus bestimmten Gründen haben wir nur in kleiner Runde geheiratet.«

»Oh … Na dann.« Endlich fand sie wohl wieder zu dem zurück, was angemessen war. »Dann wünsche ich Ihnen alles Glück der Erde. Herr Graf, Frau … äh … Frau Gräfin.« Sie verbeugte sich knapp vor beiden.

»Danke sehr«, sagte Konstantin leichthin. Rebecca nickte nur dankend. Es würde sicherlich einige Zeit dauern, bis sie sich daran gewöhnt hatte, mit »Frau Gräfin« angesprochen zu werden.

»Und … Warum … Vergeben Sie mir, dass ich frage: Wohnen Sie denn nicht im Herrenhaus?«

»Nein, vorübergehend nicht.«

Für einen Moment sah die Krämersfrau irritiert aus, doch dann schien sie es sich selbst erklären zu können. »Ganz recht. Das ist vermutlich das Beste, bei all den Erkrankungen. Im Dorf selbst sind ja fast alle wieder gesund.«

Jetzt nickte Konstantin. Er antwortete nicht darauf. Auf diese Art ließ sich eine Lüge elegant vermeiden. Stattdessen nahm er Rebecca am Arm und gemeinsam verließen sie den Laden.

»Ich habe das Gefühl, als würde mein Rücken brennen. Bestimmt schaut sie uns nach«, wisperte Rebecca leise.

»Vermutlich«, bestätigte Konstantin ihre Befürchtung. Ihm war es egal. Er konnte sich endlich wieder frei bewegen. Natürlich würde es einige Tage dauern und bestimmt noch mehrere merkwürdige Situation geben, aber dann wäre es vorbei. Und irgendwann, da war er sich sicher, würde es auch normal werden, zumindest für die Dorfbewohner.

»Ich bin gespannt, was meine Eltern sagen werden.« Vorhin waren sie auf der Post gewesen und hatten einen langen Brief an Rebeccas Eltern aufgegeben. Sobald es ihnen möglich wäre, wollten sie nach Charlottenburg fahren. Konstantin war schon sehr gespannt darauf, ihre Eltern kennenzulernen.

»Was immer sie auch davon halten werden: Jede ihrer Reaktionen wird tausendmal besser sein als die meiner Eltern.«

Seine Stimme klang bitter. Er hatte so lange mit Rebecca darüber gesprochen, wie sie es arrangieren würden, wenn sie erst im Herrenhaus wohnten. Wie sehr er sie gegen seine Mutter verteidigen würde. Dass sein Vater sie bestimmt mögen und schon nach wenigen Tagen jeglichen Widerstand aufgeben würde.

Dass man sie hochkant rausschmeißen würde, damit hatte er allerdings nicht gerechnet. Dass Rebecca ihn würde trösten müssen, damit hatte er nicht gerechnet. Und vor allen Dingen hatte er nicht damit gerechnet, dass er weiterhin kein eigenes Geld haben würde. Das Guthaben auf seinem Konto war beinahe erschöpft.

In den letzten Tagen hatte er sich nicht nur maßlos über seine Eltern geärgert. Er hatte sich vor allen Dingen den Kopf darüber zerbrochen, wovon er in Zukunft leben sollte. Von armen Grafensöhnen würde es in naher Zukunft wimmeln.

Rebecca hatte ihn beruhigt. Erstens würde sein Vater bestimmt bald mit sich reden lassen. Und zweitens war er ausgebildeter

Agrarwissenschaftler. Das Land brauchte nun Männer wie ihn. England und Frankreich hielten noch immer die Blockade gegen das Deutsche Reich aufrecht. Das Land musste sich weiterhin selbst versorgen, ohne nennenswerte Importe von Lebensmitteln. Früher oder später würde sich eine günstige Gelegenheit für ihn ergeben. Viele Höfe wurden jetzt schon gar nicht mehr richtig bestellt, weil alle Männer an der Front gefallen waren.

Rebecca verstand einfach nicht, dass er nicht aus Greifenau weggehen konnte. Aber hier war seine Heimat. Hier war sein Land. Es gab keinen einzigen Tag in seinem Leben, an dem er nicht felsenfest überzeugt gewesen war, dass er eines Tages dieses Gut mit all seinen Ländereien, seinen Fabriken und der Meierei, der Brauerei und all seinen Pächtern leiten würde.

Und was alles noch schlimmer machte: Sie hatte ihm ihr Geld angeboten. Der Krieg hatte auch ihre Reserven angegriffen. Aber ein wenig hatte sie noch gespart. Natürlich war es vom Gesetz her nun sowieso sein Geld, über das er als Ehemann nach Belieben verfügen konnte. Aber so hatte er es nicht geplant, dass er auf das Geld seiner Frau angewiesen sein würde.

Er schämte sich. Und er hatte sich geschämt, als sie gesagt hatte, dass sie nach wie vor als Dorflehrerin arbeiten wollte. Jetzt, mit der neuen Regierung, stand es sofort zur Debatte, ob nicht auch verheiratete Frauen als Lehrerin weiterarbeiten durften. Natürlich hatte er schon immer gewusst, dass Lehrerin zu sein eine Herzensangelegenheit für sie war. Trotzdem hatte er immer gehofft, dass sie nach ihrer Hochzeit freiwillig den Beruf aufgeben würde. Um sich um ihre Kinder zu kümmern. Doch jetzt sah es so aus, als könnte es notwendig werden, dass sie weiter arbeitete. Damit sie überhaupt ein Einkommen hatten.

Allerdings hing es nicht nur von Rebecca ab, was passierte. Ab morgen würden sie erfahren, ob die ersten Bauern aufhörten, ihre Kinder in die Schule zu schicken. Jetzt, nach der Ernte und mit dem Kriegsende, waren wieder viel mehr Schülerinnen und Schüler gekommen. Die Klasse war beinahe voll besetzt. Ob eine verheiratete Lehrerinnen sie abschrecken würde?

Rebecca war bei den Schülern ausgesprochen beliebt. Und auch bei den Pächtern und Dorfbewohnern hatte sie sich viel Anerkennung und Respekt verschafft, nicht zuletzt durch den Anbau von Gemüse im Park des Herrenhauses. Viele Familien hatten durch ihre Arbeit ein paar gefüllte Suppentöpfe mehr gehabt. Das würde man nicht vergessen, zumindest hoffte Konstantin das.

Und auch er hatte in den letzten Jahren häufiger eng mit den Pächtern zusammengearbeitet. Er hoffte, all das würde ihnen nun gutgeschrieben werden. Trotzdem wusste er nicht, wie die Leute darauf reagieren würden, dass der Grafensohn eine Bürgerliche geheiratet hatte.

Rebecca war optimistischer. Sie glaubte, dass sie es gerade als positives Zeichen nehmen würden, dass die Klassenunterschiede nicht mehr so viel wogen. Er war sich da nicht so sicher. Das hier war Hinterpommern, nicht Charlottenburg. Hier gab es keine Friedensdemonstrationen oder Streiks in den Fabriken. Selbst wenn alle Menschen murrten und sich den Frieden wünschten – hier hatte niemand gefeiert, als der Kaiser zurückgetreten war, zumindest nicht öffentlich.

Dass er in gewisser Weise mitgeholfen hatte, seine eigene Klasse zu stürzen, nagte an seinem Gewissen. Je mehr Chaos und Unruhe im Land herrschten, umso größer wurde das Gefühl, dass er seine Klasse verraten hatte. Da war es doch nur ausgleichende Gerechtigkeit, dass er jetzt arm war.

Sie waren noch nicht lange zu Hause, als es klopfte. Auch damit hatten sie gerechnet, wenn auch nicht ganz so schnell. Konstantin öffnete die Tür.

»Pastor Wittekind. Es freut mich, Sie zu sehen.«

»Ich hörte schon davon, dass Sie … zurück sind.«

»Ja, ich war auf einer geheimen Regierungsmission. Es tut mir leid, dass ich bei meinen Eltern und im Dorf so viel Sorge verursacht habe. Aber es war mir leider nicht anders möglich.«

»Ja, nun denn. Dann möchte ich Ihnen zu Ihrer Rückkehr gratulieren. Ich bin mehr als froh, dass Sie … nicht tot sind.«

»Allerdings. Das bin ich auch«, sagte Konstantin in einem scherzenden Ton.

»Andererseits …«

Aha, jetzt kam es. Rebecca trat von hinten an ihn heran.

»Guten Tag, Herr Pastor.«

Sein Kopf wackelte bedrohlich. »Ich hörte davon, dass Sie … und Frau Kurscheidt sich vermählt hätten?!«

»Da haben Sie richtig gehört. Wir sind seit gut einer Woche verheiratet.« Er nahm Rebeccas Hand.

Pastor Wittekind schaute ihn glupschäugig an. So, als könnte er es gar nicht wirklich glauben. »Dann … Ich … Würden Sie mir bitte das Familienbuch zeigen?«

»Glauben Sie mir etwa nicht?«

»Nein … Ich muss nur … Wegen der Einträge … ins Kirchenregister … Das ist so üblich.«

Himmel, der Pastor stotterte so herum, er schien gleich ohnmächtig zu werden.

»Natürlich. Ich vergaß.« Rebecca drehte sich um und ging die Stiege hoch.

»Und dann … werde ich mich natürlich sofort um Ersatz bemühen.«

»Ersatz wofür?« Konstantin sagte es extra laut, damit Rebecca es auch oben noch hören konnte.

»Wir brauchen doch jetzt einen neuen Lehrer.«

»Nein, brauchen wir nicht. Meine Frau kann weiterhin unterrichten.«

»Was?! Aber … sie ist jetzt verheiratet.«

»Genau. Und zwar mit mir.« Hinter ihm trat Rebecca zurück ins Zimmer.

Der Pastor wusste augenscheinlich nicht genau, was er nun sagen sollte. »Aber das geht nicht. Verheiratete Frauen dürfen nicht unterrichten.«

»Ich werde aber weiter unterrichten. Daran können Sie mich nicht hindern.«

Der Pastor japste nach Luft. »Ich…! Was? … Nein, das dürfen Sie nicht. Das werde ich nicht zulassen.«

»Mein lieber Wittekind. Ihnen sollte doch auch klar sein, dass sich die Zeiten im Moment gewaltig ändern. Es gibt wirklich überhaupt keinen Grund, wieso meine Frau nicht weiter unterrichten sollte. Sie ist eine ausgezeichnete Lehrerin.«

»Ja, daran zweifelt ja niemand. Aber jetzt … als verheiratete Frau!«

»Solange es keinen anderen Grund gibt, wird sie weiter unterrichten. Ich kann mir nicht denken, dass unsere neue Regierung ausgerechnet jetzt auf die Bildung der Bevölkerung verzichten möchte.«

»Aber …«

»Nichts aber.«

»Ich muss … Ich werde … Ich werde das mit dem Herrn Grafen besprechen.«

»Ja, das wird wohl das Beste sein.«

Der Pastor drehte sich um und wollte gerade gehen.

»Pastor Wittekind«, rief Rebecca ihm nach. »Unser Familienbuch.« Sie hielt es ihm entgegen.

Er kam wieder zurück, griff nach dem Buch und lief so schnell weg, dass es aussah, als wäre er auf der Flucht.

»Da bin ich dann ja mal gespannt, was dein Vater dazu sagen wird.«

»Ich habe wirklich keine Ahnung.« Konstantin schüttelte seinen Kopf.

»Ich bin mir sicher, früher oder später wird alles gut.«

»Das hoffe ich inständig.« Er zog Rebecca zu sich heran und küsste sie.

Anfang Dezember 1918

Bisher hatten ihre Versuche, sich eine Stelle zu suchen, nichts gefruchtet. Sie musste einfach weitersuchen. Früher oder später wäre etwas für sie dabei. Katharina nahm sich die nächste Zeitung vor, die Cläre Bromberg irgendwo auf den Straßen der Stadt eingesammelt hatte. Sie wollte nach hinten blättern, dort, wo immer die Anzeigen waren, als ihr eine Überschrift ins Auge sprang.

Stinnes und Krupp in Dortmund gefangen genommen

Stinnes, das war doch dieser Mensch, der nach Julius' Vater gefragt hatte, an dem Tag, an dem er sie an seiner Villa abgewiesen hatte. Zwei Tage später hatte sie von dem Stinnes-Legien-Abkommen gelesen. Mehrere Industrielle hatten mit etlichen Gewerkschaftsverbänden eine Neuregelung der Arbeiterrechte getroffen. Unter anderem wurde hier der Achtstundentag beschlossen. Katharina hatte ein Foto in einer Zeitung entdeckt, auf dem die beiden Namensgeber zu sehen gewesen waren, und im Hintergrund Julius' Vater.

Und jetzt war genau dieser Großindustrielle verhaftet worden. Vermutlich war Herr Urban in Habachtstellung. Es gab genug Leute, die den reichen Fabrikbesitzern an den Kragen wollten. Nicht nur die Spartakisten und die Leute von der USPD. Schon im November hatte der Rat der Volksbeauftragten eine Expertengruppe eingesetzt, die die Wege zur Sozialisierung von Teilen der deutschen Wirtschaft prüfen sollten. Julius' Vater war ganz sicherlich ein Kriegsgewinnler. Was Julius ihr oft nur in Nebensätzen erzählt hatte, formte sich am Ende zu einem großen Bild. Seine Familie hatte an dem Krieg verdient. Das alles jetzt zu verlieren, wäre allerdings ein Paukenschlag.

Sie blätterte weiter. Cläre Bromberg saß an der Nähmaschine und arbeitete. Für einen Altkleiderverkäufer besserte sie Kleidung aus, die noch nicht abgewetzt war, sondern nur einige kleinere Schadstellen hatte.

Draußen war es kalt und es nieselte. Katharina legte die Zeitung beiseite. Bis auf einige Stellengesuche war nichts zu finden. Es gab keine Arbeit. Im Gegenteil, die Arbeitslosigkeit in der Stadt wuchs von Tag zu Tag. Sie hatte sich schon bei über einem Dutzend Büros und Cafés vorgestellt. Gestern hatte sie in einer langen Schlange mit anderen jungen Frauen gewartet, die alle die eine Stelle bei der Telefonvermittlung haben wollten. Für einen kurzen Moment hatte der Mann aufgesehen, als sie endlich an der Reihe gewesen war. Für die Vermittlung von Auslandstelefonaten wäre sie infrage gekommen, mit ihren guten Fremdsprachenkenntnissen. Aber dort wurde gerade niemand gesucht. Ansonsten war schnell klar, dass sich alle anderen geschickter anstellten und schneller waren als sie. Es gab Hunderte von Tippmamsells, die mehr Berufserfahrung besaßen als sie. Keiner wollte sie haben. Zudem hatte sie sich den denkbar schlechtesten Moment für ihre Arbeitssuche ausgesucht. Zu Tausenden strömten die Soldaten von der Westfront heim. Und die Wirtschaft war gelähmt von den Ereignissen. Wenn überhaupt, wurden Leute entlassen.

Wie sie wohnte, ihr täglicher Gang zur Kriegsküche und dieses ganze Elend um sie herum bedrückte sie. Alles war schmutzig, schäbig und heruntergekommen. Sogar die Manieren und die Moral der Menschen. Cläre Bromberg hatte recht behalten. Katharina ging nachts nicht auf die Toilette auf der Halbetage. Selbst heute Morgen hatte sie dort eine äußerst unangenehme Begegnung mit einem dreckigen Herrn in einem noch dreckigeren Unterhemd gehabt. Sie ekelte sich davor, dort auf Toilette gehen zu müssen. Aber wenn Cläre an der Nähmaschine saß, konnte sie sich schlecht auf den Blecheimer setzen. Sie stand auf und griff nach ihrem Mantel.

»Gehste wieder deinen Schatz suchen?« Ein Husten begleitete Cläres Worte.

Katharina hatte schon zwei Mal gesehen, dass sie dicken Auswurf hatte. Sie vermutete, dass die Frau an Tuberkulose litt. Was sie nicht wundern würde, bei diesen Zuständen. Das Leben hier war schlimmer als alles, was sie sich je in ihren wildesten Träumen vorgestellt hatte. Wie konnten die Menschen dieses Elend nur ertragen? Die Vorstellung, den Rest ihres Lebens so hausen zu müssen, ließ sie erschaudern. Niemals würde sie sich damit zufriedengeben. Sie musste einen Ausweg finden!

»Cläre, komm. Ich bring dich zu einem Arzt.«

»Träum weiter.«

»Wenn es noch schlimmer wird, stirbst du.«

»Ich muss das hier noch fertig machen.«

»Dieser Stüpke mit seinen Altkleidern kann warten. Er zahlt dir ohnehin nicht genug. Los jetzt. Sonst machst du ab nächster Woche nie wieder etwas fertig.«

Die Alte sagte nichts.

»Du hast doch jetzt Geld. Komm. Ich hab gesehen, nur drei Straßen weiter hängt ein Schild von einer Arztpraxis. Wir gehen da jetzt hin. Und wenn wir wiederkommen, helfe ich dir. Säume kann ich schließlich vernähen.«

Statt einer Antwort hustete die Alte wieder. Der Blutfleck in ihrem Taschentuch gab wohl den Ausschlag. Sie stand auf, griff nach einem schäbigen Mantel und zog sich noch ein dickes Wolltuch über. »Na gut. Wenn du mir nachher hilfst.«

* * *

Sie warteten über zwei Stunden, bis sie endlich dran waren. Das Wartezimmer des Arztes war überfüllt. Kinder, Alte, Frauen, Männer – alle unterernährt. Alles Bewohner von diesen schrecklichen Mietskasernen, in denen Schimmel, Ratten und anderes Ungeziefer zur Untermiete wohnten. Immer wieder lief der Arzt hoch in seine Privaträume und kam ein paar Minuten später wieder herunter. Katharina hörte Kindergeschrei, Weinen und das Klappern von Töpfen von oben.

Eine überarbeitete Hilfe winkte ihnen schließlich. Katharina zog Cläre vom Sitz hoch. Der Weg hierher hatte sie sehr angestrengt.

Der Arzt wies auf die Liege. Er sah müde aus. Sein dunkles Haar war zu lange nicht mehr geschnitten worden. Erste graue Strähnen waren zu sehen. Der weiße Kittel hatte Flecken. Gerade, als er Cläres Rücken abhörte, ging die Tür auf. Die Hilfe steckte ihren Kopf herein.

»Doktor Malchow, die Kleine schreit wieder.«

Gehetzt stand der Arzt auf. »Ich bin sofort zurück.« Schon war er aus dem Raum heraus. Ein paar Minuten später kam er wieder herein. Als er zum Stethoskop griff, fragte Katharina ihn gerade heraus.

»Sind Ihre Kinder alleine da oben?«

Er nickte nur und klopfte mit den Fingerknöcheln auf Cläres Rücken herum.

»Wenn Sie ein Kindermädchen suchen, könnte ich mich anbieten.«

Überrascht drehte der Mann sich zu ihr um. Er sagte nichts, stattdessen begutachtete er sie von oben bis unten.

»Ich komme aus der Provinz und suche hier Arbeit. Ich habe eine höhere Bildung. Ich spreche fließend Russisch, Französisch und Englisch.«

Irgendwas in seinem Blick deutete darauf hin, dass Doktor Malchow nicht auf Fremdsprachen aus war. »Können Sie kochen? Und putzen?«

Oje. Kochen? Putzen! »Natürlich.«

Solange er nicht wusste, dass sie eine Komtess war, käme er nicht auf die Idee, dass sie nicht einmal kochen konnte. »Im Krieg war ich für die Kinderbeaufsichtigung der kleineren Kinder unseres Dorfes zuständig.«

»Meine Frau ist vor einem Monat an der Spanischen Grippe gestorben. Ich kann nicht viel zahlen. Und Sie müssten sich ein Schlafzimmer mit meiner Ältesten teilen. Sie ist acht. Und dann sind da noch drei Kinder.« Er schaute sie skeptisch an.

Katharina überlegte blitzschnell. Das hier war ein Vorderhaus. Es lag direkt an der Straße, was bedeutete, die Zimmer waren größer und es gab bessere Luft.

»Hat Ihre Wohnung ein eigenes Bad mit Toilette?«

»Kein Bad, aber elektrisches Licht und eine Toilette, die man sich mit niemandem sonst aus dem Haus teilen muss. Die Wäsche wird außer Haus gegeben.«

»Wie viel können Sie zahlen?«

»Kost und Logis … Und drei Mark in der Woche. Dafür müssen Sie den Haushalt führen und auf die Kinder aufpassen.«

»Kost und Logis und drei Mark die Woche. Aber ich habe den ganzen Sonntag Ausgang, wenn Ihre Praxis zu ist.«

Er schaute sie abgehetzt an. Trotzdem glitt ein kleines Lächeln über sein Gesicht. Damit hatte er wohl nicht gerechnet. Doktor Malchow drehte sich zu seinem Schreibtisch um und schrieb etwas auf. Den Zettel gab er Cläre.

»Sie haben Keuchhusten. Nehmen Sie das. Morgens, mittags und abends einen Teelöffel. Sie bekommen es in jeder Apotheke. Und wenn es Ihnen möglich ist …«, er schaute Cläre skeptisch an, »gehen Sie so oft es geht an der frischen Luft spazieren. In einem Park.«

Er stand auf. »Und Sie, kommen Sie mit mir mit. Sie können direkt anfangen, bevor meine Älteste die Küche in Brand setzt.

Die Kinder haben Hunger. Ihre Sachen können Sie heute Abend holen, wenn ich die Praxis schließe.«

Er ging voran. Katharina umarmte Cläre und flüsterte ihr zu: »Ich komm heute Abend und hole die Sachen. Aber du musst einmal am Tag bei mir vorbeikommen. Du musst mir beibringen zu kochen. Wenigstens drei oder vier Gerichte. Du bekommst eine Mark in der Woche.«

20. Dezember 1918

Egidius Wittekind hasste sie alle. Diese ganze adelige Brut – sie tanzten ihm auf der Nase herum. Der Graf, der ihn derart brüskiert hatte. Dabei hatte er nur genau das getan, was Donatus von Auwitz-Aarhayn ihm aufgetragen hatte. Und jetzt kam sein Sohn, Adolphis von Auwitz-Aarhayn, und tat so, als wäre er alleine daran schuld, dass er nichts von seinem Nachkommen erfahren hatte. Das Geld war ihm fast nebensächlich erschienen. Natürlich musste er es zurückzahlen. Aber wirklich wütend war der Graf darüber, dass man ihm nichts von der schwangeren Dienstmagd gesagt hatte.

Und dann die Gräfin, wie sie ihn manipuliert hatte mit dem Selbstmord des Hausmädchens. Hedwig Hauser hatte sich erhängt. Aber weil das Mädchen zuvor bei ihm gebeichtet hatte, was der Prinz ihr angetan hatte, hatte die Gräfin ihm die Schuld zugeschoben. Und ihn genötigt, sie in geweihter Erde zu begraben. In den Augen der Adeligen hatten immer alle anderen Schuld, wie man es auch drehte und wendete.

Ihre Tochter, Anastasia, die reich geheiratet hatte: So ein hübsches Weibsbild, aber heuchlerisch und verschlagen. Sie hatte ihn angelogen. Erst hatte sie ihn auf Bertha Polzin gehetzt. Immerhin war dabei eine interessante Information zutage gekommen. Und dann hatte Gräfin von Sawatzki noch mal gelogen, was die Dorflehrerin anging.

Nach dem Besuch beim frischgebackenen gräflichen Ehepaar war er sich mehr als sicher, dass Rebecca Kurscheidt niemals eine Affäre mit Karl Matthis gehabt hatte. Allerdings schloss er nicht aus, dass da schon weitaus früher eine Verbindung zwischen dem Grafensohn und der Dorflehrerin bestanden hatte. Die liefen sich doch nicht nach Jahren über den Weg und heirateten spontan.

Nein, auch hier hatte man ihn an der Nase herumgeführt. Überhaupt, es hätte ja wohl ihm zugestanden, wenn überhaupt, die Trauung zu vollziehen. Aber jetzt war es zu spät. Jetzt war sie die Frau Gräfin.

Trotzdem, verheiratete Frauen durften nicht unterrichten. Das war gegen das Gesetz. Und über das Gesetz durften sich auch ein Graf oder ein Grafensohn nicht einfach hinwegsetzen. Nicht mehr. Da hatte Konstantin von Auwitz-Aarhayn ausnahmsweise mal recht: Die Zeiten änderten sich gravierend. Die Adelshäuser waren nicht mehr unantastbar.

Das einzig Positive, was man über die überraschende Heimkehr des ältesten Sohnes sagen konnte, war: Er würde sich später mal, wenn der jetzige Graf durch irgendein Gottesurteil vor seiner Zeit verstarb, nicht mit dem zweiten Sohn, Nikolaus, arrangieren müssen. Der war äußerst hochnäsig.

Und die beiden Jüngsten aus der Brut des Grafen waren auch nicht viel besser geraten. Alexander und Katharina – es gab nicht viel über sie zu sagen. Beide zählten nicht gerade zu den frommsten Schäfchen seiner Herde. Der Graf war einfach immer zu nachsichtig mit seinen Kindern gewesen.

Überhaupt, er hätte eine Person wie Bertha Polzin schon längst hochkant hinausgeworfen. Und nicht nur sie. Dass Donatus von Auwitz-Aarhayn damals Irmgard Hindemith, die

Schwester der Dirne, die sein Sohn geschwängert hatte, aufgenommen hatte, hatte nur mit seinem Wesen als Genussmensch zu tun gehabt. Donatus' Gattin hatte es nicht gutgeheißen, sie als Köchin anzustellen. Aber dem war ja Gott sei Dank nie etwas Negatives gefolgt. Selbst er musste zugeben, dass Frau Hindemith hervorragend kochen konnte.

Das alles ging ihm durch den Kopf, als er endlich um die Ecke bog und das Herrenhaus vor sich aufragen sah. Er beschleunigte seinen Schritt. Mal sehen, was der Graf davon hielt, dass seine Schwiegertochter als Lehrerin weiterarbeiten wollte. Er konnte sich nicht vorstellen, dass er das zulassen würde.

Es war kalt, aber sonnig. Oben am Portal öffnete er seinen Mantel. Ihm war warm geworden durch den schnellen Schritt. Er klingelte, und es dauerte ungewöhnlich lange, bis endlich jemand öffnete.

»Wo ist denn Herr Caspers?«

Das rothaarige Stubenmädchen hatte ihm aufgemacht. Sie sah abgehetzt aus.

»Er ist noch immer krank.« Sie blieb nach wie vor in der Tür stehen. Offenbar wusste sie nicht, was sich gehörte.

»Nun, wollen Sie mich nicht hineinlassen?«

»Ich …. Ähm … Gerne. Aber falls Sie mit dem Herrn Grafen sprechen möchten, muss ich Sie leider vertrösten. Er ist nicht abkömmlich.«

»Nicht abkömmlich? Was soll das heißen?«

»Er empfängt im Moment niemanden. Das sind seine ausdrücklichen Weisungen.«

Das war ja wohl ein starkes Stück. »Ist die gnädige Frau anwesend?«

Die Rothaarige druckste verlegen herum. »Ich habe auch von ihr Anweisung, niemanden zu empfangen. Sie fühlt sich nicht gut. Sie empfängt nur Doktor Reichenbach.«

»Hat sie die Spanische Grippe?«

»Nein, aber sie liegt seit mehreren Tagen im Bett. Der Unfall des Prinzen hat sie gehörig mitgenommen.«

»Hm.« Er hatte von dieser unglückseligen Geschichte seit dem Abend des Unfalls nichts mehr gehört. Waren die Eltern von Prinz Ludwig von Preußen gekommen? Er wusste nur gerüchteweise, dass man den Leichnam nach Berlin transportiert hatte. Was war weiter passiert?

»Richten Sie dem Herrn Grafen bitte aus, dass ich ihn umgehend zu sprechen wünsche. Es ist dringend.«

»Jawohl, Herr Pastor.«

»Vergessen Sie es nicht!«

»Nein, Herr Pastor.«

Sie schaute ihn aufrichtig an. Vielleicht nicht die Hellste, aber doch eine ehrliche Haut. Immerhin. Murrend ging er die Freitreppe hinunter.

Diese Rebecca Kurscheidt sollte sich nicht einbilden, jetzt als Frau Gräfin schalten und walten zu dürfen, wie sie wollte. Oh nein. Da hatte sie sich geschnitten. Noch unterstanden die Schulen in Preußen der geistlichen Schulaufsicht. Er hatte über die Belange der Schule, der Schüler und letztlich auch des Lehrpersonals zu entscheiden. Dann würde er eben ohne ein Gespräch mit dem Herrn Grafen seine Entscheidung treffen.

Sofort zu Hause würde er den Brief schreiben, den er im Kopf schon längst formuliert hatte. Gleich heute bekäme die Schulaufsicht die Information. Eine verheiratete Lehrerin, wo gab es denn so was? Nicht in seinem Bezirk, so viel stand mal fest. Natürlich würde die Behörde sofort veranlassen, dass die verheiratete Frau entlassen wurde. In spätestens drei Tagen konnte er das junge Grafenpaar aus der Schulwohnung schmeißen. Wer dort nicht unterrichtete, durfte dort auch nicht wohnen. So einfach war das. Mit Genugtuung dachte er daran, ob die beiden ihm dann auch noch so frech ins Gesicht sehen würden.

Überhaupt, diese Impertinenz, darauf zu bestehen! Das ging ihm gewaltig gegen den Strich. Genauso, wie es ihm gegen den Strich ging, die ehemalige Frau Kurscheidt mit Frau Gräfin anreden zu müssen. Die ganze Familie ging den Bach runter. Die Auwitz-Aarhayns – sie waren einfach nicht mehr das, was sie früher mal gewesen waren.

Der Graf sollte sich schämen. Sich einfach so zu verstecken, statt die Dorfbevölkerung zu beruhigen. In Greifenau waren die Menschen aus dem Häuschen. Ein Neffe des Kaisers, hier bei ihnen ertrunken. Und all die anderen Dinge, die derzeit im Land passierten, halfen auch nicht gerade dabei, den Menschen Sicherheit und Beständigkeit nach dem Ende des Krieges zu vermitteln.

Wittekind hatte schon fast die Dorfmitte erreicht. Ein groß gewachsener Mann kam ihm entgegen. Der fehlte ihm gerade noch zu seiner Wut. Bei ihm war der Graf wirklich zu nachlässig. Albert Sonntag – ein mehr als mysteriöser Kerl. Er war gemeingefährlich.

Egidius hatte leider erst im Nachhinein von dessen Treffen mit seiner Enkelin Paula erfahren. Natürlich hätte er sie unterbunden. Dann wäre es vermutlich auch niemals zu dem Diebstahl gekommen. Wie hätte er auch nur ahnen können, wer sich in Wahrheit hinter dieser gut aussehenden Fassade versteckte?

Er musste Paula wirklich gehörig den Kopf verdreht haben, dass sie so nachlässig gewesen war, ihn derart lange aus den Augen zu lassen, dass er seinen Schreibtisch hatte durchwühlen können. Aber all das war passiert, und er musste mit den Konsequenzen leben. Es hatte ihn einen Großteil seines Ersparten gekostet, das Geld an den Herrn Grafen zurückzuzahlen. Noch viel größer war die Schande gewesen, Adolphis von Auwitz-Aarhayn gegenüber eingestehen zu müssen, dass es zu Zahlungsunregelmäßigkeiten gekommen war.

Der Mann kam ihm entgegen, erhobenen Hauptes. Ja, sie wussten beide Bescheid. Sie wussten, was sie dem anderen vorwarfen. Am liebsten hätte er den Kerl öffentlich des Diebstahls bezichtigt. Natürlich konnte er das nicht. Wie hätte er erklären sollen, warum er die Unterlagen gestohlen hatte, wenn er nicht gleichzeitig sich und den Grafen damit in Verruf bringen wollte? Trotzdem, er war nichts weiter als ein äußerst geschickter Dieb. Jawohl. Ein Langfinger, ein Halunke.

»Herr Pastor?!«

Sonntag lief an ihm vorbei. Ihre Blicke duellierten sich geradezu. Egidius ruckte nur kurz mit dem Kopf. Er würde doch diesen Schurken nicht noch grüßen. In ihm loderten Wut und gerechter Zorn. Er wollte es ihm heimzahlen. Er wollte es allen heimzahlen, aber vor allem diesem Schurken. Vor aller Welt wollte er ihn entlarven, ihn bloßstellen, ihn aufs Schafott bringen.

Als er den Dorfplatz überquerte, sah er einige Soldaten draußen vor der Dorfschenke stehen. Er lief zu ihnen hin. Sie sahen abgerissen aus. Müde lehnten sie an der Mauer.

»Willkommen. Von woher kommt ihr?«

Die Männer schauten ihn skeptisch an.

Einer antwortete: »Von der Westfront.« Sein Tonfall war misstrauisch.

»Seid ihr hier aus der Ecke?«

Alle vier schüttelten ihre Köpfe.

»Ich muss noch weiter nach Belgard. Die anderen kommen aus Kolberg.«

»Herzlichsten Dank für euren heldenhaften Einsatz fürs Vaterland. Ich weiß, das sehen nicht alle so. Aber hier bei uns in Greifenau sorge ich dafür, dass die Stimmen der anderen nicht gehört werden.«

Erst jetzt blickten sie ihn alle an. Bestimmt hatten sie auf dem Weg hierher schon etliche unerquickliche Begegnungen gehabt.

»Im Felde ungeschlagen. Das wird hier niemand vergessen. Auch wenn es einige zweifelhafte Subjekte gibt, die versuchen, euch die Schuld in die Schuhe zu schieben.«

»Zweifelhafte Subjekte? Denen können wir gerne den Schädel einschlagen.« – »Da hätte ich gut Lust zu.« – »Alles Drückeberger.« – »Pazifisten, päh!«

Die Männer ließen ihrer Wut freien Lauf. Sie hatten so lange und so hart gekämpft und kamen nun als Verlierer nach Hause. Niemand verstand das. Wieso hatten sie den Krieg verloren? Es war doch überhaupt nichts entschieden gewesen. Doch dann war ihnen die neue bürgerliche Regierung in den Rücken gefallen. Hatte den tapferen Kämpfern fürs deutsche Kaiserreich den Dolch in den Rücken gestochen.

»Drückeberger! Da haben Sie allerdings recht. Davon haben wir auch einen. Bestes Soldatenalter, und ist nicht eingezogen worden, bis zum allerletzten Tag nicht eingezogen worden. Aber macht hier Stimmung gegen die heimkehrenden Soldaten.«

»Das sind mir die Richtigen.« – »Wehe, wenn ich so einem Schmarotzer begegne.« – »Den würde ich mir nur allzu gerne vorknöpfen.«

»Ich bin ihm soeben begegnet. Er geht gerade Richtung Herrenhaus. Er war mal Kutscher, hat sich dann aber als Landarbeiter eintragen lassen, damit er als unabkömmlich gilt. Der falsche Hund. Außerdem weiß ich aus zuverlässiger Quelle, dass er heimliche Lebensmittelrationen gebunkert hat, obwohl die Leute hier hungern.«

»Wo ist er?« Einer der Soldaten packte seinen Ranzen und seine Waffe.

»Den schnappen wir uns jetzt.« Auch die anderen griffen sich sofort ihre Waffen.

»Was ist mit Lignau?« Einer der vier machte eine Kopfbewegung Richtung Dorfkneipe.

»Den holen wir nachher ab. Er kennt sich hier sowieso bestens aus«, sagte einer der Männer.

»Das wäre nicht schlecht, wenn der Kerl mal eine Lektion erteilt bekäme. Ihr erkennt ihn sofort. Er ist außergewöhnlich groß gewachsen. Da lang.« Egidius atmete zufrieden durch. »Seid bloß nicht so zimperlich mit ihm. Er hat eine Tracht Prügel mehr als verdient.«

Schon stürmten die vier Soldaten in die Richtung, aus der Egidius gerade gekommen war. Wenn sie weiter so rannten, würden sie Albert Sonntag noch beim See einholen. Mit freudiger Genugtuung starrte er ihnen nach.

20. Dezember 1918

Wie konnte er Ida schützen, wenn sie sich nicht schützen lassen wollte? Gestern hatte sie einen Brief von ihrem Mann bekommen. Es war der erste Tag gewesen, an dem Herr Caspers wieder Dienst getan hatte. Er war noch immer mitgenommen von der schweren Erkrankung und hatte es gar nicht bemerkt, wie Ida die Knie weich geworden waren, als sie den Brief auf dem Flur in Empfang genommen hatte.

Ida hatte gezittert wie Espenlaub. Albert hatte sie schnell in die Stiefelstube geschoben. Erst dort hatte sie den Brief geöffnet. Starr vor Angst konnte sie ihm nicht vorlesen. Er hatte ihr den Brief aus den zitternden Händen genommen. Fritz Nachtweih war auf dem Weg zurück. Er hatte den Brief noch an der Westfront aufgegeben und darin angekündigt, dass er am nächsten Tag aufbrechen würde. Ida solle sich schon mal bereit machen für ihre Abreise. Er werde mit ihr zurückkehren auf Gut Marienhof in der Nähe von Deutsch Krone, ihre frühere gemeinsame Dienststätte.

Idas Mann ließ keinen Zweifel daran, dass er sie holen würde. Seine Worte waren kurz und knapp. Ida hatte Albert nur wenig über ihren Mann erzählt. Es war nicht besonders schwierig, in seinen Worten die verhohlene Drohung zu lesen.

Du wirst dich meinen Worten und Taten nicht widersetzen. Du wirst mir mein Kind nicht vorenthalten können. Es wird nach meinen Vorgaben erzogen werden.

Wenn der Mann erst erfahren würde, dass Ida kein Kind bekommen hatte, wäre der Teufel los. Natürlich würde er nicht glauben, dass sie eine Fehlgeburt gehabt hatte. Er wusste, Ida hasste ihn. Und sie hasste, was er mit ihr gemacht hatte. Selbstverständlich würde er davon ausgehen, dass Ida das Kind hatte wegmachen lassen. Sie hatte Todesangst, und es war ihr nicht zu verdenken.

Albert hatte ihr angeboten, sich bei seiner Mutter zu verstecken. Ohne dass er ihr gesagt hatte, dass Therese Hindemith seine Mutter war. Er hatte ihr sogar angeboten, mit ihr fortzugehen. Aber erstaunlicherweise wollte sie das alles nicht. Er konnte es einfach nicht glauben – sie hielt an ihrem Mann fest. Sie war verheiratet, durch ihren eigenen Schwur gebunden, sagte sie. Das war umso erstaunlicher, als dass sie ansonsten jede religiöse Gläubigkeit von sich wies. So sehr sie auch Angst vor ihrem Mann hatte, so sehr galt ihr das Eheversprechen als heilig. Ja, sie machte sich sogar selbst größte Vorwürfe, dass sie die Fehlgeburt mit ihren abwehrenden Gedanken ausgelöst hätte. Die unheilvolle Saat der Heiligen Schwestern ging bei ihr auf. Sich selbst gab sie die Schuld an allem.

Albert hatte heute Weidezäune auf der anderen Seite des Dorfes repariert. Aber die Unruhe trieb ihn zurück. Er würde sie gleich jetzt noch mal abfangen und ihr anbieten, sie im Nachbardorf unterzubringen. Seine Mutter würde sie bestimmt für ein paar Tage aufnehmen. Und wenn Fritz Nachtweih kommen würde, dann würde er sich eine gescheite Geschichte einfallen lassen. Dass Ida schon seit Wochen verschwunden sei. Dass sie ihr Gesindebuch aus dem Schreibtisch der Mamsell gestohlen habe und auf und davon sei. Etwas in der Art. Und wenn sich ihre Aufregung gelegt hatte, dann würden sie sich genau überlegen, wie sie das mit der Scheidung hinbiegen könnten.

Etwas, was Wittekind sicher auch nicht gefallen würde – eine Scheidung. Der Pastor kam vom Herrenhaus, auf dem Nebenweg.

»Herr Pastor?!« Alberts Stimme war aufreizend spöttisch. Sie wussten beide um ihr Geheimnis.

Wittekind brachte keinen Ton über die Lippen. Was er wohl beim Herrn Grafen gewollt hatte? Sicher nichts Gutes. Albert hasste den Geistlichen mittlerweile so sehr, dass er sich nicht einen guten oder ehrlichen Gedanken bei dem Menschen vorstellen konnte. Einem bitterarmen Waisenkind das Geld vorenthalten. Und nicht einmal das eigene, nein, gestohlen hatte er es. Wie tief musste ein Mensch sinken? Wie viel tiefer noch sank ein Pastor, der eigentlich vorgab, die schützenden Hände über seine Herde zu halten?

Im Gegensatz zu ihm kümmerte sich Albert um die, die Hilfe benötigten. Gelegentlich fragte er sich, ob es bei Ida nur dieser Schutzreflex war, den er sich im Kinderheim angeeignet hatte. Je älter er geworden war, desto mehr hatte er auf die Kleinen und die Schwachen achtgegeben. Dass sie nicht auffielen. Dass sie, wenn sie Blödsinn angestellt hatten, sich aus der Schusslinie hielten. Und gelegentlich hatte er sogar für den einen oder die andere die Schuld auf sich genommen, weil er genau gewusst hatte, die Kleineren würden an der Bestrafung zerbrechen. Ihn hatten die Barmherzigen Schwestern nicht zerbrechen können. Er hatte sich einen Panzer zugelegt, der nur mit jedem Schlag und jedem Tag Hunger dicker geworden war.

War es das, was ihn dazu veranlasste, Ida zu beschützen? Oder war es vielleicht doch Liebe? Er wusste es nicht genau. Wie fühlte sich Liebe denn an? Er musste dreißig darüber werden, das erste Mal in seinem Leben dieses Gefühl zu spüren. Deswegen war er sich so unsicher. Doch tatsächlich glaubte er, dass es Liebe war, was er fühlte.

Er war fast an der Ecke, wo das Herrenhaus hinter den Bäumen des Sees in den Blick kam, als neben ihm mit einem lauten Knall die Rinde von einer Eiche splitterte.

Das war ein Schuss. Jemand hatte auf ihn geschossen! Und ihn verfehlt. Er duckte sich und schaute zurück.

Vier Soldaten stürmten in seine Richtung. Was wollten sie von ihm? Er glaubte, sie vorhin an der Dorfschenke gesehen zu haben. Sie hatten ihn kaum eines Blickes gewürdigt.

Er hatte sie sich angesehen: Sie sahen so aus wie alle, die jetzt zurückkehrten – abgerissen und müde, des Kämpfens leid. Hatte er gedacht. Warum schossen sie auf ihn?

Er zwängte sich zwischen die Bäume und schlich geduckt weiter. Doch das kleine Stückchen Waldsaum, das bis zum Ufer des Schlosssees führte, bot ihm nicht wirklich viel Schutz.

Schon bogen sie ab in seine Richtung und brachen lautstark durch das Gehölz. Sie verfolgten ihn. Warum, war jetzt gerade völlig egal. Nach dem Grund konnte er fragen, wenn er sein Leben gerettet hatte.

Bis zum Herrenhaus würde er es nicht mehr schaffen. Vielleicht käme er sogar durch das Unterholz bis nach vorne an den Seesteg. Aber ab da würde er den freien Platz überqueren müssen, der zwischen den Ställen und der Remise lag. Das war viel zu riskant. Die Soldaten waren keine Wald- und Wiesenjäger, die einmal im Jahr für ein paar Tage das Gewehr in die Hand nahmen. Sie hatten in den letzten vier Jahren nichts anderes getan, als auf den Feind zu zielen.

»Halt jetzt.«

»Stehen bleiben, oder ich schieß dich über den Haufen.«

Albert blieb stehen. Sie waren so nah herangekommen, dass einer von den vieren sicherlich treffen würde. Er blieb stehen und hob die Hände über den Kopf. Die Männer kamen näher.

»Was wollt ihr vom mir?«

»Drückeberger.« – »Schmarotzer.« – »Sich verpissen, und dann uns die Schuld geben, dass wir den Krieg verloren haben.«

Albert schüttelte den Kopf, behielt aber die Arme oben. Er hoffte, dass sie ihn nicht erschießen würden, wenn er sich ergeben würde.

»Wie kommt ihr darauf?«

»Stimmt das etwa nicht, dass du dich vor der Front gedrückt hast?«

»Wie alt bist du?«

»Dreißig.«

»Dann erklär uns mal, warum du nicht eingezogen worden bist?«

Wie sollte er sich rausreden? Dass er unabkömmlich war? Oder dass er mit seiner erfundenen Tuberkulose zurückgestellt worden war? Aber sie hatten ihn überrumpelt. Er war zu langsam. Und sein Zögern verriet ihn.

»Mieser Verräter.« Einer der Männer drehte sein Gewehr um und stieß ihm mit dem Gewehrkolben so heftig in den Magen, dass er strauchelte und in die Knie ging.

Die anderen Männer traten näher. Die Mündungen ihrer Waffen waren keine Armlänge von ihm entfernt. Ein Ende richtete sich auf seinen Kopf, die anderen beiden auf seinen Oberkörper.

»Ich hab euch doch nichts getan. Ich bin einfach nur zurückgestellt worden, für die Landwirtschaft.«

»Du warst vorher aber Kutscher, oder?« Der Vierte, der ihn niedergestoßen hatte, pflanzte jetzt das Bajonett auf die Spitze seines Gewehres.

Woher wussten sie das? Blitzschnell ging es ihm auf: Das konnte nur Wittekinds Werk sein. Wer sollte ihm sonst etwas Böses wollen?

»Los, steh auf!«

»Nimm gefälligst die Hände runter. Ich erschieß keinen, der sich ergibt.«

Albert stand auf, aber er behielt die ganze Zeit die Hände oben. »Der Pastor hat euch angelogen.«

»Ah, du gibst es also zu. Weißt direkt Bescheid, worum es geht. Dann wird es ja wohl stimmen.«

»Bitte. Ich habe nichts getan. Ihr könnt mich doch nicht einfach erschießen.«

»Nicht einfach erschießen? Da sieht man, dass du nicht weißt, wie es an der Front war. Drei Jahre lang sind Männer links und rechts von mir *einfach* erschossen worden.« Der Mann spie die Worte aus, als hätte Albert daran schuld.

Er hob gerade an und wollte sich verteidigen, als man ein Keuchen hörte. Ein fünfter Soldat kam angerannt.

»Was macht ihr denn? Wieso seid ihr ohne mich weitergelaufen?«

»Wir haben hier einen Feigling aufgegabelt.« – »Der hier macht Stimmung gegen uns heimkehrende Soldaten.« – »Einer, der zu Hause im warmen Bettchen gelegen hat, als wir im gefrorenen Matsch gelegen haben.« Der letzte Soldat spuckte aus.

Der fünfter Soldat trat näher. Er war außer Puste, weil er gerannt war. Albert konnte es kaum glauben. Eugen! Die beiden schauten sich an.

»Was macht ihr denn? Seid ihr blöde?« Eugen trat weiter vor.

»Hey, Kleiner. Reiß dein Maul nicht so weit auf. Wir haben dich nur aus Gefälligkeit mitgeschleppt.«

»Das ist ein Freund von mir.«

Die anderen schauten sich unsicher an, doch plötzlich riss einer der Männer das Gewehr hoch und hielt es Albert genau vors Gesicht.

»Ich hab doch nicht vier Jahre lang Schlamm gefressen, damit Typen wie der es sich gutgehen lassen können.« Sein Finger war schon am Abzug.

Jetzt riss Eugen sein Gewehr hoch. Er hielt es dem Kerl an die Schläfe. »Runter mit der Waffe, Friedel.«

Der rührte sich nicht. »Du Rotzbengel, du hast doch gerade erst vor einem Monat gelernt, wie man die Knarre richtig bedient.«

»Ganz genau. Du hast es mir gezeigt. Und jetzt weiß ich, wie es geht. Also – runter mit der Waffe!«

»Leute, macht keinen Scheiß. Wir bringen uns doch jetzt nicht gegenseitig um. Der Krieg ist aus«, versuchte einer zu intervenieren.

Friedel stieß seine Waffe jetzt Albert ins Gesicht. Er spürte das kalte Metall an seiner Wange. Wenn er jetzt abzog, würde er vermutlich nicht einmal mehr denken können, dass er starb.

Doch auch Eugen legte nach. Er berührte das Gesicht des Soldaten nicht, aber die Waffe war höchstens zwei Fingerbreit von seiner Schläfe entfernt.

»Ich sag das jetzt noch mal ganz ruhig, Friedel. Er ist ein Freund von mir. Und er ist kein Deserteur. Er ist kein Feigling. Er hat mir das Leben gerettet. Er hat mich und jemand anderen aus einer brennenden Scheune geholt.«

Für einen Moment passierte gar nichts. Albert schaute rüber zu Eugen. Der machte mit seinen Augen eine Bewegung. Noch bevor Eugen es aussprach, hatte Albert begriffen. Er fing an zu laufen. Als er den Rand der Bäume erreicht hatte, schaute er kurz zurück. Eugen stand noch immer dort, die Waffe auf den Mann gerichtet.

Albert aber machte, dass er davonkam. Eugen würde sich sicherlich ins Herrenhaus retten können. Wenn sie ihn überhaupt verfolgen würden. Er war ja schließlich einer von ihnen.

Es wäre der kürzeste Weg für ihn, in die Dienstbotenetage zu flüchten. Aber er wollte keine Fährte dorthin legen. Er rannte genau in die Richtung, aus der er gerade erst gekommen war. Richtung Dorf. Doch als er an den ersten Gärten angelangt war, schlug er einen großen Bogen. Er würde das Dorf umrunden und dann über die Wiesen und Felder zu seiner Mutter laufen. Dort würde er sich verstecken, mindestens für die kommende Nacht.

22. Dezember 1918

Schon die Tatsache, dass es nicht sofort still geworden war, als er eingetreten war, machte Adolphis nervös. Er fühlte sich äußerst unwohl. Thalmann versuchte, Ruhe in den Saal zu bekommen. Von Anfang an war er gegen den Vorschlag des Gutsverwalters gewesen. Aber der beharrte darauf: In chaotischen Zeiten wie diesen müsse er als Gutsherr die Richtung vorgeben und nach Ordnung rufen. Deshalb hatte er letzte Woche diese Versammlung einberufen. Den Umtrieben des Arbeiter- und Bauernrats, deren Mitglieder sich seit vier Wochen immer wieder hier in die Gegend verirrten, musste ein für alle Mal ein Ende gesetzt werden.

Thalmann hatte natürlich recht: Die Menschen waren verängstigt von dem, was im Land los war. Nach den ersten Tagen der Revolution, in denen die Menschen sich mit der neuen Regierung hatten abfinden müssen, waren die ersten Zweifel aufgekommen. Würde es hier jetzt so werden wie in Russland nach dem Sturz des Zaren? Es gab kein größeres Schreckensbild. Die Angst vor den Roten zog sich durch das Kaiserreich. Der Machtkampf wütete in der ganzen Republik. Die neue Regierung hatte veranlasst, dass rückkehrende Soldaten die Ordnung gegen die Roten, gegen die Spartakisten und andere Sozialisten, aufrecht erhielten. Aus der Hauptstadt und anderen größeren Städten hörte man böse Gerüchte. Täglich Scharmützel auf der Straße, Streiks, Demonstrationen, Straßenbarrikaden, Plünderungen von Warenhäusern. Und Tote.

Und jetzt standen sie vor ihm, seine Pächter. Die gleichen Männer und Frauen, die im März selbst den Aufstand gegen ihn, den Grafen von Greifenau, geprobt hatten. Genau hier, im Versammlungssaal der Dorfschänke. Ausgerechnet. Selbst Gerdes, der aufsässige Tagelöhner, war zurückgekommen. Jetzt hatte er keine Angst mehr vor dem Herrn Grafen.

Adolphis schwitzte, als er jetzt das Podium betrat. Er stellte sich breitbeinig hin und versuchte, so viel Souveränität und Überzeugungskraft auszustrahlen, wie ihm noch möglich war. Es dauerte einen langen Moment, bis es ruhig genug war, damit er reden konnte. Auch das war früher anders gewesen.

»Ich habe euch heute zusammenrufen lassen, weil wir vieles zu besprechen haben. Wir sind all die Jahre gut miteinander ausgekommen. Wir sollten das nicht leichtfertig wegschmeißen, auch wenn wir jetzt in einer Republik leben.«

»Das Land soll aufgeteilt werden auf die, die es mit ihren eigenen Händen bestellen.«

Gerdes, wer sonst. Bestimmt hatte er in der Stadt Nachhilfe in bolschewistischer Propaganda bekommen.

»Das bedeutet nicht, dass plötzlich alle Hierarchien abgeschafft sind. Das Land gehört mir.«

»Noch! In ein paar Monaten wird das ganze Land den Pächtern hier gehören«, rief Gerdes jetzt.

»So weit wird es nicht kommen. Und ganz sicher wird es niemals dir gehören, Gerdes. Du bist ein fauler Sack. Ein fauler Apfel, der alle anderen verdirbt«, sagte Thalmann, der sich an den Rand des Podiums gestellt hatte.

Adolphis machte eine Bewegung mit seinen Händen, dass sich alle beruhigten. »Was ich damit sagen will: Niemand hier kann ein Interesse an russischen Verhältnissen haben. Diese Menschen hungern. Sie leiden, und sie werden schlimmer als Vieh behandelt.«

»Also nicht schlimmer als unter dem Zaren.«

Adolphis schaute Gerdes mit einem vernichtenden Blick an. Thalmann löste sich aus der Ecke, sprang vom Podium herunter und packte den Tagelöhner am Schlafittchen.

»Jetzt reicht es. Du hast hier überhaupt nichts zu suchen.« Er zerrte ihn durch die Menschenmenge Richtung Tür. »Du bist kein Pächter. Du bist nur ein Besenbinder.«

»Lass mich los. Ich hetz dir den Bauern- und Arbeiterrat auf den Hals. Die werden euch den Garaus machen.«

»Aber nicht hier, und nicht heute.« Thalmann war an der Tür angekommen.

Er und Gerdes waren ungefähr gleich alt, aber Thalmann war etwas größer und besser genährt. Er gewann das Gerangel und schubste den Tagelöhner vor die Tür.

Unter den Pächtern murrte es, aber niemand unternahm etwas. Nicht gegen den Gutsverwalter und nicht gegen den Gutsherrn. Zu viel Schreckliches hatte man über Sankt Petersburg und Moskau gehört. Sie hatten Probleme, die sie alle gemeinsam etwas angingen. Die Männer des Arbeiter- und Soldatenrates waren vor fünf Wochen doch nicht nach Greifenau vorgedrungen, sondern hatten noch rechtzeitig einen anderen Weg eingeschlagen. Die Bewohner des Dorfes und auch des Herrenhauses waren heilfroh gewesen.

»Was machen wir, wenn wir zu wenig Männer haben, die das Land bestellen? Wir schaffen das nur gemeinsam! Wir müssen jetzt zusammenhalten.«

In den letzten Wochen war der größte Teil der Kriegsgefangenen auf und davon. Die Russen blieben, aus Angst vor dem Hunger in der Heimat. Aber die Polen waren erhobenen Hauptes gegangen. Sie hatten gedroht, sie würden wiederkommen. Wiederkommen, und sich ihren gerechten Lohn abholen. Adolphis hatte vor zehn Tagen dabei zugesehen, wie sie abgezogen waren. Ihre Drohungen waren keine leeren Worte. Sie waren wütend und voller Hass.

Bereits jetzt waren Teile der Provinz Posen von den Polen besetzt. Adolphis wurde ganz schwindelig bei dem Gedanken, dass in wenigen Wochen oder Monaten ganze Teile des deutschen Kaiserreiches nicht mehr deutsch sein würden. Elsass-Lothringen war bereits besetzt, genau wie Straßburg. Aber das war weit im Westen. Das interessierte hier kaum jemanden. Aber Posen, ihr Posen, sollte nach dem Willen der Siegermächte ein polnisches Königreich werden. Die belgischen Kriegsgefangenen waren letzte Woche in größeren Truppen zurück in ihr Heimatland gebracht worden. Ununterbrochen fuhren Züge mit Hunderten, ja, Tausenden Kriegsgefangenen in Richtung Westen. Alle wollten vor Weihnachten zu Hause sein. Was nur verständlich war. Ihm konnte es recht sein, denn dann brauchte er sie nicht durch den Winter zu füttern.

Aber genauso gut wusste Adolphis, dass diese Männer für das Leid und die Demütigungen, die sie hier erfahren hatten, Entschädigung wollten. Sie würden zu Hause Stimmung machen – in Belgien, in Frankreich und England. Die Menschen fürchteten nicht nur russische Zustände.

Die Männer und Frauen im Deutschen Reich hatten zu Recht Angst vor der Rache der Siegermächte. All ihre alten Führer und Staatslenker waren fort. Kaiser Wilhelm geflüchtet, genau wie Ludendorff, der feige Hund. Hatten sie quasi kopflos zurückgelassen in einer Republik, in der sich niemand auskannte. Der Wahlkampf für die verfassungsgebende Versammlung wurde immer hitziger und in manchen Städten auch schon mal blutig geführt.

Viele haderten mit der neuen Republik. Für die Menschen seines Gutsberitts wäre es schon völlig ausreichend gewesen, wenn der Krieg einfach geendet hätte und sie zu den alten geordneten Verhältnissen hätten zurückkehren können. Doch jetzt liefen überall politische Agitatoren durch die Lande, die den Leuten Flöhe in die Ohren setzten.

»Lasst die Vernunft walten. Wir auf dem Land haben es immer noch besser als die in den Städten. Es war eng, und wir haben alle zurückgesteckt im Krieg. Aber jetzt heißt es, wieder neu anpacken. Zusammen werden wir dafür sorgen, dass es uns allen genauso gut geht wie vor dem Krieg.«

»Nein, wir wollen einen größeren Anteil«, kam es aus der Mitte.

»Wir werden sehen, wie im Januar die Wahlen ausgehen. Aber ich kann mir nicht vorstellen, dass euch wirklich daran gelegen ist, mich enteignet zu sehen. Wenn ich enteignet werde, dann wird euch nicht automatisch das Land zugesprochen. Sie werden kommen, die Soldatenfamilien aus den Städten, und euch dann den Grund und Boden wegnehmen, den ihr mir zuvor enteignet habt.« Adolphis legte noch an Lautstärke zu. »Was glaubt ihr denn? Die hatten vier Jahre lang nichts zu fressen. Die Arbeiter, die jetzt aus den Rüstungsfabriken entlassen werden, die haben immer noch nichts zu fressen … Wenn ich untergehe, dann schützt euch nichts und niemand mehr davor, dass mein Schicksal ebenso euer Schicksal wird!«

»Ich will mein eigenes Land.« Jemand, der sich in der Menge versteckte.

»So nicht, Herr Auwitz-Aarhayn.« Ein anderer, der vorne stand und ihm frech ins Gesicht schaute.

Herr Auwitz-Aarhayn!

Das wollte er sich nicht bieten lassen. »Noch bin ich Graf. Noch habt ihr mich mit gnädiger Herr anzureden.«

»Nicht mehr lange.«

»Bald gibt es keine Grafen mehr.«

Womit sie recht hatten. Schon jetzt war die Aristokratie entmachtet. Alle waren sie abgetreten. Keiner hatte dem Pack die Stirn geboten.

Jetzt stand er, Graf Adolphis von Auwitz-Aarhayn zu Greifenau, plötzlich alleine da, ohne Fürsten und Könige oder Kaiser, die seinen Herrschaftsanspruch untermauerten. Einer unter tausend Bürgern. Sollte er dann bald auch enteignet werden und Straßen fegen oder Toiletten schrubben, so wie die russischen Adeligen?

Adolphis versuchte es ein letztes Mal. »Wir können hier gemeinsam wieder etwas aufbauen. Oder jeder für sich allein. Aber eins schwöre ich euch – wer sich nicht auf meine Seite schlägt, der darf auch nicht länger mit meiner Hilfe rechnen.«

Er ließ seinen Blick über die Köpfe schweifen. Die alten Männer, die schon Pächter unter seinem Vater gewesen waren. Die Frauen, die im Krieg die Führung der Höfe übernommen hatten. Und die Jüngeren, die aus dem Krieg zurückgekehrt waren. Sie alle schienen unentschlossen. Sollten sie ihn stützen oder stürzen?

Noch waren nicht alle wieder da. Niemand wusste, wie viele Soldaten noch zurückkommen würden. Niemand wusste, wie viele von den Zurückkehrenden überhaupt in der Lage sein würden, ihre Höfe weiterzuführen. Von den mehr als zwei Dutzend aus dem Krieg zurückgekehrten Pächtern waren über die Hälfte versehrt. Einige waren nur leicht beeinträchtigt, andere schwerer. Einer, der beide Beine verloren hatte, war heute erst gar nicht erschienen. Und auch seine Frau fehlte.

»Sie haben uns lange genug gedroht. Jahrhundertelang. Ich lass mir nicht mehr drohen.« Ein heimgekehrter Soldat aus einem Nachbardorf von Greifenau.

Als Soldat hatte er im Artilleriefeuer gekämpft. Er hatte seine Kameraden sterben sehen. Er hatte mit dem Tod Karten gespielt und gewonnen. Solche Männer hatten keine Angst mehr. Adolphis sah es in seinem Blick. Dunkel und trotzig. Ihn konnte nichts mehr schrecken. Und ein hinterpommerscher Graf schon gar nicht.

»Ich sage euch das ein letztes Mal. Ihr seid auf meiner Seite, oder ihr seid mein Feind. Wir werden jetzt alle nach Hause gehen und in Ruhe Weihnachten feiern. Aber wer die Sozialisten wählen will oder die Sozialdemokraten, dem sage ich hier und jetzt: Packt euer Zeug und verschwindet von meinem Land. Ich werde euch hier nicht dulden.«

»Es sind freie Wahlen. Jeder darf wählen, wen er will.«

Adolphis brannte innerlich. Am liebsten wäre er dem Kerl an die Gurgel gesprungen. Aber er hatte ja recht. Es waren freie Wahlen. Freie und gleiche und geheime Wahlen. In weniger als einem Monat wurde gewählt. Dann gäbe es vermutlich nichts mehr, was noch zurückzudrehen wäre. Die im Umsturz errichtete Republik wäre dann eine gewählte Republik.

Seine Zukunft lag düster und schäbig vor ihm. Er konnte es nicht ertragen, dass die Bauern nicht mehr vor ihm dienerten. Erhobenen Hauptes warfen sie ihm ihre fordernden und giftigen Blicke zu. Wollte er sich wirklich von diesen Kanaillen mit »Herr« anreden lassen? Es stand zu befürchten, dass er bald nur noch Bürger unter Bürgern war. Nicht mehr Herr Graf, nicht mehr gnädiger Herr, nicht mehr Erlaucht. Wollte er es wirklich so weit kommen lassen?

»Haben wir uns verstanden? Wer hier für eine andere Grundordnung ist, der verschwindet.«

»Sonst was?«

Adolphis schaute den Mann an. Besser, er würde jetzt direkt hier ein Exempel statuieren. »Ich jag dich von deinem Hof. Jetzt gleich. Du bist der Erste.«

Doch der Mann schien überhaupt nicht geschockt zu sein. Er zuckte fast gleichgültig mit den Achseln. »Wer will mich denn vertreiben? Sie persönlich?«

»Ich …!« Adolphis' Blick ging zur Tür, wo Thalmann stand. Doch was hätte er sagen sollen? Wie könnte er seinem Dienstherrn helfen. Alle wussten, dass die Verhältnisse sich geändert hatten.

»Es ist mein Land. Ich werde die Polizei rufen.«

Der Mann schüttelte einfach wieder den Kopf. Und von hinten traten alle näher an ihn heran, ganz so, als würden sie ihn beschützen wollen.

»Ich lass mich nicht vertreiben. Ich bleibe auf meinem Hof. Und ich werde wählen, was immer ich wählen will. Genau wie alle anderen hier im Saal. Und Sie, Herr Graf, werden auch nur eine einzige Stimme haben.«

»Genau.«

»Kein Dreiklassenwahlrecht mehr.«

»Kein Buckeln mehr.«

»Ich wähle, was ich will.«

Adolphis presste seine Lippen aufeinander. Außer Thalmann war kein Einziger dabei, der ihm die Stange hielt. Das also war die Zukunft, die er zu erwarten hatte. Ein letztes Mal hob er seine Stimme.

»Ihr werdet schon sehen, was ihr davon habt! Ihr werdet schon sehen.« Für einen kurzen Moment blieb er noch oben stehen, dann sprang er vom Podium herunter und drängelte sich durch die Menschen, die ihm kaum Platz machten. Als er durch die Tür lief, kam er sich vor, als würde er weglaufen.

Gestern Abend noch hatte er sich betrinken wollen, aber er hatte gewusst, er musste einigermaßen nüchtern bleiben für die heutige Versammlung. Aber sobald er zu Hause war, würde er das nachholen, was er gestern verpasst hatte. Alles wuchs ihm über den Kopf. Der verlorene Krieg, die aufsässigen Pächter, der Verrat von Konstantin. Katharinas heimliche Flucht – die sich wie durch ein Wunder noch nicht herumgesprochen zu haben schien. Nur Thalmann wusste Bescheid, und der hielt eisern zu ihm. Aber all das wurde verdeckt von dem einen Ereignis, für das er sich so schändlich schämte: dass der Prinz in seinem See ertrunken war.

Gestern hatten sie Post von Ludwigs Eltern erhalten. Verspätet, weil der Brief aus den Niederlanden gekommen war. Die Eltern machten ihm bitterböse Vorwürfe. Adolphis und Feodora hatten ihnen geschrieben und berichtet, wie es zu diesem misslichen Unfall gekommen war. Doch ihre Erklärungen wurden nicht gehört. Wieso ihr Sohn bei diesem schlechten Wetter keine Unterkunft angeboten bekommen habe? Was vorgefallen sei, dass er unbedingt bei Eisregen wieder fahren wollte? Was mit Katharina sei? Warum sie nicht bei Ludwig in der Kutsche gesessen habe? Alles Fragen, von denen er nicht wusste, wie er sie beantworten sollte.

Und schließlich seine Schulden. Die großen Schulden – wie sollte er sie jemals tilgen? Die Regierung dachte gar nicht daran, jetzt ihre Kriegskredite zurückzuzahlen. Er war blank bis auf die Unterhose. Blank und krank. Noch immer hatte er seine Syphilis nicht besiegt. Und würde es vermutlich auch nie. Vielleicht würde Reichenbach doch zu der Quecksilbertherapie greifen müssen – mit anschließendem Haarausfall und geistiger Verwirrung. Was für ein erbärmliche Figur er abgab: verarmt, bald vielleicht noch geisteskrank, aber auf jeden Fall bürgerlich.

Als wäre der Teufel hinter ihm her, ritt er zurück zum Herrenhaus. Erst bei den Ställen wurde er langsamer. Er stieg ab und führte das Pferd in den Stall. Er hatte nicht einmal mehr die Kraft, es abzusatteln. Am Herrenhaus stieg er die Freitreppe hoch. Caspers öffnete ihm die Tür und begrüßte ihn.

»Gnädiger Herr.«

In dem Moment wurde ihm klar, dass er es nicht ertragen würde, nicht mehr der gnädige Herr zu sein. Kein Respekt, keine Achtung und Höflichkeit, stattdessen Schulden und Schmach. Kein Höhergestellter mehr. Er würde doch nicht eines Tages als Bürger sterben wollen. Keinesfalls.

* * *

Albert kam zurück. Er war zwei Nächte über bei seiner Mutter gewesen. Die wollte, dass er noch blieb. Zu Recht hatte sie Angst, dass ihm doch noch etwas passierte. Wie unnütz es wäre, jetzt nach dem Ende des Krieges noch sein Leben geben zu müssen. Doch Albert glaubte nicht, dass die Soldaten noch in der Nähe waren. Selbst wenn sie über Nacht in Greifenau geblieben wären, wären sie nun bestimmt schon auf dem Weg nach Hause. Trotzdem hatte er gewartet, bis es dämmerte. Er konnte nur hoffen, dass der Graf seine Erklärung für das Fortbleiben annahm.

Er hatte Eugen in den letzten Jahren immer wieder geholfen. Und nun hatte der Junge sein Leben gerettet. Das war ausgleichende Gerechtigkeit. Nur war der Junge kein Junge mehr, sondern mittlerweile ein Mann. Ein Mann, dem er sein Leben zu verdanken hatte.

Albert schlich sich über einen Umweg ans Herrenhaus heran. Vorbei am Jungtierstall, im Schatten der Scheune lief er weiter rüber zum Pferdestall. Es war nur gebotene Vorsicht. Er wollte den Pferdestall durchqueren, rüber zur Remise und dann durch die Hecke zum Dienstboteneingang hinein. Dort würde er sicherlich auf Eugen treffen. Und Eugen würde wissen, was aus den Männern von vorgestern geworden war.

Doch als er nun den Pferdestall betrat, stand dort das Pferd des Grafen, noch immer aufgesattelt. Mit ein paar geübten Handgriffen löste er den Sattel. Darunter war es warm und verschwitzt. Er würde ihn rüber zur Remise bringen, wo alle Sättel untergebracht waren.

Er schaute aus dem Pferdestall heraus. Es war niemand zu sehen. Eilig lief er mit dem Sattel unter dem Arm rüber und schloss schnell die Tür. Es war duster, aber er kannte sich hier aus. Er hievte den Sattel auf den freien Bock. Doch dann erschrak er. Jemand war hier drin. Jemand stöhnte, oder war es ein Weinen?

Er ging um eine Ecke. Hinter dem Verschlag war die alte Kutsche. Der Graf saß oben auf dem Kutschbock. Er hielt seine Flinte in der Hand.

»Gnädiger Herr?«

Ein Schniefen kam als Antwort.

Albert ging zwei Schritte vor, als Adolphis von Auwitz-Aarhayn ihn anschrie. »Kommen Sie nicht näher.« Er lallte.

»Aber was …«

»Lassen Sie mich in Ruhe. Mir ist nicht mehr zu helfen.«

Erst jetzt wurde ihm klar, was der Graf mit der Waffe vorhatte. »Nein, bitte! Sie dürfen sich nichts antun.«

»Der Krieg, der Hunger, die Plagen und der Tod. Sie haben mein Gut erreicht – die vier apokalyptischen Reiter … Feodora hatte recht. Wir gehen unter, wie unsere russischen Verwandten untergegangen sind.« Er schluchzte auf, oder vielleicht hickste er auch.

Albert versuchte, sich heimlich nach vorne zu drücken. Es konnte doch nicht sein, nicht jetzt. Nicht hier. Sein Vater wollte sich umbringen. Ein Fuß nach vorne. Das konnte nicht sein, dass er jetzt seine letzte Chance vertan hatte. Nach seinem letzten Versuch Mitte November hatte er eine passende Gelegenheit abwarten wollen. Wenn sein Vater besserer Laune wäre. Wenn der für den Grafen höchst unglückliche Vorfall mit Ludwig von Preußen und der Sturz des Kaiserhauses und all die damit verbundenen Unruhen sich gelegt hätten. Aber er hatte seinen Vater seitdem kaum noch gesehen. Caspers erzählte nichts, aber die Mamsell ließ alle paar Tage eine Bemerkung fallen. Der Graf soff in einer Tour. Nicht einmal die Gräfin war noch fähig, das zu unterbinden. Sie zog sich in dunkler Stimmung in ihre Gemächer zurück.

Den Grafen hatte Albert noch genau dreimal gesehen, immer nur während der Sonntagsmesse, wenn seine Frau bei ihm war. Und jetzt sah es so aus, als würde der Graf bald nicht mehr unter ihnen weilen. Nein, noch nicht! Nicht jetzt schon! Er durfte nicht unwissend aus dem Leben scheiden. Wieder setzte Albert einen Fuß vor. Der Graf sah ihn gar nicht an. Er schaute in die Vergangenheit.

»Ich werde als Graf sterben … mein letzter Wille!«

Jetzt! Schon war Albert vorgesprungen, hechtete auf die Kutsche. Ein ohrenbetäubender Knall ertönte. Albert riss seinen Kopf zurück, aber packte zugleich das Gewehr und schleuderte es fort. Adolphis von Auwitz-Aarhayn sank in seinen Armen zusammen.

»Vater? … Vater!«

Der Graf hatte sich den Schädel wegschießen wollen, aber er hatte den Hals erwischt. Hatte Albert bei seinem Sprung die Waffe verrissen? Das Blut spritzte aus der Hauptschlagader. Noch war er bei Bewusstsein. Doch er kippte weg. Albert bettete ihn in seine Arme.

»Vater!«

»Wieso … Vater?«

»Ich … bin dein Sohn. Dein Erstgeborener. Das Kind von Therese Hindemith.«

Adolphis hob seinen Blick. Sie schauten sich in die Augen. Für einen Moment waren sie Vater und Sohn. Er streichelte Alberts Wange, wie er einen kleinen Jungen gestreichelt hätte.

»Mein … Junge … Du bist das … Das macht … mich … glücklich … Überglückl…«

Dann sackte der Körper weg. Albert konnte die Tränen nicht mehr zurückhalten. So lange schon hatte er nicht mehr geweint. Doch all die versagten Tränen brachen nun aus ihm heraus.

»Vater … Papa …«

Der Mann entglitt ihm. War schon mehr auf der jenseitigen Seite als unter den Lebenden. Albert packte die Hand. Es war keine Kraft mehr darin. Der Körper wurde immer schwerer, verlor jede Spannung. Albert fasste nach, barg ihn in seinen Armen. Seine Tränen tropften auf das blutverschmierte Gesicht.

Die Tür zur Remise wurde aufgerissen. Kilian stand im letzten Licht des Tages. Er trat näher.

»Albert? … Wer hat geschossen?« Doch als Kilian noch näher herankam, entdeckte er, dass Albert jemanden im Arm hielt. »Wer ist das?«

Er konnte nicht antworten. Rotz und Wasser liefen ihm das Gesicht herunter. Erst als Kilian direkt an der Kutsche stand, erkannte er, wen Albert dort in den Armen hielt. Er sprang vor Schreck nach hinten. Ein merkwürdiger Laut entrang sich seiner Kehle. Tiefste Bestürzung stand in seinem Gesicht.

Eugen und Wiebke drängelten sich in die Remise hinein, und selbst die Mamsell tauchte dort auf.

Alle kam sie näher. Eugen und Wiebke entdeckten gleichzeitig den Leichnam des Grafen. Wiebke schrie auf. Eugen legte seine Arme um sie und drehte sie von dem blutigen Anblick fort.

Die Mamsell war vorne an der Tür stehen geblieben. Jetzt öffnete sie das große Tor. Dämmriges Licht fiel auf die Kutsche.

»Oh mein Gott. Oh mein Gott!« Entsetzt schlug sich die Mamsell die Hände vor den Mund. »Die Gräfin. Ich muss der Gräfin Bescheid geben.« Schon war sie hinaus.

Kilian bückte sich und hob die Flinte auf. Ohne Worte starrte er auf den Grafen, der in Alberts Armen immer tiefer sank.

»Ich hab vorhin gesehen, wie er das Gewehr aus der Waffenstube geholt hat.« Kilian wirkte erschüttert. Wie hätte er das ahnen können?

Herr Caspers erschien. Ganz langsam trat er näher. »Oh mein Gott. Er ist tot. Er ist tot. Was wird jetzt aus uns?«

Niemand sagte mehr etwas. Alle starrten sie auf den blutverschmierten Körper. Paul trat ein, schüchtern und verstohlen. Noch immer versteckte er sich vor der Öffentlichkeit.

Caspers rang um Worte. »Hat er sich … selbst …?«

Albert konnte nur nicken.

»Warum?«

Albert kämpfte um die Worte. »Er wollte … als Graf sterben.«

Wieder trat eine merkwürdige Stille ein. Albert konnte den Toten nicht loslassen. Er wusste, es war das letzte Mal, dass er seinen Vater umarmen durfte.

Wiebke heulte genauso wie Albert. Eugen wollte sie hinausführen, als es Albert endlich aufging: Ida war gar nicht da.

»Wo … Wo ist deine Schwester?

Wiebke drehte sich zu ihm zurück und schüttelte den Kopf. »Ich weiß es nicht. Sie ist fort. Sie hat gestern noch einen Brief bekommen. Heute Morgen war sie plötzlich weg.«

Dann war Ida also geflüchtet, alleine, vor ihrem Mann.

Nun hatte er alle verloren. Sein Vater war tot, und auch Ida war verschwunden. Doch dann trat seine Tante in die Remise, sah ihn und war mit einem Schrei bei ihm.

»Albert, was ist mit dir? Bist du verletzt?«

Er schüttelte den Kopf. »Es ist das Blut mei… des Herrn Grafen.«

In dem Moment wurde ihm klar, dass er nicht alleine war. Er hatte noch immer eine Mutter und eine Tante. Und Ida war nicht tot. Noch nicht. Er würde sie suchen und er würde um sie kämpfen.

Kapitel 8

23. Dezember 1918

Rosalinde, mit ihren zweieinhalb Jahren die Kleinste, krallte sich an ihren Rock. Katharina machte sich gerade fertig, um auszugehen. Das wusste die Kleine. Sie hing an ihr. Vermutlich hatte sie Angst, dass Katharina auch eines Tages einfach so verschwinden würde, so wie ihre Mutter eines Tages einfach weg gewesen war. Tot. Gestorben in einem nahe gelegenen Krankenhaus. Das konnte die Kleine nicht begreifen.

Isolde, die Älteste, half Katharina, den Frühstückstisch abzudecken. Die beiden Zwillingsjungs, Kuno und Adi, eigentlich Kunibert und Adalbert, waren schon auf der Straße und spielten mit anderen Jungs.

»Röschen, komm. Lass mich los.« Katharina stellte noch schnell das Brot und die Butter in die Kühlkammer und kniete sich vor das Mädchen. »Liebes, ich geh gleich, aber ich komm heute Abend wieder. Versprochen! Ich verzichte doch nicht auf dein Geschenk. Morgen ist doch Weihnachten!«

»Kathiii!«, wimmerte die Kleine und verzog das Gesicht. Sie weinte und warf ihre Arme um Katharina. »Nich weg!«

»Ich komm wieder. Versprochen. Isolde, komm, geh mit deiner Schwester spielen. Sonst komm ich hier nie los.«

Isolde, die Achtjährige, nahm ihre Schwester an einem Ärmchen. »Wenn du wiederkommst, üben wir heute Abend noch lesen?«

»Aber natürlich. Pass so lange schön auf deine Schwester auf.«

Ihr Vater, Doktor Malchow, saß schon mit einer Zeitung auf

dem Sofa in der guten Stube. Wie froh Katharina war, dass es hier eine gute Stube gab. Und eine Küche mit einem großen Fenster. Nebenan war eine Kammer, in der zwei wuchtige Kleiderschränke standen. In der aber auch gebadet wurde, samstags, in einer großen Zinnwanne. Die Toilette war sauber und nur für die Familie. Ihr Leben im Herrenhaus kam ihr schon nach wenigen Wochen Abwesenheit unwirklich vor. Hatte sie tatsächlich Dienstmädchen gebraucht, um sich anzuziehen? Konnte es sein, dass ihre Mahlzeiten aus mehreren Gängen bestanden hatten, jeden Tag?

Morgen würde sie selbst einen Hasen braten müssen. Morgen war Heiligabend. Cläre hatte sie zu einem Metzger gebracht, der ihr genau erklärt hatte, was sie zu tun haben würde. Hoffentlich verbockte sie das nicht. Es gab hier nur einmal die Woche Fleisch, am Sonntag, und auch nicht viel.

Bisher hatte sie es gerade so geschafft, nichts anbrennen zu lassen. Mit Cläres Hilfe hatte sie fünf Rezepte gelernt: Spiegeleier mit Bratkartoffeln, Möhren-Rüben-Durcheinander, Erbsensuppe, Grießbrei und Milchreis. Glücklicherweise waren die Kinder nicht anspruchsvoll. Und dem Arzt reichte es anscheinend, dass er nicht mehr selbst kochen musste. Morgen aber war Weihnachten. Dann sollte es Kartoffeln, Rotkraut und den Hasenbraten geben. Cläre würde ihr das Rotkraut vorkochen. Kartoffel bekam sie selbst hin, aber der Braten war eine echte Herausforderung. Sie würde es schon irgendwie schaffen. Sie hatte schon so viel gelernt. Viel wichtiger war doch: Es gab ausreichend zu essen.

Doch heute wollte sie nach Kreuzberg und Friedrichshain, mit der Ringbahn. Sie liebte es, mit der Straßenbahn zu fahren. Es hatte immer noch ein klein wenig von Abenteuer. In den beiden Stadtteilen würde sie heute die Polizeistationen und die Lazarette und Krankenhäuser abklappern. Doktor Malchow kannte viele Adressen. Sie war noch lange nicht durch.

Immerhin, so viel wusste sie bereits, war Julius nicht tot aufgefunden worden. Vor neun Tagen war der Arzt mit ihr zum Leichenschauhaus Berlin-Mitte in der Hannoverschen Straße gegangen. Alle unbekannten Leichname kamen dorthin. Niemand erinnerte sich an einen jungen Mann, der um den 9. November anonym dort eingeliefert worden war. Auch auf dem Foto erkannte Julius niemand. Das machte ihr große Hoffnung.

Sie zog sich ihre neuen alten Schuhe an. Sie waren bequemer als die Reitstiefel. Die gefütterten Stiefeletten hatte sie bei dem Altkleiderhändler, für den Cläre arbeitete, für kleines Geld gekauft. Der Mantel kam über das Wollkleid. Handschuhe und Mütze, es war kalt draußen.

Als sie an die frische Luft kam, entschloss sie sich doch zu laufen. Sie würde zur Spree gehen, und dann dort am Ufer entlang bis Kreuzberg. Es war kalt, aber sonnig. Und ein bisschen Zeit an der frischen Luft würde ihr guttun.

Sie lief vorbei an den großen Gebäuden der Charité. Dorthin hatte sie ihre erste Suche geführt. Es war Wochen her. Sie war auf allen Stationen gewesen, hatte das Foto von Julius jeder einzelnen Schwester gezeigt, jedem Arzt und auch sonst allen, von denen sie dachte, sie könnten etwas wissen.

Sein Foto war schon leicht abgegriffen. Katharina hatte es geknickt, sodass die teure Kleidung auf dem Foto nicht zu sehen war. Es hatte nur einen Tag gedauert, bis ihr klar geworden war, dass es nicht besonders gut ankam, dass sie nach einem reichen Menschen suchte. Die Leute waren abweisend. Nicht, dass jemand Julius erkannte und es ihr aus Neid nicht sagte. Und sie, sie sah nicht mehr aus wie eine Komtess. Ihre Hände waren rau vom vielen Putzen und Spülen.

Seit Wochen suchte sie nun nach Julius, jeden Sonntag. Und jeden Montag, wenn sie sich sicher war, dass sein Vater bestimmt in der Fabrik war, rief sie Julius' Mutter an. Sie ging auch heute wieder zum Postamt, bezahlte für fünf Minuten Ferngespräch nach Potsdam und ging in die Kabine. Ein Fräulein vom Amt stellte sie durch. Der Anruf war fast ebenso teuer wie eine Fahrt dorthin, aber es ging viel schneller.

»Hier der Anschluss der Familie Urban.« Das unfreundliche Dienstmädchen, vielleicht auch ein anderes Dienstmädchen.

»Ich möchte bitte mit Frau Urban sprechen.«

»Wen darf ich melden?«

Julius' Mutter hat ihr einen Namen genannt, unter dem sie sich melden sollte. »Sieglinde Bauer.«

»Sehr gerne. Bitte warten Sie einen Moment.«

Katharina wartete. Wie immer hoffte sie, dass Julius' Mutter sich beeilen würde. Sie hatte keine Uhr, aber sie hatte sehr stark das Gefühl, dass die Gespräche meistens doch nach weniger als fünf Minuten unterbrochen wurden.

»Ja bitte, Urban hier.«

»Frau Urban, ich bin's. Katharina.«

»Sieglinde, wie nett von dir anzurufen. Wie geht es dir?«

Katharina wusste, wenn Frau Urban sie mit Sieglinde anredete, war ihr Mann in der Nähe. Das hatten sie bei ihrem ersten Gespräch über den Fernsprechapparat ausgemacht. Sie musste also vorsichtig sein, sie nicht in die Bredouille zu bringen. »Ich wollte nur wissen, ob Sie irgendetwas von Julius gehört haben.«

»Nein, leider nicht.«

»Ich gehe heute nach Kreuzberg. Wenn ich es schaffe, auch noch Friedrichshain.«

»Wie schade, meine Liebe. Ich rufe dich zurück, sobald ich weiß, wann wir uns mal wieder treffen können. Bis bald dann … Cornelius lässt die besten Grüße an Kurt bestellen.«

Ihr Mann stand wohl direkt in der Nähe. Ein ungünstiger Zeitpunkt. Vermutlich blieb auch er heute zu Hause. Morgen war Heiligabend. Aber immerhin wusste sie nun, was sie wissen wollte. Sie musste weitersuchen.

Dass sie nicht gestern schon auf die Suche gegangen war, hatte sie drei Notfällen in der Praxis zu verdanken. Männer mit Schusswunden und gebrochenen Rippen waren in die Praxis gebracht worden.

Seit November kam die Hauptstadt nicht mehr zur Ruhe. Von Woche zu Woche spitzte sich die Lage zu. Die Regierung fürchtete nicht zu Unrecht den Ausbruch eines Bürgerkrieges. Deswegen begrüßten sie öffentlich die heimkehrenden Fronttruppen. Sie sollten gegen die Revolutionäre vorgehen. Reaktion und Gegenreaktion schaukelten sich zusehends hoch. Karl Liebknecht hatte mit seiner Rede auf der Beerdigung der Opfer des Straßenkampfes die Situation noch weiter angefacht.

Auf der Straße galt mittlerweile Faustrecht. Es wurde zunehmend schwieriger, durch die Stadt zu kommen, ohne dass man irgendwo auf eine Demonstration oder Streikende, auf eine Plünderung oder wenigstens auf einen Tumult stieß. Manchmal gingen sich Passanten wegen kleiner Bemerkungen schon an den Kragen. Sie musste vorsichtig sein.

Weil Katharina gestern mehr als den halben Tag auf die Kinder aufgepasst hatte, hatte Doktor Malchow ihr heute freigegeben. Die Praxis blieb heute geschlossen. Der Arzt war überarbeitet und müde. Über die Feiertage würde die Praxis ohnehin zu bleiben. Deshalb konnte sie heute an einem Montag losziehen.

Auf dem Rückweg würde sie dann noch den Braten von der Metzgerei abholen. Vielleicht aber machte ihr das Schicksal heute ein Weihnachtsgeschenk, und sie würde endlich eine Spur finden, die zu Julius führte. Schließlich hieß das Krankenhaus in Kreuzberg Krankenhaus am Urban. Vielleicht war das ein gutes Omen. Dazu musste sie allerdings einmal quer durch Berlin Mitte, dort wo der Straßenkampf am heftigsten tobte. Andererseits gab es auch Tage, da passierte gar nichts, und Passanten gingen im Tiergarten spazieren.

Als sie gerade am Ufer der Spree ankam, hörte sie Schüsse. Katharina wusste, was zu tun war. Schnell flüchtete sie in eine

Seitenstraße. Noch einmal wollte sie nicht so etwas erleben, was sie mit Paul Bromberg mitgemacht hatte. Sie kam an der breiten Fensterfront eines Kolonialwarenladens vorbei. Im Laden standen mehrere Leute. Sie ging zwei Stufen hoch. Über der Tür läutete eine kleine Glocke, als sie den Laden betrat. Sie nickte dem Kaufmann, der kurz hochschaute, freundlich zu und stellte sich hinter die anderen Wartenden.

Mit Ende des Krieges gab es wieder fast alles zu kaufen: Kaffee und Tee, Schokolade und Kakao. In kleinen Holzkisten lagen Bananen, Orangen und sogar Kokosnüsse. Es überraschte sie, denn sie hatte gehört, dass die Blockade auch für deutsche Handelsschiffe immer noch nicht aufgehoben war. Andererseits war es immer so, dass man für genug Geld alles bekommen konnte. Die, die hier standen, konnten sich einiges leisten. Würde man sie eher für ein Dienstmädchen oder für eine junge Dame halten?

Auf der Straße wurde es unruhig. Mehrere Matrosen einer Volksmarinedivision rannten durch die schmale Straßen. Wieder waren Schüsse zu hören. Dieses Mal lauter.

»Meine Damen, bitte kommen Sie.« Der Kaufmann wies hinter die lange Holztheke. »Schnell, bitte. «

Katharina konnte gerade noch sehen, wie Soldaten der Reichswehr den Matrosen hinterherliefen. Einer blieb stehen und zielte. Er schoss. Dann lief er sofort weiter. Sie war mehr als froh, dass sie im Lagerraum stand. Zwei der Damen fingen sofort an zu weinen, eine andere sah Katharina überrascht an.

»Junges Fräulein, sind Sie etwa alleine hier?«

»Ich wollte nur ganz kurz … eben … über die Straße.«

»So ein junges Ding. Sagen Sie Ihrem Vater, dass es unverantwortlich ist. Ich muss mich doch sehr wundern!«

* * *

Doktor Malchow las jetzt schon seit einer Stunde in der Zeitung. Je länger er las, desto düsterer wurde seine Miene. Katharina wollte ihn nicht vor den Kindern fragen. Doch als er nun hochsah, wirkte er äußerst besorgt.

»Fräulein Katharina, es tut mir wirklich sehr leid, aber ich muss Ihnen bis auf Weiteres den Ausgang verbieten. Ich kann Sie nicht raus auf die Straße lassen. Und schon gar nicht dürfen Sie die Stadt durchqueren.«

Sie wollte nichts sagen, doch es rutschte ihr einfach raus. »So schlimm?«

Der Arzt presste die Lippen aufeinander und schüttelte nur stumm den Kopf. Die Kinder schauten glückselig. Katharina hatte in dem Kolonialwarenladen noch etwas Kakao gekauft. Heute Abend erst gab es die Bescherung. Aber die Kinder waren so aufgeregt, dass sie die Kleinen mit dem Kakao erst einmal beruhigen wollte.

Sie war gestern nicht mehr ins Krankenhaus gegangen. Blutweihnacht – so titelten die heutigen Zeitungen. Etliche Matrosen und viele Soldaten hatten in der Nacht zum Heiligabend den Tod gefunden. Die Matrosen hatten das Schloss und die Reichskanzlei besetzt. Der Rat der Volksbeauftragten stand unter Hausarrest. Ihre Regierung stand unter Arrest! Was sollte denn noch kommen?

Rosalinde hatte eine braune Schnute. Sie leckte sich den Kakao mit der Zunge ab. »Puppen spielen.«

»Oder du liest uns noch ein Märchen vor? Bitte …«, fragte Isolde.

Sofort kamen auch die Jungs herbei. »Ja, bitte, ein Märchen. Hans im Glück.«

»Ein Märchen noch, dann muss ich das Abendessen zubereiten.«

Die Kinder jubelten. Doch der Arzt faltete die Zeitung zusammen und legte sie beiseite.

»Kommt, Kinder. Ich les euch das Märchen vor. Dann kann Fräulein Katharina sich alle Zeit nehmen für das Essen.«

Na, das war wohl ein Wink mit dem Zaunpfahl. Anscheinend hegte der Doktor Zweifel, ob Katharina den Hasenbraten hinbekommen würde. Sie war wirklich keine begnadete Köchin.

24. Dezember 1918

Er hatte es geschafft. Er war wieder zu Hause. Und sogar noch gerade rechtzeitig zu Heiligabend. Zeitweilig hatte Alexander geglaubt, er würde Gut Greifenau nie wiedersehen. Erschöpft und doch glücklich schritt er die Freitreppe hoch und klingelte. Eine Minute später öffnete Herr Caspers ihm.

»Gnädiger Herr! Wie erfreulich, Sie gesund zu sehen.« Es klang aufrichtig. Er sah noch verhärmter aus als sonst. Ein dunkler Bartschatten stand auf seinem Gesicht.

Schnell trat der Hausdiener zur Seite und ließ ihn ein. Überraschenderweise war das Vestibül nicht geschmückt. Es gab keinen Weihnachtsbaum und auch keine Girlanden. Gerade kam jemand die breite Treppe herunter. Alexander blickte hoch. Vor lauter Überraschung vergaß er das Atmen.

»Konstantin?!« Er konnte es kaum glauben. Da kam sein tot geglaubter Bruder die Treppe herunter.

»Alex!« Konstantin sprang die letzten Stufen hinab und kam eilig auf ihn zu. Er riss ihn in seine Arme. Alex ließ seinen Tornister und sein Bündel einfach fallen. Auch er umarmte seinen Bruder inniglich. Keine Ahnung, wann sie sich das letzte Mal so in den Armen gelegen hatten. Vermutlich niemals, wenn Alexander raten sollte.

»Du lebst? Wieso lebst du? Wieso hat mir niemand Bescheid gesagt?«

Konstantin trat zurück. Sofort zog ein dunkler Ausdruck über sein Gesicht. Er sah mitgenommen aus, fast ein bisschen krank. Auch er war unrasiert, was ungewöhnlich für seinen Bruder war.

»Du weißt es vermutlich noch nicht?«

»Was denn? Wo warst du die ganze Zeit?«

»Alexander?« Mama steckte den Kopf zum Salon heraus. Sie sah ebenso mitgenommen aus wie sein großer Bruder. Blass und fahl, mit rot geweinten Augen.

»Ich dachte doch, es sei deine Stimme … Du lebst. Wenigstens du lebst.«

Alexander trat tiefer ins Vestibül. Auch Mama nahm ihn nun ungewöhnlich fest in den Arm. Sie trug ein schwarzes Kleid. Jemand musste gestorben sein.

»Ach, du Armer. Du weißt ja noch nichts.«

Jetzt machten sie es aber wirklich spannend. »Was ist passiert? Ist was mit Nikolaus?« Dass sein Bruder gefallen war, war die naheliegendste Erklärung für ihre Äußerungen.

Alexander hatte das letzte Mal irgendwann Mitte Oktober einen Brief von seinen Eltern erhalten. Ende Oktober war ihm das Unglück passiert. Nach dem Angriff durch den Afrikaner hatte er dort gelegen, im Schützengraben, unter dem toten Soldaten. Stunde um Stunde. Immerzu Angst, dass eine Granate neben ihm hochgehen würde. Er wäre nicht der erste Soldat, der durch Verschüttung gestorben wäre. Erst als es dämmerte, hörte er, wie jemand Deutsch sprach. Sofort schob er den Toten von sich, unter dem er sich eine Ewigkeit versteckt hatte, und versuchte, sich aufzurichten. Sein ganzer Körper war starr vor Kälte. Das kalte Wasser war ihm überall hineingesickert. Als die Männer ihn entdeckten, brachten sie ihn in einen Unterstand. Er zog seine nassen Klamotten aus, aber was durch den Kanonenofen vorne schon fast zu heiß wurde, wurde hinten wieder eiskalt.

Noch in der gleichen Nacht wurde er krank. Beständig hatte er das Gefühl, er müsse pinkeln. Alles tat weh – der gesamte untere Rücken, Unterbauch. Das Wasserlassen schmerzte so sehr, dass er es kaum aushielt. Er hatte sich im Schützengraben eine furchtbare Nierenbeckenentzündung zugezogen. Und das ausgerechnet in den letzten Tagen, die so chaotisch verliefen.

Da er keine sichtbare Verletzung hatte, dachten die Offiziere natürlich, er wolle sich auch drücken, wie so viele andere gerade. Am zweiten Tag bekam er Fieber. Aber selbst das glaubten sie ihm noch nicht. Vor den Augen eines Sanitätsarztes ließen sie ihn in einen Blecheimer pinkeln. Erst, als sie den blutroten Urin sahen, kam er in ein Feldlazarett. Da war es schon fast zu spät. Er war schon im Fieberdelirium. Als er wieder aufwachte, befand er sich in einem Lazarett weit hinter der Front. Das Lazarett war besser, nicht in einem Zelt, sondern in einer Schule. Es war wärmer, und die Versorgung war anständig. Er wurde nur wieder gesund, weil sich eine aufopferungsvolle Krankenschwester mit Stirn- und Wadenwickeln und heißen Bettpfannen um ihn kümmerte.

Als er einigermaßen wiederhergestellt war, war der Krieg aus. Der Waffenstillstand galt. Viele Soldaten waren schon auf dem Weg zurück. Seine Einheit war sonst wo oder schon aufgelöst. Es herrschte heilloses Chaos. Die Front wurde von Tag zu Tag Richtung Heimatland verlegt. Meistens saß er tagelang herum, ohne dass etwas passierte. Einmal packte er einen ganzen Tag lang dreckige, kalte, verschimmelte Zelte in einen Transporter. Der Wagen sollte ins Rheinland fahren. Alexander wollte sich schon auf den Lastkraftwagen schmuggeln, aber auf die Idee waren noch ein paar Dutzend anderer Männer gekommen.

Es dauerte ewig, bis er endlich ganz normale Entlassungspapiere hatte. Und seinen Sold. Dann dauerte es wieder, bis er schließlich einen Platz in einem Lkw fand, der ihn zum nächsten Bahnhof brachte. Wieder vergingen Tage, in denen er auf einen Platz im Zug wartete. Als es endlich losging, fuhr er über Aachen nach Köln. Dort stockte alles. Er hätte nach Hause marschieren können, aber das wollte er nicht. Eine Woche später erst ging es endlich weiter per Zug nach Hannover, dann nach Berlin.

In Berlin war er einige Tage geblieben. So lange, bis er gemerkt hatte, dass die Stadt nichts mehr mit dem Berlin seiner Jugend zu tun hatte. Er und ein paar Kumpels wollten es sich gut gehen lassen für ein paar Tage. Noch ein bisschen Freiheit schnuppern, bevor es zurück an Mutters Herd ging. Die anderen waren alle in seinem Alter. Jeder hätte das Geld zu Hause sowieso nur abgeben müssen. Da konnten sie es genauso gut auf den Kopf hauen. Aber zum Auf-den Kopf-Hauen gab es nicht viel in der Stadt. Stattdessen wurde geschossen. Man musste höllisch aufpassen, gerade wenn man eine Uniform trug. Doch vom Schießen hatte er die Schnauze voll. Er hatte sich in einen Zug nach Stettin gesetzt und gestern endlich war auch einer nach Stargard gefahren.

»Wie bist du hierhergekommen? Hast du dir eine Droschke genommen?«

»Nein, ich war unterwegs mit ein paar Kameraden, die auch hier aus der Nähe von Stargard kommen. Einer wurde abgeholt. Sie haben mich mitgenommen bis zur Chaussee. Die letzten paar Kilometer bin ich gelaufen.«

»Gelaufen? Um Gottes willen.« Die Gräfin warf die Arme in die Luft.

Konstantin griff nach seinen Sachen. »Du willst dich bestimmt erst mal umziehen.«

In dem Moment erschien Nikolaus oben an der Balustrade. »Na, wer sagt's denn. Wenigstens die Söhne haben alle überlebt.«

Einen Moment lang sagte niemand etwas. Etwas an dem, was Nikolaus gesagt hatte, kam ihm komisch vor. »Wo ist Papa?«

Konstantin ließ den Tornister zurück auf die Kacheln gleiten. Er packte ihn an der Schulter. »Vater ist … tot.«

»Tot?«, keuchte Alexander. »Aber … wie denn?«

Wieder sagte niemand etwas. Mama schlug die Hände vors Gesicht und verschwand wieder im großen Salon.

Konstantin warf einen skeptischen Blick nach oben zu seinem Bruder. »Es ist viel passiert in den letzten Wochen hier. Ich erzähl dir alles in Ruhe.«

Doch Nikolaus wäre nicht Nikolaus gewesen, wenn er das hätte durchgehen lassen. »Hat sich selber umgebracht. Wollte sich das Gehirn wegschießen.«

»Nikki, halt's Maul.«

Alexander starrte Konstantin an. Warum sagte er nicht, dass das Blödsinn war? Warum sagte er nicht, dass sein Bruder Scheiße erzählte? Doch Konstantin, der seinem Blick jetzt nicht mehr ausweichen konnte, schüttelte nur ganz leicht den Kopf.

»Papa? … Er hat sich umgebracht? … Wieso?«

»Das ist aber noch nicht das Schlimmste. Wenn Wittekind rauskriegt, dass Papa sich selbst umgebracht hat, wird er ihn nicht in der Familiengruft beerdigen.« Nikolaus klang sensationslüstern.

»Er wird es aber nicht rauskriegen. Dafür habe ich gesorgt.« Konstantins Stimme schien bei diesen Worten zu brechen, er schrie fast.

»Nur weil du jetzt das Gut erbst, musst du dich nicht aufführen wie ein alter Patron.« Nikolaus drehte sich verschnupft um und ließ seine Brüder stehen.

In dem Moment ging es Alexander auf: Konstantin war jetzt der Graf von Gut Greifenau. Sein Bruder leitete von nun an die Geschicke des Gutes. Und entschied darüber, ob Alexander eine Apanage bekäme, und wenn ja, wie hoch sie ausfallen würde. Doch das alles waren nur Gedankenfetzen, die durch seinen Kopf zogen.

Papa war tot. Diese Worte hallten in ihm wider. Wie ein Echo, das nicht schwächer wurde.

Er hatte mit vielem gerechnet, aber nicht damit. Dass Papa seinem Leben selbst ein Ende bereitet hatte, konnte Alexander nicht glauben. Höchstens, dass Papa sich zu Tode gesoffen hatte. Er ging ein paar Meter und ließ sich auf eine Stufe fallen.

Wiebke, das rothaarige Stubenmädchen, trat ins Vestibül. »Soll ich die Sachen auf das Zimmer bringen?« Schon griff sie nach dem Bündel und dem Tornister.

Alexander starrte nur vor sich hin. Papa war tot … Tot … Hatte sich selbst erschossen.

Konstantin sagte etwas zu dem Stubenmädchen, das mit dem Gepäck zur Hintertreppe ging. Dann ließ er sich neben Alexander auf die Stufen fallen.

»Ich konnte es auch nicht glauben.« Er schlang seinen Arm um Alexanders Schultern.

In dem Moment konnte er nicht mehr anders. Er drehte sich zu seinem großen Bruder und die Tränen brachen aus ihm heraus.

Jemand kam die Treppe herunter. Alexander schaute nicht auf. Er hatte keine Lust auf Nikolaus. Doch dann ließ Konstantin ihn los und räusperte sich.

»Darf ich dir meine Frau vorstellen. Du kennst sie ja eigentlich schon.«

Alexander schaute hoch, und zum zweiten Mal an diesem Tag war er völlig überrascht. »Frau … äh …« Er stand auf.

»Gräfin von Auwitz-Aarhayn«, ergänzte Konstantin. »Sie heißt jetzt natürlich nicht mehr Kurscheidt.«

Doch die ehemalige Dorflehrerin hielt ihm einfach freundlich die Hand hin. »Du kannst mich auch gerne Rebecca nennen.«

Verdutzt und mit offenem Mund ergriff Alexander ihre Hand und schüttelte sie. Er bekam kein Wort heraus. Sein Blick wechselte zwischen seinem Bruder und der Dorflehrerin. Er wartete jeden Moment darauf, dass ihm einer der beiden eröffnete, es sei alles nur ein Spaß. Doch nichts passierte.

»Wo ist Katharina?«

Konstantin atmete einmal tief durch. »Komm mit. Zieh dich erst einmal um und iss etwas. Es gibt … noch mehr … zu erzählen.«

Alexander runzelte die Stirn. Gab es noch mehr schreckliche Neuigkeiten? War er bereit, noch mehr Hiobsbotschaften zu vertragen? Bisher hatte er sich seine Heimkehr als einen glücklichen Moment vorgestellt.

Rebecca, Konstantins Ehefrau, räusperte sich. »Ich geh mal runter in die Küche und frage nach, wie wir es heute Abend mit dem Essen machen. Und mit der Feier.«

»Sag bitte unten Bescheid, dass Alex heißes Wasser zum Baden braucht.« Konstantin ging schon die ersten Stufen hoch und drehte sich zu ihm um. »Komm, ich bring dich auf dein Zimmer und erzähl dir alles in Ruhe. Du hast sicher tausend Fragen.«

»Allerdings.« Alexander folgte seinem Bruder die Treppe hoch. Seinem Bruder, dem neuen Herrn von Gut Greifenau. Entgegen all seiner Erwartungen war er heilfroh, dass Konstantin lebte. Neben all den unangenehmen Überraschungen wenigstens eine gute. Nicht auszudenken, Nikolaus wäre der neue Patron von Greifenau.

* * *

Das Abendessen war nicht gerade üppig zu nennen. Alexander fragte sich, ob hier schon das Regime der Dorflehrerin Einzug gehalten hatte oder ob es dem Gut wirklich so schlecht ging. Es gab eine Vorsuppe, den Hauptgang und ein kleines Dessert. Allerdings schien außer ihm ohnehin niemand sonderlich viel Appetit zu haben. Was er ihnen nicht verdenken konnte. Konstantin hatte ihm erzählt, dass Katharina geflohen war. Und dass der Prinz hier im Schlosssee verunglückt war. Was für eine Tragödie. Alexander fing an zu glauben, dass Papa sich tatsächlich erschossen hatte. Hätte er nicht seit Wochen kaum noch ordentliches Essen bekommen, wäre ihm vermutlich ebenfalls das meiste im Hals stecken geblieben.

Vor dem Essen hatten sie noch Geschenke an die Dienerschaft verteilt. Dieses Mal waren sie nicht besonders großzügig ausgefallen. Aber es schien niemanden zu geben, der sonderlich enttäuscht war. Alle waren wie in Schockstarre. Ein jeder schien nur noch seine Aufgaben zu erledigen, ohne wirklich anwesend zu sein. Es war schon fast wie an der Front nach einem Gefecht.

Mamsell Schott wirkte, als hätte sie in den letzten Monaten etliche Kilo verloren, und Caspers ebenso, was ihn nur noch verhärmter aussehen ließ. Konstantin hatte ihm davon berichtet, dass Anfang November die Hälfte der Dienstboten an der Spanische Grippe erkrankt war.

Und dass Katharina vorgegeben hatte, auch die Spanische Grippe zu haben. So hatte sie ihre Aufpasserin, eine Krankenschwester, an der Nase herumgeführt. Katka hatte sich doch das ein oder andere von ihm abgeschaut.

Alexander konnte nur hoffen, dass es seiner Schwester gut ging. Aber wenn sie es tatsächlich bis nach Potsdam geschafft hatte, dann ging es ihr jetzt auf jeden Fall sehr viel besser als ihnen allen. Davon war er überzeugt. Es beunruhigte ihn allerdings, dass sie genau in den Tagen geflüchtet war, in denen die Wirren um den abgedankten Kaiser und die neue Regierung und das Chaos des Kriegsendes gerade angefangen hatten. Er war erst vor wenigen Tagen selbst in Berlin gewesen. Im Moment waren die Zustände in der Reichshauptstadt schlimm. Sehr schlimm sogar.

Nach dem Essen begaben sich alle in den großen Salon. Vermutlich sah er schon genauso bedrückt aus wie alle anderen.

Kaum einer trank von dem Punsch, den Mamsell Schott vorhin hereingetragen hatte. So hatte sich wohl niemand das erste Weihnachten nach dem Krieg vorgestellt. Er ganz bestimmt nicht. Heiligabend, sein Vater tot, seine Schwester geflohen. Trotzdem, nach den Monaten an der Front schien ihm das Leben hier im Herrenhaus wie purer Luxus.

Konstantin hatte vorhin versucht, ein Gespräch über die Zukunft des Gutes anzufangen. Aber noch schien es zu früh. Er hatte mit Alexander über den Ersatz der nun fehlenden Kriegsgefangenen sprechen wollen. Mama war direkt dazwischengegangen. Sie konnte es nicht ertragen, dass ihr Sohn nun das Sagen hatte. Konstantin hatte ein Einsehen gehabt. Er nahm Rücksicht auf sie.

Auch seine Frau nahm Rücksicht, auf alle. Rebecca sagte kaum etwas. Sie versuchte nicht einmal, Konversation zu betreiben. Die beiden waren erst gestern hier eingezogen, hatte Konstantin ihm erzählt. Einen Tag nach Papas Tod.

Auch Nikolaus brütete vor sich hin.

»Wann kommt Anastasia?«, fragte Alexander.

»Sie ist auf dem Weg«, sagte Mama mit leiser Hoffnung in der Stimme. Ihre Tochter würde ihr beistehen. Bisher hatte sie kaum geredet, nicht bei Tisch und auch hier im Salon nicht. Als gäbe es nichts mehr zu sagen. Als wäre jedes Wort überflüssig. Auch jetzt fiel sie sofort wieder in sich zusammen. Sie trug ein elegantes schwarzes Kleid, aber ihre Haare waren nur nachlässig hochgesteckt. Sie hatte nicht einmal Schmuck angelegt.

»Weiß Anastasia schon von Katharinas Flucht?«

»Niemand weiß von Katharinas Flucht. Und so wird es auch bleiben. Ganz sicher hätte ich es ihr nicht in einem Brief geschrieben!«

Mama warf ihm einen bitterbösen Blick zu. Als müsste er von selber auf die Idee kommen.

»Wir … haben mit Mamsell Schott darüber gesprochen. Offiziell ist Katharina in ihrem Zimmer. Und so wird es vorerst auch bleiben. Nur Thalmann weiß Bescheid. Er hat uns beim Suchen geholfen. Ich wollte … eigentlich … mit eurem Vater …« Ein lauter Schluchzer brach aus ihr heraus.

»Verräterin! Wie kann sie uns so etwas antun?« Nikolaus war äußerst erzürnt über seine jüngste Schwester.

Konstantin schaute ihn an. Er schien sich über seinen Bruder zu ärgern. Aber um des lieben Friedens willen und weil Heiligabend war, ersparte er sich wohl eine Entgegnung.

Rebecca, Alexander fand es nett, sie so nennen zu dürfen, tätschelte ihm leicht die Schulter. Sie schien zu spüren, was er gerade durchmachte. Wenn er sich die beiden so ansah, schienen sie sich wirklich zu lieben. Wie schön es war, jemanden zu haben, der zu einem hielt. Katharina war weg. Wer würde nun zu ihm halten?

»Wirklich eine Schande. Wenn sie mir begegnet, dann gnade ihr Gott.«

Mama schaute kurz auf. Dann wanderte ihr Blick durchs Zimmer, bis er in den Flammen des Kamins Halt fand. Für sie war Katharinas Verrat schon einige Wochen alt. Aber ihr Mann war gerade erst fünfzig Stunden tot.

Noch immer sagte niemand etwas. Nikolaus konnte das Thema wohl nicht auf sich beruhen lassen.

»Ich schlag ihr ins Gesicht. Ich schlag sie nieder«, spie er aus.

»Nikki, sei ruhig.«

»Du hast mir gar nichts zu sagen. Vater ist erst zwei Tage tot.«

»Darum geht es doch gar nicht. Benimm dich einfach anständig.«

»Anständig benehmen? Das sagst ausgerechnet du mir? Anständig benehmen?« Er wurde mit jedem Wort lauter.

»Was willst du damit sagen?« Konstantin war aufgesprungen und stand nun keine Handbreit entfernt vor Nikolaus.

»Du … mit der da.« Er machte eine abschätzige Geste Richtung Rebecca.

Konstantin packte ihn am Kragen. »Sag nicht ein Wort gegen meine Frau. Nicht ein Wort!«

Rebecca war ebenfalls aufgesprungen und stand neben den beiden am Kamin. »Konstantin, lass. Lass ihn einfach.«

»Ja, lass mich. Sonst verpass ich dir eine, dass ich direkt in der Erbfolge aufrücke.«

»Das würde dir wohl gefallen.« Aber tatsächlich ließ Konstantin seinen Kragen los. »Halt deinen Mund bloß im Zaum. Ich rate es dir!«

Rebecca setzte sich wieder. Konstantin setzte sich daneben.

»Verrat, wohin man schaut. Wir sind …« Nikolaus schluckte mächtig. »Verraten und verkauft haben sie uns. Die Sozis. Diese Sozialisten und die Demokraten. Wir waren im Feld unbesiegt. Es gab überhaupt keine Entscheidung. Und jetzt, jetzt sollen wir an allem schuld sein? Wir haben den Krieg nicht verloren! Ich würde sofort weiterkämpfen, wenn man mich ließe.«

Niemand reagierte auf seine Worte. Der Ausgang des Krieges war im Moment etwas, das für alle anderen weit nach hinten gerückt war.

»Einen Dolch haben sie uns in den Rücken gestoßen. Siegfried, der vom doppelzüngigen Hagen von hinten erdolcht wird.« Ein Kloß saß ihm im Hals. Er brauchte einen Moment, um seine Worte zu finden. »Die da, die neue Regierung, sie haben den Krieg verloren gegeben, nicht wir. Nicht die Oberste Heeresleitung und nicht die Soldaten. Es gab überhaupt keine militärische Niederlage!«

Wieder schien ihm niemand etwas entgegenzusetzen zu haben. Rebecca schnaufte zwar laut auf. Alexander glaubte, in ihrem Gesicht lesen zu können, für wie schwachsinnig sie diese Aussage hielt. Aber selbst er konnte es kaum beurteilen.

Tatsächlich hatte es in den letzten Monaten kaum nennenswerte Siege ihrer Männer gegeben. Im August hatten die Franzosen in der Schlacht von Amiens den Deutschen eine schmerzhafte Niederlage bereitet. Zu einer Zeit, da die Soldaten bereits jeden Kampfwillen verloren hatten. Viele desertierten. Ganze Einheiten gingen freiwillig in die Gefangenschaft. Und die zweite Welle der Spanischen Grippen brachte den letzten Kampfwillen zum Erliegen, der noch vorhanden war. Doch die OHL redete die Siege der Entente klein. Was seien schon die paar Meter Gebietsgewinn? Noch im Frühjahr hatten ihre Geschütze Paris getroffen. Das Blatt könne sich jeden Moment wieder wenden. Wie konnten zehn oder zwanzig Kilometer einen Weltkrieg entscheiden?

»Diese vaterlandslosen Gesellen. Paktieren mit dem internationalen Judentum. Die größte Schande ist doch, dass wir ihnen überhaupt eine Chance gegeben haben, das Maul aufzureißen. Wenn die Revolution nicht gewesen wäre, dann …«

Das war zu viel. Rebecca konnte nicht mehr an sich halten.

»Dann was? Vielleicht ist es dir nicht bewusst, aber die Revolution hat ihren Anfang weder beim Volk noch bei den Sozialdemokraten genommen. Es waren die Soldaten. Die Soldaten und die Matrosen. Und die Oberste Heeresleitung hat jede Verantwortung von sich gewiesen. Wieso wohl ist Ludendorff verschwunden? Er ist geflohen, genau wie dein geliebter Kaiser. Ihr habt das Land ausbluten lassen. Ihr habt Millionen in den Tod geschickt. Und ihr habt jedes Friedensangebot in den Wind geschlagen. Aber jetzt sollen die Demokraten schuld sein?«

Nikolaus holte aus, aber Konstantin war schneller. Noch im Flug stoppte er die flache Hand. »Wenn du meine Frau auch nur anpackst, dann setz ich dich vor die Tür. Das schwöre ich.«

Sie beäugten sich wie in einem Duell. Konstantin ließ endlich sein Handgelenk los. Nikolaus schob seine Unterlippe vor, sagte aber nichts. In seinen Augen brannte der Hass.

Mama schluchzte verzweifelt auf. »Streitet ihr doch nicht auch noch!«

Rebecca sah wohl ein, dass es weder der richtige Zeitpunkt noch der richtige Ort war, um eine politische Diskussion vom Zaun zu brechen. Sie stand auf.

»Wir gehen zu Bett. Wir müssen uns alle erst mal beruhigen. Und ein klaren Kopf bekommen.«

Konstantin nahm ihren Arm. »Ja, und ich werde morgen noch einmal mit Wittekind sprechen. Das nächste wichtige Ziel ist doch, dass Papa eine ordentliche Beerdigung in der Familiengruft bekommt.«

»Ja, bitte!« Es schien Mama eine Herzensangelegenheit zu sein. »Konstantin, niemand darf erfahren, was wirklich geschehen ist.«

Natürlich, jetzt wo Papa tot war, wäre es das Schlimmste, wenn ihm auch noch der Ruf eines Selbstmörders nachhängen würde.

»Mach dir keine Sorgen, Mama. Ich regele das.« Müde griff er nach Rebeccas Hand.

Alexander wusste nicht, ob er seinen ältesten Bruder schon einmal so erschöpft gesehen hatte. Doch, damals, als er aus dem Genesungslager heimgekehrt war. Aber auch diese Situation schien alles von ihm zu fordern. Hatte er sich die Leitung des Gutes jemals so vorgestellt?

Die beiden wünschten allen eine gute Nacht und gingen.

Nikolaus sandte ihnen einen Blick voller Abscheu und Missgunst hinterher.

»Wie konnte er das nur tun? Wie konnte er es nur wagen?« Er wandte sich an Alexander. »Mama und Papa wussten nicht einmal Bescheid, dass er heiratet.«

In dem Blick seines Bruders sah er die Aufforderung, ihm zur Seite zu springen. Wollte er das? Interessierte es ihn überhaupt, dass Konstantin eine Bürgerliche geheiratet hatte? Ihm war das völlig egal. Vermutlich würde auch Katharina bald mit einem bürgerlichen Ehemann auftauchen. Was Mutter wohl dazu sagen würde? Andererseits glaubte er kaum, dass Katharina sich hier je wieder blicken lassen würde.

Mama stand auf. Ihr Blick war apathisch. »Ich gehe auch zu Bett.« Sie drehte sich weg und ging hinaus.

Jetzt war er alleine mit Nikolaus. Der schenkte sich noch mal einen Obstbrand nach. Er kam nicht zurück zum Kamin, sondern ging zum Fenster und schaute hinaus. Alexander wusste nicht, was er nun tun sollte. Er hatte überhaupt keine Lust auf seinen Bruder. Nikolaus war einfach immer nur widerwärtig und gemein. Und er war gerade nicht in der Verfassung, einen Streit mit ihm durchzustehen. Er stellte sein Glas ab und stand auf. Doch bevor er ging, bemerkte er, wie sich Nikolaus' Körper schüttelte.

Er stutzte. Weinte sein Bruder etwa? In der einen Hand das Glas, stützte er sich nun mit dem anderen am Mauerwerk ab.

»Nikki?«

Sein Bruder machte eine unwirsche Handbewegung und trank einen Schluck.

»Was ist los?«

Er drehte sich um. Seine Wangen waren tränenbenetzt, aber er sah nicht traurig aus, sondern nur wütend. »Was los ist, fragst du mich? Du warst doch selbst im Feld. Du hast es doch selber gesehen. Haben wir etwa verloren?«

Alexander schüttelte den Kopf.

»Und jetzt schaut die ganze Welt auf uns herab. Wir sind plötzlich Verlierer. Und schuldig. Als wären wir die Einzigen gewesen, die diesen Krieg wollten.«

Was sollte Alexander darauf antworten? Je länger dieser Krieg gedauert hatte, desto blödsinniger war es ihm vorgekommen, ihn überhaupt angefangen zu haben. Und so ging es wohl allen Nationen. Natürlich fand er es irgendwie ungerecht, dass sie nun allein die Schuld tragen sollten. Andererseits, hatte Nikolaus nicht vor viereinhalb Jahren genau hier an dieser Stelle gestanden und von einem reinigenden Gewitter gesprochen? Und dass es unumgänglich sei, Krieg zu führen? Wer kannte sich heute noch aus?

»Ich bin zu müde, um mit dir zu diskutieren. Ich geh jetzt auch ins Bett. Lass uns morgen darüber reden.«

Nikolaus bedachte ihn mit einem zornigen Blick. Alle verließen ihn. Alle.

30. Dezember 1918

Graf Adolphis Eitel von Auwitz-Aarhayn zu Greifenau wurde in der Familiengruft beerdigt. Niemand sprach davon, dass der Graf sich selbst getötet hatte. Es war von einem Unfall die Rede. Ein Unfall, der sich beim Reinigen der Waffe ereignet hatte.

Graf Konstantin hatte die Dienstboten noch am gleichen Tag ins Gebet genommen. Niemand durfte verraten, was vorgefallen war. Wittekind wusste nicht, dass er dort einen Selbstmörder in geweihter Erde bestattete. Doch das war Albert egal. Auch die arme Hedwig hatte auf diesem Friedhof ihren Platz gefunden. Und so sollte es auch sein, dass sie nicht irgendwo abseits vom Friedhof verscharrt wurden.

Mein Junge. Du bist das. Das macht mich glücklich. Überglücklich. Das letzte Wort hatte sein Vater nicht mehr beenden können.

Aber es waren seine letzten Worte gewesen. Seine letzten Worte, die er mit seinem Sohn gewechselt hatte. Albert hatte seinem Vater endlich offenbart, wer er war. Und Adolphis war glücklich gewesen. Das war das Einzige, was zählte.

Die anderen drei Söhne des Grafen waren auch anwesend, genau wie die älteste Schwester. Die Komtess, das jüngste Kind, durfte man nicht mehr erwähnen. Als hätte es sie nie gegeben. Die Mamsell hatte ihnen allen eingeschärft, nicht über sie zu reden. Offiziell war sie in ihrem Zimmer und verließ es nicht. Vermutlich würde es bald heißen, dass sie sich über das Unglück ihres Verlobten und den Unfall ihres Vaters zu Tode gegrämt habe. Und bei einer entfernten Verwandten gestorben war.

Ob Bertha sich daran halten würde, im Dorf nicht herauszuposaunen, dass die Komtess geflohen war, war fraglich. Andererseits ging das Küchenmädchen immer sehr strategisch bei der Verbreitung seiner Gerüchte vor. Im Moment war sie mehr als eingeschüchtert von der ganzen Situation – hier im Herrenhaus und draußen in der Welt.

Der junge Graf lebte nun mit seiner Frau auf dem Gut. Noch wohnten sie in seinen alten Räumen. Normalerweise bezog das neue Grafenpaar die Familienräumlichkeiten. Das würde bedeuten, Gräfin Feodora müsste umziehen. Aber das wollte ihr noch niemand zumuten.

Wiebke hatte vorgestern erzählt, sie habe gesehen, wie die ehemalige Dorflehrerin sich die Räumlichkeiten der Großeltern angeschaut habe. Vielleicht ließen sie Gräfin Feodora einfach da, wo sie war, und zogen in den alten Trakt. Aber das waren alles nur Nebensächlichkeiten. Alle suchten ein wenig Zerstreuung. Alle suchten nach harmlosen Themen, über die man schwatzen konnte.

Albert ließ seinen Blick über die Beerdigungsgesellschaft schweifen. Es wirkte alles so ganz anders als bei der Beerdigung des letzten Patrons. Ihre Welt war erschüttert. Die Pächter, unzufrieden mit den politischen Entwicklungen, wirkten trotzdem nicht besonders glücklich darüber, dass ihr Dienstherr gestorben war.

Damals, als er gerade mit seiner Arbeit als Kutscher hier auf dem Gut angefangen hatte, hatte man Graf Donatus von Auwitz-Aarhayn beerdigt. Die Beerdigung war pompöser gewesen, die Leute gefasster, und alle besser im Futter. Der Mann war alt gewesen. Graf Adolphis aber ging lange vor seiner Zeit. Er hätte gut und gerne noch zwei bis drei Jahrzehnte leben können. Doch in Zeiten wie diesen erschütterte der frühe Tod eines Menschen niemanden mehr. Alle schienen gefangen in ihren eigenen Sorgen und ihrem eigenen Mühsal, die ungewisse Zukunft zu bewältigen.

Es ging ihm ja selbst nicht anders. Er kannte nun seine Mutter und hatte sich seinem Vater offenbart. Er hatte seine Ziele erreicht. Nun, noch nicht ganz. Zwar hatte er Wittekind einen empfindlichen Stoß versetzt, aber dessen Schuld war noch nicht gesühnt. Doch was wollte er nun mit seiner Zukunft anfangen?

Die Gräfin, gestützt von ihrer Tochter, lief mit einem stoischen Gesichtsausdruck durch die Menschenmenge. Sie schaute niemanden an. Als wäre sie nicht ganz da. Doch als sie sich ihm näherte, blieb ihr Blick an Albert hängen. Genau vor ihm blieb sie stehen.

»Wie merkwürdig es doch ist, dass Sie immer just zur Stelle sind, wenn ein Unglück passiert.«

Wie bitte? Was sagte sie da?

»An Ihrem ersten Tag stirbt mein Schwiegervater. Sie waren dabei, als Alexander sich den Fuß verletzte. Dann Ihre merkwürdige Rolle bei dem Unglück des Prinzen von Preußen. Und jetzt, mein Mann …« Ihre Stimme brach.

Albert war wie vor den Kopf gestoßen. Als hätte er irgend eine Art von Schuld daran!

»Ich möchte, ich möchte … dass Sie gehen. Ich möchte Sie nicht mehr sehen. Verlassen Sie mein Haus.«

Ja, das sah ihr ähnlich. Genau so schätzte er Gräfin Feodora ein. Sie war nicht mehr ganz bei Trost und schlug in ihrer Wut und Verzweiflung um sich. Aber er wusste genau, die Schuld, die auf diesem Haus lag, hatte nichts mit ihm zu tun.

»Nun, so ganz stimmt das nicht. Ich war zum Beispiel nicht dabei, als die arme und unglückliche Hedwig ertrunken ist.«

Das »ertrunken« betonte er so, dass sie genau wusste, dass er die Wahrheit kannte. »Da hatte ich meinen freien Tag.«

Feodora schnappte nach Luft. Auch ihre Tochter starrte ihn aus großen Augen an. Niemand sagte etwas, dann drehten sich die beiden um und gingen.

Herr Caspers kam sofort und flüsterte ihm zu: »Ich werde umgehend mit Graf Konstantin sprechen. Ich kann mir nicht vorstellen, dass er Sie gehen lassen möchte. Wir bringen das schon wieder in Ordnung.« Dann folgte er der Gräfin.

Kilian und Eugen warteten vor dem Friedhof mit den Kutschen. Albert hatte sie gebeten, ihn heute zu vertreten.

Die Söhne folgten ihrer Mutter, und auch die Pächter machten sich auf den Weg. Es war kaum ein Wort zu hören. Alle schienen sie in Gedanken versunken. Einer nach dem anderen verschwand.

Wittekind ging an ihm vorbei. Der Geistliche bedachte ihn mit einem bitterbösen, giftigen Blick. Gleichzeitig lag etwas Höhnisches darin. Wittekind wusste, nun, da Alberts leiblicher Vater gestorben war, würde sich niemand mehr um irgendwelche eventuellen Ansprüche oder Anklagen von Albert scheren.

Doch das war gerade nebensächlich. Albert war bestürzt über den Tod seines Vaters, und gleichzeitig versöhnt. Sein lang gehegter Wunsch hatte sich erfüllt, auf so tragische Weise.

Schließlich stand Albert alleine dort. Erst jetzt ließ er seinen Tränen freien Lauf. Er weinte einige Minuten lang, bis er spürte, wie jemand eine Hand in seine schob. Die Haut war rau und rissig. Ohne aufzublicken wusste er, dass seine Mutter gekommen war. Nun standen sie dort, zu dritt vereint, das erste Mal als Familie. Vater, Mutter und Kind. Nur dieser eine Augenblick wurde ihnen gewährt.

* * *

»Natürlich werden Sie bleiben. Meine Mutter ist im Moment nicht ganz bei sich.« Graf Konstantin hatte Albert im Vestibül abgefangen.

Die Beerdigungsgesellschaft hatte sich schon lange aufgelöst. Tatsächlich hatte er noch eine Tante kennengelernt. Seine heimliche Tante. Tante Leopoldine, die Schwester des verstorbenen Grafen war auch gekommen. Natürlich hatte er nichts gesagt. Und er würde auch jetzt nichts sagen, zu seinem Halbbruder.

Der schaute ihn etwas unsicher an. »Ich wollte ohnehin noch mit Ihnen sprechen. Sie … waren der Letzte, der meinen Vater lebend gesehen hat.«

Albert nickte nur.

»Hat er … noch etwas gesagt?«

Was sollte Albert darauf antworten? Dass er ihn als seinen Sohn anerkannt hatte? Dass er überglücklich gewesen war, seinen Erstgeborenen noch kennenzulernen? Sicher nicht. Aber er wollte auch nicht lügen. Deshalb schüttelte er nur bedauernd den Kopf.

»Wissen Sie, mein Vater hat große Stücke auf Sie gehalten. Manchmal glaube ich, fast mehr als auf seine Söhne. Er mochte Sie. Und wir … seine Söhne waren für ihn oft mehr Enttäuschung als Freude.«

Albert musste schlucken. Sein Vater hatte große Stücke auf ihn gehalten. Er hatte ihn nicht enttäuscht. Diese Worte heilten seine Seele noch ein kleines Stück mehr.

»Er hätte nicht auf Sie verzichten wollen. Und es scheint mir unklug, wenn ich es täte. Andererseits, und das müssen Sie für sich entscheiden, ich glaube nicht, dass wir wirklich noch einen Kutscher brauchen. Und ein neues Automobil werden wir uns so schnell nicht leisten können.«

Das war Albert selbst klar. Er hatte immer gehofft, nach dem Krieg würde sich der Graf schnell wieder ein Automobil zulegen. Aber mit dem misslichen Ende des Krieges, den Schulden, die auf dem Gut lagen, und vor allen Dingen jetzt mit dem Tod des Grafen war ein Automobil in weite Ferne gerückt. Und weder Graf Konstantin noch Gräfin Rebecca würden sich herumkutschieren lassen. Natürlich würde Gräfin Feodora noch einen Kutscher benötigen, aber damit wäre seine Zeit wirklich nicht ausgefüllt.

»Ich würde vorerst gerne hierbleiben.«

»Das würde ich auch begrüßen. Ich denke doch, dass mit dem Ende des Krieges auch die Zwangsbewirtschaftung der Landwirtschaft und alle Kriegsämter eingestellt werden. Ich werde alles daran setzen, dass unsere Ställe bald wieder voll besetzt sind. Schweine, Rinder, aber auch Pferde. Sie bräuchten dann bald nicht mehr auf dem Acker mitzuarbeiten. Also … nur noch, wenn Not am Mann ist. Aber dann gehe ich selber mit aufs Feld.«

Albert nickte. Auch, wenn er sehr gerne wieder als Kutscher und Chauffeur gearbeitet hätte. Im Moment gab es zu wenig offene Stellen und zu viele Männer, die nach Arbeit suchten.

»Dann bieten Sie mir die Stelle als Stallmeister an?«

Der Graf druckste ein wenig herum. »Nun, wir haben all unseren Bediensteten, die in den Krieg gezogen sind, versprochen, dass sie ihre Tätigkeit nach dem Krieg wieder aufnehmen können. Ich bin mir nicht ganz im Klaren über das Schicksal von Johann Waldner. Aber solange er nicht da ist und keine Ansprüche anmeldet, würde ich es sehr begrüßen, wenn Sie Stallmeister würden. Und wenn er zurückkommt, werden wir uns was einfallen lassen.«

»Und was ist mit Ihrer Frau Mutter?«

Konstantin von Auwitz-Aarhayn schnaufte durch. »Fragen Sie mich etwas Leichteres. Im Moment scheint sie ohnehin nicht am gesellschaftlichen Leben interessiert zu sein. Vielleicht sollte Kilian sie kutschieren, wenn sie irgendwohin möchte. Oder besser noch Eugen. Nur vorsichtshalber. Möglicherweise legen sich Mamas Ressentiments gegen Sie mit der Zeit.«

»Ja, möglicherweise.« Albert klang nicht gerade besonders überzeugt. Aber es war ihm egal. Lieber wollte er gar nicht als Kutscher arbeiten, denn als Kutscher für Gräfin Feodora.

»Gut, dann ist es abgemacht?« Graf Konstantin hielt ihm die Hand hin. Und Albert schlug ein.

Hinten in der Ecke, wo es zur Hintertreppe ging, regte sich etwas im Schatten. Graf Konstantin schaute kurz auf, sah Wiebke dort stehen, nickte kurz und ging.

Albert trat zu ihr. Sie schien ganz aufgeregt zu sein.

»Ich hab einen Brief bekommen, von Ida!«

»Von Ida? Wo ist sie?«

»Sie ist in Angermünde, westlich der Oder. Sie schreibt, ihr Mann sei an der Spanischen Grippe erkrankt. Und dass sie ihn pflegt. Und dass sie hofft, eventuell zurückkommen zu können.« Jetzt flüsterte Wiebke, denn außer ihnen beiden wusste niemand, dass Ida noch verheiratet war.

Ida hatte Herrn Caspers erzählt, dass sie verwitwet sei. Und dass sie deshalb einen Brief als Ida Nachtweih bekommen habe. Von ihrem Schwager, dem Bruder ihres verstorbenen Mannes. Herr Caspers hatte natürlich nachgefragt, warum sie nicht angegeben habe, verheiratet zu sein. Sie hatte ihm damals gesagt, dass sie befürchtet habe, als verheiratete Frau auf Gut Greifenau nicht anfangen zu dürfen. Mit dieser Erklärung hatte der Hausdiener sich zufrieden gegeben.

Ihrer Schwester hatte Ida tatsächlich ein weiteres Stück der Wahrheit anvertraut. Dass sie noch immer verheiratet sei, mit einem schrecklichen Mann. Ida hatte Wiebke allerdings nichts davon gesagt, dass sie schwanger gewesen war, als ihr Ehemann eingezogen wurde. Sie hatte ihrer Schwester auch nichts davon erzählt, dass sie Todesangst gehabt hatte. Nur ihm hatte Ida die ganze Wahrheit erzählt. Zumindest glaubte er das. Manchmal wusste er aber selbst nicht, ob er ihr das glauben konnte oder ob sie noch weitere Geheimnisse hatte. Er ging davon aus, dass Ida ihrer Schwester keine Details anvertraut hatte, um sie nicht zu beunruhigen.

»Dass sie hofft, eventuell zurückkommen zu können? Wie meint sie das?«

»Nun, am besten lesen Sie selbst. Sie schreibt, dass ich Ihnen den Brief zeigen soll.«

Er musste Wiebke unbedingt das Du anbieten, ging ihm kurz durch den Kopf. Doch viel wichtiger war nun, was Ida schrieb. Er überflog die Zeilen, bis er an die Stelle kam, die Wiebke vermutlich gemeint hatte.

… sieht nicht gut aus für Fritz. Er hat eine schwere Lungenentzündung. Es ist gut möglich, dass er nicht überlebt.

Und wenn doch, dann sollte Albert besser bei ihr sein. Es war tiefste Winterzeit und nicht besonders viel zu tun. Er würde Graf Konstantin direkt heute Abend noch nach ein paar freien Tagen fragen. Und ob Eugen ihn nach Stargard bringen dürfe.

1. Januar 1919

»Ich möchte Ihnen im Namen meiner Familie danken. Wir haben schwere Zeiten hinter uns, und wir haben schwere Zeiten vor uns. Vieles hat sich schon geändert, und vieles wird sich noch ändern.«

Die Dienstboten standen im großen Salon. Feierlich war wirklich niemandem zumute. Alle schauten Konstantin erwartungsvoll an. Rebecca saß im Hintergrund auf der Chaiselongue.

Die Familie hatten gestern in kleinstem Kreise den Jahreswechsel gefeiert. Wobei man es wirklich nicht feiern nennen konnte. Mama war kaum in den Salon zu bewegen gewesen, und Anastasia war ein ums andere Mal hinausgegangen, um entweder nach ihrer Mutter oder ihren Töchtern zu schauen. Graf von Sawatzki, der zur Beerdigung angereist war, war schon wieder abgereist. Wie immer gab es irgendwelche diplomatischen Verpflichtungen für ihn. Gerade jetzt, wo die Siegermächte über die Friedensbedingungen verhandelten.

»Außerdem bin ich sehr froh, Paul Plümecke ganz offiziell als neuen Dorfschmied begrüßen zu dürfen.«

Der junge Warmbier war gefallen, wie man schon seit letztem Herbst wusste. Man ließ seine Familie weiter in dem zur Schmiede gehörigen Haus wohnen. Paul Plümecke würde solange im Herrenhaus unterkommen und verköstigt werden. So musste man nicht extra jemanden zum Kochen einstellen für das Arbeiterhaus. Alle Kriegsgefangenen waren nun fort. Ins Arbeiterhaus würden erst wieder Leute einziehen, wenn die Saison anfing. Zumindest hoffte Konstantin das.

»Und vielleicht«, er sah kurz rüber zu Wiebke Plümecke, »vielleicht kommt ja auch Ihre Frau Schwester bald wieder zurück.«

Albert Sonntag hatte ihm in kurzen Worten die Situation umrissen. Ida Plümeckes Schwager war krank geworden. Sie hatte noch mit Adolphis über ein paar freie Tage gesprochen, bevor sie sich vom Dienst entfernt hatte. Anscheinend hatte der diese Information nicht mehr an Herrn Caspers weitergegeben. Ein Missverständnis, das man bei ihrer Rückkehr sicher aus dem Weg räumen konnte. Konstantin wollte sie nicht verlieren. Sie war wirklich sehr fleißig und zuverlässig.

»Allerdings ist ganz klar, dass es nicht mehr wie vor dem Krieg werden kann. Wir wissen noch nicht ganz genau, wer nun dauerhaft in unserem Haushalt leben wird. Meine Frau Mutter, meine Frau und ich natürlich. Was meine Brüder angeht, sind sie noch in der Entscheidungsfindung bezüglich ihrer Zukunft. Trotzdem, und ich habe da auch bereits mit Graf Nikolaus darüber gesprochen, müssen wir unseren Haushalt umorganisieren.«

Mamsell Schott hatte Rebecca erzählt, dass es zu diesem Thema grundsätzlich unterschiedliche Meinungen bei den einzelnen Herrschaften gab. Graf Nikolaus würde sich am liebsten genau wie früher von vorne bis hinten bedienen lassen, ebenso wie Gräfin Feodora. Das konnte Konstantin einfach nicht finanzieren. Egal wie sein Bruder und seine Mutter das sahen. Und wenn es für Nikolaus der Anlass wäre, sein Glück woanders zu suchen, wäre es ihm nur recht. Es war kaum auszuhalten mit ihm.

Alexander dagegen, da war er sich sicher, würde sich mit fast allem irgendwie arrangieren. Mama hatte mal erwähnt, dass sein jüngster Bruder sich in den Kopf gesetzt hatte, Musik zu studieren. Sie sah es als Flausen an, denen man nicht nachgeben durfte. Konstantin hatte nichts dagegen. Aber er wusste, ein Leben und Studium in Berlin, wenn man Alex nicht gerade in eine Hinterhauskaserne stecken wollte, würde Geld kosten. Geld, das sie im Moment einfach nicht hatten.

Keine Ahnung, was in dem Jahr seiner Abwesenheit mit dem Gut passiert war. Konstantin hatte erst einen kurzen Blick in die Bücher werfen können. So viel stand schon mal fest: Sein Vater hatte das Schicksal des Gutes in der letzten Zeit nicht zum Besseren gewandt. Ganz im Gegenteil.

Papa hatte voll und ganz darauf gesetzt, dass sich mit der Heirat von Katharina und Ludwig von Preußen schon alles andere ergeben würde. Als würden sich dadurch die Probleme von alleine lösen. Er hatte weder gespart, noch nennenswert Schulden getilgt. Das allerdings wollte Konstantin ihm auch nicht vorwerfen. Im Krieg war den Landgütern zuletzt sehr wenig Handlungsspielraum geblieben.

Also, ihm stand noch ein unangenehmes Gespräch mit Alexander bevor. Vielleicht, wenn er es ihm in Aussicht stellte, später einmal studieren zu dürfen, würde Alex sich für das Gut engagieren. Aber dass sein jüngster Bruder tatsächlich mit eigenen Händen anpackte, konnte Konstantin sich nur schwer vorstellen. Immerhin erwartete er nicht, ständig bedient zu werden. Beides Dinge, die für Nikolaus nicht galten. Mit ihm würde es am schwierigsten werden.

Mit Rebecca hatte Konstantin bereits etliche Gespräche geführt. Sie sah ein, dass man die Dienstboten nicht einfach auf die Straße setzen konnte. Andererseits wollte sie sich nicht wie eine Gräfin bedienen lassen. Konstantin konnte sie immerhin davon überzeugen, dass wenigstens Personal für das Säubern der Räume, das Waschen von Kleidern und Bettzeug und das Kochen bereitstehen musste. Aber noch mehr Dienstboten wollte Rebecca nicht aufnehmen. Bei Tisch würde niemand mehr bedienen. Außerdem sollten alle versuchen, mit ein paar kleineren Handgriffen so wenig wie möglich den Dienstboten zu überlassen.

Auch dieses Gespräch stand ihm noch bevor: Er musste seiner Mutter klarmachen, dass Rebecca nun die neue Gräfin von Auwitz-Aarhayn war. Dass sie nun das Sagen über den Haushalt hatte, und dass es demnächst etwas anders laufen werde. Schließlich durfte Rebecca nicht mehr unterrichten.

Wittekind hatte noch im November ihre Kündigung erwirkt. Daran war nicht zu rütteln gewesen. Eine verheiratete Frau durfte nun mal nicht als Lehrerin tätig sein. Obwohl sie nicht mehr unterrichtete, waren sie noch einigen Wochen dort wohnen geblieben. Das immerhin hatte Konstantin durchgesetzt. Wittekind hätte nicht gewagt, den Sohn des Grafen rauszuwerfen, solange noch kein neuer Lehrer vor Ort war.

Nur wenige Tage später hatte es ein neues Gesetz gegeben. Bisher waren die Schulen unter geistlicher Aufsicht gestanden. Doch ab sofort sollten in Preußen staatliche Schulinspektoren eingesetzt werden. Wittekind war nicht mehr zuständig. Trotzdem blieb die Kündigung bestehen. Konstantin hatte sofort versucht, Kontakt zum neuen Schulinspektor aufzunehmen. Eventuell könnte man eine Sondergenehmigung erlangen, damit Rebecca wieder unterrichten konnte. Konstantin hatte gedacht, damit hätte dieses Thema erst mal Ruhe gefunden.

Dabei kannte er Rebecca doch besser. Gestern Abend waren sie durch den Garten spaziert. Er lag unter einer dicken Schneedecke. Selbst jetzt konnte man noch erkennen, dass es unter dem Schnee keinen ordentlich gestutzten Rasen gab. In der Orangerie standen noch ein paar Feldbetten, die man für die Dienstboten der russischen Flüchtigen aufgestellt hatten. Doch seit Monaten war niemand mehr gekommen. Rebecca hatte an der Fassade des alten Traktes hochgeschaut und ihn dann von ihrer Idee unterrichtet: Warum nicht einige Waisenkinder aufnehmen?

Kurz vor dem Jahreswechsel hatte Rebecca Frau Mannscheidt empfangen. Es sei eine Art Antrittsbesuch für die neue Gräfin gewesen, aber natürlich hatte die Frau des Geheimrates etwas gewollt. Sie hatte Rebecca von den überfüllten Heimen erzählt. Und dass man eine Lösung für die vielen Waisen aus der Grafschaft finden müsse. Rebecca hatte ihr versprochen, sich darum zu kümmern. Konstantin wusste, ihre Entscheidung war gefallen.

Als er ihr sagte, dass sie dafür kein Geld hätten, war sie sehr erbost gewesen. Hatte er ihr nicht immer von der Verantwortung der Gutsherren gegenüber ihren anbefohlenen Schäfchen erzählt? Die Väter waren im Krieg geblieben, und einige Mütter hatten die Spanische Grippe nicht überlebt. Was lag näher, als sie direkt ins Herrenhaus zu holen? Man müsse keine Miete zahlen. In den großen Räumen des alten Traktes könnten je sechs oder sogar manchmal acht Betten stehen. Wenn sie schon eine Köchin und ein Küchenmädchen hatten, dann könnten die doch wenigstens – damit sich ihre Anstellung auch lohne – noch für ein Dutzend Kinder mitkochen. Tatsächlich gab es außer dem bisschen zusätzlichen Essen nichts, was sie hätten bezahlen müssen. Trotzdem, schweren Herzens stimmte Konstantin zu. Jede Mark, die er sparen konnte, musste er auch sparen. Aber noch wollte er Rebecca nicht beunruhigen. Vielleicht wollte er sich selbst nicht eigestehen, wie schlecht es um das Gut stand.

Wie immer dachte Rebecca äußerst praktisch. Sie selbst war bescheiden. Sie gab sich damit zufrieden, in Konstantins alten Räumen im Familientrakt zu bleiben. Aber im alten Trakt, der sowieso seit Jahren verwaist war, brauche man nur einmal durchzuputzen und zu heizen, hatte Rebecca bestimmend gesagt.

Wie sollte er das seiner Mutter erklären? Überall nur schwierige Gespräche. Dabei hatte er gerade wirklich ganz andere Probleme zu lösen. Sämtliche Kriegsanleihen, die Vater gezeichnet hatte, würden nicht vor 1924 fällig. Das wusste auch die Berliner Bank, die sich bereits mit einem Schreiben an seinen Vater gewandt hatte, in Unkenntnis seines Todes. Das Gut war hoffnungslos verschuldet. Nur die Gnade der Siegermächte und ein wirklich guter Sommer würden hier Abhilfe schaffen.

Er ließ seinen Blick über die Dienstboten gleiten, voller Zuversicht, wie er hoffte. »Wir wissen alle, dass uns noch einige sehr schwierige Jahre bevorstehen. Aber ich bin mir sicher: Wenn wir es gemeinsam anpacken, dann werden wir es zum Besseren wenden.«

Er hoffte, er hatte den richtigen Ton getroffen. Eine ähnliche Rede würde er morgen noch vor den Pächtern halten müssen. Die wären alle sehr viel schwerer davon zu überzeugen, gemeinsam anzupacken. Hofften doch einige noch immer darauf, dass es zu einer Landverteilung nach russischem Vorbild käme. Andererseits, je mehr man von dort hörte, desto mehr Leute rückten von diesen

Ideen wieder ab. Er musste sie davon überzeugen, dass sie es entweder zusammen schafften oder gemeinsam untergingen.

Der oberste Hausdiener ergriff das Wort. »Ich möchte im Namen aller beteuern, dass wir sehr froh sind, dass Sie wohlbehalten zurückgekehrt sind. Und ebenso möchten wir Ihre Frau Gattin auf das Allerherzlichste hier willkommen heißen.« Caspers räusperte sich kurz. »Wir sind uns natürlich auch im Klaren darüber, dass es einige Änderungen geben wird und geben muss. Aber ganz sicherlich werden wir es gemeinsam schaffen, für alles eine entsprechende Lösung zu finden.«

Mamsell Schott und Frau Hindemith, das Küchenmädchen und das Stubenmädchen nickten. Und auch Kilian und Eugen, die hinter ihnen standen, machten einen Gesichtsausdruck, als wären sie mit allem einverstanden.

Paul Plümecke, der ebenfalls in der hinteren Reihe stand, strahlte sogar. Für ihn hatte sich jetzt endlich alles zum Besseren gewandt. Er würde wieder in seinen alten Beruf zurückkehren können und konnte trotzdem hierbleiben, wo er sich schon so gut eingefunden hatte.

Herr Caspers hatte Konstantin nach den Weihnachtsfeiertagen von dem Arrangement erzählt, das sein Vater mit dem jungen Schmied getroffen hatte. Er würde sicher nicht so viel Geld bekommen wie Warmbier, aber im Moment schien es allen vor allem wichtig, ein Dach über dem Kopf zu haben und genug zu essen. Alles Weitere würde sich klären.

Hinter Konstantin wurde eine Tür aufgerissen.

»Na, da brauch ich mich ja nicht zu wundern, wenn niemand kommt. Ich klingele seit einer halben Stunde nach dem Tee.« Anastasia baute sich wütend neben Konstantin auf.

Der drehte sich zu ihr. »Mama wird schon nicht verdursten. Und mit dir muss ich im Übrigen auch noch reden.«

Rebecca stand auf. »Ich werde ihr den Tee bringen.«

Sie gab sich wirklich viel Mühe, mit ihrer Schwiegermutter zurechtzukommen. Konstantin hegte allerdings wenig Hoffnung, dass es etwas nützen würde.

»Ich danke Ihnen.« Mit einem Kopfnicken entließ er seine Dienstboten.

»Was gibt es denn so Dringendes?«, warf Anastasia ihm an den Kopf. Schnaufend ließ sie sich auf die Chaiselongue fallen.

Konstantin stöhnte innerlich. Noch ein schwieriges Gespräch, das er nicht führen wollte. Aber es half ja nichts.

Tatsächlich wusste er jetzt schon, dass er bei den Banken in Stettin und in Stargard vorstellig werden musste. Er musste wegen eines Kredites nachfragen. Sie hatten überhaupt kein Geld mehr. Noch hatte er nicht mit Rebecca darüber gesprochen. Sie mussten sparen, sparen, sparen. Aber er vertraute darauf, dass das Reich Nahrungsmittel brauchte, also dass allen daran gelegen war, dass die verschuldeten Güter auch weiter funktionierten. Er konnte es nur hoffen, denn wenn nicht, dann … Er wollte nicht daran denken. Er erlaubte sich nicht, daran zu denken.

* * *

Ein frischer Wind wehte um das Gemäuer. Eugen trat mit Kilian und Bertha vor die Tür. Die beiden Älteren steckten sich eine Zigarette an.

»Und, was haltet ihr von unserem neuen Herrn?«, fragte Eugen, der einfach nur die frische Luft genoss.

»Nicht schlechter als der Alte«, sagte Bertha.

»Mir ist es auch einerlei. Auf der einen Seite war der alte Graf immer sehr nachsichtig. Auf der anderen Seite gefällt mir, dass Graf Konstantin selbst mit anpackt. Er hat verstanden, dass sich die Zeiten ändern.« Es sah merkwürdig aus, wie Kilian den Rauch aus der verstümmelten Nase stieß. »Und du?«

»Er hat mir damals das Leben gerettet, in der brennenden Scheune. Er war immer gerecht. Den Rest wird die Zukunft zeigen.«

»Weißt du, wohin Sonntag wollte?«

Eugen zuckte mit den Schultern. Heute früh hatte er Albert nach Stargard zum Bahnhof gebracht. Verschwiegen, wie er nun mal war, hatte er nicht viele Worte gemacht. Einiges wusste Eugen allerdings schon. Wiebke hatte ihm von Idas Brief erzählt. So ganz blickte er noch nicht durch, was da eigentlich lief. Aber ihm war klar, dass Albert etwas von Ida wollte. So, wie er etwas von Wiebke wollte.

Immerhin, seit er wieder zurück war, lief es ganz gut mit ihr. Sie waren jetzt schon zweimal an ihren freien Nachmittagen spazieren gewesen. Durch seine Zeit an der Front war er sehr viel selbstsicherer geworden. »Ich glaube, er wollte einfach ein paar freie Tage haben. Er hatte schon lange keinen Urlaub mehr.«

»Ich könnte auch mal wieder ein paar freie Tage gebrauchen. Ich habe schon länger nicht mehr meine Eltern besucht.« Bertha stieß Rauch aus.

Jemand kam vorne zum Portal heraus. Die drei schauten zur Ecke des Herrenhauses. Gräfin von Sawatzki erschien, eine dicke Wollstola um ihre Schultern gelegt. Sie hielt eine Packung Zigaretten in der Hand. Sie sah Bertha, dann entdeckte sie die anderen beiden.

»Oh, ich dachte … Sie sind nicht alleine.« Einen Moment schaute die Gräfin die Dienstboten an, dann drehte sie sich weg und ging wieder zurück.

Eugen und Kilian blickten Bertha überrascht an.

Die erklärte sich: »Die Gräfin lauert mir immer auf. Für ein paar lumpige Zigaretten erhofft sie sich Informationen. Sie hat mich damals schon nach Graf Konstantin und Frau Kurscheidt gefragt. Allerdings wusste ich nichts. Und hätte ich was gewusst, der hätte ich es bestimmt nicht verraten. Aus lauter Biestigkeit, weil ich ihr nichts verraten habe, hat sie mich bei Wittekind angeschwärzt. Der sag ich nicht mal mehr freiwillig Guten Morgen.« Wütend drückte Bertha ihre Zigarette im leeren Blumentopf aus.

»Ich muss jetzt Mittagessen machen.« Schon war sie in der Hintertür verschwunden.

»Ob das wohl so stimmt?«, fragte Eugen skeptisch.

»Lass sie. Bertha mag einen großen Mund haben, aber sie hat auch ein gutes Herz.«

Kilian hatte recht. Bertha war manchmal etwas nervig, aber sie war nicht verkehrt. Der Hausbursche wollte sich gerade eine neue Zigarette an der alten anstecken, als Eugen ihn anstupste.

»Na, wen haben wir denn da?« Kilian schien direkt erfreut zu sein.

Eugen war weniger begeistert. Doch dann sah er, wie Johann Waldner sein Bein nachzog. Der Mann schlich geradezu an der Hainbuchenhecke entlang. Eugen und Kilian warteten, bis er bei ihnen war. Waldner ließ sein schweres Bündel zu Boden gleiten. Der ehemalige Stallmeister sagte nichts. Niemand sagte etwas.

Kilian hob seine Hand, an der drei Finger fehlten. »Und eins von meinen Beinen ist auch nicht mehr ganz in Ordnung. Die Kniescheibe. Bei der Kerenski-Offensive.«

Waldner nickte. Dann zog er mit beiden Händen sein rechtes Hosenbein hoch. Eine Prothese kam darunter zum Vorschein. »Mein Unterschenkel verfault irgendwo bei Amiens.« Er wackelte ein bisschen mit dem Bein. »Sitzt nicht besonders gut.«

»Die Offiziere bekommen die besseren Prothesen«, ergänzte Kilian.

»Allerdings. Wie viel bekommst du an Rente?«

»Kaum der Rede wert. Ich krieg nur eine Verstümmelungszulage. Achtzehn Mark im Monat«, antwortete Kilian wahrheitsgemäß.

»Hm. Ich krieg siebenundzwanzig Mark.«

Sie sahen sich an.

Waldner drehte sich zu Eugen. »Und du?«

»Mir geht es gut. Nur meine alte Verletzung vom Scheunenbrand. Du weißt ja noch genau, wie es dazu gekommen ist.« So, wie Eugen es betonte, musste Johann Waldner sofort klar werden, dass er mit ihm nicht mehr so umspringen konnte wie damals.

Der war auch sofort still. Eugen maß sich mit Waldner. Der hielt seinem Blick nicht lange stand. Betreten schaute er zur Seite und griff nach seinem Bündel.

»Ich hatte Glück. Ich bin rechtzeitig in russische Gefangenschaft geraten. Hunger?«, fragte Kilian.

Hunger, und vermutlich auch Durst, dachte Eugen. Aber er sagte nichts. Johann Waldner nickte, und zusammen gingen sie hinein.

1. Januar 1919

Albert war heute Morgen ganz früh los. Der Dampfer kämpfte gegen die Fließrichtung der Oder. Die wollte in Richtung Ostsee, er in Richtung Berlin. Es war schon später Nachmittag, als er Angermünde vor sich auftauchen sah. In Stettin hatte er einen Dampfer genommen, der auf dem Großschifffahrtsweg zur Hauptstadt fuhr. In Angermünde war ein regulärer Halt vorgesehen.

Er brauchte nicht lange, um sich zum Lazarett durchzufragen. Vor dem Gebäude, einer ehemaligen Schule, sah man schon jede Menge Krüppel und Versehrte. Blinde, die je einen Arm auf die Schulter ihres Vordermannes legten. So kamen sie wenigstens an die frische Luft. Männer, die humpelten oder in Rollstühlen saßen. Und andere, die eigentlich ganz passabel aussahen. Aber wer wusste schon, welcher Krieg noch in ihrem Inneren wütete?

Durch einen Durchgang in der Mauer ging er in den früheren Schulhof. Eine Krankenschwester trat just vor die Tür. Sie holte eine Schachtel Zigaretten aus ihrer Kittelschürze und zündete sich eine an.

»Entschuldigen Sie. Wissen Sie, wo Fritz Nachtweih liegt?«

Sie schaute ihn übermüdet an. »Wir haben hier so viele. Wissen Sie, was er hat?«

»Lungenentzündung. Eventuell noch die Spanische Grippe.«

»Die liegen separat.« Sie deutete in eine Richtung. »Gehen Sie da hinten rum, hinter das Schulgebäude. Diejenigen, die infektiös sind, liegen im Anbau.«

Er nickte dankend und ging um die Ecke. Der Anbau war klein und gedrungen. Schmale Fenster ließen Licht hinein. Er blickte durch das Glas. In engen Reihen lagen die Männer auf ihren Feldbetten dicht nebeneinander. Er sah eine Krankenschwester, die den Raum durchquerte. Ida sah er nirgendwo. Sollte er hineingehen? Es wäre wirklich zu blöde, sich jetzt noch anzustecken. Er ging nach hinten bis zur Tür, die plötzlich vor ihm aufgestoßen wurde. Albert trat in den Schatten der Tür. Zwei Frauen blieben davor stehen.

»Haben Sie seine Sachen?«

Die Stimme der Frau, die der Krankenschwester antwortete, kannte er.

»Ja, ich glaube, ich habe alles.«

»Es tut mir sehr leid. Wie bedauerlich. Da hat er den Krieg überlebt und dann so was.«

»Ja, bedauerlich.«

»Gehen Sie nach vorne zur Anmeldung. Ich habe da schon Bescheid gesagt. Man wird Ihnen alle notwendigen Papiere dort aushändigen.«

»Ist gut. Ich danke Ihnen nochmals.«

Die Krankenschwester sagte noch etwas, das Albert nicht verstehen konnte. Dann schloss sie die Tür.

Ida stand da. Sie schaute auf ein Bündel Männerkleidung. Eine Uniform. Als sie nun den Kopf hob, entdeckte sie ihn.

»Albert?!«

Er konnte nicht anders, er musste lächeln. »Wiebke hat mir Bescheid gesagt. Ich wollte kommen und … dir helfen.«

Nun lächelte sie auch. »Kommen und mich befreien, wolltest du wohl sagen«, flüsterte sie.

»So was in der Art.«

Am liebsten hätte er sie gleich in den Arm genommen, aber natürlich durfte er das hier nicht tun.

»Dann ist er also tot?«

»Heute Nacht. Aber es war schon seit einigen Tagen zu erwarten.«

Albert sagte nichts.

»Er hat mir geschrieben, dass er krank sei. Er ist auf dem Rückweg von der Westfront erkrankt. Ich dachte, wenn ich ihn besuche und pflege, dann wird es nicht so schlimm werden. Wenn er wieder gesund geworden wäre.«

Wieder nickte Albert nur.

Sie schien unentschlossen. »Ich muss noch warten, auf den Totenschein.«

»Dann kommst du mit mir zurück?!« Es war eine Frage, klang aber wie eine Bitte.

Jetzt lächelte sie wieder. »Ja, dann komm ich wieder mit zurück. Ich freue mich schon.«

»Gut. Ich warte draußen auf dich.«

Es dauerte noch eine kleine Weile, doch dann trat Ida aus der Tür heraus.

»Was ist mit der Uniform?«

»Ich brauche sie nicht. Ich will sie nicht. Ich hab sie hiergelassen.« Sie hatte jetzt nur ein kleines Bündel Papiere, die sie eilig in ihre Tasche steckte. »Ich bin in einer kleinen Pension untergekommen.«

Sie gingen einige Straßenzüge entlang, schweigend. Plötzlich blieb Ida stehen und drehte sich zu ihm.

»Ich bin jetzt verwitwet. Ich muss ein Trauerjahr einhalten. Und ich möchte nicht, dass auf Gut Greifenau die Mamsell oder Herr Caspers einen falschen«, sie berichtigte sich selber, »einen merkwürdigen Eindruck bekommen.«

»Einverstanden.«

»Gut, dann …«

»Dann darf ich dich jetzt trotzdem einmal küssen?«

Sie schaute sich erschrocken um. Niemand zu sehen. Die Straße war wie leergefegt. »Einmal.«

Albert trat näher an sie heran. Sie erkundeten in ihren Augen die Tiefen des anderen. Er schloss seine Augen, küsste sie zärtlich, vorsichtig, als könnte er etwas kaputtmachen. Als sich ihre Münder berührten, erfasste ihn eine heiße Welle. Begierde, aber noch mehr. Ein Gefühl der Zusammengehörigkeit. Und der Kuss – er war so süß. Süßer, als je ein anderer Kuss geschmeckt hatte. Fast atemlos ließen sie voneinander ab. Und plötzlich durchströmte ihn ein unbekanntes Gefühl. Er fühlte sich komplett, als wären verloren gegangene Teile seiner Seele zu ihm zurückgeflogen.

»Komm, ich muss mir ein Zimmer für die Nacht besorgen. Und morgen, morgen fahren wir nach Hause.« Er nahm ihre Hand.

»Ja, nach Hause.«

* * *

Sie warteten auf einer Bank in der Bahnhofshalle. Den Abend hatten sie zusammen in einer kleinen Schänke gegessen. Heute Morgen waren sie mit dem ersten Schiff nach Stettin geschippert. Der Zug nach Stargard würde erst in einer Stunde fahren. Der Januartag war trüb und kalt. Wer konnte, lungerte in der Bahnhofsvorhalle herum. Allenthalben erschienen Aufseher und schmissen Leute, die hier nichts zu suchen hatten, hinaus. Aber in dem Gewusel wurden viele übersehen. So zum Beispiel die schwangere Frau, die sich gerade der Nachbarbank näherte.

»Bitte, eine milde Gabe für eine Schwangere. Bitte. Mein Mann ist gefallen.« Die Frau hielt bettelnd ihre Hand auf.

»Dann bekommen Sie ja wenigstens Witwenrente«, spie eine der wartenden Frauen aus.

Die Schwangere ging weiter.

»Sie sind doch gar nicht schwanger«, beschuldigte ein Mann sie und versetzte ihr einen Stoß. Sie stolperte vorwärts. Als sie bei ihnen ankam, hob Albert überrascht den Blick. Er kannte die Frau. Das war doch …

»… Annabella Kassini?«

Erschrocken zuckte die Frau zusammen. Sie sah ihn und erkannte ihn ebenfalls. »Bitte, haben Sie etwas Geld für mich? Für mich und mein ungeborenes Kind? Um der alten Zeiten willen.«

Ida schaute Albert überrascht an. Er machte ein beruhigende Geste mit der Hand.

»Was tun Sie hier?« Na, was für eine dumme Frage. Sie bettelte. Und sah schwanger aus, aber das konnte natürlich auch ein unter den Rock gestopftes Kissen sein. Aber selbst wenn nicht, machte sie alles andere als einen guten Eindruck. Albert blieb noch genug Zeit, bevor sie losmussten. Er reagierte sofort.

»Kommen Sie. Ich kaufe Ihnen etwas zu essen.«

»Oh ja, bitte.« Sie klang erbärmlich.

Ida machte ein äußerst skeptisches Gesicht. Er beugte sich vor und flüsterte ihr ins Ohr.

»Ich kenne diese … Frau von früher. Ich erkläre es dir später.«

Ida sah ihn merkwürdig an, dann legte sie ihre Hand schützend auf ihr Gepäck. »Ich warte hier so lange.«

Albert ging mit Annabella Kassini hinaus zu einem Stand, der geschmierte Stullen verkaufte. Ida und er hatten sich vorhin hier selbst welche gekauft. Er kaufte ihr zwei Stullen. Gierig biss sie in eine hinein. Egal ob schwanger oder nicht – sie war hungrig.

»Wie ist es Ihnen ergangen?«

»Im Krieg? … Schlecht«, sagte sie zwischen zwei Bissen. Und dann wurde sie genauer. »Beschissen!«

Albert sah sie sich an. Sie war älter, verhärmter, runtergekommen.

»Sind Sie wirklich schwanger oder ist das da ein Kissen?«

»Beides!« Sie sah ihn kauend an. »Ich bin schwanger, aber noch sieht man nichts. Deswegen das Kissen.«

»Und der Vater?«

Sie zuckte nur mit den Schultern. »Wissen Sie doch. So jemand wie Adolphis. Nur nicht ganz so reich.«

»Und jetzt?«

»Was, und jetzt?«

»Was machen Sie mit dem Kind?«

»Kriegen.« Sie nahm das zweite Butterbrot und biss hinein.

»Und dann?«

Sie zuckte wieder mit den Schultern. »Ich kann mir nicht den Luxus leisten, eine Zukunft zu planen. Wer weiß schon, ob ich bis dahin nicht verhungert bin.« Sie kaute mit offenem Mund.

»Bitte! … Bitte geben Sie es nicht in ein Heim.«

Sie hörte auf zu kauen. »Sondern?«

Er schaute sie an. Eine gefallene Frau. Viel tiefer konnte sie nicht sinken. Was wäre das für eine Kindheit? So eine wie seine. Wittekind fiel ihm ein. Dann fiel ihm noch etwas ein.

»Ich hätte eine Idee. Sie könnten mir bei etwas helfen. Dafür bekommen Sie Geld.«

»Okay.«

»Es wäre aber eine Lüge.«

»Na und?«

»Ein große Lüge. Gegenüber einem ehrbaren Herrn!«

Sie stieß einen verächtlichen Ton aus. »Ehrbare Herren, die kenne ich zur Genüge. Keiner von denen ist wirklich ehrbar!«

»Wenn Sie gegen einen Geistlichen aussagen sollten?«

»Nur, wenn ich danach nicht eingesperrt werde.«

»Dafür werde ich schon sorgen. Und ich gebe Ihnen Geld. Und Sie sorgen dafür, dass das Kind irgendwo gut unterkommt.«

»Wieso interessiert Sie das Kind so?«

»Ich möchte nur nicht, dass es in ein Waisenhaus kommt. Ich bin in einem Waisenhaus aufgewachsen. Es war schrecklich.«

Sie schaute ihn von oben bis unten an. Er wusste, er war viel zu groß gewachsen und wirkte viel zu selbstsicher für jemanden aus dem Waisenhaus.

»Was soll ich denn tun?«

»Nichts, was gefährlicher oder verwerflicher wäre als dass, was Sie schon getan haben.«

»Und wo ist dieser Herr?«

»In Greifenau.« Bevor sie etwas einwenden konnte, sprach er weiter. »Ich hab nicht besonders viel Geld bei mir, aber was ich habe, gebe ich Ihnen. Kaufen Sie sich eine Fahrkarte nach Stargard. Dann kommen Sie nach Greifenau. Ich werde Ihnen mehr Geld geben, sobald die Aufgabe erledigt ist.«

»Was ist mit Adolphis? Er wird mich doch sofort wegjagen, wenn er mich dort entdeckt.«

»Graf Adolphis ist tot.«

»Er …« Sie stopfte sich den letzten Bissen des Butterbrotes in den Mund. »Tut mir leid, das zu hören.« Sie sah seinen skeptischen Blick. »Sie glauben es mir vielleicht nicht, aber Adolphis war weiß Gott nicht der schlechteste Kerl, den ich … der meine Dienste in Anspruch genommen hat.«

Albert macht ein abweisendes Gesicht. »Glauben Sie nicht, ich würde das nicht verurteilen, was Sie tun. Ich will nur nicht, dass Ihr Kind im Waisenhaus aufwächst.«

»Verstehe … Was, wenn mich einer von der Familie oder der Butler erkennt?«

Er schaute sie an. Von der Luxusmätresse Annabella Kassini war kaum etwas übrig geblieben. »Das halte ich für ausgeschlossen.«

»Na gut.« Sie hielt die Hand auf.

Albert zog seine Börse heraus. So, dass sie es sehen konnte, gab er ihr all sein Geld, was er dabeihatte.

»Quartieren Sie sich in der Dorfschenke ein. Noch heute Abend. Ich bringe Ihnen genug Geld für die Übernachtung und für Essen. Denn Rest bekommen Sie, wenn wir erledigt haben, was ich erledigen will.«

»Ich will mindestens fünfzig Mark.«

»Sie wissen doch gar nicht, ob das, was Sie tun sollen, fünfzig Mark wert ist.«

Sie schaute zerknirscht. »Kost und Logis für die ganze Zeit, die Fahrkarte für die Rückreise und zwanzig Mark oben drauf.«

»Ist gut. Warten Sie ein paar Minuten, bevor Sie reinkommen. Die Frau da drin ist eine Dienstbotin vom Gut. Sie soll sie nicht sehen.«

Er ließ sie stehen und ging wieder hinein. Ida wartete schon ungeduldig. Sie wollte zum Bahnsteig gehen. Sie konnte es gar nicht abwarten, wieder nach Hause zu kommen. Doch sie war auch genauso neugierig.

»Und? Erzählst du mir jetzt, wer sie ist?« Ida beäugte ihn mit skeptischem Blick.

Albert wollte nicht verraten, dass sie die Mätresse von Graf Adolphis gewesen war. Selbst wenn es schon etliche Jahre her war.

»Ich kenne sie noch von früher. Sie war mit mir zusammen im Waisenhaus.«

Ida rümpfte die Nase. »Eine frühere Liebschaft?«

»Ganz sicher nicht«, stieß er vernehmlich aus. »Nein … Ich hab mich ihr gegenüber einmal sehr schäbig verhalten. Und ich möchte es wiedergutmachen.« Das stimmte sogar irgendwie.

»Wiedergutmachen?«, echote Ida. Sie schien nicht ganz überzeugt zu sein. »Stimmt das?«

»Ida, ich bitte dich. Schließlich hast du mir auch nicht von Anfang an die ganze Wahrheit erzählt.«

»Ich hatte meine Gründe.«

»Die habe ich auch.«

Sie schaute ihn skeptisch an. Sie waren an ihrem Waggon angekommen. »Und wirst du mir jetzt endlich mehr aus deinem Waisenhaus erzählen?«

Albert hatte sich bisher bedeckt gehalten. Aber jetzt war Idas Mann tot und der Weg in eine gemeinsame Zukunft frei. Vielleicht war es an der Zeit, sich gegenseitig mehr zu vertrauen.

»Du darfst aber nichts verraten!«

»Du könntest genauso mein Geheimnis verraten. Ich werde sicher nichts sagen.«

»Also gut: Ich bin mit Irmgard Hindemith verwandt.«

»Du bist mir ihr verwandt? Ist sie etwa deine Mutter?«

»Sie ist meine Tante.«

»Tante?«

»Steig ein und ich erzähl dir die ganze Geschichte.« Endlich stieg Ida in den Waggon. Die Fahrt würde sicher sehr kurzweilig werden. Albert hatte viel zu erzählen.

10. Januar 1919

Ottilie Schott nahm den Umschlag entgegen. »Also, da ist sie: die letzte Rate!« Sie versuchte ein aufmunterndes Lächeln.

»Ja«, kam es kratzig aus Caspers Mund. »Ich möchte mich noch mal bei Ihnen bedanken, für das Geld … und für … für alles andere.« Er stand vor ihrem Schreibtisch.

Dafür, dass sie den anderen Dienstboten nichts davon erzählt hatte, vermutete Ottilie. Theodor Caspers hatte nun endlich nach langen Jahren das Geld zurückgezahlt, was sie ihm geliehen hatte.

Der Hausdiener wollte schon rausgehen, zögerte aber noch. »Was … Wie denken Sie über den neuen Herrn?«

»Nun … neue Besen kehren gut. Da wird uns sicherlich einiges ins Haus stehen. Andererseits macht mir Fräulein Kurscheidt«, sie schüttelte den Kopf, »Gräfin Rebecca mehr Sorgen. Wenn man sie so reden hört, kommt sie mir manchmal vor wie Lenins jüngere Schwester.«

Ein leises Lächeln erschien auf Caspers' Gesicht. »Nun, ganz so schlimm ist es nicht. Aber jetzt … ihre Pläne für die Waisenkinder. Ich weiß nicht.«

»Ich auch nicht. Andererseits zeugt es doch von einem guten Herzen.« Ottilie schüttelte den Kopf. Vorgestern waren die ersten drei Kinder eingezogen, drei Mädchen im Alter von acht, zwölf und vierzehn Jahren. Noch wusste niemand so recht, wie es werden würde. Gräfin Rebecca ging äußerst praktisch an die Sache heran. Die Vierzehnjährige war alt genug, um auf die beiden anderen aufzupassen. Bisher hatte Ottilie die Mädchen nur gesehen, wenn sie in den alten Trakt gegangen war. Anscheinend hatte die Gräfin mit dem neuen Graf ausgemacht, dass so wenig Geld wie möglich ausgegeben werden sollte. Sie hatte also im Dorfladen einen Zettel ausgehängt: Sie suche nach alten Bettgestellen und Matratzen sowie nach Altkleidern, die kostenlos abzugeben seien. Am Sonntag wollte sie in einem entfernteren Nachbardorf zwei kleinere Jungs abholen. Noch war nicht wirklich viel zu spüren von der Mehrarbeit, aber das würde schon noch kommen.

Irmgard Hindemith und Bertha kochten einfach wieder etwas mehr von dem Essen für die Dienstboten. Ab nächster Woche sollte das vierzehnjährige Mädchen unten in der Küche beim Spülen mithelfen.

Die Kinder sollten selbst für Ordnung sorgen. Alle, die über zehn Jahre alt waren, würden zum Putzen und für Aufräumarbeiten herangezogen. Im alten Trakt war auch ein Speisesaal eingerichtet worden. Die junge Gräfin war noch damit beschäftigt, alles einzurichten und zu organisieren. Aber sobald sie damit fertig wäre, wollte sie zumindest die Waisenkinder vormittags unterrichten.

Graf Konstantin und seine Mutter hatten mehrere große Auseinandersetzungen darüber geführt, wie Ottilie wusste. Die Gräfin wollte niemand Fremdem im Herrenhaus begegnen. Gräfin Anastasia war ihr immer zur Seite gesprungen, aber vor drei Tagen war sie abgereist. Vermutlich wollte sie nicht mit ansehen müssen, wie die Räume im alten Trakt für schnödes Arbeitervolk zur Schlafstätte wurden. Seit zwei Tagen kam Gräfin Feodora nur noch zum Essen aus ihren Privaträumen.

Graf Nikolaus und Graf Alexander waren anscheinend auch nicht besonders angetan von den Plänen ihrer neuen Schwägerin. Der jüngste Grafensohn spielte nahezu den ganzen Tag Klavier. Es war schon fast wie eine Besessenheit. Womit sich Graf Nikolaus den lieben langen Tag beschäftigte, konnte sie nicht sagen. Man ging ihm tunlichst aus dem Weg. Er konnte es einfach nicht lassen, Befehle zu erteilen. Selbst wenn sie dem nicht mehr so nachkommen mussten wie früher, führte es doch immer wieder zu Konflikten. Sie konnte schließlich nicht dreimal am Tag Graf Konstantin mit solchen Dingen belästigen.

»Wie schaut es mit dem Essen aus?«

»Ich denke, in etwa einer Stunde sind wir soweit. Fräulein Ida bringt heute alles hoch.«

Sie beide waren froh gewesen, als Albert Sonntag Anfang Januar Fräulein Plümecke mit zurück zum Gut gebracht hatte. Sie hätten zufällig den gleichen Zug zurück gebucht, hatte er gesagt. Ottilie Schott wusste nicht, ob sie das glauben sollte. Aber wieso auch nicht? Wieso sollten sie nicht zufällig am gleichen Tag den Zug nach Hause genommen haben? So viele Verbindungen von Stettin nach Stargard gab es schließlich nicht mehr.

Dabei fiel ihr ein, dass sie selbst dringend mal nach Stargard musste. Jetzt, mit der letzten Rate, würde es sich lohnen, Emil in Schweden eine Postanweisung zukommen zu lassen.

Andererseits überlegte sie, ob es überhaupt noch nötig war. Möglicherweise war er schon nach Deutschland zurückgekehrt. Sie glaubte es aber eigentlich nicht, vor allem nicht, weil es sicherlich auch bis Schweden durchdrang, wie hier die Verhältnisse gerade waren.

Seit dem enttäuschenden Ende des Krieges und der Revolution im November hatte sich in allen Teilen des Landes, aber vor allem in den großen Städten, eine explosive Stimmung hochgeschaukelt. In Berlin war der Teufel los. Die Weihnachtsunruhen hatten ausgerechnet zu Heiligabend ihren Höhepunkt erreicht. Kaum abgeflaut, gab es im Januar schon neue Unruhen. Gottlob war Berlin weit weg!

Ottilie Schott stand auf. »Ich werde etwas von dem alten Geschirr nach oben bringen und im Speisesaal nach dem Rechten schauen.«

Sie lief hinter Herrn Caspers den Flur entlang, als plötzlich die Hintertür aufgerissen wurde. Eugen stürmte hinein.

»Kommen! Sie … kommen!« Ganz außer Atem war es ihm nicht möglich zu sagen, wer denn da kam. Er fuchtelte mit seinem Zeigefinger in Richtung Hintertür.

»Arbeiter … Arbeiter und … Soldatenrat … kommen … vom Dorf.« Er musste die ganze Strecke gerannt sein. Anscheinend war er gerade im Dorf gewesen. Sein Gesicht war hochrot. Er war vollkommen außer Atem.

»Sie wollen … den Grafen … lynchen.«

»Lynchen?«

Ottilie und Theodor Caspers sahen sich entsetzt an.

»Gräfin Rebecca kann vielleicht mit ihnen sprechen. Sie wird doch die richtigen Worte finden können. Sie ist doch eine von ihnen.«

»Nicht von denen. Nein!« Ottilie Schott schüttelte energisch ihren Kopf. »Nein, wir müssen sie verstecken. Wir müssen so tun, als wären sie abgereist. Schnell.«

Schon stürzte Caspers die Hintertreppe hoch, und sie folgte ihm. Oben auf dem Absatz blieb sie kurz stehen.

»Eugen, sag den anderen Bescheid. Sie sollen alle zusammenkommen. Verschließt alle Türen.« Sie mussten etwas Zeit gewinnen, bevor das Pack ins Haus kam.

»Ich muss noch in den Stall. Ich bleib bei den Tieren.«

»Nein, Eugen, nicht!«

Doch der junge Mann war schon fast wieder draußen. Ob er sie gehört hatte?

Oben angekommen sah sie, wie Caspers am Zimmer der Gräfin ankam. Sie folgte ihm. Der Hausdiener versuchte, einen Rest von Etikette zu wahren. Doch Ottilie stürmte ins Zimmer. Es war keine Zeit zu verschwenden. Sie griff nach der Wollstola der Gräfin.

»Schnell, ins Eishaus. Sie müssen sich verstecken. Die Kommunisten kommen.« Sie griff die Gräfin am Arm und zog sie aus dem Sessel. Die Tatsache, wie Ottilie mit ihr umsprang, bedeutete ihr schon genug, dass es kein Spaß war.

»Meine Söhne!« Zum ersten Mal seit dem Tod ihres Mannes schien wieder etwas Leben in die Gräfin zu kommen.

Caspers lief rüber in den Raum, in dem Graf Alexander wohnte. Sofort war er wieder auf dem Flur.

»Er ist nicht da.«

»Oben, im Klassenzimmer. Am Klavier.«

Caspers lief zur Treppe am Ende des Flures.

Die Tür von Graf Nikolaus ging auf. »Was ist denn hier für ein Krach?«

»Die Kommunisten. Sie kommen. Sie müssen sich verstecken, im Eishaus. Schnell.«

Graf Nikolaus war sofort an der Seite seiner Mutter.

»Schnell. Den Hintereingang raus.«

Mit zittrigen Fingern suchte die Mamsell an ihrem Schlüsselbund nach dem großen Bartschlüssel für das Eishaus. Endlich fand sie ihn.

»Der hier ist es. Damit kommen Sie ins Eishaus. Am besten, sie schließen sich ein.« Sie gab Graf Nikolaus den ganzen Schlüsselbund.

Ottilie schnappte sich noch zwei Decken, die im Schlafzimmer der Gräfin lagen, und brachte sie ihnen hinterher.

»Da, nehmen Sie sie. Es wird kalt sein.«

Die beiden hetzten den Flur hinunter, so schnell die Gräfin es schaffte. Ottilie lief wieder zurück zur Eingangshalle.

Draußen auf dem Kies vor dem Herrenhaus hörte sie laute Geräusche. Sie lugte aus dem Fenster. Zwei Pritschenwagen hielten dort. Mehrere Männer sprangen hinunter. Einer steckte eine rote Fahne fest und folgte den anderen. Sie sahen brutal aus. Allesamt trugen sie rote Armbinden und ihre Mützen waren schief aufgesetzt. Über ihren Schultern hingen Gewehre. Einige hatten Patronenriemen bei sich.

Schon hörte Ottilie Klingeln und lautes Klopfen an der Vordertür. Sie ging an der Balustrade vorbei und wollte gerade in den alten Trakt, als jemand schoss. Sie schossen auf die Eingangstür! Wie dumm diese Leute waren. Wenn nun wirklich jemand käme, um ihnen aufzumachen!

Jetzt hatte sie Angst. Eilig lief sie die kreisrunde Hintertreppe hinunter. Über sich hörte sie Schritte. Caspers und Graf Alexander. Unten im Flur standen schon Irmgard Hindemith, Wiebke, Ida und Kilian.

»Wo ist Eugen?«, fragte Wiebke ängstlich.

Ottilie sah die Angst in ihrem Blick. »Er ist … zu den Tieren.«

Die junge Frau wimmerte leise.

Caspers kam außer Atem bei ihnen an. Das spärliche Haar fiel ihm in die Stirn. Hinter ihm erschien Graf Alexander.

Bertha trat vor. »Ja, sind Sie denn wahnsinnig? Kilian, deine Jacke, schnell.«

Kilian wusste nicht, was sie meinte. Doch Bertha packte schon Graf Alexander am Arm und zog ihn mit sich in die Küche.

»Die Hose geht, aber ziehen Sie Ihre gute Jacke aus. Und die Schuhe. Wiebke, schnell. Hol alte Schuhe aus der Stiefelkammer, für den Grafen.«

Schon zog Graf Alexander sich aus. Bertha warf Ida die Jacke und die guten Schuhe zu. »Schnell, einfach da unten, hinter dem Zwiebelkorb verstecken.«

Jetzt griff Bertha in den Eimer, in dem sie die Asche aus dem Küchenherd sammelten. Sie macht ihre Hände dreckig, und während Graf Alexander schon die Jacke von Kilian anzog, fuhr sie ihm mit den Händen durchs Gesicht. Er sah so aus, als hätte er gerade im Kohlenbunker gearbeitet.

»Ihre Hände noch. Ihre Fingernägel müssen dreckig sein. Schnell.«

Der junge gnädige Herr stieß seine Hände selbst in den Ascheimer. Wiebke warf ihm die schlammverschmierten Stiefel von Albert zu. Die würden ja wohl in jedem Fall passen.

Als der Graf fertig war, griff Bertha noch zu einer kleinen Glaskaraffe mit Speiseöl. Sie schmierte sich einiges in die Hände und strich dem Grafen die Haare damit nach hinten. Ottilie stöhnte auf. Aber was wollte sie? Er sah jetzt wirklich nicht mehr aus wie ein Grafensohn. Gerade rechtzeitig, denn schon hörten sie, wie schwere Stiefel die Treppe hinunterpolterten. Alle drängten sich in der Leutestube zusammen.

»Wer fehlt?«, fragte Caspers leise.

»Eugen, und auch Johann«, wisperte Wiebke.

»Albert!«, warf nun auch Ida ein.

»Ihr da. Los, hoch mit euch. Hoch in die Halle.« Ein Mann in schmutziger Soldatenuniform, der eine Schiebermütze trug.

Ein zweiter Mann trat neben ihn, groß und schwarzhaarig. Er schien der Anführer zu sein. Hinter ihm kamen noch drei weitere Männer die Treppe herunter. »Gibt's noch mehr von euch?«

Herr Caspers kam nach vorne. »Was wollen Sie von uns?«

Der große Kerl machte seinen Kumpanen ein Zeichen. Er richtete seine Waffe direkt auf Herrn Caspers. »Sei ruhig, Pinguin.«

Die anderen Männer liefen durch den Flur und öffneten eine Tür nach der anderen. Zumindest die Türen, die nicht abgeschlossen waren. Einer von ihnen kam zurück.

»Da sind mehrere Türen verschlossen. Bestimmt verstecken sich da die Herrschaften drin.«

Bertha drängelte sich nach vorne. »So ein Blödsinn. Da ist keiner drin!«

»Warum sind sie dann abgeschlossen?«

»Das sind die Speisekammern, was denn sonst?«

»Wieso sind die abgeschlossen?«

»Tse, ihr glaubt doch wohl nicht, dass unsere edlen Herrschaften hier jedem freien Eintritt in die Speisekammern gewähren?«

Irmgard Hindemith wurde ganz bleich. Ihr Blick lief zu Graf Alexander, der zwar fahl im Gesicht war wie alle anderen. Aber er musste sich tatsächlich ein Grinsen verkneifen. Neben ihm stand Ida, die ihre Arme um Wiebke gelegt hatte. Kilian stand dahinter. Albert Sonntag war irgendwo auf dem Feld, was für ihn vermutlich eher günstig war. Als lohnabhängiger Landarbeiter musste er sich höchstens irgendwelche Propagandareden anhören.

»Los jetzt. Hoch mit euch.«

Einer nach dem anderen eilte die Treppe hoch. Oben warteten weitere Männer auf sie. Die Dienstboten drängten sich an der Wand zusammen. Bertha vorne mit ihr. Caspers und Kilian flankierten Ida und Wiebke. Der Graf irgendwo dazwischen. Alle schauten verstört. Caspers knackte mit seinen Fingern. Ottilie hatte ihn selten so wirr gesehen wie jetzt gerade.

»Was wollt ihr?«, fragte er noch mal mit krächzender Stimme.

Der Schwarzhaarige, schwere Stiefel und ein Gewehr geschultert, trat vor. Von seinem Gürtel baumelten Handgranaten. »Waffenkontrolle. Ihr wisst doch, dass alle Zivilisten die Waffen abgeben müssen.«

Niemand glaubte das. Aber den Männern war es egal, ob sie es glaubten oder nicht. Der Mann gab den anderen ein Zeichen. Ein halbes Dutzend Männer verschwand im Salon, das andere halbe Dutzend rannte eiligst die Treppe hoch.

Ottilie wurde ganz anders: die junge Gräfin, und die Waisenkinder!

»Ich frage Sie noch einmal: Wer sind Sie und was wollen Sie von uns?«

»Wir sind das Revolutionstribunal des Arbeiter- und Bauernrates. Wie gesagt: Alle Bürger müssen ihre Waffen abgeben. Bei Todesstrafe.« Er ging vor der Mamsell, Caspers und Bertha auf und ab.

»Ihr da hinten, kommt nach vorne.«

Wiebke stieß einen lauten Jammerton aus, und Ida nahm sie noch fester in den Arm.

»Nicht die Frauen. Wir wollen nichts von euch. Wir wollen euch nichts tun. Nur dem Gesocks, das bisher wie Maden im Speck gelebt hat. Während wir alle im Krieg gehungert haben.«

Jetzt zog er Kilian nach vorne. Graf Alexander folgten ihm. Zu zweit standen sie nebeneinander.

»Na, dich brauche ich nicht fragen, ob du gedient hast. So eine Nase kriegt man nicht vom Korndreschen.«

Kilian atmete hörbar aus.

»Was ist mit dir? Hast du gedient?«

Der junge Graf, der jetzt nicht mehr so aussah, nickte.

»Wo?« Der breitschultrig Mann schaute Graf Alexander prüfend an. Ottilie lief pures Eiswasser den Rücken herunter.

»Westfront. Bin mitten in die Dritte Flandernschlacht reingestolpert.«

»Hm.« Das schien ihm erst mal zu genügen.

In dem Moment waren lautes Schreien und heftige Geräusche von oben zu vernehmen. Man hörte Gerangel. Graf Konstantin! Und dahinter Gräfin Rebecca, wie sie schimpfte.

»Ihr Saubande. Lasst gefälligst die Kinder in Ruhe.«

»Adelige Brut.«

»Das sind Waisenkinder. Kinder von euch. Kinder, denen wir zu essen geben.«

Eine Gruppe von Männern erschien. Zwei hatten Graf Konstantin zwischen ihnen. Sie stießen ihn geradezu die Treppe hinunter. Man hatte ihm die Hände auf den Rücken gefesselt. Die frühere Dorflehrerin folgt ihm. Sie schlang ihre Arme schützend um die drei Mädchen, die sich angstvoll an sie pressten.

»Pack mich nicht an, du Grobian. Lass mich gefälligst in Ruhe. Siehst du nicht die Kinder!«

Als Graf Konstantin unten ankam, schubste ihn jemand und er fiel auf die Knie. Der Mann stellte sich genau vor ihn.

Graf Konstantin wollte aufstehen, aber direkt waren zwei Männer bei ihm, die ihn brutal nach unten drückten.

»Endlich haben wir einen von euch. Ist das da deine Frau?«

Jemand schubste Rebecca nach vorne. Die stolperte fast über die Kinder. Trotzdem erfasste sie die Situation mit einem Blick.

Alexander, wie er nun aussah. Und dass niemand die Gräfin und Nikolaus gefunden hatte. Mut und Wut stand in ihren Augen.

»Adelige Brut!«, schimpfte wieder jemand von hinten.

Doch Gräfin Rebecca war nicht so schnell einzuschüchtern. »Seid ihr eigentlich blöde? Seht sie euch doch an. Sehen die etwa aus wie adelige Brut? Halb verhungert sind sie. Morgen kommen die ersten Jungs. Ihr habt doch gesehen, wie die Betten dort stehen. Wir machen hier ein Waisenhaus auf.« Sie wies auf die drei völlig verängstigten Mädchen.

Der Anführer gab dem Mann, der Rebecca ein Gewehr in den Rücken hielt, ein Zeichen. »Stimmt das?«

»Ja. Da sind ganz viele Betten in zwei Zimmern.«

»Und du? Was bist du? Das Kindermädchen?«

Die Mamsell traute ihren Augen nicht. Gräfin Rebecca von Auwitz-Aarhayn trat schützend vor die drei Mädchen und baute sich vor dem Anführer auf. Jetzt sah sie wieder aus wie Rebecca Kurscheidt, die Dorflehrerin.

»Ich habe vor zwei Monaten den Grafensohn geheiratet. Davor war ich Dorflehrerin. Ich wäre es noch, wenn ich dürfte. Denn ich bin der Überzeugung, dass jeder Mensch eine gute Bildung bekommen sollte. Ob Arbeiter, Bürger oder Adliger.«

»Egal. Jetzt bist du Frau Gräfin.« Die Stimme des Mannes verhöhnte sie. Alle anderen lachten.

Die junge Frau trat jetzt ganz dicht vor ihn hin. Dann hob sie ihre Hände. »Sehen die etwa aus wie die Hände einer Komtess? Ich arbeite hier hart, für die Kinder, für die Leute aus dem Dorf. Ich lass mir doch von so einem wie dir nicht sagen, ich wäre eine faule Nutznießern. Nur weil ich jetzt einen Titel trage. Der mir im Übrigen völlig egal ist.«

»Aha. Anscheinend hast du hier die Hosen an.« Er lachte dröhnend, und alle anderen Männer lachten mit ihm.

Doch sie ließ sich nicht einschüchtern. »Mein Vater ist Arzt. In Charlottenburg. Seit ich zwölf war, habe ich mit ihm zusammen in den Armenkrankenhäusern gearbeitet. Du machst mir überhaupt keine Angst. Kerle wie dich hab ich schon zusammengeflickt, da war ich noch nicht großjährig.«

Der Anführer trat einen Schritt nach vorne. Seine Nasenspitze war nur noch einen Fingerbreit von Rebeccas entfernt. »Dann sag mir, Dorflehrerin: Wo sind all die anderen?«

Erhobenen Hauptes sah sie ihm weiter in die Augen. Sie war fast so groß wie er. Was die Gräfin da machte, nötigte Ottilie größten Respekt ab.

»Die anderen sind alle weg. Weil sie nämlich nicht mit einer Dorflehrerin zusammenleben wollten.«

Der Anführer und Gräfin Rebecca duellierten sich mit ihren Blicken.

»Wie konntest du das tun? Wie konntest du dich zu einer von ihnen machen?«

»Weil nicht alle so sind. Er ist nicht so!« Sie zeigte mit dem Zeigefinger auf ihren Mann. »Wenn ihr nach faulen Schmarotzern sucht, dann müsst ihr weiterziehen. Hier gibt es keine!« Sie spie dem Mann die Worte geradezu ins Gesicht.

»Faule Schmarotzer, was?« Er lachte wieder. »Das gefällt mir.« Er schaute Rebecca noch einen Moment lang an, dann drehte er sich zu seinen Männern.

»Lasst sie. Wir gehen. Wir nehmen uns noch den Speck und das Fleisch aus der Kammer, dann ziehen wir ab.«

In dem Moment war ein Schuss zu hören. Ottilie tauschte einen alarmierten Blick mit der Gräfin. Eugen und Johann Waldner waren noch da draußen.

* * *

Die Gänse schnatterten laut. Als Eugen durch den Durchgang bei der Hecke gerannt kam, flatterten sie erbost über die Störung auf. Er rannte in den Stall. Im Nullkommanichts hatte er die Verschläge offen und führte die drei verbliebenen Reitpferde rüber in den Stall der Kaltblüter.

Johann Waldner stand unschlüssig zwischen den Ställen.

»Schnell, gib den Kühen Heu.« Eugen hoffte, dass sie dann keinen Ton mehr von sich geben würden. Vielleicht ließ sich damit weiteres Unglück abwenden.

Er lief weiter in den Schweinestall. Drei Säue und einen Eber hatten sie. Eilig packte er sich ein Seil und band es dem Eber um den Bauch. Dann gab er etwas Hafer in den Blecheimer, mit dem sie normalerweise das Futter in die Tröge schütteten. Für die Schweine war das immer das Zeichen, dass es etwas zu essen gab.

Jetzt öffnete er die Gatter. Eugen brauchte gar nicht zu bitten. Sie kamen ihm von alleine hinterher. Er lief auf die Obstbaumwiese, die hinter den Ställen lag. In der Nähe eines Apfelbaums kippte er den Eimer aus. Schnell schlang er das Seil um einen Ast und verknotete es. Er hoffte, dass die Säue einfach beim Eber bleiben würden. Sie fingen sofort an zu fressen.

Zurück auf dem Weg in den Kuhstall sah er im Augenwinkel Bewaffnete über den Platz gehen. Sie eilten Richtung Pferdestall. Er lief zur einen Seite in den Kuhstall hinein. Zwei Kühe standen hier noch. Viel war ihnen nicht geblieben. Aber es würde reichen, jetzt nach dem Krieg mit einer kleinen Kälberzucht wieder anzufangen.

Waldner stand vor einer Box und starrte auf das Heu, das er gerade verteilt hat, als sie das laute Wiehern der Pferde hörten.

»Komm!« Eilig durchquerte Eugen den Jungtierstall und lief hinaus.

Johann Waldner folgte ihm humpelnd. Draußen sah Eugen schon, wie zwei Männer versuchten, die fünf Pferde gemeinsam herauszuführen. Offensichtlich hatten sie nicht viel Erfahrung mit Pferden. Der eine hatte Seile an Halfter gebunden und führte die drei Reitpferde dicht nebeneinander heraus. Der andere hielt die zwei Kaltblüter direkt an den Halftern fest.

Eines der Reitpferde bäumte sich auf. Schon hatte es sich losgemacht. Es stampfte ein paar Meter rückwärts. Die Männer riefen sich irgendwas zu. Der Fuchs entdeckte nun Eugen und kam direkt auf ihn zugelaufen.

»Lasst sie in Ruhe!«, schrie Eugen. Das Pferd trabte ihm entgegen. Doch der lief weiter, bis er bei den Männern war.

»Was wollt ihr?«

Der eine Kerl grinste unverschämt. »Was wohl? Wir nehmen sie mit.«

»Nein.«

»Jetzt schon. Wir konfiszieren sie.«

»Ihr wollt sie stehlen.«

»Halt's Maul. Wir sind der Arbeiter- und Bauernrat aus Stargard. Wir nehmen die Umverteilung vor.«

»Umverteilung? An wen verteilt ihr die Pferde denn? Wo sind die vielen Bauern, an die ihr sie verteilt?« Eugen war wirklich wütend. Wenn es um das Wohl der Tiere ging, verstand er keinen Spaß.

»Wir sind dir keine Rechenschaft schuldig.« Der Kerl, der die beiden Kaltblüter hielt, wurde richtig sauer. Aber noch hatte er keine Hand frei. Doch die beiden stämmigen Gäule zogen seine Arme immer weiter auseinander, als wollten sie sich einen Spaß daraus machen, ihn zu zerreißen, wenn er nicht losließ.

Eugen hörte, wie Johann Waldner nun auch hinter ihm angekommen war.

»Noch so eine armselige Kreatur. Du bist doch sicher auf unserer Seite. So wie du humpelst.«

Waldner sagte nichts. Eugen war schon froh, dass er nicht mehr soff. Anscheinend hatte er sich beim Militär das Saufen einigermaßen abgewöhnen müssen.

»Lasst die Pferde los. Sie gehören euch nicht.«

»Dir gehören sie aber auch nicht. Sie gehören dem Grafen. Und dieses Gesocks wird jetzt enteignet.«

»Ich kümmere mich um die Pferde hier.«

»Du kannst dich ja noch um die Gänse kümmern. Ein oder zwei werden wir dir schon lassen.« Der Kleinere von beiden lachte abschätzig.

»Ihr wollt also einfach alles mitnehmen? Einfach alles stehlen? Was sollen die Leute hier machen? Wovon sollen sie leben?«

»Ihr seid doch alle noch dick und fett gefressen. So schnell werdet ihr schon nicht verhungern.«

»Ich lass nicht zu, dass ihr die Pferde mitnehmt.«

Jetzt ließen beide Männer gleichzeitig los. Die Reitpferde trabten sofort an, um zum dritten, das einige Meter hinter Eugen stehen geblieben war, zu gelangen. Die Kaltblüter stampften auf die Erde.

Beide Männer griffen zu ihren Gewehren, die über den Schultern gehangen hatten.

»Du hast hier nichts zu sagen.«

»Eigentlich bieten wir allen Männern an, sich uns anzuschließen. Aber jemanden, der so sehr für das Eigentum des Grafen einsteht, können wir nicht gebrauchen.« Die Waffe des kleineren Mannes stieß gegen Eugens Brust.

Er blieb stumm. Solche Typen kannte er. Schon beim Militär waren sie ihm unangenehm aufgefallen. Wenn sie unbewaffnet waren, waren sie die größten Feiglinge. Aber anderen hilflosen Menschen gegenüber, mit einer Waffe in der Hand, wurden sie plötzlich großspurig.

»Halt bloß die Fresse!« Der Mann zielte mit der Mündung seines Gewehres auf Eugens Brust.

»Männer«, kam es beschwichtigend von hinten. Das Erste, was Johann Waldner von sich gab. Unsicher trat er ein paar Schritte vor, bis er mit Eugen auf einer Höhe stand.

»Niemand will hier Ärger machen. Lasst ihn in Ruhe.«

Die Männer schauten ihn beide an.

Er zog sein Hosenbein hoch und zeigte die Prothese. »Wir haben doch alle in der gleichen Scheiße gelegen. Ich genauso wie ihr.«

»Und er?«

»Er auch. Westfront, bei Amiens.«

»Ein Scheißtag war das«, sagte einer der beiden Angreifer.

Sie wurden unschlüssig. »Trotzdem. Die Pferde sind konfisziert.«

Eugen wurde wütend. »Nein, das könnt ihr nicht machen. Ihr wollt sie doch nur verkaufen.«

»Das stimmt nicht. Wir werden sie essen.« Der Mann hatte sein Gewehr etwas sinken lassen, doch jetzt hob er es wieder an Eugens Brust. »Und du kannst nichts dagegen machen.«

»Ihr könnt sie doch nicht essen!«, schrie Eugen wütend. Blitzschnell packte er das Gewehr am Lauf und schob es beiseite.

Ein Gerangel entstand. Der zweite Mann richtete sein Gewehr sofort auf Johann, der ihm helfen wollte. Johann blieb starr stehen.

»Kommt schon, Leute, nehmt euch ein paar Gänse und verschwindet. Die Gänse sind fett. Sie werden euch gut schmecken.«

»Wir lassen uns doch nicht mit ein bisschen Federvieh abspeisen.«

Mittlerweile kämpften Eugen und der Mann regelrecht. Der zweite Mann wusste nicht, was er tun sollte. Sein Kumpel schien unterlegen zu sein. Dann fing er an, mit seinem Gewehr abwechselnd auf die kämpfenden Männer und Johann zu zeigen.

»Lass ihn los. Sonst erschieß ich dich.« Das war gegen Eugen gerichtet.

Eugen bekam es kaum mit. Der Mann, mit dem er kämpfte, war vielleicht so groß wie er, aber dafür spindeldürr. Ausgemergelt von viereinhalb Jahren Krieg. Endlich saß er auf seiner Brust.

Im Augenwinkel sah er, wie der zweite Mann nun das Gewehr auf ihn richtete.

»Nein!« Johann Waldner stürzte dazwischen und packte nun ebenfalls das Gewehr. Schon fiel ein Schuss.

Eugen, der gerade seinem Angreifer das Gewehr quer über die Kehle drückte, drehte seinen Kopf. Johann Waldner krümmte sich zusammen, wurde immer kleiner und fiel um.

Mit einem Sprung war Eugen bei dem zweiten Mann und schlug ihm den Gewehrkolben gegen den Kopf. Der Getroffene kippte nach hinten. Eugen schnappte sich auch die zweite Waffe.

Vorsichtig kniete er sich neben Waldner.

»Johann, hat er dich getroffen?«

Johann Waldner krümmte sich weiter. Er war nicht fähig zu sprechen. Ein letztes Zucken, und dann fielen seine Arme links und rechts von ihm in den Staub. Er blickte Eugen an.

»Endlich … Schuld … beglich…« Dann neigte sich sein Kopf zur Seite. Er war tot.

Der Kerl, mit dem er gerangelt hatte, kam gerade auf die Knie. Sofort riss Eugen das Gewehr in den Anschlag.

»Los, da rüber. Zu dem anderen.« Eugen stand langsam auf. Zu seinen Füßen lag der tote Stallmeister.

Schon sah er, wie fremde Männer durch den Durchgang hinter der Remise kamen. Ihnen folgten die Dienstboten. Auch Graf Konstantin und Gräfin Rebecca und die drei Mädchen entdeckte er. Hinter ihnen gingen zwei Männer, die ebenfalls Waffen auf sie gerichtet hatten. Zum Schluss kam ein großer Schwarzhaariger.

Gräfin Rebecca drückte der Mamsell die Mädchen in den Arm und rannte nach vorne. Sie schien mehr Mut zu haben als alle anderen zusammen. Die ehemalige Dorflehrerin kniete sich zu Johann Waldner. Sie brauchte nicht lange, um festzustellen, dass er tot war. Dann sah sie sich die Kopfwunde des fremden Mannes an. Sie stand auf und richtete ihr Wort an den Anführer.

»Ist es das, was Sie gewollt haben? Arbeiter zu erschießen?«

Der schien unsicher, was er antworten sollte. »Halt's Maul, Weib! … Und du, du lässt sofort die Waffe fallen.«

Eugen ließ das Gewehr auf den Boden gleiten. »Ihr könnt ein paar Gänse haben. Keine Pferde.« Sein Blick lief zu den anderen. Er sah, wie Wiebke stumme Tränen über die Wangen rannen.

Der Anführer sah ihn an. Für einen Moment schien er abzuwägen. »Wie viele Kühe habt ihr?«

Es war Graf Konstantin, der antwortete. »Nur noch zwei.«

Gräfin Rebecca ging dazwischen. »Morgen hole ich die nächsten zwei Waisenjungs. Auch die Dorfkinder bekommen Milch von uns. Wenn ihr wirklich die Männer seid, die ihr vorgebt zu sein, dann lasst ihr den Kindern die Milch.«

Der Kiefer des Schwarzhaarigen mahlte stumm. Eine kleine Weile blieb sein Blick an den Waisenkindern hängen.

»Okay, keine Pferde. Die Kühe für die Kinder, aber wir nehmen die Hälfte aller Gänse.« Er drehte sich um und marschierte davon.

Kapitel 9

19. Januar 1919

Rebecca hatte sich ihr bestes Kleid angezogen. Das, was sie schon zur Hochzeit getragen hatte. Ebenso sorgfältig hatte sie sich frisiert. Heute war ein Festtag. Sie war glücklich und aufgeregt. Was sie heute tun würde, konnte sie selbst kaum glauben. Sie nahm ihren Mantel über den Arm. Konstantin wartete mit Alexander unten im kleinen Salon auf sie.

Gräfin Feodora war auf ihrem Zimmer. Sie schien wie traumatisiert, seit sie sich im Eishaus hatte verstecken müssen. Obwohl ihr nicht einmal etwas passiert war, hatte ihr dieser Überfall wohl den letzten Mut geraubt. Ihr Mann tot, ihre Welt zerfiel zu Asche und sie konnte nicht einmal mehr zurück in ihre alte Heimat.

Ein bisschen tat sie Rebecca schon leid. Vielleicht auch gerade deswegen, weil ihr durch das Schicksal ihrer Schwiegermutter vor Augen geführt wurde, was das Leben an unangenehmen Überraschungen bereithalten konnte. Doch heute wollte sie nicht daran denken. Heute würde sie etwas tun, von dem sie jahrelang geträumt hatte – sie würde zum allerersten Mal in ihrem Leben wählen dürfen. Heute wurde die Nationalversammlung gewählt, deren Mitglieder eine Verfassung für die neue Republik ausarbeiten würden, die Grundlagen ihrer demokratischen Republik. Sie selbst würde dazu beitragen, mit ihrer Stimme. In ihren kühnsten Träumen hatte sie sich das niemals vorgestellt.

Als sie den Flur nun entlangging, mit stolzen, ja, schon fast andächtigen Schritten, schoss Nikolaus an ihr vorbei. Er trug seine Uniform. Schon gestern war klar geworden, dass er nicht mit den anderen zusammen ins Dorf gehen wollte. Selbst die kurze Strecke wollte er reiten. Rebecca wusste, warum er das tat. Er wollte den anderen zeigen, dass er noch immer auf sie herabblickte. Nun eilte er mit großen Schritten an ihr vorbei, als wäre sie überhaupt nicht da. Ihr Verhältnis war mehr als unterkühlt.

Rebecca blieb kurz vor dem Schlafzimmer von Konstantins Mutter stehen. Die Gräfin weigerte sich mitzukommen. Sie erkannte die neue Regierung nicht an. Auch wenn diese ihr anbot, zum ersten Mal in ihrem Leben wählen zu dürfen, lehnte sie das rundweg ab. Nikolaus hatte versucht, sie vom Gegenteil zu überzeugen. Er hatte in den letzten Tagen ständig auf sie eingeredet, dass sie doch gerade mit ihrer Stimme dazu beitragen könne, die alte Ordnung wiederherzustellen. Feodora weigerte sich. Ganz sicher wollte sie nicht neben Rebecca oder Bauern und Arbeitern in einer Wahlkabine stehen. Für sie war es undenkbar, dass ihre Stimme nur als eine von vielen anderen gezählt wurde.

Konstantin und Alexander standen auf, als Rebecca den Salon betrat. Konstantin war seit Wochen schlechter Laune. Er hatte vage etwas über Schulden des Gutes gesagt. Rebecca hatte die Vermutung, er wolle ihr das bevorstehende Ereignis, auf das sie sich so sehr freute, nicht vermiesen. Aber es schien keine Kleinigkeit zu sein, um die es ging. Offenbar ließ sich das Loch in der Schatulle nicht mit ein paar verkauften Schweinen stopfen.

Sie zogen sich ihre Mäntel über und gingen. Am Fuße der Freitreppe warteten schon die Dienstboten. Gemeinsam würden sie nun nach Greifenau gehen. Wiebke war noch nicht alt genug. Das Wahlalter war zwar von fünfundzwanzig auf zwanzig gesenkt worden, aber sie würde erst im Laufe des Jahres zwanzig. Aber Eugen, Paul und Kilian, Ida und Bertha, Frau Hindemith, Mamsell Schott und Herr Caspers standen unten bereit.

Rebecca fragte sich für einen Moment, wen sie wählen würden. Tatsächlich wusste sie nur von den Grafensöhnen, wem diese ihre

Stimme geben würden. Konstantin wollte die DDP, die Deutsche Demokratische Partei wählen, genau wie Alexander. Die Partei forderte individuelle Freiheit und gleichzeitig soziale Verantwortung.

Nikolaus würde natürlich die DNVP wählen. Die neu gegründete Deutschnationale Volkspartei war ein Sammelbecken rechter und revisionistischer Parteien. Sie vertrat politische und wirtschaftliche Interessen der Adeligen, wollte das Dreiklassenwahlrecht wieder einführen und die Monarchie zurück an die Macht bringen. Die bürgerliche Regierung versprachen sie aus dem Amt zu jagen.

Doch wen würden die Bediensteten wählen? Rebecca machte keinen Hehl daraus, dass sie die MSPD, das größere Lager der gespaltenen SPD, wählen würde. Und nach dem, was vor einigen Tagen passiert war, konnte sie sich wirklich nicht vorstellen, dass auch nur einer der Dienstboten die USPD, die ja gerade die Arbeiter- und Bauernräte befeuerte, wählen würde. Die Kommunisten, erst Anfang des Monats gegründet, waren erst gar nicht zur Wahl angetreten, weil sie die parlamentarische Demokratie ohnehin ablehnten.

Stolz schritt sie die Freitreppe herunter und stellte sich zu der Mamsell und der Köchin. »Ein großer Tag für uns, oder? Gerade für uns Frauen!«

Die Mamsell nickte zustimmend und auch die Köchin lächelte.

»Kommen Sie. Wir gehen zu dritt voran.«

Sie liefen ein paar Meter, als Mamsell Schott das Wort ergriff.

»Wir hätten da eine Frage. Wieso wird die verfassungsgebende Versammlung eigentlich in Weimar tagen? Wieso nicht in Berlin?«

»Nach all den Unruhen und Übergriffen ist es dort gerade nicht sicher genug. Unsere erste demokratisch gewählte Regierung soll doch nicht durch irgendwelche Streiks, Demonstrationen oder Schlimmeres an ihrer Arbeit gehindert werden.«

»Ja, aber wieso ausgerechnet Weimar?«, schob die Köchin hinterher.

Rebecca musste einen Moment nachdenken. »Ich denke, wegen Goethe und Schiller. Die Regierung wollte wohl ein Zeichen setzen. Ein Zeichen, dass die Republik im humanistischen Geist steht und das Gespenst des Militarismus des Kaiserreiches beendet ist.«

»Ah«, kam es verständig aus den Mündern der beiden Frauen.

In Greifenau wurden sie von den Dorfbewohner mit Argusaugen beobachtet. Das leer stehende Schulgebäude wurde als Wahllokal genutzt. Rebecca fühlte sich merkwürdig, als sie nun den Klassenraum betrat. Hier sah nichts mehr nach Unterricht aus. Alle Tische und Stühle waren in einer Ecke aufgetürmt. Sie war hier nicht mehr Hausherrin. Bisher gab es keinen Ersatzlehrer oder -lehrerin. Was für eine Schande.

Die kleine Wahlkommission bestand aus drei Männern und einer Frau. Rebecca nannte ihren Namen, wurde auf einer Liste abgehakt und bekam einen Wahlzettel.

Als sie mit ihrem Stimmzettel und dem Kuvert in den kleinen, mit einem Vorhang abgetrennten Bereich trat, schossen ihr die Tränen in die Augen. Sie durfte wählen! Es war endlich soweit – sie durfte tatsächlich als Frau wählen.

Sie legte den Wahlzettel auf ihr altes Pult und griff zur Feder. Schniefend setzte sie ihr Kreuz. Für eine bessere Welt, dachte sie. Für eine bessere Welt. Der Krieg war endlich beendet. Aber der Preis, den sie für die Demokratie zahlten, war verdammt hoch und blutig.

Anfang Februar 1919

Endlich hatten sich die Straßen Berlins beruhigt. Heute wollte Katharina zum ersten Mal wieder nach Julius suchen. Seit Weihnachten hatte sie kaum noch das Haus verlassen. Wenn überhaupt, war sie mit den Kindern spazieren gegangen, damit sie wenigstens einmal am Tag rauskamen. Morgens brachte sie Isolde zur Schule, holte sie am Mittag ab. Auf dem Rückweg erledigten sie eilig die notwendigen Einkäufe.

Anfang Januar hatte sie die Kleine für einige Tage überhaupt nicht zur Schule gebracht. In den Tagen des Spartakusaufstandes hatte der Arzt ihnen verboten, vor die Tür zu gehen. Sie hatten von dem gelebt, was sie zu Hause gehabt und was die Patienten ihnen an Naturalien statt an Geld gezahlt hatten. Selbst die kurzen Spaziergänge waren gestrichen worden. Stattdessen hatte sich Katharina mit den Kindern ans offene Fenster gesetzt, wenn gerade die Sonne für zwei Stunden ins Zimmer schien. Das hatte reichen müssen.

Nach der Blutweihnacht herrschte tagelang völliges politisches Chaos, auch wenn es auf der Straße relativ ruhig blieb. Das war um Neujahr gewesen. Dann rief der Revolutionsausschuss aus linken SPDlern und Kommunisten zum Generalstreik auf. Eine halbe Million gingen für Frieden und Einigkeit auf die Straße, und nicht nur in Berlin.

Katharina wollte zwar nicht mit demonstrieren, aber sich doch das Spektakel nicht entgehen lassen. So etwas hatte sie in Hinterpommern noch nie gesehen. Außerdem hoffte sie, so endlich wieder mit den Kindern an die frische Luft zu dürfen. Doch obwohl bis dahin alles friedlich verlief, verbot der Arzt Katharina, auf die Straße zu gehen. Wie sich im Nachhinein herausstellte, war das auch gut so gewesen. Denn bald kam es zu kleineren Feuergefechten. Und ab dem 5. Januar nahmen die Januaraufstände Fahrt auf.

Monarchistische Freikorps kämpften gegen linke Revolutionäre. Die Situation eskalierte vollkommen. Es wurden Barrikaden errichtet. Im besetzten Zeitungsviertel und in den Arbeiterbezirken Berlins fanden blutige Straßenschlachten statt. Auch direkt vor Katharinas Haustür. In der Nacht zum 11. Januar klopfte es laut an der Tür. Katharina war oben bei den Kindern. Als Doktor Malchow die Tür öffnete, entstand ein großer Tumult. Katharina drängte die Kinder wieder zurück in ihre Zimmer. Isolde kümmerte sich um die kleine Rosalinde, die weinte. Katharina blieb oben am Absatz stehen und horchte ins Treppenhaus, während sie sich schnell etwas anzog. Und tatsächlich, es dauerte keine zwei Minuten, da wurde sie vom Arzt gerufen.

In der Praxis standen mehrere Männer herum. Auf der Pritsche lag jemand, verwundet und voller Blut. Als Katharina näher trat, erschrak sie. Das war kein Mann, das war ein Junge, höchstens zwölf Jahre alt. Sie blickte die Männer an.

»Wie können Sie ein Kind hinter die Barrikaden lassen?«, schnauzte Katharina sie an.

»Haben wir gar nicht. Er wollte im Dunkeln Milch holen gehen. Weil er dachte, da sei es geschützter. Eine verirrte Kugel …«

»Verirrte Kugel?«

»Katharina!« Der Arzt brauchte sie. Er hatte schon die Brust freigelegt und das Besteck, um die Kugeln zu entfernen, parat gelegt. »Die Klammern. Halten Sie die Haut auseinander. Hier … und dort.«

Sie hatte in den letzten Wochen mehr gelernt als nur kochen.

Der Junge stöhnte. Er musste furchtbare Schmerzen haben. Die Kugel hatte ihn direkt in die Brust getroffen.

Katharina lächelte dem Jungen aufmunternd zu. »Komm schon. Du bist tapfer … Du schaffst das.«

Ein dumpfes Stöhnen entwich seinem Mund.

»Hab sie.« Doktor Malchow ließ die Kugel in eine Metallschale fallen. Es klackte kurz.

Katharinas Blick traf sich mit seinem. Der Arzt presste den Mund zusammen. Kein gutes Zeichen, wie sie mittlerweile gelernt hatte. Trotzdem wendete sie sich dem Jungen hoffnungsvoll zu. »Na siehst du. Schon vorbei.«

Sie strich ihm über die verschwitzten Haare und hielt ihm die Hand. »Deine Mutter wird gerade geholt.«

Er atmete zischend durch die Zähne. Spuckeblasen bildeten sich vor seinem Mund. Tränen liefen ihm links und rechts die Schläfen hinab. Er schaffte es nicht einmal mehr zu nicken. Sein Blick hielt ihren nicht mehr fest, wanderte durch den Raum. Dann kippte sein Blick ins Leere. Er war tot.

»Nein!« Sie rüttelte seine Hände. Tätschelte seine Wange. »Junge … komm … Komm, sag was.«

Er rührte sich nicht mehr.

»Fräulein Katharina!«

Sie schaffte es nicht, seine Hand loszulassen.

»Katharina«, sagte Doktor Malchow und packte sie sanft an ihren Schultern. »Lassen Sie ihn.«

»Ich kann … nicht …«

»Sie können nichts mehr für ihn tun.«

Sie blickte auf ihre Hand, die sich um die schmutzigen Finger des Jungen krallten. Erschrocken ließ sie los. Nur für einen Moment war ihr klar, dass sie ihm gar nicht mehr wehtun konnte.

»Er wollte nur … Milch holen.« Endlich schaffte Katharina es, sich von ihm zu lösen.

Doktor Malchow legte die Arme über dem mageren Körper zusammen. Erstarrt schaute sie ihm dabei zu. Die Früchte der Revolution. Wem sollte sie die Schuld geben? Einerlei, er war tot. Und vermutlich würden ihm noch viele folgen. Jetzt war Katharina mehr als froh, in den letzten Tagen doch zu Hause geblieben zu sein.

Einen Tag darauf rückten noch mehr republikfeindliche Freikorps in die Stadt ein und gingen extrem brutal vor. Man hatte einen Erschießungsbefehl erteilt, der alle bewaffneten Bürger für vogelfrei erklärte. Die Truppen mordeten nach Gutdünken. Niemand war mehr sicher. Katharina hatte recht gehabt: Der Junge war nur einer von vielen Hundert unschuldigen Toten. Zu Dutzenden wurden Leute standesrechtlich erschossen, selbst wenn sie sich vorher ergeben hatten. Eine unheilige Zeit. Auf der Straße wimmelte es wieder von Soldaten, vor allem die, die weiße Armbinden trugen. Der Aufstand war innerhalb von wenigen Tagen in sich zusammengebrochen.

Doch der Tod des Jungen hatte Katharina das Fürchten gelernt. Eine verirrte Kugel war schnell. Dagegen gab es keine Medizin. Das erste Mal, dass Katharina wieder auf die Straße ging, war am 19. Januar. Sie begleitete den Arzt zum Wahllokal. Vor dem Bezirksrathaus bekam sie Angst. Hier waren so viele Leute auf der Straße. Frauen, viele Frauen waren dort. Aber jeder spürte die Unruhe. Wo immer es Menschenansammlungen gab, tauchten schnell Gewehre und Maschinengewehre auf. Die ganze Zeit schaute sie sich auf der Straße um, ob nicht irgendwo Bewaffnete auftauchten. Doktor Malchow schickte sie mit den Kindern wieder nach Hause. Katharina war neugierig auf das Wahllokal gewesen. Zu gerne hätte sie gesehen, wie eine Frau wählte, aber unter diesen Umständen war es ihr lieber, im Haus zu bleiben. Sie selbst durfte noch nicht wählen. Selbst wenn sie ihren Wohnort schon in Berlin angemeldet hätte, was nicht der Fall war, wäre sie noch zu jung gewesen.

Die Wahlbeteiligung war ungewöhnlich hoch. Dreiundachtzig Prozent aller Wahlberechtigten wählten, bei den Frauen sogar über neunzig Prozent. Die MSPD gewann die Wahlen haushoch und musste trotzdem eine Koalition eingehen mit der katholischen Zentrumspartei und der Deutschen Demokratischen Partei. Anfang Februar trat im Weimarer Nationaltheater die erste frei gewählte demokratische Regierung Deutschlands zusammen.

Es blieb alles ruhig und am Sonntag nach der Wahl wollte Katharina endlich wieder nach Julius suchen. Doch das Wetter war schlecht, und außerdem warnte Doktor Malchow sie. Wer wusste schon, ob es nicht wieder Aufstände gegen die neue Regierung geben würde. Sie war zu Hause geblieben.

Doch heute, nur einen Sonntag später, brach sich ihre Unruhe den Weg. Sie musste nach Julius suchen, auch wenn sie nur noch wenig Hoffnung hatte. Mittlerweile waren mehr als zwei Monate ins Land gegangen, in denen er nicht zu Hause aufgetaucht war. Ganz sicher hätte er in der Zwischenzeit seiner Mutter Bescheid gegeben, wenn es ihm möglich gewesen wäre. Katharina war nahe dran aufzugeben. Aber wenn sie Julius aufgab, was blieb ihr dann? Ein Leben in Armut.

Sie zog sich dick an und ging zur nächsten Haltestelle. Immer noch schien es sicherer, das Zentrum der Stadt möglichst schnell zu durchqueren. Sie stieg in der Nähe des Halleschen Tors aus der Grünen Linie. Als sie den Landwehrkanal überquerte, musste sie daran denken, dass man erst vor einem Monat Karl Liebknecht, eines der bekanntesten Gründungsmitglieder der KPD, aus dem Kanal gefischt hatte. Tot. In den Rücken geschossen.

Ungeduldig beschleunigte sie ihren Schritt. Es war nicht mehr weit bis zum Krankenhaus. Als sie die Straßenseite wechselte, kam sie direkt an einer Galanterie vorbei. Sie blieb stehen. Die Auslagen im Schaufenster erschienen ihr wie ein Traum von einem anderen Leben. Puderdosen, chinesische Fächer, Bänder aus Samt und Seide, Parfum-Flakons und Haarkämme. Das Geschäft war nicht annähernd so elegant und teuer wie das, das sie vor dem Krieg mit Mama in der Friedrichstraße betreten hatte. Und trotzdem, all diese Dinge gehörten nicht mehr zu ihrem Leben. Und ob sie je wieder zu ihr gehören würden, war zweifelhaft.

Das Krankenhaus am Urban im Bezirk Kreuzberg war riesig. Aber mittlerweile war sie an große Gebäude gewöhnt. Sie trat zum Haupteingang hinein und ging zum Empfang. Eine ältere Dame saß dort hinter einem großen Buch, in dem vermutlich alle

Menschen eingetragen waren, die derzeit hier im Krankenhaus lagen.

Katharina begrüßte sie höflich und fragte dann nach Julius Urban.

»Urban? So wie unser Krankenhaus heißt?«

Katharina nickte.

Sofort machte die Dame ihre Hoffnungen zunichte. »Ich kann mal nachschauen, aber ich glaube nicht, dass wir einen Patienten mit dem Namen hier haben. Das wäre mir sicherlich im Gedächtnis geblieben. Auf welcher Station soll er denn liegen?«

»Ich weiß es nicht. Er ist verschwunden, schon am 8. oder 9. November.«

»Verschwunden?«

Katharina nickte. Schon hatte sie sein Foto hervorgeholt, aber die Frau mit den gräulichen Haaren schüttelte nur ihren Kopf.

»Ich bekomme die Patienten in den allerseltensten Fällen zu Gesicht. Ein Foto nutzt mir gar nichts. Wenn Sie wüssten, wieso er eingeliefert wurde, könnte ich mich auf der entsprechenden Station erkundigen.«

»Ich kann nur vermuten, dass er irgendwo verletzt wurde und dann eingeliefert worden ist.«

Jetzt ging es der Frau endlich auf. »Ach, dann sind Sie sich gar nicht sicher, ob er hier liegt?«

»Nein. Ich suche in allen Krankenhäusern nach ihm.«

Die ältere Frau sah sie mitleidig an. »Im November also.«

Sie sagte es nicht, aber Katharina wusste es auch so. Es bestand nicht viel Hoffnung. Aber immerhin war er nicht in den Tagen der Weihnachtsunruhen oder des Spartakusaufstandes im Januar verschwunden. Dann wäre Katharina sich sicher gewesen, dass Julius tot war. Doch wenn sie die Hoffnung aufgab, dass er lebte, dann gäbe sie auch die Hoffnung auf, mit ihm ein besseres Leben führen zu können. Sie wusste nicht, was ihr der größere Antrieb war – ihre Angst, weiter in Armut leben zu müssen, oder ihre Liebe.

Sie beobachtete, wie die Frau mit ihrem Zeigefinger über die Listen flog. Sie blätterte mehrere Seiten um, griff sogar noch einmal zu einer separaten Liste, doch dann schüttelte sie mitleidig den Kopf. »Es tut mir leid.«

Katharinas Stimme war ganz leise. »Ich danke Ihnen trotzdem.«

Sie ging ein paar Meter weiter in die Empfangshalle. Ihr Blick fiel auf Julius' Foto. Was, wenn er schon seit vielen Wochen tot war? Sie wollte es nicht glauben. Sie durfte es nicht glauben!

»Fräulein.« Die Stimme drang leise an ihr Ohr. »Fräulein.«

Katharina drehte sich um. Die Grauhaarige stand und winkte sie zu sich.

»Mir ist noch eingefallen … Vielleicht … Wir haben noch eine Abteilung, in der bettlägerige Soldaten untergekommen sind. Die führen wir hier nicht in den Listen, weil sie nicht wirklich dem Krankenhaus zugeordnet sind. Dort sind Militärärzte, zumindest teilweise. Es sind auch Ärzte von uns, aber … Das ist ja auch egal. Wenn Sie rausgehen und sich dann links halten und einmal ums komplette Gebäude herumgehen, sehen Sie dort ein rotes Backsteingebäude, das viel niedriger ist. Ein Anbau. Fragen Sie dort doch noch einmal.«

Katharina blinzelte ihre Tränen weg. »Ich danke Ihnen. Das ist sehr freundlich von Ihnen.«

»Wissen Sie, ich habe zwei Söhne verloren.«

»Das tut mir sehr leid.«

Die Dame nickte nur und setzte sich wieder. Es gab ja auch nicht wirklich viel darüber zu sagen. Millionen waren in diesem Krieg gestorben.

Katharina verließ das große Gebäude und lief wie angegeben drum herum. In dem kleinen Anbau gab es keinen Empfang.

Links und rechts waren Büros, und dahinter konnte sie schon ein großes Zimmer ausmachen, in dem Feldbetten aufgestellt waren.

Aus einem der Büroräume schoss eine Frau in einem weißen Kittel heraus.

»Schwester. Bitte warten Sie.«

Die Frau drehte sich um. Sie wirkte müde, aber auch erbost. »Mein Name ist Doktor Classen. Ich bin Ärztin!«

»Oh«, stieß Katharina überrascht aus. Sie hatte noch nie eine richtige Ärztin kennengelernt. »Das ist ja fantastisch. Ich will auch Ärztin werden.«

Das Gesicht der Frau erhellte sich. »Na dann viel Glück. Ist wahrlich kein Zuckerschlecken.« Dann entspannte sie sich etwas. »Wie kann ich Ihnen helfen?«

»Ich suche meinen Verlobten. Er ist verschwunden.« Schon hielt sie ihr das Foto hin. »Julius Urban … aus Potsdam.«

»Urban, wie unser Krankenhaus?«

»Ja, genau.«

Sie schaute auf das Foto und dann griff sie danach. Sie runzelte ihre Stirn, als würde sie angestrengt nachdenken müssen, dann gab sie ihr das Foto zurück.

Gerade als Katharina sich bedanken wollte, sagte sie: »Also Julius Urban heißt er. Ich hab ihn nicht direkt erkannt. Dann haben Sie Ihren Verlobten gefunden. Aber ich sag Ihnen gleich, er hat eine schwere Zeit durchgemacht.«

»Er ist hier?«, schrie Katharina spitz aus.

»Ja, kommen Sie mit.«

Katharina keuchte vor Aufregung. Atemlos folgte sie der Ärztin durch den ersten Raum. Einige der Männer schauten auf. Viele Gesichter waren nicht mehr zu erkennen, zerfetzt von monströsen neuartigen Waffen. Andere Männer waren blind geworden durch Gas, wieder andere waren fast komplett einbandagiert. Es kam ihr vor, als würde sie durch ein Gruselkabinett laufen. Stumpfe Gesichter, aus denen jede Hoffnung gewichen war.

Vor einer zweiten Tür blieb die Ärztin stehen. »Sie sollten eins wissen: Er wurde ohne Papiere eingeliefert, bewusstlos, mit einer schweren Kopfverletzung. In den Wochen darauf hat er immer wieder das Bewusstsein verloren. Vielleicht war er auch nur apathisch. Ich kann es nicht genau sagen, weil ich ihn nicht durchgehend betreut habe. Auf jeden Fall war sein Sprachzentrum lange gelähmt. Er konnte nicht reden. Seit einigen Wochen spricht er wieder, aber nicht besonders gut. Und er scheint gravierende Erinnerungslücken zu haben. Immer noch. Was nicht ungewöhnlich ist bei einer schweren Kopfverletzung. Er hatte auch Schluckbeschwerden und konnte nicht alleine essen. Zudem hatte er zwischendurch eine Grippe.«

Katharina erschrak: »Die Spanische Grippe?«

»Vielleicht, aber er hat Glück gehabt. Er hat die Grippe überlebt, aber es geht ihm trotzdem nicht gut. Noch immer ist er apathisch, und mittlerweile sehr schwach … Wie Sie gleich sehen werden.« Sie stieß die Tür zum Raum dahinter auf und ging hinein.

Die Luft war abgestanden, und es war relativ dunkel. Hier gab es keine Soldaten, die in ihren Betten saßen. Alle lagen hier, als würden sie auf den Tod warten. Katharina erschrak sich furchtbar. Endlich hielt die Ärztin vor einem Bett an.

Katharina trat näher. Ihr Herz blieb fast stehen bei dem Anblick. Das war Julius, ihr Julius. Aber er sah nicht mehr aus wie ihr Julius. Die Haut spannte sich über seine Wangenknochen. Die geschlossenen Augen lagen in dunklen Höhlen. Bleich, fahl, abgemagert bis auf die Knochen, kaum noch Mensch. Ein Stich fuhr ihr ins Herz. Was für ein schrecklicher Anblick. Sie konnte kaum hinschauen.

Vorsichtig nahm sie seine Hand, während sie sich neben das Bett kniete. Nur noch Haut und Knochen. »Julius? Julius!« Tränen traten ihr in die Augen.

»Er wird vermutlich nicht reagieren. Er ist sehr schwach.«

Sie streichelte über seine Wange. »Julius?« Sie konnte ihr Weinen nicht mehr zurückhalten. Ihr Körper schüttelte sich unter ihren Schluchzern.

Plötzlich machte Julius den Mund auf und zu. Katharina sah, dass auf dem Nachttisch eine Schnabeltasse mit Tee stand. Sie packte Julius unter den Armen und hob ihn etwas an. Er war so leicht, dass sie ihn mit einem Arm halten und ihm mit der anderen Hand die Tülle des Schnabelbechers hinhalten konnte. Julius trank gierig.

»Er hat Durst. Wieso gibt ihm keiner was? Er kann es doch nicht alleine!«, sagte Katharina vorwurfsvoll. Sie ließ Julius zurück ins Kissen gleiten, nachdem er den Tee komplett ausgetrunken hatte. Wütend wischte sie sich die Tränen weg.

»Wieso kümmert sich hier niemand um die Männer?«

»Zu wenig Personal, zu wenige Mittel. Die, die hier liegen, haben keine Angehörigen mehr.«

»Oder niemand hat sie bisher gefunden. Julius hat sehr wohl Angehörige.«

»Ich weiß, Sie sind wütend. Und zu Recht, aber es ist nicht meine Schuld. Die Regierung kümmert sich zu wenig um die Versehrten, die Krüppel, um die Blinden. Es gibt Geld, aber eben nicht genug. Wir tun, was wir können, aber das Geld wird eher für die … hoffnungsvollen Fälle verwendet.«

Katharina starrte sie an. Vermutlich hatte sie recht. Sie setzte sich neben Julius auf die Bettkante und streichelte ihn geduldig. So lange hatte sie ihn nicht mehr gesehen, doch jetzt war sofort die Wärme wieder da. Das Gefühl, das sie miteinander verband. Doch sie dachte nicht an Liebe. Sie dachte daran, wie lange sie darauf gehofft hatte, dass er sie rettete. Doch nun war sie es, die ihn retten musste.

»Ich hätte früher kommen müssen, viel früher. Schon der Name war ein gutes Omen«, schalt sie sich nun.

»Nun … ich weiß nicht.«

»Ich hab ihn doch gefunden.«

»Vielleicht ist er für Sie ein gutes Omen, für Ihren Verlobten eher nicht.«

»Wieso?« Katharina schaute sie an.

»Immer, wenn er kurz bei Bewusstsein war, haben wir ihn gefragt, wie er heißt. Wo er herkommt. Einmal oder zweimal hat er es sogar gesagt … Urban. Niemand ist auf die Idee gekommen, dass es sein Name ist. Wir dachten, er meint dieses Krankenhaus.«

Ein Schaudern ging durch Katharinas Glieder. Er hätte schon längst wieder in Sicherheit sein können. Was für eine Tragödie. Dann hatte der Name des Krankenhauses, Urban, ihm Unglück gebracht, und ihr das Glück, ihn endlich wiedergefunden zu haben. Sie legte seine Hand an ihre Wange. Das durfte doch alles nicht wahr sein. Er lag hier, abgeschoben, um zu sterben.

»Wissen Sie, seine Eltern sind reich. Ich meine, wirklich reich.«

Die Ärztin schaute sie unergründlich an. »Manchmal hilft einem alles Geld der Welt nicht.«

Katharina ließ ihren Blick durch den Raum wandern. »Hätte er nicht hier irgendwo zwischen all den anderen gelegen, hätte er vermutlich doch keine Spanische Grippe bekommen.«

»Da haben Sie recht. Aber … ich kann erst etwas unternehmen, wenn … wenn. Es wird etwas kosten, wenn wir ihn in ein normales Zimmer im Krankenhaus bringen wollen. Erst müssten seine Eltern etwas Geld hinterlegen.«

»Ich kann sie anrufen. Jetzt gleich.«

»Sie haben einen Fernsprechapparat zu Hause? Die Familie scheint ja wirklich begütert zu sein.«

»Das sind sie. Wenn sie zu Hause sind, dann kommen sie sicher sofort. Sie wohnen in Potsdam, in einer großen Villa. Gibt es hier einen Fernsprechapparat, den ich benutzen darf?«

»Sie nicht, aber ich kann mich verbinden lassen. Kommen Sie.«

Wenige Minuten später stand Katharina in einem kleinen Raum im Hauptgebäude. Zwei Frauen saßen dort vor einem modernen Tischfernsprecher mit Wählscheibe zum Selbstwählen. Die Damen wählten bei Bedarf die entsprechenden Nummern, warteten auf Anrufe beziehungsweise überbrachten Nachrichten oder holten Ärzte, wenn jemand anrief.

Katharina diktierte der einen Telephonistin die Nummer, die sie auswendig konnte.

»Das ist aber nicht mehr Berlin. Potsdam, das ist ein Ferngespräch. Das muss ich anmelden.«

Aufgeregt wartete Katharina neben der Ärztin, während das Gespräch beim Fernamt angemeldet wurde. Es dauerte einen Moment, dann plötzlich sagte die Telephonistin: »Einen Moment bitte, ich übergebe den Apparat.« Dann reichte sie der Ärztin den klobigen Hör- und Sprechteil des Apparates.

»Hier ist Frau Doktor Classen, vom Krankenhaus am Urb… in Kreuzberg. Bin ich verbunden mit Familie Urban? … Ja bitte, ich möchte mit Frau Urban sprechen. Eleonora Urban. Ist sie da?«

Frau Doktor Classen reichte Katharina das schwere Hörerteil. »Das Dienstmädchen holt sie.«

Katharina lauschte auf die Schritte. Dann hörte sie die Stimme von Julius' Mutter. »Ja, hallo, Eleonora Urban am Apparat.«

»Ich hab ihn gefunden.«

»Fräulein Katharina, sind Sie das?«

»Ja. Ich hab Julius gefunden.«

Die Frau sog laut den Atem ein. »Lebt er?«

»Ja, so gerade noch. Kommen Sie mit Ihrem Mann sofort nach Kreuzberg, zum Krankenhaus am Urban. Wenn Sie davorstehen, rechts herum und hinten in den Anbau hinein. Und bringen Sie Geld mit.«

»Wir kommen, so schnell es geht ... Und Fräulein Katharina ... Das werde ich Ihnen nie vergessen. Wir stehen tief in Ihrer Schuld.«

»Kommen Sie einfach.« Katharina reichte der Telephonistin den Hörer zurück.

Zum ersten Mal huschte ein Lächeln über das Gesicht der Ärztin. »So, Fräulein ...?«

»Auwitz. Katharina Auwitz.«

»Fräulein Auwitz, jetzt schauen wir mal, was wir für Ihren Verlobten tun können.«

Katharina fragte sich gerade, warum in aller Welt nicht schon längst alles in die Wege geleitet worden war, wenn man doch noch was tun konnte. Dann sah sie, wie die Telephonistin ihr einen Zettel reichte. Ein Geldbetrag war dort notiert.

»Das müssen Sie bitte vorne an der Kasse zahlen.«

Drum ging es. Alles kostete Geld, und hier wurde nichts extra gemacht für jemanden, der nicht dafür zahlen konnte. In dieser Welt kannte sie sich mittlerweile auch aus.

7. Februar 1919

Konstantin lockerte seinen Hemdkragen. »Ich bin doch sicherlich nicht der Einzige, der in dieser Situation ist! Sie können doch nicht alle verschuldeten Güter verkaufen. Das Land. Unsere Bevölkerung, die Menschen müssen doch zu essen haben. Wer soll denn die Güter bestellen, wenn nicht wir?«

Der Mann, einer der leitenden Bankangestellten, lehnte sich in seinem ledernen Sessel nach hinten. »Mir sind doch selbst die Hände gebunden. Glauben Sie nicht, solche Gespräche würden mir Spaß machen.«

Papa hatte immer mit dem Leiter des Kreditinstitutes verhandelt. Doch der ließ sich nicht blicken. »Was soll ich denn jetzt machen? Ich kann nicht einfach die Hände in den Schoß legen und abwarten. Ich muss Leute bezahlen. Ich muss Saatgut kaufen. Dünger.«

»Ich kann Sie wirklich gut verstehen. Auch ich finde die ganze Situation … unzumutbar.« Der dickliche Mann mit dem buschigen Schnauzbart trank einen Schluck Wasser aus dem Glas, das neben ihm stand. Konstantin konnte sehen, wie ihm sichtlich unwohl war.

»Graf von Auwitz-Aarhayn …« Seine schweißigen Hände lagen auf einer braunen Pappmappe. Er öffnete sie ein wenig, schloss sie sofort wieder und ließ seine Hand darauf liegen. »Wir haben hier … Ich kann Ihnen … einige … Kaufinteressenten.«

»Sie wollen, dass ich das Gut sofort verkaufe?« Die Augen sprangen Konstantin fast aus dem Kopf. Das konnte doch alles nicht wahr sein.

»Natürlich nur …«, stotterte der Mann ihm gegenüber. »Wenn Sie natürlich Ihre Angelegenheiten anders gütlich regeln können … Mir wäre es auch lieber … wenn ein solcher Schritt nicht nötig wäre. Vielleicht … wenn Sie nur genug Hufe Land verkaufen …«

»Ich darf doch gar keine Teile des Gutes veräußern. Das ist mir rechtlich nicht möglich, selbst wenn ich es wollte, was ebenfalls nicht der Fall ist.«

»Stimmt ja auch wieder: die Fideikommiss, das unveräußerliche Familienguthaben.«

Noch galt das preußische Adelsrecht. Die Fideikommiss, das Vermögen, das von den jeweiligen Titelträgern nur in Obhut genommen wurde. Er durfte es mehren, er durfte es sogar beleihen oder es ging mit dem Titel auf jemand anderen über. Aber er durfte es nicht aufteilen.

Der Mann räusperte sich so heftig, dass sein Schnauzbart zitterte. »Die Zeiten ändern sich. Ganz bald werden auch die Fideikommisse aufgelöst. Aber jetzt … müssten Sie bald …«

»Dann kann ich oder jemand anderes mein Gut zerschlagen, so wie er es will.« Konstantin war aufgesprungen. Nichts hielt ihn mehr. Er lief in dem kleinen Büro hin und her. »Das ist Ihr Vorschlag? Ich soll mein Gut verkaufen, obwohl ich Ihrem Institut nur einen Teil des Wertes schulde?«

»Sie können natürlich gerne bei einem anderen Kreditinstitut … Vielleicht, wenn es Ihnen möglich ist … Ein anderer Kredit, mit dem Sie unsere Raten weiterhin bedienen können.«

Konstantin hätte laut auflachen wollen. Bei einer Bank in Stargard hatten sie ihm schon jede Kreditaufnahme verweigert. Die Bank in Berlin, die Papa einen so überaus großzügigen Kredit gewährt hatte, nachdem die Verlobung von Katharina mit Ludwig von Preußen in der Zeitung gestanden hatte, ließ sich ebenso wenig auf eine Aussetzung oder Verkleinerung der Raten ein. Nie und nimmer würde Konstantin von dieser Bank einen zusätzlichen Kredit bekommen. Er war doch gerade hier, um von seiner angestammten Hausbank, bei der schon sein Urgroßvater, sein Großvater und auch Papa fast alle ihre Geldgeschäfte geregelt hatten, Entgegenkommen zu erbitten. Lange Jahrzehnte loyaler Zusammenarbeit säumten ihren Weg. Doch das schien plötzlich alles vergessen.

Der Angestellte nahm seine Hand von dem Papierumschlag, auf dem sie einen dunklen Abdruck hinterließ. Konstantin glaubte ihm sofort, dass auch er dieses Gespräch nicht führen wollte. Jetzt holte er eine Liste hervor. Noch zögerte er, das Papier über den Schreibtisch zu reichen.

»Hier wären einige Interessenten, die wir für den Fall der Fälle zusammengetragen haben. Für den Fall, dass es für Sie infrage kommt, scheuen Sie sich bitte nicht, mit uns Kontakt aufzunehmen. Wir sind gerne bereit, in diesem Fall zu vermitteln. Provi… Provisionsfrei«, schob er nun eilig hinterher. Als wollte er nicht den Eindruck hinterlassen, dass die Bank an Konstantins Niedergang auch noch verdienen wolle.

Der Bankangestellte schaute ihn stumm an. Er packte seinen Mantel und warf ihn sich über.

Der Mann stand so schnell auf, dass sein Stuhl fast hinter ihm umfiel. »Ich würde mich wirklich sehr freuen, wenn Ihnen … noch eine andere Möglichkeit einfiele. Und wir demnächst auch wie in den letzten Jahren … mit Ihrem Herrn Papa … und … und …« Er streckte die Hand aus.

Konstantin griff zu der Liste, faltete sie unbesehen und steckte sie sich in die Manteltasche. »Ich werde Ihnen alsbald Bescheid geben, wie es weitergeht.« Schon rauschte er zur Tür hinaus.

Wie es weitergeht?! Wenn es weitergehen würde! Tatsache war, dass sie nichts mehr einkaufen konnten. Sie hatten die Rechnung des Krämerladens der letzten vier Monate nicht bezahlt. In zehn Tagen würde der Lohn der Bediensteten fällig, von dem Konstantin ebenfalls nicht wusste, wie er ihn auszahlen sollte. Auf ihren drei Bankkonten war überall nur ein Minus.

Auf Rebeccas Bankkonto lag noch etwas Geld, aber nein, was für eine Schande. Daran wollte er nicht gehen. Von seiner Frau zu leben. Pfui! Rebecca hatte es ihm diverse Male angeboten.

Konstantin eilte zur nächsten Straßenecke, und immer weiter. Stur und starr haftete sein Blick auf dem Pflaster vor sich. Dann plötzlich hielt er es nicht mehr aus. Er lief in eine kleine Gasse hinein. Abseits von der Hauptstraße, abseits von Leuten, die ihn kennen könnten. Er musste sich an einer Mauer abstützen.

Seine Hausbank war seine größte Hoffnung gewesen. Niemals hätte er gedacht, dass sie ihm einen zusätzlichen Kredit verweigern würden. Schlimmer noch, sie setzten nicht einmal seine Ratenzahlungen aus. Er riss sich den Hemdkragen fort. Ihm war heiß, als wäre es Hochsommer. Der Schweiß brach ihm aus.

Das konnte doch alles nicht wahr sein. Er würde das Gut verlieren. Das Gut zu verkaufen schien im Moment seine einzige Option. Wenn sie wenigstens noch etwas Geld hätten. Im Herbst konnten sie die Ernte verkaufen. Seine Arbeit war überlebensnotwendig für das Land. Sie ernährten die Stadtbevölkerung. Er gab den Pächtern Arbeit.

Die Pächter – sie würden ebenfalls ohne Lohn und Brot dastehen. Nun, vielleicht würde ja irgendein reicher Industrieller das Gut kaufen und den Gutsbetrieb einfach weiterlaufen lassen. Was sollte er denn sonst auch machen?

Schande und Scham überkamen ihn. Er würde der letzte Graf von Gut Greifenau sein. Sein Lebensglück hatte er mit dem Landgut verbunden. Und nach ein paar Monaten unter seiner Führung sollte er es verkaufen? Es war so ungerecht. Und so beschämend. Für einen Moment kam ihm in den Sinn, seinem Vater zu folgen. Am liebsten wollte er sich ebenfalls eine Waffe nehmen und sich erschießen.

War es das gewesen? Waren es die Schulden gewesen, die seinen Vater in den Tod getrieben hatten? Erst hatte er so viel gesoffen, bis er nicht mehr hatte denken können. Und dann hatte er sich erschossen, über die Erkenntnis, dass er es nicht retten konnte? Im Moment hielte Konstantin es nicht für unmöglich. Es sähe seinem Vater ähnlich, sich aus einer ausweglosen Situation einfach wegzustehlen, statt sie zu lösen. Doch so war er nicht. Er, Konstantin von Auwitz-Aarhayn, war ein Kämpfer. Er würde immer kämpfen. Ihm musste etwas einfallen. Irgendetwas.

Mit langsamen Schritten ging er zurück Richtung Hauptstraße. Ihm war übel. Denn eins wusste er genau: Schon bevor er sich nach Stettin aufgemacht hatte, hatte er jede einzelne auch nur im entferntesten sinnvolle Möglichkeit in Betracht gezogen. Es gab nichts mehr. Nichts, was das Gut retten würde. Er würde ein paar Schweine und ein paar Klafter Holz verkaufen können, um sich und die Bediensteten in den nächsten und vielleicht noch in den übernächsten Monat zu retten. Aber dann wäre er am Ende. Dann wäre all sein Hoffen und Sehnen vorbei. Er fühlte nach der Liste in seiner Manteltasche. Sein Herz brach, wenn er daran dachte, das in Erwägung ziehen zu müssen. Und doch wusste er, dass das vermutlich sein letzter Ausweg blieb.

Er würde es mit Rebecca besprechen müssen. Vielleicht nicht heute, nicht direkt nach seiner Rückkehr. Er brauchte noch ein paar Tage. Dann fiel ihm ein, dass eventuell der Moment kommen würde, da er Mama sagen müsste, dass er das Gut verkaufen müsse. Er würde als der Graf von Auwitz-Aarhayn in die Familienbücher eingehen, der das seit Generationen im Besitz stehende Landgut ruiniert hatte. Plötzlich drehte er sich um und lief wieder zurück in die Gasse, weil ihm das Frühstück hochkam.

22. Februar 1919

Nikolaus traute seinen Augen nicht. Caspers hatte ihn in den Salon gerufen, er habe Besuch. Als er nun sah, wer sich da zu ihm umdrehte und ihn anstrahlte, musste auch er lachen. Seit vielen Tagen endlich wieder.

»Haug von Baselt, du alter Haudegen. Was machst du denn hier?«

Haug kam ihm entgegen, riss ihn in seine Arme und klopfte ihm fest auf den Rücken. Sofort ließ er ihn wieder los.

»Ich bin auf dem Weg nach Hause. Von Berlin nach Ostpreußen, da führt mein Weg ja quasi an deiner Haustür vorbei.«

Nikolaus klingelte. Wehe, es kam jetzt niemand, wie ihm das schon ein paar Mal hier passiert war. Haug sollte keinen schlechten Eindruck bekommen. Doch tatsächlich stand Caspers gleich in der Tür.

»Bringen Sie uns Kaffee. Kaffee und Gebäck.« Nikolaus drehte sich wieder zu Haug. »Komm, setz dich. Möchtest du was anderes trinken? Was Stärkeres?«

Hauck nickte. Nikolaus trat an den Globus und schenkte zwei Gläser Obstbrand ein. Seit Vater tot war, war Nikolaus scheinbar der Einzige im Haus, der Alkohol trank. Wenn kein Besuch anwesend war, gab es nicht einmal mehr Wein zum Essen.

Gestern erst hatte er einen fürchterlichen Streit gehabt mit Konstantin, der ihm weiterhin seine Apanage verweigerte. Er hatte nie viel vom Sparen gehalten, deswegen waren seine Rücklagen ziemlich mager. Ein richtiger Soldat sparte nicht. Wenn man einen Beruf hatte, bei dem man jederzeit sterben konnte, was machte es da für einen Sinn zu sparen?

»Wie ist es dir ergangen, hier im zivilen Leben?«

Nikolaus gab ein unwirsches Geräusch von sich. Unmut über seine Nutzlosigkeit sprach daraus. »Ich würde jederzeit das Leben hier tauschen gegen ein paar Tage an der Front mit meinen Kameraden.«

Hauck nahm das Glas und trank einen Schluck. »Ja, so geht es uns allen. Den Aufrichtigen geht es so.«

»Ich weiß, was du meinst. Ich kann ihn kaum noch ertragen, den fragenden Blick der Leute: Warum habt ihr denn verloren? Wem will man erklären, dass wir gar nicht verloren haben!«

»Überall im Land macht sich dieses Pack breit. In Berlin und in Bremen.«

Nikolaus schüttelte den Kopf. »Unerträglich. Immerhin haben sie denen gezeigt, wo der Hammer hängt.«

»Solange dieses rote Pack um Lenin und Trotzki in Russland an der Macht ist, werden wir hier nicht zur Ruhe kommen. Ich habe gehört, die pumpen sehr viel Geld in die deutschen Soldaten- und Volksräte.«

»Das wundert mich gar nicht.« Nikolaus trank sein Glas leer und goss sich direkt nach.

»Wenn die Rote Garde der Russen erst mal geschlagen ist, wird sich auch die Lage hier in Deutschland beruhigen. Und sollten die Weißgardisten es schaffen, einen Verwandten des Zaren wieder an die Macht zu bringen, dann würde auch die Chance wachsen, dass unser Kaiser zurückkehren könnte.«

»Das sehe ich genauso.«

Haug trat an ihn heran. »Dann komm mit mir. Ich will zur Eisernen Brigade. In Berlin habe ich mich gemeldet. Die Meldestelle für Freiwillige wird geradezu überschwemmt. Hier, schau mal.« Er hielt ihm einen Zettel hin.

Nikolaus las: *Bescheinigung zur Erteilung der lettischen Staatsbürgerschaft und von 100 Morgen Land.* Gierig griff er nach dem Zettel. »Bekommen das alle?«

»Und noch einen ordentlichen Sold obendrauf. Du willst doch sicher dabei sein, wenn wir Riga zurückerobern.«

»Riga!« Die lettische Hauptstadt war wieder besetzt worden. Anfang Januar war der Kampf gegen die bolschewistischen Armeen endgültig gescheitert. In Riga war nun eine Räteregierung an der Macht. Mittlerweile hatten die Roten fast ganz Lettland erobert.

Da Nikolaus nicht antwortete, setzte Haug nach: »Und sei's drum, dass wenigstens Ostpreußen nicht in die Hände dieser

Schweine fällt. Wer hindert sie, sich weitere Gebiete zu nehmen, wenn nicht wir!« Seine Stimme war eindringlich. Er hatte Nikolaus an den Schultern gepackt, als wollte er ihn gleich jetzt mitschleppen. Doch dann ließ er ihn los.

Caspers trat mit einem Tablett herein. Er goss ihnen beiden Kaffee ein und verteilte Plätzchen auf zwei Tellerchen. Als er wieder draußen war, redete Haug weiter.

»Kaffee und Gebäck, das ist doch nichts für uns! Was sollen wir denn in einem solchen Leben? Kolonisten in Lettland – das ist was! Ich bin doch genau wie du nur der zweite Sohn. Holen wir uns das Land, das uns versprochen wurde!«

Nikolaus nickte stumm. Schon letzte Woche, als Hindenburg seinen Appell zum freiwilligen Ostschutz ausgerufen hatte, wäre er am liebsten sofort losgestürmt.

»Mein Vater … ist gestorben.«

»Mein herzliches Beileid.«

Nikolaus nickte. »Ich wäre schon längst weg, wenn nicht meine Mutter …« Er schüttelte den Kopf. Was redete er denn da?

»Was ist denn mit deinem ältesten Bruder? Er ist doch hier. Er kann sich doch um deine Mutter kümmern.«

»Konstantin hat die Dorflehrerin geheiratet.«

Haug riss seinen Oberkörper zurück, als hätte man ihn geschlagen. »Mann, das tut mir echt leid.«

Nikolaus schaute seinen Kameraden an. Es tat so gut, das zu hören. Haug wusste sofort, was seine Worte zu bedeuten hatten: Verrat. Verrat an seiner Klasse, an der Monarchie, am Kaiser.

»Wir fahren erst zu mir nach Hause. Du kannst dich irgendwo vor Ort registrieren. In Kurland oder wo auch immer.« Wieder packte er Nikolaus an der Schulter. »Für Deutschland. Für die Monarchie. Für uns!«

Nikolaus schluckte. Dann nickte er heftig. »Zu den Freikorps, im Baltikum.« Er sprach es aus, als wäre es etwas Heiliges.

Haug klopfte ihm fest auf die Schulter. »Ich wusste, dass du mitkommen würdest. Es gibt so viele, die sich nur einschreiben, um das Handgeld zu kassieren. Am nächsten Tag sind sie schon wieder weg. Und melden sich bei einem anderen Freikorps und machen dort das gleiche Spiel. Wir brauchen Leute, auf die wir uns verlassen können. Kerle wie dich.«

Nikolaus nickte begeistert.

»Die Sozis können Waffenstillstandsverträge unterzeichnen, wie sie wollen. Dieser Krieg ist noch nicht zu Ende. Dieser Krieg ist erst zu Ende, wenn unsere Träume wahr geworden sind. Land im Osten!«

Das war sein Ausweg aus seiner Misere. Die Siegermächte forderten, dass Deutschland militärisch abrüstete. Das bedeutete auch, dass die Armee extrem verkleinert werden sollte. Was sollte dann aus ihm werden? Er hatte nichts anderes gelernt. Soldat zu sein war sein Beruf. Ein Berufsstand, der nun fast ganz abgeschafft werden sollte. Was sollte aus einem Soldaten werden, wenn die Armee derart zusammengestutzt wurde? Verraten von den eigenen Leuten zudem noch.

Haug hob sein Glas. »Auf die Freikorps! Auf die Soldatenehre!«

Nikolaus stieß mit ihm an. Er durfte nicht zu viel trinken. Schließlich musste er noch packen. Jetzt galt es, keine Zeit mehr zu verlieren.

Anfang März 1919

Rebecca klopfte sich den Staub vom Kleid. Es war kalt, und ihre Finger waren klamm. Trotzdem war sie froh. Sie hatte den Fahrradreifen flicken können. Konstantin hatte ihr angeboten, Albert Sonntag könne es erledigen, aber das wollte sie nicht. Es war ihr Fahrrad. Und mittlerweile war sie eine Meisterin darin,

Reifen zu flicken. Der Reifen sähe aus wie die Schlachtfelder von Verdun, hatte Alexander gestern gescherzt. Rebecca fand den Vergleich zwar etwas unpassend, aber tatsächlich gab es kaum eine Handbreit Schlauch, die noch nicht geflickt war. Sie konnte froh sein, dass sie überhaupt noch ein fahrtüchtiges Rad hatte. Jetzt konnte sie den Kindern Fahrradfahren beibringen, zumindest den großen.

Sie stellte das Rad wieder in die Ecke und verließ die Remise. Noch bevor sie durch den Durchgang in der Hainbuchenhecke trat, hörte sie die Kinder vorn rumtoben.

»Bum Bum!« – »Ich schieß dich tot.« – »Ergib dich.« – »Knatta, knatta, knatta. Ich hab ein Maschinengewehr.« – »Du bist jetzt mein Kriegsgefangener.«

Die Brut des Krieges. Sie alle waren in den Krieg hineingeboren worden oder hatten die meiste Zeit ihres Lebens Krieg erlebt. Fahnen hissen war ihr Brot und Jubeln ihre Butter. Würde sie diese Kinder zu Demokraten erziehen können? Das musste sie, denn sie waren ihre große Hoffnung auf ein besseres Leben, die Waisen des Krieges.

Rebecca seufzte. Wenn wenigstens die alliierte Hungerblockade beendet werden würde. Hier auf dem Land war es nicht so schlimm, aber gestern hatten plötzlich zwei Kinder an der Tür gestanden. Ein zwölfjähriges Mädchen mit seinem sechsjährigen Bruder an der Hand, völlig ausgemergelt und entkräftet. Sie waren aus Stettin hierhergelaufen.

Anscheinend hatte eine Dorfbewohnerin aus Greifenau ihrer Freundin in der Stadt geschrieben, dass hier nun ein Waisenhaus aufgemacht worden sei. Rebecca fragte sich, was sie tun sollte, wenn das noch größere Kreise zog. Sie konnte hier nicht Hunderte Kinder aufnehmen. Konstantin war fuchsteufelswild geworden, als sie ihm von den beiden erzählt hatte. Sie hätten kein Geld, um zusätzliche Esser aufzunehmen. Natürlich hatte Rebecca die beiden nicht wieder weggeschickt. Aber sie würde dringend mit Frau Mannscheidt reden müssen, um zu überlegen, wie man das Problem strategisch angehen konnte.

Wieder seufzte Rebecca. So viele, so große Probleme. Und doch wollte sie nicht tauschen mit den Jahren davor. Es würde besser werden, ganz allmählich, in kleinen Schritten. Aber es würde besser werden. Sie würden in Frieden leben. Leben. Das war schließlich alles, was zählte.

Als sie ins Haus ging, sah sie gerade noch, wie Alexander die Treppe hochging.

Rebecca hatte letzte Woche mit ihm gesprochen. Er war nicht dazu zu bewegen, mit aufs Feld zu gehen. Stattdessen hatte er sich völlig in seine Musik zurückgezogen. Er wirkte totunglücklich. Erstaunlicherweise hatte er sich bereit erklärt, Klavierunterricht zu geben und den kleineren Kinder beim Lesen und Schreiben zu helfen. Immerhin. Sie fragte sich, was aus ihm werden sollte. Konstantin hatte ihr gesagt, dass er gerne Musik studieren würde. Sie wusste, dass es ihrem Ehemann schwer fiel, seinem Bruder diesen Wunsch nicht erfüllen zu können. Es war einfach kein Geld da. Es schien nicht gut zu stehen um das Landgut. Wie schlecht es wirklich stand, darüber ließ Konstantin sich nicht aus. Vielleicht begriff deshalb keiner der anderen, wie kritisch es war. Alexander musste sich einfach ein anderes Ziel suchen, aber dazu schien er nicht bereit. Zumindest noch nicht. Es tat ihr leid, ihren Schwager so unglücklich zu sehen. Immerhin suchte er sein Glück nicht im Krieg, wie ihr anderer Schwager.

Nikolaus war vor einer Woche von einem Tag auf den anderen abgereist. Er hatte wohl mit seiner Mutter gesprochen, aber weder Konstantin noch ihr Bescheid gegeben. Er war einfach morgens auf und davon mit einem Freund. Feodora hatte mit Alexander über Nikolaus' Pläne gesprochen, daher wussten sie nun auch Bescheid. Die ersten paar Tage, nachdem Nikolaus so überstürzt abgereist war, war sie ganz in Trauer versunken. Nun gab es niemanden mehr im Haus, der auf ihrer Seite war. Ihr letzter Verbündeter war weg. Das entspannte die Situation nicht gerade. Wenn sie sich blicken ließ, dann sprühte sie Gift.

Rebecca stand unten im Vestibül und blickte Alexander nach. Dann hörte sie Feodoras Stimme. Immerhin kam sie seit ein paar Tagen wieder zum gemeinsamen Essen hinunter.

»Alexander, was tust du?«

»Ich gehe nach oben. Ich gebe jetzt Klavierunterricht«, sagte er mit Stolz in der Stimme.

»Wozu sollten die Bälger Klavierspielen lernen?«

»Es sind zwei dabei, die ganz talentiert sind.«

»Du sprichst schon wie unsere Sozialdemokratin.« Feodora spie das letzte Wort verhasst aus.

»Du hast doch selbst gesagt, ich soll mich mehr engagieren.«

»Für das Gut, du Nichtsnutz. Für das Gut. Doch nicht für diesen verlausten Pöbel.«

»Ich habe Langeweile.«

»Alexander, ich verbiete es dir.«

»Jawohl, Mama.« Alexander drehte sich um und ging. Rebecca hörte eine Türe zuschlagen. Feodora war zurück in ihren kleinen Salon gegangen.

Alexander bemerkte sie unten im Vestibül, grinste spöttisch und hob entschuldigend die Schultern. »Ich hab einfach nicht die Nerven, jeden Tag die gleiche Diskussion zu führen.«

Dann ging er weiter und die Hintertreppe hoch. Hier würde seine Mutter ihn nicht abfangen. Nachdem Rebecca sich die Hände gewaschen hatte, hörte sie leises Klavierspiel von oben. Ihr ging es ebenso. Sie konnte und wollte mit Feodora nicht diskutieren. Es war völlig zwecklos.

In den ersten Tagen, nachdem ihr Gatte gestorben war, war Rebecca sehr nachsichtig mit ihr gewesen. Tatsächlich schien ihre Schwiegermutter froh gewesen zu sein, als Konstantin einen Tag nach dem Tod seines Vaters wieder ins Gutshaus eingezogen war. Zwar sprach sie auch kaum mit Konstantin, aber sie schickte ihn auch nicht fort.

Rebecca fragte sich tatsächlich, ob Adolphis von Auwitz-Aarhayn seiner Gattin überhaupt gesagt hatte, dass er Konstantin enterben wollte. Vielleicht, und das würde auch zu seinem Charakter passen, hatte er es einfach nur aus Wut gesagt und dann alles beim Alten belassen.

Doch allmählich, im Laufe des Januars, hatte Feodora sich gefangen. Sie bestand darauf, dass die Waisenkinder sich nur im alten Trakt und oben im Klassenzimmer aufhalten durften. Konstantin hatte es ihr versprochen und Rebecca besprach es mit den Kindern. Trotz alledem kam es immer wieder vor, dass gerade die Jüngsten sich auf die Empore im Vestibül verliefen.

Erst gestern hatte es einen unschönen Zusammenstoß zwischen der vierjährigen Mathilde und Feodora gegeben. Rebecca war gerade noch rechtzeitig gekommen, bevor ihre Schwiegermutter die Hand gegen das kleine Kind erheben konnte.

Jetzt war es Rebecca zu viel. Feodora hatte bisher keinerlei Rücksicht auf sie genommen. Sie hatte sie beschimpft und beleidigt. Aber wenn sie anfing, die Kinder zu schlagen, dann überschritt sie eine rote Linie.

Gestern Abend war Konstantin erst spät zurückgekommen. Mit Thalmann zusammen war er über die Felder geritten und hatte mit den Pächtern gesprochen. Das Verhältnis blieb schwierig. Erschöpft und müde war er ins Bett gefallen. Deswegen hatte sie gestern nichts mehr gesagt. Aber heute würde sie unbedingt mit ihm über das Verhalten seine Mutter reden. So ging das nicht weiter. Feodora musste endlich anerkennen, dass sie nicht mehr das Sagen im Haus hatte.

Es klingelte an der Vordertür und Rebecca öffnete sie.

»Pastor Wittekind!?« Ihr Verhältnis war in offene Abneigung übergegangen.

»Guten Tag, Frau Gräfin.« Am Anfang hatte er sie nicht Frau Gräfin genannt. Doch dann hatte er schnell gemerkt, dass es sie störte, so genannt zu werden.

»Was gibt es denn?«

»Ihre Schwiegermutter hat mich herbestellt. Aber da ich Sie gerade antreffe: Ich muss mit Ihnen über das Verhalten der Waisenkinder sprechen. Sie müssen besser dafür Sorge tragen, dass sie in der Kirche ruhig sind. So einen Tumult wie am letzten Sonntag werde ich nicht noch einmal dulden.«

»Nun, dann wäre es wohl das Beste, wenn ich mit den Kleinsten zu Hause bleibe.« Sie ließ ihn eintreten.

»Was? Nein, natürlich nicht. Sie sollen sich eben nur ruhig verhalten.«

»Mein werter Herr Pastor, wir haben mittlerweile siebzehn Kinder, von denen einige noch nicht einmal schulreif sind. Sie glauben doch nicht, dass eine einzige Person einen solchen Sack Flöhe ruhig halten kann.«

»Aber es muss doch Zucht und Ordnung …«

»Ich schlage keine Kinder«, unterbrach sie ihn.

Es schnappte beleidigt nach Luft. »Sie haben es sich doch selber ausgesucht.«

»Ja, aber niemand hat gesagt, dass es leicht werden würde. Meine Schwiegermutter ist oben in ihren Gemächern. Sie finden den Weg ja selbst.« Sie neigte leicht ihren Kopf und ließ ihn stehen.

Eigentlich wollte sie nach oben in den alten Trakt zu den Kindern, aber sie verspürte keinerlei Lust, zusammen mit Pastor Wittekind die Treppe hochzusteigen. Stattdessen ging sie in den Salon und schaute nach der heutigen Post.

Sie erwartete einen Brief ihrer Eltern. So lange schon hatte sie sie nicht mehr gesehen. Nach dem Kriegsende, nach dem Spartakusaufstand im Januar und nachdem das Wetter endlich auch etwas milder geworden war, hoffte sie darauf, dass ihre Eltern mit ihrer Schwester zusammen bald zu Besuch kämen. Sie wollte, dass sie endlich ihren Ehemann kennenlernten.

Tatsächlich lag dort ein Brief aus Charlottenburg. Rebecca überflog die Zeilen. Sie würden kommen – zu Ostern. Das war Mitte April. Wie typisch für ihren Vater: Er wollte die Praxis nicht länger als nötig schließen. Und da sie über die Feiertage ohnehin geschlossen bleiben würde, passte es ihm da am besten.

Damit blieb ihr noch über einen Monat Zeit, um Feodora auf den Besuch ihrer bürgerlichen Eltern vorzubereiten. Für alle anderen wäre es ohnehin kein Problem. Sie musste lächeln bei dem Gedanken daran, wie stolz ihre Eltern auf sie sein würden, wenn sie erst einmal die Räume der Waisenkinder sähen.

Als sie in die Bibliothek kam, schaute Konstantin erschrocken auf. Er schrieb offenbar gerade an einem Brief. »Wem schreibst du?«

Er murmelte etwas Unverständliches und schien den Brief unter anderen Unterlagen verstecken zu wollen.

»Konstantin?« Als er nicht reagierte, trat sie näher. »Was um alles in der Welt ist eigentlich mit dir los? Seit Wochen schon läufst du hier herum, als wenn das Ende der Welt gekommen wäre. Wir haben uns alle das Kriegsende anders vorgestellt, leichter, sehr viel leichter. Und dennoch hat der Krieg nun geendet. Wir können wieder mit unserem Leben anfangen.« Sie strich ihm zärtlich über die Haare.

Konstantin legte seinen Füllfederhalter beiseite und schaute sie mit einem merkwürdig starren Gesichtsausdruck an. Er griff nach ihren beiden Händen und fasste sie so fest, dass es ihr wehtat.

»Sprich mit mir. Egal was es ist, es wird leichter, wenn du es teilst.«

Konstantin nickte leicht. Als wüsste er das alles. Und doch schien es so schwer zu sein, es auszusprechen. »Ich werde das Gut verkaufen müssen.«

Die Worte schwebten durch den Raum. Rebecca lief es eiskalt den Rücken herunter. Sie wusste, dass kaum Geld da war. Sie wusste, dass das Gut hoch verschuldet war. Es zu verkaufen war ihr allerdings niemals in den Sinn gekommen. Und sie war sich ziemlich sicher, dass es das Allerletzte war, was Konstantin jemals in Erwägung ziehen würde. Es musste also wirklich schlimm stehen.

»Ich hab doch noch Geld. Ein wenig.«

Er schüttelte den Kopf. Nicht einmal vehement, nur noch hilflos. Hilflos und hoffnungslos. »Es reicht nicht. Es reicht nicht mal ansatzweise. Wir werden unsere Koffer packen müssen.«

»Wann?«

»Ich setze gerade Briefe auf an mögliche Interessenten.« Er zuckte mit den Schultern. »Wir werden sehen, wie eilig es die Herrschaften haben, sich mein Landgut unter den Nagel zu reißen. Vielleicht, wenn ich einen Interessenten finde und die Bank mir noch ein paar Monate zugesteht … im Angesicht des möglichen Geldsegens … und wenn dann noch die Ernte gut wäre …«

Rebecca wusste, was er sagen wollte. Vielleicht würde noch ein Wunder geschehen. Vielleicht. Aber nach über vier Kriegsjahren war jeder Glaube an Wunder von ihr abgefallen.

Mitte März 1919

Doktor Malchow hätte sie fast nicht gehen lassen. Aber Katharina wollte dabei sein, wenn Julius' Eltern ihn endlich wieder nach Haus holten. Wäre heute nicht Julius' großer Tag gewesen, sie wäre nicht aus dem Haus gegangen.

Die Märzunruhen mit ihrem Gemetzel von Aberhunderten Linken oder auch einfach nur Unschuldigen schienen nun abzuflachen. Doch es galt noch immer der Belagerungszustand. Katharina musste Doktor Malchow versprechen, dass sie mit einer Droschke einen großen Bogen um die Innenstadt machen würde, besonders um den Bezirk Lichtenberg. Dort war es zu wahren Massenerschießungen gekommen.

Eine Stunde, nachdem Katharina Julius gefunden hatte, war seine Mutter an sein Bett gestürzt. Auch sein Vater kam kurz dazu, doch dann erledigte er, was zu erledigen war. Er sprach mit Frau Doktor Classen, wollte dann einen Vorgesetzten, also einen Mann, sprechen. Er organisierte für seinen Sohn jede medizinische Versorgung, Hilfe und Unterstützung, die man mit Geld kaufen konnte. Als Erstes verlegte man Julius auf ein sonnendurchflutetes Einzelzimmer.

Eleonora Urban fiel ihr um den Hals und küsste ihr dankend die Hände. Sein Vater war sehr viel zurückhaltender. Ein einfaches »Ich danke Ihnen sehr« musste für den Tag reichen. Seitdem hatte sie ihn nicht mehr gesehen. Nach wie vor konnte sie Julius nur sonntags besuchen. Zweimal war sie noch seiner Mutter begegnet, seinem Vater allerdings nicht mehr.

Julius ging es bald besser. Er nahm von Tag zu Tag zu, wurde wieder stärker, bekam alle Medikamente, von denen man sich auch nur die geringste Besserung versprach. Er wurde jeden Tag gewaschen, bekam frische Bettlaken, wann immer er wollte, und schon bald war er sogar wieder imstande, sich alleine hinzusetzen. Dennoch war er gelegentlich noch desorientiert. Und wenn er sich zu schnell in eine aufrechte Position begab, überkam ihn Schwindel. Er hatte allerdings kaum noch motorische Ausfälle und auch seine Sprache hatte er schnell wiedergefunden. Was blieb, war die Erinnerungslücke. Er konnte sich nicht daran erinnern, dass er von zu Hause weggegangen war. Und er wusste auch nicht, wie es zu dem Unfall – oder war es ein Überfall gewesen? – gekommen war. Er würde noch einige Zeit brauchen, bis er wieder vollkommen auf dem Damm war.

Trotzdem, es war knapp gewesen, mehr als knapp. Eleonora Urban hatte ihr bei einem ihrer Zusammentreffen zugeflüstert, dass die Ärztin ihr gesagt hatte, noch drei oder vier Tage länger in der Abstellkammer und ihr Sohn wäre gestorben.

Katharina kam nach einem großen Umweg um die Innenstadt am Krankenhaus an. Als sie Julius' Zimmer betrat, stand er vor dem Bett. Er wackelte, hielt sich kaum aufrecht, und sofort war Katharina bei ihm.

»Was machst du?«

»Irgendwann muss ich doch aufstehen. Ich muss meine Muskeln trainieren.«

»Aber doch nicht heute. Und schon mal gar nicht alleine! Es wird schon noch anstrengend genug für dich werden.« Sie half ihm zurück ins Bett.

Sofort griff Julius nach ihrer Hand und küsste sie. »Wenn ich dich nicht hätte!«

Katharina lächelte ihn glückselig an, während sie ihren Mantel ablegte. »Schau, das hab ich dir mitgebracht. Ich habe gestern für die Kinder Karamellbonbons gemacht.«

Julius griff zu dem kleinen Papierumschlag und steckte sich ein Bonbon in den Mund. »Hm, lecker.«

Sie glaubte es ihm unbesehen, denn hier gab es nicht so viel Abwechslung auf der Speisekarte. Natürlich brachte ihm seine Mutter täglich etwas vorbei. Aber das war vor allem Nahrhaftes – Fleisch und Gemüse und auch Milch. Süßigkeiten waren vermutlich eher selten dabei.

Als er ihre Hand nahm, schaute er sie durchdringend an. Er hatte zugenommen. Seine Haut spannte sich nicht mehr über seine Knochen. Noch wirkte er schwach und wurde weiterhin von starken Kopfschmerzen geplagt. Er hatte sich ein heftiges Schädeltrauma zugezogen. Die Schwellung war nur allmählich zurückgegangen, vor allem, weil es anscheinend sehr lange gedauert hatte, bis irgendjemand ihn von der Straße aufgelesen und ins Krankenhaus gebracht hatte. Zudem war der 9. November 1918 nicht gerade der beste Tag gewesen, um anonym in eine Berliner Notaufnahme gebracht zu werden. Irgendjemand hatte ihm Geld und Papiere und sogar seinen guten Mantel gestohlen. Soweit hatte Katharina es mittlerweile nachvollziehen können.

Die ersten Tage, nachdem sie Julius wiedergefunden hatte, war sie wie ein kopfloses Huhn herumgerannt. Er lebte, aber würde er überleben? Drei Mal hatte sie in der ersten Woche seine Mutter angerufen. Es stand kritisch um ihn. Würde er wieder zu Bewusstsein kommen, würde er sie wiedererkennen? Würde er sie noch lieben? Würde sie ihn noch lieben? Diese Gefühle waren von der Angst, er könne doch noch sterben, überschattet gewesen. Erst allmählich wich diese und legte ihren Herzenswunsch frei. Ja, es waren immer noch starke Gefühle für Julius vorhanden, aber sie hatten sich gewandelt. Katharina war nun nicht mehr der Backfisch, der sich in einen gut aussehenden Jüngling verguckt hatte. Alles war nun anders. Julius war fast gestorben. In ihren Armen waren zwei Menschen gestorben. Sie hatte mit dem Tod an einem Tisch gesessen. Sie war nun eine andere.

War er auch ein anderer Mensch geworden? Zweifel überkamen sie. Sie wollte sich nicht nur den schönen Gefühlen einer blank polierten Erinnerung hingeben. Sie musste ihn erst wieder oder ganz neu kennenlernen. Sie wollte sich sicher sein, dass sie ihn liebte. Schließlich ging es hier um den Rest ihres Lebens. Doch je besser es ihm ging, desto deutlicher wurde, dass er anscheinend nie Zweifel gehabt hatte an ihrer Liebe.

»Sieh mal.« Er nestelte an dem Ausschnitt seines Pyjamas herum.

Katharina entdeckte die andere Hälfte ihres goldenen Medaillons. »Oh, es ist nicht geklaut worden?«

»Nein, vermutlich sind die Leute nicht auf die Idee gekommen, ich könnte eine Kette unter meiner Kleidung tragen. Und wie durch ein Wunder hat sich auch im Krankenhaus niemand des Medaillons bemächtigt.«

Katharina schob den Kragen ihres Kleides ein wenig hinunter. Jetzt lächelte auch er glückselig.

»Hab ich es nicht gesagt? Eines Tages werden die beiden Hälften wieder vereint sein.«

»Ja, das hattest du versprochen.«

Er zog sie zu sich ans Bett. »Katharina, ich muss dich was fragen. Ich weiß, dass meine Mutter dir nun mehrmals angeboten hat, bei uns einzuziehen. Aber du willst nicht. Wieso?«

Sie seufzte. »Werde du doch erst einmal wieder ganz gesund. Dabei würde ich dich vermutlich doch nur stören.«

»Du … mich stören? Blödsinn. Du wirst mir ein Ansporn sein. Außerdem … Wedding?«

Katharina lachte. »Ich weiß, was du meinst. Aber … Ich kann jetzt noch nicht weg.«

»Wieso?«

»Ich kann die Kinder nicht alleine lassen. Nicht solange ich keinen Ersatz gefunden habe.«

»Es sind doch nicht deine Kinder.«

»Doktor Malchow hat mir geholfen, als es mir schlecht ging. Ich lass ihn doch jetzt nicht im Stich. Außerdem kann ich dort viel lernen. Er hat eine große medizinische Bibliothek.«

»Und was bedeutet das?«

»Julius …« Sollte sie es ihm jetzt sagen? Dass sie Medizin studieren wollte? Er sollte doch erst einmal gesund werden, bevor er sich mit heiklen Fragen befassen musste. »Es interessiert mich einfach …«

»Katharina, ich wäre fast gestorben auf dem Weg zu dir. Ich will nun keinen Tag länger als nötig ohne dich sein.«

Sie nickte. Als sie sich nun küssten, schmeckte sie nicht mehr nur die Entbehrung und Medizin auf seinen Lippen. Der Kuss schmeckte nach Sehnsucht und Begierde. Er schmeckte erwachsen.

Sie hörte, wie hinter ihr die Tür aufging. Julius' Mutter erschien, gefolgt von seinem Vater und einer Krankenschwester, die einen Rollstuhl schob. So ein Mist. Katharina hatte gehofft, wenigstens noch eine Stunde alleine mit Julius zu haben. Aber anscheinend konnten auch seine Eltern es nicht abwarten, ihn nach Hause zu holen. Was sie wiederum verstehen konnte.

Katharina trat zurück und wartete, bis seine Eltern Julius begrüßt hatten. Während die Krankenschwester und sein Vater Julius in den Rollstuhl halfen, packte sie seine Utensilien in eine Reisetasche. Julius zog einen Pullover und einen Schal an, dann steckte die Krankenschwester eine dicke Wolldecke über seinem Schoß fest.

Cornelius Urban trat zu ihr. »Fräulein Katharina, Sie fahren doch mit uns nach Potsdam, oder?«

»Nein … ich muss wieder … nach Hause.«

»Nach Hause, zu diesem Arzt? Im Wedding?«

Er wusste nicht, wie tief Katharina wegen ihm gesunken war. Er wusste nicht, dass Katharina überfallen worden war. Dass ein Mann und ein Junge in ihren Armen gestorben waren. Er wusste nichts von Cläre Bromberg und dem ranzigen Zimmern im Souterrain. Nichts von der Toilette auf dem Treppenabsatz und der Kriegsküche. Alles wegen ihm. Wegen seinem Stolz, seiner Arroganz.

Erhobenen Hauptes erwiderte sie: »Genau, der Arzt im Wedding!«

Doch schon stand Eleonora Urban neben ihrem Mann. »Ich bitte Sie, kommen Sie mit uns. Julius würde sich so freuen. Ich würde mich so freuen.«

»Nein, ich kann nicht. Jemand muss Isolde zur Schule bringen und sich um die Kleinen kümmern. Es gibt niemand anderen als mich.«

»Aber Sie …«

»Nein«, unterbrach sie Julius' Vater barsch. »Ich habe mich verpflichtet, ihm zu helfen. Also werde ich das auch tun. Und ich breche meine Versprechen nicht.«

Der Industrielle presste seine Lippen aufeinander. Er war es wohl nicht gewohnt, von einer jungen Dame Gegenwind zu bekommen.

Kapitel 10

Ende März 1919

Es klopfte. Caspers kam nach einer Pause herein. Feodora hatte nicht gesagt, dass er eintreten solle. Nun, aber immerhin behandelte er sie noch wie eine Gräfin. Bis auf ihn und Mamsell Schott ließ das Verhalten der Dienstboten wirklich zu wünschen übrig.

Das hatte sie natürlich vor allen Dingen Rebecca zu verdanken. Ihrer Schwiegertochter – der Sozialdemokratin. Mein Gott, sie grämte sich zu Tode. Schlimm genug, dass Adolphis aufgegeben und sie alleine zurückgelassen hatte. Nein, einen Tag später war Konstantin mit Sack und Pack vor der Tür gestanden. Und mit Pack meinte Feodora die Dorflehrerin.

Natürlich war sie froh gewesen, dass Konstantin sofort alle Geschäfte übernommen hatte. Er hatte sich auch um die Beerdigung von Adolphis gekümmert. Und er hatte es geschafft, sofort die Dienstboten zu instruieren, dass niemand eine andere Version erzählte, als dass Adolphis beim Reinigen seiner Waffe einem tödlichen Unfall anheimgefallen war.

Feodora hatte keine Kraft mehr. Sie hatten den Krieg verloren. Als wäre es nicht schon schlimm genug gewesen, dass der Kaiser zurücktreten musste. Das Land ging vor die Hunde und ihr Herrenhaus war besetzt. Besetzt von ärmlichen Kreaturen, die in schmutzigen Kitteln über ihre marmorgefliesten Gänge hüpften und dabei Lieder sangen, für die ihre eigenen Kinder eine schallende Ohrfeige kassiert hätten. Noch katastrophaler war, dass Prinz Ludwig von Preußen in ihrem Schlosssee verunglückt war.

Und dann brachte sich Adolphis um und ließ sie mit der Schande alleine.

»Frau Gräfin, es ist gerade Post für Sie gekommen. Aus dem Ausland, aus Jalta.«

Post von der Krim! Das konnte nur eines bedeuten – hoffentlich! Feodora schoss aus ihrem Sessel hoch. So viel Elan hatte sie nicht mehr bewiesen, seit sie sich im Eishaus vor den Bolschewisten hatte verstecken müssen. Mein Gott, daran durfte sie gar nicht denken.

Sie riss den Brief vom silbernen Tablett herunter. Ein Brief von Stanislaus. Er lebte!

»Bringen Sie mir Tee.« Wenigstens gab es endlich wieder ihren Lieblingstee Lady Grey zu kaufen.

Sie wartete, bis Caspers den Raum verlassen hatte, dann öffnete sie mit zitternden Händen den Umschlag.

Meine geliebte Schwester. Ich hoffe und fürchte zugleich, dass meine bisherigen Briefe dich nicht erreicht haben. Dreimal habe ich dir geschrieben. Aber vielleicht hast du sie auch bekommen, und uns hat nur deine Rückantwort nicht erreicht. Wir sind auf der Flucht. Eigentlich schon seit Januar des letzten Jahres. Wir haben einige Stationen hinter uns, die fürchterlich waren. Ich möchte nichts darüber zu Papier bringen, denn das würde bedeuten, dass ich mich daran erinnern müsste. Vielleicht, eines Tages, wenn wir wieder zusammensitzen, werde ich den Mut aufbringen, dir davon zu erzählen.

Wie auch immer, im letzten Herbst haben wir es endlich auf die Krim geschafft. Wir haben erst einige Monate sehr beengt in Sewastopol gelebt, bis wir eine bessere Unterkunft in Jalta gefunden haben. Bisher war das Leben hier einigermaßen erträglich, auch wenn wir auf den gewohnten Luxus verzichten müssen. Doch wir sind die Glücklichen, zusammen mit vielen

anderen tausend Flüchtlingen. Wir haben überlebt, und wir müssen nicht Toiletten schrubben. Diese und viele andere Demütigungen sind uns erspart geblieben.
Aber was schreibe ich denn. Das Wichtigste ist natürlich: Oksana lebt, und im Februar hat es auch endlich unser jüngerer Bruder hierhergeschafft. Pavel, Raissa und die beiden Jungs sind alle wohlauf. Wir selbst können ja leider nur noch den heldenhaften Tod unserer vier Söhne betrauern.
Da wir alle unser Schicksal – sowohl den schrecklichen Tod unserer Kinder als auch die Flucht – mit vielen anderen aus Moskau, Sankt Petersburg und anderen Städten teilen, haben wir uns ein wenig Lebensmut bewahren können.
Doch nun schreibe ich dir wieder in höchster Not. Die Rote Armee von Lenin und Trotzki marschiert immer weiter vor. Aus dem Süden Russlands, aus der Ukraine, drängen immer mehr Menschen hierher. Wer kann, flüchtet vor den roten Horden. Die britische Marine liegt bereits vor Ort und schafft so viele Flüchtlinge wie möglich hier raus. Doch da wir keine familiären Verbindungen nach Großbritannien haben, werden wir warten müssen. Dann könnte es aber schon zu spät sein. Viele Geschäftemacher kommen jetzt mit kleineren und größeren Schiffen. Wir könnten uns eine Passage kaufen, nach Konstantinopel oder nach Malta. Und von dort weiter, womöglich bis zu dir.
Aber wir brauchen Geld. Und wir brauchen es schnell!
Der russische Adel wird in Gruppen über die ganze Welt verweht. Es gibt uns nicht mehr. Selbst wenn Frankreich, Großbritannien und die Amerikaner die Bolschewisten zurückdrängen könnten, ich wüsste nicht, ob es noch einen nennenswerten russischen Adel geben würde. Die, die überlebt haben, sind am Boden zerschmettert. Wir alle haben Demütigungen, Flucht und Massaker hinter uns. Kein Dienstbote dürfte uns

noch ein Messer zum Frühstück reichen, ohne dass wir den Odem von Verrat und Mord riechen müssten.
Meine liebe Schwester, es gibt keine Worte für das, was ich durchgemacht habe. Was wir alle hier durchgemacht haben.
Deswegen beknie ich dich: Schicke uns Geld, damit wir endlich von dem letzten Stück Erde, das die roten Horden überrennen wollen, verschwinden können.
Adolphis wird es sicher verstehen können. Ich bin mir ganz sicher, dass er uns helfen will.
Meine allerliebsten Grüße auch von Oksana sowie von Pavel und Raissa

Feodora ließ den Brief sinken. Mein Gott, sie beschwerte sich über ihre Probleme. Natürlich hatte sie ihren Mann verloren, aber nicht durch fremde Hände. Alle ihre Söhne lebten noch, wie durch ein Wunder. Sie war noch immer auf ihrem eigenen Grund und Boden. Und selbst wenn die Höflichkeiten und Ehrerbietungen der Dienstboten und der Dorfbewohner deutlich nachgelassen hatten, war sie noch immer die Frau Gräfin. Der Kaiser war nicht erschossen worden wie der Zar, sondern lebte im Exil. So sehr sie sie auch verabscheute, es gab immerhin demokratische Wahlen. Das war immer noch tausendmal besser, als von blutrünstigen Bolschewisten regiert zu werden.

Es klopfte wieder. »Herein.«

Mamsell Schott betrat das private Wohnzimmer im Familientrakt. Sie stellte das Tablett mit dem Tee auf ein Tischchen, zögerte dann kurz und goss ihr ein. Etwas, was auch nicht mehr alltäglich war.

»Wo befindet sich mein Sohn?«

»Graf Konstantin oder Graf Alexander?«

»Graf Konstantin.«

»Die Herrschaften befinden sich im kleinen Salon.«

Die Herrschaften! Ja, jetzt waren Konstantin und seine Bürgersfrau das Grafenpaar, und sie selbst war nur die abgelegte Gräfin. Der Haushalt gehörte nun dieser Rebecca, Rebecca Kurscheidt. Sie würde doch nie eine von Auwitz-Aarhayn sein. Sie wollte es ja nicht einmal.

Mamsell Schott verabschiedete sich eilig und Feodora trank in Ruhe ihre Tasse Tee. Eine Tasse, dann wusste sie, dass sie bei Konstantin sowieso nicht strategisch vorgehen brauchte. Sie musste einfach nur sagen, was sie wollte. Und dabei war es völlig egal, ob Rebecca dabei war oder nicht.

* * *

»Mama?!«

Konstantin schien überrascht, sie zu sehen. Auch ihre Schwiegertochter schaute überrascht hoch. Sie hatte ihr verboten, Mama zu ihr sagen. Deswegen sprach sie sie immer mit Frau Gräfin an.

»Ich habe gerade einen Brief erhalten. Von deinem Onkel Stanis. Er lebt.«

Konstantin, der an einem Tisch über Papieren gesessen hatte, stand eilig auf. »Aber das ist ja fantastisch! Was ist mit den anderen? Weiß er etwas über den Verbleib seines Bruders? Deren Familien?«

»Oksana und auch Pavel und Raissa mit den Kindern haben es geschafft. Allerdings mussten sie flüchten. Genau wie wir vermutet hatten. Sie leben nun in Jalta.«

»In Jalta?«

»Lies selbst.« Feodora reichte ihm den Brief.

Konstantin überflog die Zeilen, und dann kam er zu der entsprechenden Stelle. Er runzelte die Stirn. Feodora wusste genau, was er gerade gelesen hatte.

»Das kannst du Onkel Stanis und Onkel Pavel nicht verwehren«, meinte Feodora.

Rebecca trat neugierig näher. »Was? Was kann er ihnen nicht verwehren?«

Feodora schüttelte unwirsch den Kopf, als wollte sie eine Fliege vertreiben. Sie war Rebecca keine Antwort schuldig.

»Mama, wir haben das Geld nicht.«

»Was für Geld denn?«, fragte nun Rebecca noch mal nach.

Konstantin reichte ihr den Brief. Doch Feodora war sofort bei ihr und riss ihr das Papier aus den Händen.

»Das geht sie gar nichts an. Das sind familiäre Belange.«

»Mama, ich wünschte, du würdest dich endlich damit arrangieren, dass Rebecca nun zu unserer Familie gehört.«

»Zu deiner vielleicht, nicht zu meiner.«

Konstantin starrte sie wütend an. »Wie du willst. Dann sind es deine Brüder auch deine Familie, und nicht meine.« Er drehte sich wieder zu seinen Papieren.

Damit hatte sie fast gerechnet. »Nun gut, ich hatte gehofft, dass es nicht so weit kommen würde. Aber offensichtlich habe ich mich geirrt.« Sie atmete einmal laut durch, dann sprach sie weiter.

»Du weißt, dass dein Vater und ich bei unserer Hochzeit einen Heiratsvertrag unterschrieben haben. Diesen Heiratsvertrag hat dein geliebter Großvater selber aufgesetzt. Demnach steht mir ein Wittum zu, meine Witwenapanage. Die fordere ich nun ein. Und zwar rückwirkend für die letzten Monate.«

Kerzengerade stand sie da. Sie würde sich nicht beirren lassen. Sie hatte einen Vertrag, und das Geld stand ihr rechtlich zu. Bisher war es ihr egal gewesen, aber jetzt nicht mehr. Sie würde ihre Brüder nicht im Stich lassen.

Konstantin blieb der Mund offen stehen. Damit hatte er wohl nicht gerechnet.

Rebecca legte ihm eine Hand auf die Schulter und schaute sie an. »Gräfin Feodora, es ist wirklich kein Geld da.«

»Halten Sie gefälligst das Maul.«

»Mutter, so sprichst du nicht mit meiner Frau. Außerdem hat sie recht. Wir begleichen seit Monaten keine Rechnung mehr. Die ersten Geschäfte stellen ihre Lieferungen an uns ein. Ich wollte sowieso mit dir … heute Abend darüber reden. Wir erwarten für übermorgen einen Herrn aus Danzig. Er schaut sich das Gut an.«

»Was meinst du mit: Er schaut sich das Gut an?« In ihrer Stimme lag eine dunkle Vorahnung.

Konstantin holte tief Luft. Er sah so blass aus, so blass wie damals, als er aus dem Genesungslager zurückgekommen war. Schon seit Wochen schlich er wortkarg und bleich durch die Gegend. Nicht, dass es sie gestört hätte. Sie sprach nur das Nötigste mit ihm. Und er sah auch keinen großen Anlass, ihr etwas mitzuteilen.

»Ein Großindustrieller … Ein Fabrikant aus Danzig, er …« Konstantins Schultern sackten herunter. Die Zunge leckte über die Lippen, als wäre sein Mund zu trocken, als dass Worte hinausfinden würden.

Rebecca trat neben ihn. »Adolphis hat zu viel …«

»Nenn du ihn nicht Adolphis, du sozialistische Brut. Du bist nicht berechtigt, den Namen meines Mannes in dieser Form zu verwenden. Für dich ist er Graf von Auwitz-Aarhayn.«

Rebecca schaute sie an, zuckte mit den Schultern und sagte dann lakonisch: »Na gut, wie Sie wollen, Gräfin von Auwitz-Aarhayn. Ihr Mann hat das Gut heruntergewirtschaftet. Wir können weder die Dienstboten bezahlen noch die ausstehenden Rechnungen. Es gibt keine Rücklagen mehr. Wir müssen verkaufen.«

Ihr wurde leicht schwindelig. »Was? Was müssen wir verkaufen?« Sie ahnte, dass sie die Antwort nicht wissen wollte.

»Das gesamte Landgut, Mama. Gut Greifenau!« Erst jetzt schaute Konstantin wieder hoch. Er sah müde aus und abgekämpft. So, als hätte er die letzten Monate tatsächlich damit verbracht, um das Überleben des Gutes zu kämpfen. Doch das wollte sie nicht wissen. Sie wollte es nicht wahrhaben.

»Du herrschst erst seit drei Monaten über das Gut und schon ist es bankrott?«

»Genau, Mama: Ich führe das Gut erst seit ein paar Wochen. Und genau diese Information sollte dir Anlass geben, daran zu glauben, was Rebecca gesagt hat. Beziehungsweise was sie sagen wollte. In nur drei Wintermonaten kann man kein gut dastehendes Landgut herunterwirtschaften. In drei Jahren vielleicht, aber nicht in drei Monaten. Unser gesamtes Vermögen, es ist … Ich gebe Papa nicht alleine die Schuld. Das Kriegsernährungsamt, der Krieg und dass wir verloren haben. All das kommt zusammen. Aber Vater hatte in finanziellen Angelegenheiten noch nie ein glückliches Händchen.«

Zum ersten Mal schaute Feodora zu Rebecca, tatsächlich auf der Suche nach einer Antwort.

»Wir werden selbst den Dienstboten am Ende des Monats einen Teil des Lohnes schuldig bleiben. Sonst können wir kein Essen einkaufen.«

»Essen für diese Bälger da oben? Du willst Greifenau verkaufen, damit dieses Gesindel Essen bekommt?«

Konstantin schüttelte den Kopf. »Wir haben Hunderttausende Male mehr Schulden, als die Kinder an einem Tag essen.«

»Aber sie sind doch …«

Rebecca schnitt ihr das Wort ab. »Die Waisenkinder sind nicht das Problem. Wir sind doch nicht überschuldet, weil wir zehn halb verhungerten Kindern etwas zu essen geben. Wenn du das glaubst, verstehst du wirklich überhaupt gar nichts von Landwirtschaft.«

»Dann nimm einfach noch einen Kredit auf«, gab Feodora nun aufgebracht von sich. Warum kam er nicht von selbst darauf?

»Wenn das so einfach wäre! Niemand ist bereit, das Gut mit noch mehr Schulden zu belasten. Ich habe schon unsere drei Banken angefragt.«

Adolphis, ja er hatte tatsächlich nicht unbedingt großes Geschick in finanziellen Dingen bewiesen. Aber als ihr Mann gelebt hatte, hatte sie sich niemals einschränken müssen. Ihren Lieblingstee und ihren Kakao hatte es schlicht nicht zu kaufen gegeben. Hätte es das, hätte Adolphis dafür gesorgt, dass sie ihn bekommen hätte. Natürlich hatte er Andeutungen gemacht, es sei finanziell gerade schwierig. Aber er hatte doch selbst mit ihr darauf angestoßen, als er letztes Jahr im November den großzügigen Kredit bekommen hatte, nur wenige Tage nach Katharinas Verlobung. All seine Sorgen würden sich nun in Nichts auflösen, hatte er versprochen. Der Kredit war doch nicht gerade klein gewesen.

Wo war all das Geld hin? Es musste doch wenigstens genug Geld übrig sein, um ihren Brüdern mit ihren Familien zu helfen. Feodora wollte es nicht glauben. Bestimmt steckte Rebecca dahinter. Bestimmt wollte Rebecca sie um den ihr zustehenden Anteil bringen. Ihr das Wittum vorenthalten. So einfach war das.

»Unter Papa haben wir unsere Schulden immer begleichen können. Keiner der Dienstboten hat auch nur einen Tag auf seinen Lohn warten müssen. Und natürlich wäre Geld da gewesen, um meine Brüder und ihre Familien aus der größten Not zu retten. Du bist ein Versager.«

»Mama, ich rate dir, beherrsche dich.«

»Das sagst du mir? Ich soll mich beherrschen? Du konntest dich doch auch nicht beherrschen und musstest dieses … Weib da heiraten! Wieso konntest du dich nicht einfach ein wenig mit ihr vergnügen? So wie das alle deine männlichen Vorfahren getan haben? Aber direkt heiraten?«

»Feodora!« Das kam von der Dorflehrerin.

»Dir ist nicht erlaubt, mich beim Vornamen zu nennen.«

»Es ist mir völlig egal. Wenn du mich beleidigst, dann nenn ich dich Feodora. Und du verträgst dich besser mit deinem Sohn.«

»Sonst was?«

Konstantin stand nun auf und stellte sich drohend vor sie. »Du wirst meine Frau gefälligst mit dem nötigen Respekt behandeln.«

»Du kannst mir gar nichts.«

»Oh doch. Wenn du dich verhältst wie eine Verrückte, dann behandle ich dich wie eine Verrückte. Und lasse dich notfalls in eine Nervenheilanstalt einweisen. Damit hast du doch Katharina so gerne gedroht.«

Feodora starrte ihren Sohn an. Sie traute es ihm tatsächlich zu. Genau das würde er tun. »Das werde ich dir nie verzeihen. Erst machst du meine Brüder heimatlos, und dann verweigerst du ihnen die Unterstützung.«

»Mama, ich habe nicht …«

»Schweig! … Ihr! … Ihr werdet schon noch sehen, was ihr davon habt!« Wutentbrannt rauschte sie zur Zimmertür hinaus.

Anfang April 1919

Thalmann stand an die Wand gelehnt und schaute ihn an. Konstantin hatte den Gutsverwalter nicht eingeweiht, noch nicht. Und selbst jetzt widerstrebte es ihm, das Wort zu ergreifen.

Der alte Güstrow räusperte sich. Zwei Dutzend Pächter waren gekommen, um zu hören, was der neue Gutsherr zu sagen hatte.

Sie alle kannten ihn. Mit den meisten kam er gut zurecht. Es gab einige, die Papa als Großvaters Nachfolger nicht akzeptiert hatten und dennoch ganz froh waren, dass nun ein Jüngerer auf ihn gefolgt war. Aber eigentlich wünschten sich alle seinen Großvater zurück – Donatus von Auwitz-Aarhayn. Plötzlich waren das die guten alten Zeiten.

Rebecca hatte ihm erklärt, dass sie sich im Grunde genommen nur die glückliche, normale Welt von vor dem großen Krieg zurückwünschten. Dass es gar nicht um ihn gehe. Sondern um die unsicheren Zeiten, in denen sie nun lebten. Und doch war es eben nicht sein Vater und auch nicht dessen Vater, der ihnen die unangenehme Nachricht verkünden musste.

»Ich habe euch heute zusammenrufen lassen, weil ich eine Ankündigung zu machen habe. Meine Familie … Ich … werde Gut Greifenau nicht mehr länger bewirtschaften können. Ich …«

Sofort erhoben sich die Stimmen. Der alte Güstrow schaute ihn stumm mit riesigen Augen an, anklagend. Konstantin war es gewesen, der seinen ältesten Sohn Tobias noch vor dem Krieg nach Stargard auf eine weiterführende Schule geschickt hatte. Er war ein so intelligenter und aufgeschlossener Junge gewesen. Aber dort, ohne die Aufsicht seines Vaters, hatte er sich einfach freiwillig gemeldet. Nun war er tot. Und jetzt kam der junge Gutsherr und teilte ihm mit, dass er Gut Greifenau nicht mehr länger bewirtschaften werde? Konstantin konnte ihm kaum in die Augen sehen.

»Wieso wir?« – »Unser Gut steht doch nicht schlechter da als andere!« – »Studierter Idiot.« – »… Feigheit …«, hörte er heraus.

Konstantin hob beschwichtigend seine Hände. »Leute, ihr wisst genau, wie die Zeiten sind. Ihr wisst, was der Krieg uns abgetrotzt hat. Die Banken … sie wollen die Kredite nicht aussetzen.«

»Sie müssen aber.« – »Sie können uns doch nicht im Stich lassen.« – »Feige Hundesöhne!« – »Die sollte man alle ins Feld schicken.«

»Ich habe mein Möglichstes versucht.« Er sah in die Runde. Er sah die Männer unverwandt an, sodass sie ihm glauben würden, was er als Nächstes sagte. »Es waren bisher drei Interessenten hier. Sie haben mir alle unterschiedliche Angebote gemacht, aber ich werde nur demjenigen den Zuschlag erteilen, der das Gut so, wie es ist, mit den Pachtverträgen und allen anderen Bedingungen übernimmt.«

Das schien die Leute ein wenig zu beruhigen.

»Sind die anderen Landgutbesitzer? Haben die Erfahrung in der Landwirtschaft?«

Konstantin schüttelte den Kopf. »Nicht so, wie ich es mir wünsche. Aber macht euch keine Sorgen. Thalmann wird euch erhalten bleiben. Da bin ich mir sicher. Schließlich wird auch der neue Besitzer nichts anderes wollen, als ein gut gehendes Landgut zu bewirtschaften.«

»Dann sollen wir nun untätig herumstehen und abwarten, wer unser nächster Herr wird?«, sagte einer unwirsch. »Was ist mit den Feldern? Sollen wir sie jetzt bestellen, ganz normal?«

Enttäuschung stand in vielen Gesichtern.

»Macht weiter wie geplant. Noch habe ich nicht verkauft. Wenn es so läuft, wie ich es mir vorstelle, dann wird sich für euch nicht viel mehr ändern als der Name der Familie, die dann auf Gut Greifenau wohnen wird.«

Raimund Thalmann trat hervor. Er sah bleich aus und schwitzte. Es schien ihm nahezugehen. Vielleicht begriff er jetzt, was er an Konstantin gehabt hatte.

»Ich möchte etwas sagen. Und ich glaube, ich spreche für viele der Anwesenden hier.« Er musste husten, bevor er weitersprechen konnte. »Sie glauben vielleicht, dass Sie es nicht gut gemacht haben. Aber das stimmt nicht. Sie waren ein guter Patron. Und ich hätte mir wirklich gewünscht, dass Sie das Gut zu seiner ursprünglichen Blüte zurückführen würden. Ich hätte Ihnen das wirklich zugetraut.«

Ein Großteil der Männer nickte. Thalmann indes verfiel in einen heftigen Hustenanfall. Konstantin war es recht. Alle schauten zum Gutsverwalter, und niemand zu ihm nach oben. Ihm standen die Tränen in den Augen.

Es waren fast vornehmlich ältere und alte Männer. Aber so, wie sie hier standen, arm, abgearbeitet und alt, schienen sie dennoch das Gefühl zu haben, dass er ein guter Patron hätte werden können. Alleine dieses Gefühl gab ihm wieder Auftrieb.

Thalmann hatte sich wieder beruhigt und Konstantin redete weiter. »Es ist allerdings kein Geld da, um Saisonarbeiter einzustellen.«

»Das ist egal. Die, die wir einstellen, bleiben sowieso meistens nur für ein Abendessen und sind nach dem ersten Frühstück fort.« Dem Gutsverwalter schien es immer mehr an Kraft zu fehlen. Wieder gingen seine letzten Worte in einen Hustenanfall über.

Ein Murren ging durch die Reihen der Männer. Sie alle wussten, wie die Lage war. Es war schrecklich. Der Krieg hatte eine ganze Generation junger kräftiger Männer ausgeblutet, im wahrsten Sinne des Wortes. Der Großteil der Söhne fehlten. Von denen, die nicht im Krieg gefallen waren, war die Hälfte invalid. Und im ganzen Reich fehlte es an Geld, die Übriggebliebenen zu beschäftigen. So wie hier. Der Krieg war aus, und dennoch fehlte es an Arbeit, und dann an Essen.

Manchmal fragte Konstantin sich, wie die Männer auf ihn reagiert hätten, wenn er nicht Rebecca zur Frau genommen hätte. Er war jetzt nicht einfach nur der adelige Patron. Er hatte eine Bürgerliche geheiratet und damit gezeigt, dass er sich nicht für einen besseren Menschen hielt. Und Rebecca hatte wirklich viel für die Bewohner des Dorfes getan. Ihr Einsatz im Krieg für die Schulkinder und jetzt für die Waisen wurde hoch geachtet.

Seit sein Vater sich umgebracht hatte, spürte man allenthalben, dass die Pächter froh waren, dass es nicht Nikolaus war, der die Führung von Gut Greifenau übernahm. Aber nun war der Krieg aus, die Monarchie war abgeschafft und landesweit wurde über Enteignung und Vergesellschaftung von Grund und Boden debattiert. Diese Diskussionen wurden von den jeweiligen Pächtern umso hitziger geführt, je despotischer ein Graf oder ein Landesfürst regiert hatte. Konstantin, der in den letzten Jahren schon neben vielen der Männer in den Ackerfurchen gestanden hatte, hatte sich damit viel Sympathie verschafft.

»Geht weiter mehr auf Weizen. Das Kriegsernährungsamt kann ihn euch ja nicht mehr wegnehmen. Wenn der neue Herr einverstanden ist«, schob er eilig hinterher.

Einige nickten, andere murrten zustimmend. Keiner von ihnen sah glücklich aus, vermutlich genau wie er.

»Ich weiß, ihr habt euch den Frieden anders vorgestellt. Ich auch. Wir sollten alle froh sein, dass wir hier vom Schlimmsten verschont geblieben sind. Ich weiß, jeder von euch hat Söhne und Brüder verloren. Das ist mir glücklicherweise erspart geblieben. Aber zumindest ist hier niemand verhungert. Hoffen wir einfach mal, dass die größten Umstürze vorbei sind.«

In den Gesichtern der Männer zeigte sich Zustimmung.

»Es gibt nun ein Abkommen über die Lebensmittelversorgung mit den Siegermächten. Das sollte Anlass zur Hoffnung sein, dass wir in ein paar Monaten wieder zu einem relativ normalen Leben zurückkehren können. Zumindest hatte ich mir das so gewünscht. Aber nun, ich …«

»Was werden Sie dann machen?«

Da war sie, die Frage, die er so sehr fürchtete. Es gab keinen Plan B. Niemals hatte er sich Gedanken darüber gemacht, was er anderes tun könnte, als auf dem Gut und für das Gut zu arbeiten. Er hatte seinen Militärdienst überstanden, und damit war damals klar gewesen, dass er das Gut eines Tages erben würde. Und bis dahin wäre er eben der älteste Sohn und Erbe eines Landgrafen. Er hatte das Gut sehr viel früher geerbt, als er es sich jemals vorgestellt hatte. Aber dass er es eines Tages verkaufen müsste, das lag außerhalb seiner Vorstellungskraft. Niemals, niemals hätte er mit einer solchen Entwicklung gerechnet.

»Ich …« Genau in diesem Moment sank Thalmann wie in einer kleinen Spirale zu Boden. Der alte Güstrow fing ihn noch auf, dass sein Kopf nicht auf das Holz knallte. Alle starrten auf den Mann. Er rührte sich nicht mehr.

Schon war Konstantin neben ihm. Sie drehten Thalmann um. Sein fahles Gesicht war schweißnass. Er atmete flach. Er fühlte seinen Puls, fühlte seine Stirn.

»Er glüht ja richtig. Wir müssen ihn sofort zu Doktor Reichenbach bringen.«

Die Männer wurden unruhig. Alle traten einen Schritt zurück. Irgendjemand sagte etwas von Spanischer Grippe. Ein anderer etwas von einer dritten Welle, die durchs Reich zog. Die letzte Welle der Spanischen Grippe hatte auch im Dorf zwei Menschenleben gekostet.

Konstantin brachte Thalmann in eine aufrechte Sitzposition. Doch dann kamen noch zwei Pächter dazu. Gemeinsam hievten sie ihn in einen Bollerwagen, der draußen vor der Kneipe stand. Thalmann stöhnte. Er ruderte mit den Armen, als wollte er aufstehen, aber tatsächlich fehlte ihm jede Kraft.

»Wascht euch die Hände. Und solltet ihr in den nächsten Tagen husten oder euch kalt werden, geht sofort zum Doktor. Oder noch besser, bleibt im Bett und schickt nach ihm.« Konstantin packte den Griff des Holzwagens.

»Ich kann ihn bringen«, bot der alte Güstrow an.

Konstantin schaute sich noch einmal um. Die Blicke der Männer ruhten auf ihm. »Im Grunde genommen habe ich nicht mehr zu sagen. Ich werde euch mitteilen, wenn der Verkauf gelaufen ist. Ich verspreche euch hiermit, dass ich versuche, im besten Sinne zu entscheiden. Mehr kann ich nicht tun. Ich habe bereits alles andere versucht.«

Einige nickten, andere schauten verschämt zu Boden. Konstantin drehte sich um und zog den Bollerwagen hinter sich her. Wieder ein unangenehmes Gespräch, das er hinter sich gebracht hatte. Er hatte das Gefühl, sein Arbeitsleben als Gutsbesitzer bestand mehr aus unangenehmen Gesprächen als aus allem anderen. Wie gerne hätte er einfach seine Hände in die Erde gegraben und die Felder bestellt.

Thalmann stöhnte. Konstantin blickte sich um. Hatte Thalmann wirklich die Spanische Grippe? Und würde die dritte Welle noch verheerender werden als die zweite? Und wann verdammt noch mal würden endlich die schlechten Nachrichten aufhören? Der Krieg war doch nun schon lange zu Ende.

13. April 1919

Albert schaute auf sein Kuchenstück. Heute war ihr freier Nachmittag und er hatte Ida zu einem Picknick eingeladen. Tante Irmgard hatte ihm Sandkuchen gebacken. Und er hatte richtigen Bohnenkaffee besorgt.

Seit er mit Ida aus Angermünde zurückgekehrt war, hatten sie sich immer mehr angenähert. Im Zug auf der Heimfahrt hatte Albert ihr von seinem Leben erzählt. Von dem Geheimnis, dem er so lange hinterhergejagt war. Er hatte ihr von Wittekinds bösartigen Machenschaften erzählt und dass er endlich seine Mutter gefunden hatte. Dass Irmgard Hindemith seine Tante war. Es fiel ihm schwer, darüber zu reden, wie sein Vater in seinen Armen gestorben war. Aber noch nie hatte er eine solche Nähe und ein so großes Vertrauen zu einem Menschen empfunden wie zu Ida.

Sie hatte ihm im Gegenzug davon erzählt, was ihr durch den Kopf gegangen war, während sie am Bett ihres sterbenskranken Mannes gesessen hatte. Sie hatte ihm nicht alles erzählt, das wusste er. Es gab einfach Dinge, die waren unsagbar. Sie hatte mehrere Male angefangen zu weinen, aus Scham, aus Schmerz und vor Glück. Ihr Martyrium war nun endlich zu Ende.

Doch die junge Frau brauchte noch etwas Zeit, das wusste er. Sie brauchte etwas Zeit, um sich daran zu gewöhnen, dass sie nun Witwe war. Doch nun, nachdem sich die unheilvolle Vorstellung, dass ihr Mann zu ihr zurückkehren könnte, gelegt hatte, wurde sie von Tag zu Tag lebendiger. Seit letztem Monat bekam sie sogar eine kleine Rente. Ida hatte erst nicht gewollt, aber er hatte sie quasi dazu überredet. Jetzt legte sie dieses Geld beiseite. Sie wollte es nicht anfassen. Zumindest noch nicht.

Albert wollte nichts lieber, als ihr ein glückliches und erfülltes Leben zu schenken. Sie waren schon ein paar Mal spazieren gegangen, aber bisher war es immer zu kalt gewesen, um länger draußen zu sein. Doch heute war ihnen das Glück hold. Die Sonne schien warm.

Tante Irmgard hatte ihnen einen Korb zurechtgemacht. Obwohl auch sie heute ihren freien Nachmittag hatte, hatte sie sich gefreut wie ein kleines Mädchen. Liebevoll hatte sie gute Porzellanteller und Tassen in Stoffservietten eingeschlagen, Besteck dazugetan. Dazu kam der kleine Sandkuchen und der Kaffee. Sie hatte eine der alten Picknickdecken, die früher für die Frauen zur Jagd mitgenommen worden waren, auf den Korb gelegt. Albert hatte sie gerade noch davon abhalten können, sich an die Tür zu stellen und ihnen mit einem Taschentuch nachzuwinken.

Hand in Hand waren sie an einen der kleinen Seen zwischen dem Plönesee und dem Madüsee spaziert und saßen nun am Ufer in der Nachmittagssonne. Es war geradezu perfekt für das, was Albert vorhatte.

»Hm, lecker.« Ida tauchte ein Stück Kuchen in ihren Kaffee und aß ihn.

»Ja, meine Tante verwöhnt mich, wo sie kann.«

»Sie will bestimmt all die Jahre deiner Kindheit nachholen, die sie verpasst hat.«

»So kommt es mir manchmal vor. Sie mästet mich regelrecht.« Albert lachte.

Und Ida lachte mit ihm. Plötzlich schien das Leben so einfach zu sein. Der Krieg war aus, und ihre Zukunft lag vor ihnen wie ein unbeschriebenes Blatt Papier. Albert konnte sich niemand anderen vorstellen, mit dem er diese Zukunft lieber verbringen wollte als mit Ida. Sie verband mehr als nur die gleichen Erfahrungen im Waisenhaus. Er hegte den tiefen Wunsch, mit Ida eine eigene Familie zu gründen. Eine Familie, in der es den Kindern gut gehen würde. Jetzt, da Albert sich endlich mit seinem Schicksal versöhnt hatte, hatte sich dieser Wunsch nach einer eigenen, heilen Familie mit einer enormen Kraft Bahn gebrochen. Er hatte das Gefühl, dass es Ida ähnlich ging.

Albert spülte das letzte Stück Kuchen mit Kaffee herunter. »Ida … ich möchte dich etwas fragen. Ich glaube, du bist allmählich so weit, dass du … Ob du dir vorstellen kannst, dass du und ich … Dass wir.«

Ida stellte ihre Tasse beiseite. Sie lächelte ihn leise an. Doch sie sagte nichts. Sie wartete darauf, dass er die richtigen Worte fand.

Albert seufzte und probierte es noch mal. »Ida Nachtweih, ich möchte dich fragen, ob du meine Frau werden möchtest.«

»Du meinst, jetzt?«

»Gerade jetzt. Wenn es wirklich stimmt, dass das Gut verkauft wird, ist es wichtig, dass wir vorher geheiratet haben. Stell dir vor, der neue Herr, wer immer das auch sein mag, würde uns nicht übernehmen? Oder wir müssten uns eine neue Anstellung suchen.«

»Aber das ist es doch gerade. Ob ein Kutscher oder Chauffeur verheiratet ist, interessiert niemanden. Aber niemand nimmt ein verheiratetes Dienstmädchen.«

»Dass Gut Greifenau komplett verschuldet ist, muss ja nicht heißen, dass alle anderen Landgüter auch verschuldet sind. Und im Krieg wurden händeringend Dienstboten gesucht.«

Ida druckste herum. »Aber jetzt kommen all die Frauen zurück aus den Rüstungsbetrieben. Niemand braucht sie dort jetzt noch.«

»Ida Nachtweih, sind das Ausflüchte? Willst du mich etwa nicht heiraten?«

»Nein, das sind überhaupt keine Ausflüchte. Ich würde nichts lieber tun, als möglichst schnell zu heiraten. Ich dachte nur, auch wegen dem gekürzten Lohn.«

»Ich vertraue auf Graf Konstantins Wort. Wenn er sagt, dass wir unser Geld bekommen, sobald er verkauft hat, dann glaube ich ihm. Und ansonsten habe ich genug gespart, um etliche Monate durchzukommen.«

»Ich auch. Ich habe auch gespart. Und ich brauche auch keine große Hochzeit.«

»Dann lass uns heiraten. Baldmöglichst. Ich würde gerne noch heiraten, solange wir hier auf Greifenau sind. Sie wissen es zwar nicht, aber so könnten wenigstens beide Teile meiner Familie bei meiner Hochzeit anwesend sein. Es würde mir sehr viel bedeuten.«

Ein strahlendes Lächeln glitt über ihr Gesicht. Sie kam auf die Knie und rutschte zu ihm hinüber. Mit ihren Fingern berührte sie seine Lippen. »Ich möchte dich küssen. Jetzt, und noch mal, und morgen.«

Albert zog sie in seine Arme. »Und den Tag danach. Und den Tag danach auch.«

Sie erwiderte seinen Kuss. »Für den Rest meines Lebens.«

Sie küssten sich lange und innig. Als sie irgendwann aufhörten, lagen sie auf der Picknickdecke und schauten sich tief in die Augen.

»Ich nehme an, das bedeutet, dass du mich heiraten möchtest. Dass du Ja sagst.« Albert grinste sie an.

Ida nickte. »Ja. Ich möchte dich heiraten. Dann bin ich endlich nicht mehr Ida Nachtweih, sondern Ida Sonntag. Das wird mir sehr gefallen, und nicht nur wegen des Namens.«

»Das will ich aber doch hoffen, dass du mehr von mir willst als meinen Namen.«

»Allerdings will ich mehr von dir.«

* * *

Egidius Wittekind bat die beiden herein. Am späten Sonntagnachmittag waren sie vor seiner Tür gestanden und hatten nach einem Hochzeitstermin gefragt. Ihm waren fast die Augen aus dem Kopf gefallen. Er hatte sie fortgescheucht. Sie sollten heute wiederkommen. Er hatte Zeit gebraucht, sich auf ein persönliches Aufeinandertreffen mit Albert Sonntag vorzubereiten.

Jetzt saß dieser Kerl ihm gegenüber, genau in dem Zimmer, aus dem er die Unterlagen entwendet hatte. Egidius hätte ihm an die Gurgel gehen wollen.

Albert Sonntag dagegen grinste unverschämt. Wittekind wusste, ihm gingen exakt die gleichen Gedanken durch den Kopf. Der Blick des Mannes lief über den Schreibtisch und über den großen Schrank. Bei jedem anderen wäre das eine völlig harmlose Tatsache gewesen, nicht aber bei Albert Sonntag. Er schaute sich den Tatort seines Verbrechens an.

Er war so zornig. Auf der anderen Seite war es Egidius höchst unangenehm, dass der Mann wusste, was er selbst getan hatte. Jetzt, nachdem Adolphis von Auwitz-Aarhayn tot war, war der letzte Mitwisser von diesem Geheimnis verstorben. Jetzt gab es nur noch sie beide.

Albert Sonntag und Ida Nachtweih saßen auf dem Sofa der kleinen Sitzgruppe in der Ecke, während Wittekind am Schreibtisch stand und nervös Unterlagen von rechts nach links schob.

»Also, wie ich höre, haben Sie, Herr Sonntag, kein Familienstammbuch?« Ihm brach der Schweiß aus. Zu seiner Schande musste er jetzt auch noch so tun, als wäre er im Unklaren darüber, wer er eigentlich war. Was für eine Charade. Er konnte nicht besonders gut schauspielern. Aber ihm blieb nichts anderes übrig.

»Ja, ich bin in einem Waisenhaus aufgewachsen. Vielleicht kennen Sie es sogar: das Waisenhaus in Kolberg?«

Egidius ging darauf nicht ein. »Und Sie waren schon einmal verheiratet, Frau Nachtweih?«

»Ja, mein Mann ist verstorben.«

Wittekind nahm das Familienstammbuch von ihr. Er blätterte in dem schwarzen Büchlein herum. Ein loser Zettel lag darin. Die Sterbeurkunde. Er faltete ihn auf und machte ein überraschtes Gesicht. »Ihr Mann ist erst Mitte Januar gestorben!«

»Ja«, gab die Frau zu.

Sie trug nicht einmal mehr Halbtrauer. Gedeckte Farben mit schwarzen Einsätzen wären angemessen gewesen. Stattdessen saß sie hier in einem blauen Kleid.

»Sie müssen mindestens zehn Monate warten, bis Sie sich wieder verheiraten dürfen.«

»Ich dachte, wenn wir nachweisen können, dass ich nicht … in guter Hoffnung bin … dann könnte man es ausnahmsweise auch … Mein Mann war im Krieg. Und als er zurückkam, war er schwer krank. Davor hab ich ihn über ein Jahr nicht mehr gesehen. Ich habe ihn nur noch in einem Lazarett besuchen können. Wir konnten unmöglich ... Wir hätten nicht ...«

»Das kann ich aus der Ferne nicht beurteilen. Ich kann Sie nicht vermählen.«

Albert Sonntag machte ein wütendes Gesicht.

Schnell schob Wittekind ein: »So steht es sogar im Bürgerlichen Gesetzbuch. Ich kann da gar nichts machen.«

»Wir werden ja sicherlich nicht die Ersten sein, die mit einem solchen Anliegen kommen. Was also unternimmt man für gewöhnlich, wenn man früher heiraten möchte?« Sonntags Stimme war scharf. Er schien nicht bereit, sich vertrösten zu lassen.

Ein Finger ging zu seinem Kragen und lockerte ihn ein wenig. »Sie könnten ... Sie müssten ... Eine Hebamme müsste eine Untersuchung vornehmen, um festzustellen, dass Sie nicht schwanger sind. Nachdem Ihr Mann nun über drei Monate tot ist, wäre ein positives Ergebnis bereits ... ähm deutlich ... ähm feststellbar. Aber am besten klären Sie das noch mal mit dem Standesamt in Stargard ab. Ich finde es trotzdem ... sehr ungehörig. Haben Sie Ihren Mann denn nicht geliebt?«

Ida Nachtweih schaute ihn mit großen Augen an. Sie schien darüber nachzudenken, was sie antworten sollte. Doch Albert Sonntag war schneller.

»Jetzt lieben wir uns ja. Und nur das zählt.«

Egidius sog scharf den Atem ein. Wollte er sich wirklich mit dem Mann auf eine Diskussion einlassen? Besser nicht.

»Also, wir möchten einen Termin im Mai haben. Bis dahin haben wir sicher eine Hebamme gefunden, die die notwendige Untersuchung vornimmt.«

Wieder lockerte Egidius seinen Kragen. »Im Mai also.«

»Gerne Ende Mai, wenn das Wetter schon gut ist«, sagte die Rothaarige.

»Sie haben das alles schon mit dem neuen Patron abgesprochen?«

Albert Sonntag nickte. »Konstantin von Auwitz-Aarhayn und seine Frau waren hocherfreut. Sie finden, es kann gar nicht genug gute Nachrichten geben.«

Der neue Graf und seine Frau – die hatte Egidius Wittekind auch gefressen. Die machten, was sie wollten. Die ehemalige Dorflehrerin umging das Unterrichtsverbot von verheirateten Frauen einfach. Sie unterrichtete die Waisenkinder im Herrenhaus. Da sie immer noch keinen Ersatzlehrer hatten, hatte sie angeboten, dass auch alle Dorfkinder kommen könnten. Wie sehr das Angebot angenommen wurde, wusste Egidius nicht. Aber solange sie nicht im alten Schulgebäude unterrichtete, konnte er nichts dagegen machen.

»Ja, wahrlich. Gute Nachrichten fehlen uns. Wir werden uns ja alle am Sonntag sehen, wenn wir Herrn Thalmann beerdigen. Sehr bedauerlich, sein Tod. Er war ein guter Mann. Ein äußerst erfahrener Gutsverwalter. Weiß der Herr Graf schon, wer sein Nachfolger werden wird?« Das war sicheres Terrain. Das Gut und alle Fragen, die damit zusammenhingen.

»Keine Ahnung. Ich habe nicht mit ihm darüber gesprochen. Also, ein Termin Ende Mai, wäre da noch was frei für uns?«

Der Mann war so impertinent. Wittekind fragte sich, woher er das hatte. Im Waisenhaus lernte man so etwas nicht.

Wohl oder übel nahm er seinen Kalender hervor. Er blätterte ein wenig vor und zurück. Natürlich war noch etwas frei. Die meisten Paare hatten bei Beginn des Krieges geheiratet. Jetzt waren ja kaum noch Männer zum Heiraten übrig.

»Am Sonntag, den 25. Mai wäre es möglich. Vorausgesetzt, ich bekomme die Bescheinigung von der Hebamme und die Bestätigung durch das Standesamt, dass ich Sie früher trauen darf.«

Albert Sonntag stand auf. »Gut, dann halten wir dieses Datum doch fest.«

»Wir müssen aber natürlich noch das Gespräch vor der Hochzeit führen.«

»Was für ein Gespräch?«

»Das Traugespräch. Ich muss Sie über eheliche Pflichten belehren. Und ich muss prüfen, ob Ihre Liebe ehrlich und aufrichtig ist.«

»Ehrlich und aufrichtig?« Albert Sonntag schaute von oben auf ihn herab. Er war ein ganzes Stück größer als er.

»So ist es.«

»Sie möchten von mir wissen, ob ich ehrlich und aufrichtig bin? Sie?«

»Ähm … so ist es … ähm … vorgesehen.« Der Geschmack nach verfaulten Pflaumen lag ihm auf der Zunge.

Albert Sonntag trat näher an den Schreibtisch heran. Seine Stimme klang bedrohlich. »Ich sag Ihnen was: Ich bin mindestens genauso ehrlich und aufrichtig, wie Sie es sind. Das sollte Ihnen reichen, oder?«

Sie maßen sich mit ihren Blicken. In Egidius brodelte die Wut. »Unterstehen Sie sich, mir etwas vorzuwerfen. Falls Sie mich bezichtigen, nicht ehrlich und aufrecht zu sein, sollten Sie das auch beweisen können.« Ganz leise, sodass die Rothaarige nichts davon verstehen konnte, zischelte er weiter: »Sie haben niemanden mehr, der auf Ihrer Seite steht. Niemand wird Ihnen irgendetwas glauben. Nicht, solange mein Wort gegen Ihres steht.«

»Das mag sein. Aber ich werde mich nicht von einem wie Ihnen über Anstand und Moral belehren lassen. Nicht von einem wie Ihnen!«

Die Luft war zum Schneiden. Es fehlte nicht viel, und Egidius hätte ihn geschlagen. Nur die Tatsache, dass der Kerl einen guten Kopf größer war als er, hielt ihn davon ab. Es würde ohnehin nichts nutzen. Ob er ihn schlug oder mit ihm redete, dieser

Mensch war und blieb einfach nur verdorben, quasi per Geburt. Ein Bastard, nichts weiter.

»Nun gut, ich denke, wir können auf ein Traugespräch verzichten.« Er klappte laut seinen Kalender zu. Seine Kehle war rau, als hätte er Sand gefressen.

»Also, am 25. Mai. Ich werde direkt dem Herrn Grafen Bescheid geben.«

»Aber vergessen Sie die Bescheinigung der Untersuchung nicht.« Sein letzter Versuch, noch die Oberhand zu behalten.

24. April 1919

Katharina ging an dem Schild vorbei, auf dem noch immer kundgetan wurde, dass Betteln und Hausieren verboten sei. Ein Dienstmädchen öffnete. Es war das gleiche Dienstmädchen, das sie damals von der Haustür vertrieben hatte. Katharina hatte Julius' Mutter gefragt, ob sie beim nächsten Mal die Kinder mitbringen dürfe. Sie hatte Rosalinde an der Hand. Kuno und Adi standen aufgeregt vor ihr. Isolde kam aus dem Staunen gar nicht mehr heraus. Schon in der großen Limousine, die sie abgeholt hatte, hatten die Kinder große Augen gemacht. Tatsächlich waren alle eingeschüchtert. Und die große Villa machte es nun wirklich nicht besser. Noch zu Hause hatten sie nur darüber geschnattert, ob sie Kakao und Kuchen bekommen würden. Nun war das Geschnatter verstummt.

Isolde machte einen Knicks vor dem Dienstmädchen, das daraufhin zu lachen anfing. Doch sofort hielt sie inne. Hinter ihr erschien die Hausherrin.

»Da seid ihr ja alle. Kommt rein. Kommt rein.«

Brav wie Entenküken liefen sie Eleonora Urban hinterher. Sie traten durch die große Eingangstür ins Foyer. Bei jedem ihrer Besuche bewunderte Katharina die Villa. Alles war modern und im Jugendstil gehalten. Die Räume waren groß und freundlich. Die Fenster ließen viel Licht herein. Eine geschwungene Marmortreppe führte ins Obergeschoss. In die Decke war eine gläserne Kuppel eingelassen, die man von hier unten sehen konnte. Katharina schaute hoch. Julius' Zimmer lag in einem Seitentrakt und hatte ein eigenes Badezimmer. Alle Räume waren wunderbar sauber und nicht verrußt. Es roch frisch und ein Hauch von Frühling lag in der Luft.

Frau Urban ging in den großen Salon. An der Tür blieben alle stehen. Julius saß in einem großen Sessel.

»Julius, du bist ja auf.« Katharina begutachtete ihn erfreut. Er sah so viel besser aus als noch vor wenigen Wochen. Er stand sogar langsam auf und kam Katharina entgegen.

»Julius, darf ich dir vorstellen: Das sind Kunibert und Adalbert.«

»Die Zwillinge, wie unschwer zu erkennen ist.« Julius streckte die Hand vor, und keiner der beiden Jungen wusste, wer ihm zuerst die Hand schütteln sollte.

»Das hier ist Isolde.«

Jetzt machte Isolde noch mal einen Knicks.

»Du brauchst nicht vor mir zu knicksen.«

»Aber Sie sind doch ein feiner Herr.«

Katharina lachte. »Aber jetzt muss man vor den feinen Herren nicht mehr knicksen. So, und hier haben wir Rosalinde.«

Die Kleine drückte sich verschämt an ihren Rock. Das war ihr wohl alles zu viel. Jetzt wandte sie ihr Gesicht ab.

»Ach, Mädchen.« Sie hob Rosalinde hoch, die sich sofort an ihre Schulter schmiegte.

»Gib ihr ein paar Minuten«, flüsterte sie leise.

Julius musste schmunzeln, genau wie seine Mutter. Den beiden gefiel das Bild von Katharina, umringt von einer Kinderschar.

Katharina hatte die Kinder nicht ohne Hintergedanken mitgebracht. Denn heute wollte sie mit Julius über etwas Wichtiges sprechen.

»Setzt euch. Der Kakao kommt sofort.« Eleonora Urban zeigte auf ein breites Sofa. Katharina setzte sich in einen Sessel neben Julius und nahm Rosalinde auf den Schoß, die ihren Rock einfach nicht losließ.

Das Dienstmädchen kam herein mit einem großen Tablett. Einer nach dem anderen bekam einen leckeren Kakao eingeschenkt. Katharina führte Rosalinde die Tasse an den Mund. Die Kleine trug ihr bestes Kleid, das Katharina nicht beschmutzen wollte. Schließlich würde sie es selbst waschen müssen.

»Ich habe gestern mit Mama und der Schwester eine Runde durch Potsdam gedreht.«

Katharina schaute Julius an, der stolz von seinen Erfolgen berichtete. Es ging ihm wesentlich besser. Julius war nicht mehr lichtempfindlich. Aber manchmal wurde ihm noch schwindelig und er bekam regelmäßig Kopfschmerzen. Doktor Classen hatte Katharina bei ihrem letzten Treffen schon gesagt, dass große Hoffnung bestand, dass alle Symptome verschwinden könnten. Immer mehr Erinnerungen kamen zurück, Stück für Stück. Beim letzten Mal hatte er Katharina erzählt, wie es zu dem Unfall gekommen war. Noch konnte er sich nicht an alles erinnern, aber mehr und mehr Bruchstücke setzten sich zu einem Bild zusammen.

Kuno und Adi hatten ihre Kakaotasse schnell leer getrunken. Das Dienstmädchen ging herum und reichte Plätzchen. Jedes der Kinder nahm sich eins. Sie hatten strahlende Augen.

»Wollt ihr noch etwas Kakao?«

Die beiden Jungs schauten Katharina an, die aufmunternd nickte.

»Danke, gerne«, kam es artig aus den Mündern der Zwillinge.

Julius' Mutter schmunzelte. »So wohlerzogen.«

»Wir haben zu Hause geübt«, flüsterte Katharina neckisch.

Jetzt entdeckten die beiden eine Spielzeugeisenbahn, die auf einem niedrigen Tisch aufgebaut war. Sofort wurden sie unruhig.

Das bemerkte auch Frau Urban. »Das ist die alte Bahn von Julius. Wir haben sie herausgeholt, damit ihr was zu spielen habt.«

Die beiden schauten Katharina mit riesigen Augen an. »Na geht schon.«

Das ließen sich Kuno und Adi nicht zweimal sagen.

»Darf ich auch?«, fragte Isolde.

»Natürlich.«

Rosalinde rutschte von Katharinas Knien und folgte ihrer Schwester.

»Wie herzerwärmend. Endlich sind wieder kleine Kinder im Haus.« Eleonora Urban stand auf und stellte sich zu den Kindern.

Katharina wusste, sie sagte das sicherlich nicht ohne Hintergedanken. Auch Julius musste grinsen.

Jetzt, da die Kinder erst mal beschäftigt sein würden, wollte Katharina die Gelegenheit ergreifen. Sie stand auf und hielt Julius die Hand hin.

»Komm, lass uns ein paar Schritte gehen.« Und zu den Kindern rief sie: »Ich gehe mit Julius raus in den Garten. Ihr könnt uns durch die Fenster sehen.«

Die Jungs schauten gar nicht in ihre Richtung. Rosalinde schien nicht einverstanden damit, dass Katharina wegging. Doch dann war schon Isolde bei ihr und lenkte sie ab.

Sie traten durch die große gläserne Flügeltür auf die Terrasse und gingen weiter hinaus in den Garten.

»Du bist wirklich fantastisch mit den Kindern. Du wirst eine großartige Mutter werden.« Julius griff nach ihrer Hand.

Sie liefen ein paar Meter, dann schlug er eine andere Richtung ein. Es gab eine kleine marmorne Bank im Sonnenschein. Er setzte sich.

»Ist es dir zu anstrengend?«

»Nein, ich schaffe es schon, eine halbe Stunde herumzulaufen. Ich bin dann zwar abends müde, aber es wird mit jedem Tag besser.«

Katharina setzte sich neben ihn.

»Wie geht es mit der Suche nach einem neuen Kindermädchen voran?«

»Nun, wir haben erstaunlich viele Bewerbungen. Aber die Kinder wollen partout niemand anderen als mich.«

»Das kann ich verstehen. Ich will auch niemand anderen als dich.« Julius lachte verlegen.

»Ich wollte die Kleinen mitbringen, damit du auch siehst ... Damit sie sehen, wo ich dann leben werde. Und dass sie auch wissen, sie können mich hier besuchen.«

»Natürlich können sie das. Und wir können sie auch besuchen fahren. Wann immer wir Lust und Zeit haben.«

»Da ist noch was ... Ich wollte noch etwas mit dir besprechen.« So vieles war ihr seit ihrer Flucht durch den Kopf gegangen. Sie hatte sich Sorgen gemacht, wie es wohl wäre, wenn sie Julius nach so langer Zeit wieder begegnen würde. Ob sie sich noch liebten. Aber als sie ihn dort hatte liegen sehen, halb tot, halb verhungert, da war es nicht nur Mitleid gewesen. Es war auch Liebe gewesen, die sie zu Tränen gerührt hatte. Und über die letzten Wochen war sie sich sicher, dass sie mit Julius eine Zukunft hatte. Sie war sich nur noch nicht ganz im Klaren darüber, wie genau diese Zukunft aussehen konnte.

Julius sah sie mit einem merkwürdigen Blick an. Als würde er schon ahnen, was sie wollte.

»Du weißt, dass ich ... mich sehr für Medizin interessiere.«

Er sagte nichts, aber plötzlich wirkte sein Gesicht wie versteinert.

»Ich möchte studieren.«

Er sprach keinen Ton. Stattdessen lehnte er sich mit geschlossenen Augen nach hinten. Sein Adamsapfel hüpfte. Er schluckte hart. Katharina wusste in diesem Moment, dass es schwer werden würde, ihn zu überzeugen.

Vor einigen Tagen hatte Katharina bei einer Kundgebung einer Sozialistin gelauscht. Sie hatte all das ausgesprochen, was Katharina insgeheim befürchtete: Die Abdankung des Kaisers, die demokratische Republik, die Änderungen des Arbeitsrechts – all das änderte vor allem das Leben der Männer. Die Revolutionäre hatten wenig übrig für das Schicksal der Frauen. Der Kaiser konnte vielleicht abdanken, aber der Herr im Haus würde es nicht. War es das, was Julius vorschwebte?

»Sag doch etwas.«

Er schüttelte immer noch den Kopf. »Weißt du, ich hab so etwas schon befürchtet. All diese kleinen Andeutungen. Dass du deinen Schulabschluss nachmachen willst. Seit wann Frauen in Preußen studieren dürfen. Ich stelle mir unsere Zukunft anders vor.« Er holte tief Luft. »Wir haben nun schon so lange aufeinander gewartet. Und wenn du nun erst dein Abitur nachholst und dann noch studierst …«

»Aber wir wären doch zusammen. Ich könnte hier wohnen, mit dir.«

»Und wenn du nun … Wenn wir nun ein Kind bekommen würden? Ich habe gedacht, du wirst dich so um unsere Kinder kümmern, wie du dich um die Kinder fremder Leute kümmerst. Vielleicht sogar noch besser.«

»Die Abiturprüfung kann ich in wenigen Wochen oder Monaten ablegen. Und wenn dann ein Kind unterwegs wäre, würde ich eben ein paar Monate aussetzen, bevor ich mit dem Studium anfange. Ich mache es doch jetzt nicht anderes. Abends, wenn die Kinder im Bett sind, dann lese ich in den medizinischen Büchern von Doktor Malchow. Obwohl ich den ganzen Tag viel arbeite und oft müde bin. Er sagt, ich hätte gute Chancen.«

Aus Julius' Gesicht sprach nicht nur Ungeduld. Eine Spur Wut tauchte darin auf. »Katharina, ich dachte, wir reisen herum. Schauen uns die Welt an. Erleben ein paar Abenteuer zusammen.«

Sie verzog ihren Mund. »Ich für meinen Teil habe genug von Abenteuern.«

So, wie bei Julius nach und nach die Erinnerungen zurückkamen, so hatte Katharina ihm Stück für Stück von ihren letzten Jahren erzählt. Von ihren Aufgaben bei der Kinderbeaufsichtigung im Dorf. Von dem, was sie bei Rebecca Kurscheidt gelernt hatte. Von ihrer Flucht, und schließlich sogar von der kurzen Zeit, die sie bei Cläre Bromberg gelebt hatte.

»Ich möchte Ärztin werden. Ich möchte mich um arme Kinder kümmern. Ich hab so viel Elend gesehen, ich brauche keine Abenteuer mehr. Mein Studium und ein Leben als Ärztin werden mir Abenteuer genug sein.«

Er schüttelte den Kopf. »Ich weiß, ich bin dir zu großem Dank verpflichtet, aber ich hatte wirklich gehofft, dass du jetzt, da sich dir ein ganz neues Leben bietet, von alleine zur Vernunft kommen würdest.«

Zur Vernunft kommen. So hatte Mama auch immer argumentiert. Nun war es Katharina, die wütend wurde. »Julius, ich habe gelernt, wie wichtig es ist, auf eigenen Beinen zu stehen. Und wie erfüllt ein Tag sein kann, wenn man eine Aufgabe, ein Ziel hat. Ich möchte nie wieder in dieses Leben zurückkehren, wo ich einfach nur gut gekleidet sein muss und höflich plaudern soll.«

»Das tut meine Mutter auch nicht.«

»Ehrlich gesagt tut sie aber auch nicht viel mehr. Sie kümmert sich um dich. Jetzt, wo du es noch brauchst. Doch was macht sie danach?«

»Sie stärkt meinem Vater den Rücken. Im Moment hat er wirklich große Schwierigkeiten.«

»Aber ich könnte beides. Ich könnte studieren und Kinder haben. Natürlich würde ich lieber erst zu Ende studieren und danach Kinder bekommen.«

»Während du arbeitest?« Julius klang barsch. »Man kriegt doch nicht so einfach nebenbei Kinder. Wie soll das gehen?«

Katharina seufzte. Sie hatte gewusst, dass dieses Gespräch nicht einfach werden würde. Aber die Zeiten, in denen sie den leichtesten Weg gewählt hatte, waren vorbei. »Julius, ich liebe dich, und ich möchte dich gerne heiraten. Aber ich möchte auch studieren. Und ich möchte später arb…«

»Aber das sind doch alles nur Flausen.«

Für einen Moment verschlug es ihr die Sprache. Katharina holte tief Luft. Sie starrte ihn an. Das konnte doch wohl alles nicht wahr sein. Sie musste sich beherrschen, um nicht zornig zu klingen.

»Ich weiß, ich überrasche dich damit. Ich weiß, wir haben nie darüber gesprochen, dass ich … mehr sein will als nur deine Ehefrau.«

Julius bestätigte ihre Worte mit einem Nicken.

»Dennoch habe ich gehofft, dass …«

»Katharina, wir können ein so schönes Leben haben. Jede Bürgersfrau ist glücklich, wenn sie nicht mehr arbeiten muss. Das bedeutet, ihre Familie hat es geschafft. Ihr Mann hat es geschafft. Und ich dachte immer …«

Sie schüttelte ihren Kopf. »Du verstehst es nicht. Die letzten Jahre, aber vor allem die letzte Monate haben mich verändert.«

»Du hast recht: Ich verstehe dich wirklich nicht. Wolltest du nicht immer ein aufregendes Leben? Du hast dich beklagt, dass es auf Greifenau so langweilig sei, während ich im pulsierenden Berlin lebe, ins Kino gehe, ins Theater. In deinen Briefen hast du geschrieben, wie sehr du mich beneidest, dass ich um die ganze Welt reisen kann. Hast du nicht von einer Reise nach Argentinien geschwärmt?«

Katharina wusste nicht, was sie erwidern sollte. Alles, was er sagte, stimmte. Er hatte sich in eine andere Katharina verliebt, in eine, die mit ihm gemeinsam das luxuriöse Leben hatte genießen wollen.

»Wo ist sie, diese Katharina, die mit mir die Welt erobern wollte?«

Cläre Brombergs Sohn kam ihr in Erinnerung. Er hatte nur ein besseres Leben gewollt. Der zwölfjährige Junge, der in ihren Armen gestorben war, kam ihr in den Sinn. So jung, so hungrig – hungrig genug, um in eine Kugel hineinzulaufen. Vielleicht war die alte Katharina damals mit ihnen gestorben. Die Komtess war verschwunden, und eine verantwortungsvolle junge Frau war dem Kokon entschlüpft.

Sie musste ihre Tränen zurückhalten. »Ich kann diesem Elend nicht einfach tatenlos zusehen.«

»Du hast nie davon gesprochen, dass du arbeiten willst. Dass du studieren willst. Und jetzt willst du gleich die halbe Welt retten?«

Sie wusste nicht, was sie ihm antworten sollte.

»Ich will eine Ehefrau und Mutter. Etwas anderes hat nie zur Debatte gestanden. Du musst ja noch nicht einmal den Haushalt führen. Dafür wird es genug Personal geben.«

»Aber genau deswegen hätte ich doch genug Zeit, um …«

Er schüttelte unwirsch den Kopf. »Nein. Das werde ich nicht zulassen.«

»Du wirst *was* nicht zulassen?«

Es schien ihn viel Kraft zu kosten, diese Worte auszusprechen. »Ich bestimme als Ehemann über dich. Und du wirst nicht studieren.«

Als würde die Welt erstarren. Sie hörte nichts mehr. Ihre Augen blickten ins Nichts. Wer war sie? Die schöne, aber gelangweilte Komtess war sie schon lange nicht mehr. Jetzt musste sie sich entscheiden, ob sie eine reiche Ehefrau sein wollte oder eine junge Frau, die gelernt hatte, sich selbst durchs Leben zu schlagen.

»Nein.«

»Nein was?« Julius sah sie irritiert an.

»Nein. Dann werden wir nicht heiraten.«

Julius war sprachlos. Die entgeisterte Ungläubigkeit in seiner Miene veränderte das Bild, das sie von ihm hatte. Zum ersten Mal sah sie ihn nicht als Ritter in schimmernder Rüstung oder als jemanden, der sehr krank war, aber mit der besten Medizin und Unterstützung, die man mit Geld kaufen konnte, umhegt und gepflegt wurde. Zum ersten Mal fiel ihr auf, wie verwöhnt er doch eigentlich war. Es kam ihm nicht einmal in den Sinn, seinen Willen nicht bekommen zu können. Wieso nur hatte sie das früher nicht bemerkt? War sie so blind in ihrer Liebe gewesen?

»Deine Worte könnten genauso gut aus dem Mund meiner Mutter stammen. Du willst über mich bestimmen? Ich bin doch nicht von zu Hause ausgerissen, habe mein Leben, meine Familie und meinen ganzen Stand hinter mir gelassen, um in genau ein solches Leben zurückzukehren.«

»In genau ein solches Leben?«

»In ein Leben, in dem ein anderer über mich bestimmt. Wir sind noch nicht einmal verheiratet, da sagst du mir schon, was ich zu tun und zu lassen habe.« Katharina klang so wütend, wie sie war. In ihr brodelte es.

»Aber ich …«

»Hast du mir nicht einmal versprochen, mir alle meine Träume zu erfüllen? Mir die Welt zu Füßen zu legen?«

»Also, das ist aber doch … Katharina, Kino und Theater, Reisen, herrliche Suiten in eleganten Hotels, Kreuzfahrten im Mittelmeer, ein wunderbar luxuriöses Leben. Das kann ich dir alles bieten.« Er klang empört.

»Ich will nicht wie meine oder wie deine Mutter leben. Das reicht mir nicht mehr.«

»Du bist störrisch wie ein Esel.«

Katharina sah ihm in die Augen. Da war kein Verständnis. Sie durfte nicht erwarten, dass ihre Wünsche berücksichtig wurden. »Du vergisst wohl, warum du heute noch am Leben bist. Dieses Störrische, meine Beharrlichkeit hat mich immer weitersuchen lassen. Ich habe nicht aufgegeben dank meines Dickkopfes. Und jetzt, wo es dir gerade passt, soll ich ihn aufgeben. Nein, ich bin nun mal so und nicht anders.«

Julius presste die Lippen aufeinander. »Heißt das, ich muss mich entscheiden? Bekomme ich dich nur mit Studium oder gar nicht?«

An seiner Stimme erkannte Katharina, dass er noch immer nicht glaubte, dass er seinen Willen letzten Endes nicht bekommen würde. Statt etwas zu antworten, schaute sie sich im Park um. Entschied sie sich falsch? Welche Chancen vergab sie sich? Als Julius' Frau sollte sie nicht studieren können. Und ohne Julius war es äußerst zweifelhaft, ob sie sich überhaupt ein Studium leisten konnte. Sie konnte zwar bei Doktor Malchow weiter wohnen und arbeiten, aber studieren konnte sie dann immer noch nicht. Sie hätte weder genug Geld noch genug Zeit. Zurück aufs Gut konnte sie auch nicht mehr. Ihre Eltern hatten sie verstoßen. Es war wirklich vertrackt.

Was sollte sie ihm antworten? Katharina fragte sich, ob sie zu weit gegangen war. Aber es war, wie sie gesagt hatte. Sie wollte Julius heiraten, und sie wollte studieren. Sie wollte Kinder haben, und sie wollte arbeiten. Bei Rebecca Kurscheidt hatte sich das alles so einfach angehört. Die Dorflehrerin wollte es auch nicht anders. Sie hatte sich furchtbar darüber aufgeregt, als verheiratete Frau nicht mehr als Lehrerin arbeiten zu dürfen. Immer wieder hatte sie mit ihr darüber gesprochen.

Zum ersten Mal in ihrem Leben hatte Katharina eigenes Geld. Geld, für das sie hart arbeitete. Das sie nach ihrem eigenen Ermessen sparen oder ausgeben konnte. Das war ein gutes Gefühl. Sie wollte dieses Gefühl nicht wieder aufgeben müssen. Selbst dann nicht, wenn Julius ihr tausend Mal mehr Geld bieten konnte. Was, wenn Julius ihr ihren größten Wunsch verweigern würde? Nein, so durfte sie gar nicht denken. Julius konnte ihr das Studium nicht verweigern. Er konnte sich höchstens weigern, sie unter diesen Umständen noch zu heiraten. Alles andere war ihre Entscheidung.

Julius räusperte sich. Er schaute ihr direkt in die Augen. »Weißt du, was das Verrückte ist? Ausgerechnet mein Vater hat mir gesagt, dass es so kommen würde. Dass du einen so starken Charakter hättest, dass du nicht von deinen Plänen abzubringen seist.«

»Dein Vater? Dann hält er mich also nicht mehr für eine Mitgiftjägerin?«

Er schüttelte den Kopf. Katharina wusste nicht, ob das eine Antwort auf ihre letzte Frage war oder ob Julius sich endgültig zu etwas entschlossen hatte.

»Katharina, was soll das für eine Ehe werden, wenn du mir schon vorher nicht gehorchst?«

Es war, als würde die Zeit stillstehen. Darum ging es. Darum ging es immer in ihrem Leben. Um das Gehorchen. Um das sich Unterordnen. Bei ihrer Mutter, ihrer Familie, Ludwig und nun bei Julius. Eine bittere Erkenntnis kam ihr in den Sinn. Die einzige Zeit, in der sie frei entscheiden konnte, was sie wollte, war die Zeit, in der sie praktisch mittellos war. Bei Cläre und jetzt bei Doktor Malchow. Sie konnte also dem gehorchen, was die Geldnot ihr diktierte, oder Julius. Was für eine Ironie. Fast hätte sie bitter aufgelacht. Stattdessen schluckte sie den galligen Geschmack im Mund herunter.

»Ja, genau. Was soll das für eine Ehe werden?« Sie warf ihm einen letzten Blick zu. Er verstand es nicht. Eilig, bevor er ihre Tränen sah, drehte sie sich weg und ging ins Haus. Sie würde nun die Kinder einsammeln und nach Hause fahren.

10. Mai 1919

Caspers hatte gerade die Zeitung gebracht. Rebecca stand hinter Konstantin, der noch auf seinem Platz saß, und las mit. Alexander stand rechts von ihm. Auch er las. Am Mittwoch waren in Versailles der deutschen Friedensdelegation die Bedingungen für einen Friedensvertrag übergeben worden.

»Meine Güte, das ist schrecklich«, brach es aus Konstantin heraus.

»Aber das können sie doch nicht tun«, rief sein Bruder pikiert aus.

Rebeccas Stimme triefte vor Empörung. »Mit der einen Hand gründen sie den Völkerbund, um den Weltfrieden zu erhalten. Und mit der anderen Hand diktieren sie Friedensbedingungen, die den Namen Frieden nicht verdienen. Sie reden über Völkerverständigung und Vergebung und säen Hass und Gewalt. Von Wilsons 14-Punkte-Plan ist doch praktisch nichts mehr übrig! Auf dieser Grundlage soll Deutschland demokratisch werden, indem es versklavt wird?«

Die Zeitung titelte es überdeutlich *Gewaltfrieden von Versailles*. Es schien nicht übertrieben zu sein.

Was sollte Konstantin den Leuten erzählen, den Pächtern? Hatte er ihnen nicht versichert, dass bald alles gut werden würde? Wie sollte das gut gehen können, unter diesen Bedingungen?

Seit drei Tagen drangen mehr und mehr Bedingungen des Versailler Vertrages ans Licht. Wie sollte er jetzt noch den Gutshof verkaufen? Da konnten ihn die Banken ja gleich enteignen. Wenn die Franzosen und Engländer mit diesen Bedingungen durchkommen würden, dann könnte er nie und nimmer die Schulden zurückzahlen. Vermutlich würde niemand mehr irgendetwas kaufen. Wer gescheit war, nahm sein Geld und floh damit ins Ausland. Zwei Bewerber hatten ihre Angebote schon zurückgezogen. Und das dritte Angebot war unverschämt niedrig. Trotzdem drangsalierte die Bank Konstantin von Woche zu Woche mehr, die Raten zu bedienen. Aber wie nur, wie?

»Niederschmetternd, ja, das ist infam!«, sagte Alexander. Auch ihm verschlug es fast die Sprache. »Wir sollen ganz alleine schuld am Krieg sein? Das stimmt doch so gar nicht! Was für eine Schmach bringen sie da über uns!«

»Ich kann mir keine deutsche Regierung vorstellen, die das unterschreibt.« Rebeccas Hand ging zum Hals. Die Angst stand ihr ins Gesicht geschrieben. »Selbst die MSDP sagt, dass die Friedensbedingungen unerträglich sind. Die Franzosen und die Briten verhöhnen die Vorschläge des amerikanischen Präsidenten.«

»Was bedeutet das dann für uns? Wieder zurück auf die Schlachtfelder?« Alexander war so froh, dass sein Dienst an der Front zu Ende war.

»Ich dachte, es geht um Land, das wir abgeben müssen. Elsass-Lothringen, vielleicht auch das Saarbecken. Alle Kolonien haben sie doch schon. Aber das … das hört ja gar nicht mehr auf! Posen und Westpreußen an Polen. Das Hultschiner Ländchen … weg. Das Memelgebiet und Danzig unter die Kontrolle der Alliierten. Das linke Rheinufer soll fünfzehn Jahre unter Besatzung gestellt werden!« Konstantin zählte das Unglaubliche zusammen. »Volksabstimmungen in West- und Ostpreußen. Was, wenn dort die Polen überhand gewinnen?«

»Anastasias Rittergut … Ein polnischer Korridor zwischen Ostpreußen und dem übrigen Reich. Es wird einfach abgeschnürt! Das wird Mama umbringen.« Alexanders Stimme versagte fast völlig.

Anastasias Mann hatte ihnen eine kleine Summe geliehen, gerade so viel, dass sie ihre laufenden Rechnungen bezahlen und von der Bank nicht enteignet werden konnten. Natürlich hatte Graf von Sawatzki das nicht aus freien Stücken oder Konstantin zuliebe gemacht. Konstantin und er hatten sich noch nie besonders gut verstanden. Und als er Rebecca geheiratet hatte, hatte er die letzten Sympathien des ostpreußischen Junkers verscherzt. Nein, es war Mama gewesen, die darum gebettelt hatte. Sie wollte Gut Greifenau nicht verlieren. Noch immer hegte sie die Hoffnung, dass ganz bald der Kaiser zurückkäme und im Reich wieder das Steuer übernehmen würde. Der würde den Banken und den Großindustriellen gehörig den Marsch blasen. Die adeligen Großgrundbesitzer in dieser schweren Stunde so im Stich zu lassen, war eine Schande. Konstantin glaubte zwar nicht daran, aber das Geld nahm er dankend an. Es brachte ihn nochmals zwei Monate über die Runden. Und vielleicht, vielleicht würde doch noch ein Wunder geschehen. Was nun gerade in der Zeitung stand, war allerdings genau das Gegenteil von dem, auf das Konstantin hoffte.

»Und noch ist der Vertrag nicht unterschrieben. Polen fordert auch noch Pommern und das oberschlesische Industriegebiet.«

Konstantin drehte sich zu Rebecca um. »Das ist die Schlinge um unseren Hals. Wenn wir nicht zu allem Ja und Amen sagen, werden sie uns einfach erhängen. Und das ist noch nicht alles. Sie wollen Geld, viel Geld, vermute ich. Wie viel, das sagen sie uns noch nicht. Die Franzosen wollen bestimmt die fünf Milliarden Francs zurück, die sie nach unserem Sieg 1871 zahlen mussten.«

»Bestimmt wollen sie mehr«, schaltete sich Alexander ein. »Wenn dieser Vertrag mit unserer Alleinschuld unterschrieben wird, dann kann die Reparationskommission sich wünschen, was immer sie will. Das Doppelte, das Dreifache.«

»Sie lassen uns keine Luft zum Atmen! Sie wollen uns sterben sehen.« Konstantin hatte selten so wahre und so ernste Worte gesagt.

Rebecca antwortete sehr leise: »Sie machen mit uns genau das Gleiche, was wir mit den Russen im Friedensvertrag von Brest-Litowsk gemacht haben. Die Russen standen mit dem Rücken zur Wand. Und wir haben sie ausgepresst.«

Konstantin lief ein Schauer über den Rücken. Rebecca hatte recht. Sie waren nicht besser gewesen. »Verträge werden immer von Siegern diktiert. Sie werden nicht auf Augenhöhe ausgehandelt. Die Zeche zahlt immer der Verlierer, immer!«

Es klopfte. Konstantin faltete die Zeitung zusammen und stand auf.

Albert Sonntag trat herein. »Sie wollten mich sprechen?«

»Ja, bitte. Kommen Sie näher. Setzen Sie sich. Möchten Sie einen Kaffee? Es ist noch etwas vom Frühstück übrig.«

»Gerne.« Der ehemalige Kutscher, Chauffeur und was er sonst noch alles getan hatte, schaute die drei verwundert an, setzte sich aber.

Mit Blick auf die Zeitung sagte er: »Keine allzu guten Nachrichten, wie ich fürchte.«

»Nein, allerdings nicht.« Rebecca stellte eine Tasse vor den Mann. Dann trat sie wie vorhin neben Konstantin. Alle tauschten erwartungsvolle Blicke.

»Leider ist Herr Thalmann ja nun von uns gegangen.«

»Ja, wer hätte gedacht, dass die Spanische Grippe ein weiteres Mal zurückkommt und noch mehr Opfer fordert«, sagte der Kutscher mitfühlend. »Ich hoffe, dass dieses Mal wenigstens das Herrenhaus verschont bleibt.«

Der Gutsverwalter war vor vier Wochen beerdigt worden. Konstantin räusperte sich. »Wie Sie wissen, lässt es unsere momentane Situation nicht zu, einen neuen Gutsverwalter einzustellen.«

Albert Sonntag nickte.

»Natürlich könnte ich es selber übernehmen. Aber wenn dann irgendwann der neue Gutsherr hier ist, dann soll er einen Ansprechpartner haben. Es muss jemand sein, der sich hier auskennt. Der die Pächter kennt, die einzelnen Höfe. Es wäre fatal, wenn es niemanden gäbe, der dann vermitteln könnte.«

Konstantin und Rebecca hatten lange darüber nachgedacht. Alexander, der ja ohnehin nicht in der Landwirtschaft arbeiten wollte, kam nicht infrage. Sein jüngerer Bruder würde Greifenau genauso verlassen müssen wie sie. Sie hatten bereits mit Papas Schwester korrespondiert. Alexander käme bei Tante Leopoldine unter. Sie hatten ohnehin keine Kinder und vielleicht würde sich ihr Mann dazu bereit erklären, Alexander ein Studium zu finanzieren. Alexander hatte ihn mit dem Gedanken überrascht, selbst eine Arbeit anzunehmen. Das war natürlich Blödsinn. Konstantin wusste nicht, was Alexander hätte tun können. Die Arbeitslosigkeit im ganzen Land war hoch. Da konnte man auf einen hochgebildeten, aber in praktischen Dingen völlig unerfahrenen Grafensohn wirklich verzichten. Das hatte er Alexander natürlich nicht gesagt. Trotzdem war der enttäuscht.

Rebecca hatte sich bereits an die Schulbehörde gewandt. Sie wollte wieder als Dorfschullehrerin arbeiten. Natürlich wäre es ungeschickt, hier eine Stelle neu anzufangen, um dann mitten im Jahr wer weiß wohin wechseln zu müssen. Trotzdem, es stand noch zur Debatte, ob verheiratete Frauen denn nun als Lehrerin arbeiten durften. Von Seiten der Regierung aus gab es allerdings gerade dringendere Probleme zu lösen.

Mama, nun, das war sehr viel schwieriger. Rebecca hatte vorgeschlagen, sie sollten doch Anastasia fragen, ob sie nicht ihre Mutter aufnehmen würde. Und natürlich war das eine hervorragende Idee. Aber Konstantin wollte nicht derjenige sein, der es ins Gespräch brachte. Er war sich sicher, sobald das Gut verkauft war, würde Mama von ganz alleine darauf kommen. Nach Russland konnte sie ja nun schlecht zurückgehen.

Also, wer würde bleiben und einen neuen Gutsherrn detailliert in die Erfordernisse einweihen? Konstantin wollte den Übergang für seine Pächter so leicht wie möglich gestalten.

»Ich verstehe.«

»Ich habe Sie vorgeschlagen«, sprang Alexander nun dazwischen. »Sie sind der richtige Mann für die Stelle. Meinem Vater hätte es sehr gefallen, da bin ich mir sicher.«

Alexander und Albert Sonntag wechselten einen merkwürdigen Blick, von dem Konstantin nicht wusste, was er zu bedeuten hatte. Was wusste Alexander, was er nicht wusste? Irgendetwas, das Vater betraf.

Sein Bruder hatte so sehr insistiert, dass Albert Sonntag der richtige Mann sei. Seine Argumente waren nicht ganz von der Hand zu weisen. Durch die Zeit im Waisenhaus war er harte Arbeit gewohnt. Er kannte sich gut mit Tieren aus, und er hatte wirklich sehr schnell den Platz von Johann Waldner eingenommen. Was er nicht gewusst hatte, hatte er sich vorher schon beim Stallmeister abgeschaut. Und in den letzten Jahren hatte er auch auf dem Feld gute Arbeit geleistet. Er kannte alle Pächter, und alle Pächter kannten ihn. Sie kamen gut miteinander aus. Ob sie ihn als Gutsverwalter akzeptieren würden, wusste natürlich niemand. Aber irgendjemand musste es ja werden.

»Natürlich sind Sie in landwirtschaftlichen Fragen nicht so erfahren wie ich oder wie die Pächter. Wir sollten also einfühlsam vorgehen, damit Sie eines Tages den Leuten sagen können, was sie zu tun haben. Aber mein Bruder hat recht: Sie scheinen jede Aufgabe mit Leichtigkeit zu bewältigen, arbeiten sich schnell ein, kommen mit vielen Leuten gut zurecht und haben trotzdem großes Durchsetzungsvermögen. Also, was sagen Sie?«

Albert Sonntag räusperte sich. Er blickte sie ungläubig an. »Ich soll Gutsverwalter werden? Von Gut Greifenau?«

»Ich sollte Ihnen vielleicht vorher noch sagen, dass wir Ihnen für die zusätzliche Arbeit kein Geld zahlen können. Vielleicht, wenn wir das Gut jemals für einen annehmbaren Betrag verkauft bekommen, würde ich Ihnen gerne etwas nachzahlen. Aber im Moment …«

Albert Sonntag nickte interessiert.

»Ich würde mit den Pächtern sprechen und ihnen erklären, wieso ich Sie genommen habe. Es sollte eine Art von Beständigkeit geben, wenn es denn bald irgendwann einen neuen Herren auf Greifenau gibt. Es ist natürlich alles andere als optimal, weder für mich noch für Sie noch für die Pächter hätte ich mir eine solche Lösung gewünscht. Aber im Moment erscheint es mir am praktikabelsten.«

Konstantin musste sich mit dem Gedanken arrangieren, dass Greifenau bald nicht mehr seine Heimat sein würde. Wann immer er darüber nachdachte, wie schwer es ihm fiel, und wie unglaublich der Gedanke, Gut Greifenau in fremde Hände zu geben, eigentlich war, riss es ihm das Herz heraus. Er funktionierte nur. Er hatte es sich verboten, dran zu denken.

Zwar wusste er immer noch nicht, was danach kommen würde. Rebecca würde sich eine Stelle suchen, und er kam sicherlich auch irgendwo in der Landwirtschaft unter. Vielleicht sogar irgendwo als Gutsverwalter. Nur hier, das konnte er sich nicht antun. Auf Gut Greifenau Gutsverwalter zu werden, das war, als würde man ihn auf kleiner Flamme in einem Kochtopf schmoren. Nein, wenn es denn soweit war, dann würde er fortgehen. Weit weg fortgehen.

»Im Moment sind alle sehr empfindlich und die Situation in der Bevölkerung ist … gereizt«, schob Rebecca erklärend hinterher.

Sonntag nickte. Jeder wusste, dass es eine anstrengende Zeit war.

»Die Bezahlung … nun, natürlich würden wir uns alle etwas anderes wünschen. Besonders, da Sie ja nun auch bald heiraten werden und ohnehin aus den Dienstbotenräumlichkeiten ausziehen müssen. Vielleicht wird der neue Besitzer Sie ja als Gutsverwalter behalten. Dann könnten Sie eine eigene Bauernkate beziehen.«

»Und Ida Plümecke … ich meine, meine baldige Frau?«

»Nun, ich will in meinen letzten Monaten nicht noch mehr Unruhe stiften als ohnehin nötig. Vorerst würden wir Frau Thalmann die Meierei überlassen. Aber es war bei uns bisher immer üblich, dass die Frau des Gutsverwalters die Meierei übernommen hat. Fräulein Plümecke könnte sich doch stundenweise dort einarbeiten lassen. Ich denke, Frau Thalmann wird es noch ein paar Jahre machen wollen. Aber sie ist ohnehin in einem Alter, wo sie sich nach einer Nachfolgerin umsehen muss. Aber das sind vermutlich alles Entscheidungen, die ich nicht mehr fällen werde.«

Er sah den Kutscher neugierig an. Es war ziemlich ungehörig, ihm eine solch verantwortungsvolle Stelle anzubieten und damit nicht einmal eine bessere Bezahlung zu verbinden.

Doch Albert Sonntag saß ihm mit offenem Mund gegenüber. Er wirkte völlig überrascht, aber erfreut. »Ich … Nun … Ja, ich sage ja. Das ist eine großartige Idee.«

Kapitel 11

25. Mai 1919

Albert küsste Ida. Wittekind machte ein sauertöpfisches Gesicht. Es war keine besonders schöne Zeremonie gewesen. Der Pastor hatte seine Texte heruntergeleiert, sodass es schon zu verwunderten Blicken aus der Menge der Anwesenden gekommen war. Aber das interessierte Albert nicht. Er war nun verheiratet, mit Ida Plümecke, Nachtweih, jetzt Ida Sonntag.

Wiebke und Paul standen in der ersten Reihe, neben Irmgard Hindemith. Deren Schwester saß weiter hinten, aber das war egal. Seine Mutter war bei seiner Hochzeit anwesend! Wer hätte das gedacht? Er sicher nicht. Sogar seine Halbbrüder und seine Schwägerin waren da. Fast alle, die seine Familie ausmachten. Was für ein unglaubliches Gefühl.

Und nicht nur das. Er würde Verwalter auf dem Gut seines Vaters. Auch etwas, was er wirklich nicht vorhergesehen hatte. Er war Kutscher, dann sogar Chauffeur geworden. Er hatte gedacht, auf dem Feld zu arbeiten wäre ein Abstieg gewesen. Doch erst dieser Umweg führte ihn nun zu einem Ziel, das er sich besser nicht hätte ausdenken können. Als Verwalter des Gutes wurde er zur rechten Hand von Graf Konstantin, zumindest für die nächsten paar Wochen noch. In gewisser Weise wurde er damit zum Herrscher über das Landgut.

Zwar stand er noch immer mit auf dem Feld, aber er hatte schon zweimal lange Besprechungen mit Konstantin von Auwitz-Aarhayn gehabt. Sie fanden in der Regel im kleinen Salon statt, wo er nun nicht mehr stehen musste wie ein Dienstbote. Er saß mit dem Grafen am Tisch und besprach die Arbeitspläne.

Konstantin von Auwitz-Aarhayn hatte gehalten, was er versprochen hatte. Er hatte ihn bei den Pächtern als neuen Gutsverwalter eingeführt. Dass Albert mit auf dem Feld arbeiten musste, war nicht schlimm, solange auch der junge Graf daneben stand und mit beiden Händen anpackte. Ob ein neuer Herr über Greifenau ihn als Gutsverwalter behalten würde, stand allerdings in den Sternen. Aber wenn, dann wäre das Ironische daran, dass er der Letzte aus der Linie der Auwitz-Aarhayns wäre, der auf dem Gut lebte. Dieser Gedanke brachte ihn irgendwie zum Schmunzeln.

Er fragte sich auch, ob er Graf Alexander nach ihrem gemeinsamen Vater fragen sollte. Wusste der junge Mann etwas, oder würde er nur schlafende Hunde wecken? Der Graf hatte selbst nichts in diese Richtung verlauten lassen. Aber dieser eine Moment im großen Salon: Es war überdeutlich gewesen, dass er etwas wusste.

Doch heute war sein Hochzeitstag. Heute wollte er nicht grübeln. Heute wollte er einfach nur glücklich sein. Lediglich, dass seine Mutter partout nicht mit zur Feier auf Gut Greifenau mitkommen wollte, versetzte ihm einen Stich. Allen Vorschlägen zum Trotz war sie nicht dazu zu bewegen gewesen. Albert und Irmgard hatten ihr versichert, dass niemand Verdacht schöpfen würde.

Das sah sie anders. Es konnte sehr gut sein, dass Feodora von Auwitz-Aarhayn doch Bescheid wusste. Allerdings würde sich die Gräfin ganz sicherlich nicht auf der Hochzeitsfeier unten im Dienstbotentrakt oder draußen blicken lassen. Weil so schönes Wetter war, hatten sie vor der Remise einige Tische und Stühle aufgebaut. Jetzt aber stand erst einmal das halbe Dorf draußen vor der Kirche und wartete auf sie.

Wiebke hatte den letzten Ballen Stoff, der noch aus der Zeit vor dem Krieg stammte, verbraucht, um ihrer Schwester ein wunderschönes Kleid zu nähen. Sie war eine wahre Meisterin, was das Nähen anging. In einem himmlischen Kleid war Ida vorhin am Kirchenportal aufgetaucht. In dem Moment hatte Albert gewusst, es war die richtige Entscheidung, sie zu heiraten.

Jetzt hatte er nicht nur eine Mutter und eine Tante, sondern mit Paul und Wiebke sogar Schwager und Schwägerin. Er konnte auf dem Gut bleiben, bei seinen beiden Halbbrüdern. Auch wenn die es nicht wussten. Und Gräfin Rebecca, seine Schwägerin, mit ihr kam er ohnehin prima aus. Plötzlich hatte er eine große Familie.

Im schönsten Sonnenschein traten sie vor das Portal. Ida strahlte ihn an. Ihre Augen waren niemals so grün gewesen wie heute. Sie sprühten geradezu vor Glück.

Auch sie hatte es nicht fassen können, was für eine Zukunft ihnen da offeriert wurde. Er sollte Gutsverwalter werden. Und in einigen Jahren, wenn es dem Land und den Menschen wieder besser ginge, dann würden sie sogar in einem großen Haus wohnen, mit einem eigenen Stück Land. Als Albert ihr das abends erzählt hatte, wollte sie es nicht glauben. Sie hatte gedacht, er erlaube sich einen Scherz.

»Und, bist du glücklich?«

Ida nickte vehement.

Albert beugte sich zu ihr hinunter und küsste sie noch einmal. Das halbe Dorf wollte ihnen gratulieren, aber sein erster Weg führte zu seiner Mutter und seiner Tante. Irmgard Hindemith umarmte sie beide. Niemand würde Verdacht schöpfen, denn alle drei waren ja gut miteinander bekannt. Therese hielt sich zurück. Sie legte ihre Hand auf die beiden Hände von Albert und Ida, und die Tränen standen ihr in den Augen.

»Ihr kommt doch nächsten Sonntag zu mir?«

»Willst du es dir nicht noch einmal anders überlegen? Niemand würde auf dumme Gedanken kommen, wenn du einfach mitkämst«, fragte Albert eindringlich.

»Das stimmt vermutlich. Aber ich habe mir einmal geschworen, das Herrenhaus nie wieder zu betreten. Es ist für so viel Unglück in meinem Leben verantwortlich. Ich will nicht ... Wenn ich daran denke, was damals passiert ist ... ich würde euch euren glücklichen Tag nur verderben.«

Ida ergriff ihre Hand. »Du bist uns immer herzlich willkommen, Mutter.« Sie sagte es so leise, dass nur ihre Schwester es hören konnte.

Therese Hindemith standen die Tränen in den Augen. Sie drehte sich schnell weg. So viel Mitgefühl wäre doch etwas überraschend für die anderen Dorfbewohner gewesen. Schon die Tatsache, dass sie aus ihrem Nachbardorf überhaupt nach Greifenau gekommen war, war eine absolute Ausnahme.

Irmgard schätzte die Situation richtig ein. Eilig schob sie Albert und Ida in Richtung Paul und Wiebke.

»Ida ... und Albert.« Das Du kam Wiebke immer noch schwer über die Lippen. »Ich wünsche euch von Herzen alles Gute. Ich bin so froh, dass ihr bleiben könnt. Das war immer meine einzige Sorge bei dem Gedanken daran, dass ihr beide heiraten könntet. Ich hatte Angst, ihr müsstet dann weggehen. Aber so ist es ja noch viel besser.«

Paul gratulierte ebenfalls. Albert und Paul umarmten sich sogar kurz. Jeder im Dorf wusste nun, dass Paul Plümecke Idas Bruder war. Mit seiner blassen Haut und den roten Haaren war es auch nicht zu verleugnen. Alle waren froh, dass es wieder einen Schmied im Dorf gab. Paul kannte schon fast so viele Pächter wie Albert. Jeder hatte etwas zu richten, zu schleifen, ein Pferd zu beschlagen oder ein Fass zu reparieren. Und Paul konnte all das und noch mehr.

Eugen und Albert umarmten sich. Und auch Ida nahm Eugen einfach vor lauter Überschwang in den Arm. Er grinste verschämt, aber es gefiel ihm offensichtlich.

Als Nächstes gratulierte die Grafenfamilie. Der neue Patron und seine Frau waren sehr herzlich. Man konnte merken, dass sie sich wirklich für sie freuten. Als sie den beiden ihre Absichten, sich zu vermählen, mitgeteilt hatten, waren Albert und Ida sehr nervös gewesen. Ob sie vielleicht doch bleiben könnten, hatten sie gefragt. Die Gräfin hatte schneller geantwortet als der Graf. Natürlich dürften sie bleiben. Hier würde nun ein anderer Wind wehen. Verheiratete Frauen durften natürlich weiter arbeiten.

Als Albert jetzt Graf Alexander gegenüberstand, war da wieder dieses merkwürdige Gefühl. Albert schaute genauso suchend zurück. Der jüngere Mann grinste einfach nur. Es waren viel zu viele Leute und viel zu viel Unruhe um sie herum, um auch nur einen Gedanken daran zu verschwenden, ihn nach seinem Vater fragen zu wollen.

Danach gratulierten alle anderen Dienstboten. Jetzt gerade war das Gut tatsächlich komplett verlassen. Nein, das stimmte nicht. Gräfin Feodora war noch dort. Aber sowohl Mamsell Schott als auch Herr Caspers und auch Bertha und Kilian hatten es sich nicht nehmen lassen, zur Hochzeit zu kommen.

Dann waren die Dorfbewohner und die Pächter dran, die Albert kannten. Er war schon fast durch, als er sie sah. Sie stand gegenüber der Kirche auf der anderen Seite und wartete geduldig. Hochschwanger. Jetzt brauchte sie bestimmt kein Kissen mehr unter ihr Kleid zu stopfen.

Albert musste noch etliche Hände schütteln, Schultern klopfen und Glückwünsche entgegennehmen. Dann, als er endlich durch war, suchte sie Alberts Blick und ging. Sie verschwand hinter der Kirche.

Noch stand die Hochzeitsgesellschaft vor dem Kirchenportal. »Ich … muss kurz mal um die Ecke treten«, sagte Albert leise.

Ida lächelte verschmitzt. »Beeil dich. Alle sind so weit. Sie werden schon ganz unruhig. Sie wollen zum Gut, feiern.«

Er drückte ihr den Arm und verschwand eilig hinter der Kirche. Niemand folgte ihm.

Annabella Kassini stand im Schatten einer Buche. »Ihr großer Tag. Wenn ich das früher gewusst hätte, hätte ich mich besser angezogen«, gab sie spöttisch von sich.

Sie sah ärmlich aus, abgerissen und ungepflegt. Sie war noch immer klapperdürr, abgesehen von ihrem Bauch, der sich unter dem Kleid vorwölbte.

»Sie sind also doch noch gekommen!« Albert hatte nicht mehr darauf gehofft, nachdem sie sich den ganzen Januar über nicht hatte sehen lassen.

Sie zuckte mit den Schultern. »Bin ich zu spät?«

Albert überlegte. Die Konfrontation mit Pastor Wittekind, bei der dieser von Ehrlichkeit und Aufrichtigkeit, Anstand und Ehre gesprochen hatte, hatte seinen Zorn wiederbelebt. Die Ereignisse aus seiner schrecklichen Kindheit standen ihm wieder lebendig vor Augen. Er war aufgewühlt. Noch zwei Mal war er auf den Pastor getroffen: Als sie die Bescheinigung hatten abgeben müssen und um den Ablauf der Zeremonie zu besprechen. Kurze, aber schmerzhafte Begegnungen.

Im vollen Bewusstsein, was der eine dem anderen angetan hatte, flammten bei Albert immer wieder Rachegedanken auf. Dass der Mann seine Nase noch so hoch trug. Dass er immer noch dachte, er sei etwas Besseres. Und dass Albert es ihm immer noch nicht heimgezahlt hatte.

»Nein, Sie sind nicht zu spät.« Eilig besprach er mit ihr, was sie an Geld bekommen würde und was sie dafür tun sollte: Wittekind beschuldigen, er habe sie geschwängert.

Annabella Kassini schien es einerlei zu sein. Sie zuckte mit den Schultern. Ihr breites Grinsen war nicht schön. »Wie heißt er?«

»Egidius Wittekind.« Albert erzählte noch ein paar Kleinigkeiten über ihn, die ihr helfen würden, glaubhafter zu klingen.

Sie hörte zu und sah ihn an. »Ich hab Hunger. Und ich muss irgendwo schlafen, bis ich das Geld habe.«

Albert dachte nach. Besser, sie würde nicht direkt hier im Dorf unterkommen. Konnte er das seiner Mutter zumuten? Er musste ihr ja nicht unbedingt erzählen, dass Annabella Kassini eine Prostituierte war. Dann nickte er. »Am besten wäre heute Abend, zur Sonntagsandacht. Dann ist die Kirche relativ voll.«

»Werden Sie da sein?«

»Nein, nicht nach meiner Hochzeitsfeier. Außerdem ist es besser, wenn ich gar nicht anwesend bin. Er kann sich auch so denken, dass es von mir kommt. Aber er kann mich dann nicht beschuldigen. Heute an meiner Hochzeit schon gar nicht.«

»Er wird mich vermutlich aus dem Dorf jagen.«

»Vielleicht. Aber Sie sollen ihn ja nur ausreichend bei den Dorfbewohnern in Misskredit bringen. Dann können Sie heimlich verschwinden. Trauen Sie sich ein solches Schauspiel zu?«

Sie lachte kurz auf. »Was glauben Sie, was ich schon alles meinen Kunden vorgespielt haben?«

Er nickte. »Ich werde Sie bei einer Frau im Nachbardorf unterbringen.«

»Mir egal. Hauptsache warm und ein Bett.«

Albert ging und holte seine Mutter.

Sie folgte ihm um die Ecke der Kirche. »Dürfte ich dir eine Frau anvertrauen? Eine schwangere Frau. Nicht von mir, keinesfalls, aber eine, die der Hilfe bedarf. Versteck sie … nur für eine Nacht, maximal zwei. Adolphis hat sich ihr gegenüber auch mal sehr unschön verhalten.«

»Und wieso ist sie hier?«

»Sie tut mir einen Gefallen.«

Seine Mutter schaute ihn skeptisch an, deswegen setzte er nach: »Ich erkläre es dir in Ruhe. Aber nicht jetzt. Nimm sie mit zu dir und gib ihr etwas zu essen.«

Seine Mutter schaute auf die Schwangere. Als sie ihren dicken Bauch sah, war anscheinend jede Skepsis verflogen. Sie wandte sich an ihren Sohn. »Geh du nur. Ich kümmere mich um sie.« Seine Mutter nahm sie beim Arm. »Meine Güte, Sie müssen essen. Sonst wird Ihr Kind krank geboren. Wie heißen Sie?«

Annabella Kassini wich seinem Blick aus. »Ich heiß Grete. Margarete Emmerling.«

»Also dann …« Als Albert die Schwangere nun ansah, sah er nicht mehr Annabella Kassini. Er sah nur eine bemitleidenswerte hungernde Frau. Er sah Margarete Emmerling. Schnell drehte er sich weg. Jetzt war nicht die Zeit, darüber nachzudenken.

Ida war froh, dass er wieder da war. »Was hast du denn so lange gemacht?«

»Erzähl ich dir später.« Er küsste sie kurz. »Dann lass uns mal gehen und unsere Hochzeit feiern.« Jetzt grinste er wieder. »Zum Herrenhaus«, sagte er laut, und die Menschen setzten sich in Bewegung.

Sie durchquerten das Dorf, gingen über den Dorfplatz und schlugen den Weg über die Chaussee ein. Heute war ein wichtiger Tag. Heute nahm man den offiziellen Weg.

»Schau mal.«

»Hm, was denn?«, fragte Ida glücklich.

Albert nickte nach vorne. Ein paar Meter weiter gingen Wiebke und Eugen nebeneinander. Sie hielten Händchen.

»Da bahnt sich schon eine neue Hochzeit an.«

»Ha! Wie ich meine Schwester kenne, brauchte sie noch ein paar Jahre.«

* * *

Niemandem fiel auf, dass Albert äußerst nervös war. Heute war seine Hochzeit. Da durfte man nervös sein und aufgekratzt. Mitten in den Feierlichkeiten platzte am Abend die Bombe mit der Nachricht. Frau Marquardt, die Frau vom Krämerladen, war zwar nicht eingeladen, brachte aber doch einen Blumenstrauß und eine Tafel Schokolade vorbei. Vermutlich nur, um zu erzählen, was vorgefallen war.

Eine Frau sei aufgetaucht, eine Schwangere. Direkt vor der Kirche, als die Leute in den Abendgottesdienst gehen wollten. Laut schimpfend habe sie dort gestanden, den Leuten zugerufen, was für ein Frevel der Pastor begehen würde. Predige Wasser und trinke Wein. Er sei der Vater ihrer Leibesfrucht. Er sei ein Lügner. Er habe ihr versprochen, sie zu heiraten. Er habe ihr versprochen, sich um sie und das Kind zu kümmern. Und nun würde er sie im Stich lassen mit dem armen Kind.

Wittekind musste sich augenscheinlich genötigt gesehen haben, aus seinen Vorbereitungen zum Gottesdienst aus der Sakristei zu kommen. Er wusste nicht, wie ihm geschah.

Die Frau sei gar nicht zu beruhigen gewesen, sagte Frau Marquardt. Sie habe sich dem Pastor an den Hals geworfen, und als dieser sie abgewehrt habe, sich an sein Bein geklammert. Vor ihm im Schmutz habe sie gekniet und geweint und gezittert. Schließlich seien zwei Männer dem Pastor beigesprungen, der fahl und bleich dagestanden habe, nachdem er die Frau partout nicht beruhigt bekommen habe. Erst als jemand etwas davon gesagt habe, man werde nun den Schutzmann holen, schien sie sich beruhigt zu haben. Und urplötzlich, nachdem der Pastor alle in die Kirche bugsiert habe, sei sie verschwunden.

Niemand wusste, wo sie hingegangen war. Möglicherweise hatte der Pastor sie in seinem Haus versteckt. Es gingen die wildesten Gerüchte im Dorf um.

Frau Marquardt sagte das in Richtung von Graf Konstantin. Sie hielt es wohl für angebracht, dass sich der Graf persönlich um die Geschichte kümmern würde. Auf der einen Seite war es natürlich gänzlich unglaublich, was da passiert war. Auf der anderen Seite war die Frau angeblich noch im Haus des Pastors gewesen … Das müsse doch geklärt werden. Die Gemeinde wolle wissen, woran sie sei.

Konstantin von Auwitz-Aarhayn sah sich genötigt, den Pastor aufzusuchen. Albert beobachtete, wie er mit dem Fahrrad seiner Frau ins Dorf fuhr. Begeistert war er offenbar nicht gerade davon, dass er die Festivitäten verlassen musste. Kaum eine halbe Stunde später, die Feiernden hatten schon mit dem Tanzen begonnen, kam er zurück.

Alle schaute ihn an. Sogar die Musikanten hörten auf zu spielen. Es sei alles soweit in Ordnung. Es gebe keine schwangere Frau im Hause des Pastors. Er habe überall nachgeschaut. Und Wittekind selbst könne ihm nicht erklären, was da vorgefallen sei. Er kenne die Frau nicht. Graf Konstantin schien die ganze Angelegenheit auf sich beruhen zu lassen. Vermutlich war seinem Eifer auch nicht gerade zuträglich, dass er schon reichlich Bier getrunken hatte.

Albert sah noch, wie er mit seiner Frau tuschelte. Dann lachten die beiden laut auf. Er wusste, Rebecca Kurscheidt hatte lange unter dem Pastor leiden müssen. Sie mochte ihn nicht. Ob der neue Graf den Pastor mochte, wusste Albert nicht. Aber es war bekannt, dass Pastor Wittekind nicht allzu viel von Graf Konstantin hielt.

Wie auch immer: Albert lehnte sich zurück und schaute auf die Leute – die Dienstboten und die Dörfler. So schnell würden die das nicht vergessen. Der Keim des Zweifels war gesät. Fortan würden Wittekinds Schäfchen ihn mit anderen Augen ansehen. Ab sofort würden sie sich immer fragen, ob an den Worten dieser bemitleidenswerten Frau nicht doch ein Quäntchen Wahrheit gewesen sei. Sie würden Egidius Wittekind nun für den Menschen halten, der er wirklich war: nicht ganz aufrichtig, nicht ganz ehrlich und nicht so tugendhaft, wie er es von allen anderen verlangte.

Anfang Juni 1919

Die Türklingel der Hintertür läutete. Ottilie sah, wie Herr Caspers nach vorne ging und die Post entgegennahm. Mit dem Ende des Krieges war es wieder zu einem heiteren Ereignis geworden. Jeder, der Post bekam, konnte sich freuen. Während er die Briefe noch sortierte, gab er Ottilie schon mal einen Umschlag.

»Von wem bekommen Sie eigentlich immer Post aus Schweden?«

Er hatte sie das noch nie gefragt. Ottilie wusste, dass sich die anderen Dienstboten ebenfalls wunderten. Aber solange sie niemand direkt ansprach, kam sie auch nicht in die Verlegenheit, lügen zu müssen.

»Von meinem Neffen.«

»Ich wusste gar nicht, dass Sie Geschwister haben.«

»Eine Schwester. Aber sie ist schon vor Längerem gestorben. Mit ihrem Mann hatte ich nie viel Kontakt, aber nachdem auch er gestorben ist, bin ich die einzige Verwandte meines Neffen.«

»Und wieso Schweden?«

»Tja, Sie wissen doch: So viele sind weggegangen.«

Caspers machte ein vorwurfsvolles Gesicht.

»Sie wissen doch gar nicht, wie es an der Front ist. Sie waren niemals an einer echten Front. Er hat mir Dinge erzählt …«

»Andere haben es auch überlebt. «

»Ja, und sehen Sie sich Kilian an. Kaum zehn Monate war er im Krieg. Er ist fürs Leben gezeichnet.«

Caspers sagte nichts mehr. Er schaute auf die Umschläge, die er noch in der Hand hatte. Unter einigen größeren entdeckte er zwei feldgraue Umschläge.

»Da ist ja endlich Post von Otto Plümecke, auf die Wiebke so lange gewartet hat.«

»Wiebke, und auch Ida und Paul.«

»Das wird sie freuen. Ich werde ihr die Briefe gleich geben.«

Er sortierte weiter. Ottilie sah, dass es zwei Briefe an Graf Konstantin gab. Und auch Graf Alexander bekam einen Brief. Zwei Briefe waren für Gräfin Feodora. An dem einen Umschlag erkannte Ottilie sofort, dass sie Post von ihrer Tochter aus Ostpreußen bekommen hatte. Der andere hatte eine merkwürdige Briefmarke, die ihr gänzlich unbekannt war. Post aus dem Ausland. Vielleicht endlich die erhoffte Nachricht von ihren Brüdern, dass sie ihre Flucht fortsetzen konnten.

Da sie kaum noch ausging, reichte es, wenn sich die Gräfin selbst anzog. Ottilie hatte die feine Dame das letzte Mal zur Beerdigung ihres Mannes frisiert. Deswegen hatte sie nur noch selten Gelegenheit, länger mit ihr zu sprechen. Trotzdem wusste sie, dass Gräfin Feodora täglich darauf hoffte, endlich ihre Brüder in die Arme schließen zu können. Jeder im Haus wusste das. Die Gräfin hoffte inständig darauf, dass sie kamen, bevor sie das Gut verlassen musste. Was wäre das für eine Schande.

Überhaupt schien sich in Sachen Verkauf nicht viel zu tun. Graf Konstantin bekam zwar ständig Briefe von den Banken, aber seitdem die Bedingungen des Versailler Friedens veröffentlicht worden waren, saßen wohl alle reichen Herrn auf ihren Goldkröten und bewachten diese. Bisher waren nur fünf Interessenten gekommen, nur drei hatten überhaupt ein Angebot gemacht, wie Albert Sonntag ihnen erzählt hatte. Und zwei hatten es schon wieder zurückgezogen. Anscheinend war Graf Konstantin letzte Woche nochmals in Stettin gewesen, um mit den Banken zu sprechen. Er hatte auch eine Anzeige in einer Zeitung geschaltet. Aber da war er nicht der Erste und nicht der Einzige. Die Idee war ihm erst gekommen, als er schon andere Landgüter in den Zeitungen annonciert gesehen hatte. Es war einfach noch immer keine Lösung in Sicht.

Abgesehen von dem geringeren Lohn und dem wesentlich weniger üppigen Essen für die Herrschaften hatte sich für sie wie für die anderen Dienstboten kaum etwas geändert. Andererseits herrschte eine merkwürdige Stimmung.

Irmgard Hindemith dachte laut drüber nach, das Gut zu verlassen. Sie hüllte sich in kindliches Schweigen, was ihre Pläne anging. Es wäre schade, wenn sie gehen würde. Aber es ärgerte Ottilie, dass sie die anderen Dienstboten verunsicherte. Während Bertha es gar nicht abwarten konnte, dass Frau Hindemith kündigte, zeigten Kilian und Eugen deutlich ihre Skepsis. Würde ein neuer Herr sie behalten, Krüppel, wie sie waren? Kilian hatte tatsächlich nach Amerika an Hektor Schlawes geschrieben, in seiner größten Not. Selbst Eugen konnte sich vorstellen, gemeinsam mit Kilian nach Amerika auszuwandern. Das wiederrum versetzte Wiebke in helle Aufregung, wollte sie doch ihre Schwester und ihren Bruder nicht verlassen. Sie wollte aber auch nicht von Eugen zurückgelassen werden. Nur sie und Herr Caspers hielten stoisch an ihrem Arbeitsverhältnis fest.

»Ich leg nur schnell meinen Brief weg. Dann muss ich zur Gräfin Rebecca, ähm … Frau … Ach, ich weiß nie, wie ich sie nennen soll.« Caspers schaute sie unsicher an.

»Es geht mir genauso. Zu hoheitsvoll will sie nicht, aber sie trägt doch nun mal diesen Titel.«

»Nun, jedenfalls muss ich mit ihr besprechen, was wir für die Kinder noch einkaufen müssen.«

»Ich finde es sehr aufopfernd von ihr, diese Waisenkinder hierzubehalten. Aber ehrlich gesagt wäre es mir lieber, sie würde endlich eine dauerhafte Lösung finden.«

»Ja, mir geht es auch so.«

Ottilie ging den Gang entlang. Sie legte den Brief auf ihren Schreibtisch. Heute Abend würde sie ihn in Ruhe lesen. Doch dann siegte ihre Neugierde. Sie schloss die Tür und riss eilig den Umschlag auf. Sie konnte es nie abwarten, die Zeilen ihres Sohnes zu lesen.

Hallo Mutter,
ich habe nun auf Umwegen erfahren, dass meine Eltern, also meine Zieheltern, gestorben sind. Da ich ihr einziges Kind war, habe ich ihren kleinen Hof geerbt. Er ist wohl nicht mehr viel wert, da er seit ihrem Tod im letzten Herbst heruntergekommen ist. Ich könnte nun zurückgehen auf den kleinen Bauernhof, den sie mir vererbt haben.
Allerdings habe ich hier eine Frau kennengelernt. Eine junge Schwedin, die mir sehr zugeneigt ist. Ich werde deshalb nur nach Deutschland kommen, um den Hof zu verkaufen. Danach gehe ich zurück nach Schweden. Mit dem Geld kann ich mir eine kleine Existenz aufbauen, die es mir ermöglichen wird, eine Familie zu gründen.
Ich weiß nun mittlerweile, wie schwierig es manchmal ist, seinen eigentlichen Wünschen und Träumen zu folgen. Ich habe dir schon lange vergeben, dass du mich damals weggegeben hast. Vermutlich wäre mein Leben, unser Leben, ein sehr viel schlechteres gewesen, wenn du mich bei dir behalten hättest.
Ich habe viel darüber nachgedacht, was uns die Vergangenheit zugemutet hat. Vielleicht ist uns die Zukunft ja gnädiger. Ich möchte dir sagen, dass ich mich freuen würde, wenn du mit mir nach Schweden kämst.
Ich werde im Laufe der nächsten Wochen eine Passage über die Ostsee buchen. Ich kann noch nicht genau sagen, ob ich auf dem Hin- oder auf dem Rückweg auf Gut Greifenau vorbei-

kommen werde. Doch ich plane auf jeden Fall zwei Tage Besuch bei dir ein.
Selbst wenn du dich bis dahin noch nicht entschließen kannst mitzukommen, ist das nicht schlimm. Du kannst jederzeit nachkommen, auch in einigen Jahren.
Nun habe ich dir bestimmt etwas zum Nachdenken gegeben.
Ich freue mich schon auf unser Zusammentreffen.
Dein dich liebender Emil

Ottilie ließ sich auf ihren Stuhl sinken. *Dein dich liebender Emil.* Ihr Sohn liebte sie. Das hatte er noch nie geschrieben. Und er wollte sogar, dass sie den Rest ihres Lebens bei ihm verbrachte. Sie würde nicht hier arbeiten müssen, bis ihre Kräfte sie vollends verließen. Wenn man sie überhaupt ließe. Diese Frage war ja noch lange nicht geklärt, nicht so lange niemand wusste, wer der neue Herr werden würde. Sie könnte mit ihm und seiner kleinen Familie ihren Lebensabend verbringen. Mit Enkeln, vielleicht in einem kleinen Haus.

Sie musste sich das gut überlegen. Aber sie hatte ja Zeit. Ob sie nun direkt mit Emil zusammen fortging oder erst noch ein paar Monate wartete. Sie konnte das neue Grafenpaar schließlich nicht in seiner schlimmsten Stunde alleinlassen. Nein. Ganz sicher brächten die neuen Herrschaften ihre eigene Mamsell mit. Dann wäre immer noch Zeit, das Feld zu räumen und nach Schweden zu reisen.

Auf jeden Fall machten sie diese Zeilen sehr, sehr glücklich. Zu wissen, dass es diesen Ort in Schweden gab, wo sie, wenn schon keine Heimat, dann doch wenigstens Familie hätte, war wunderbar. Emil würde ihr viel von Schweden erzählen müssen, was man dort aß und wie es dort war.

Sie ging hinaus und sah, dass Herr Caspers gerade die Briefe zu den Herrschaften bringen wollte.

»Ich kann das erledigen. Ich muss sowieso hoch.«

Caspers nickte. »Gerne, dann kann ich mich schon mal mit den Rechnungen befassen.«

Ottilie nahm die fünf Briefe, ging in die erste Etage und holte das Silbertablett aus dem Schrank. Im Vestibül begegnete sie Graf Alexander.

»Ist ein Brief für mich gekommen?« Neugierig trat er näher.

»Nein, von wem erwarten Sie denn einen?«

»Von meiner Schwester.«

»Aus Ostpreußen?«

Er schüttelte seinen Kopf. »Von Katharina.«

Dann glaubte er also, dass sie noch lebte. Wieso sollte er auch nicht? Betrübt ging er die Treppe hoch.

Ottilie wäre ebenfalls froh über ein Lebenszeichen der Komtess gewesen. Zwar gab es keinen Grund anzunehmen, dass sie nicht mehr lebte. Aber nachdem Fräulein Katharina im November auf und davon war, wurde sie in diesem Haus totgeschwiegen. Niemand wusste, wo sie war oder ob sie noch lebte.

Gräfin Rebecca hatte einmal mit ihrem Mann darüber gesprochen, ob man sie nicht suchen lassen sollte. Das hatte Ottilie zufällig mitbekommen. Doch Graf Konstantin wusste nicht einmal, wo sie anfangen sollten zu suchen. Und Gräfin Feodora weigerte sich wohl mit großer Vehemenz, über ihre jüngste Tochter auch nur zu sprechen. Der junge Graf hatte Tante Leopoldine angeschrieben, aber auch die wusste anscheinend nichts über den Verbleib des jungen Fräuleins.

Ottilie ging in den kleinen Salon, wo der Graf und die Gräfin sich gerade zusammen über ein Papier beugten. Sie gab Graf Konstantin beide Briefe. Er legte sie unbesehen beiseite.

»Ich gebe nur Ihrer Mutter noch schnell die Post, dann komme ich zurück und wir können uns besprechen«, sagte sie zur Gräfin. Die nickte beschäftigt.

Ottilie stieg über die Hintertreppe in den ersten Stock hinauf und ging zum privaten Wohnzimmer. Gräfin Feodora hielt sich nun meist hier auf. Diese Räume durfte niemand betreten, der ihr nicht genehm war.

»Frau Gräfin, die Post von heute.«

Die Adelige saß über einem Magazin. Sie sagte kaum etwas, schaute nur kurz in Ottilies Richtung und nahm die Briefe an sich.

Zum ersten Mal entdeckte Ottilie erste graue Haare in ihrer Frisur. Man konnte von ihr halten, was man wollte. Aber leicht war es in den letzten Jahren nicht für sie gewesen.

»Möchten Sie heute Mittag unten mit den anderen speisen?«

»Nein!« Das kam ausgesprochen bissig.

Ottilie verließ die Räumlichkeiten, brachte das Silbertablett zurück und ging in den kleinen Salon.

»Kommen Sie, setzen wir uns.«

Rebecca saß schon an einem kleinen Tischchen, an dem sie mehrere Papiere ausgebreitet hatte. Als Ottilie sich gesetzt hatte, schob sie ihr einige Zettel rüber.

»Wir brauchen vor allen Dingen Schuhe. Schuhe und Stiefel. Ich habe mir gedacht, vielleicht könnten wir in allen Krämerläden in der Gegend Zettel aushängen. Wir machen eine Sammlung.«

Ottilie schaute sie skeptisch an.

Gräfin Rebecca wusste offenbar sofort, was sie damit meinte. »Ja, ich weiß. Im Krieg ist schon alles zusammengesammelt worden, was es zu sammeln gab. Aber auch in den letzten Monaten müssen doch einige Pächterkinder aus ihren Schuhen herausgewachsen sein.«

»Wir können es ja versuchen.«

»Frau Mannscheidt hat sich für nächste Woche angekündigt. Ich werde ohnehin mit ihr besprechen müssen, wie wir das Waisenhaus weiterführen. Es kommen immer mehr Kinder, und …« Sie warf einen kurzen Blick in Richtung ihres Mannes. »Unterrichten, das Waisenhaus führen, das Herrenhaus betreuen. Wir müssen bald eine andere Lösung finden.«

»Sehr wohl.«

»Ich hab mir gedacht, wenn wir die Zettel schreiben, könnte Eugen oder Kilian …«

Hinter ihnen war die Tür aufgegangen. Aber es war nicht etwa Alexander, sondern Gräfin Feodora. Sie stand bleich in der Tür, einen Brief in ihrer zitternden Hand. Der Schrecken war ihr anzusehen.

Graf Konstantin stand rasch auf. »Mama? Ist was mit Anastasia? Mit den Mädchen?«

»Von einem Haug von Baselt. Der junge Offizier, der Nikolaus im Frühjahr besucht hat. Mit dem er nach Ostpreußen gereist ist. Er schreibt, dass Niko…« Sie brach in lautes Schluchzen aus.

Ottilie war nun auch zur Stelle. Graf Konstantin nahm ihr den Brief ab. Sie führte die Gräfin zum Sofa. Dort sank die Arme in sich zusammen wie ein Häuflein Elend.

Graf Konstantin überflog die Zeilen. Sein Blick verdüsterte sich. Als er wieder aufsah, sah er seine Frau mit angespannter Miene an. »Nikki … Nikolaus ist am 22. Mai gestorben. Bei der Rückeroberung von Riga.«

Ottilie Schott griff sich an den Hals. Davon hatte sie gehört. Deutsche Freikorps, wie sie schon in Berlin für die Zerschlagung des Märzaufstandes gesorgt hatten, hatten die lettische Stadt aus den Klauen der Roten Garden befreit. Es musste äußerst brutal zugegangen sein. Mehr wusste sie nicht, aber das reichte ihr schon.

Niemand sagte etwas. Es war ihr unangenehm, hier zu stehen. Sie sollte die Familie alleine trauern lassen.

»Mein aufrichtiges Beileid.« Sie ging rückwärts zur Tür und dann hinaus.

Dann hatte der Krieg also doch noch ein Leben aus dem Hause Greifenau gefordert.

Sofort ging sie hinunter. Sie wollte den anderen Bescheid geben. Doch als sie unten ankam, hörte sie Stimmen aus der Leutestube. Ida hielt Wiebke und wiegte sie in ihren Armen. Wiebke heulte laut. Paul saß daneben und vergoss stumm einige Tränen. Bertha und Kilian standen an der Tür.

Frau Hindemith stellte sich zu ihr und flüsterte. »Meine Güte, wirklich. Hätte das Schicksal nicht etwas gnädiger sein können? Beide Briefe auf einmal. Sie hatten sich gerade noch so gefreut.«

Ottilie schaute sie verwundert an. »Was für Briefe?«

»Der eine ist ein verirrter Feldpostbrief von Otto, dem vierten Plümecke. Er war einige Wochen unterwegs. Kein Wunder, bei dem Chaos im Land. Otto hat Wiebke, beziehungsweise allen seinen Geschwistern, geschrieben, wie sehr er darauf hofft, sie alle wiederzusehen. Dass er von der Front sofort nach Greifenau kommt. Und es nicht erwarten kann, wieder eine richtige Familie zu haben. Sie hat es laut vorgelesen.«

»Aber das ist doch wunderbar.«

Irmgard Hindemith schüttelte den Kopf. »Der zweite Brief war … seine Gefallenenmeldung.«

Ottilie schlug sich die Hand vor den Mund. »Oh mein Gott. Wie schrecklich grausam! Erst die Hoffnung, und dann … Und doch, ich muss ihr Respekt zollen. Die Kleine hat ihre Familie vereinigt, soweit es möglich war. Schon eine enorme Leistung, wenn man bedenkt, wie verhuscht und einsam sie war, als sie hier angefangen hat.«

»Weißt du, Wiebke«, hob nun Ida an. »Wenn Albert und ich irgendwann mal … einen Jungen bekommen, einen Sohn, dann verspreche ich dir, nennen wir ihn Otto. Ich denke, Albert hat nichts dagegen.«

Wiebke trocknete sich die Tränen und schniefte. Aber sie nickte. »Das wäre wunderbar.«

Caspers stand etwas hilflos auf der anderen Seite des langen Tisches vor dem leeren Kamin. Als er Ottilie entdeckte, winkte sie ihm. Gemeinsam gingen sie auf den Flur.

»Mein Gott, wie schrecklich. Da ist der Krieg eigentlich aus, und jetzt haben wir doch noch zwei tote Soldaten.«

»Wieso zwei?«, flüsterte Herr Caspers.

»Gräfin Feodora hat gerade einen Brief bekommen. Graf Nikolaus … er ist in Riga gefallen.«

»Er war in Riga dabei? Gute Güte!«

Sie schauten sich kurz an. Dann räusperte Caspers sich und ging wieder in die Leutestube. Wie immer, wenn er aufgeregt war, knackte er mit seinen Fingerknöcheln.

»Bitte alle mal herhören. Wir haben noch einen zweiten Toten zu betrauern. Graf Nikolaus ist gestorben. Er ist gefallen, in Riga.«

Alle schaute auf ihn, bis Ida schniefte und sagte: »Wie passend. Dann können wir ja Trauer tragen, ohne dass wir unangenehm auffallen.«

Ottilie wunderte sich immer wieder, wie praktisch Ida Plümecke, nein, Ida Sonntag veranlagt war. Albert Sonntag hatte eine gute Wahl getroffen.

Mitte Juni 1919

Die elegante Limousine hielt im Wedding vor einem hohen Mietshaus.

»Sind Sie sicher, dass wir hier richtig sind?«

Der Chauffeur drehte sich zu Julius und seinem Vater um. Er zuckte mit den Achseln, als wollte er sagen, er könne ja auch nichts dafür. »Ich hab Fräulein Katharina ja niemals zu Hause abholen dürfen. Aber das hier ist die Adresse, die Sie mir gegeben haben.«

Jetzt entdeckte Julius auch das bronzene Schild von Doktor Malchow an der Häuserwand. Ihm war unwohl.

Papa beugte seinen Kopf und sah skeptisch an der Fassade hoch. »Soll ich nicht besser mit reinkommen?«

»Nein. Ich gebe ihr ja nur den Brief.«

Beide wussten, dass es mehr war. Julius hätte sich nicht extra hierherbemühen müssen. Nicht für einen Brief. Vermutlich war genau das der Grund, warum sein Vater darauf bestanden hatte mitzukommen. Das und die Angst, seinem Sohn könnte wieder ein Unglück zustoßen. Julius fühlte sich mittlerweile ziemlich gut. Er litt immer noch unter gelegentlichen Kopfschmerzen, und er war auch schneller müde. Aber wenn man ihn so ansah, wirkte er völlig normal.

Eine ältere Frau mit Buckel kam zur Tür heraus. Als wäre das ein Zeichen, stieg Julius aus. Die muffige, abgestandene Luft erwischte ihn wie eine Keule. Das ganze Viertel roch nach alter Wäsche, Schweiß und Fäkalien. Der warme Junitag köchelte diese Mischung in den hohen Straßenschluchten, in denen die Luft stand. Mehr als jeder anderer Bewohner Berlins hätten gerade diese Leute eine Sommerfrische gebraucht, schoss es Julius durch den Kopf. Er öffnete die Haustür und stand in einem Flur.

Links ging es zur Praxis, rechts die Treppe hoch zu den Wohnungen. Er hörte Geräusche von oben. Es war später Vormittag. Katharina war ziemlich sicher zu Hause, vermutete er. Sie hatte ihm erzählt, dass die Wohnung des Doktors im ersten Stock des Vorderhauses lag. Beim Anblick der heruntergekommenen Flurwände wollte er gar nicht wissen, wie es in den Hinterhäusern zuging. Langsam stieg er die Treppe hoch. Noch war er schnell außer Atem.

Oben stand ein Türschild: Doktor Malchow. Hier war er richtig – die Wohnung des Arztes. Da es keine Klingel gab, klopfte er.

Es dauerte nicht lang, und ein kleines Mädchen machte ihm auf.

»Rosa, du sollst doch nicht alleine die Tür aufmachen.« Er hörte Katharinas Stimme, bevor er sie sah.

Plötzlich stand sie mit hochgekrempelten Blusenärmeln vor ihm, in der einen Hand eine Möhre, in der anderen ein Messer.

»Julius!?« Sie war völlig überrascht.

»Hallo, Katharina.«

»Ich … Was … Was machst du hier?« Rosa drückte sich neugierig an ihre Schürze. Schnell nahm Katharina das Messer in die andere Hand und wischte sich die Hand an der Schürze ab. Doch dann gab sie sie ihm doch nicht. »Ich habe ganz schmutzige Hände«, sagte sie entschuldigend.

»Wie geht es dir? Bist du wohlauf?« Sie schaute ihn an, als wäre sie wirklich an seinem Wohl interessiert. Fast zwei Monate waren vergangen, seit sie sich das letzte Mal gesehen hatten. In dem Moment pfiff ein Kessel.

»Oh, ich … Warte, ich … Rosa, bleib hier.« Schon lief Katharina der Kleinen hinterher. Was vermutlich besser war, bedachte man das Aufeinandertreffen einer kaum Dreijährigen mit kochendem Wasser. »Wenn du nicht folgst, les ich dir heute Abend keine Geschichte vor«, kam es leise.

Das Pfeifen hörte auf. Julius war neugierig. Katharina schimpfte noch mit der Kleinen, als er schon in der Küche stand.

»Es tut mir leid. Ich bin gerade dabei, das Mittagessen zu kochen.«

»Ich wollte dich auch gar nicht lange stören.« Er schaute sich um. Ein halber Bund Möhren lag neben einer alten Zeitung mit Kartoffelschalen.

Katharina nahm den Kessel und schüttete das Wasser in einen anderen Topf. Vermutlich waren die Kartoffeln darin.

»Kathiii, ich hab Hunger.«

Katharina nahm eine geputzte Möhre, schnitt ein Stück ab und gab es der Kleinen. »Komm, wir haben Besuch. Setz dich brav auf die Eckbank.« Die Kleine tat, wie ihr geheißen.

Und aus einer Laune heraus setzte Julius sich auf das andere Ende der Bank. Ein Haufen mit zusammengeschobenen Büchern lag vor ihm. Schulbücher und ein kleiner Block mit Katharinas Handschrift. Sie hatte sich etwas notiert. »Du lernst also immer noch?«

Ihr Lächeln war vage. »Wenn ich Zeit finde. Nächste Woche habe ich einen Termin. Ich bin soweit, dass ich meine Prüfung zum Abitur ablegen kann.«

»Kathi wird Doktor, wie mein Papa.«

Katharina lächelte. Sie strich der Kleinen übers Haar. »Na, das sehen wir dann noch.«

»Wieso, hast du deine Pläne geändert?« Es lag ein Hoffnungsschimmer in seiner Stimme.

Katharina holte tief Luft. Sie wusste, es war ein unangenehmes Thema. »Immer eins nach dem anderen.« Sie sah müde aus. Müde, und auch traurig.

»Wo willst du denn studieren? Hier in Berlin?«

»Ich … muss erst genug Geld sparen. Und dann werde ich sehen, wo ich studieren kann.« Als wollte sie einen Streit vermeiden, fragte sie schnell: »Was führt dich hierher?«

Er griff in seine Jackentasche. »Es ist ein Brief gekommen. Für dich. Von deinem Bruder.«

»Alex?« Sie sah hocherfreut aus.

»Ja.« Er reichte ihr den Umschlag. »Ich sollte dir wohl sagen, dass es vermutlich nicht der erste Brief ist, der in Potsdam von ihm angekommen ist. Papa hat mir gesagt, dass schon im Januar ein Brief aus Greifenau gekommen ist. Und Anfang Februar kam noch ein zweiter, der an mich adressiert war. Er hat … beide weggeworfen.«

Ein Anflug von Unmut lief über Katharinas Gesicht. »Januar und Februar?«

»Bevor du mich gefunden hast. Papa wusste ja nicht, wo du untergekommen warst. Und ich … nun, er hat ja geglaubt, ich wäre tot.« Die schlimme Zeit im Krankenhaus kroch ihm sofort wieder den Kragen hoch. Er hatte Katharina so viel zu verdanken. Er hatte ihr sein Leben zu verdanken.

»Danke.« Sie besah sich den Brief einen Moment, dann steckte sie ihn in die Küchenschürze und stand auf. »Ich muss weitermachen. Wenn die Großen gleich aus der Schule kommen, haben sie Hunger. Und Doktor Malchow hat auch immer nur so wenig Zeit.« Sie sah ihn entschuldigend an.

Er wollte noch nicht gehen. Er wollte sie nicht jetzt schon wieder verlassen. »Mein Vater wartet unten im Wagen auf mich. Möchtest du ihn nicht begrüßen?«

Sie schien kurz über seinen Vorschlag nachzudenken. »Dein Vater hat mich eine Mitgiftjägerin genannt. Er hat mich beleidigt und von seiner Türschwelle verjagt wie einen räudigen Köter. Er sollte sich bei mir entschuldigen.«

Ein schmerzhaftes Zucken ging über Julius' Gesicht. »Mein Vater ist kein Mann, der sich für irgendetwas entschuldigt.« Er sah Katharina in die Augen. Wenn überhaupt, war ihr Entschluss zu studieren, nur noch fester geworden. Er hatte eigentlich das Gegenteil erhofft. Er stand auf und folgte Katharina zur Wohnungstür.

An der Tür drehte er sich zu ihr. »Katharina, können wir nicht noch einmal über alles reden?«

Ihr Blick verriet nichts. »Hast du denn deine Meinung geändert?«

Er schüttelte den Kopf. Und sie nickte. »Siehst du, genauso geht es mir auch.«

»Aber du kannst dir das Studium doch ohnehin nicht leisten.«

»Julius, ich weiß, du kannst das nicht verstehen, weil du ein Mann bist. Aber ich habe ein derart unnützes Leben geführt. Es ist … ich fühle mich … Zum ersten Mal lebe ich mein Leben und nicht das von jemand anderem.«

»Willst du denn keine eigenen Kinder haben?«

»Doch.«

»Aber Beruf und Kinder, wie soll das gehen?«

Sie stieß hörbar den Atem aus. »Ich verdiene hier Geld. Ich hab schon einiges gespart. Und wenn Rosa auch erst einmal in der Schule ist, hab ich mehr Zeit zum Lernen. Und ich koche vor. Und um eigene Kinder brauche ich mir ja erst einmal keine Gedanken zu machen.« Ihre Worte klangen bitter.

»Katharina, das wird doch nie im Leben klappen.«

Sie machte ein Gesicht, als wäre es ihr nun wirklich zu viel. »Julius, es kann dir doch egal sein. Du musst dir deinen Kopf nicht darüber zerbrechen, was klappt oder nicht.«

»Ich hab gedacht, dass du mich liebst.«

Sie drückte Rosa, die schon wieder an ihrer Schürze hing, nach hinten. Es sah so aus, als wollte sie ihm die Tür vor der Nase schließen.

»Das ist nicht die Frage. Du liebst mich eben nicht so, wie ich bin. Und was ich bin und was ich will, weißt du. Und damit ist eigentlich alles gesagt. Ich wünsche dir ein gutes Leben. Wirklich. Ich trage dir nichts nach. Aber ich kann nicht das Leben leben, was sich ein anderer für mich ausgedacht hat.« Sie schaute ihn traurig an.

Julius hielt ihrem Blick kaum stand. »Ich … wünsche dir auch ein gutes Leben. Und dass sich deine Träume erfüllen.« Als wüssten nicht beide genau, dass es in seinen Händen lag, diese Träume zu erfüllen.

Langsam ging er die Treppe hinunter. Mit einem Fingerschnippen könnte er ihre Träume wahr werden lassen. Was für ein

Dickkopf. Und doch, sie beeindruckte ihn. Alles sprach dagegen, und sie ließ trotzdem nicht locker. Genau wie sie nicht lockergelassen hatte, ihn zu finden. Nicht lockergelassen hatte, Ludwig von Preußen nicht zu heiraten. Katharina hatte ihren Stand und ihre Familie hinter sich gelassen, für ihre Liebe. Diese Frau war zu mehr imstande, als man es ihr zutrauen würde.

»Und?«

Julius stieg in den Wagen und schaute seinen Vater an. »Sie ist wirklich stur. Und zäh. Ich bin beeindruckt von ihrem Willen. Sie will nächste Woche ihre Abiturprüfung machen. Dann könnte sie studieren. Allerdings fehlt ihr dazu das Geld.«

Der Chauffeur wollte schon losfahren, aber sein Vater stoppte ihn mit einer Handbewegung. »Ja, wirklich sehr beindruckend, deine kleine Komtess.«

»Sie ist nicht mehr meine Komtess.«

»Aber du wünschst dir immer noch, sie wäre es.«

Julius nickte.

Auf dem Bürgersteig sammelte sich eine Kinderschar, die sich den luxuriösen Wagen neugierig anschaute.

»Ich bin ebenfalls beeindruckt von ihr. Tief beeindruckt sogar. Sie scheint noch stärker zu sein als deine Mutter. Ehrlich gesagt habe ich sie vollkommen unterschätzt. Und ich bin ihr ewig zu Dank verpflichtet, dass sie dich gefunden hat. Alleine schon die Tatsache, dass sie so beharrlich weitergesucht hat, hat mir ihren starken Willen bewiesen.«

»Aber wieso hast du dich dann gegen sie gestellt?«

»Ich hab mich … eben getäuscht. Selbst ich mache mal Fehler.«

Das war allerhand. Sein Vater gab einen Fehler zu. Wieso konnte er es nicht? War es ein Fehler, Katharina ihren innigsten Wunsch zu verweigern? Er dachte an seinen innigsten Wunsch: mit ihr eine gemeinsame Zukunft zu haben. Aber natürlich nach seinen Vorstellungen. Er war so zornig gewesen, als sie sich dem verweigert hatte. Bisher hatte er im Leben immer alles bekommen, was er gewollt hatte. Dafür hatten seine Eltern gesorgt. Es war für ihn schwer gewesen zu akzeptieren, dass er ausgerechnet in dieser Sache seinen Willen nicht bekommen würde. In den letzten Wochen war er mürrisch und zurückweisend gewesen. Tatsächlich hatte dieser Umstand dazu geführt, darüber nachzudenken, wie Katharina ihn sah.

Dachte sie, er sei ein verwöhntes Einzelkind, der Stammhalter eines reichen Industriellen, der jeden Wunsch von den Lippen abgelesen bekam? Und wenn, hatte sie damit nicht recht? Sie hatte ihr ganzes Leben für ihren Traum aufgegeben. Und er war nicht einmal fähig, einen Kompromiss einzugehen?

Er rückte zur Tür. »Ich geh noch mal hoch. Ich werde … ich muss …« Ja, was denn? »Dann wird es eben so sein, dass sie studiert. Sie ist ohnehin noch sehr jung. Wir können auch in ein paar Jahren noch Kinder bekommen. Und davor wird sie mir einige schöne Reisen sicher nicht abschlagen.«

Sein Vater grinste und legte einen verschwörerischen Ton in seine Stimme. »Das denke ich auch. Und weißt du, wenn tatsächlich die ersten Kinder kommen …« Er zuckte mit den Schultern. »Du wirst sehen, dann werden die Karten noch mal vollkommen neu gemischt. Das Schicksal foppt uns gerne bei unseren Lebensplänen. Und Frauen öfter als Männer.«

* * *

Katharina schob Rosa zurück in die Küche. Ihre Hände zitterten. Julius war gekommen. Sicher nicht wegen eines Briefes. Oder doch? Ende April hatten sie sich das letzte Mal gesehen. Seitdem war viel Zeit vergangen. Trotzdem, sie brauchte sich nichts vorzumachen. Sie hatte ihre Liebe weggeschlossen. Sie verbot sich, an ihre Gefühle für ihn zu denken. Es gelang ihr nicht besonders gut, aber was sollte sie machen? Vermutlich würde sie sich ebenso ein Leben lang fragen, ob sie eine Fehler gemacht hatte. Einen riesengroßen Fehler. Wenn sie abends ins Bett ging, müde und abgekämpft, fragte sie sich oft, ob es das wert sei. Ob ihr Traum all die Mühen wert war. Ob ihre Arbeit ihr das geben würde, was ihr schöne Reisen geben konnten.

»Rosa, zeig mir den Buchstaben K.« Sie setzte die Kleine auf die Eckbank und gab ihr ein Bilderbuch mit Buchstaben. K war schwierig. K war so ähnlich wie R und ein wenig wie B. Rosa würde eine Weile brauchen, wenn sie es überhaupt schaffte. Die Kleine fing an zu blättern. Eilig öffnete Katharina den Umschlag.

Liebste Katharina,
meine Verzweiflung lässt mich noch einen Versuch unternehmen, dich zu erreichen. Ich kann mir sonst keinen anderen Ort denken, an dem du sein könntest, außer bei Julius Urban. Zumindest sollte er wissen, wo du bist.
Da ich bisher keine Antwort erhalten habe, weder von dir noch von ihm, glaube ich beinahe, dass ihr zusammen durchgebrannt seid. Aber irgendwann werdet ihr ja hoffentlich zurückkehren. Bitte, Katharina, hilf mir. Du hast es mir versprochen. Ihr habt es mir versprochen, mir meinen Lebenstraum zu verwirklichen. Ich werde hier verrückt. Mama ist unerträglich. Du kannst dir denken, was das Ende des Krieges und der Sturz der Monarchie in ihrem Inneren auslösen muss. Aber das Schlimmste weißt du noch nicht. Papa ist tot. Er …

Katharina stieß einen spitzen Schrei aus. Rosa schaute erschrocken auf.

»Es ist nichts, Liebes. Such weiter.« Ihr wurde leicht schwindelig. Sie setzte sich schräg auf einen Stuhl, sodass Rosa ihre Tränen nicht sehen konnte.

Papa ist tot. Es gab einen Unfall, als er seine Waffe gereinigt hat. Das war im Dezember, kurz vor Weihnachten. Ich selbst bin erst Heiligabend nach Hause gekommen und war vollkommen bestürzt, wie du dir denken kannst.
Es gibt so vieles, was du wissen musst. Kurz nach deiner anscheinend überstürzten Abreise war Ludwig von Preußen hier. Er muss ein fürchterliches Theater gemacht haben. Wutschnaubend soll er zur Tür hinaus sein und den Kutscher über die Maßen angetrieben haben. Doch es war Eisregen und die Chaussee war gefroren. Die Kutsche ist in den Schlosssee gerutscht. Er ist ertrunken.

Katharina schlug sich die Hand vor den Mund. Sie schüttelte nur noch unablässig den Kopf. Das war doch alles kaum zu glauben. Sie hatte Zeitung gelesen, aber nur den *Berliner Lokal-Anzeiger*. Ereignisse außerhalb Berlins fanden dort keinen Platz. Ludwig von Preußen war tot. Was für ein Schicksalsschlag! Sein Tod hatte etwas von einer übernatürlichen Gerechtigkeit. Ein Gottesurteil.

Dafür gibt es aber auch etwas Erfreuliches zu berichten: Konstantin lebt und ist wohlauf. Anscheinend ist er kurz nach deiner überstürzten Abreise aufgetaucht. Allerdings hat er bis zu Papas Tod nicht hier gewohnt. Die Spanische Grippe wütete im Herrenhaus und er war bei der Dorflehrerin untergebracht, die er kurz vor seinem Auftauchen auch geheiratet hatte. Genaueres wirst du ihn schon selbst fragen müssen. Er lässt sich nicht gerade darüber aus. Aber du hast ja einen guten Kontakt zu Rebecca Kurscheidt, jetzt Gräfin Rebecca von Auwitz-Aarhayn.

Endlich konnte Katharina auflachen. Rosa schaute sie skeptisch an. »Mein Bruder hat geheiratet. Mein ältester Bruder.«

»Adi und Kuno.« Die Kleine blätterte weiter auf der Suche nach dem K.

»Ja, das sind deine älteren Brüder. Da hast du recht.« Sie las weiter.

Mama ist überhaupt nicht erfreut über ihre neue Schwiegertochter, aber Konstantin hält fest zu ihr. Du kannst dir vorstellen, was hier los ist. Nikolaus ist gefallen. Er …

Oh mein Gott. Nicht nur Papa, auch ihr zweiter Bruder war tot. Sie versuchte, sich nichts anmerken zu lassen.

Er ist ins Baltikum gezogen, um Ostpreußen gegen die roten Horden zu verteidigen. Seit der Nachricht von seinem Tod hat Mama jeglichen Halt verloren. Anscheinend hegt sie einen letzten Hoffnungsschimmer, dass sie mich zu ihrem neuen Verbündeten machen könnte. Ich schwöre dir, wenn ich hier nicht wegkomme, dann macht Mama mich verrückt.
Als wäre das nicht schon alles schlimm genug, muss Konstantin das Gut verkaufen. Papa hat Greifenau mit solchen Schulden belastet, dass Konstantin sie nicht tilgen kann. Die Banken gewähren ihm keine weiteren Kredite. Im Gegenteil, sie drängen darauf, die alten schneller abgezahlt zu bekommen. Selbst die Dienstboten bekommen nur noch einen Teil ihres Lohnes ausgezahlt.

Um Gottes willen. Was war da los? Greifenau sollte verkauft werden? Sie hatte sich bereits damit arrangiert, vielleicht nie wieder ihre Heimat besuchen zu können. Aber trotzdem blieb es ihre Heimat, ihr Zuhause. Und jetzt sollte das Gut in fremde Hände gelangen? Wie schrecklich!

Du weißt ja, schon unter Papa musste ich auf meine Apanage verzichten. Und jetzt sieht es nicht besser aus. Sobald das Gut verkauft ist, soll ich zu Tante Leopoldine ziehen. Aber sie ist wenig geneigt, zusätzlich noch einen Aufenthalt in Berlin für mich zu bezahlen. Mit dem wenigen Gesparten, das mir geblieben ist, kann ich mir kein Studium finanzieren.
Jetzt müsst ihr euer Versprechen einlösen. Ich habe mich bereits in Berlin erkundigt. Ich könnte an beiden Musikhochschulen jederzeit ein Vorspiel arrangieren. Und je nachdem, wann das wäre, sogar ins laufende Semester einsteigen. So ich gut genug bin.
Du siehst, es ist sehr viel passiert. Bitte, wann immer ihr zurückkommt oder ihr Kontakt aufnehmt zu Julius' Eltern, melde dich umgehend bei mir.
Dein verrückter Bruder Alexander, der bald völlig verrückt ist

Sie starrte auf das Ende des Briefes. Alex, ihr Alex. Der Arme. Alles vergebens. Sie würde ihre Träume schon nicht wahr machen können. Und seine erst recht nicht. Meine Güte, was war alles passiert, seit sie fortgegangen war. Nicht nur ihr Leben hatte sich komplett umgekrempelt, auch das ihrer Familie.

Papa war tot. Sie kaute auf den Worten herum. Papa. Tot. Nikolaus auch. Alles war so weit weg. Als hätte sie dieses Leben nie gelebt. Als wäre ihre Vergangenheit ein Roman, den sie gründlich gelesen hatte. Ein kitschiger Roman von einem besseren Leben mit Luxus und ein wenig Drama. Dieses Leben hatte rein gar nichts mit Kartoffelkochen und dreckigen Kindersocken zu tun. Es klopfte, und Katharina stand auf. Sie trocknete sich schnell noch die Tränen, bevor sie die Tür öffnete.

Es war Julius. Sofort brachen wieder die Tränen aus ihr heraus.

»Katharina!«

Sie hob die Hände, um ihn abzuwehren. »Es ist nur … mein Vater … und auch mein Bruder … sie sind tot.«

»Tot?«

»Papa ist gestorben. Kurz vor Weihnachten.« Sie wisperte leise.

»Oh Gott.« Sofort war Julius neben ihr.

»Und auch Nikolaus. Er war anscheinend bei den Freikorps im Baltikum.«

»Oh!«

Katharina wischte sich die Tränen vom Gesicht. Meine Güte. Zwei Tote in ihrer Familie. Sie brauchte einen Moment, um sich zu fassen. Ihre Stimme klang kratzig. »Ich muss … Das Mittagessen wartet.« Sie sah Julius erwartungsvoll an. Was wollte er noch? »Hast du was vergessen?«

Er schaute sie einfach nur an. Als die Pause immer länger wurde, wurde sie nervös. »Mein Kartoffeln kochen gleich über. Und meine Möhren sind noch nicht mal …«

»Die Möhren können warten. Weil du es so außerordentlich willst. Und weil ich dich so außerordentlich will. Du wirst studieren können. Aber ich will auch Kinder mit dir zusammen. Und ich will mit dir reisen. Und ich will überhaupt alles mit dir zusammen machen … Katharina, bitte heirate mich, bald.«

Seine Worte verschlugen ihr die Sprache. Sie stand dort, Alex' Brief noch in den Händen, und sah ihn an.

»Ist das dein Ernst? Willst du das wirklich?«

»Ich will dich. Ich will mein Leben mit dir verbringen. Und ja, ich hatte mal versprochen, dich glücklich zu machen. Und wenn dein Glück am Studium und deiner Arbeit hängt, dann soll es so sein.«

Das Herz sprudelte ihr über vor Glück. »Ja! … Ja, ich will dich heiraten.«

Julius zog sie an ihren Händen zu sich. Sie standen dicht voreinander. Ihre Blicke verflochten sich ineinander. Katharina sog seinen Duft ein. So herrlich frisch. Er roch nach einer anderen Welt, einer besseren. Dann berührte Julius ihre Lippen mit seinen.

Plötzlich zupfte jemand an ihrer Schürze. »Kathi. Da … K.« Sie zeigte auf ein Bild mit einer Katze.

»K wie Kuss«, sagte Julius lachend und gab sie frei.

»K wie Kuss«, wiederholte Rosa grinsend.

Katharina streichelte der Kleinen über den Kopf. »Ich verspreche dir auch, ich werde mein Möglichstes versuchen, dass das Studium nicht unserem Glück im Wege stehen wird. Ich werde eine Lösung finden.«

»Wenn ich darauf zurückblicke, was du in den letzten paar Monaten Außergewöhnliches geschafft hast, glaub ich dir sofort.«

Katharina lächelte selig. Es stimmte. Sie hatte so viel Neues getan. Unerwartetes geschafft. Gegen alle Widerstände. Dinge, die ihr noch vor zwei Jahren vorgekommen wären, als könnten sie nur in ihren Lieblingsromanen passieren.

Rosalinde tapste in Richtung Küche. »Kathiii, ich hab Hunger.«

»Julius, ich muss hier noch alles …«

»Ich weiß. Du brauchst einen Ersatz. Und nächste Woche musst du erst einmal die Prüfung schaffen. Vielleicht könnte ich dir bei den Vorbereitungen helfen.«

Sie nickte. In dem Moment wusste sie, es würde alles wieder gut werden. Doch dann fiel ihr der Brief ein. Papa und Nikolaus …. Nun ja, zumindest ihre eigene Zukunft schien in einem etwas helleren Licht zu stehen.

22. Juni 1919

Albert hatte die Kutsche nehmen dürfen. Zusammen mit Ida und Tante Irmgard hatten sie seine Mutter im Nachbardorf abgeholt. Das Haus, das sie sich nun ansahen, lag am Rand von Stargard.

»Und, was meinst du?« Therese Hindemith schaute ihn neugierig an.

»Das Haus ist sehr schön. Und man könnte es gut als Pension nutzen.«

»Aber?«

Albert wand sich. Das Haus passte wirklich perfekt. Und sie würden die Zimmer zu einem guten Preis vermieten können.

»Ich merke doch, dass dich etwas stört.«

Er nickte. »Es ist so weit weg. Stargard. Ich würde nicht mal eben schnell an einem Abend noch vorbeikommen können. Ich bräuchte schon einen freien halben Tag.«

Seine Mutter lächelte ihn wohlwollend an. »Das stimmt. Es ist das Einzige, was mir auch nicht gefällt. Aber ich habe gedacht, wir können hiermit erst einmal anfangen. Und wenn es gut läuft … möglicherweise … wir würden ja gerne ein eigenes Haus kaufen. Vielleicht in der Nähe von Greifenau. Oder … wenn ihr weggehen solltet, dann dort in der Nähe.«

Niemand wusste, wie ihre Zukunft aussehen würde. In dieser neuen Welt schien plötzlich alles machbar zu sein. So viele neue Möglichkeiten, und so wenig Halt im Beständigen. Wer konnte schon sagen, wie und mit wem es auf Gut Greifenau weiterging?

»Ach ja? Na, dann ist es etwas anderes. Ihr würdet hier bestimmt gute Kundschaft haben. Es ist nah genug am Bahnhof.«

»Ja, mir gefällt es auch.« Irmgard Hindemith war erst etwas skeptisch gewesen, als ihre Schwester ihr geschrieben hatte. Das hatte wohl auch etwas damit zu tun, dass ihr letztendlich klar wurde, dass sie Gut Greifenau dann für immer verlassen würde.

»Vielleicht werden ja die alten Pläne wieder aufgenommen, jetzt nach dem Krieg. Es war doch mal die Rede davon, dass die Kleinbahn in Richtung Greifenau verlängert werden sollte.«

»Das wäre natürlich noch besser.« Albert trat an ein Fenster und schaute hinaus. Der Vorgarten war etwas ungepflegt, aber den würden seine Mutter und seine Tante innerhalb kürzester Zeit in ein Blumenmeer verwandeln. »Die Fenster bräuchten alle neuen Kitt. Das könnte ich machen. Und Ida und ich könnten euch auch beim Streichen helfen.«

»Das wäre wirklich fantastisch. Sonst müssten wir jemanden bezahlen. Wir selbst schaffen das nicht mehr.«

»Meint ihr, fünf Gästezimmer reichen?«

Therese nickte. »Wir könnten im Anbau unterkommen. Unten gibt es die Küche und den Speiseraum und zwei kleine Zimmer für alleinstehende Herren. Oben gibt es ein kleineres Zimmer. Da würden wir die allein reisenden Damen unterbringen. Und noch zwei weitere Zimmer, die wir mit Doppelbetten belegen können. Das Beste ist doch, dass es oben und unten und im Anbau jeweils eine Toilette gibt.«

»Im Durchgang zum Anbau ist genug Platz für einen großen Schrank, wo wir Bettwäsche und Handtücher unterbringen können«, ergänzte Irmgard.

Albert schaute seine Tante an. »Du willst das Herrenhaus wirklich verlassen? Ich werde dich vermissen. Dich und dein gutes Essen.«

»Ach was«, gab Tante Irmgard geschmeichelt von sich. »Bertha kocht mittlerweile genauso gut wie ich.«

»Ja, aber sie verwöhnt mich nicht so sehr wie du. Bei ihr kriegt Kilian immer das größte Stück Fleisch.«

»Der arme Kerl hat es auch verdient. Außerdem wirst du sowieso nicht mehr lange im Herrenhaus wohnen. Wann zieht ihr um?«

»Im Moment ist es schwierig, frei zu bekommen, so mitten im Sommer. Ich stehe früh auf und bin bis spätabends auf dem Feld. Und so wird es auch noch bleiben, bis wir die Ernte eingefahren haben.«

Ida sprang Albert zur Seite. »Ich streiche an meinen freien Nachmittagen. Wiebke hilft mir, und auch Paul. Ich denke, dass wir in ein oder zwei Wochen einziehen können. Allerdings haben wir immer noch keinen funktionstüchtigen Herd gefunden.«

»Ja, das ist schwierig. Wir brauchen auch einen Herd, oder am besten zwei. Wenn wir volles Haus haben, müssen wir für mindestens neun Personen kochen können. Vielleicht sogar für mehr.«

Albert schaute seine Tante fragend an. »Für mehr?«

»Ja, wenn zum Beispiel noch Kinder mitkommen. Oder auch ... Ich hab das schon mit Therese besprochen ... Vielleicht, wenn bessere Zeiten anbrechen, könnten wir auch Mittag- und Abendessen anbieten.«

»Ein Restaurant?«

»Für ein Restaurant ist es zu klein. Aber vielleicht ein Mittagstisch für Stammgäste. Zum Beispiel für ältere Herren, die alleinstehend sind und gerne vernünftig essen, aber sich keine Haushälterin leisten können.«

»Tante Irmgard, das ist eine wirklich gute Idee.« Ida war begeistert.

»Dafür müssen natürlich erst wieder normale Zeiten anbrechen. Es sind ja noch immer nicht alle Lebensmittelkarten abgeschafft.«

»Dieser Sommer wird wahrscheinlich noch schwierig. Aber bald kommt die Ernte, und sie wird gut dieses Jahr. Die Amerikaner beliefern uns schon wieder. Und auch alle anderen Staaten ziehen langsam nach.« Albert hatte sich schon lange angewöhnt, die Zeitungen zu lesen, die abends runtergebracht wurden.

»Die Franzosen bleiben stur.«

»Die Franzosen werden uns noch viele Jahre hassen, fürchte ich«, sagte Albert. »Das sieht man ja an ihren Forderungen. Mein Gott, ist das bitter für uns.«

Alle nickten. Frankreich wollte Deutschland auf Ewigkeit klein halten. Sie sollten ausbluten, damit sie nie wieder eine führende Stellung in Europa beziehen konnten. Das konnte nicht gut gehen, dachte Albert.

»Wenn ihr euch entschließt, dann solltet ihr schnell machen. Viele Deutsche haben schon nach dem Großpolnischen Aufstand ihre Sachen gepackt. Und jetzt, da die Siegermächte immer mehr darauf drängen, dass Posen und Westpreußen polnisch werden, fliehen die Deutschen. Wenigstens die, die im polnischsprachigen Osten leben. Viele werden hier auf ihrem Weg ins Reich vorbeikommen.«

»Wisst ihr was: Albert kann zwar im Moment nicht von der Feldarbeit weg. Aber wie wäre es, wenn ihr Eugen und Kilian fragt? Die könnten sich eher mal zwei Tage freimachen, wenn auf dem Gut selbst nicht so viel ansteht. Eine von euch beiden sollte dort hinfahren. Mit einem oder zwei großen Leiterwagen nach Schönlanke oder Schneidemühl. Es gibt bestimmt unglaublich viele Reichsdeutsche, die ihren Hausstand auflösen. Anscheinend kommen alle durch diese Stadt. Dort in der Nähe könnt ihr sicherlich zwei Herde und noch vieles andere bekommen. Schränke, Kommoden und Bettgestelle. So billig wie dort werdet ihr es im Moment nirgendwo bekommen können.«

»Albert, du hast mir wirklich eine so praktisch denkende Schwiegertochter geschenkt. Ich bin jeden Tag für euch dankbar.«

Doch Irmgard war nicht der gleichen Meinung wie ihre Schwester. »In den polnischen Korridor? Ich weiß nicht. Soll ich den armen Leuten nun noch ihre Möbel wegnehmen? Denkt euch, man würde uns so vertreiben!«

Ida schaute betreten zu Boden. »Daran habe ich nicht gedacht. Ich dachte nur, weil es doch bestimmt viele gibt, die jetzt von dort fort wollen. Wer will schon in Polen leben, nachdem die Polen so lange unter deutscher Herrschaft gestanden haben?«

»Lasst uns an die guten Dinge denken. Wir haben lange genug Trübsal geblasen. Den ganzen Krieg lang«, sagte Irmgard Hindemith.

Alle nickten, und Ida ging mit Irmgard rüber in die Küche.

Albert senkte seine Stimme. »Ich wollte dich noch fragen: Was ist mit Margarete Emmerling?«

»Ha, du könntest sie sogar hier besuchen. Wir haben in der Nähe ein Heim gefunden, wo sie niederkommen wird. Die Ärmste. Wenigstens hat sie in den paar Tagen ein bisschen Speck angesetzt.«

»Nein, ich will sie nicht besuchen. Ich will nur wissen, ob es ihr gut geht. Weiß sie schon, was sie mit dem Kind machen will?«

»Sie will es behalten. Sie hofft, dass sie irgendwo in der Nähe eine Stelle findet.«

»Wo soll denn das Kind tagsüber bleiben?«

Seine Mutter zuckte mit den Schultern. »Wir werden sehen.« Skepsis stand in ihrem Gesicht. »Und? Hast du nun deine Genugtuung?«

Sie war ganz und gar nicht damit einverstanden gewesen, als sie erfahren hatte, welchen Gefallen Margarete Emmerling ihrem Sohn versprochen hatte. Allerdings hatte sie erst einen Tag später davon erfahren, was in Greifenau passiert war.

Albert wusste von Frau Marquardt, der Krämersfrau, dass Wittekind nach Stettin beordert worden war – vom Probst höchstpersönlich. Vermutlich musste er dort Rede und Antwort stehen bezüglich des Vorfalls. Am liebsten wäre ihm natürlich, wenn Wittekind gehen müsste. Vielleicht, wenn die Leute ihn lange genug schief genug ansahen, würde er selbst um die Versetzung bitten. An diesem Tag würde Albert sich freinehmen und dabei zuschauen, wie Pastor Egidius Wittekind auszog. Erst dann, erst dann hätte er wahre Genugtuung.

»Noch nicht ganz. Aber ich habe so das Gefühl, dass es bald so weit sein könnte.«

»Komm, lass uns rübergehen. Sonst plant Irmgard wieder die wildesten Dinge. Was die Küche angeht, ist meine Schwester kaum zu bremsen.«

* * *

Bertha konnte gar nicht aufhören zu grinsen. Bald, ganz bald würde sie Köchin werden. Endlich Köchin, nicht mehr Küchenmädchen. Natürlich wusste sie, dass es im Moment nur bedeutete, dass sie alles allein machen musste. Aber sie würde die Schlüssel zu den Speisekammern bekommen. Und sie würde mit der Gräfin selbst die Besprechung des Essens vornehmen. Zwar gab es kaum noch Menüs oder größere Festivitäten. Trotzdem hegte sie die große Hoffnung, dass es bald besser werden würde. Wenn es nur erst einen neuen Herrn auf Greifenau gäbe, der mehr Geld haben und wieder große Festivitäten veranstalten würde. Bald gäbe es auch wieder mehr Lebensmittel. Dann käme ihre Stunde. Dann würde sie ebenso große Diners planen und kochen dürfen, wie sie es unter Irmgard Hindemith gelernt hatte. Bertha freute sich schon darauf. Andererseits, es war nicht auszuschließen, dass die neue Familie eine eigene Köchin mitbrachte. Nun, sie würden sehen.

Sibylle, das älteste Mädchen im Waisenhaus, machte sich ganz gut. Seit sie hier angekommen war, half sie immer mehr aus. Sie würde bleiben können, wenn die anderen Kinder irgendwann auszogen. Sie würde Berthas neues Küchenmädchen.

In wenigen Tagen erwarteten sie Besuch. Gräfin Anastasia von Sawatzki wurde erwartet. Zusammen mit dem Leichnam von Graf Nikolaus. Noch hatte sie niemand eingeweiht, ob es einen großen Leichenschmaus geben würde. Aber sie wusste, auch Irmgard Hindemith hatte noch kein Gespräch diesbezüglich gehabt. Die Ansichten, wie viele Leute zum Leichenschmaus eingeladen werden sollten, gingen wohl bei Gräfin Feodora und Gräfin Rebecca ziemlich auseinander. Erst wenn die sich geeinigt hatten, würden sie hier unten Näheres erfahren.

Mamsell Schott steckte ihren Kopf zur Küche hinein. »Und, Bertha? Kommen Sie alleine zurecht?«

Bertha grinste und zeigte ihre schiefen Zähne. Sie nickte mit dem Kopf Richtung Sibylle, dem Waisenmädchen. »Ich hab doch eine fleißige Hilfe hier.«

»Da haben wir also ein emsiges Bienchen gefunden?«

Sybille nickte in Richtung der Mamsell. Sie war wirklich fleißig und sie war stolz darauf, fleißig zu sein.

»In zehn Minuten können Sie den Gong schlagen. Dann steht das Essen auf dem Tisch.« Zufrieden und auch ein wenig stolz ging Bertha zu dem Topf, der seit Stunden vor sich hin köchelte. Sie nahm den Deckel hoch, und holte ein Stück Rinderrippe heraus, das sie ausgekocht hatte.

* * *

Kurze Zeit später saßen alle am Tisch, Herr Caspers und die Mamsell, Wiebke, Eugen und Kilian. Selbst Sibylle durfte heute mit ihnen hier unten essen. Die Herrschaften hatten schon gegessen. Die Waisenkinder hatten einen großen Suppentopf nach oben bekommen. Sie mussten das Essen selber organisieren –

austeilen, das Geschirr holen und das schmutzige Geschirr später auch wieder herunterbringen. Meistens gab es Streitereien darüber, wer den Speiseaufzug bedienen durfte. Als wäre es ein Spielzeug.

Gerade als Bertha den Deckel vom Topf hob, klingelte es. Die Mamsell stand verärgert auf.

»Das gibt es doch nicht! Wer kommt denn genau zu der Mittagszeit!« Sie ging in den Flur, und plötzlich hörten sie einen merkwürdigen Aufschrei.

Herr Caspers stand eilig auf und ging nach draußen. Man hörte gemurmelte Wortfetzen. Dann ein lautes: »Das gibt es doch nicht. Wir dachten, Sie sind tot!«

Am Tisch schauten sich alle neugierig an. Schon erschien die Mamsell in der Tür.

»Bertha, hol bitte noch einen Teller. Wir haben einen Gast.«

Caspers erschien, und hinter seinem hochgewachsen Körper trat jemand in die Leutestube.

»Nein!«, entfuhr es Bertha laut. »Das gibt es doch gar nicht.«

Auch Eugen und Kilian waren völlig verblüfft.

»Herr Matthis, Sie leben ja!«, rief Wiebke überrascht.

Er sah dünn aus. Er war wirklich abgemagert.

»Hallo, allerseits.« Sein Blick schweifte durch die Runde. »So eine kleine Runde. Ist Frau Hindemith nicht da? Und Clara und Herr Sonntag? Oje, Kilian, dich hat es ja schlimm erwischt.«

»Eins nach dem anderen. Setzen Sie sich doch erst einmal.« Die Mamsell wies auf einen Stuhl.

Bertha fing an, die Suppe zu verteilen, und man konnte Karl Matthis ansehen, dass er den ersten Bissen kaum abwarten konnte. Als alle Teller gefüllt waren, sprach die Mamsell ein kurzes Gebet.

Schon hatte Matthis den ersten Löffel im Mund. Noch einen und noch einen, als fürchtete er, jemand wolle ihm den Teller wegnehmen.

»Nehmen Sie es uns nicht krumm, aber im vorletzten Sommer hatte Kilian uns geschrieben, dass er Sie getroffen habe, aber Ihr Regiment in der darauffolgenden Woche wohl vollständig vernichtet worden sei. Wir dachten, Sie wären tot.«

»Nun, Totgesagte leben länger. Heißt es nicht so?« Er mampfte lautstark. »Meine Güte, Sie glauben nicht, wie sehr ich mich nach dem Essen von Frau Hindemith gesehnt habe.« Zwischen zwei Löffeln. »Wirklich köstlich. Bekomme ich noch Nachschlag?«

So freundlich hatte Bertha den Lehrer noch nie erlebt. Sie schöpfte ihm den Teller noch mal voll und schob den Brotkorb in seine Richtung.

»Lieben Dank. Danke schön. Und? Wo sind denn nun die anderen?«

Mamsell Schott ergriff das Wort. »Clara ist leider von uns gegangen. Sie ist an einer Lebensmittelvergiftung gestorben.«

»Ach herrje, sie war doch noch so jung!«

Die Mamsell übernahm es, den Privatlehrer von all den anderen Todesfällen in Kenntnis zu setzen. Von Johann Waldner und Nikolaus und auch von Graf Adolphis, natürlich ohne auf die näheren Umstände einzugehen. Matthis nickte immer nur, mit Bedauern im Gesicht, aber unterbrach sein Essen dabei keine Sekunde.

Als Bertha ihm den zweiten Teller aufschöpfte, erzählte er in knappen Worten, dass er seine letzten zwei Jahre in russischer Gefangenschaft verbracht hatte.

Schließlich brachte die Mamsell das Gespräch auf die Lebenden zurück. »Graf Alexander ist wieder zu Hause. Er ist Heiligabend hier eingetroffen. Er war an der Westfront.«

»Hm.«

Matthis klang wenig begeistert. Graf Alexander war nun nicht gerade sein Liebling gewesen, wie alle noch wussten. Aber wo sie gerade schon mal bei unangenehmen Überraschungen waren, ergriff Bertha das Wort.

»Graf Konstantin hat geheiratet. Und jetzt raten Sie mal, wen!«

»So viele hochgestellte junge Damen kenne ich nicht.« Matthis zuckte mit den Schultern.

»Rebecca Kurscheidt.«

Ihm wäre fast das Stück Brot aus dem Mund gefallen. »Unsere … Die … Dorflehrerin?«

»Genau die. Sie ist jetzt Gräfin Rebecca von Auwitz-Aarhayn.«

»Das gibt es doch gar nicht!« Matthis musste hart schlucken, um den Bissen herunterzubekommen. Stumm kaute er auf seiner Schnitte. Alle schauten verstohlen zu ihm hinüber. Allen brannte die gleiche Frage auf den Lippen. Es kam Herrn Caspers zu, diese zu stellen.

»Herr Matthis, es ist natürlich sehr erfreulich, dass Sie uns besuchen. Was planen Sie für die Zukunft?«

»Nun, ich hoffe, dass ich zurück in meinen alten Beruf kann. Ich bin schließlich Lehrer.«

Niemand sagte etwas.

»Ja, ich weiß. Es wird sicher schwierig werden, eine Anstellung zu finden. Zumindest als Hauslehrer. Aber vielleicht finde ich ja etwas an einem Lyzeum.«

Wieder sagte niemand etwas.

»Obwohl auch das schwierig ist. Es gibt zu viele Versehrte, die zurückgekehrt sind. Ich wünschte, ich hätte es ein halbes Jahr früher geschafft. Jetzt sind alle guten Stellen bestimmt schon besetzt. Viel Hoffnung mache ich mir nicht.«

Bertha ging etwas Bestimmtes durch den Kopf. »Und wie wäre eine Stelle an der Volksschule?«

»Sie meinen, in einer Dorfschule? … Für den Übergang … Zur Not … Bevor ich gar keine Arbeit finde.«

»Dann fragen Sie doch mal die Frau Gräfin. Bisher hat die Dorfschule noch keinen neuen Lehrer zugeteilt bekommen. Vielleicht legt Gräfin Rebecca ein gutes Wort bei der Schulbehörde für Sie ein.«

Das Gesicht, das Karl Matthis nun machte, war ein Goldstück wert.

29. Juni 1919

Doktor Malchow und die Kinder waren dabei, genau wie Cläre Bromberg. Julius' Eltern natürlich, aber das war es schon. Das war die komplette Liste ihrer Hochzeitsgäste.

In ihrem Leben hatte Katharina sich Hunderte Male ausgemalt, wie es wohl wäre, wenn sie heiraten würde. Die schön geschmückte Kirche von Greifenau. Papa, der sie zum Altar führte. Mama, weinend und zum ersten Mal in ihrem Leben nicht mehr ständig nervend. Anastasia, die natürlich auf sie neidisch war, weil Katharinas Mann ganz sicher noch viel reicher und zudem auch besser aussehend war als Graf von Sawatzki. Wie sie nach der Hochzeit in die Kutsche steigen würde. Dann das rauschende Fest im Park des Herrenhauses.

Julius' Vater hatte es irgendwie geschafft, eine Art Kriegstrauung zu arrangieren. Katharina vermutete, dass er eine gefälschte Einwilligungserklärung ihres Vaters eingereicht hatte. So genau wollte sie es lieber nicht wissen.

Die Hochzeit war schneller und weniger formal, aber dennoch gültig. Und das, obwohl der Krieg schon aus war. Na ja, noch galt der Waffenstillstand. Man musste eben nur genug Geld haben, dann war in Notzeiten wie diesen quasi alles möglich. Trotzdem fehlte all das Pompöse aus ihren Jungmädchenträumen. Immerhin streuten Isolde und Rosalinde draußen vor der Tür des Standesamtes Blumen. Und überraschenderweise fuhr sogar noch nach der Trauung eine weiße Kutsche vor.

Die Eltern fuhren mit der Limousine zurück und nahmen die Kinder mit. Doktor Malchow wollte ein paar Meter gehen. Er war sehr angetan von der frischen Luft Potsdams. Es war so ganz anders als im Berliner Wedding. Außerdem konnte man dem Industriellenpaar Cläre Bromberg im Auto nicht zumuten. Also musste jemand mit ihr zurücklaufen.

Der große Speisesalon in der Villa der Urbans war wunderbar gedeckt worden. Julius und Katharina waren übereingekommen, die Hochzeit so klein wie möglich zu halten. Wen hätte Katharina auch noch einladen wollen?

Lange hatte sie überlegt, ob sie nicht zumindest ihre Familie zur Trauung einladen sollte. Irgendwann wollte sie diesen Schritt tun: sich mit Gut Greifenau in Verbindung setzen und sehen, ob noch etwas zu kitten war. Sie hätte sich gefreut, Alex und auch Konstantin und Rebecca dabei zu haben. Was die ehemalige Dorflehrerin wohl von ihrem jetzigen Leben halten würde? Doch hätte sie ihre Geschwister eingeladen, hätte sie auch Mama einladen müssen. Und obwohl Ludwig von Preußen nicht mehr zur Verfügung stand, traute sie es Mama zu, dass sie nach Potsdam kommen und sie einfach wieder mitnehmen würde. Katharina war noch lange nicht großjährig. Mama konnte ihre Tochter einfach in irgendein Kloster oder eine Anstalt stecken. Einfach nur, weil sie ihr zürnte.

Erst jetzt, nachdem sie von der Obhut der elterlichen Hände in die Obhut ihres Mannes übergeben worden war, konnte sie nichts mehr ausrichten. Dennoch tat es ihr leid, dass niemand aus ihrer Familie Bescheid wusste. Nächste Woche wollte Katharina ihnen schreiben.

Sie setzte sich neben Julius an den Tisch. Alles sah wunderschön aus. Julius' Mutter hatte sich viel Mühe gegeben, diesen Anlass zu etwas Besonderem zu machen.

Unter dem Tisch griff Julius nach ihrer Hand. »Und, bist du nun glücklich, meine kleine Komtess?«

»Ich bin jetzt keine Komtess mehr. Weißt du das nicht? Seit einer Stunde bin ich nur noch eine schnöde Bürgerliche.« Katharina strahlte. Erst jetzt wurde ihr bewusst, dass sie seit einer Stunde auch nicht mehr von Stand war. Sie war nun keine Adelige mehr. Sie war jetzt nur noch Katharina Urban. Und ja, sie war glücklich.

Alle saßen nun, aber zum Leidwesen der Kinder, die großen Hunger hatten, stand Julius' Vater auf. Alle schauten zu ihm hoch.

»Mein lieber Julius, meine liebe Katharina. Ich möchte es kurz machen, denn ich weiß, einige hier am Tisch können es kaum erwarten zu essen. Trotzdem möchte ich auf das Glück des Brautpaares trinken.« Er hielt sein Glas hoch, und bis auf die Kinder griffen alle nach ihren. Als Isolde ihr Glas mit der Limonade hob, taten es ihr auch ihre Geschwister gleich. Cläre half Rosalinde, die aber sofort anfing zu trinken. Alle lachten.

»Meine liebe Katharina, ich weiß, wir hatten keinen guten Start. Aber jetzt weiß ich, ich könnte mir keine bessere Frau für meinen Sohn wünschen. In diesem Leben verläuft nicht alles nach Plan. Und häufiger, als einem lieb ist, werden Pläne über den Haufen geworden und Träume zerstört. Das Leben kann ziemlich unangenehm werden und hohe Wellen schlagen. Dann ist es wichtig, dass man einen Menschen an seiner Seite hat, der zu einem steht. Und der auch selbst fest auf dem Boden steht. Du hast mir gezeigt, dass du ein solcher Mensch bist. Und ich bin froh, eine Frau an der Seite meines Sohnes zu wissen, die ihm den Rücken stärken kann. Weil sie selbst stark genug ist … Auf Katharina und Julius.«

Jetzt erhoben noch mal alle anderen das Glas und tranken.

Cläre musste kichern. Es war das erste Mal, dass sie Champagner trank. Katharina hatte sie gut eingekleidet. Cläre Bromberg würde sich ab sofort um den Haushalt von Doktor Malchow kümmern. Sie würde auf die Kinder aufpassen und kochte. Die Kinder kannten Cläre. Und sie konnte ohnehin besser kochen als Katharina. So würde die ältere Frau, die noch gar nicht so alt war, sondern erst in ihren Vierzigern, sehr viel besser verdienen. Nur auf das Geschichtenvorlesen mussten die Kinder nun verzichten. Cläre konnte alles andere als flüssig lesen. Doktor Malchow war nicht gerade froh gewesen, aber er schien auch nicht überrascht gewesen zu sein, als Katharina ihm von der glücklichen Wendung erzählt hatte. Nun saß er da, in einer schicken Potsdamer Villa, und trank Champagner. Auch etwas, was er sich vor Kurzem noch nicht hatte vorstellen können.

Gerade, als Katharina dachte, Cornelius Urban würde sich nun setzen, holte er einen Umschlag aus seiner Jackentasche.

»Bis gerade warst du eine verarmte Komtess. So hab ich dich einmal genannt. Ich weiß. Dafür entschuldige ich mich nicht einmal, denn ich hatte recht.« Er schmunzelte. »Doch nun bist du eine Bürgerliche. Aber arm bist du jetzt nicht mehr. Du hast in eine sehr wohlhabende Familie eingeheiratet. Und es war gut, dass du mich davon überzeugen konntest, dass es dir nicht ums Geld ging.« Er gab den Umschlag weiter an seine Frau, die ihn den beiden überreichte.

»Das ist unser Hochzeitsgeschenk. Alles Genauere müssen wir dann noch klären. Ihr könnt euch natürlich auch etwas anderes wünschen. Aber nach allem, was Katharina durchgemacht hat, denke ich, es wird ihr besonders gefallen.«

Da Julius nicht danach griff, nahm sie den Umschlag an. Er war nicht verschlossen. Sie holte einen kleinen Zettel heraus. Als sie nun die Zeilen las, traten ihr Tränen in die Augen.

Julius schaute ihr über die Schulter.

»Hast du das gewusst?«

Er schüttelte den Kopf. »Nein, Papa hat mich wirklich gelöchert mit Fragen. Aber darauf wäre ich nie gekommen.«

»Ich danke euch. Ich danke euch so sehr.« Sie umarmte schnell ihre Schwiegermutter und trat vor Julius' Vater. »Danke. Ich weiß, es kommt von Herzen. Und es ist vermutlich genau das Richtige, um mich mit meiner Familie auszusöhnen.«

Daran würde Katharina sich nun gewöhnen müssen. Sie lebte jetzt nicht nur in einer reichen Familie, in der man sich alles mit Geld kaufen konnte. Sie lebte jetzt auch in einem Land, in der die Monarchie untergegangen war und die Kapitalisten an der Spitze der Gesellschaft standen. Und Mama würde das nun auch lernen müssen. Vielleicht wäre sie dann mit Katharinas Wahl einverstanden. Nächste Woche würde sie den letzten Teil ihrer Abiturprüfung ablegen. Und danach irgendwann würden sie nach Greifenau reisen. Wenn sie daran dachte, war sie fast so aufgeregt wie bei dem Gedanken an ihre Hochzeitsnacht.

31. Juni 1919

Anastasia, ihre älteste Tochter, sie war ihre einzige Hoffnung. Nur sie war ihr geblieben. Alexander hatte gestern ein langes, teures Telegramm von Katharina erhalten. Feodora hatte so getan, als wollte sie nicht wissen, was ihre Jüngste schrieb. Dennoch hatte Alexander ihr erzählt, dass sie nun in Potsdam lebte. Bei diesem Julius Urban. Sie sei nun verheiratet. Ein Brief von Alexander habe sie erreicht, der sie darüber unterrichtet habe, dass Papa gestorben sei. Sie wolle möglichst bald kommen, sobald Julius wieder ganz gesund sei. Er schien einen Unfall gehabt zu haben.

Sein Wohlergehen interessierte Feodora bei Leibe nicht. Verheiratet, ihre Tochter war verheiratet. Und sie war nicht dabei gewesen! Natürlich hatte sie auch gar nicht dabei sein wollen, aber welcher Affront! Aber nichts anderes erwartete sie von ihrer Jüngsten.

Konstantin sagte, er werde ihr zurückschreiben, dass sie hier herzlich willkommen sei. Natürlich, was würde er auch sonst sagen? Diese Dorflehrerin und Katharina waren ja praktisch befreundet gewesen.

Nur Anastasia war ihr geblieben. Die hatte sich mit Haug von Baselt in Verbindung gesetzt. Man hatte Nikolaus' Leichnam nach Ostpreußen überführt. Und gestern endlich war Anastasia hier angekommen, mit Kindermädchen und ihren drei Töchtern, und einem schlichten Holzsarg, in dem der geschundene Körper ihres Sohnes lag. Er sei so schrecklich zugerichtet. Der Sarg solle nicht mehr geöffnet werden.

Haug von Baselt hatte seinen toten Freund persönlich bis zum Rittergut von Graf Sawatzki gebracht. Der hohe Herr war wie immer unterwegs gewesen. Anastasias Mann tauchte anscheinend nur noch gelegentlich für zwei Wochen in Ostpreußen auf, um ihre Tochter zu schwängern und dann möglichst schnell wieder abzudampfen. Das hatte sie sich damals auch ganz anders vorgestellt. Und ihre Tochter vermutlich auch.

Schon bevor Anastasia angekommen war, hatte Feodora einen Sarg bestellt. Konstantin war zornig geworden, als er gehört hatte, wie viel er gekostet hatte. Aber das war ihr egal. Ihr Sohn würde angemessen beerdigt werden. Gerade eben erst war Wittekind da gewesen und hatte mit ihr die Beerdigung besprochen.

Alle enttäuschten sie, auch der Pastor. Sie hatte gehofft, dass sie ihn gegen Konstantin und Rebecca aufwiegeln könne. Schon Anfang März hatte sie ihn kommen lassen und ihn gefragt, unter welchen Umständen es möglich war, die Ehe von Konstantin und Rebecca annullieren zu lassen. Wenn sie zum Beispiel schon einen anderen Mann hätte, oder wenigstens ein Kind von einem anderen Mann. Oder, oder, oder. Was einem da so einfallen könne? Wittekind musste in solchen Fragen doch Erfahrung haben. Doch der hatte sich bedeckt gehalten

Jetzt ging sie hinunter zum Essen. Mit Anastasia am Tisch war es wenigstens erträglich. Als Feodora in den Speisesaal trat, standen Anastasia und Konstantin in der Ecke und sprachen miteinander. Die Dorflehrerin ging gerade auf die beiden Mädchen zu.

Clothilde war schon fünfeinhalb und Tatjana gerade vier geworden. Victoria war oben bei der Kinderfrau. Mit ihren vierzehn Monaten würde sie nur beim Essen stören.

»Wollen wir etwas zusammen spielen?«

Die Mädchen, die brav in einer Ecke warteten, strahlten Konstantins Frau glücklich an.

»Kommt mit. Wir können etwas malen, bevor wir zum Essen müssen.«

»Nein. Die Kinder setzen sich schon an den Tisch.« Anastasias Stimme klang barsch. Sie mochte die Dorflehrerin genauso wenig wie Feodora.

»Wir essen ohnehin sofort. Außerdem möchte ich klarstellen, dass meine Töchter auf gar keinen Fall mit den Waisenkindern zusammen spielen dürfen. Ich möchte nicht, dass sie Kontakt zu dem Pöbel haben.«

Die Dorflehrerin tauschte einen Blick mit Konstantin. Doch keiner von beiden sagte etwas. Anscheinend hatte Anastasia den richtigen Ton getroffen. Das machte Feodora Mut, noch mehr auf die Pauke zu hauen. Sie musste mehr fordern und lauter sein. Lauter und unhöflicher.

»Das sind wirklich ausgesprochen schöne Mädchen. Ich kann mir gut vorstellen, was sie einmal für eine hervorragende Partie machen müssen.«

Anastasia lächelte ihre Mutter dankbar an. Ja, das waren die Gedanken einer guten Mutter: dass ihre Kinder einmal in eine gute Familie einheirateten.

Herr Caspers trug eine Suppenterrine herein. Alle setzten sich, auch Alexander, der noch dazukam. Die Dorflehrerin schaute in die Runde, als Caspers den ersten Gang auftrug.

»Wann wird die Beerdigung sein?«

»In zwei Tagen«, antwortete Feodora so knapp wie eben möglich.

»Ich werde gleich noch ins Dorf fahren und ein Telegramm aufgeben, damit Katharina Bescheid weiß, wann ihr Bruder beerdigt wird.«

Feodora schlug mit der flachen Hand auf den Tisch. »Nein, das wirst du nicht tun. Ich möchte nicht, dass diese Person Gut Greifenau noch einmal betritt.«

Rebecca starrte sie an. Sie versprach ihrer Schwiegermutter nicht, dass sie ihrem Wunsch entsprechen würde. Stattdessen nahm sie ihren Löffel, kostete von der Suppe und sagte dann in einem süffisanten Ton: »Und dabei hat doch gerade Katharina mit diesem Industriellensohn eine der bestmöglichen Partien des Reiches an Land gezogen. Ich dachte, darum würde sich alles drehen: dass die Kinder eine gute Partie machen.«

Feodora presste ihre Lippen zusammen. Sie wusste schon, warum sie kaum noch mit ihnen zusammen aß. »Nun hörst du selber, Anastasia, wie hier mit mir umgegangen wird. Kein Respekt, keine Höflichkeiten. Stattdessen muss ich mir bissige Bemerkungen anhören.«

»Mama, Rebecca würde dir sicherlich mehr Höflichkeit entgegenbringen, wenn du dich dazu entschließen könntest, meiner Frau überhaupt irgendeine Art von Höflichkeit entgegenzubringen.« Konstantin blickte sie an.

Feodora schaute wieder in Richtung Anastasia. »Wie ich sagte – keine Höflichkeiten, kein Respekt.« Sie sah gerade noch, wie Alexander die Augen verdrehte.

Eine unangenehme Stille legte sich über den Tisch. Selbst mit Anastasia machte es nicht so recht Freude, gemeinsam zu essen. Herr Caspers räumte die Suppenteller ab und brachte den Hauptgang. Erst, als die Teller vor ihnen standen, sprach Konstantin wieder.

»Also, Anastasia, erzähl mal. Euer Gut liegt so nah an der Provinz Marienwerder. Habt ihr irgendwas mit der Volksabstimmung zu tun?«

»Wenn sie denn jemals kommt«, warf ihre Tochter skeptisch ein. »Im Moment verleiben sich die Polen doch ein, was sie wollen.«

»Aber ihr seid nicht betroffen, oder?«

Anastasia, die gerade Messer und Gabel ergriffen hatte, ließ sie laut zurück auf den Tisch fallen.

»Nicht betroffen? Nicht betroffen!« Ihre Stimme wurde immer lauter. »Wie kannst du sagen, wir seien nicht betroffen? Ostpreußen wird von Deutschland abgeschnürt. Der polnische Korridor geht mitten durch das Reich. Ich muss demnächst einen Pass mitführen, wenn ich euch besuchen will. Einen Pass, als wäre ich nicht hier zu Hause. Als wäre das nicht alles deutscher Boden.«

Konstantin nickte. »Ich finde es auch schändlich. Wirklich schändlich. Ich weiß auch nicht, wie es werden soll.«

Feodora glaubte ihm überhaupt nichts mehr. Da war die Sache mit dem Geld. Plötzlich war doch genug Geld da gewesen für die Rettung ihrer Brüder aus Jalta. Sehr ominös. Und sehr verräterisch. Aber am Ende zählte nur, dass sie bekommen hatte, was sie wollte.

Alle aßen stumm weiter, weil es anscheinend keine unverfänglichen Gesprächsthemen gab. Wieder räumte Caspers die Teller ab, als alle fertig waren. Als er fragte, ob nun der Nachtisch serviert werden solle, drehte Anastasia sich überrascht um.

»Nachtisch? Es gibt nur drei Gänge?«

»Wir müssen sparen. Du weißt doch, dass das Gut hoch verschuldet ist«, erklärte Konstantin sachlich.

»Ja, aber zwei Dutzend Waisenkinder können wir durchfüttern. Dafür ist Geld da.« Feodora konnte gar nicht giftig genug sein.

Anastasia atmete tief durch. »Ich dachte, mit dem Geld, das Hugo Theodor euch geliehen hat, wäre …«

»Das reicht doch nur, um ein paar Monate über die Runden zu kommen«, schnitt Konstantin ihr das Wort ab.

Er redete nicht gerne darüber, dass er Greifenau verkaufen musste. So schändlich, es war so schändlich, dass Feodora es nicht glauben konnte. Trotzdem wusste sie, dass letzte Woche wieder jemand da gewesen war, der das Gut kaufen wollte. Ein Industrieller, neureich. Konstantin verhandelte noch mit ihm. Aber der Verkauf von Greifenau war nun zum Greifen nahe. Es schnürte ihr die Luft ab.

Niemand sagte noch etwas. Alle warteten, dass Caspers endlich mit dem Nachtisch erschien. Feodora beobachtete ihre älteste Tochter, wie sie den Obstsalat in Augenschein nahm. Obstsalat mit Vanillesauce und ein wenig Sahne. Als wäre sie in einer Kutscherstube. Doch anscheinend wollte Anastasia nicht in ein weiteres Fettnäpfchen treten. Sie wandte sich einem erfreulicheren Thema zu.

»Also, dann sind Onkel Stanislaus, Onkel Pavel und ihre Familien nun in Malta und hoffen auf eine günstige Passage?«

»Ja, wie ich hörte.« Konstantin blickte zu ihr hinüber. Offenbar wollte er, dass seine Mutter mehr erzählte. Aber so viel mehr wusste sie ja gar nicht.

»Allerdings, noch gerade rechtzeitig, wie Pavel mir schrieb. Konstantin hat mir schließlich doch noch das Geld gegeben.

Ich muss nur genug betteln, dann rückt er immer etwas heraus. Was für eine Schande, deine Mutter so zu behandeln. Es ist doch genug Geld da! Sonst hättest du es mir ja nicht geben können.«

Konstantin schwieg. Sein Blick ging rüber zu Rebecca, die nur ihren Kopf schüttelte. Sie sah, wie Alexander anhob, etwas zu sagen. Doch deren Geste, stumm zu bleiben, kam zu spät.

»Nun, um genau zu sein, Mama, war es Rebeccas Geld. Ihr Erspartes. Mit ihrem Geld haben es deine Brüder von der Krim geschafft.«

Feodora ließ den Dessertlöffel sinken. Sie schaute ihre Schwiegertochter an. Die sagte nichts. Es gab auch nichts zu sagen. Es gab keinen Grund, warum Alexander lügen sollte. Doch jetzt fragte Anastasia nach.

»Ist das wahr, Konstantin?«

Er räusperte sich. »Ich habe Mama oft genug gesagt, dass wir kein Geld mehr haben. Aus … Prinzip habe ich das Ersparte meiner Frau nicht anfassen wollen. Aber Rebecca hat es selbst so gewollt. Sie fand, wozu sollte Geld sonst da sein, wenn nicht, um das Leben von Familienmitgliedern zu retten. Jetzt haben wir allerdings gar keine Rücklagen mehr für unseren Neuanfang.«

Der Blick, den Konstantin ihr zuwarf, war fordernd. Feodora flüchtete. Sie schaute auf das kleine Schüsselchen mit Erdbeeren, Apfelstückchen und Birnen. Sie wusste genau, was ihr Sohn von ihr wollte. Sie sollte sich bei dieser Sozialistin bedanken. Aber sie und ihresgleichen waren es doch erst gewesen, die ihre Brüder in eine solche Lage gebracht hatten. Und selbst ihr Sohn, Konstantin, hatte die Bolschewisten unterstützt. Sollte sie sich etwa bei ihnen entschuldigen?

»Weißt du, Anastasia, Rebecca hat mich auch gepflegt, als ich an der Spanischen Grippe fast gestorben wäre. Auch ein Punkt, den Mama bisher nicht gewürdigt hat.«

Feodora schaute verbissen auf ihren kleinen Löffel. Eher würde sie sich die Zunge abbeißen, als ihrer verhassten Schwiegertochter Dank sagen zu müssen.

Alexander sprang ihm bei, natürlich. »Ich jedenfalls danke dir sehr, Rebecca. Ich freue mich wirklich auf Onkel Stanis, Tante Oksana, Onkel Pavel und Tante Raissa. Und ich bin froh, dass ihre Jungs mitkommen. Äußerst froh sogar. Geld und Häuser kann man ersetzen, aber das Leben nicht. Das hat mich die Front gelehrt.«

Alexander klang noch immer wie der dumme Junge, der er schon immer gewesen war.

Und nein, nein, nein! Sie würden sie nicht kleinkriegen! Sie würden es nicht schaffen, dass sie vor ihnen zu Kreuze kroch. Sie war immer noch Gräfin Feodora von Auwitz-Aarhayn. Sie war eine entfernte Verwandte des russischen Zaren. Selbst wenn es den nicht mehr gab. Sie würde doch nicht einer bürgerlichen Schmarotzerin unterliegen. Der Hals war ihr wie abgeschnürt. Sie konnte nicht schlucken, kaum atmen. Wie benommen nahm sie ihre Serviette vom Schoß und warf sie über ihren Teller. Langsam stand sie auf und wankte hinaus.

Es war ohnehin eine Zeit der Schande. Die Sozialdemokraten, diese Novemberverbrecher, hatten vor über einer Woche die neuen Waffenstillstandsbedingungen unterzeichnet. Das alleine war schon schändlich genug. Und vor fünf Tagen hatten sie den Vertrag von Versailles unterschrieben. Damit wurde die Schmach in ihr aller Leben gebracht. Warum sah das niemand? Rebecca, und selbst Konstantin versündigte sich an ihrem Land. Alle versündigten sich an diesem Land. Fast alle. Und ausgerechnet Nikolaus, der als einziger Sohn noch Ehre in sich getragen hatte, war gefallen. Sie konnte so nicht weiterleben.

Kapitel 12

13. Juli 1919

Fast acht Monate war es her, dass Katharina Gut Greifenau verlassen hatte. Sie hätten mit dem Zug fahren können, aber weder Julius noch sie wollten es. Die Strecke von Stargard nach Stettin hatte ihnen kein Glück gebracht. Außerdem hatte Julius' Vater ihnen angeboten, das Auto zu nehmen. Sie hatten die erste Nacht in Schwedt an der Oder übernachtet und waren heute Morgen über Pyritz weitergefahren. Je näher sie nun kamen, desto aufgeregter wurde sie.

Das Getreide wuchs hervorragend. Roter Klatschmohn und blaue Kornblumen umrahmten die Felder. Die Heuernte hatte schon begonnen. Störche staksten hinter der Mähmaschine her und brauchten nur noch nach springenden Fröschen zu schnappen. Ein Festmahl. Dann kamen sie um eine letzte Kurve und das Herrenhaus kam in Sicht. Groß und herrschaftlich, fast ein Schloss.

Katharina konnte es kaum abwarten, aus dem Auto zu steigen. Konstantin und Rebecca warteten oben an der Freitreppe. Alexander kam die Treppe herunter. Sie hatte ihm in einem knappen Telegramm mitgeteilt, wann sie ankommen würden.

Er riss sie ihn seine Arme, als wäre er am Ertrinken. »Katka. Was für ein Glück.« Er ließ sie gar nicht mehr los. »Nun wird alles gut. Ich spüre es!«

»Himmel, was ist denn los?«, fragte sie lachend, als sie sich aus seiner festen Umarmung löste.

Hinter ihr tauchte Julius auf, der noch seiner Mutter aus dem Wagen half.

»Hallo, Schwager.«

Julius und Alexander wussten nicht so recht, wie sie sich begrüßen sollten. Schließlich klopften sie sich gegenseitig auf die Oberarme.

»Darf ich dir meine Frau Mama vorstellen?«

»Frau Urban, seien Sie uns herzlich willkommen.«

»Ist Ihre Frau Mutter nicht da?«

Genau wie sie selbst, hatte auch Eleonora Urban am meisten dem Zusammentreffen mit Katharinas Mutter entgegengefiebert. Wie würde sich die Gräfin ihr gegenüber verhalten? Nun, ihre Abwesenheit war ein erstes Indiz, dachte Katharina. Dieses Zeichen der Ablehnung galt allerdings eher ihr als Julius' Mutter.

Alexander fühlte sich unwohl. »Ich sollte Ihnen wohl direkt reinen Wein einschenken. Meine Mutter ist wenig angetan von Katharinas Rückkehr. Dabei sind die Begleitumstände, also Sie, eher weniger wichtig. Machen Sie sich bitte nicht allzu viel daraus.«

Julius' Mutter lächelte Alexander zu. »Genau das hat mir schon Ihre Schwester prophezeit.«

Rebecca und Konstantin kamen die Treppe herunter. »Mensch, Schwesterlein. Du machst Sachen!« Konstantin und Katharina fielen sich herzlich in die Arme. Vermutlich so herzlich, wie sie sich noch nie umarmt hatten.

»Du lebst. Ich wollte es kaum glauben. Aber jetzt …« Katharina hatte ihren großen Bruder wieder.

»Ich hatte eben auch ein kleines Geheimnis, genau wie du.« Ihr ältester Bruder grinste sie an.

Rebecca trat an Katharina heran. »Herzlichen Glückwunsch zur Hochzeit.«

»Ebenso. Ist das nicht fantastisch? Wer hätte je gedacht, dass wir Schwägerinnen werden?«

»Nun, ich könnte dir da einige Dinge aus meiner Vergangenheit erzählen …« Rebecca grinste spitzbübisch.

Neben der Freitreppe aufgereiht standen die Dienstboten. Katharina schüttelte jedem die Hand. Alle schienen froh zu sein, dass sie wieder da war. Und einige, wie Mamsell Schott, Frau Hindemith und auch Wiebke, sagten es sogar.

Sie schaute Albert Sonntag ein wenig länger an als die anderen. »Danke noch mal.« Er nickte verständig, während Eugen Lignau neben ihm neugierig zuschaute.

Julius stand dicht bei ihr, wechselte auch das eine oder andere Wort mit den Leuten. Dann gingen sie hinein.

»Ich kann es kaum glauben, dass ich wieder da bin.« Sie war glücklich, und doch traten ihr sofort Tränen in die Augen. »Und ich kann es kaum glauben, dass ich Papa nicht mehr wiedersehen soll.«

»Wir können später zusammen zum Friedhof gehen. Nikolaus liegt auch dort.«

»Nikolaus, ja … Er auch.«

Mamsell Schott und Herr Caspers traten mit Tabletts ein. Es war warm draußen, sehr warm.

»Wir haben Ihnen eiskalte Limonade gemacht.«

»Oh, danke.«

Mamsell Schott schenkte allen ein, dann ging sie wieder.

»Katharina, möchtest du hoch zu Mama oder möchtest du lieber warten, ob sie herunterkommt?«, fragte Konstantin.

»Ich werde warten, bis sie herunterkommt.« Sie sagte das mit starker Stimme. Mama sollte nicht glauben, dass sie jemals noch mal bei ihr die Oberhand gewinnen könnte.

Sie schaute sich im großen Salon um und sog alles in sich auf. Es hatte sich nicht viel geändert. Hier und da stand etwas anderes, aber ansonsten waren es noch immer die gleichen Möbel. »Es ist fast, als hätte sich nichts verändert.«

»Katharina … wir müssen dir … leider …« Konstantins Stimme brach. Erst jetzt fiel ihr auf, wie müde und mitgenommen er aussah. Als läge die Last eines gefallenen Königreiches auf ihm, ließ er sich in einen Sessel fallen.

Rebecca trat an sie heran. Sie ergriff beide Hände. »Es ist schwer für ihn, es in Worte zu fassen. Er kann es nicht sagen, weil es dann wahr wird.«

»Was? Was kann er nicht sagen?«

Rebecca schaute in Richtung ihres Mannes, doch der hatte das Gesicht in seine Hände gelegt und schüttelte nur seinen Kopf. Ihr Blick lief zu Alexander, der plötzlich angestrengt durchs Fenster starrte.

Konstantins Stimme klang kratzig. »Es ist vermutlich das letzte Mal, dass du dein Zuhause besuchen kannst … Wir werden Gut Greifenau aufgeben müssen. Wir sitzen quasi schon auf gepackten Koffern.«

»Ja, ich weiß. Alex hat es mir geschrieben.« Katharina war direkt beunruhigt gewesen. Nicht noch mehr Unglücksnachrichten. Aber darauf war sie ja schon gefasst gewesen.

Frau Urban, die noch nicht gesessen hatte, ging dazwischen. »Ich weiß, das wird jetzt eine Angelegenheit der Familie. Und ich würde mich sehr gerne etwas frisch machen gehen.«

»Ich bringe Sie aufs Zimmer. Es ist schon alles für Ihre Ankunft vorbereitet.« Herr Caspers war außerordentlich zuvorkommend.

Eleonora Urban ging hinaus. Dann waren sie nur noch zu fünft.

»Was genau ist los?«, fragte Julius nach.

Konstantin stand nun doch auf. »Wir sind bis unter die letzte Dachschindel verschuldet. Die Banken wollen ihr Geld zurück. Umgehend. Ich habe Dutzende Briefe geschrieben und war sogar mehrmals persönlich dort. Es ist nichts zu machen. Am liebsten würden sie die Kreditraten erhöhen. Doch wir … wir haben nicht einmal genug Geld, um die alten Raten zu bezahlen.« Konstantin war bleich wie eine Wand. »Letzte Woche ist wieder jemand gekommen. Zur Besichtigung. Er hat der Bank ein Angebot gemacht. Sie wollen, dass er es kauft. Sie setzen mir die Pistole auf die Brust. Sie schreiben anscheinend schon an den Verträgen. Nächsten Monat … Ich … So kann … ich dann noch die … anderen Schulden …« Er ließ sich zurück in den Sessel fallen.

»Es ist nicht seine Schuld. Dein Vater …« Rebeccas Worte blieben in der Luft hängen.

»Ja, und der Krieg wird das Seine dazugetan haben«, ergänzte Julius nun plötzlich.

Niemand sagte etwas. Nun wurde Katharina bewusst, was die überaus stürmische Umarmung von Alexander zu bedeuten gehabt hatte. Er rechnete fest damit, dass Katharina und Julius zumindest ihm aus der Patsche helfen würden. Das hatte sie ihm einst versprochen.

Katharina schaute Konstantin an. »Ausgerechnet jetzt, wo ich endlich nach Greifenau zurückgefunden habe, möchte ich es nicht wieder verlieren.«

Konstantin zuckte nur mit den Schultern.

»Er hat alles versucht. Alles!«, sagte Rebecca nachdrücklich.

»Nun, deshalb sind wir ebenfalls hier. Zuallererst etwas für dich, Alexander.« Julius ergriff das Wort. »Ja, wir haben es dir versprochen, beziehungsweise Katharina hat es versprochen. Und ich werde natürlich mein Möglichstes tun, die Versprechen meiner Frau zu halten. Wir werden dir dein Musikstudium finanzieren. In Berlin, oder auch in Paris. Ganz wie du möchtest.« Das hatten sie bereits vor der Hochzeit besprochen.

Alexander jubelte laut. Jetzt hielt ihn nichts mehr. Er riss seinen Schwager in die Arme. Katharina hob er hoch, wirbelte sie herum, küsste sie und stellte sie wieder ab.

»Fantastisch. Das ist absolut fantastisch.«

»Du könntest, wenn du in Berlin studierst, natürlich bei uns in Potsdam wohnen. Musst du aber nicht. Wir werden sicherlich irgendetwas Ansprechendes für dich finden.«

Alexander klebte das Grinsen im Gesicht wie die Sonne am Himmel. Egal, was nun noch kam – sein Glück konnte nicht vollkommener sein. So sah es zumindest aus.

»Und euch, Konstantin und Rebecca, haben wir auch etwas zu sagen.« Katharina räusperte sich und knetete ihre Hände, so aufgeregt war sie. »Meine sehr großzügigen Schwiegereltern haben uns eine bestimmte Summe überantwortet. Und wir haben beschlossen, euch einen Vorschlag zu machen.« Katharina griff nach Julius' Hand. »Wir könnten einen Teil des Landes kaufen. Oder einen Anteil am Gutshaus. Etwas, was einen entsprechenden Gegenwert hat.«

Konstantin schaute skeptisch, deshalb sprach Julius schnell weiter. »Wir dürfen es nicht verleihen. Das hat mein Vater so festgelegt, weil ihm wohl schon klar war, dass Katharina … also, dass wir euch aus der Patsche helfen würden. Wir müssen etwas kaufen. Du würdest das Land natürlich weiter bestellen. Und wir wollen auch keine Pacht oder so was. Wir würden es einfach nur kaufen. Es würde nur auf dem Papier den Besitzer wechseln. Es muss nicht einmal öffentlich werden. Niemand würde davon wissen.«

Konstantin schluckte. Damit hatte er wohl nicht gerechnet. Für einen Moment machte er ein betroffenes Gesicht. Katharina dachte schon, sie habe einen großen Fehler gemacht.

Alle blickten auf Konstantin. Doch sein Gesichtsausdruck war nicht Entsetzen, sondern sein Schmerz verwandelte sich gerade in unglaubliche Freude. Denn plötzlich stieß er laut aus: »Mein Gott, euch schickt der Himmel.«

Er sprang auf, war mit einem Schritt bei ihnen und riss Katharina mit dem linken Arm und Julius mit dem rechten an sich. Er drückte sie so fest, dass ihr beinahe die Luft wegblieb.

»Ihr seid unsere Rettung.« Er ließ die beiden los. Verschämt wischte er sich eine Träne aus den Augen.

Rebecca nahm nun auch Katharina in den Arm und küsste sie auf die Wange. »Wirklich, es gibt keinen besseren Zeitpunkt als jetzt. Ich weiß ja, dein Herz hängt auch an dem Gut. Und wenn dir ein Stück davon gehört, wird es immer auch dein Zuhause bleiben.«

Julius schaute in die Runde. »Es tut mir leid, dass ich euch das Geld nicht einfach leihen kann. Dem hat mein Vater einen Riegel vorgeschoben. Das Geld darf nur für etwas Handfestes verwendet werden. Ich … wir dürfen euch nicht einfach einen Kredit geben.« Er drehte sich zu seinem neuen Schwager. »Konstantin, vielleicht liege ich ja falsch. Aber ist es nicht so, dass jetzt, da vermutlich bald der Adelsstand aufgehoben wird, es auch kein Fideikommiss mehr geben wird?«

»Die preußischen Fideikommisse wurden ja bereits abgeschafft. Noch ist die Verordnung nicht gültig. Aber es ist wenig strittig, dass sie mit der neuen Verfassung bestätigt wird.«

»Das heißt, das an den Titel gebundene Hausvermögen fällt damit weg. Und das bedeutet wiederum, dass du Teile des Gutes veräußern darfst, oder?«

Konstantin nickte.

»Falls es also doch noch zur Enteignung der größeren Landgüter käme, würde uns als Privatperson das gehören, was wir gekauft haben, oder? Wir dürften nicht enteignet werden?«, fragte Julius vorsichtshalber noch mal nach.

Konstantin nickte wieder. Er schien noch nicht wirklich darüber nachgedacht zu haben. Dann lachte er auf. »Dein Vater hat wohl Angst vor der Fürstenenteignung.«

»Er will eben nur dafür sorgen, dass wir nicht das ganze Geld in etwas stecken, das uns nachher nicht mehr gehört.«

Rebecca legte eine Hand auf Konstantins Arm. »Das ist so eine großartige Idee von euch. Ich kann auch gut verstehen, was es für Katharina als Frau bedeuten muss, selbst ein Stück des Landgutes ihrer Eltern zu besitzen.«

Julius nickte wieder. »Gut. Sobald wir die Einzelheiten besprochen haben, wird die Berliner Sozietät, die mein Vater beschäftigt, die passenden Verträge aufsetzen.«

»Es wird uns wieder Luft zum Atmen geben. Vielleicht könntet ihr schon … einen Teil des Geldes … Wir könnten wirklich einen Vorschuss gebrauchen.« Konstantin schien sehr erleichtert, aber auch beschämt.

Julius und Katharina nickten im Gleichklang.

»Ich würde euch gerne ein Glas Champagner anbieten. Aber um ehrlich zu sein, es gibt keinen. Wir haben noch ein paar Flaschen Wein im Keller. Das ist alles.«

»Das ist schon in Ordnung. Ich kann in Potsdam so oft Champagner trinken, wie ich will.« Katharina grinste Rebecca an. »Allerdings schmeckt er mir nicht besonders. Die Limonade von Frau Hindemith ist mir lieber.«

Sie hakte sich bei ihrer neuen Schwägerin unter. »Ich muss dir noch etwas erzählen. Ich habe vorige Woche meine letzte Prüfung abgelegt. Ich kann nun studieren, wenn ich will.«

»Was?! Aber das ist ja fantastisch! Ich gratuliere …«

Die Tür ging auf. Ganz Gräfin Feodora von Auwitz-Aarhayn zu Greifenau, schwebte ihre Mutter ins Zimmer. Sie war schwarz gekleidet. Mit einem wohl kalkulierten Abstand blieb sie vor ihr stehen.

»Katharina.« Sie fixierte sie mit abschätzigem Blick. »Ich hätte gedacht, dass du irgendwann hochkommst, um deine Mutter zu begrüßen.«

»Ja, später, Mama. Ich habe hier noch wichtige Dinge zu erledigen.«

»Wichtigere Dinge, als seine Mutter, die seit Kurzem Witwe ist, zu begrüßen?« Sie drehte sich zu Konstantin um. »Ich meinte, ich hätte Lachen gehört. Natürlich habe ich mich gefragt, was es denn zu lachen gibt? Ich dachte, wir hätten hier nichts mehr zu lachen.«

Sie drehte sich wieder zu Katharina. »Hat er dir schon von seiner großen Schande erzählt, dein werter Herr Bruder? Er muss das Gut verkaufen. Dein Vater ist kein halbes Jahr tot, da hat er es schon so heruntergewirtschaftet, dass es völlig überschuldet ist. Wusstest du das?«

Sie starrte Katharina an wie eine Schlange kurz vor dem Biss.

»Ja, ich weiß schon lange, dass Papa ihm einen Schuldenberg hinterlassen hat.«

Mama schnappte hörbar nach Luft.

Julius trat an Katharinas Seite. »Ach, ich muss dir natürlich noch meinen Mann vorstellen. Mama, das ist Julius Urban. Ich glaube, ihr kennt euch flüchtig.«

Julius verneigte sich kaum sichtbar vor ihr. Sie schaute ihn konsterniert an. Er wollte ihr ganz sicher keinen Handkuss geben. Als sie seine Hand schließlich schüttelte, war ihr Lächeln mehr als gequält.

»Wie geht es Ihrer Frau Mama?«

»Das können Sie sie gleich selbst fragen. Sie macht sich gerade frisch.«

»Das ist ja wunderbar.«

Ihr beim Lächeln zuzusehen, tat schon fast weh. Es war ihrer Mutter wirklich anzumerken, dass sie sich einen Zacken aus der Krone brach. So hatte sie sich die Rückkehr ihrer geflüchteten Tochter wohl beileibe nicht vorgestellt. Wenn sie überhaupt damit gerechnet hatte, Katharina je wiederzusehen.

Julius' Stimme triefte süß wie Honig. »Nun, ich glaube, Ihr werter Herr Sohn hat das Gut ganz gut im Griff, oder, Konstantin?«

»Ja. Mama, du wirst sicher erfreut sein zu hören, dass deine Tochter und dein neuer Schwiegersohn es uns finanziell ermöglichen, hier weiter wohnen zu bleiben.«

Man konnte förmlich sehen, wie sich Mama die Nackenhaare sträubten. Ihr Blick war böse und missgünstig. Katharina wollte sich gar nicht vorstellen, was ihre Geschwister hier in letzter Zeit mitgemacht haben mussten.

Rebecca trat vor. »Und, Schwiegermama? Freust du dich nicht wenigstens ein bisschen, dass wir hier wohnen bleiben können?«

Wieder schnappte Mama nach Luft. Ihre Hand ging zum Hals. »Im eigenen Haus … So was …. Impertinentes!« Sie drehte sich weg, setzte sich auf die Chaiselongue und starrte in den Kamin, der nicht brannte.

Während eine Flasche Wein aufgemacht wurde und man auf das neue Glück aller anstieß, blieb Mama dort sitzen. Katharina warf ihr immer wieder Blicke zu. Fast tat sie ihr leid, fast. Doch dann musste sie an die letzten Jahre denken, die sie im Herrenhaus verbracht hatte. Wie eine Gefangene, geschlagen und gedemütigt. Beinahe verschachert wie ein Stück Vieh. Nein, beschloss Katharina, sie würde kein Mitleid mit ihrer Mutter haben. Die hatte sich all ihr Elend selbst zuzuschreiben.

Als Julius' Mutter wieder eintrat, wechselte Mama ein paar höfliche Wort mit ihr. Dann setzte sie sich wieder vor den Kamin und starrte hinein. Als gäbe es dort etwas zu ergründen.

Katharina erzählte ein wenig von ihrer Flucht. Doch mit jedem Wort wurde Mama nur blasser. Alle merkten es.

Rebecca sprang ein und fing an zu erzählen, wie es ihnen hier ergangen war. Was mit den Dienstboten war und was sich nun alles ändern würde. Als es endlich Zeit wurde, in den Speisesalon zu gehen, blieb ihre Mutter einfach sitzen.

Katharina und Konstantin blieben an der Tür stehen. Sie wechselten einen Blick.

»Mama, willst du nicht mitkommen?«

Sie regte sich nicht einmal. Katharina ging auf sie zu, und Konstantin trat neben sie.

»Mama, gehst du mit zu Tisch?«

Keine Regung.

»Hast du keinen Hunger?«

Endlich bewegte sie sich. Sie drehte ihren Kopf zu ihren beiden Kindern. Sie holte tief Luft, als hätte sie Atemnot. »Anastasia hat es mir angeboten. Ich hätte sie sonst selbst gefragt. Ich … halte es hier nicht mehr aus. Ich ziehe nach Ostpreußen. Graf von Sawatzki ist ja ohnehin niemals dort. Ihn wird es also kaum belasten. So wie ich hier alle belaste mit meiner Anwesenheit.«

Konstantin schloss die Augen, als wäre er sehr, sehr müde. Oder als müsste er sehr an sich halten.

Katharina konnte sich denken, was in ihrem Bruder gerade vorging. Ihre Mutter und Rebecca – es war nicht schwer auszudenken, wie sich die Konflikte zwischen diesen beiden Frauen auftürmen mussten.

Für jede Gräfin war es schwierig, nach dem Tod des Ehemannes ihre Stellung als Hausherrin an die nächste Generation abzugeben. Schon mit einer Wunschschwiegertochter wäre es bei Mama ein fast unmögliches Unterfangen gewesen. Aber Rebecca konnte ihr ganz sicher nichts recht machen.

Konstantin öffnete die Augen. Er starrte die Tapete vor sich an. »Ganz wie du meinst, Mutter. Wir gehen jetzt essen. Du bist herzlich eingeladen, dich zu uns zu gesellen.« Dann ging er hinaus.

Feodora schaute ihm hinterher. Jetzt waren nur noch sie beide im Zimmer. Katharina wusste nicht, was sie ihrer Mutter sagen sollte. Zu ihren großen Überraschung vermied Mama ihren Blick. Sie schaute angestrengt in den leeren Kamin. Ihre Hände lagen verkrampft in ihrem Schoß. So stolz, dass sie nur brechen konnte – kam ihr in den Sinn.

Mama musste die Verantwortung für ihr eigenes Leben tragen. Sie selbst hatte es schließlich auch geschafft, unter sehr viel widrigeren Umständen. Sie hat sogar ziemlich viel geschafft. Mama dagegen hatte sich immer nur ins gemachte Nest gesetzt. Und auch nach dem, was in den letzten Wochen und Monaten passiert war, hielt sie immer noch daran fest, dass es ihr naturgegebenes Geburtsrecht war, besser und reicher zu sein als alle anderen. Sie würde sich an ihren verlorenen Vorrechten festklammern.

Katharina konnte ihr nicht helfen. Mama musste den Weg in diese neue Realität alleine schaffen, oder sie würde untergehen. Ein letzter langer Blick lief über die Silhouette ihrer Mutter. Es war wie ein Abschied. Dann ging sie hinaus.

Drüben am Tisch saßen schon alle und lachten. »Was ist so lustig?« Katharina setzte sich.

»Ach, herrlich. Ich weiß, dass Alexander sich am meisten über diese Geschichte freut, aber du wirst auch herzlich lachen. Was glaubst du, wer seit letzter Woche im Schulhaus wohnt und der neue Dorflehrer ist?« Rebecca betonte es süffisant.

Katharina zuckte ratlos mit den Schultern.

»Herr Matthis.«

»Unser Karl Matthis? Herr Ich-weiß-alles-besser? Ich dachte, er sei gefallen.«

»Nein, er lebt. Und schade, dass du das Gespräch zwischen ihm und mir verpasst hast. Er hat sich doch immer als etwas Besseres gefühlt. Und jetzt, da er die Stelle hat, kann ich ihm auf die Finger schauen.«

Katharina konnte sich ein breites Grinsen nicht verkneifen. »Hast du ihm die Stelle gegeben?«

»Nein, das nicht. Aber wir haben ihn vorgeschlagen. Und nun bespreche ich immer mit ihm, was er liest und was er durchnimmt. Und vor allen Dingen, wie er die Kinder behandelt. Natürlich darf er sie nicht schlagen. Ich hab ihm gesagt, wenn ich auch nur ansatzweise höre, dass er sie drangsaliert, ist er sofort weg.«

Alexander saß ihr gegenüber und grinste bis zu den Ohren. So spitzbübisch wie früher. Ach, Himmel, wie hatte sie ihn vermisst.

Es klingelte an der Vordertür. Caspers stellte die Suppenschüssel auf den Tisch und ging hinaus. Rebecca ließ sich Teller reichen, um die Kraftbrühe aufzuschöpfen. Als sie gerade beim zweiten Teller war, stürzte der Hausdiener in den Speisesalon, hektisch und stammelnd.

»Der Herr Graf … der Herr … der … Ihr Bruder … Nikolaus.«

»So beruhigen Sie sich doch. Was ist mit meinem verstorbenen Bruder?« Konstantin war aufgestanden.

Caspers schnappte nach Luft. Seine Arme fuchtelten in der Luft herum. »Zur Gräfin … Ihrer Mutter.«

»Ja, was denn?«

Im gleichen Moment hörten sie den Schrei. Alle stürzten los. Konstantin und Caspers vorneweg, dahinter Alexander und Rebecca. Julius blieb bei seiner Mutter, aber Katharina musste wissen, was da los war.

Als sie hinter den anderen in den großen Salon trat, sah sie nur ihre Rücken. Mama schluchzte laut. Sie trat näher. Vor Mama kniete ein Mann in Uniform. Mama hatte sich über ihn gebeugt. Als er nun den Kopf hob, erschrak sie.

Das war Nikolaus, ihr tot geglaubter, ihr vor wenigen Tagen beerdigter Bruder Nikolaus! Seine Uniform war blutverschmiert. In der Brust klaffte ein großes Einschussloch. Sein Gesicht und seine Hände waren dreckig.

»Nikki!«

Während alle anderen nur ungläubig herumstanden, drängelte Katharina sich vor und ging in die Knie. »Du lebst ja!«

Er lächelte matt. »Mama hat mir schon gesagt, dass ihr mich beerdigt habt. Ich … Könnte ich wohl etwas zu trinken bekommen?«

Caspers rannte aus dem Zimmer.

»Du lebst? Wieso … was hat … Haug von Baselt hat uns doch versichert …«

»Es war sicher nicht seine Schuld.« Dankbar nahm er das Glas mit dem Wasser, das Caspers ihm nun reichte, und trank es gierig in einem Zug aus.

»Irre ich mich oder wart ihr gerade beim Essen? Ich könnte ein ganzes Schwein alleine futtern.« Ächzend stand er auf. Er sah abgerissen aus, war aber offenbar nicht verletzt. Er wirkte, als wäre er tatsächlich von Riga aus hierhergelaufen.

Mama nickte nur. Stumme Tränen liefen ihr über die Wangen. Sie ließ ihn nicht los. Ihre beiden Hände krallten sich in den abgewetzten Ärmel einer fremdländische Uniform, die nicht ihm gehören konnte.

»Mein Junge«, murmelte sie nur. »Mein liebster Junge.«

Nikolaus ging schnurstracks hinüber und ließ sich auf den erstbesten Platz mit einem gefüllten Suppenteller fallen. Hastig schaufelte er die Suppe in sich hinein. Erst als der Teller leer war, ließ er seinen Blick über die versammelte Menge laufen. Noch standen alle dort. Mama setzte sich neben ihn, auf Rebeccas Platz.

Alle anderen verteilten sich am Tisch. Schnell holte Caspers noch ein weiteres Gedeck. »Ich sag nur schnell unten Bescheid.« Schon war er verschwunden.

Konstantin setzte sich, ebenso Alexander und auch Katharina. Rebecca nahm auf einem anderen Stuhl Platz. Julius und seine Mutter schauten überaus gespannt zu dem neuen Gast.

»Nikki, nun erzähl schon. Was ist passiert? Wir sterben vor Neugierde«, sagte Alexander.

Nikolaus ließ sich direkt noch mehr Brühe geben. Er nickte, als würde er sofort sprechen wollen, was er nicht tat. Erst, als er auch diesen Teller fast leer hatte, stoppte er.

»Wir hatten Riga gerade seit einem Tag zurückerobert. Ich war … austreten, abends, im Dunkeln, am Stadtrand. Dort bin ich überfallen worden. Sie haben mir alles abgenommen. Irgendwelche Bolschewisten. Mein Geld, meine Papiere, meine Uniform. Ich nehme an, sie wollten sich so in unser Hauptquartier schleichen.«

Er hielt Rebecca seinen Teller ein weiteres Mal hin und nahm sich reichlich Brot, das Caspers gerade hereinbrachte.

»Mich hatten sie bewusstlos geschlagen und in ein Gestrüpp geworfen. Doch ihre Finte lief anscheinend schief. Keine Ahnung, ob sie jemand vorher entdeckt hat oder was da passiert ist. Es war so ein heilloses Durcheinander. Als ich aufgewacht bin, war ich fast nackt. Ich hab mir einfach von einem toten lettischen Soldaten eine Unform angezogen.« Er klopfte sich auf das blutverkrustete Einschussloch. »Ich … Ich musste fliehen. Die lettischen Bolschewisten waren genau zwischen mir und meiner Truppe. Die fliehenden Bolschewiki haben mich vor sich hergetrieben. Sie wussten es nicht einmal. Es war zu gefährlich, zu meiner Truppe zurückzugehen. Wir … Die haben alle erschossen, die sich nicht ausweisen konnten. Ich hätte es nicht lebendig zurückgeschafft.« Ein schiefes Grinsen huschte über sein Gesicht.

»Na ja, wie auch immer. Die ersten paar Tage wusste ich nicht einmal, wo ich war. Ich muss einen aberwitzigen Umweg genommen haben. Ich hatte kein Geld und war hinter den feindlichen Linien. Irgendwie hab ich mich durchgeschlagen. Tief im Osten Lettlands bin ich an einem Fluss entlang Richtung Süden gelaufen. Dann, irgendwo vor Dünaburg, bin ich nach Litauen rein und einmal quer durchs Land. Ich bin immer weitergelaufen, über die Memel, Richtung Königsberg. Eigentlich wollte ich zu Anastasias Gut, aber kurz vorher hab ich endlich Kontakt zu einer deutschen Einheit bekommen. Natürlich hatten sie keine frischen Uniformen, aber sie haben mir Papiere ausgestellt und mich in einen Zug gesetzt. Das hat noch mal ein paar Tage gedauert.«

»Aber wieso hast du nicht telegrafiert? Wieso hast du uns nicht Bescheid gegeben, dass du lebst?«, fragte Mama erzürnt.

»Ich wusste doch nicht, das ihr mich beerdigt habt.« Er grinste wie ein Honigkuchenpferd. »Haug, der alte Bastard. Ich kann mir nicht vorstellen, dass er sich einen schlechten Scherz erlaubt hat. Er muss davon überzeugt gewesen sein, es hätte mich erwischt.«

Konstantin mischte sich ein. »Nun, wir sollten nicht mehr in den Sarg schauen. Er hat …«

Anastasia warf einen kurzen Blick zu Mama. »Er hat mir gesagt, dein Kopf wäre weggeschossen gewesen.«

»Tja, ich kann es mir denken, mit meiner Uniform, und meinen Papieren … er muss geglaubt haben, dieser Kerl wäre …« Nikolaus beendete den Satz nicht. Alle wussten, was er meinte.

»Aber wer liegt dann neben Papa im Grab?«, fragte Alexander.

»Ich vermute mal, irgend so ein vermaledeiter Bolschewiki«, gab Nikolaus grinsend von sich.

Mama keuchte laut auf. »Wieso nur findest du das so lustig?«, schalt sie ihn.

»Ach, Mama. Ich bin einfach nur froh, dass ich wieder hier bin. Richtig froh.« Er griff zu einem Glas, in das Wein eingeschüttet worden war, hob es einmal kurz, als wollte er allen zuprosten, und trank es in einem Zug aus.

Ende Juli 1919

»Wie geht es heute deinem Fuß?«

»Ganz gut. Mittlerweile tut er eigentlich fast nur noch weh, wenn ich ihn sehr anstrenge oder wenn das Wetter schlechter wird.« Alexander grinste nervös.

»Soll ich dich nicht doch zur Bahn bringen?« Katharina stand oben auf der Treppe der Villa in Potsdam.

»Nein, den Weg kenne ich ja jetzt. Und ich brauche noch ein wenig Zeit für mich, um mich innerlich vorzubereiten. Außerdem habt ihr doch sowieso noch so viel zu tun.«

»Allerdings. Ich hab noch kaum etwas gepackt.«

»Julius hat doch gesagt, dass man in Buenos Aires auch alles kaufen kann.«

»Ja, aber wir werden erst einmal sehr lange mit dem Schiff unterwegs sein. Spanien, dann die Kanaren. Und dann erst weiter nach Südamerika.«

»Ich beneide dich so sehr. Ich würde am liebsten mitkommen. Nein, ich würde am zweitliebsten mitkommen. Am liebsten möchte ich heute das Vorspielen bestehen.«

Katharina beugte sich vor und küsste ihn auf die Wange. »Toi, toi, toi. Ich bin mir vollkommen sicher, dass sie dich nehmen.«

Alexander nickte noch mal, atmete tief durch und ging die Treppe herunter. Als er an der untersten Stufe ankam, sah er den hellen Fleck an der niedrigen Mauer. Dort hatte Katharina vorgestern ein Schild entfernen lassen. Zwar durften die Leute weiterhin nicht betteln und hausieren, aber aus irgendeinem Grund hatte Katharina den Anblick des Bleches nicht mehr ertragen können.

* * *

Er war früh dran, als er in Charlottenburg vor den Toren der Königlichen akademischen Hochschule für Musik stand. Für einen Moment legte er eine Hand an die Steinfassade. Jetzt galt es. Jetzt musste er sich beweisen. Gleich würde er wissen, ob César Chantelois recht behalten würde. Ob er wirklich so ein begnadeter Pianist war.

César hatte ihm geschrieben. Er könne kommen, wann immer er wolle. Aber im Moment würde er es ihm nicht raten. In Frankreich waren alle Deutschen und alles Deutsche verhasst. Vermutlich würde er nicht einmal die Chance bekommen, auf einer Schule vorspielen zu dürfen. Vielleicht war es besser, ein paar Jahre ins Land ziehen zu lassen. Dafür versprach César, so schnell es ging nach Berlin zu kommen.

Das war Alexander ganz recht. Julius und Katharina würden ihm eine Wohnung finanzieren und einen kleinen Unterhalt zahlen. Besonders üppig war es nicht, aber für das Studium würde es reichen. Reisen nach Paris konnte er sich damit allerdings kaum leisten. Und wie sollte er erklären, warum er so dringend nach Paris reisen wollte? Natürlich wusste niemand von seiner Verbindung zu César. Nein, es wäre wirklich besser, wenn der Franzose ihn besuchen würde.

Gestern Abend war er alleine losgezogen. Er hatte sich Berlin anschauen wollen. Julius und Katharina hatten ihn eigentlich begleiten wollen, aber sie hatten alle Hände voll zu tun mit ihren Reisevorbereitungen. Fünf Monate würden sie auf Hochzeitsreise sein. Wirklich beneidenswert. Dann wollte Katharina sich auf ihr Medizinstudium vorbereiten und im nächsten Sommer anfangen.

Aber für ihn brach hier und heute die große Freiheit an. Selbst wenn er bei diesem Vorspiel nicht genommen würde, er wollte nicht mehr zurück. Dann würde er beim Stern'schen Konservatorium vorspielen. Irgendwas würde er schon finden, und wenn er als Pianist in Bars rumtingeln würde. Es war ihm egal.

Gestern war er im Kino gewesen. Er hatte einen Film gesehen, einen Film über Männer wie ihn. *Anders als die anderen*. Er war noch ganz durcheinander. Er war nicht krank, er war nur anders. Und anscheinend gab es etliche wie ihn in Berlin. Was für eine Erleichterung.

Er atmete tief durch, drückte den Rücken gerade und schritt die Treppe hoch. Mehr als die Freiheit, mehr als das aufregende Leben in Berlin, sogar mehr als César rief ihn die Musik.

14. August 1919

»Aufgeregt?« Albert strich Ida eine Haarsträhne hinters Ohr.

»Nein, ich freu mich schon. Es ist ja nicht so, als würde ich es nicht schon kennen. Auf Gut Marienhof war die Meierei direkt auf dem Gutsgelände.«

So war seine Frau – immer überaus praktisch.

»Dann also viel Glück. Ich hoffe, du verstehst dich mit Frau Thalmann.«

»Das hoffe ich auch. Wenn sie mir nur glaubt, dass ich ihr den Platz nicht streitig machen will.«

»Graf Konstantin hat ja schon mit ihr geredet. Fürs Erste kann sie die Meierei weiter bewirtschaften. Wir haben hier ja genug Arbeit.«

»Aber ich würde gerne in das Gutsverwalterhaus ziehen.«

»Ich auch. Es dauert bestimmt nicht mehr lange, dann wird irgendetwas frei. Vielleicht bekommen wir sogar ein kleines Haus im Dorf zugeteilt.« Er nahm sie in die Arme und küsste sie.

»Nicht doch.« Sie wand sich aus seiner Umarmung.

»Es ist doch keiner da, der uns sehen könnte.«

»Eugen könnte doch …«

»Der ist doch längst hinten im Jungtierstall.« Er küsste sie noch einmal auf die Nasenspitze. »Na gut. Dann bis heute Abend, Frau Sonntag.«

»Ja, bis dann.« Sie drehte sich um und ging.

Da lief sie, Ida, seine Frau. Ihre schönen roten Haare hatte sie hochgesteckt. Statt der Dienstbotenuniform trug sie ein einfaches grünes Kleid. Heute war der erste Tag, an dem sie in der Meierei helfen sollte. Frau Thalmann, die Witwe des alten Gutsverwalters, würde sie einarbeiten.

Albert schüttelte seinen Kopf. Er konnte kaum glauben, was alles passiert war. Seine Träume hatten sich erfüllt – seine alten Träume und auch ein paar neue dazu. Er konnte immer noch nicht glauben, wie glücklich er war. Ida liebte ihn. Und er liebte sie.

Sein Blick lief nach vorn. Auf der anderen Seite der Chaussee grasten die Pferde. Graf Konstantin hatte noch zwei Zuchtstuten dazugekauft. Seit letzter Woche standen schon wieder fünf Kühe im Stall, und eine der Sauen hatte gerade geworfen. Alles schien zu wachsen und zu gedeihen. Als hätte die Welt nur darauf gewartet, endlich wieder aufblühen zu dürfen.

Er ging zurück ins Herrenhaus und lief in die Küche. Bertha und Sibylle, das neue Küchenmädchen, waren damit beschäftigt, das Frühstücksgeschirr zu spülen. Es gab nicht viel zu tun. Im Haus war es geradezu gespenstisch ruhig. Die Mamsell und Caspers schwirrten irgendwo im Haus herum, genau wie Kilian. Wiebke war auf Reisen mit der alten Gräfin.

Damit waren alle Stubenmädchen außer Haus, aber es war ohnehin niemand von den Herrschaften anwesend. Die alte Gräfin besuchte ihre älteste Tochter in Ostpreußen, wohl für länger, vielleicht sogar für immer, wie es hieß. Die Komtess, die jetzt offiziell keine Adelige mehr war, war schon vor etlichen Tagen zurück nach Potsdam gereist und hatte ihren Bruder Alexander mitgenommen. Und selbst Graf Nikolaus war vorgestern abgereist. Alle hier unten hatten die Nachricht, dass er fortan bei der Schwester des ehemaligen Patrons in Oranienburg leben würde, mit Erleichterung aufgenommen. Das würde das Zusammenleben aller deutlich entspannen.

Und selbst Graf Konstatin war mit seiner Frau für ein paar Tage auf Hochzeitsreise. Etwas, das er auch ganz bald mit Ida nachholen wollte. Wenigstens für ein paar Tage, irgendwann im Herbst, wenn die Ernte eingefahren war. Albert wollte mit Ida nach Kolberg fahren, um ihr zu zeigen, wo er aufgewachsen war.

Tante Irmgard saß an ihrem kleinen Tisch und schrieb. Sie hatte Bertha versprochen, die aufwendigeren Rezepte aufzuschreiben. Das machte sie nun schon seit ein paar Tagen, beziehungsweise hatte sie sie Wiebke diktiert, solange die noch da gewesen war. Jetzt schüttelte sie immer wieder ihre Hand aus, als würde sie ihr wehtun.

»Ich geh dann mal.« Er griff nach dem Hut, den er in der Leutestube hatte liegen lassen.

Die Köchin sah auf und bedachte ihn mit einem mütterlichen Blick. »Einen schönen Tag. Hast du genug zu essen dabei?«

Er lächelte. Sie verwöhnte ihn in letzter Zeit noch mehr als ohnehin. Bald würde sie es nicht mehr können.

»Natürlich.« Er wurde wehmütig. Kaum noch zwei Wochen, und dann bezog seine Tante mit seiner Mutter die kleine Pension in Stargard. Obwohl er wegen der Ernte kaum Zeit hatte, hatte er jede freie Minute geholfen, die Räume zu streichen und einzurichten. Ida hatte auch geholfen, genau wie Wiebke, und auch Eugen und Kilian.

Irmgard stand auf und kam mit einigen Briefbögen auf ihn zu. »Sieh mal. Wir haben jetzt schon drei Anfragen von Herren, die gerne bei uns den Mittagstisch besuchen möchten. Es läuft besser an, als ich es gehofft habe. Gott sei Dank sind die Küche und der Speisesaal schon fertig.«

Albert nickte. Letzte Woche hatte er für die beiden ein Inserat in der Zeitung aufgegeben. Besonders glücklich machte ihn das Wissen darum, dass seine Mutter endlich die schwere Arbeit als Wäscherin aufgeben konnte. Natürlich würde sie anfangs die Bettwäsche und Handtücher der Gäste waschen müssen. Aber wenn die kleine Pension gut lief, würde sie auch das bald abgeben können.

Die unteren Zimmer waren alle schon eingerichtet. Oben fehlten noch einige Möbelstücke. Nächste Woche würde ein Tagelöhner die Sachen von seiner Tante und seiner Mutter zur Pension bringen. Sie freuten sich unbändig darauf, endlich wieder zusammenleben zu können.

Im Spätherbst dann würde Albert im Nachbardorf das Haus seiner Mutter renovieren, damit es vermietet werden konnte. Es war klein, und es würde vermutlich nicht viel Geld einbringen. Aber im Moment zählte jeder Pfennig.

Zwar wunderten sich die anderen Dienstboten darüber, wie verbunden er sich plötzlich der alten Köchin fühlte, aber da auch Ida und Wiebke häufig an ihren freien Tagen mitkamen, um zu helfen, fiel es nicht allzu sehr auf.

Er ging und lief zwischen der Hecke durch. Die Remise lag rechts, der Pferdestall links. Immer, wenn er hier vorbeikam, musste er an den Tod seines Vaters denken. Hier war es passiert. Sein Vater hatte sich erschossen, aber vor seinem Tod hatte Albert ihm endlich die Wahrheit sagen können. Es war eine bittersüße Erinnerung.

Albert ging weiter. Vor ihm öffnete sich die Landschaft in ihrer ganzen Pracht. Er sog den satten Geruch der Erde ein. Ein Storch kreiste über ihm. Allenthalben hörte man ihr Klappern von ihren hohen Nestern.

Das hatte er doch gut hingekriegt. Er hatte ein Stück Heimat gefunden, Familie und die große Liebe. Und für die nächsten paar Tage würde er sogar das Sagen über Gut Greifenau haben. Eine würdigere Stellung hätte er sich als ältester Sohn von Adolphis von Auwitz-Aarhayn unter den gegebenen Umständen seiner Geburt kaum denken können. Sein breites Grinsen musste schon unverschämt wirken. Aber das war ihm egal.

15. August 1919

Konstantin stand nackt am Fenster und schaute hinaus auf die friedliche Ostsee. Dieses Mal waren sie nicht in dem alten Fischerhaus für Unverheiratete untergekommen. Dieses Mal hatten sie sich ein kleines Hotel gegönnt.

Julius und Katharina hatten ihr Versprechen wahr gemacht und ihnen etwas Geld vorgestreckt. Sie konnten die höhere Kreditrate der Bank bedienen, alle Rechnungen bezahlen und in Saatgut investieren. Die Dienstboten hatten ihren ausstehenden Lohn erhalten. Zudem löste Konstantin sein Versprechen gegenüber Rebecca ein: Sie würden eine Hochzeitsreise machen, sobald es möglich war.

Albert Sonntag hatte ihm versichert, er könne ohne Probleme eine Woche ohne ihn überbrücken. Ja, er schien sich sogar darauf zu freuen, mal für ein paar Tage alleine das Sagen auf den Gut zu haben.

Konstantin hatte ein schlechtes Gewissen, dass er mitten im Hochbetrieb des Sommers verschwunden war. Und auch Rebecca hatte alle Hände voll zu tun. Und doch, nach diesen langen Jahren der Entbehrung hatte es sie beide an den einen Ort ihrer Erinnerung gezogen. Wenigstens für ein paar Tage. Sie mussten sich dringend von dem Schrecken erholen, der sich erst langsam verzog wie ein Unwetter: dem Verkauf des Gutes. Konstantin hatte das Gefühl, als hätte er monatelang die Luft angehalten. Erst jetzt konnte er wieder frei durchatmen.

Alexander war mit Julius und Katharina nach Potsdam gefahren. Und vor drei Tagen hatten Konstantin und Rebecca Mama zum Zug gebracht. Sie hatte alle Schrankkoffer gebraucht, um ihre Sachen zu befördern. Mamsell Schott sollte Mama eigentlich begleiten, aber sie bat darum, in Greifenau bleiben zu dürfen. Sie erwartete Besuch. So kam es also Wiebke Plümecke zu, Mama zu begleiten.

Die junge Frau war furchtbar aufgeregt, aber auch sehr glücklich. Sie hatte Rebecca erzählt, wie sehr sie sich auf die Rückreise freue. Dann sei sie ganz alleine unterwegs. Ein großes Abenteuer stand ihr bevor. Alle schienen glücklich zu sein. Ihre langjährige Köchin wagte sogar einen Neuanfang mit einer kleinen Pension. Wer hätte das gedacht?

Ein jeder hatte Träume, die er nun nach dem Krieg verwirklichen wollte. Ein jeder schien langsam seinen Platz in dieser neuen Welt zu finden, selbst Mama. Allerdings hatte sie sich einen Unterschlupf in der alten Welt gesucht. In Ostpreußen, weit weg und abgeschnitten von der Heimat, würde noch lange nach alter Gutsherrenart gelebt werden. Da war er sich sicher.

Was mit Nikolaus geschehen würde, welche Pläne er hatte, würde wohl nur die Zeit zeigen. Jetzt, da die Siegermächte die Armee des Reiches zahlenmäßig so sehr beschnitten, war es fraglich, ob er noch eine Zukunft als Offizier hatte. Aber das war erst einmal nur sein Problem. Statt Alexander war nun Nikki zu Tante Leopoldine gezogen, zumindest vorübergehend. Sicherlich passten sie besser zusammen. Auf Gut Greifenau mit seinen neuen Zuständen würde er sich nicht zurechtfinden. Es hatte nur Streit gegeben, nachdem er gekommen war.

Konstantin ließ seinen Blick über den Horizont gleiten. Der dunkle Himmel musste der aufgehenden Sonne weichen. Ein roter Streifen zog auf und wurde immer breiter. Die Morgenröte verkündete eine neue Zeit. Es sah alles so friedlich aus. Doch Konstantin hatte seine Zweifel.

Der Zusammenbruch der alten Ordnung war weniger ein Aufstand oder gar ein planmäßig betriebener Umsturz gewesen. Er war eine notwendige Folge des Unvermögens und des Größenwahns der letzten Regierung gewesen. Die Sozialdemokraten, die sich in der Stunde des verlorenen Krieges bereit erklärt hatten, die Regierungsgewalt zu übernehmen, standen nun als Feinde des

Volkes da. Als Verräter. Mit der Unterschrift unter den Versailler Vertrag brachten sie Schande und Elend über ihr eigenes Land. Dabei war noch nicht einmal klar, wie hoch die Reparationszahlungen ausfallen würden. Dennoch, wenn ihnen die Franzosen nicht zu viel Unbill zumuten würden, hätten sie eine Chance, zufrieden und friedlich leben zu können, in einer besseren Welt.

Gestern war die Weimarer Verfassung in Kraft getreten. Heute war der erste Tag der ersten Demokratie dieses Landes mit der ersten eigenen Verfassung. Und dennoch fehlte es ihm an Zuversicht. Was, wenn die Demokratie nicht mündig würde? Wer sollte dann das Ruder übernehmen? Und zurück zur Monarchie? Konstantin konnte sich das nicht vorstellen. Solange dem deutschen Kaiser ein Prozess als Kriegsverbrecher in London drohte, würde er ohnehin nicht nach Deutschland zurückkehren. Es war sein großes Glück, dass die niederländische Regierung sich weigerte, ihn auszuliefern.

Ob Wilhelm II. sich wohl jemals fragte, ob er seinen eigenen Untergang herbeigeführt hatte? Der Kaiser hatte letztendlich abdanken müssen, weil der amerikanische Präsident sich geweigert hatte, Friedensverhandlungen mit ihm zu führen. Konstantin jedenfalls fragte sich, wie viel Schuld er persönlich am Untergang seines Standes, dem Verlust seiner eigenen Vorrechte, trug. Die Abdankung des Kaisers war nach dem Sturz des Zaren auf fruchtbaren Boden gefallen. Und so hatte Kaiser Wilhelm mit seinem vielen Geld für die russischen Revolutionäre versucht, einem anderen eine Grube zu graben, und war anschließend selbst hineingefallen. Das Lächeln auf Konstantins Gesicht war bitter.

Die Natur schien unbeeindruckt von seinen Sorgen. Sanfte Wellen der Ostsee spülten an Land. Hinter ihm räkelte sich Rebecca. Konstantin schenkte ihr ein Lächeln. Ihnen blieb immer noch ihr privates Glück.

»Guten Morgen, mein erlauchter Graf.« Rebecca stand auf und schmiegte sich an seinen Rücken.

Konstantin lachte leise. War ja klar, dass sie darauf abzielen würde. »Das sagst du doch nur, weil ich ab heute kein Graf mehr bin. Graf ist kein Titel mehr, nur noch ein Nachname. Ab heute bin ich nur noch *Herr* Graf von Auwitz-Aarhayn.«

»Das weiß ich doch.« Man konnte das spöttische Schmunzeln aus ihrer Stimme heraushören. »Wie lange bist du schon wach?«

»Eine Weile. Ich bin nun so sehr daran gewöhnt, früh auszustehen.«

Sie griff nach einem Nachthemd und warf es sich über. Jetzt trat sie neben ihn ans Fenster. Ihr Körper schmiegte sich an seinen: »Woran denkst du?«

Er antwortete nicht.

»Bitte sag mir, dass du nicht daran denkst, wie viel Weizen die Ernte bringen wird und ob wir genug Hafer angebaut haben.«

Gestern hatte Rebecca ihn damit aufgezogen, dass er an nichts anderes denken konnte als an das Wohlergehen des Gutes. Und dass er sich einfach mal einige freie Tage gönnen sollte.

Er schüttelte den Kopf. »Nein.«

»Woran dann? Ich sehe doch deine Sorgenfalten auf der Stirn.«

Rebecca wusste über ihn besser Bescheid als er selbst. »Ich frage mich so oft, wer einen solch großen Hass gegen mich hegt, dass er mich umbringen wollte.«

Ihre Finger strichen über die zwei kleinen Narben auf dem Rücken. »Meinst du, wir werden jemals herauskriegen, wer es war? Wer dich umbringen wollte?«

Konstantin nahm sie in die Arme und küsste ihre Stirn. »Ich glaub nicht. Ich habe mir oben in deiner kleinen Kammer monatelang den Kopf zerbrochen. Aber alles, was mir bleibt, sind nur Vermutungen.«

Zusammen schauten sie weiter hinaus aufs Meer. So friedlich. Als hätte es keinen Krieg gegeben. Als wären nicht Millionen Menschen gefallen. Verhungert. Verkrüppelt.

Rebecca zog spielerisch an seinem Arm. »Komm, lass uns spazieren gehen.«

»Willst du nicht frühstücken?«

»Später.«

Ein paar Minuten darauf standen sie barfuß im kühlen Sand. Hier vorne, direkt an der Wasserkante, konnte man denken, es sei nie Krieg gewesen. Die Muscheln im Sand. Seetang, der angeschwemmt worden war. Weiter hinten standen Strandkörbe, jetzt zu dieser frühen Stunde noch unbenutzt. Über ihnen kreischten die Möwen. Draußen auf dem Wasser entdeckten sie Fischerboote.

Sie waren gestern Nachmittag in Ahlbeck angekommen. Noch waren vereinzelt Spuren des Krieges zu entdecken. In den Dünen hingen Reste von Stacheldrahtzäunen. Unterstände und Baracken tauchten alle paar hundert Meter auf. Gekämpft hatte hier niemand. Andererseits war es auch nicht auszuschließen gewesen, dass irgendwann irgendein Feind hier anlanden würde. Doch nicht der Krieg hatte das Badeleben lahmgelegt, sondern der Hunger.

Gestern Nachmittag waren einige elegante Damen in weißen Kleidern zu sehen gewesen. Mütter, die hinter ihren Kindern hergerannt waren oder Ball mit ihnen spielen wollten. Jetzt hatten sie den Strand nur für sich. Das Leben in Ahlbeck erwachte allmählich. Der Sand wurde von den Terrassen der Hotels gefegt, weiße Tischdecken über die Tische geworfen. Ein älteres Ehepaar saß bereits beim Frühstück. Verführerischer Kaffeeduft zog an ihnen vorbei.

»Bist du glücklich?«, fragte Konstantin plötzlich.

Rebecca schaute hoch zu ihm. Sie hielt eine rosa Muschel in der Hand. »Glücklich? … Glück ist so ein großes Wort. Ich weiß nicht, ob ich es Glück nennen soll. So große Probleme, so viele Sorgen.«

Er blieb stehen und vergrub seine Zehen im Sand. Sein Blick wanderte über die See, rüber zu Rebecca. »Für mich, hier, mit dir, an diesem Ort. Für mich ist es Glück. Ich bin genau dort, wo ich hinwollte. Mit dir an meiner Seite. Und immer noch Herr über Gut Greifenau.«

Sie antwortete nicht. Gemeinsam beobachteten sie den Himmel, der einen strahlenden Sommertag versprach.

Nachwort

Nun sind wir am Ende der Geschichte angelangt. Aber was erzähle ich da? Natürlich ist eine Geschichte nie zu Ende. Und diese geht gerade in eine ganz neue Zeit über. Aber ich wollte gerne erzählen, wie es zum Sturz der Monarchie im deutschen Kaiserreich und zur ersten demokratischen Republik auf deutschem Boden kam. Man könnte meterweise Regalbretter füllen mit Geschichtsbüchern über die wichtigsten Aspekte des Kaisersturzes. Gleiches gilt für die Ereignisse des Ersten Weltkrieges oder für die internationale politische Entwicklung in dieser Zeit. Selbstverständlich gibt es furchtbar viele Aspekte, die ich nicht ansprechen konnte. Ich musste mich auf einen kleinen Ausschnitt beschränken: auf die Perspektive meiner Figuren, die mir, und hoffentlich auch Ihnen, werte Leserinnen und Leser, ans Herz gewachsen sind.

Die Figuren, nebenbei bemerkt, sind alle fiktiv. Aber sie bewegen sich in einer Welt, in der die historischen Ereignisse penibel recherchiert und historisch korrekt dargestellt sind – soweit das möglich war. Denn auch Historie ist nie zu Ende geschrieben, und auch die Geschichtsschreibung ändert sich stetig, oder ist gar strittig.

Es gibt Experten, die sich mit Details der Kaiserzeit besonders gut auskennen. Solche Experten habe ich in den Facebook-Gruppen »Kaiser Wilhelm II. – Zeit – Reenactor« und »1. Weltkrieg und Preußen Reenactment« gefunden. Bei deren Mitgliedern möchte ich mich herzlich bedanken. Immer wieder gab es

Fotos oder Artikel, dank derer ich noch meine Sicht auf die Dinge präzisieren konnte.

Namentlich gilt mein besonderer Dank Daniel Krajeweski, Rainer Ackermann und Sandra Gerlach, die mir selbstlos weitergeholfen haben, wenn es um Detailfragen ging. Fehler, die sich möglicherweise dennoch eingeschlichen haben, gehen allein zu meinen Lasten.

Mit dem letzten Band von *Gut Greifenau* sind nun drei sehr umfangreiche, akribisch recherchierte und detailreiche Bücher erschienen. Bei einem derartigen Umfang muss man immer wieder auch auf Schützenhilfe zurückgreifen. Mir stärken die äußerst versierten Lektorinnen Christine Steffen-Reimann und Dr. Clarissa Czöppan den Rücken, um auch den kleinsten Fehler zu finden. Herzlichen Dank dafür.

Auch möchte ich mich bei meinen Agenten Regina Seitz und Niclas Schmoll von der Agentur Michael Meller bedanken, die ich jederzeit mit meinen Anliegen, Fragen und Problemen löchern darf.

Meinen überaus ausdauernden Testlesern Esther Rae und Dr. Peter Dahmen, der zufällig auch noch mein Mann ist, möchte ich meinen allergrößten Dank aussprechen. Danke! Danke, dass ihr da seid und mir Mut gemacht habt, dieses Mammutprojekt überhaupt anzugehen.

All den vielen engagierten Buchhändlerinnen und Buchhändlern möchte ich ebenfalls danken, die Ihnen meine Figuren und meine Geschichten nähergebracht haben.

Und Ihnen, geneigte Leserinnen und Leser, habe ich mit meiner Geschichte hoffentlich viele schöne und unterhaltsame Stunden verschafft. Das wäre mir meine größte Freude.

Eine Grafenfamilie zwischen Tradition und wahrer Liebe am Vorabend des Ersten Weltkriegs

Hanna Caspian

Gut Greifenau – Abendglanz

Mai 1913: Konstantin, ältester Grafensohn und Erbe von Gut Greifenau, verliebt sich in eine Bürgerliche, in die Dorflehrerin Rebecca Kurscheidt, eine überzeugte Sozialdemokratin. Doch die beiden trennt nicht nur der Standesunterschied, sondern auch die Weltanschauung.
Für die jüngste Tochter Katharina plant die Grafenmutter eine Traumhochzeit mit einem Neffen des deutschen Kaisers – obwohl bald klar ist, welch ein Scheusal sich hinter der aristokratischen Fassade verbirgt. Und auch Katharinas Herz ist anderweitig vergeben.
Beide Grafenkinder spielen ein Versteckspiel mit ihren Eltern und der Gesellschaft. Genau wie die Welt um sie herum steuern sie unweigerlich auf eine Katastrophe zu …

Gut Greifenau – Nachtfeuer

August 1914: Der Erste Weltkrieg beginnt, und der junge Graf Konstantin muss an die Front. Sein Vater ist unfähig, das Gut zu führen, das bald hoch verschuldet ist.
Die Verbindung seiner Schwester Katharina mit dem Kaiserneffen Ludwig von Preußen wird zur Überlebensfrage. Doch diese setzt ihre ganze Hoffnung auf eine Verbindung mit dem Industriellensohn Julius. Aber liebt der sie wirklich, oder soll Katharina ihm nur den Eintritt in den Adelsstand ermöglichen? Auch für Konstantin stellt sich die Frage, auf welcher Seite der Gesellschaft er nach dem Krieg stehen wird, wenn er ihn überhaupt überlebt.